Buch

Dominic Edgemont, der atemberaubend attraktive Lord Nightwyck, ist als reicher Erbe eine der begehrtesten Partien des Landes – doch in seinen Adern fließt mütterlicherseits auch heißes Zigeunerblut. Als er sich in geheimer Mission in Frankreich aufhält und unerkannt bei der Familie seiner Mutter lebt, greifen seine Freunde eines Tages eine geheimnisvolle Fremde auf, die mit ihrem Temperament und ihrer flammend roten Lockenmähne sofort seine Leidenschaft schürt. Er kann nicht ahnen, daß es sich bei der schönen, wilden Catherine um eine verwöhnte englische Adelige handelt, die aus ihrem Elternhaus entführt wurde.
Obgleich die stolze Catherine dem Zigeunerprinzen zuerst nichts als Widerstand entgegensetzt, kann sie sich doch seinem leidenschaftlichen Werben nicht lange entziehen – aber Ausnahmesituationen erlauben ungewöhnliche Handlungen, so tröstet sie sich. Sie kann jedoch nicht ahnen, daß sie nach ihrer Rettung diesem dunklen Liebhaber in Londons besten Kreisen wiederbegegnen wird ...

Autorin

Kat Martin studierte an der University of California Geschichte und Anthropologie und wurde für ihre historischen Romane schon mehrfach mit dem Romantic Times Award als beliebteste Autorin ausgezeichnet. »Ich war schon immer fasziniert von der Vergangenheit, von romantischen Liebesgeschichten, die eigentlich zeitlos sind, und von Schauspielern wie John Wayne, Clark Gable und Errol Flynn.«
Kat Martin lebt mit ihrem Mann Larry, der ebenfalls Schriftsteller ist, in Bakersfield, Kalifornien.

Bei Goldmann liegt von Kat Martin bereits vor:

Der Pirat und die Wildkatze. Roman (42210)
Duell der Herzen. Roman (42623)
Heißer Atem. Roman (42224)
Hungrige Herzen. Roman (42409)
Kreolisches Feuer. Roman (42054)

KAT MARTIN
In den Fängen der Leidenschaft

ROMAN

Aus dem Amerikanischen
von Uschi Gnade

GOLDMANN VERLAG

Die amerikanische Originalausgabe
erschien unter dem Titel »Gypsy Lord«
bei St. Martin's Press, New York.

Umwelthinweis:
Alle bedruckten Materialien dieses Taschenbuches
sind chlorfrei und umweltschonend.
Das Papier enthält Recycling-Anteile.

Der Goldmann Verlag
ist ein Unternehmen der Verlagsgruppe Bertelsmann

Deutsche Erstveröffentlichung November 1994
Copyright © der Originalausgabe 1992 by Kat Martin
Copyright © der deutschsprachigen Ausgabe 1994
by Wilhelm Goldmann Verlag, München
Umschlaggestaltung: Design Team München
Umschlagillustration: Pellegrino, Agentur Schlück
Satz: IBV Satz- und Datentechnik GmbH, Berlin
Druck: Elsnerdruck, Berlin
Verlagsnummer: 42699
Lektorat: SK
Redaktion: Elke Bartels
Herstellung: Peter Papenbrok
Made in Germany
ISBN 3-442-42699-5

1 3 5 7 9 10 8 6 4 2

1

London, England
18. September 1805

»Es wird behauptet, er sei ein Zigeuner.«

»Pah! Halb London hat dieses Geschwätz über sein ›unreines‹ Blut schon gehört – das macht ihn doch nur noch faszinierender.«

Lady Dartmoor lachte und hielt sich eine zarte Hand, die in einem weißen Handschuh steckte, vor den Mund. »Ich nehme an, Sie haben recht. Die Klatschmäuler stürzen sich immer mit Begeisterung auf solche Geschichten, aber trotzdem...« Sie musterte die fesche Erscheinung in makellosem schwarzem Gehrock und gutsitzender grauer Kniebundhose, die am anderen Ende des Ballsaals auf dem Marmorboden stand. Glatte dunkle Haut und kühn geschwungene schwarze Augenbrauen bildeten einen starken Kontrast zu dem Weiß seines steifen Kragens und seines Halstuchs.

Sie beäugte ihn schmachtend und strich eine nicht vorhandene Falte in ihrem grünen Seidenkleid glatt. »Bei Gott, ich glaube wahrhaftig, Dominic Edgemont ist einer der attraktivsten Männer in ganz London, so attraktiv, daß er fast schon gefährlich ist.«

Die stattliche Lady Wexford, die neben ihr stand, schien ihr zuzustimmen. Sie sagte etwas im Flüsterton, dann lachten beide. Ihre nächsten Worte wurden von der Musik und der Fröhlichkeit der elegant gekleideten Damen und Herren um sie herum übertönt, aber die rosige Röte auf den Wangen der jüngeren Frau drückte den Sinn der Worte mehr als deutlich aus.

Lady Catherine Barrington, Gräfin von Arondale, beobachtete, wie die beiden Frauen lächelnd weitergingen. Sie fühlte sich ein wenig schuldbewußt, weil sie sie belauscht hatte, war aber dennoch neugierig geworden.

»Ich frage mich, Amelia, von wem diese Damen wohl gesprochen haben.« Sie sah sich noch einmal im Saal um, konnte sich aber nicht entscheiden, welcher der gutgekleideten Männer es war. »Sie scheinen von dem betreffenden Herrn recht eingenommen zu sein.«

Catherine, die ein perlenbesetztes weißes Ballkleid mit einer hoch angesetzten Taille trug, das ihren bleichen Teint und ihr ungewöhnliches goldrotes Haar hervorhob, wandte ihre Aufmerksamkeit Amelia Codrington Barrington zu, der Baronin Northridge, die mit ihrem Cousin Edmund verheiratet und zugleich ihre engste Freundin war.

»Diese schrecklichen Klatschmäuler«, sagte Amelia aufgebracht. »Ich begreife nicht, warum sie sich nicht um ihre eigenen Angelegenheiten kümmern können.«

»Sag es mir«, beharrte Catherine. »Wenn man sieht, wie sie immer noch kichern, könnte man meinen, daß er sich der allergrößten Beliebtheit erfreut.«

In dem Moment kam ein Bediensteter vorbei, der ein silbernes Tablett auf der Schulter balancierte, und die Kristallperlen des Kronleuchters über ihren Köpfen klirrten leise. Am anderen Ende des Marmorbodens spielten schwarzgekleidete Musiker einen lebhaften Rundtanz, und in der Ferne sah man durch die offene Tür etliche Herren an einem mit grünem Boi bezogenen Spieltisch sitzen und Karten spielen. Der Rauch ihrer Zigarren wogte in dichten Schwaden um ihre Köpfe.

»Sie haben von Dominic Edgemont gesprochen«, berichtete ihr Amelia. »Lord Nightwyck, Erbe des Marquis von Gravenwold.« Amelia, die fünf Jahre älter war als Catherine, lächelte vielsagend. »Das ist der Mann, der neben diesem großen vergoldeten Spiegel am anderen Ende des Ballsaals steht.«

Catherines Augen suchten den prächtigen Salon ab und schauten über die Frauen in den Seidenkleidern und den funkelnden Juwelen und die Männer in den kostspieligen Gehröcken hinweg. Kerzen in kunstvoll verzierten Leuchtern flackerten vor dem Goldbrokat an den Wänden, und die Tische waren mit Leinen und Silber gedeckt und mit Speisen beladen, denen würzige Düfte entströmten. Links von dem Grüppchen, das sie neben dem Spiegel ausfindig machte, funkelten auf Tabletts Champagnerkelche aus Kristallglas wie Prismen.

»Welcher ist er? Da steht doch mindestens ein halbes Dutzend Leute.«

»Nightwyck ist der Große. Der Mann mit dem gewellten schwarzen Haar. Der ist doch wirklich etwas Besonderes, findest du nicht? Die Hälfte aller Frauen in London ist seinen Reizen bereits erlegen, und die andere Hälfte wäre es auch, wenn sie sich nicht mehr als eine Spur vor ihm fürchten würden.«

Catherine konnte ihn augenblicklich identifizieren, doch der Mann, von dem ihre Cousine sprach, war von ihr abgewandt. Sie konnte nur seinen Hinterkopf sehen, das schimmernde Blauschwarz seiner Haare, das im Kerzenschein glänzte, und seine auffallend breiten Schultern, die durch den Schnitt seines einwandfreien schwarzen Gehrocks deutlich betont wurden. Illustre Damen und Herren aus der Oberschicht standen um ihn herum, und die Frauen wirkten verzaubert, die Männer eher neidisch als amüsiert.

»Kennst du ihn?« fragte Catherine, die ihn immer noch nicht sehen konnte, aber die Geschicklichkeit bemerkte, mit der sich Lady Wexford dicht neben seinen Ellbogen manövriert hatte. Gelegentlich wedelte sie mit ihrem handbemalten Fächer.

Amelia zuckte die Achseln. »Wir sind einander hier und da begegnet. Nightwyck zieht das Landleben vor, erfüllt jedoch immer dann seine gesellschaftlichen Verpflichtungen, wenn er das Gefühl hat, es sei um des Anstands willen notwendig.«

Die elegante, statuenhafte Amelia Barrington mit dem kurzen blonden Haar, das ein zartgeschnittenes Gesicht umrahmte, besaß die Form von Schönheit, die Catherines Neid erregte. Vor sechs Jahren hatte sich ihr Cousin Edmund praktisch auf den ersten Blick in Amelia verliebt. Sie hatten einen vier Jahre alten Sohn, der Eddie hieß und den Catherine ganz und gar reizend fand.

»Sind die Gerüchte über ihn wahr?« fragte sie und beobachtete die verführerischen Blicke, die ihm eine dunkelhaarige Frau zuwarf.

»Natürlich nicht. Aber niemand weiß allzuviel über ihn, und Nightwyck zieht es vor, es dabei zu belassen. Er ist allerdings wirklich eine gute Partie. Intelligent, gutaussehend, reich. Dein Vater hatte früher einmal die Hoffnung, er könnte euch beide zusammenbringen.«

Catherine hob mit einem Ruck den Kopf. »Vater ist doch bestimmt nicht an ihn herangetreten.«

»Nur in Form einer subtilen Andeutung durch einen sehr engen Freund. Nightwyck wollte natürlich nichts davon wissen. Er sagt, er hat kein Interesse an einer Heirat, ganz gleich, mit wem. Weder heute noch jemals später.«

»Aber eines Tages wird er zwangsläufig heiraten. Wenn er der Erbe des Marquis ist, wird er heiraten müssen.« Bis vor kurzem hatte ihr stilles Leben auf dem Lande in der Umgebung von Devon Catherine vollauf in Anspruch genommen, sie hatte nichts mit dem gesellschaftlichen Trubel Londons zu tun gehabt und war gegen Gerüchte bestens abgeschirmt gewesen. Mit ihren knapp neunzehn Jahren war sie zwar etwas älter, als sie es hätte sein sollen, doch heute abend fand der Ball statt, auf dem sie in die Gesellschaft eingeführt wurde, ihre erste wirkliche Bekanntschaft mit der eleganten Welt der oberen Zehntausend.

»Das ist eine lange Geschichte«, sagte Amelia zu ihr. »Da ihr beide wohl kaum zusammenpassen würdet, ist sie eigentlich nicht von Bedeutung.«

Catherine machte den Mund auf, um das Thema weiterzuverfolgen, aber Jeremy St. Giles kam auf sie zu, um den Tanz einzufordern, den sie ihm versprochen hatte. Catherine hing sich mit einem Lächeln bei dem gutaussehenden jungen Mann ein, den sie am selben Abend erst kennengelernt hatte.

»Ich hatte schon gefürchtet, Sie hätten es vergessen.« Warme braune Augen glitten über ihr Gesicht.

»Ein Versprechen vergesse ich selten«, sagte sie schlicht und einfach.

Darüber schien sich Jeremy zu freuen, und er lächelte, als er sie auf die Tanzfläche führte. Die schwere, mit Perlen besetzte Schleppe ihres weißen Seidenkleids, die an ihrem Handgelenk befestigt war, hob sich, als sie ihre Hand auf seine Schulter legte. Das Kleid, ein Geschenk ihres Onkels, des Herzogs von Wentworth, fiel gerade geschnitten von ihren Hüften auf den Boden und hatte kleine Puffärmel; der eckige Ausschnitt ließ den oberen Ansatz der Rundungen ihrer hohen, vollen Brüste frei.

»Sie sehen bezaubernd aus, Lady Arondale«, sagte Jeremy, der sie so hielt, als könnte sie zerbrechen. »Sie sind ganz entzückend anzusehen.«

Catherine reagierte angemessen auf die Schmeichelei, obgleich das kaum die Worte waren, die sie selbst gewählt hätte, um sich zu beschreiben. Sie war keine zerbrechliche Schönheit wie Amelia. Sie war nicht schmal und zart gebaut, sondern besaß eine reife Figur mit einer Wespentaille und üppigen Rundungen.

Ihre Haut war zart und rein, von ein paar kleinen Sommersprossen auf der Nase abgesehen, aber ihre Augen waren etwas zu groß und ein wenig zu grün, und ihre Lippen waren etwas zu voll. Sogar ihre schlichte geflochtene Haarkrone vermochte nicht zu kaschieren, wie dick und auffallend goldrot ihr Haar war.

Da ihr der Rhythmus des Tanzes Spaß machte, lächelte Catherine höflich, als sie auf der Tanzfläche herumwirbelte und gelegentlich in den Spiegeln, die die Wände säumten, einen Blick auf sich und ihren Partner erhaschte. Doch ihre Gedanken schweiften immer wieder zu dem faszinierenden Lord Nightwyck ab. Immer wieder ertappte sie sich dabei, daß sie nach ihm Ausschau hielt und neugierig auf sein Gesicht war, aber zu ihrem Verdruß konnte sie nur von hinten einen Blick auf seine großgewachsene Gestalt werfen, als er auf der Terrasse verschwand.

»Was ist los, Dominic?« Rayne Garrick, der Vierte Vicomte Stoneleigh, blickte von dem großgewachsenen dunkelhäutigen Mann an seiner Seite auf den mit Wachs versiegelten Umschlag, den der schmächtige Lakai mit dem rotblonden Haar gerade gebracht hatte.

»Ein Sendschreiben von Vater.« Dominic riß es auf, zog den Brief heraus und überflog die schwach hingekritzelten Worte. »Hier steht, daß sein Zustand eine Wendung zum Schlechteren genommen hat und daß ich mich umgehend bei ihm einfinden soll.«

»Vielleicht ist es diesmal wahr.«

»Und vielleicht können Pferde fliegen.« Dominics schwarze Augenbrauen zogen sich zusammen. »Das ist doch nur einer seiner vielen Versuche, über mich zu bestimmen. Die Entschlossenheit dieses Mannes ist kaum zu überbieten, das muß ich ihm lassen.«

»Du beurteilst ihn furchtbar ungerecht, Dom. Der Mann ist alt und kränklich. Vielleicht bemüht er sich, all die Jahre wiedergutzumachen, in denen er sich nicht um dich gekümmert hat.«

Ein Muskel in Dominics Kiefer spannte sich an. Seine Lippen, die normalerweise voll und sinnlich waren, zogen sich zu einem dünnen, grimmigen Strich zusammen. »Und vielleicht kommt das achtundzwanzig Jahre zu spät.« Er knüllte die Nachricht zu einem kleinen elfenbeinfarbenen Knäuel zusammen, warf sie dem Lakaien zu und wandte sich ab, um zu gehen.

»Werden Sie das Schreiben beantworten, Ihre Lordschaft?« rief ihm der Junge nach.

»Ich werde ihm meine Antwort persönlich übermitteln.« Sein Ausdruck war verkniffen, und seine langen braunen Finger waren zu Fäusten geballt, als Dominic sich auf die Suche nach der Garderobe machte.

Rayne schaute ihm nach und beobachtete, wie etliche Frauen ihn auf dem Weg aufhielten. Er grinste, als er zusah, mit welchem Geschick Dominic mit jeder einzelnen umging, sein einstudiertes Lächeln aufsetzte und schmeichelhafte Worte sagte, die ihm Einlaß in das Boudoir so gut wie jeder Dame verschafft hätten.

Er hatte etwas an sich, was die Frauen faszinierend fanden, etwas Finsteres und Undurchschaubares. Dominic wurde ihrer leicht überdrüssig, und dann ließ er sie schmachten und ersetzte sie für eine ebenso kurze Zeitspanne durch andere. Der Umstand, daß keine ihn halten konnte, schien die Frauen nur noch mehr zu reizen.

Rayne beobachtete, wie sein Freund den Saal verließ und haarscharf einer Begegnung mit der herrschenden Schönheit des Abends, Lady Arondale, entging. Wenn ihre Unschuld nicht ganz so offenkundig gewesen wäre – und ihr Onkel nicht ganz so einflußreich –, dann hätte es interessant sein können, mit Nightwyck um die Aufmerksamkeit der Dame zu wetteifern. So, wie die Dinge standen, würde Dominic wahrscheinlich für den Rest der Ballsaison fort sein, und die allzu offensichtlichen Reize der bezaubernden jungen Dame stellten eine zu große Bedrohung für Raynes Junggesellenstand dar.

Er beobachtete, wie sie sich mit ihrem Cousin Edmund und seiner hübschen Frau Amelia unterhielt. Rayne hatte den schlanken, leicht verweichlichten, allzu geckenhaften Mann noch nie leiden können, doch seine Frau konnte ganz reizend sein. Er fragte sich, ob der Baron seiner jungen Cousine wegen ihrer kürzlich angetretenen Erbschaft grollte – der Grafschaft von Arondale, die an ihn gefallen wäre, hätte ihr Vater nicht bei der Krone eine Petition eingereicht, um Catherine als seine rechtmäßige Erbin einsetzen zu lassen. Was Northridge auch empfinden mochte, er verbarg es geschickt, denn es war deutlich zu erkennen, daß das Mädchen ihn sehr gern hatte.

Rayne beobachtete sie noch einen Moment lang, fragte sich, welche unerforschten Leidenschaften in ihr schlummern mochten, und spürte, wie sein Körper sich regte. Mit einem leisen Seufzer des Bedauerns darüber, daß es weder ihm noch seinem Freund vergönnt sein würde, ihre Reize zu kosten, wandte er sich von der unschuldigen Versuchung ab, die sie darstellte, und mischte sich unter die Gäste.

»Ich glaube, Catherines gesellschaftliches Debüt hat sich als recht erfolgreich erwiesen«, sagte Amelia.

Edmund Barrington, Baron Northridge, sah zu, wie seine junge Cousine wieder einmal auf die Tanzfläche geführt wurde. Ganz im Gegensatz zu der zerbrechlichen und vornehmen Schönheit seiner Frau strömte Catherines kleingewachsene Gestalt eine üppige Sinnlichkeit aus, der die wenigsten Männer widerstehen konnten. Den ganzen Abend über hatten sie sie umschwärmt wie Bienen eine leuchtendrote Blüte.

»Drei Earls, ein Baron und ein Herzog haben ein Auge auf sie geworfen«, sagte Edmund. »Der alte Arondale hätte sich gefreut. Es ist wirklich ein Jammer, daß er nicht lange genug gelebt hat, um sie zu verheiraten.« Da die beiden als Kinder miteinander aufgewachsen waren, hatte Edmund Catherine immer sehr gern gehabt und verspürte Beschützerinstinkte, wie ein Bruder sie seiner kleinen Schwester gegenüber hätte empfinden können.

Sie war ein süßes junges Ding, obgleich sie schon immer ein wenig zu lebhaft gewesen war. Und sie sorgte sich übermäßig um die Menschen, die in ihren Diensten standen. Ein solches Verantwortungsbewußtsein bei einem so jungen Mädchen war eigentlich wirklich albern.

Edmund beobachtete sie jetzt, und ihr silbernes Lachen ließ etliche junge Kerle, die in der Nähe standen, die Köpfe umdrehen. Als sie an ihm vorüberkam, lächelte sie, als wollte sie sich damit für alles bedanken, was er getan hatte. Sie hatte ihm schon immer nahegestanden.

»Sie scheint den jungen St. Giles zu mögen«, sagte Amelia. »So, wie er sie immer wieder ansieht, wird er ihr ganz bestimmt einen Antrag machen. Es ist ein Jammer, daß er nur der zweitgeborene Sohn und nicht der Erbe ist.«

Edmund nickte. »Wir müssen vorsichtig sein und immer daran denken, was für Catherine das Beste ist.« Aber war es nicht schon immer so gewesen?

Als ihr Vater, Christian Barrington, Earl von Arondale, gestorben war, hatte Catherine Edmund und seine Familie gebeten, nach Devon zu kommen und zu ihr ins Schloß zu ziehen. Natürlich waren sie ihrem Wunsch gefolgt, denn Catherine verwaltete die Finanzen, und ihr Onkel, der Herzog, hatte sich darüber gefreut. Da er vollauf mit eigenen Angelegenheiten beschäftigt war, hatte Gilbert Lavenham, Herzog von Wentworth, diese familiären Beziehungen unterstützt. Da seine Schwester, Catherines Mutter, schon lange tot war, glaubte der Herzog, Amelia würde einen guten Einfluß auf sie haben, da ein junges Mädchen die Anleitung einer älteren Frau brauchte.

Diese Regelung war allen außer Edmund gelegen gekommen, der das Landleben haßte und den Trubel der Stadt vermißte. Nach einigen Monaten war es Edmund endlich gelungen, sie zu bewegen, daß sie in Catherines Stadthaus in London zogen.

Ihr Onkel, der Herzog, war außer sich vor Begeisterung.

»Es ist an der Zeit, daß du einen Mann findest«, sagte Wentworth. »Du mußt schließlich an den Namen und den Besitz der Arondales denken. Als dein Vater dich zu seiner Erbin eingesetzt hat, hat er von dir erwartet, daß du heiratest und ihm einen Enkel gebierst.«

Catherine war zwar in ihrer Unschuld bei den Worten des alten Herzogs errötet, doch sie hatte eingewilligt. »In dem Punkt könnte ich deinen Rat gebrauchen«, sagte sie zu ihm, denn sie war sicher, er würde ihr bei der Wahl eines Partners einen großen Spielraum lassen.

»Selbstverständlich, meine Liebe.«

»Amelia und ich werden unser Bestes tun, um dir bei einer weisen Wahl zu helfen«, hatte Edmund eingeworfen.

Das war der Moment, in dem er wußte, daß seine Träume in Kürze wie Seifenblasen zerplatzen würden.

Und das war auch der Moment, in dem er beschloß, etwas zu unternehmen, um dies zu verhindern.

Catherine brachte ihre erste Saison in London hinter sich, und gerüchteweise hieß es, sie sei »der große Schrei«. Als sich die Tage jedoch dahinschleppten und sie eine Soiree nach der anderen besuchte, zahllose Kostümbälle, private Parties und Abende im Theater absolvierte, begann sie seltsamerweise, all dieses Trubels überdrüssig zu werden und sich danach zu sehnen, wieder ihr einfacheres Leben zu Hause zu führen.

Aber andererseits hatte sie etliche Heiratsanträge von Männern aus den besten Familien Englands bekommen, und es standen noch ein Dutzend weitere Anwärter aus, mit deren Anträgen zu rechnen war. Dennoch war keiner darunter, den sie gern geheiratet hätte. Statt dessen bat sie ihren Onkel, sie für die Feiertage mit Edmund und Amelia nach Arondale zurückkehren zu lassen, und Onkel Gil erlaubte es ihr – solange sie nach London kommen würde, sowie das kalte Winterwetter erstmals eine gewisse Besserung versprach.

Als sie jetzt im Londoner Stadthaus ihrer Familie durch ihr Schlafzimmer lief, die Waltranlampe neben ihrem breiten vierpfostigen Bett löschte und matt unter die Zudecke kletterte, seufzte sie bei dem Gedanken an die Tage, die vor ihr lagen.

Edmund war natürlich heilfroh, wieder inmitten des geselligen Trubels zu stehen, doch Catherine hatte die Soiree des heutigen Abends lediglich als eine weitere Runde von endlosen Schmeicheleien und bedeutungsloser Konversation empfunden. Und bei der Wahl eines Ehemannes schien es eher darum zu gehen, unpassende Bewerber auszusondern, als darum, einen Mann zu finden, mit dem sie den Rest ihres Lebens glücklich sein konnte.

Und was ist mit Verlieben? dachte sie und starrte trostlos zu der figurenverzierten Decke über ihrem Kopf auf. Es fiel ihr schwer zu glauben, daß sie sich tatsächlich eingebildet hätte, dazu könnte es kommen. Bloß, weil ihr Vater und ihre Mutter einander geliebt hatten, hieß das noch nicht, daß ihr so etwas zustoßen würde. Das hatte sie gewußt, und sie hatte es als eine Möglichkeit hingenommen, als sie die Verantwortung für den Titel Arondale und das Vermögen übernommen hatte, und doch...

Catherine seufzte in der Dunkelheit. Sie brauchte einen Mann, um einen Erben zu gebären, und obgleich Edmund und Amelia geduldig gewesen waren – sie sogar ermutigt hatten, sich jede Menge Zeit zu lassen und die richtige Wahl zu treffen –, würde sie sich früher oder später in das Unvermeidliche fügen müssen. Dazu kam noch, daß sie um so eher wieder nach Hause fahren konnte, je schneller sie ihre Entscheidung traf.

Als sie unter der Satindecke lag, zog Catherine sich gegen die Kälte, die sich in das Zimmer eingeschlichen hatte, die Decken bis ans Kinn hoch. Das Feuer im Kamin war heruntergebrannt, und ihr weißes Baumwollnachthemd war nicht dick genug, um ihr viel Schutz gegen die Kälte zu bieten. In ihrem Hinterkopf wußte sie, daß sie nach einem Dienstmädchen hätte läuten sollen, damit es ihr eine zusätzliche Decke brachte, doch ihre Gedanken weilten ganz bei ihren Problemen und der drohend bevorstehenden Lösung.

Während die Uhr in der Stille tickte, beschlich sie Mattigkeit, und Catherine schloß die Augen. Sowie ihr Atem langsamer ging und ihre Sorgen zu verblassen begannen, ließen die Dunkelheit und die Ruhe im Raum sie in einen tiefen Schlummer sinken. Selbst als sie leise Geräusche hörte, das Quietschen des Parkettbodens, schien sie sich einfach nicht zwingen zu können, die Augen aufzuschlagen.

Sie tat es erst, als sie spürte, wie sich rauhe, grobe Finger auf ihren Mund preßten und eine riesige Männerhand sich in ihre Schulter grub und sie von der weichen Federmatratze hochriß.

Gott im Himmel, was passiert hier! »Edmund!« rief Catherine laut, doch die schwielige Handfläche des Mannes erstickte den Laut. »Hilf mir!« Die Furcht ließ ihr Herz in einem rasenden Stakkato schlagen. Catherine wehrte sich heftig und schlug mit Armen und Beinen um sich, und ihre grünen Augen waren groß vor Angst.

»Sei ruhig!« fauchte der Mann und schüttelte sie zur Warnung grob.

Wer es auch sein mochte, er war groß und kräftig, und während sie sich noch wehrte, um sich ihm zu entwinden, explodierte ihr Kiefer vor Schmerz. Catherine wimmerte leise, als das Zimmer sich zu drehen begann; dann verblaßte die Welt um sie herum, und Dunkelheit umfing sie.

Sie sackte in die Arme ihres Angreifers, ihr Kopf fiel matt an seine Schulter, und sie wehrte sich nicht mehr.

2

Unberechenbar, unbeständig und unerwartet,
so zogen sie nach einem Plan,
den kein anderer erkennen konnte,
durch das Leben.

Kathryn Esty

Außerhalb von Sisteron, Frankreich
20. April 1806

Catherine zog das rauhe Wolltuch gegen die beißende Kälte des Windes enger um sich. Unter dem dünnen Stoff waren ihre Schultern über dem tiefen Ausschnitt ihrer schlichten weißen Bäuerinnenbluse nackt. Strähnen ihres dichten goldroten Haars peitschten ihre Wange, als der Wagen in ein Schlagloch rumpelte und sie gegen den korpulenten Mann mit der gewölbten Brust geworfen wurde, der neben ihr auf der harten Holzbank saß.

»Das Wetter wird sich bald ändern«, versprach Vaclav. »In ein paar Tagen wird es langsam wärmer werden.«

Catherine warf einen Blick auf die grauen Wolken über ihnen, die Sturmboten waren. »Und weshalb sollte das wohl so sein, wenn ich fragen darf?« bemerkte sie sarkastisch, denn sie hatte die Kälte und den Regen satt, aber noch mehr hingen ihr Vaclav, seine ungehobelten Manieren und seine lüsternen Blicke zum Hals heraus.

Der fette Mann zuckte nur mit den Schultern. »Ich sage dir nur, daß ich es fühlen kann. Bei uns sagt einem so was das eigene Gespür.«

17

Sie hätte gern gestritten und gesagt, er könne es unmöglich wissen, aber in den letzten acht Wochen hatte sie gelernt, daß es Dinge gab, die nur die Zigeuner wußten und sonst niemand, Dinge, die das Land und das Wetter betrafen. Dinge, die die Zukunft betrafen.

Catherine richtete sich auf der kalten Holzbank auf und zog an ihren weiten roten Röcken, schlang sie, so weit es ging, um ihre nackten Beine. Sie wünschte, sie hätte anstelle ihrer dünnen Ledersandalen kräftiges Schuhwerk besessen. Aber andererseits besaßen die meisten von ihnen überhaupt keine Schuhe.

»Wir werden mein Volk bald erreichen«, sagte Vaclav zu ihr und kratzte sich durch die Öffnung seines ausgefransten blauen Seidenhemds die behaarte Brust. Darüber trug er einen mottenzerfressenen Pullover, den er unterwegs gefunden hatte.

»Wir sind bald da?« Catherines Pulsschlag beschleunigte sich. Sie würde Pläne schmieden und Vorbereitungen treffen müssen. Sie würde wieder anfangen müssen, nach Fluchtmöglichkeiten Ausschau zu halten.

»Sie werden irgendwo am Fluß ihr Lager aufgeschlagen haben. Das ist alles, was ich weiß.«

Mehr ließ sich nicht aus ihm herausholen. Zigeuner kümmerten sich nie um genaue Zeit- oder Ortsangaben und verspürten kein Verlangen, auch nur zu wissen, welcher Monat war. Sie lebten in den Tag hinein, von einem Augenblick zum anderen. Sie seufzte bei dem Gedanken daran, wieviel sie bereits über sie gelernt hatte, seit jener Nacht vor acht Wochen, als jemand sich in ihr Schlafzimmer in ihrem Stadthaus eingeschlichen, sie bewußtlos geschlagen und sie fortgetragen hatte.

Catherine lehnte sich wieder zurück auf der Holzbank in dem *Vardo*, dem bunt angemalten Haus auf Rädern, in dem Vaclav lebte. Auf englisch, eine der vielen Sprachen, die die meisten von ihnen sprachen, nannte er es einen Wohnwagen, und er war so stolz darauf, daß er geradezu strahlte, wenn er ihn ansah. Er war einer der reicheren Zigeuner, die nicht mehr in Zelten lebten.

Immer mehr von seinen Leuten, hatte er ihr einmal erzählt, hatten begonnen, diese Wagen zu bauen und darin zu leben. Sie waren im Winter wärmer, und sie hielten den Regen besser ab. Sie sollte dankbar sein, hatte er zu ihr gesagt. Wenn sie erst einmal verheiratet waren, würde der Vardo ihnen ein breites bequemes Bett bieten.

Catherines Magen verkrampfte sich. Wie lange konnte es noch dauern, bis er hinter die Wahrheit kam? Nämlich die, daß sie nicht die Absicht hatte, ihn zu heiraten, und daß sie diese Absicht nie gehabt hatte. Es war lediglich ein Trick gewesen, eine Masche, um zu überleben. Es war nur eine von vielen, die sie in den letzten zermürbenden Wochen gelernt hatte.

Sie dachte an die Schläge, die sie eingesteckt hatte, an die vielen Meilen, die sie ohne Schuhe zu Fuß gelaufen war, an ihre empfindlichen Füße, die geblutet hatten und von den spitzen Steinen aufgeritzt worden waren, Füße, die es nicht gewohnt waren, schutzlos aufzutreten. Sie dachte an die Grausamkeit der Frauen, die sie als Ausgestoßene behandelten, als Dienstmädchen, kaum besser als eine Sklavin.

Die meiste Zeit über konnte sie sich kaum noch an ihr Leben als verhätschelte junge Dame erinnern oder die Gesichter von Menschen vor sich sehen, die früher einmal Angehörige und Freunde gewesen waren. Das hier war eine andere Zeit, eine andere Welt. *Was zählt, ist nur die Gegenwart*, sagte sie sich. *Denk nicht an die Vergangenheit. Laß sie hinter dir.*

Wieder und immer wieder hatte sie gegen die Tränen angekämpft, die anfangs unaufhörlich geflossen waren. Aber sie hatte schnell gelernt, daß sie ihr nichts anderes als Schläge einbrachten oder eine Nacht ohne Abendessen. Jetzt weigerten sie sich gänzlich zu fließen, und dafür war Catherine dankbar.

Sie würde überleben, hatte sie sich gelobt, während sie sich mit jedem qualvollen Tag weiter und immer weiter von ihrem Zuhause und der Familie entfernte, die sie liebte. Ganz gleich, was sie über sich ergehen lassen mußte, sie würde nach England zurückkehren. Sie würde dahinterkommen, wer für ihre Entführung verantwortlich war, für ihren Verkauf an die Zigeuner, und sie würde denjenigen dafür büßen lassen.

»Domini! Laß die Pferde stehen und komm rein zum Essen. Ich habe dir eine leckere Hasensuppe gekocht.«

Seine Mutter stand am Rande der seicht abfallenden Senke und hatte die kleinen verhutzelten Hände auf dem leuchtendgelben Rock liegen, der an ihrer winzigen und allzu schmächtigen Gestalt herunterhing. *Sie wirkt soviel älter dieses Jahr*, dachte er, und zum ersten Mal fragte er sich, wie viele Winter die zerbrechliche alte Frau noch überleben würde, und bei dem Gedanken spürte er, wie sich plötzlich seine Brust zusammenschnürte. Sie würde ihm fehlen, wenn sie nicht mehr da war. Er würde diese Lebensweise vermissen.

Dominic winkte in ihre Richtung und band die Apfelschimmelstute bei den anderen Pferden an, die am Rand der Wiese zwischen den Bäumen grasten. Dann ging er auf sie zu.

Die Abendluft war kühl und feucht, aber bald würden die Tage wärmer werden. Durch die dicken grauen Wolken konnte er bereits jetzt Sterne glitzern sehen. Wenigstens würde der Wetterumschlag bewirken, daß die Schmerzen seiner Mutter sich legten und daß die Mattigkeit nachließ, die er in ihren Augen sehen konnte.

»Gehst du heute nacht zu Yana?« fragte sie ihn, als er an ihrer Seite war und sie durch das hohe Gras zum Wagen zurückliefen.

Dominic zog eine dichte schwarze Augenbraue hoch. »Seit wann kümmern dich meine Nächte mit Yana?« Ein Anflug von Belustigung war aus seiner Stimme herauszuhören. Würde sie jemals in ihm nicht mehr den kleinen Jungen sehen, der sich an ihre Röcke klammerte?

»Yana will dich in die Falle locken. Sie ist nicht gut genug für dich.«

Dominic lächelte nachsichtig. »Immer dein Wunsch, mich zu beschützen. Du machst dir überflüssige Sorgen, Mutter. Die Frau wärmt mir das Bett, aber ich habe keine *Roma* im Sinne.«

»Das sagst du jetzt, aber sie will heiraten, und sie ist geschickt, das kann ich dir versichern. Du brauchst bloß Antal zu fragen, ihren ersten Mann.«

Dominics Lächeln wurde dünn. »So geschickt ist kein Weibsbild. Und außerdem weiß sie, daß ich bald abreisen werde.«

Das verhutzelte Gesicht seiner Mutter wirkte plötzlich älter, und über den faltenzerfurchten Bereichen um die Augen herum zogen sich ihre dünnen grauen Augenbrauen zusammen. »Du wirst mir fehlen, mein Sohn. Aber es ist wie immer das Beste so.«

Das sagte sie jetzt schon, seit er ein Kind von dreizehn Jahren war. Seit sein Vater gekommen war, um ihn zu holen. Sie hatte ihm immer wieder gesagt, das englische Blut des Marquis sei stärker als das seiner Zigeunermutter, und dieses Blut riefe ihn, und er müsse diesem Ruf Folge leisten.

Eine kurze Zeit hatte er sie dafür gehaßt.

Jetzt, fünfzehn Jahre später, erschien es Dominic, als hätte seine Mutter recht gehabt.

Er trat ans Feuer, das im Dunkel der Nacht orange und gelb loderte, wärmte sich einen Moment lang daran und setzte sich dann auf eine kleine Holzbank, die er vor etlichen Jahren aus einem umgestürzten Baum angefertigt hatte. Seine Mutter drückte ihm die dampfende Suppenschale in die Hände, und die Wärme ließ seine eiskalten steifen Finger auftauen.

In Gravenwold, dem palastartigen Gut seines Vaters in Buckingham, hatte man nie Probleme mit der Kälte. Und auch nicht mit einem leeren Magen oder damit, wie man sich gegen den Wind und den Regen schützte. Und doch verspürte Dominic hier, in der Kälte und der Feuchtigkeit der Provence, in diesem Lager, das unter der gewaltigen Granitzitadelle von Sisteron aufgeschlagen worden war, ein Gefühl von Frieden, das er in England nie empfand.

Er würde es vermissen, wenn er wieder zu Hause war.

Catherine entdeckte in der Ferne den flackernden Lichtschein von einem Dutzend Lagerfeuern, rote Glut, die sich gegen die Schwärze der Nacht abhob. Gelegentlich trieb der Wind das melancholische Seufzen einer Geige herüber. Zigeuner. *Pindoros* – Pferdehändler. Vaclav hätte ihr von seinem Stamm erzählt, als er sie dieser anderen Horde abgekauft hatte, die durch die Lande zog.

»Ich habe dich gekauft«, hatte er an jenem ersten Abend zu ihr gesagt. »Jetzt gehörst du mir.« Er hatte eine unförmige braune Hose aus rauhem Stoff und ein zerlumptes, ausrangiertes Leinenhemd getragen und einen seiner Wurstfinger über ihre Wange gleiten lassen, und Catherine war erschauert.

»Du bist voller Leidenschaft und Glut« – er streichelte ihr dickes, feuerrotes Haar – »wie Mithra, die Göttin des Feuers und des Wassers. Ich begehre dich mehr als alle andere – heute nacht werde ich dich in mein Bett mitnehmen.«

Catherine war vor ihm zurückgewichen. »Ich komme nicht in dein Bett«, sagte sie mit einer heldenhaften Tapferkeit, die sie zu ihrem Schutz einsetzte, aber keineswegs empfand.

Als Vaclav auf sie zugekommen war, hatte Catherine sich gewehrt – sie hatte gekämpft wie eine Tigerin. Sie hatte gekratzt und war mit Zähnen und Klauen auf ihn losgegangen, hatte um sich getreten und geschrien und ihn mit den undamenhaftesten Beschimpfungen bedacht, von denen sie noch wenige Wochen vorher niemals geglaubt hätte, daß sie sie je über die Lippen brächte. Vaclav hatte sie geohrfeigt und ihr Schläge angedroht, aber sie hatte sich trotzdem nicht gefügt.

»Ich denke gar nicht daran, mich zu dir zu legen wie irgendeine Hure, deren Gunst du gekauft hast. Ich werde nur mit dem Mann schlafen, den ich heirate.«

Seine Augen glitten über die Rundungen ihres Körpers, die ihre tief ausgeschnittene Bluse und der schlichte Rock nur zu deutlich zeigten. »Wenn es das ist, was du willst – einen Ehemann –, dann werde ich dich eben heiraten.«

»Du würdest eine *Gadjo* heiraten?« Eine Nichtzigeunerin. Das war ganz unerhört, soviel wußte sie. Die Roma waren eine Welt für sich. Außenseiter wurden nicht akzeptiert.

Vaclavs Gedanken schienen ihre eigenen widerzuspiegeln. Einen Moment lang schien er unsicher zu sein. Dann straffte sich sein breites Kinn, und seine Augen wurden dunkel. »Genau das werde ich tun, wenn du dann bereitwillig in mein Bett kommst.«

Catherine schwirrte der Kopf, als sie ihre Möglichkeiten erwog. Wenn sie in eine Heirat einwilligte, vielleicht konnte sie ihn sich dann noch etwas länger fernhalten und etwas mehr kostbare Zeit gewinnen. »Was ist mit deinen Eltern? Mit deiner Familie? Du willst doch sicher, daß sie zur Hochzeit kommen?«

»Wir sind jetzt schon auf dem Weg zu ihnen. Eine Reise von zwei, vielleicht auch drei Wochen. Die Hochzeit könnte in Sisteron stattfinden.«

Sisteron. Im Südwesten. Fern von den türkischen Paschas von Konstantinopel. Fern von der weißen Sklaverei, die ihr bestimmt gewesen war. Näher an England und an ihrer Heimat. »Wenn das so ist, nehme ich dein Angebot an. Sowie wir verheiratet sind, werde ich tun, was du wünschst. Aber du mußt mir versprechen, mich bis dahin nicht anzurühren.«

Vaclav hatte mißmutig eingewilligt. Die Tage waren vorübergegangen, und er hatte sein Wort gehalten. Wenn sie nur ihr Wort würde halten können.

»Pindoros«, sagte er und holte sie aus ihren Gedanken an diese früheren Vorfälle heraus. »Wir sind nahezu da.«

»Ja«, flüsterte Catherine. Was, um Gottes willen, würde sie jetzt bloß tun? Sie würde ihm die Wahrheit sagen müssen, ehe er seiner Familie seine Heiratspläne offenbarte. Er würde unbeschreiblich wütend werden, wenn er ihretwegen vor seinem Stamm sein Gesicht verlor.

Catherines Magen zog sich zu einem festen Knoten zusammen. Was würde er tun, wenn er hereingelegt worden war? Er würde böse werden. Vor Wut toben. Er würde sie nehmen, das stand für sie fest, ob mit ihrer Zustimmung oder ohne sie. Sie konnte seine plumpen Hände nahezu auf ihren Brüsten spüren, seinen dicken, behaarten Körper, wie er sich brutal zwischen ihre Beine stieß.

Hätte sie doch bloß fortlaufen können, eine Fluchtmöglichkeit finden können. Aber wohin hätte sie schon gehen sollen? Und er hatte sie im Auge behalten und sie nachts am Wagen festgebunden. Es hatte sich ihr keine Gelegenheit geboten. Aber auch jetzt bot sich ihr keine Gelegenheit.

Der Wagen rumpelte auf das Lager zu, und die hölzernen Räder wühlten Schlamm aus den Pfützen auf dem Weg auf. Ein Dutzend zerlumpter Kinder und etliche bellende Hunde kamen zur Begrüßung auf sie zugerast, ohne der eisigen Kälte, die in der Luft hing, oder der nassen schwarzen Erde unter ihren unbeschuhten Füßen Beachtung zu schenken. Von den Kochfeuern vor jedem der Wagen stiegen dünne weiße Rauchfahnen auf.

»Wir werden unser Lager zwischen den Bäumen aufschlagen, fern von den anderen«, sagte Vaclav mit einem Blick, den sie nur als ausgehungert bezeichnen konnte. »Sowie wir uns dort einquartiert haben, werden wir meine Familie aufsuchen und ihr die Neuigkeiten von unserer Hochzeit mitteilen.«

Sowie sie ihr Lager aufgeschlagen hatten, würde Catherine Vaclav andere Neuigkeiten mitteilen – daß es zu keiner Hochzeit kommen würde. Sie schaute auf seine stämmigen Arme und Schultern und erinnerte sich daran, wie seine schwere Hand sich angefühlt hatte, wenn sie ihn bisher erzürnt hatte. Diesmal würde er seine Wut nicht zügeln. Catherine erschauerte bei dem Gedanken.

Dominic streckte sich hinten in seinem Vardo auf seiner bequemen Eiderdaunenmatratze aus. Er und seine Mutter besaßen die besten Wagen, die man für Geld kaufen konnte. Genaugenommen hatten alle Angehörigen seines Stammes auf die eine oder andere Weise von seinem enormen Reichtum profitiert. Natürlich hatte er dabei mit größter Behutsamkeit vorgehen müssen. Sie hätten wohl kaum Almosen von ihm angenommen. Nur hier und da ein Geschenk, etwas, was jemand »fand« und als sein Eigentum beanspruchte.

Dafür bewunderte Dominic diese Menschen. Sie brauchten keine Reichtümer, um glücklich zu werden. Sie besaßen ihre Freiheit. Das war der größte aller Reichtümer.

Er rührte sich im Wagen, als er in der Ferne Geräusche hörte, die er nicht ganz einordnen konnte. Anfangs waren es nur leise Laute, ein angedeutetes Flüstern im Wind. Dann war es wieder zu vernehmen, diesmal lauter. Er hätte schwören können, daß es die Stimme einer Frau war.

Dominic schwang seine langen Beine auf den Boden, schnappte sich sein Hemd aus der selbstgesponnenen Wolle mit den weiten Ärmeln und zog die Stiefel über seine enge schwarze Reithose. Er riß die Tür des Wagens auf, stieg die Stufen zum Boden hinunter und bahnte sich einen Weg zwischen den Wagen hindurch, die nicht weit voneinander entfernt standen. Seine Mutter stand über dem Kochfeuer vor ihrem eigenen Wagen und rührte in einem großen schwarzen Topf *Gulyds* um, einen deftigen Fleischeintopf. Der Duft stieg ihm in die Nase, und sein Magen knurrte vor Hunger.

»Das Abendessen ist fast fertig«, sagte seine Mutter. Gewöhnlich aßen sie vor Einbruch der Dunkelheit, aber heute abend hatte sich Pearsa um ein krankes Kind gekümmert, und Dominic hatte eines seiner Pferde geritten.

»Hast du jemanden gehört?« fragte er. »Ich glaubte, Stimmen unten am Fluß gehört zu haben.«

»Vaclav ist zurückgekommen«, sagte seine Mutter schlichtweg und rührte das brodelnde Fleischgericht um. Es roch nach Kräutern und Gewürzen und dem Wildbret, das er ins Lager mitgebracht hatte.

»Normalerweise schlägt er sein Lager neben seinen Eltern auf. Warum...?«

Zornig erhobene Stimmen, eine männliche und eine ganz entschieden weibliche, trieben durch die kalte Nachtluft und schnitten ihm das Wort ab. »Er war allein, als er aufbrach«, sagte Dominic, und diese Äußerung enthielt eindeutig eine Frage.

Seine Mutter wandte den Blick ab. »Jetzt reist er mit einer Frau.« Von ihrer ausweichenden Art und dem abgewandten Blick ging etwas aus, was Dominic Unbehagen bereitete.

»Mit was für einer Frau?« fragte er. In genau dem Moment ertönte ihr schriller Schrei. Die Stimmen wurden lauter, eine flehentlich, die andere schrill und wutentbrannt. Das Geräusch einer Hand, die auf Fleisch klatschte, hallte über die Lichtung, und Dominics Körper spannte sich an. »Er schlägt sie.«

»Sie gehört ihm. Es ist sein Recht.«

In dem Moment ging ihm auf, daß sie Englisch miteinander redeten. *Englisch*, nicht etwa Französisch oder Romani, die Sprache seines Volkes. Dominic setzte sich in die Richtung in Bewegung, aus der die Laute kamen, fort von dem Kreis, den die Wagen bildeten, und hin zu der Stelle, an der seine Pferde festgebunden waren.

»Geh nicht hin, mein Sohn.« Ihre schmalen goldenen Armreifen klirrten, als Pearsa an seine Seite eilte und seinen Arm packte. »Das geht dich nichts an.«

»Wenn du mehr darüber weißt, dann sag es mir.«

»Sie ist eine *Gadjo*. Sie sagen, sie sei eine Hexe.«

Dominic setzte sich wieder in Bewegung. Pearsas kleine, gebeugte Gestalt rannte fast, um seinen langbeinigen Schritten folgen zu können.

»Denk an dein Versprechen. Du darfst dich nicht einmischen.«

Dominic lief einfach weiter.

»Sie hat Vaclav schon verhext. Sie könnte dich auch verhexen.«

Darüber machte er sich unverhohlen lustig. Die endlosen Stunden seiner Erziehung hatten weitgehend mit seinem Aberglauben aufgeräumt. »Ich werde mich nicht einmischen. Ich will nur sehen, was dort vorgeht. Geh zu unserem Lager zurück. Ich bin bald wieder bei dir.«

Pearsa sah ihm nach und rang die schwieligen alten Hände, als er in die Dunkelheit schlenderte. Er konnte ihren Blick auf seinem Rücken spüren, ihre Mißbilligung wahrnehmen – und ihre Sorge –, aber er lief dennoch weiter. Ein echter Zigeuner hätte die Geräusche ignoriert, da Privatsphäre für jene, die sie nicht besaßen, von allergrößtem Wert war, und der Umstand, daß er die Geräusche nicht ignorieren konnte, verhärtete Dominics Gesichtszüge.

Er bewegte sich mit einer Lautlosigkeit, die ihm so natürlich wie das Atmen war, als er mit nicht mehr als ein oder zwei besänftigenden Worten an den Pferden vorbeilief und schließlich Vaclavs Wagen erreichte. Aus dem Dunkel neben dem Wagen starrte er auf die Lichtung, über das kleine Feuer hinweg, und das Geschehen, das sich vor seinen Augen entfaltete, zog ihn in seinen Bann.

Der korpulente, stark behaarte Zigeuner, den er seit seiner Kindheit kannte, stand über einer wunderschönen Frau mit flammendrotem Haar, die ihn mit einer Mischung aus Abscheu und Trotz anfunkelte. Vaclavs Hemd hing in Fetzen an ihm herunter, das Haar, das zottig und verfilzt war, fiel ihm in die finsteren dunklen Augen, und sein Gesicht mit der ausgeprägten Stirn war vor Wut verzerrt.

Nicht weit von ihm entfernt sah ihm die Frau fest ins Gesicht. Ihre kleinen Hände waren an den Handgelenken gefesselt, ihre Füße gespreizt, ihre Augen auf seine geheftet. Das feuerrote Haar wogte über ihre Schultern, und ihre Bluse, die zerrissen und schmutzig war, legte bis auf die Spitzen ihrer hochangesetzten, üppigen Brüste alles frei. Sogar der Abdruck von Vaclavs Hand auf ihrer Wange konnte die Schönheit ihres Gesichts nicht verbergen.

»Du hast mich belogen!« brüllte er. »Du wolltest mich von Anfang an um das betrügen, wofür ich mein Gold bis auf die letzte Unze ausgegeben habe!«

»Ich habe dir schon ein dutzendmal gesagt, daß ich dir Geld beschaffen kann, mehr Gold, als du tragen kannst, wenn du mich laufen läßt.«

»Für was für einen Dummkopf mußt du mich halten.« Vaclav ohrfeigte sie wieder; sie wankte, doch sie fiel nicht hin.

Dominics Magen schnürte sich zusammen, aber er rührte sich nicht vom Fleck. Er war zur Hälfte ein Zigeuner. Er mußte sich an die Gesetze der Zigeuner halten.

»Ich will dein Geld nicht haben!« schrie Vaclav. »Dein Körper ist es, wonach ich mich verzehre. Ich habe dir die Ehe angeboten. Du hast mich zurückgewiesen, mich vor meinem Stamm beschämt. Und jetzt wirst du lernen zu gehorchen.«

Er packte ihre gefesselten Handgelenke und schleifte die Frau zu einem Baum. Dominic stand wie versteinert da, als Vaclav ein Stück Seil über einen Ast warf, ihre Hände damit band und sie hochhievte, bis ihre Arme hoch über ihren Kopf gestreckt waren. Er packte die Rückseite ihrer Bluse, zerriß sie grob und legte die bleichste und zarteste Haut bloß, die Dominic je gesehen hatte.

»Du wirst lernen, meine Befehle zu befolgen. Du wirst lernen, dich zu unterwerfen. Wenn du dazu erst die Peitsche kosten mußte, dann soll es eben so sein.«

Dominics Mund wurde trocken. Wenn die Frau Vaclav gehörte, dann war es sein Recht, sie so zu züchtigen, wie er es für angemessen hielt. Dominics Hand klammerte sich um das Wagenrad, aber er rührte sich immer noch nicht von der Stelle.

Vaclav drehte sich um, um die lange Lederpeitsche zu holen, die er einsetzte, um seine Pferde anzutreiben; und die Augen der Frau, die klar und leuchtend grün waren, schienen sich so in seinen Rücken zu brennen, wie sich die Peitsche schon bald in ihren Rücken brennen würde.

»Ich werde mich niemals unterwerfen, hast du mich gehört? Ich verabscheue dich und jeden miesen Zigeuner, der mir je begegnet ist! Ihr seid Tiere! Ihr kennt nichts anderes als Grausamkeit und Gewalttätigkeit.« Beim letzten Wort brach ihre Stimme, doch sie versteifte ihre schmalen Schultern gegen den ersten zischenden Peitschenhieb.

Eine dünne Blutspur zeichnete sich ab und verunstaltete das makellose Weiß ihrer Haut, aber sie gab keinen Laut des Protestes von sich, sondern preßte ihr Gesicht nur mit einem resignierten Ausdruck gegen die rauhe Rinde des Baumes.

Als ihre Lider mit den dichten Wimpern sich gegen den Schmerz schlossen, von dem sie wußte, daß er zu erwarten war, war es vorbei mit Dominics Selbstbeherrschung. Er trat gerade noch rechtzeitig neben dem Wagen heraus, um den zweiten brutalen Hieb von Vaclavs Peitsche abzufangen.

Er zwang sich, sich zusammenzureißen. »Es scheint fast, mein Freund, als hättest du gewisse Schwierigkeiten damit, deine Frau zu bändigen.« Er sagte die Worte auf englisch, wie sie bisher auch miteinander geredet hatten. Es gelang ihm zwar, seiner Stimme einen freundlichen Tonfall zu geben, aber es kostete ihn eiserne Selbstbeherrschung, Vaclav die Peitsche nicht aus den Händen zu reißen.

Der korpulente Mann wirbelte zu ihm herum. »Halte dich raus, Domini, das ist nicht deine Angelegenheit.«

»Ich bin nur gekommen, um dich zu begrüßen. Es ist eine ganze Weile her, seit wir miteinander gereist sind.«

»Jetzt ist nicht der rechte Zeitpunkt für eine Begrüßung. Wie du selbst sehen kannst, habe ich mich um andere Angelegenheiten zu kümmern.«

»Es scheint so.« Aber er traf keine Anstalten zu gehen.

»Die Frau hat es verdient, ausgepeitscht zu werden«, fügte Vaclav hinzu, doch ein Teil von ihm schien unsicher zu sein.

»Das kann gut wahr sein. Wenn sie dir gehört, steht es dir von Rechts wegen zu, mit ihr zu verfahren, wie du es wünschst.«

»Warum mischst du dich dann ein?«

»Ich dachte, ich könnte unter Umständen behilflich sein. Vielleicht gibt es eine andere Möglichkeit, dein Problem zu lösen.« Dominic zuckte die Achseln in einer kaum verhohlenen Geste von Lässigkeit. »Aber an Gold hast du natürlich kein Interesse.«

29

Zum zweiten Mal schien Vaclav zu zögern. Er warf einen Blick auf die Frau, die an den Baum gebunden war, und Dominic konnte die widerstreitenden Gefühle in seinem Gesicht lesen. Er wollte ihr nicht wirklich weh tun, aber sie hatte ihm keine andere Wahl gelassen. Wenn er sie nicht Gehorsam lehrte, verlor er bei seinen Leuten das Gesicht.

»Ich dachte, vielleicht möchtest du dir – sehr gewinnbringend – deine Last vom Hals schaffen.«

Vaclav sah die Frau an, und die Gier, die er auf sie verspürte, funkelte in den Tiefen seiner Augen. Die Frau spuckte ihm vor die Füße.

»Wie gewinnbringend?« fragte Vaclav.

»Ich gebe dir das Doppelte von dem, was du für sie bezahlt hast.«

»Das Lösegeld eines Königs. Die rothaarige Hexe hat mich ein Vermögen in Gold gekostet.«

Sie machte den Eindruck, als sei sie es wert. »Das Dreifache«, sagte Dominic mit leiser Stimme.

»Du kaufst dir damit nur Ärger ein, Domini. Du weißt gar nicht, wieviel Ärger.«

»Das riskiere ich. Ich biete dir das Vierfache des Preises, den du bezahlt hast.«

Vaclavs Gesicht, das bereits vor Wut gerötet war, lief noch roter an. »Du und dein Geld. Du kannst dir alles kaufen, was du willst, was, *Didikai*?«

Das war ein gemeines Zigeunerwort – halb *Gadjo*, halb *Roma*. Immer ein Außenseiter, der darum kämpfen muß, akzeptiert zu werden, hatte Dominic es als Kind oft gehört, aber im Laufe der Jahre hatte er sich unter seinen Leuten einen Platz errungen und es nie mehr zu hören bekommen. Jetzt schnitt es wie eine Sichel in seine Eingeweide.

»Du willst die Frau?« höhnte Vaclav. »Ich verkaufe sie dir für das Sechsfache des Preises, den ich für sie bezahlt habe.«

Das war eine Provokation, eine grausame Erinnerung an seine Abstammung. Kein echter Zigeuner hätte sich einen solchen Preis leisten können. Dominic heftete den Blick auf das Mädchen. Sie sah ihn über eine bleiche Schulter mißtrauisch an. Blut von der Peitschenstrieme hatte das Wenige dunkel verfärbt, was von ihrer Bluse noch übrig war, und die Lederriemen schnitten brutal in ihre Handgelenke. Seine Mutter hatte recht gehabt – er hätte nicht herkommen sollen. Jetzt konnte er nicht einfach wieder gehen.

»Abgemacht«, sagte er. »Schneide die Frau herunter.«

Vaclav lächelte triumphierend, und Dominic spürte, wie große Erbitterung in ihm aufwogte. Vaclav hatte gewonnen, und beide wußten es.

»Dein *Gadjo*-Blut macht dich schwach«, stichelte er, denn er wußte, daß keiner der anderen ihm Einhalt geboten hätte. Die Roma-Männer glaubten an die absolute Herrschaft über ihre Frauen. Daran glaubte auch Dominic. Er hielt nur nichts von Gewalt, um sich durchzusetzen.

Vaclav warf ihm ein Messer zu, und die Klinge funkelte im Feuerschein. »Jetzt gehört sie dir. Du schneidest sie herunter.«

Dominic legte die Entfernung zwischen sich und der Frau zurück und benutzte das Messer, um ihre Fesseln durchzuschneiden. Sie taumelte und wankte gegen ihn. Dominics Arm legte sich um ihre zierliche Taille, um sie auf den Füßen zu halten.

»Rühr mich nicht an!« Sie riß sich los und wich zurück.

Dominic packte ihr Kinn und zwang sie, ihm ins Gesicht zu sehen. »Du solltest besser lernen, deine widerspenstige Zunge im Zaum zu halten«, sagte er und erinnerte sich an etliche der Flüche, mit denen sie Vaclav in seinem Beisein bedacht hatte. »Du hast hier nichts mehr zu sagen. Jetzt gehörst du mir. Du wirst lernen zu tun, was ich sage.«

»Scher dich zum Teufel!«

»Der wird mich höchstwahrscheinlich früher oder später holen. Aber du wirst nicht diejenige sein, die mich hinschickt.« Dominic wandte sich ab und wollte gehen. Als sie nicht hinter ihm herlief, blieb er stehen und sah sie an. »Du gehörst zwar mir, aber die Wahl liegt bei dir. Du kannst hier bei Vaclav bleiben, du kannst aber auch mit mir kommen.«

Catherines Blick glitt von dem rabenschwarzen Haar des Zigeuners bis zu den Spitzen seiner abgestoßenen schwarzen Stiefel. Augen, die die Farbe von Obsidian hatten, bohrten sich in sie. Er war so großgewachsen, daß sie sich den Hals verrenken mußte, um ihm ins Gesicht zu sehen. Und sie erkannte, was ihr bereits in dem Moment aufgefallen war, als er auf die Lichtung trat – daß sie, auch wenn er einen noch so harten Eindruck machte, noch nie einen attraktiveren Mann gesehen hatte.

Ohne eine Antwort abzuwarten, kehrte er ihr den Rücken zu und ging. Schultern, die so breit wie der Griff einer Axt waren, schmale Hüften und lange, muskulöse Beine verschwanden in der Dunkelheit, die den Wagen umgab. Catherine warf einen letzten Blick auf Vaclav, der immer noch die Peitsche mit einer plumpen, stark behaarten Hand umklammerte, dann eilte sie hinter ihm her zwischen die Bäume.

»Steig in den Wagen.«

Catherine musterte ihn mißtrauisch. »Mir ist ganz gleich, wieviel du für mich bezahlt hast. Ich werde mich ebensowenig zu dir legen, wie ich mich zu ihm gelegt hätte.«

Die Blicke des großen Zigeuners glitten über sie und brannten sich mit einer Glut in sie, die sie eine Hand auf ihre Brust heben ließ, um die zerrissene bäuerliche Bluse enger um sich zu ziehen.

»Wenn ich es wünsche, Kleines, dann wirst du bei mir liegen. Täusche dich in dem Punkt bloß nicht. Aber wenn du es tust, dann nicht, weil dir mit dem Auspeitschen gedroht wird.«

Dann wird es nie dazu kommen, dachte sie, sagte es aber nicht. Sie hatte auf die harte Tour gelernt, daß es ihr nichts nutzte, mit diesen Menschen zu diskutieren, ebensowenig, wie ihr Flehen oder Tränen halfen.

»Rein mit dir«, wiederholte er.

»Warum?«

»Damit ich die Strieme auf deinem Rücken verarzten kann.«

Es brannte wie die Feuer des Hades. Was für ein Schmerz wäre es erst gewesen, wenn Vaclav sie noch länger ausgepeitscht hätte?

Catherine stieg die hölzernen Stufen hinauf und setzte sich auf eine weiche, breite Eiderdaunenmatratze. »Vaclav hat dich Domini genannt. Ist das dein Name?«

Er drehte sie so um, daß ihr Rücken ihm zugewandt war. »Einer von ihnen. Ein anderer ist Dominic.« Nur dieses einzige Wort. Namen bedeuteten ihnen so wenig wie die Zeit oder der Ort. Die meisten hatten zwei oder drei Namen, die sie unter Umständen änderten, wenn jemand starb oder heiratete – oder vom Gesetz gesucht wurde. »Und du?« fragte er.

»Catherine.«

»Catherine«, wiederholte er. »Catrina. Ich glaube, das paßt zu dir.« Lange braune Finger glitten über ihren Rücken und verteilten etwas, was dickflüssig und klebrig war.

Der Schmerz ließ augenblicklich nach, und Catherine seufzte vor Erleichterung.

»Wie bist du an ihn geraten?« fragte er.

»Er hat mich von einer Karawane von Zigeunern gekauft, die nördlich von hier gereist sind. Vaclav hat ihnen einen enormen Preis geboten, und sie sind auf sein Angebot eingegangen.«

Seine Hand hielt in der Bewegung inne. »Du kannst dich gut ausdrücken; offensichtlich bist du keine Bäuerin. Was hatte eine Engländerin in Kriegszeiten allein in Nordfrankreich zu suchen?«

»Du bist auch kein Franzose. Und dein Englisch ist auffallend gut. Ich könnte dich dasselbe fragen.«

»Ich bin Zigeuner«, sagte er schlicht und einfach. »Wir führen mit niemandem Krieg. Für dich ist das etwas anderes.«

»Ich war nicht in Frankreich. Ich war in England.« Hätte sie ihm doch nur die Wahrheit erzählen und ihn um Hilfe bitten können. Aber das hatte sie schon öfter versucht. Für einen entsprechenden Preis hatten die Zigeuner aus dem Norden dem Mann, der sie entführt hatte,

33

versprochen, sie würden sie weit von England fortbringen – sie dachten gar nicht daran, sie laufenzulassen.

Andere, denen sie die Wahrheit erzählt hatte – darunter auch Vaclav –, hatten ihr ihre Geschichte nicht geglaubt. Sie hatten sie ihre »hochherrschaftliche Hure« und ihre »herablassende Hoheit« genannt. Das hatte ihr das Leben nur wesentlich schwerer gemacht.

Sie dachte daran, wie sie in ihren zerlumpten bäuerlichen Kleidern und mit dem wüst zerzausten Haar aussah, mit einem nahezu entblößten Busen. Sie wies etwa soviel Ähnlichkeit mit einer Gräfin von Arondale auf wie die alte Frau, die draußen über das Kochfeuer gebeugt war. Sie konnte beinahe das Lachen des großgewachsenen Zigeuners hören, und der Gedanke daran bewirkte, daß sich ihr Magen zusammenschnürte.

»Ich bin von zu Hause fortgelaufen«, log sie. »Ein Mann hat mich gefangengenommen und an die Zigeuner verkauft.« *Dieser Teil war wenigstens wahr.* »Es gab einen Pascha in Konstantinopel, der eine Vorliebe für hellhäutige Frauen hatte, und anscheinend hat er sehr gut bezahlt.«

Weiße Sklaverei. Das war immer noch besser als der Tod – oder zumindest glaubte das der Mann, der sie entführt hatte. Er besaß sozusagen so etwas wie ein Gewissen. »Vaclav hatte Geld, viel Geld.« *Wahrscheinlich gestohlen.* »Er hat es ihnen angeboten, und sie haben es angenommen.« Wenn er sie an einen anderen Zigeuner verkaufte, dann war das nicht dasselbe, als ließe er sie laufen, hatten sie argumentiert.

»Und in all der Zeit ist es dir gelungen, ihn von deinem Bett fernzuhalten?« Dominic musterte sie auf eine Art und Weise, die die Glut in ihre Wangen strömen ließ. »Kein Wunder, daß er etwas durchgedreht ist.«

Sie ignorierte seine Bemerkung und weigerte sich, sich auf diese Wendung des Gesprächs einzulassen. »Die Zeiten mit Vaclav sind vorbei, und jetzt bist du derjenige, mit dem ich mich gezwungenermaßen auseinandersetzen muß. Was wird jetzt aus mir werden?«

Das ist allerdings eine gute Frage, dachte Dominic. Das allerletzte, was er gebrauchen konnte, war eine Frau. Jedenfalls eine, die ihm gehörte. Er würde in wenigen Wochen fortgehen und sein Leben in England wiederaufnehmen. Zu seinen Pflichten und Verantwortungen zurückkehren. Eine zusätzliche Verantwortung fehlte ihm gerade noch. »Das hängt von dir ab, nehme ich an. Für den Moment schlage ich vor, daß du dich ausschläfst. Du siehst so aus, als könntest du es gebrauchen.«

Sie beäugte ihn wie ein argwöhnisches Kätzchen. »Hier?«

»Ich glaube, du wirst feststellen, daß du es hier recht bequem hast.«

»Und wo wirst du schlafen?«

»Auf dem Boden, neben dem Wagen.« Dominic musterte prüfend die glatte weiße Haut der Frau, ihre Wespentaille und ihre üppigen Brüste. »Es sei denn, du lädst mich ein, mit dir hier zu schlafen.«

Grüne Augen, die wie Smaragde funkelten, kniffen sich gereizt zusammen. »Ich habe dir doch schon gesagt, daß ich mich nicht freiwillig zu dir oder irgendeinem anderen Mann lege.«

Dominic lachte in sich hinein, denn ihr Trotz amüsierte ihn mehr, als gut für ihn war. Eine Frau wie sie hatte er noch nie gesehen – voller glühender Willenskraft und Entschlossenheit. Und von einer Engländerin kannte er das schon gar nicht. Sie war wahrhaftig eine enorme Versuchung, und sie faszinierte ihn von Minute zu Minute mehr.

»Das werden wir ja sehen, Feuerkätzchen. Wir werden es ja sehen.«

In dem Moment bewegte sie sich, und ihre zerrissene Bluse sprang auf und legte die Unterseite einer üppigen Brust frei. Sie wirkte schwer und weich, eine vollkommene Rundung, die der Hand eines Mannes genau angepaßt war. Dominics Lenden begannen zu pulsieren. Er würde auf dem Boden schlafen, dabei blieb es – aber erst nach einem wilden Techtelmechtel mit Yana, um den gewaltigen Schmerz zu lindern, der sich in ihm ausgebreitet hatte.

»Ich werde dafür sorgen, daß du etwas zu essen bekommst«, sagte er, und seine Stimme war ein klein wenig heiser.

»Danke.«

Dominic nahm einen Beutel mit Goldmünzen aus einer seiner Truhen und verließ den Wagen, um seine Schulden bei Vaclav zu begleichen. Seine Mutter hielt ihn am Rand des Lichtscheins auf, den das Feuer warf.

»Du hast Vaclav die Frau abgekauft.« Pearsa musterte den Beutel mit einem anklagenden Blick. »Was wirst du mit ihr anfangen?«

»Das habe ich noch nicht entschieden.«

»Sie wird Ärger machen. Das kann ich spüren. Du hättest dich nicht einmischen sollen.«

Dominics Kiefer spannte sich an. Er dachte an die wunderschöne Frau mit dem feuerroten Haar in seinem Wagen. Er dachte daran, was für ein gutes Gefühl es sein mußte, wenn sie sich unter ihm bewegte und ihre wohlgeformten Beine um ihn schlang. Er dachte daran, wie sehr sich Vaclav dasselbe gewünscht hatte.

»Ich weiß«, war alles, was er sagte.

3

Die ach so kleine Hand reiche mir,
in der ich dich weinen gewahr',
Denn all der Träume Balsam hier
Würd' ich sammeln für immerdar.

Zigeunergedicht
George Borrow

Catherine aß den letzten Bissen des Fleischeintopfs, den die alte Frau
ihr gebracht hatte, und sie war dankbar dafür, daß dem Knurren in
ihrem Magen ein Ende bereitet worden war. Hinterher kroch sie unter
die leuchtendbunte Patchworkdecke, die auf der weichen Eiderdaunenmatratze lag, und zum ersten Mal seit Wochen fühlte sie sich behaglich und warm.

Ihre Blicke durchsuchten das Wageninnere, das vom freundlichen
Schein einer Kerze erhellt wurde. Schränke säumten beide Seitenwände
des Vardo, und alles war ordentlich verstaut. Ein verschlissenes, selbst-
gewebtes Hemd mit weiten Ärmeln hing an einem Haken neben einem
anderen aus schimmernder roter Seide. Ein gelber Seidenschal, eine
abgetragene schwarze Reithose und eine Weste aus einem goldbestick-
ten Wandbehang, die vorn mit einer Reihe von kleinen goldenen Ziermünzen bestickt war, hingen dicht daneben.

Der Vardo sah aus wie andere, die sie gesehen hatte, nur ordentlicher
und sauberer und aus teureren Brettern gezimmert, deren Kanten dich-

ter aufeinandertrafen. Das einzige, was unpassend zu sein schien, waren etliche in Leder gebundene Bücher, die neben der Schnitzerei eines winzigen Holzpferdchens in eine Lücke gezwängt waren.

Warum hatte er sie bloß gekauft, wenn Zigeuner doch ohnehin nicht lesen konnten? Oder, was wahrscheinlicher war, sie gestohlen? Sie fragte sich auch, ob dieser faszinierende Mann, den sie Domini nannten, das kleine Holzpferdchen selbst geschnitzt hatte.

Catherine blies die Kerze aus, rollte sich auf die Seite und starrte in das Dunkel. Ihre Lider waren schwer und ihr Körper matt, doch sie wagte nicht einzuschlafen. Statt dessen lauschte sie auf jeden kleinsten Laut, der von draußen hereindrang, und wartete auf die Schritte des Mannes, der mit Sicherheit kommen würde. Wozu hatte er sie gekauft, wenn nicht, um sich von ihr das Bett wärmen zu lassen?

Catherine zuckte beim Schrei einer Eule zusammen und legte sich dann mit einem Seufzer der Erleichterung zurück, als sie erkannte, was es war. Gelegentlich trieb aus anderen Wagen Gelächter durch das Lager, verstummte jedoch allmählich. Im Laufe der Nacht drang das Schnauben von Pferden an ihre Ohren, das Knistern der erlöschenden Glut der Feuer, aber nicht die Schritte eines Mannes. Kurz vor Anbruch der Dämmerung schlief sie endlich ein, wurde jedoch beim ersten Tageslicht von der heiseren Stimme des großen Zigeuners geweckt.

»Die Sonne steigt hoch, Catrina. Steh auf – es sei denn, du möchtest Gesellschaft haben.« Er riß die niedrige Holztür auf, und Catherine setzte sich ruckartig auf und zerrte sich die Zudecken bis ans Kinn.

»Platzt du immer unangemeldet herein, wenn eine Dame im Bett liegt?«

»Nicht immer«, erwiderte er mit einem kecken Lächeln, »aber oft genug, um diesem Zeitvertreib etwas abzugewinnen.« Seine Blicke glitten forschend über sie und nahmen ihr zerzaustes Haar wahr, die schwarzen Ränder unter den Augen, den angespannten Zug um den Mund, der lange, schlaflose Stunden verriet. »Du siehst schlechter aus als gestern abend. Mein Bett war dir wohl nicht genehm?«

Catherine schnaubte vor Wut und reckte das Kinn in die Luft, doch ihre Hand hob sich zögernd, um die Strähnen ihres schlafzerzausten Haars aus dem Gesicht zu streichen. »Ich hatte gefürchtet, du würdest versuchen... ich dachte, du würdest es dir vielleicht anders überlegen und dich nicht an unsere Abmachungen halten, wer wo schläft.«

Von ihm kann man jedenfalls nicht behaupten, daß er schlecht aussieht, fand sie. Er wirkte sogar ausgesprochen gut ausgeruht. Seine Gesichtszüge waren einfach unglaublich: eine gerade, gutgeschnittene Nase, glatte dunkle Haut und Obsidianaugen unter dichten Wimpern. Sein Mund hätte in Stein gemeißelt sein können, so klar gezeichnet und vollkommen geformt war er, und wenn er lächelte, blitzten die weißesten Zähne auf, die sie jemals gesehen hatte.

»Enttäuscht?« fragte er spöttisch und zog eine dichte schwarze Augenbraue hoch. Er sah gut aus, aber nicht im üblichen Sinne. Er strahlte Härte aus, etwas Gezügeltes und Beherrschtes, was sie von Anfang an wahrgenommen hatte. Das machte ihn nur um so attraktiver.

»Wohl kaum.«

Dominic lächelte, als glaubte er ihr kein Wort. Eine solche Arroganz! Aber schließlich war er Zigeuner.

»In dem Schrank links von dir stehen ein Wasserkrug und eine Schale.« Er warf ihr eine Bluse zu, die viel Ähnlichkeit mit der aufwies, die Vaclav zerrissen hatte, doch diese hier war mit buntem Garn bestickt. »Meine Mutter hat Kaffee, Brot und *Brynza* hingestellt – Schafskäse. Mach dich fertig und komm zu uns.«

Sie hielt die Bluse hoch. »Ist die von deiner Mutter?« Sie wirkte viel zu groß für eine so gebrechliche kleine Frau.

Dominic lächelte belustigt. Heute trug er einen silbernen Ohrring an einem Ohr. »Ich habe sie von einer Freundin geborgt. Möchtest du vielleicht, daß ich dir beim Anziehen behilflich bin?«

»Ganz bestimmt nicht!«

»Dann schlage ich vor, daß du dich eilst. Wenn ich meinen Kaffee getrunken habe und du noch nicht bei uns draußen bist, komme ich wieder in den Wagen!« Mit einem letzten dreisten Blick wandte er sich ab und verließ den Wagen.

Catherine wälzte sich eilig aus dem Bett, zog sich die Fetzen vom Leib, die von ihrer Bluse noch geblieben waren, und schlüpfte eilig in die frische, saubere Bluse. Anfangs war sie schockiert darüber gewesen, wie wenig Kleidungsstücke die Zigeunerinnen trugen, nur einen Rock und eine Bluse ohne jegliche Unterwäsche. Im Winter zogen sie lediglich mehrere Schichten Kleider übereinander, um sich warm zu halten. Inzwischen erschien ihr all das absolut vernünftig.

Mit den Fingern fuhr sie sich durch das verfilzte Haar, ehe sie sich das Gesicht wusch und ihr Bestes tat, um ihre zerknitterten roten Röcke glattzustreichen, und dann stieg sie die Stufen des Wagens hinunter.

»So ist es schon viel besser«, rief Dominic mit einem beifälligen Blick aus. »Dort drüben links bist du ungestört.« Er schaute in die entsprechende Richtung.

Catherine, die froh war, daß er ihre Bedürfnisse erriet, begab sich in diese Richtung und erleichterte sich. Sie war klug genug, gar nicht erst einen Fluchtversuch zu unternehmen. Allein und ohne einen Penny und noch dazu unsicher, welche Richtung sie überhaupt hätte einschlagen sollen, war das keine einfache Aufgabe. Statt dessen kehrte sie zum Lager zurück, und Dominic reichte ihr eine geschwärzte Blechschale mit dampfendheißem Kaffee.

»Am späteren Vormittag«, sagte er, »nachdem du meiner Mutter bei ihren Hausarbeiten geholfen hast, wirst du dich ausruhen. Morgen fühlst du dich dann besser.« Er lächelte die zerbrechliche alte Frau an. »Das ist Pearsa, meine Mutter. Ich erwarte von dir, daß du alles tust, was sie von dir verlangt.«

Pearsa sagte nichts, sondern bedachte sie nur mit einem Blick, der kalt genug war, um einen Stein einfrieren zu lassen. Schon wieder eine von diesen haßerfüllten alten Hexen, dachte Catherine. Sie konnte nahezu spüren, wie die Weidengerte in ihren Rücken schnitt.

Diesmal nicht, gelobte sie sich. Sie war jetzt stärker und nicht mehr so verängstigt, wie sie es am Anfang gewesen war. Damals war sie nichts weiter als ein unschuldiges junges Mädchen gewesen, das sich zu sehr fürchtete, um es gegen diese Menschen aufzunehmen. Aber in den Monaten, seit sie gezwungenermaßen ihr Zuhause verlassen hatte, hatte sie sich verändert. Sie hatte ihre Unschuld verloren, von diesem letzten kleinen Überbleibsel abgesehen, aber sie hatte gelernt zu überleben.

»Wenn sie versucht, mich zu schlagen, werde ich mich wehren«, warnte ihn Catherine, die an die anderen dachte, die sie schlecht behandelt hatten. Es war besser, wenn sie gleich wußten, woran sie mit ihr waren.

Dominic musterte sie einen Moment lang, und dann stellte er seine Kaffeetasse ab und stellte sich vor sie hin. Er bog ihr Kinn zu sich hoch.

»Niemand wird dir weh tun. Übernimm du nur deinen Anteil an der Arbeit und mach keinen Ärger. Nachts kannst du in Frieden schlafen.« Die langknochigen Finger unter ihrem Kinn glitten höher auf ihre Wange, die Handfläche umschloß ihre Wange, und ein warmer Schauer zuckte über ihr Rückgrat. »Wenn ich soweit bin, das für mich zu fordern, was mir gehört, dann wirst du es rechtzeitig wissen.«

Dominic nahm wahr, daß sie scharf Luft holte und eine rosige Röte in ihre Wangen stieg, und er fand ihre Reaktionen ganz bezaubernd. Fast hätte er gelächelt. Es war zwar nicht seine Absicht gewesen, als er sie gekauft hatte, doch er würde sie für sich fordern – früher oder später. Jedesmal, wenn er sie ansah, spürte er, daß sein Körper sich regte. Sie hatte etwas an sich. Etwas ganz anderes. Etwas Faszinierendes.

Letzte Nacht in Yanas Armen, als er in ihren Schoß eingedrungen war, hatte er an die Frau mit dem flammendroten Haar gedacht, die Frau mit dem flammendroten Haar begehrt. Woher mochte sie gekommen sein? Welche Geheimnisse hütete sie?

Es wurde immer deutlicher, daß sein Volk sie hatte leiden lassen. Manche Stämme waren brutaler als andere, manche stahlen mehr, manche entfernten sich weiter als andere vom Gesetz. Und nachdem die

Roma Hunderte von Jahren unter Vorurteilen gelitten hatten, fürchteten und haßten sie alle Außenstehenden. Eine *Gadjo*-Frau, die sie gekauft und bezahlt hatten, konnte unter Umständen schlechter als eine Sklavin behandelt werden.

Jetzt sah er sie an, wie sie das Brot und den Käse aß, den süßen schwarzen Kaffee trank und ihn unter dichten Wimpern, die weit dunkler als ihr leuchtendes Haar waren, verstohlen musterte. Er konnte den oberen Ansatz ihrer hohen runden Brüste sehen, den schmalen Umfang ihrer Taille abschätzen und die Fülle ihres Hinterteils recht gut erahnen. Als ihre Lippen sich teilten, um einen Bissen Käse aufzunehmen, berührte ihre kleine rosa Zunge ihren Mundwinkel, und Dominic spürte, wie das Blut in seinen Adern rauschte. Sein Körper spannte sich an, und Begierde pochte in seinen Lenden.

Wie viele Männer hatten sie bereits genommen? Sie brutal benutzt, ohne einen Gedanken daran zu verschwenden, ihr Lust zu bereiten? Gewiß waren schon mehr als nur ein paar Männer einer derart prächtigen Versuchung zum Opfer gefallen.

Er würde behutsam mit ihr umgehen müssen, damit sie sich an die Vorstellung gewöhnen konnte, das Bett mit ihm zu teilen. Er würde ihr Zeit lassen, wenn auch nicht allzuviel, weil ihm nur noch so wenig Zeit blieb. Gerade genug Zeit, damit ihre Ängste sich legten und sie sich für ihn erwärmen konnte.

Dominic hatte nicht den geringsten Zweifel daran, daß er sie in sein Bett locken konnte – und zwar bereitwillig.

Schließlich war sie, ob *Gadjo* oder Zigeunerin, auch nur eine Frau.

Catherine arbeitete an der Seite der alten Zigeunerin, sammelte mit ihr Feuerholz, schrubbte Töpfe und Pfannen und flickte eine Handvoll abgenutzter Kleidungsstücke. Sie hatte nichts gegen diese Arbeiten einzuwenden, ganz im Gegenteil, sie hatte gelernt, ihren Spaß an diesen kleinen alltäglichen Arbeiten zu haben, die ihr das Gefühl gaben, sich nützlich zu machen. Sie streckte sich, weil sie Rückenschmerzen hatte, und dann beugte sie sich vor und pflückte eine kleine gelbe wildwachsende Blume aus einem ganzen Büschel, das dicht neben einem Baumstamm wuchs. Als sie sich wieder aufrichtete, sah sie, daß die alte Frau sie beobachtete.

»Wenn du magst, kannst du mehr davon pflücken«, sagte Pearsa. »Mein Sohn mag sie auch gern.« Es überraschte sie kaum, daß die Frau Englisch sprach, da die meisten von ihnen neben ihrer eigenen Sprache noch etliche andere sprachen.

»Das sind die ersten, die ich sehe.« Catherine schnupperte an den zarten Blütenblättern und bückte sich dann, um noch ein paar weitere Stengel zu pflücken.

Pearsa schnaubte nur und ging. Sie ließ Catherine allein, was ihr nur recht war, denn die Worte, die die alte Frau über ihren Sohn geäußert hatte, hatten Catherines Gedanken in diese Richtung gelenkt. Sie konnte sich nicht vorstellen, daß der gutaussehende arrogante Zigeuner Freude an einem Blumenstrauß hatte. Wahrscheinlich war er so hart und grausam wie die anderen, die sie kennengelernt hatte. Sie erinnerte sich wieder an die Worte, die er zu ihr gesagt hatte, und daran, wie er sie angesehen hatte. *Wenn ich soweit bin, das für mich zu fordern, was mir gehört, dann wirst du es rechtzeitig wissen.*

Catherine erschauerte, und zwar nicht vor Kälte. Als sie mit der Karawane nach Norden gereist war, hatte die Gier der Zigeuner auf Gold sie geschützt. Dem türkischen Pascha wäre eine bislang unberührte Frau ein kleines Vermögen wert gewesen, und sie waren entschlossen, die Belohnung in Empfang zu nehmen.

Und Vaclav hatte sich leicht zum Narren halten lassen, eine Leistung, auf die sie nicht wirklich stolz war, aber dennoch eine Notwendigkeit.

Dieser hier, dieser geheimnisvolle, undurchsichtige Zigeuner, war etwas ganz anderes. Heute morgen war ihr – ohne den leisesten Zweifel – klargeworden, daß er die Absicht hatte, mit ihr zu schlafen. So wie er hatte sie noch kein Mann angesehen. Kein Mann hatte je den Eindruck erweckt, es sei so einfach, sie seinem Willen zu beugen.

Und er war bei weitem zu intelligent, um auf ihre Tricks hereinzufallen. Das konnte sie in seinen kühnen dunklen Augen sehen, und sie konnte es daran spüren, wie er jede ihrer Bewegungen beobachtete.

Bis zu dieser letzten Wendung der Ereignisse hatte Catherine das Gefühl gehabt, gewissermaßen Glück gehabt zu haben. Sie war zwar grausam mißhandelt worden, aber immerhin war es ihr nicht mehr bestimmt, ihr Leben in der weißen Sklaverei zu verbringen, und ihre Tugend war intakt geblieben, ein Geschenk, das sie eines Tages ihrem Ehemann darbieten würde – sowie sie erst wieder in England war. Sie hatte Glück gehabt; *Bahtalo*, so nannten es die Zigeuner.

Aber ein einziger Blick über die Lichtung auf den gefährlich wirkenden Mann, den sie Domini nannten und der sich geduldig mit seinen Pferden befaßte, sagte Catherine, daß ihre Glückssträhne in absehbarer Zeit enden würde.

Wie Dominic befohlen hatte, schlief Catherine den ganzen Nachmittag, und als sie aufwachte, fühlte sie sich so kräftig wie schon seit Wochen nicht mehr. Sie aß das kalte Wildbret, das die alte Frau ihr vorsetzte, machte sich am Bach frisch und spürte, wie ihre Bereitschaft wuchs, sich der Herausforderung zu stellen, den Heimweg anzutreten.

Es würde schwierig werden, das wußte sie, sogar nahezu unmöglich. Aber sie wurde nicht mehr in jedem einzelnen Moment bewacht oder nachts am Wagen festgebunden. Wenn sie die Augen wachsam offenhielt, abwartete und betete, würde sich ihr gewiß früher oder später eine Fluchtmöglichkeit bieten.

Dazu kam es noch eher, als sie es erhofft hatte.

In der Abenddämmerung des nächsten Tages kam ein Kesselflicker in die *Kumpania*, das Wagenlager, da er hoffte, einige seiner Waren verkaufen oder ein paar Messer oder Scheren schleifen zu können. Grüne Farbe blätterte von den Seiten seines Wagens ab, und der einst leuchtende Schriftzug seines Gewerbes war jetzt alt, doch die Räder machten einen stabilen Eindruck, und das Maultier war gesund.

»Armand ist *Romane Gadjo*«, erklärte ihr Dominic, der auf sie zukam, als sie am Rand der Wiese stand und das Geschehen beobachtete. »Er und der alte Jozsef sind Freunde.« Die meisten Reisenden wagten sich nicht in die Nähe des Zigeunerlagers, aber dieser Mann reiste schon seit vielen Jahren durch die Gegend, und anscheinend kannte er ihren Anführer. »Komm. Sehen wir doch mal, was er anzubieten hat.«

Dominic bedachte sie mit seinem gewinnenden Lächeln und nahm Catherine an der Hand. Seine Finger, die lang und dunkel waren, packten ihre. Sie konnte die Wärme und die Kraft dieser Hände spüren, als er ihr half, über die Deichsel des Wagens zu steigen.

Als sie zu seinem Profil aufblickte, bemerkte sie, wie der Feuerschein den scharfen Schnitt seines Gesichts betonte und ihm dieses harte und gefährliche Aussehen verlieh, das ihr schon früher an ihm aufgefallen war. Seine Züge waren markanter als die der meisten Engländer, die ihr je begegnet waren, und seine Haut war dunkler und glatter. Tatsächlich schien alles an Dominic größer und kräftiger zu sein als an allen anderen Männern, die sie je kennengelernt hatte.

»Domini! Bring die *Gadjo*-Frau. Es ist an der Zeit, daß wir uns ansehen, was du erworben hast.«

Dominic führte sie in die Richtung, aus der die schrille Stimme des Mannes drang. Sie tauchten unter einer Leine durch, die zwischen zwei Wagen gespannt war und an der zerrissene, aber frisch gewaschene Kleidungsstücke hingen, und dann blieben sie vor einem Grüppchen von Menschen stehen, darunter ein großer, hagerer älterer Mann, eine korpulente Frau mit einem flachen Gesicht und einem leichten Schnurrbart und ein junges schwangeres Mädchen. Alle saßen um ein kleines, warmes Feuer herum, lachten und redeten miteinander.

»Catrina, das ist Joszef, unser Anführer«, sagte Dominic, »und das sind seine Frau Czinka und seine Schwiegertochter Medela.«

»Hallo.« Catherine zwang sich zu einem unsicheren Lächeln. Sie alle musterten sie stumm, und ihre dunklen Augen glitten von Kopf bis Fuß

45

über sie und kehrten dann zu ihrem Gesicht zurück. Nein, nicht zu ihrem Gesicht, erkannte sie, sondern zu ihrem Haar.

»*Bala kameskro*«, sagte Joszef, und es schien beifällig zu klingen. »Vielleicht bringt sie uns Glück.«

»Was heißt *bala kam… kam…*«

»*Bala kameskro*«, wiederholte Dominic. »Übersetzt bedeutet es *sonnenhaarig*, aber bei uns bedeutet es *rothaarig*, eine rothaarige Frau. Es herrscht der Glaube, daß rothaarige Frauen Glück bringen.«

Ihr fiel wieder ein, daß sich in ihren Zeiten mit den Zigeunern aus dem Norden einmal jemand an sie herangeschlichen hatte, als sie schlief, um ihr eine Locke abzuschneiden. Jetzt verstand sie, daß sie ihm Glück hatte bringen sollen, doch zu dem Zeitpunkt war sie zwischen Wut und Angst hin- und hergerissen gewesen.

Das schwangere Mädchen trat vor und berührte ihre schwere goldrote Mähne nahezu mit Ehrfurcht, und ihre Hand strich langsam über die dicken schimmernden Strähnen. Das lange schwarze Haar der Frau war wie das ihrer Schwiegermutter und aller anderen verheirateten Frauen unter einem Kopftuch verborgen, einem *Diklo*, das sie sich im Nacken zusammengebunden hatte.

»Es ist sehr schön«, sagte Medela, als sich eine dicke rote Locke um ihren Finger wickelte. Sie lächelte sanft, fast scheu, ganz anders als jede andere Zigeunerin, die Catherine bisher begegnet war.

»Danke.« Catherine sah sich zu Dominic um. »Wenn sie es möchte, könnte ich eine Locke abschneiden und sie ihr geben.«

Ein freundliches Lächeln trat auf sein Gesicht. »Medela würde sich darüber freuen.« Dominic schien sich ebenfalls zu freuen, und seine Züge waren weniger streng, als er sie im Feuerschein ansah.

»Wenn du das tätest, würde ich sie hier tragen, an das Kind gepreßt«, sagte Medela und klopfte sich auf den dicken Bauch.

Dominic stemmte seinen Stiefel auf die Wagendeichsel, griff in den Schaft und zog ein schmales Messer mit einem Horngriff heraus. »Dreh dich um.«

Catherine gefiel das Funkeln der brutalen Klinge nicht, doch sie tat, was er gesagt hatte. Dominic hob die oberste Schicht ihres Haares an und schnitt eine kleine Locke darunter heraus. Er reichte das Haar Medela, die geradezu strahlte.

»*Mandi pazzorrhus*«, sagte sie. »Ich stehe in deiner Schuld.«

Czinka bewegte ihren massigen Körper, und die Glöckchen, die an ihren fetten Ohrläppchen hingen, bimmelten, und ihre weiten Röcke wogten um ihre Hüften. »Vielleicht könnte es doch sein, daß der Preis, den du für sie bezahlt hast, nicht zu hoch war«, sagte sie zu Dominic, dem diese Erinnerung unangenehm zu sein schien, der jedoch nichts darauf erwiderte.

Die vier redeten über das Wetter und die wärmeren Tage, die ihnen das Leben bald erleichtern würden, über den bevorstehenden Pferdemarkt und über das Eintreffen von Armand, dem Kesselflicker.

»Wie immer kommt er, um uns seine schlechten Waren zu einem zu hohen Preis zu verkaufen«, sagte Joszef, doch aus seiner Stimme war Zuneigung herauszuhören.

»Es wird schön sein, ihn wiederzusehen«, warf Dominic ein.

Sie verabschiedeten sich voneinander, und Dominic nahm wieder ihre Hand mit einem warmen, festen Griff, als er sie zum Kesselflicker führte. Der Wagen des Franzosen stand ein gutes Stück weit entfernt auf der Wiese und war von Zigeunern und Zigeunerinnen umgeben, die lebhaft handelten und feilschten. Etliche räudige Hunde kläfften in der Nähe und tollten herum.

»Domini!« rief der alte Mann ihm zu. »Es sind zu viele Jahre vergangen, *mon ami*.« Der kleine Mann grinste und legte dabei einen Mundvoll faulender Zähne frei, doch sein Lächeln drückte Freundschaft aus, und Dominic reagierte darauf mit einem warmen Lächeln.

»Du hast dich nicht verändert«, sagte Dominic auf französisch zu dem Kesselflicker. »Du bist immer noch der einzige Gadjo, der die Zigeuner jemals übertölpeln konnte.« Die beiden Männer lachten und redeten von der Vergangenheit, als seien seitdem nur Tage vergangen.

Catherine spürte Dominics Hand auf ihrer Taille, und seine Berührung schien einen leisen Besitzerstolz auszudrücken. Als sie versuchte, von ihm abzurücken, hielt er sie fester und bedachte sie mit einem kalten, warnenden Blick.

»Wie ich sehe, hast du dir eine Frau genommen«, sagte der Kesselflicker. »Das war aber auch höchste Zeit.«

Dominic ließ die Hand sinken. »Sie ist Engländerin«, sagte er, als sei damit alles erklärt. »Sie ist nicht meine Frau.«

Nur mein Besitz, lauteten die unausgesprochenen Worte, doch Catherine zuckte zusammen. *Das glaubst du vielleicht, aber du irrst dich.*

»Wie lange wirst du bei uns lagern?« fragte Dominic.

»Ich kann nicht bleiben. Ich werde mit Joszef essen und trinken und Ithal zuhören, wie er die Geige spielt, und dann werde ich weiterziehen. Ich habe Geschäfte in Arles zu erledigen, die nicht warten können.«

Dominic nickte lediglich. Zwischen den Metalltöpfen und Pfannen des Kesselflickers, den Glocken, Messern und dem übrigen Allerlei zog Dominic eine winzige herzförmige Blechdose heraus.

»Für dich«, sagte er leichthin, und seine gute Laune war wiederhergestellt. »Damit du die schönen Schleifen darin aufbewahren kannst, die ich dir kaufen werde.«

Catherine sah den Gegenstand an, den er ihr hinhielt. Sie hätte ihm am liebsten gesagt, er könnte seine dämlichen Geschenke selbst behalten. Wenn die Dose aus reinem Gold gewesen wäre, dann hätte das immer noch nicht ausgereicht, um ihre Gunst zu kaufen. Statt dessen lächelte sie reizend und nahm das kleine Blechherz entgegen.

»Danke.«

Dominics Hand legte sich wieder um ihre Taille. Catherine spürte die Glut dieser Hand, und das Gefühl ließ Hitze in ihrem Körper erwachen. Sie war sich nicht ganz sicher, wodurch sie hervorgerufen wurde, doch sie hatte ihren Verdacht, und der behagte ihr überhaupt nicht.

»Ich glaube, es wird mir Spaß machen, dir Geschenke zu kaufen,

Feuerkätzchen.« Seine heisere Stimme strich über sie wie eine Liebkosung, und Catherines Herzschlag beschleunigte sich.

»Sollten wir jetzt nicht wieder zurückgehen? Deine Mutter wird meine Hilfe bei der Zubereitung des Abendessens brauchen.«

Sie wußte inzwischen, daß Dominic sich übermäßig zum Beschützer aufspielte, wenn es um seine Mutter ging. Es hatte ihn sehr gefreut, wieviel Arbeit Catherine ihr in den letzten Tagen abgenommen hatte. Und zu ihrem Erstaunen hatte er sich, wie seine Mutter es gesagt hatte, über die leuchtendgelben Blumen gefreut.

»Ich vermute, du hast recht.« Er warf dem alten französischen Kesselflicker für die herzförmige Dose eine Münze zu. »*Au revoir*, mein Freund. Ich wünsche dir *bahtalo drom*, bis wir uns das nächste Mal begegnen.«

Das hieß *Glück unterwegs*, ein Abschiedsgruß der Roma, den Vaclav oft benutzt hatte. Catherine seufzte sehnsüchtig und wünschte, sie wäre diejenige, die sich auf den Weg zur Küste machte – England und ihrem Zuhause entgegen.

Das war der Augenblick, in dem sie auf den Gedanken kam. Die Idee war so einfach, so erstaunlich unkompliziert, daß es wirklich klappen konnte.

Sie mußte ihre gesamte Willenskraft aufbieten, um ihre Gedanken im Zaum zu halten, die sich überschlugen, als sie sich von Dominic zum Wagen zurückführen ließ. Auf dem Weg rannten ein paar kleine Kinder neben seinen langen Beinen her. Er bückte sich, um eins von ihnen hochzuheben und es sich auf die breiten Schultern zu setzen.

»Janos, das ist Catrina«, sagte er zu dem barfüßigen Jungen ohne Hemd. Es war erstaunlich, daß Kinder die Kälte nie wahrzunehmen schienen.

»Hallo.« Der Junge lächelte schüchtern.

»Hallo, Janos«, sagte Catherine. Sie liebte Kinder, hatte sie schon immer geliebt. Zu Hause hatte sie in einer Gruppe mitgearbeitet, die sich »Gesellschaft zur Verbesserung der Lebensumstände der Armen«

nannte und daran arbeitete, Kinder der unteren Klassen auszubilden. Dank ihrer Bemühungen und der ihres Vaters vor seinem Tod besuchten die Kinder der Dorfbewohner von Arondale regelmäßig die Schule. Sie hatte oft dort vorbeigeschaut. Als sie jetzt den kleinen Jungen sah, wurde sie an ihr Heimatland erinnert, an die Familie, die sie seit Wochen nicht gesehen hatte, und ein harter Kloß schwoll in ihrer Kehle.

Sie wandte den Blick von dem Kind ab, das auf Dominics breiten Schultern ritt und mit einer Hand sein welliges dunkles Haar gegrapscht hatte. Als sie den großen dunkelhäutigen Zigeuner wieder ansah, beobachtete er sie mit einem merkwürdigen Ausdruck in den Augen.

Er stellte den Jungen auf die Füße, und das Kind raste mit den anderen los. »Du magst Kinder?«

»Ja«, sagte sie leise. »Sogar sehr gern.«

Mehr sagte Dominic nicht dazu.

Zum Abendessen gab es Bratkartoffeln, Kohl und gebratenes Huhn – eines der Hühner aus dem Käfig unter Pearsas Wagen. Catherine hatte gelernt, daß Zigeuner Hühner in allen Farben hielten, damit ein Bauer aus der Umgebung, der auf der Suche nach einem gestohlenen Huhn zu ihnen kam, das gestohlene nicht von den anderen unterscheiden konnte, denen es ähnelte.

Dominic saß neben ihr – etwas *zu* dicht für ihren Geschmack – und redete munter über das Wetter, das sich, genau wie Vaclav es vorhergesagt hatte, erwärmt hatte, obwohl die Nächte noch kalt waren. Er redete von seinen Pferden, die seine große Leidenschaft zu sein schienen, und von den Geschäften, die er auf dem bevorstehenden Pferdemarkt machen würde.

»Ich glaube, das wird dir Spaß machen«, sagte er. »Dort herrscht ein buntes Treiben.«

Er spricht wahrhaft gutes Englisch für einen Zigeuner, dachte sie vage, doch in Wahrheit bereitete es ihr Schwierigkeiten, dem Gespräch zu folgen. Sie überlegte, welcher genau der richtige Augenblick war, um sich heimlich zum Wagen des Kesselflickers davonzustehlen, und sie betete nur, sie würde nicht zu spät kommen, und gleichzeitig strengte sie sich an, den muskulösen Schenkel nicht zu spüren, der sich viel zu kühn an ihren preßte.

»Ich bin immer noch ein wenig müde«, sagte sie schließlich. »Wenn du nichts dagegen hast, würde ich mich gern schlafen legen.«

»Bist du ganz sicher, daß du keine Gesellschaft haben willst?« neckte er sie. Pechschwarze Augen glitten über sie, und ein Flattern regte sich in Catherines Bauch.

»Ganz sicher.«

Er hob die Hand und strich ihr eine schwere Locke aus dem Gesicht, und dabei berührte sein Finger kaum ihre Haut. Catherine nahm ihn wie einen Schmetterlingsflügel wahr, und ihr Herzschlag beschleunigte sich noch mehr.

»Gute Nacht, Kleines«, sagte er. Mit einem letzten allzu forschenden Blick wandte er sich ab und ging.

Catherine eilte die Stufen hinauf, öffnete die Tür des Wagens, trat in den Kerzenschein und suchte den dürftigen Schutz, den das Wageninnere ihr bieten konnte, wenn sie auch nicht ganz sicher war, wovor sie Schutz suchte.

Ein Weilchen später blies sie die Kerze aus und legte sich hin, um zu warten und schweigend zu lauschen. Sie glaubte nicht, daß der große Zigeuner kommen würde. Er war kein Mann von der Sorte, die ihr Wort brachen. Er würde ihr zu verstehen geben, wann er sie zu nehmen gedachte – nur würde Catherine dann nicht mehr da sein.

Das Warten darauf, daß die langen Minuten verstrichen, stellte eine große nervliche Belastung für Catherine dar. Hunde bellten, Pferde wieherten, Kinder huschten umher, aber schließlich begannen die Nachtschwärmer unter den Zigeunern zu verstummen. Sie hatte das Klappern und Klirren des Wagens des Kesselflickers beim Verlassen des Lagers nicht gehört, und daher rechnete sie sich aus, daß sie noch Zeit hatte, sich heimlich hineinzustehlen. Sie würde mit dem Wagen fahren, so weit sie es wagte, und dann würde sie abspringen und sich ein neues Transportmittel suchen.

Catherine verließ nicht ohne Widerstreben die Wärme von Dominics weichem Bett und lief durch die kühle Nachtluft zu der niedrigen Holztruhe an der rechten Wand des Wagens. Sie hatte gesehen, daß er dort die Münzen herausgeholt hatte, die er brauchte, um seine Schulden bei Vaclav zu begleichen – sie betete, sie würde dort noch weitere Münzen finden.

Sie wühlte in einer Ansammlung von Decken, Trensen, Zaumzeug, Striegeln und anderen Dingen herum, die er für seine Pferde benutzte, und sie fand einen weiteren schweren Beutel mit Münzen, mehr Geld, als sie sich je erträumt hätte.

Sie wünschte, sie hätte es nicht stehlen müssen, aber ihr blieb wirklich nichts anderes übrig. Wenn sie erst einmal zu Hause angekommen war, würde sie eine Möglichkeit finden, ihm das Geld wieder zukommen zu lassen. Sie nahm nur soviel Gold, wie sie brauchte, steckte die Münzen in ihre Rocktasche, packte dann ihren löchrigen Wollschal und schlang ihn sich um die Schultern. Sie lauschte, um sicherzugehen, daß niemand in der Nähe war, ehe sie die Wagentür öffnete und leise die Stufen hinunterstieg.

Pearsa schlief in einem Wagen auf der anderen Seite des Feuers, aber Dominic war nirgends zu sehen. Mit einem Seufzer der Erleichterung, von der sie sich erhoffte, sie möge nicht kurzlebig sein, überquerte Catherine den freien Platz zwischen den Wagen, machte Bögen um die ersterbende Glut der glimmenden Feuer und schlich sich im Schatten voran.

Der Wagen des Kesselflickers stand am Rand des Lagers, und das hohe Gras verbarg ihn von einer Seite nahezu. Catherine näherte sich dem Wagen von hinten, kauerte sich tief zwischen die steifen Halme, hob die Plane hoch und kletterte hinein.

Sie nahm auf dem kalten Holzboden eine unbequeme Haltung hinter einer Lattenkiste ein und konnte in der Ferne hören, wie der alte Armand auf französisch mit Jozsef sprach. Die Musik der Geige war vor einer Weile verklungen. Hoffentlich würde er bald aufbrechen. Catherine, die wünschte, sie hätte die Voraussicht besessen, eine Decke mitzubringen, stützte das Kinn auf die Knie, schlang die Arme gegen die Kälte eng um sich und bereitete sich auf das Warten vor.

Dominic stand im Schatten neben Yanas Wagen. Erst hatte ihn Catherines Auftauchen verblüfft, doch nachdem er sie einen Moment lang beobachtet hatte, wurden ihm ihre Absichten nur zu klar.

»Domini?« Yanas Stimme drang aus ihrem Wagen. Sie streckte den hübschen Kopf durch die Öffnung der Plane, und ihre mandelförmigen Augen, die so schwarz waren wie die Dunkelheit um sie herum, richteten sich auf sein Gesicht. »Warum kommst du nicht rein? Du hast mich ohnehin schon viel zu lange warten lassen.«

Schimmerndes schwarzes Haar hing schwer um ihre Schultern, die über dem tiefen Ausschnitt ihrer Bluse nackt waren. Ihre Brüste hoben und senkten sich beim Atmen, und die rosigen Brustwarzen bildeten in der Kälte steife, feste Spitzen.

»Ich fürchte, du wirst noch etwas länger warten müssen«, sagte Dominic. »Mir kommt gerade etwas hoch.«

Yana lächelte verführerisch. »So sollte es auch sein. Komm rein, mein Geliebter. Laß dir von Yana Freude bereiten.« Sie streckte die Arme anmutig und einladend aus, doch Dominic ignorierte sie.

»Später.« Er wandte sich ab und ging. In Wirklichkeit hatte er schon eine ganze Weile neben ihrem Wagen gestanden, um zu entscheiden, ob er zu ihr gehen sollte oder nicht. Er hatte vorgehabt, sie wie versprochen aufzusuchen, doch statt dessen hatte er es hinausgezögert und *Palinka* getrunken, einen starken Zigeunerschnaps, eine dünne Zigarre geraucht, nach den Pferden gesehen und sein Treffen mit der sinnlichen Zigeunerin hinausgeschoben, auf das er sich doch hätte freuen sollen.

Dominic fluchte leise, weil er wußte, daß er auch heute nacht wieder Catherine und nicht Yana begehrte. Catherine und nicht die Frau, die ihm seit Wochen schon das Bett wärmte. Catherine – das kleine Biest mit dem flammendroten Haar, das in eben diesem Augenblick versuchte, vor ihm zu fliehen.

Dominic lief über das offene Feld, riß die Tür zu seinem Wagen auf und trat in das dunkle Innere. Unter den Roma brauchte man sich keine Sorgen zu machen, man könnte bestohlen werden – eine Mann bestahl seine Brüder nicht. Aber die *Gadjo*-Frau, die er auf Kosten seines Stolzes gerettet hatte, war etwas ganz anderes.

Er zündete die weiße Wachskerze auf dem Regal an, begab sich direkt zu seiner schweren Holztruhe und ließ den Deckel aufspringen. Seine Hand tastete auf dem Boden herum, erst von der einen Seite, dann von der anderen, aber in seinem Herzen wußte er, daß er das Gold nicht finden würde. Es war eine Dummheit gewesen, ihr zu trauen – und der Verrat der Frau hinterließ einen bitteren Geschmack in seinem Mund.

Er wühlte weiter, und sein Gesicht wurde von Sekunde zu Sekunde härter. Als er gerade seine Suche beenden wollte, schlossen sich seine Finger um den rauhen Lederbeutel. Er zog den Beutel heraus und wog ihn in der Hand. Er war leichter, aber nur ein wenig leichter. Warum hatte sie nicht alles genommen?

Darauf hatte er keine Antwort, doch der Umstand, daß sie es nicht getan hatte, hellte seine finstere Stimmung beträchtlich auf. Er holte tief Atem und sog ihren Duft ein, der noch in dem Wagen hing. Ein Duft, so sauber wie die Seife, die sie benutzt hatte, und doch von einer Honigsüße durchdrungen, die er nicht recht benennen konnte. Er malte sich aus, wie sie sich hinten auf dem Wagen des Kesselflickers versteckt hielt. Sie mußte frieren, und es mußte äußerst unbequem sein.

Gut so, dachte er, ertappte sich jedoch dabei, daß er lächelte, statt eine finstere Miene zu ziehen. Es erforderte Mut, die Wärme und Geborgenheit seines Vardo zu verlassen und sich ganz allein in die Nacht hinauszuschleichen.

Das hieß nicht etwa, daß er ihr keine Standpauke halten würde, wenn er sie hierher zurückgebracht hatte. Dennoch besaß sie Temperament, und eine Engländerin mit Mut und Temperament, wie sie es hatte, war ein kostbarer Schatz und den unerhörten Preis wert, den er für sie bezahlt hatte.

Dominic verließ den Vardo und sah, daß der Wagen des Kesselflikkers sich bereits in Bewegung gesetzt hatte und auf seine Pferde zufuhr. Er malte sich genüßlich den Ausdruck auf Catherines hübschem Gesicht aus, wenn er sie einholte. Da er sich auf diese Herausforderung freute, konnte Dominic es kaum erwarten.

Töpfe und Pfannen klapperten, und der Wagen ächzte und schwankte, als sie über die staubige Straße der fernen Stadt Arles in der südfranzösischen Camargue entgegenrumpelten. Catherine bahnte sich einen Weg zur Rückseite des Wagens und schaute unter der Plane heraus, sah in die Richtung, aus der sie gekommen waren. Die Lagerfeuer der Zigeuner glommen in der Ferne, aber schon bald würden sie aus der Sicht verschwunden sein. Bis zum Morgengrauen würden noch Stunden vergehen, und erst dann würde Dominic ihr Verschwinden bemerken. Dann war sie Stunden von dem Lager der Zigeuner und von dem Mann entfernt, dessen finsteres Äußeres etwas ganz Merkwürdiges in ihr wachrief, was sie lieber nicht näher ergründen wollte.

Catherine lehnte sich wieder an die rauhe Holzwand des Wagens und ließ den ersten echten Vorgeschmack auf die Freiheit über sie hinwegspülen. Die Luft roch süßer, und die nächtlichen Geräusche waren fröhlicher. Zum ersten Mal seit Wochen gestattete sie sich, Hoffnung zu empfinden, und schläfrig lehnte sie sich zurück, um die Stunden bis zum Morgen vergehen zu lassen.

4

Löse dich nicht von den Brüdern.
Die Brüder müssen sich auf dich verlassen können.
Zahle deine Schulden an die Brüder.

Zigeunergesetz
George Borrow

Catherine war nicht sicher, ob sie Stunden oder nur Minuten geschlafen hatte, so tief und angenehm waren ihre Träume gewesen. Sie kam nur langsam zu sich und brauchte einen Moment, ehe sie erkannte, daß der Wagen sich nicht mehr voranbewegte, und dann noch einen weiteren Moment, um zu spüren, daß etwas Weiches und Warmes ihre Haut streifte.

Catherine schnappte nach Luft, als sie die Anwesenheit des großen Zigeuners an ihrer Seite wahrnahm und spürte, wie sein Mund zart über ihren Nacken glitt.

»Du bist in Sicherheit, Feuerkätzchen«, sagte er beschwichtigend, als sie versuchte, sich ihm zu entwinden. »Ich bin gekommen, um dich aus den lüsternen Klauen des alten Armand zu erretten.«

»Du!«

»Du hast doch bestimmt nicht etwa deinen alten Freund Vaclav erwartet?«

»Laß mich los!« Sie versuchte, sich loszureißen, doch seine Arme umschlangen sie wie Fangarme. Sie konnte nirgends hinlaufen, und er hob sie ohnehin bereits hoch und trug sie zum hinteren Ende des Wagens. Mit eleganter Leichtigkeit sprang er auf den Boden und hielt sie dabei fest an seine Brust gepreßt.

»Soll ich meinen alten Freund zum Duell herausfordern?« höhnte er. »Ihn dafür töten, daß er mir dich gestohlen hat? So hat es sich doch sicher abgespielt – Armand ist in meinen Wagen gekommen und hat dich gezwungen, mit ihm fortzugehen?«

Catherine versteifte sich und preßte die Handflächen gegen die Muskelstränge seiner Brust. »Der Kesselflicker hat keine Ahnung. Es war mein Werk, aus dem Lager zu verschwinden. Nur allein mein Werk.«

Diese Aufrichtigkeit entlockte ihm einen Blick, der Erstaunen oder Beifall hätte ausdrücken können. »Hast du wirklich geglaubt, ich würde eine solche Beute entkommen lassen? Ich finde es alles andere als schmeichelhaft, daß du die Gesellschaft eines zahnlosen alten Kesselflickers meiner Gesellschaft vorziehst.«

Dominic stellte sie ab, ließ aber einen Arm fest um ihre Taille liegen. Catherine errötete, als sie langsam an seinem festen, muskulösen Körper hinunterglitt.

»Was hast du denn erwartet? Du bist ein Zigeuner.«

Daraufhin schaute er finster, und Catherine war froh. Ihr gefiel nicht, wie er sie angesehen hatte. Auch die Wärme und die Unbeschwertheit, die sie in seiner Nähe fühlte, gefielen ihr nicht.

»*Merci beaucoup, mon ami*«, rief er dem Kesselflicker zu.

»*Au revoir*, Domini.« Der alte Mann winkte und schnalzte mit der Zunge, damit sein Maultier weitertrottete, und der Wagen holperte auf der Straße weiter.

Dominic nahm Catherine am Arm und führte sie zu einem großen Grauschimmel, einem Hengst, der an einen Baum neben der Straße gebunden war. Er holte eine Decke hinter seinem flachen Ledersattel heraus, hing sie ihr um die Schultern, hob sie dann hoch und setzte sie seitlich auf das Pferd. Als er sich hinter ihr aufschwang, fragte sich Catherine mit einem Anflug von Verzweiflung, wie er sie so schnell gefunden hatte. Sie schaute in die sternenhelle Schwärze, von der sie umgeben waren. Nicht ein Schimmer des Morgengrauens war zu sehen. Es hätte noch Stunden dauern müssen, bis er ihr Verschwinden bemerkte.

»Hast du nichts zu deiner Verteidigung vorzubringen, kleiner *Tschor*?«

»Was heißt das?« fragte sie verdrossen, denn sie war zwischen Wut und Niedergeschlagenheit hin- und hergerissen. Sie strengte sich nach Kräften an, sich nicht an ihn zu lehnen, was durch die schwankenden Bewegungen des Pferdes, das über die Lehmstraße trabte, nahezu unmöglich war.

»*Tschor* heißt Dieb. Das heißt, ich weiß von dem Geld, das du mir gestohlen hast.«

»Ich habe nur genommen, was ich brauchte, um fortzukommen. Ich hatte vor, es dir so bald wie möglich zurückzubezahlen.«

»Warum wolltest du fortgehen? Bist du mißhandelt worden? Habe ich dich hungern lassen? Dich geschlagen?«

Catherine ging nicht auf seine Scherze ein. »Wenn es hier jemand verdient hat, mit Schimpfnamen bedacht zu werden, dann bist du das. Wenn du mein Verschwinden so schnell bemerkt hast, dann mußt du in meinen Wagen gekommen sein. Wenn du in den Wagen gegangen bist – und damit dein Wort gebrochen hast –, dann wissen wir beide, in welcher Absicht du gekommen bist – und exakt das ist der Grund dafür, daß ich fortgehen wollte.«

Darüber lachte er, und sie fragte sich, warum er nicht wütend zu sein schien.

»Ich habe dich gesehen, als du gegangen bist«, sagte er schlichtweg. »Ich stand im Dunkeln.«

»Ich glaube dir nicht.«

»Und warum nicht? Ich glaube dir schließlich auch.«

Warum nicht, das war hier wirklich die Frage. Er hatte sie bisher nie belogen. Dieser Gedanke war irgendwie tröstlich, und ein kleiner Teil der Spannung wich aus ihrem Körper. Sie lehnte sich an ihn und nahm die Wärme und die Kraft der harten Arme um sich wahr, hörte sogar seinen Herzschlag.

Als er sich auf dem Sattel bewegte, spannten sich die Muskeln auf seiner Brust, und Catherines Herzschlag beschleunigte sich. Gegen ihren Willen malte sie sich aus, wie sich seine glatte dunkle Haut wohl unter ihren Fingern angefühlt hätte, und eine sachte Glut begann, in ihrer Magengrube zu schwelen.

Catherine holte hörbar Atem und war verblüfft über die ungewohnten Empfindungen und erstaunt über die Richtung, die ihre Gedanken eingeschlagen hatten. Sie versuchte, von ihm abzurücken, und dabei hätte sie sie fast beide aus dem Sattel geworfen.

»Bleib ganz ruhig, Catrina. Es ist nicht weit zum Lager, aber ich ziehe das Reiten dem Laufen bei weitem vor.« Er zog sie wieder an seine Brust, und mürrisch lehnte sich Catherine an seine schützende Wärme.

»Hattest du wirklich so große Angst vor mir, daß du dich deshalb entschlossen hast fortzulaufen?« fragte er ein Weilchen später. »Oder gab es einen anderen Grund, aus dem du gehen wolltest?«

Catherine dachte an ihr Heimatland, an Arondale und an ihre Freunde im Schloß. Sie dachte an ihren Onkel, den Herzog, und an Edmund. Den lieben, guten Edmund, der ihr wie ein Bruder gewesen war. Edmund, der jetzt der Earl von Arondale war – der Mann, der höchstwahrscheinlich für ihre Entführung verantwortlich war. Oder gab es einen anderen Schuldigen? Konnten Edmund und Amelia sie so sehr vermissen, wie sie die beiden vermißte?

»Ich wollte nach Hause«, sagte sie leise, und ein schmerzhafter Kloß schwoll in ihrer Kehle. Sie hatte sich Hoffnung gestattet. Jetzt war diese Hoffnung dahin.

»Aber du hast mir doch erzählt, daß du von zu Hause fortgelaufen bist. Erzählst du mir jetzt, daß du dorthin wieder zurück willst?«

»Ich... ich habe einen Fehler gemacht«, sagte sie ausweichend. »Das einzige, was ich mir wünsche, ist, meine Familie wiederzusehen.«

»Wenn du nach England zurückkehren wolltest, Catrina, dann hättest du mir das bloß sagen müssen.«

Catherine drehte das Gesicht abrupt zu ihm um, doch im Schatten der herabhängenden Äste eines Baumes konnte sie seinen Ausdruck nicht erkennen. »Du würdest mich nach Hause gehen lassen?«

Lange braune Finger hoben sich, um sich auf ihre Wange zu legen. »Ich werde sogar etwas noch Besseres tun. Ich werde dich persönlich hinbringen.«

Catherine musterte ihn argwöhnisch. »Weshalb solltest du das tun? Du hast ein Vermögen für mich bezahlt.«

»Meine Gründe sind meine Privatangelegenheit. Wenn du nach Hause möchtest, werde ich dafür sorgen, daß du dort ankommst.«

»Sagst du die Wahrheit?«

Er lächelte. »Ich schwöre es beim Grabe von Sara-la-kali – dem Schutzheiligen der Zigeuner.«

»Wann?«

»Schon sehr bald.« Dominic beobachtete das Wechselspiel der Emotionen auf Catherines hübschem Gesicht. Er sah die Unsicherheit, die Verzweiflung, die einem winzigen Hoffnungsschimmer wich, und etwas regte sich in seiner Brust.

Seine Hand fuhr durch die Strähnen ihres leuchtenden, goldroten Haars, und seine Arme schlangen sich enger um sie. Der Mondschein fiel auf den Schwung ihrer Lippen und auf ihre dichten Wimpern, die sich dunkel gegen ihre bleiche Haut absetzten. Nur eine kleine violette Verfärbung, ein Überbleibsel ihrer Auseinandersetzung mit Vaclav, verunstaltete ihre vollkommene Pfirsichhaut.

Dominics Kiefer spannte sich ein wenig an, und gleichzeitig schlossen sich seine Arme etwas fester um ihre Taille. Das Gewicht von Catherines üppiger Brust schmiegte sich weich an seinen Arm, und ihr frischer, süßer Duft stieg aus ihrem Haar auf. Dominic rutschte auf dem Sattel herum und bemühte sich, gegen die unangenehme Schwellung zwischen seinen Schenkeln anzugehen.

Ein Blick nach vorn zeigte den Schein der erlöschenden Feuer der Zigeuner, und er griff in die Zügel.

»Wir werden die restliche Wegstrecke laufen, um die anderen nicht zu wecken.« Er schwang ein langes Bein über den Rumpf des Pferdes, sprang auf den Boden und hob Catherine herunter. Seine Hände konnten ihre schmale Taille nahezu umfassen.

Sie liefen auf der Straße weiter und tauchten dann zwischen den Bäumen unter, wo seine anderen Pferde festgebunden waren. Er nahm dem Grauschimmel den Sattel ab und band ihm die Füße zusammen, und dann ging er wieder dorthin, wo Catherine ihn unter einer schlanken Pappel erwartete.

Er verflocht seine Finger mit ihren, lief aber nicht los. »Da ich dir versprochen habe, dich nach Hause zu bringen, erscheint es mir nur gerecht, daß du dich angemessen bei mir bedankst.«

Catherines Blick wurde wachsam. Dumm war diese Frau wahrhaftig nicht.

»Und wie sollte das aussehen? Kannst du mir das vielleicht verraten?«

»Ich verlange keinen höheren Preis als einen Kuß dafür.«

Grüne Augen richteten sich fest auf sein Gesicht und forschten nach der Wahrheit.

»Nur einen Kuß«, wiederholte er. »Das ist doch gewiß nicht zuviel verlangt.«

»Nein, ich glaube kaum, falls du dein Versprechen wahr machst.« Sie beugte sich vor und küßte ihn auf die Wange.

Dominic lächelte wider Willen. »Das ist nicht direkt das, was ich im Sinne hatte.« Wie konnte es möglich sein, daß sie solches Feuer besaß und gleichzeitig doch so unschuldig wirkte? Aber vielleicht war sie es ja in gewisser Weise. Es war etwas ganz anderes, ob man benutzt oder verführt wurde. Dominic hatte letzteres vor.

»Ein Kuß von der Sorte, wie ich ihn haben möchte, kostet etwas mehr Anstrengung«, sagte er. »Mach einfach die Augen zu, und den

Rest übernehme ich.« Sie zögerte einen Moment lang, und er nahm ihre Unsicherheit wahr. »Bist du sicher, daß du wirklich wieder nach Hause gehen willst?«

Catherine zog die Schultern zurück, und ihre Augen schlossen sich langsam. Dominic bewunderte die Vollkommenheit ihrer Gesichtszüge, als sie dort im Mondschein stand, aber er tat es nur einen Moment lang. Dann nahm er ihre Wangen zwischen seine Hände und ließ seinen Mund erst sachte und dann mit einer Eindringlichkeit über ihre Lippen gleiten, die eine neuerliche Woge von Wärme in seine Lenden sandte. Catherine riß die großen grünen Augen auf und versuchte, ihn von sich zu stoßen, doch er setzte seinen Angriff unbeeinträchtigt fort. Als sie den Mund aufmachte, um zu protestieren, drang seine Zunge in das warme Innere ein. Sie schmeckt so süß, wie sie duftet, dachte er einen flüchtigen Moment lang und wünschte, er hätte sie von Kopf bis Fuß überall kosten können.

Catherine versuchte, sich loszureißen, aber etwas schien ihren Willen zu lähmen. Von dem Augenblick ihrer ersten Begegnung an hatte sie sich von Dominics dunkler Schönheit angezogen gefühlt. Diese Anziehungskraft war dadurch noch verstärkt worden, daß er zu ihrer Rettung gekommen war, und in der kurzen Zeit, die seitdem vergangen war, hatte sie seine atemberaubende Männlichkeit wahrgenommen wie noch bei keinem anderen Mann. Sie spürte diese Kraft auch jetzt, als seine Lippen sich sachte über ihre bewegten und seine Zunge sie kostete, in ihren Mund vordrang und sie zwang, ihn zu akzeptieren.

Als läge ihr Herz direkt unter ihrer Haut, nahm Catherine jeden seiner zu schnellen Schläge wahr, das Flattern, das Blut, das in ihren Adern zu rauschen schien. Sie konnte nicht klar denken, konnte sich kaum noch darauf konzentrieren zu atmen. Dominic umfaßte jetzt ihre Handgelenke und keilte sie unentrinnbar zwischen einem kräftigen Baumstamm und seinem muskulösen, großgewachsenen Körper ein.

Als er ihre immer noch starren Arme um seinen Hals schlang, spielten sehnige Muskelstränge unter ihren Händen. Seine Zunge fühlte sich seidig an, seine Hände wie samtenes Feuer, als sie über ihren Körper glitten. Lange, sehnige Schenkel preßten sich an sie und ließen sie beben, und ihre Brüste drückten gegen seine muskulöse Brust.

Catherine stöhnte. Lieber Gott, das durfte nicht passieren! Sie durfte unter keinen Umständen zulassen, daß dies passierte. Und doch wollte ein ihr kaum bekannter Teil ihres Wesens, ihre Weiblichkeit, daß es dazu kam.

Ihre Arme spannten sich um seinen Nacken, und ihre Zunge berührte seine, erst zaghaft, dann kühner. Durch ein benebeltes Bewußtsein, das gänzlich zu schwinden drohte, spürte sie, daß sich eine Hand über die dünne Baumwollbluse auf ihre Brust legte, während eine andere ihren Po koste, als er sie eng an sich schmiegte.

Als Catherine seine entschieden männliche Erregung fühlte, hätte sie nicht mehr zusammenzucken können, wenn ein Eimer kaltes Wasser über ihr ausgegossen worden wäre. Sie riß sich abrupt von ihm los, und ihre Augen glühten vor Empörung, als sie zurückwich und ihn ohrfeigte.

Dominic wirkte benommen. »Wie kannst du es wagen, dir solche Freiheiten herauszunehmen!« Jetzt sprach die Gräfin von Arondale. Eine Dame von klarem Verstand und guter Herkunft. Eine Dame mit klaren Anstandsvorstellungen, die es einem gewöhnlichen Zigeuner ohnehin nie auch nur gestattet hätte, sie zu küssen, und die sich gelobte, es nie mehr dazu kommen zu lassen.

Dominic betrachtete sie nachdenklich und rieb sich dabei mit einer Hand die Wange. »Dafür könnte ich dich schlagen«, erinnerte er sie, doch aus seiner Stimme war kein Zorn herauszuhören, nur Enttäuschung. »Das wäre mein Recht.«

»Warum tust du es dann nicht? Falls du das brauchst, um dich als Mann zu fühlen.«

Auf Dominics Lippen trat ein dünnes Lächeln. »Was ich dafür brauche, Feuerkätzchen, wollte ich dir gerade zeigen. Und das, wie ich noch hinzufügen könnte, nicht ohne eine gewisse Ermutigung deinerseits.«

Catherine errötete bis zu den Wurzeln ihres flammendroten Haares.

63

Gütiger Jesus, der Mann hatte recht! Warum hatte sie ihn nicht zurückgehalten? Warum hatte sie sich überhaupt erst von ihm küssen lassen? Wie hatte sie sich so benehmen können? Es kostete sie eisernen Willen, in diese pechschwarzen Augen zu sehen.

»Du hast natürlich recht. Mein Benehmen war unverzeihlich. Ich hoffe, du wirst mir den falschen Eindruck verzeihen, den ich bei dir erweckt haben muß. Ich habe nie... ich meine, ich habe mich einfach überrumpeln lassen.«

Dominics schwarze Augenbrauen schossen in die Höhe. Er betrachtete sie einen Moment lang und schien sie abschätzen zu wollen. Dann zog sich einer seiner Mundwinkel hoch. »Du überraschst mich ständig aufs neue, Catrina. Das allerletzte, was ich erwartet habe, war eine Entschuldigung von deiner Seite.«

»Eine Entschuldigung von deiner Seite wäre auch nicht fehl am Platz.«

Belustigung flackerte in seinen Augen auf, und dann verbeugte er sich übertrieben. »Nehmen Sie bitte meine demütigsten Entschuldigungen entgegen, Mylady.« Er führte ihre Hand an seine Lippen und streifte sie auf eine so vornehme Art, daß er damit sogar am königlichen Hofe hätte bestehen können. »Ich fürchte, das ist alles, was ich tun kann, da ich den Kuß durch und durch genossen habe.«

Catherine kämpfte gegen ein Lächeln an. Ihr ging es genauso, wenigstens weitgehend, doch es hätte ihr abgrundtief widerstrebt, das zuzugeben. Sie dachte an seine Entschuldigung. *Mylady*, so hatte er sie angesprochen, ohne auch nur einen Augenblick zu ahnen, wie nahe er der Wahrheit gekommen war. Innerlich machte sie sich über sich selbst lustig. Sie sah wahrhaftig nicht aus wie eine Dame – und sie hatte sich auch nicht wie eine Dame benommen.

In der Hoffnung, daß er die Röte nicht sehen konnte, die sich in ihre Wangen schlich, nahm sie den Arm, den er ihr reichte, und lief mit ihm zum Wagen. Der Mond war hinter einer Wolke herausgekommen, nicht mehr als eine silberne Sichel, doch das Licht reichte aus, um ihnen den Weg zu weisen und den Pfad zwischen den Bäumen zu erhellen. Dominic blieb am Rand des Feuerscheins stehen, und Catherine fiel auf, daß das Feuer wieder angezündet worden war. Wenige Meter entfernt stand eine schwarzhaarige Frau mit verschränkten Armen und schien ihre Ankunft zu erwarten.

»Guten Abend, Yana«, sagte Dominic freundlich, doch eine Spur von Gereiztheit war aus seiner Stimme herauszuhören. »Du wolltest mich sprechen?«

»Dann ist das also die *Gadjo*-Frau, die du Vaclav abgekauft hast. Wie dumm ich doch war, daß ich nicht schon viel eher gekommen bin.«

»Das ist Catherine«, sagte er, und sie fühlte eine Woge von Dankbarkeit in sich aufsteigen, weil er ihren englischen Namen benutzt hatte. Von der Frau, die ihnen so drohend gegenüberstand und deren Wut direkt unter der Oberfläche siedete, ging etwas Beunruhigendes aus.

»Catherine«, wiederholte Yana mit einem so giftigen und finsteren Blick, daß Catherine ein Schauer über den Rücken lief. »Ein hochgestochener Name für eine Frau, die nicht mehr als eine Sklavin ist.«

»Warum gehst du nicht wieder in deinen Wagen, nachdem du sie jetzt gesehen hast?« schlug Dominic vor, und die Worte waren entschieden eine Warnung.

»Ohne dich? Du hast doch gewiß vor, mit mir zu kommen, in meinen Armen zu liegen und dir von mir Lust verschaffen zu lassen, wie du es jede Nacht getan hast, seit du hergekommen bist.«

»Du hast von Anfang an gewußt, daß dieser Zeitpunkt kommen wird.«

»Das ist wahr. Du warst schon immer ein Mann, der seine Frauen genießt. Dennoch überrascht mich, daß du dieses bleiche Wesen mehr begehrst als mich. Sie kann dein Blut doch bestimmt nicht so aufheizen, wie ich es kann. Im Moment sieht sie sogar so aus, als könnte sie sich kaum noch auf den Füßen halten.«

Die Worte waren nur zu wahr. Wenn sie nicht das Gefühl gehabt hätte, am Fleck angewurzelt zu sein, wäre sie bestimmt ohnmächtig geworden, soviel stand für Catherine fest. War das Dominics Ehefrau? Seine Geliebte? Welchen Platz diese Frau auch innehaben mochte, Dominic hatte sie offensichtlich hinters Licht geführt.

»Keine Angst, ich werde schon dafür sorgen, daß du reichlich entlohnt wirst.«

»Geld ist doch immer dein Ausweg, stimmt's, Domini?«

»Ich meinte damit nur, daß gut für dich gesorgt wird.«

Yana wandte sich an Catherine. »Du glaubst, du hast gewonnen, aber ich warne dich – er wird deiner müde werden, genauso wie es ihm bei mir auch ergangen ist.«

Dominic trat drohend einen Schritt vor. »Ich habe genug von deinem Keifen, Yana. Geh wieder in deinen Wagen, ehe ich dich persönlich hinschleife.«

Catherine sah von der schönen Zigeunerin zu Dominic, dessen Gesicht sich vor Wut verfinstert hatte. *Er wird deiner müde werden, genauso wie es ihm bei mir auch ergangen ist.* Galle stieg in ihre Kehle auf. Dominic würde sie nach England zurückbringen, ja, klar, nachdem er seinen Spaß mit ihr gehabt hatte. Wenn sein Hunger erst einmal gestillt war, würde er sie mit Freuden ablegen. Oder vielleicht auch weiterverkaufen.

»Wenn ihr mich jetzt entschuldigen würdet«, sagte Catherine und bot all ihre Willenskraft auf, um das Kinn in die Luft zu recken. »Ich muß sagen, daß ich wirklich sehr müde bin.«

Yana sah sie mit einem solchen Abscheu an, daß Catherine sich nur mit Mühe zwingen konnte, sich vom Fleck zu rühren. Das Zigeunermädchen glaubte offensichtlich, Dominic sei mit ihr im Bett gewesen, sie hätte das zugelassen und es vielleicht sogar genossen! Die Glut der Demütigung spülte über sie hinweg. Dominics Hand packte ihren Arm, hinderte sie am Gehen und ließ sie dann los.

»Darüber reden wir morgen früh«, sagte er.

Catherine lief einfach weiter. Um zu den Stufen des Wagens zu gelangen, mußte sie dicht an dem Zigeunermädchen vorbeigehen. Als sie das tat, gruben sich die Finger der Frau in ihren Arm. Yana drehte sie zu sich um und schlug ihr fest ins Gesicht.

»Yana!« Dominic ging auf die beiden zu.

Vor zwei Monaten wäre Catherine vor Entsetzen erstarrt, und sie wäre so bestürzt und entrüstet gewesen, daß sie sich nicht von der Stelle hätte rühren können. Jetzt packte sie das dichte schwarze Haar der Frau, riß ihren Kopf zurück und ohrfeigte sie noch kräftiger, als sie geohrfeigt worden war. Mit ungläubigem Gesicht taumelte Yana rückwärts und landete auf dem Hintern. Ihre leuchtendgrünen Röcke glitten bis zu ihren Oberschenkeln hinauf und entblößten wohlgeformte Beine, während das lange dunkle Haar ihr in die Augen fiel.

»Ich will weder *ihn* noch irgendeinen anderen Mann«, sagte Catherine zu ihr und sah dabei Dominic scharf an. »Ich will nichts weiter als von hier verschwinden, nichts anderes als meine Ruhe.«

»Du Lügnerin!« Yana sprang auf und klopfte sich Erde und kleine Zweige von der Kleidung. Sie hatte noch keine zwei Schritte nach vorn gemacht, als sie stolperte und wieder auf den Boden fiel.

Pearsa kam aus dem Schatten hinzu. »Das Mädchen hat dir nichts getan. Mein Sohn hat seine eigene Meinung. Wenn er ihre Gesellschaft deiner vorzieht, dann liegt die Entscheidung ganz allein bei ihm.«

»Halte dich da raus, Alte.«

»Geh nach Hause, Yana«, warnte Dominic sie leise. »Ich hatte vor, mich in Freundschaft von dir zu trennen. Wenn du jetzt gehst, ist das immer noch möglich.«

»Ich bin nicht wie die *Gadjo* – du kannst mich nicht herumkommandieren.«

»Geh in deinen Wagen«, befahl ihr Pearsa, »ehe ich dich mit einem Fluch belege. Wie würde es dir gefallen, all dieses schöne schwarze Haar zu verlieren?«

Yana umklammerte die schimmernden Strähnen und schoß eilig davon. »Du hast mich schon immer gehaßt. Aber ich hätte niemals geglaubt, daß du dich gegen mich und auf die Seite einer *Gadjo* stellst.«

»Verschwinde!« schrie Pearsa und schwenkte ein verschrumpeltes Hühnerbein, das sie aus der Tasche gezogen hatte. Die langen schwarzen Krallen blinkten im Feuerschein. Yana sprang auf und wollte das Lager verlassen.

Sie sah Dominic fest an. »Das wirst du mir büßen – und es wird dich weit mehr kosten, als du für das Mädchen bezahlt hast. Ihr werdet alle dafür büßen.« In einer Woge leuchtendgrüner Röcke und zum Klang von klirrenden Perlen rannte sie in die Dunkelheit.

Dominic wandte seine Aufmerksamkeit Catherine zu. Sie wirkte bleich und erschüttert, und doch wich sie nicht zurück. Er ging auf sie zu, doch sie hob die Hand, als wollte sie ihn abwehren.

»Bitte... ich würde mich jetzt wirklich gern hinlegen.«

»Laß sie gehen«, sagte Pearsa zu ihm, und schließlich erbarmte er sich. Hölzern wandte sich Catherine ab und stieg die Stufen hinauf.

»Sie macht jetzt schon Schwierigkeiten«, sagte Pearsa, die dasaß und eine langstielige Messingpfeife rauchte, während Dominic an einer dünnen Zigarre zog und aus einem Zinnbecher Palinka trank. Der Geruch des Rauchs vermischte sich mit der brennenden Rinde von Pappeln, die die späte Nachtluft versüßte. Über ihnen in den Bäumen schrie eine kleine weiße Eule.

»Was mit Yana passiert ist, war nicht Catherines Schuld.«

»Nein, es war deine Schuld. Wann wirst du endlich seßhaft werden, mein Sohn?«

»Darüber haben wir bereits geredet. Ich weigere mich, noch einmal darüber zu diskutieren.«

Eine Zeitlang saßen sie schweigend da, anfangs mürrisch, doch schon bald so entspannt wie gewöhnlich.

»Sie ist nicht so wie die anderen Frauen deines Bluts, die ich kennengelernt habe«, sagte Pearsa und riß ihn aus seinen Gedanken.

Dominics Mundwinkel zogen sich nach oben. »Sie ist auch nicht wie irgendeine andere Frau, die ich je kennengelernt habe.«

»Sie arbeitet hart und klagt nicht darüber.«

Dominic zog eine kühn geschwungene schwarze Augenbraue hoch. Aus dem Mund seiner Mutter war das allerdings ein großes Lob. »Du magst sie?«

Pearsa höhnte. »Sie ist eine *Gadjo*. Das allein reicht mir schon aus, um sie zu verabscheuen.«

Dominic starrte in die Flammen und dachte, wie nahe die Farbe doch Catherines leuchtendem Haar kam. »Sie hat Medela eine Locke von ihrem Haar für das Baby gegeben.«

»Sie hat gewußt, daß es ihr Glück bringen wird?«

Dominic nickte.

»Medela muß sich sehr gefreut haben.« Sie zog an ihrer langstieligen Pfeife und paffte den süß riechenden Rauch in die dicke Nachtluft. »Warum ist sie fortgelaufen? Wir haben sie nicht schlecht behandelt.«

Er lehnte sich an die Seitenwand des bunten Vardos seiner Mutter. Rote und gelbe Schlangen kletterten an einem Spalier mit grünem Laub hinauf, das um die Tür herum gemalt war. »Sie will nach Hause.«

»Zurück nach England?«

»Ja.«

»Dann wirst du sie mitnehmen, wenn du fortgehst. Nach dem Pferdemarkt.«

Er nickte. »Ich werde dafür sorgen, daß sie wieder nach Hause kommt.« *Früher oder später*, dachte er. »Ich spiele mit dem Gedanken, noch etwas länger hierzubleiben.« Pearsa warf ihm einen argwöhnischen Blick zu, verfolgte jedoch das Thema zu Dominics großer Erleichterung nicht weiter. Es gab Dinge in Gravenwold zu erledigen, die seine Anwesenheit erforderten: Er mußte sich um die Ländereien seines Vaters kümmern, um die Leute, die für ihn arbeiteten, um die Pferde, die er züchtete. Bis zu Catherines Eintreffen war er immer unruhiger geworden und hatte es eilig gehabt, dorthin zurückzukehren – ein Umstand, den er erbittert ablehnte.

Wenn er als Junge zum Volk seiner Mutter zurückgekehrt war, hatte

69

ihm jedes Jahr bei dem Gedanken an seine Abreise gegraut. Aber inzwischen ertappte er sich von Jahr zu Jahr mehr dabei, daß er sich auf die Bücher freute, die zu lesen er gelernt hatte, auf die weite neue Welt, die sein Vater ihm eröffnet hatte.

Der Preis für sein neues Leben war hoch gewesen. Jahre der Einsamkeit, fern von den Menschen, die er liebte. Eine Jugend, verfinstert von dem geflüsterten Hohn derjenigen, denen sein Vater das Geheimnis seiner Geburt anvertraut hatte – seinem Hauslehrer, seinem Kindermädchen, den Dienstboten, die auf dem fernen Landsitz des Marquis lebten –, aber auch durch die Beschimpfungen eines Vaters, dem er es nie auch nur annähernd hatte recht machen können.

Und von dem Schmerz, den sein Fortgehen seiner Mutter beschert hatte.

Wie immer schmeckte Dominic die Bitterkeit des Hasses auf den Mann, der ihm soviel Verzweiflung bereitet hatte. Auf den Mann, der ihm immer noch Kummer bereitete, wann immer sich ihm die Gelegenheit dazu bot.

»Wenn du die Frau willst«, sagte Pearsa, »und ich kann sehen, daß du sie willst, warum schläfst du dann auf dem Boden, und sie schläft in deinem Bett?«

Dominic lachte leise in sich hinein. »Es hat ganz den Anschein, daß meine Catherine ihre Tugend hochschätzt, wenn sie auch noch so angekratzt sein mag. Sie ist mißhandelt worden. Sie braucht ein wenig Zeit, um sich an den Gedanken zu gewöhnen.«

Pearsa schien überrascht zu sein. »Sie hat Vaclav mit Geschichten über ihre Tugend zum Narren gehalten, aber mich überrascht, daß sich ein Mann mit deiner Erfahrung so leicht für dumm verkaufen läßt.«

War es möglich? Dominic dachte an ihren Kuß, der von einer so süßen Leidenschaft gewesen war, und daran, wie sie errötete, wenn er sie berührte oder sie begehrlich ansah. Ihr mochte zwar die Jungfernschaft geraubt worden sein, aber sie war keine erfahrene Frau. Darauf hätte er sein Leben gewettet.

»Ein paar Tage mehr oder weniger werden nichts ändern. Das Ergebnis wird schließlich dasselbe sein. Die Frau gehört mir. Wenn der rechte Zeitpunkt gekommen ist, werde ich für mich fordern, was mir zusteht.«

Pearsa paffte an ihrer Pfeife und betrachtete ihren Sohn durch den dichten schwarzen Rauch, der in Schwaden um sie herum wogte. Hatte die Frau ihn verhext, wie sie schon Vaclav verhext hatte? Oder war es etwas anderes?

Wenigstens hatte das Mädchen Domini von Yanas sündigen Manipulationen befreit, und wenn ihre Anwesenheit im Lager bedeutete, daß ihr Sohn ein Weilchen länger bleiben würde, dann würde sich Pearsa eben mit ihr abfinden. Außerdem arbeitete das Mädchen hart und hatte sich bisher nicht beklagt.

5

Als Catherine erwachte, war ein warmer Frühlingsmorgen angebrochen, der weit strahlender als ihre Stimmung war. Draußen zwitscherten Spatzen, und Insekten schwirrten über die ersten duftenden Frühjahrsblumen. Unter den Steinmauern der alten Festung von Sisteron machte die Welt einen sonnigen und einladenden Eindruck, doch davon nahm Catherine kaum etwas wahr.

Sie hatte die Nacht damit zugebracht, sich von einer Seite auf die andere zu werfen, und dabei waren immer wieder die Konflikte mit Yana und Dominics Kuß zwischen den Bäumen vor ihren Augen abgelaufen.

Zu Hause in Arondale war sie bisher nur einmal geküßt worden, von dem Sohn eines Freundes ihres Vaters. Es war ein süßer und wohltuender Kuß gewesen, und sie hatte sich überlegt, wie schön es sein mußte, jeden Abend vor dem Einschlafen einen solchen Kuß von ihrem Ehemann zu bekommen. Dominics kühne Invasion hatte weitaus verruchtere Gedanken in ihr aufkeimen lassen.

Es hatte sie einige Stunden und eine Menge Willenskraft gekostet, aber endlich hatte Catherine diese Gedanken unterdrückt und sich den Vorfall damit erklärt und ihn aus der Welt geschafft, daß sie ihn auf nichts weiter als einen plötzlichen Anfall von Neugier zurückführte. Amelia hatte angedeutet, daß es zwischen Mann und Frau Leidenschaften gab, und unter den Zigeunern aus dem Norden, mit denen sie gereist war, hatte Catherine Kostproben so ungehörigen Benehmens erhalten.

Als Dominic sie geküßt hatte, war sie schlichtweg von den unvertrauten Empfindungen fasziniert gewesen. Die Neugier hatte wider besseres Wissen gesiegt. Dazu würde es nicht noch einmal kommen.

Catherine gähnte hinter vorgehaltener Hand und strich sich vom Schlaf zerzauste Strähnen ihres schweren goldroten Haars hinter die Ohren, stieg aus dem Bett und versuchte, ihre Kleider glattzustreichen. Da sie nichts anderes besaß, worin sie hätte schlafen können, war ihr Rock verknittert und schmutzig, und ihre Bluse war so krumplig, daß sich kaum noch etwas dagegen ausrichten ließ, aber sie dachte gar nicht daran, sich nackt in Dominics Bett zu legen.

Catherine stand an der Tür des Vardo und hörte die Geräusche eines erwachenden Lagers: Reisig wurde kleingehackt, um die Feuer in Gang zu bringen, Wasser schwappte in den Eimern, in denen es vom Fluß heraufgebracht wurde, Kinder lachten, während sie ihr Bettzeug zusammenrollten oder aus den Wagen stiegen. Schon jetzt wärmte die Sonne die Fenster; bald würde Pearsa die Bohnen für den süßen schwarzen Frühstückskaffee mahlen.

Catherine stieg die schmalen Holzstufen herunter, und ihre ledernen Sandalen berührten Erde, die viel trockener als am Vortag war. Das Feuer war zwar schon entfacht worden, doch weder Pearsa noch Dominic waren irgendwo zu sehen, und das war Catherine nur recht so. Sie war entschlossen zu baden, ganz gleich, wie kalt der Fluß war.

In den Tagen, die auf ihre Ankunft im ersten Zigeunerlager gefolgt waren, hatten die Roma sie mit ihren strikten Hygienevorschriften vertraut gemacht. Die Bereiche für das Trinkwasser und das Wasser zum Kochen lagen weiter flußaufwärts, als nächstes kam das Wasser, in dem sie ihre Utensilien reinigten, dann kam das Wasser für die Pferde, dann das Badewasser – das der Männer und das der Frauen – und dann das Wasser, das von schwangeren Frauen und denjenigen benutzt wurde, die ihre Monatsblutungen hatten. Sie wurden *Marimay* genannt. Die Unreinen.

Catherine lief flußabwärts zu einer Stelle zwischen Felsblöcken, die den Frauen zum Baden zugeteilt worden war. Sie ließ ihre Sandalen am Rand stehen und watete vollständig angekleidet in das kühle, träge fließende Wasser. Sie ignorierte die Gänsehaut, die sie überzog, wusch sich mit einem kleinen Stück Seife, das sie im Wagen gefunden hatte, das Haar und benutzte die Seife dann, um ihre Kleider zu schrubben. Als sie damit fertig war, hatte der weite Rock wieder ein leuchtendes Rot, und die Bluse war wieder weiß und roch sauber.

Als sie zu ihrer Zufriedenheit feststellte, daß sie wieder vorzeigbar aussah, kletterte sie auf einen Felsen, auf den die Sonne schien, und wartete, bis ihre Sachen soweit getrocknet waren, daß sie ins Lager zurückkehren konnte. Die Sonne war so warm und wohltuend, und Catherine hatte so schlecht geschlafen, daß sie ein wenig vor sich hin döste und die Wärme und die wenigen Wattewölkchen über ihrem Kopf genoß. Dann fiel ein Schatten über ihre Augen, und sie setzte sich abrupt auf.

»Tut mir leid«, sagte Dominic. »Ich wollte dich nicht erschrecken.«

»Ich… ich muß wohl eingeschlafen sein.« Sie warf einen Blick auf ihre Bluse, die jetzt soweit getrocknet war, daß sie ihren Anstandsbegriffen Genüge tat. »Ich wollte nur bleiben, bis meine Kleider trocken sind.«

»Wer könnte dir das an einem Tag wie heute vorwerfen?« Er reichte ihr einen dampfenden Zinnbecher. »Ich bin baden gegangen, und als ich fertig war, habe ich festgestellt, daß du dieselben Absichten gehabt hast. Ich dachte, vielleicht bist du jetzt soweit, daß du eine Tasse Kaffee trinken möchtest.«

Catherine wollte sich gerade bei ihm bedanken, doch ein einziger Blick in diese unbeirrten schwarzen Augen genügte, um die gräßliche Szene im Lager in der vergangenen Nacht wieder vor ihr auferstehen zu lassen. Sie dachte an Yana, das schöne Zigeunermädchen, dachte an Dominics gemeinen Verrat und an all die Feindseligkeit, die sie letzte Nacht wie eine riesige Bestie empfunden hatte, die zum Sprung ansetzte.

Sie wollte ihm gerade ganz genau sagen, was sie von einem Mann hielt, der so etwas tat, doch ihr Blick fiel auf seine breite entblößte Brust, auf der er nur die mit Goldmünzen besetzte Teppichweste trug, die sie in seinem Wagen gesehen hatte, und die Worte erstarben irgendwo in ihrer Kehle.

Catherine schluckte schwer. Sie arbeitete zwar hart daran, die glühende Röte ihrer Wangen zu ignorieren und sich etwas Schneidendes einfallen zu lassen, was sie hätte sagen können, doch der einzige Gedanke, den sie fassen konnte, war der, daß sie noch nie so glatte oder so braune Haut gesehen hatte und daß sie sich danach verzehrte, diese Haut zu berühren, in Erfahrung zu bringen, ob der kräftige Körper, der über ihr aufragte, wirklich so stark gebaut war, wie er aussah.

»Es tut mir leid, daß es zu diesem Zwischenfall mit Yana gekommen ist«, sagte er, und dieses eine Mal war sie glücklich darüber, daß sein Blick auf ihren Körper und nicht auf ihr Gesicht gerichtet war. »Ich hätte schon früher mit ihr reden sollen.«

Als sie den Namen der Frau hörte, war der Bann gebrochen. Catherine warf ihr noch feuchtes Haar zurück, und die dichte Mähne fiel ihr bis weit über die Schultern. »Du meinst wohl, du hättest sie dir eher vom Hals schaffen sollen, stimmt's? Ehe sie dich in Verlegenheit bringt? Bist du mit dieser Frau verheiratet?«

Seine Lippen verzogen sich zu einem unangenehmen Lächeln. »Keineswegs. Yana und ich kennen uns seit unserer Kindheit. Unter den gegebenen Umständen lag es nur allzu nahe, daß es früher oder später so kommt, wie es gekommen ist.«

Catherine nahm eine aufrechtere Haltung auf dem Felsen ein und umklammerte den Becher fester. Die Geräusche, mit denen das Wasser über die Felsen sprudelte, schienen plötzlich leiser geworden zu sein. »Welche Umstände?«

»Yana ist eine Frau mit... wie soll ich das sagen... mit eher unstillbaren Gelüsten. Antal, ihr Mann, hat diese kleine Schwäche kürzlich an ihr entdeckt und sich von ihr scheiden lassen. Zu einer Zeit, zu der sie es brauchte, hat sie bei mir einen gewissen Trost gefunden.«

»Willst du damit sagen, du hättest sie nicht ausgenutzt?«

»Nicht im entferntesten. Tatsächlich war es auch so, daß Yana auf mich zugekommen ist, und nicht etwa umgekehrt.«

Es war schwer, gegen diese Form von Logik etwas einzuwenden. Wenn das Benehmen der Frau so schamlos war, daß ihr Mann sich von ihr hatte scheiden lassen, war es schwierig, viel Mitgefühl wegen Dominics Verhalten für sie aufzubringen. »Ich nehme an, wenn sie sich dir selbst großzügig angeboten hat...«

»Endlich – eine vernünftige und einsichtige Frau! Ich dachte schon, so etwas gäbe es nicht. Heißt das, daß du nicht mehr wütend auf mich bist?«

»Es heißt, daß ich glaube, es war ein großer Fehler von dir, sie aufzugeben. Falls du nicht vorhast, Gewalt anzuwenden, hast du jetzt niemanden mehr, der dir das Bett wärmt.«

Dominics Augen glitten über sie. »Ich brauche dich nur anzusehen, Catrina, und schon wird mir von Kopf bis Fuß warm. Kannst du dir nicht vorstellen, wie schön es für uns beide wäre?«

Er beugte sich zu ihr vor, und Catherine wich instinktiv zurück. »Laß das! Rede nicht so mit mir. So etwas darfst du noch nicht einmal denken!«

»Und warum nicht? Wäre das denn so furchtbar?«

»Natürlich wäre es das!« Aber ihr Mund war schon allein bei dem Gedanken daran trocken geworden, und die Hand, die die Kaffeetasse hielt, hatte zu zittern begonnen.

Dominic lachte leise und nahm ihr den Becher aus den Fingern. »Du wirst dich sonst noch verbrennen.« Seine mitternachtsschwarzen Augen deuteten an, das Feuer, das er entfachen konnte, würde weit heißer als der Kaffee sein.

»Dominic, bitte…«

»Bitte was, Catrina? Bittest du mich darum, dich zu küssen, damit du wieder fühlst, was du letzte Nacht gefühlt hast?«

Catherine reckte das Kinn in die Luft. »Ich meinte, bitte – laß uns über etwas Gehöriges reden.«

Seine Mundwinkel zogen sich nach oben. Er sah sie noch einen Moment lang an, stellte den Zinnbecher auf den Felsen und trat zurück. »Morgen brechen wir zum Pferdemarkt auf. Heute packen wir und machen die Wagen bereit. Wenn wir damit fertig sind, möchte ich dir Sisteron zeigen.«

Tagelang hatte sie sich den Hals verrenkt, um zu den Felsmauern der Festung aufzublicken, die zwischen den von Geröll übersäten Hügeln wie ein Granitriese aufragte. »Das würde mir Spaß machen«, hörte sie sich sagen, und der Umstand, daß sie es ernst meinte, wühlte Catherine innerlich auf.

Dominic berührte zart ihre Wange, und eine Gänsehaut überlief sie.

»Wir sollten jetzt besser zum Lager zurückgehen«, sagte er freundlich und leise.

»Ich brauche noch einen Moment«, sagte sie ausweichend. Ihr war alles recht, solange er bloß fortging.

»In Ordnung. Wir sehen uns dann vor dem Wagen.« Mit einem letzten freundlichen Blick wandte er sich zum Lager um, und seine langen Beine trugen ihn von den Felsblöcken fort und zwischen die Bäume am Rand der Wiese.

Catherine sah ihm betäubt nach und bemühte sich, seine breiten Schultern und die kräftige Muskulatur seiner Arme nicht wahrzunehmen. Gütiger Jesus – wie in Himmels Namen konnte der Mann bloß eine solche Wirkung auf sie ausüben?

Sie dachte an England und an ihr Zuhause. Sie dachte an Arondale und an die Söhne, die sie für ihren Vater gebären mußte, an den Titel, den er ihr mit solcher Mühe abgetreten hatte. Sie malte sich Edmund als den neuernannten Earl aus, und das Gefühl von Verrat versetzte ihr einen scharfen Stich, und darauf folgte ein scharfer Stich des Schuldbewußtseins, weil sie ihn verdächtigte. Ob Edmund ihre Entführung geplant hatte oder nicht, es wäre so oder so an ihr und nicht an ihm gewesen, den Titel Arondale zu tragen. Es war das, was ihr Vater gewollt hatte, das, was sie sich mehr als alles andere wünschte.

Dann dachte sie an den großgewachsenen dunkelhäutigen Zigeuner, der ihr Herz mit einem einzigen gierigen Blick zum Pochen brachte. Jeder Tag, der verging, brachte sie dem Zeitpunkt näher, an dem er fordern würde, was ihm zustand.

Catherine gelobte sich, es nicht dazu kommen zu lassen – es war an der Zeit, daß sie sich auf den Heimweg machte.

Catherine arbeitete an Pearsas Seite. Sie räumten die Wagen auf und beluden sie und sammelten dann Beeren und schnitten für das Abendessen Kartoffeln in Scheiben. Dominic reinigte und verstaute das Geschirr und das Zaumzeug seiner Pferde. Da sie soviel zu tun hatten, verging der Tag schnell. Sie nahmen eine frühe Mahlzeit zu sich, die Frauen spülten und verstauten das Blechgeschirr, und dann kam Dominic zurück – Gott sei Dank hatte er sein Hemd angezogen – und nahm Catherines Hand.

»Wir sollten hochsteigen, solange wir noch genug Licht haben«, sagte er und drängte sie, sich zu eilen. Sie liefen über einen ausgetretenen Pfad, der zu den Granitmauern der alten Zitadelle führte, und Dominic ging voran.

»Ist das, was ich da oben sehe, eine Kirche?«

»Eine romanische Kathedrale aus dem zwölften Jahrhundert. Sie ist geplündert worden, aber sie ist teilweise restauriert worden und wird heute noch benutzt.«

Catherine musterte ihn mit einer Mischung aus Erstaunen und Interesse. Ein Zigeuner, der sich in französischer Geschichte auskannte? Wie konnte das sein? Dann dachte sie an die Bücher, die in seinem Vardo auf den Regalen standen, und sie blieb abrupt stehen. »Du kannst lesen!« Es war schon beinahe eine Anschuldigung.

Dominic lächelte trocken. »Hast du geglaubt, wir hätten etwas im Blut, was uns das Lernen nicht erlaubt?«

»Nein... es ist nur einfach so, daß ich noch nie einem Zigeuner mit normaler Schulbildung begegnet bin. Ich dachte, sie glauben nicht an das Schulwesen. Kann deine Mutter auch lesen?«

Dominic schüttelte den Kopf und zog sie weiter mit sich.

»Wie kommt es dann, daß du es kannst?«

Mit einem resignierten Seufzer blieb er stehen und drehte sich zu ihr um. Sie bemerkte, daß sein vorhin noch unbeschwerter Gesichtsausdruck von einer finsteren Miene abgelöst worden war. »Ich vermute, früher oder später wird es dir ja doch jemand erzählen, also kann ich es dir ebensogut auch selbst sagen. Ich bin nur ein halber Zigeuner. Mein Vater – ein *Gadjo* – hat darauf beharrt, daß ich eine Ausbildung erhalte. Unter den Roma ist das nichts, worauf man stolz ist, und daher wäre es mir lieber, wenn du das Thema nicht ansprichst.«

Zigeuner haßten jedes Eindringen der Außenwelt, das wußte sie. Das Lesen hätte es ihnen erlaubt, Einblicke in andere Lebensform zu gewinnen, in die Ziele und Träume anderer Menschen. Wahrscheinlich sahen sie darin eine Bedrohung. »Von dem Moment an, in dem ich dich das erste Mal gesehen habe, wußte ich, daß du anders bist.«

Dominics schwarze Augenbrauen zogen sich noch finsterer zusammen. »Das hat man mir mein Leben lang erzählt, Catrina. Ich brauche mir das wirklich nicht auch noch von dir anzuhören.« Seine Finger spannten sich fester um ihre Hand, und er schritt auf dem Weg voran, als könnte er die unangenehme Erinnerung an seine Abstammung dort hinter sich zurücklassen, und dabei zerrte er Catherine regelrecht hinter sich her.

»Dominic, bitte«, sagte sie schließlich und grub die Fersen in den Boden, bis er gezwungen war, stehenzubleiben. »Ich dachte, dieser Spaziergang sollte mir Spaß machen.«

Er drehte sich abrupt zu ihr um, sah die Röte der Anstrengung auf ihren Wangen und verzog seine finstere Miene zu einem bedächtigen Lächeln. »Entschuldige. Meine Vergangenheit ist wirklich nicht dein Problem. Sie gehört nur nicht gerade zu meinen Lieblingsthemen.«

»Ich werde es mir merken.« Aber schon jetzt versuchte sie, sich etwas einfallen zu lassen, wie sie mehr über ihn in Erfahrung bringen konnte. Wenn er es ihr nicht erzählen wollte, würden es vielleicht seine Mutter oder die anderen tun.

Catherine rüttelte sich innerlich auf. Was, um Himmels willen, dachte sie sich bloß? Sie würde hier nicht länger bleiben, als es sein mußte – je weniger sie über ihn wußte, desto besser.

Dominic half ihr über einen Geröllbrocken, der auf den Pfad gerollt war, und seine Hand legte sich fest und kräftig auf ihre Taille. Catherine löste sich schnell von ihm und betete, er würde ihren beschleunigten Herzschlag für eine Folge des steilen Aufstiegs halten.

Sie folgten dem Pfad weiter zur Festung, und die Durance wand sich unter ihnen. Sie umrundeten das kleine Städtchen und folgten schmalen Steingassen, die sie unter Strebebögen durchführten, die Steinhäuser am Wegesrand stützten.

»Die spanischen Zigeuner nennen diese Pfade *Androne*s«, erzählte ihr Dominic, als er wieder stehenblieb, damit sie sich ausruhen konnte. Seine muskulösen Beine bewältigten die steile Steigung mit einer Leichtigkeit und Anmut, die ihm so selbstverständlich zu sein schien wie seine Art, im Sattel zu sitzen.

»Was für eine kraftvolle Sprache«, sagte Catherine.

»Sprichst du sie?«

»Nein.«

Er bedachte sie mit einem vielsagenden Blick. »Aber du sprichst Französisch, *n'est-ce pas*?«

Catherines Kopf schnellte in die Höhe. »Ja, aber woher weißt du das…?«

»Der Kesselflicker, erinnerst du dich noch? Du hättest nicht gewußt, wann er aufbricht, wenn du ihn nicht verstanden hättest.«

Catherine lächelte. Sie hatte recht gehabt, was ihn anging. Er war kein Mann, der sich leicht zum Narren halten ließ.

»Welche Geheimnisse bewahrst du sonst noch für dich, Catrina?«

Mehr, als du je ahnen würdest. »Was bringt dich auf den Gedanken, daß ich Geheimnisse für mich bewahre?«

Er lachte. »Du bist leicht zu durchschauen, Kleines. Ich glaube, du hast weit mehr zu erzählen, als du mich wissen lassen willst.«

Catherine antwortete nichts darauf. Ihr gefiel nicht, wie forschend er sie ansah, und ihr paßte auch das Gefühl nicht, er könnte irgendwie ihre Gedanken kennen.

Als die Abenddämmerung einsetzte, brachen sie von dem Ort auf und stiegen zu der alten Zitadelle hoch. Sie kamen über grasbewachsene Hochebenen und dann über steile Steintreppen, die bis in den Himmel aufzusteigen schienen. Unter ihnen wirkte der Fluß nur noch wie ein schmales blaues Band.

Endlich erreichten sie den Gipfel – eine Plattform aus Granit, ummauert und lang, und an einem Ende erhob sich eine kleine Kirche mit einem spitzen Turm. Steinige Gipfel umgaben sie, als die letzten Sonnenstrahlen in die dunklen Schatten fielen. Sie standen stumm im verblassenden Licht und beobachteten, wie winzige Stecknadelköpfe den Himmel zu erhellen begannen.

»Sieh nur!« Catherine deutete über sich. »Da ist eine Sternschnuppe.«

Dominic packte ihre Hand und zog sie auf seine Brust herunter. »Die Zigeuner glauben, daß eine Sternschnuppe ein Dieb auf der Flucht ist. Wenn man darauf zeigt, dann heißt das, daß der Mann geschnappt wird.«

Catherine sah in sein Gesicht und bemerkte, wie sein Kiefer im

Schatten seiner Wangenknochen lag. Seine Lippen hatten sich zu einer so weichen Form verzogen, daß es ihr den Atem verschlug. Er war anders als jeder andere Mann, der ihr je begegnet war. Anders – und absolut unpassend.

»Dein Volk denkt so ungeheuer anders als meines. Wir würden uns wünschen, daß ein Dieb geschnappt wird. Der Zigeuner sieht in dem Schuldigen das Opfer.«

»Sie stellen sich immer auf die Seite des Benachteiligten«, sagte Dominic schlicht und einfach. »Sie wissen, wie schwer das Leben ist… was ein Mann tun muß, um zu überleben.«

»Selbst dann, wenn seine Handlungen einem anderen schaden?«

Er hob die breiten Schultern zu einem Achselzucken. »Für sie ist es ein Spiel. Dabei wird selten jemandem weh getan.«

»Genau da täuschst du dich, Dominic. Die Zigeuner, mit denen ich gereist bin, waren hartherzig und brutal. Es hat ihnen Spaß gemacht, mir weh zu tun und mich leiden zu lassen, weil meine Haut heller als ihre ist.«

»Mir sind solche Menschen begegnet, aber mein Stamm ist nicht so. Die Roma haben viele Jahre unter großen Vorurteilen leiden müssen. Seit sie im fünfzehnten Jahrhundert nach Europa gekommen sind, sind sie versklavt und als Zauberer verdammt und auf dem Scheiterhaufen verbrannt und sogar wegen Kannibalismus verfolgt worden.«

»Kannibalismus!« Ein Schauer lief Catherine über den Rücken.

Dominic wirkte resigniert. »Manche Stämme haben Schlimmeres als andere erlitten, und das könnte der Grund dafür gewesen sein, daß sie dich so schlecht behandelt haben. In Wahrheit verhält es sich wie bei jeder Gruppe von Menschen – manche sind brutaler, manche freundlicher. Solange du hier bist, brauchst du dir darüber keine Sorgen zu machen.« Er hob ihre Finger an seine Lippen.

Catherine spürte die Wärme und den Trost und ein Versprechen auf mehr. »Es wird schrecklich spät«, sagte sie und löste ihre Hand aus seiner. »Werden wir in der Dunkelheit den Abstieg finden?« Dominic stand neben ihr, und sein Körper berührte ihren nicht, aber er war doch so nahe, daß sie seine starke Ausstrahlung deutlich spürte.

»Der Abstieg ist einfacher als der Aufstieg. Wir werden keine Mühe damit haben.«

Catherine schaute auf die winzigen gelben Lichter hinunter, die in den Fenstern der Stadt unter ihnen funkelten. »Es ist wunderschön hier.«

»Mein Stamm unternimmt diese Reise jedes Jahr. Jedesmal, wenn ich herkomme, gefällt es mir hier noch besser als beim vorigen Mal.«

»Dieser Ort kommt einem nahezu geweiht vor«, stimmte ihm Catherine zu. »Zeitlos. Als wollte er nur denjenigen von uns Freude bereiten, die zwischen seinen Mauern schreiten.«

Er lächelte sie an. »Ich hatte gehofft, es würde dir hier gefallen.« Seine Blicke glitten über ihr Gesicht. Catherine sah ihm in die Augen. In diesen bodenlosen Tiefen stand Verlangen und noch etwas anderes, was sie nicht ganz benennen konnte. Dennoch schreckte sie nicht davor zurück.

»Ich will dich«, sagte er und kam näher. »Seit dem Moment, in dem ich dich gesehen habe, habe ich keine andere Frau mehr gewollt.« Sein heiserer Tonfall glitt über sie wie eine Brise.

Catherines Kehle wurde trocken. »Was du forderst, darf nicht sein. Weder jetzt noch irgendwann sonst.«

Dominic zog eine Augenbraue hoch und sah sie belustigt an. »Hast du es so schnell vergessen, Kleines? Sollte ich beschließen, daß der rechte Zeitpunkt gekommen ist, dann wirst du in dieser Angelegenheit sehr wenig zu sagen haben.«

Catherine feuchtete sich die Lippen an, die ihr so trocken wie ihre Kehle vorkamen. Er konnte es tun, das wußte sie. Er besaß die Kraft und den Willen. Sie hätte sich vor ihm fürchten müssen, doch sie fürchtete sich nur vor sich selbst. »Du hast gesagt, du würdest mich nicht zwingen.«

Er drehte ihr Gesicht zu sich um und zog sie noch enger an sich. Eine

Hand legte sich auf ihre Taille, während die andere in ihr Haar hinaufglitt und dann über ihren Hals, bis seine Handfläche auf ihrer Wange lag. Sein Daumen fuhr über ihren Kiefer, neckte sie, streichelte sie, verlockte sie.

Catherines Knie wurden weich.

»Glaubst du wirklich, das wäre nötig?« Onyxaugen glitten glühend über sie, wissende Augen, denen die Röte ihrer Wangen und ihr beschleunigter Herzschlag nicht entgingen. Ihre Brüste hoben und senkten sich bei jedem zu schnellen Atemzug.

»Wenn du glaubst, ich würde mich dir beugen, dann bist du im Irrtum. Es gibt nichts, was du tun oder sagen kannst, um es dazu kommen zu lassen.«

»Nein?« Er betrachtete sie noch einen Moment lang, sah ihr fest in die Augen und forderte sie dazu heraus, den Blick abzuwenden. Catherine stand gebannt da. Dominics Mund senkte sich auf ihre Lippen, so zart wie eine Feder und schmelzend sanft. Seine Zunge streifte ihre Lippen und wärmte sie, ohne jedoch Einlaß zu fordern. In dem Moment, in dem Catherine sich schwankend an ihn lehnte, löste er sich von ihr.

»Wie du bereits sagtest, mein kleines Kätzchen, es wird spät. Wir haben einen langen Abstieg vor uns, und morgen folgt ein harter Tag.« Catherine war aufgebracht. Dominic wandte sich ab, und sein Gesicht tauchte im Schatten unter, aber sie zweifelte nicht an dem, was sie dort gesehen hätte. Er spielte mit ihr! So selbstsicher war er also, und ihre Reaktion sandte neuerlich Glut in ihre Wangen.

Dieser verfluchte Kerl! Glaubte er wirklich, ihre Überzeugungen seien so leicht ins Wanken zu bringen? So bereitwillig würde sie die Pläne und Träume eines ganzen Lebens über Bord werfen? Und wofür? Für einen Moment der Leidenschaft in den Armen eines Mannes, den sie kaum kannte. Das war doch Irrsinn!

Was spielte es für eine Rolle, daß Dominic sie anzog, wie noch kein Mann sie je angezogen hatte? Sie Dinge fühlen ließ, von denen sie im Traum nicht geglaubt hätte, daß sie sie empfinden könnte? Sie trug Verantwortung, hatte Verpflichtungen. Außerdem war sie für ihn ja doch nur ein Spielzeug, nichts weiter als eine unter vielen Frauen, die ihm das Bett wärmten. Sie hatte nicht vor, sich wie alle übrigen benutzen und dann ablegen zu lassen.

Sein Arm legte sich um ihre Schultern, und er führte sie zu den steilen Steintreppen zurück. Diesmal fühlte sie nichts anderes als bittere Ablehnung. Heute abend hatte er ihr wieder einmal gezeigt, welche Macht er über sie zu haben glaubte. Catherine hatte ihm bisher noch nicht die Macht ihres Widerstands bewiesen.

Dominic lächelte selbstgefällig und zufrieden mit dem Verlauf des Abends in sich hinein, als er den steilen Steinpfad hinunterstieg. Sein Verführungsfeldzug lief genau plangemäß ab. Er gewann ihr Vertrauen, und Catherines Verlangen nach ihm war noch heftiger, als er erwartet hatte. Sie hatte zwar nicht gewollt, daß er es erfuhr, aber die unverhohlene Bewunderung, mit der sie ihn angeblickt hatte, und ihr atemloser Tonfall hatten sie verraten.

Er fand ihre Arglosigkeit faszinierend und erfrischend, und es war etwas, was in seinem Leben schon seit einer ganzen Weile fehlte. Die meisten Frauen, die er kannte, wollten etwas von ihm – sein Geld, seinen Titel, die Leidenschaft, die er in ihnen wachrufen konnte. Catherine wußte nichts von seinem Reichtum und von seinem Status, und sie tat ihr Bestes, um zu leugnen, daß sie sich von ihm angezogen fühlte.

Aber andererseits versuchte sie vielleicht, ihn hinters Licht zu führen, wie seine Mutter es gesagt hatte, und sie schwenkte ihren süßen kleinen Po in der Hoffnung vor seinen Augen, seine Aufmerksamkeit längerfristig zu fesseln oder gar seinen Namen zu bekommen.

Er beobachtete sie, wie sie neben ihm herlief, und er bemerkte ihr stur in die Luft gerecktes Kinn. Sie sah jetzt anders aus als noch vor wenigen Minuten oben auf dem Berg. Härter und entschlossener. Wenn das ein Spiel war, das sie spielte, würde er bald ihren nächsten Zug wahrnehmen, und dann war er vorbereitet.

Dominic ertappte sich dabei, daß er lächelte und die Vorfreude auskostete. Sie stellte eine Herausforderung dar, war enigmatisch. Er würde mehr über sie herausfinden, den Schlüssel zu ihren Leidenschaften finden und sie umwerben, bis er sie in seinem Bett hatte.

Seine Augen glitten über sie und nahmen ihre schlichte Kleidung wahr, die tief ausgeschnittene, lose sitzende Bluse und den leuchtendroten Baumwollrock. Wie sie wohl in kostspieligen Kleidern aus Seidenstoffen ausgesehen hätte, fragte er sich, das flammendrote Haar kunstvoll frisiert? Wunderschön, daran hegte er gar keinen Zweifel, und äußerst damenhaft. In dem Augenblick wünschte er sich, er könnte sie so sehen, und dann verfluchte er sich für den Gedanken. Wie sehr er sich doch verändert hatte, seit er sich von dem einfachen Leben seines Stammes verabschiedet hatte. Und keineswegs nur zum Besseren.

Er dachte an die Worte, die er zu Catherine gesagt hatte, was seine Abstammung betraf, und er fragte sich, ob ihre Haltung ihm gegenüber sich erweichen würde, wenn sie erfuhr, daß er zur Hälfte Engländer war – und noch dazu ein Adliger. Natürlich würde er ihr das nicht sagen. Allein schon die Vorstellung, das könnte ihr Verhalten ihm gegenüber beeinflussen, hinterließ einen sauren Geschmack in seinem Mund.

»Was bedeutet *Didikai*?« fragte sie plötzlich, und die Überlegung, eine Engländerin könnte seine Gedanken ebensogut lesen, wie die Zigeuner glaubten, die Gedanken anderer lesen zu können, ließ seine Miene finster werden.

»Wo hast du das gehört?«

»Vaclav hat es in der Nacht gesagt, in der du zu seinem Wagen gekommen bist.«

Dominic verspürte denselben Widerwillen wie sonst auch immer, wenn er dieses Wort hörte. »So nennen die Roma einen Mann mit gemischtem Blut. Er wollte mich daran erinnern, was ich bin. Und mir damit sagen, daß ein echter Zigeuner sich nicht um deinetwillen eingemischt hätte.«

Catherine entging die Bitterkeit nicht, die sich in seinen Tonfall eingeschlichen hatte. »Ich bin dir dankbar für das, was du getan hast. Jetzt um so mehr, da ich weiß, was es dich gekostet haben muß.« Um ihr zu helfen, hatte er gegen die Ordnung verstoßen, an die die Zigeuner glaubten, und das in dem Wissen, daß er mit ihrer Verachtung rechnen mußte. Warum hat er das bloß getan, fragte sie sich, doch sie stellte ihm die Frage nicht. Als Dominic nichts mehr dazu sagte, fragte sie: »Spielt deine Herkunft wirklich eine so große Rolle?«

Er warf den Stein, mit dem er herumgespielt hatte, fort, und dieser Stein traf auf einen anderen, und ein leiser Hall zog durch die Nacht. »Wahrscheinlich sollte es nicht so sein. Vielleicht würde es für manche Leute nicht viel ändern, aber in meinem Fall...«

Aber daß es für ihn von allergrößter Bedeutung war, konnte Catherine daran ersehen, daß seine breiten Schultern, die er gewöhnlich so entschieden gestrafft hielt, plötzlich herunterfielen und ein harter Zug um seinen Mund spielte.

»Was ist mit der Familie deines Vaters? Hättest du dort nicht bleiben können?«

Das tat er hämisch ab. »Ich habe dort gelebt – mein Dasein gefristet, das käme dem Tatbestand wohl näher. Sie haben Zigeuner fast so sehr gehaßt wie ich sie.«

Catherines Herz strömte ihm entgegen. Sie konnte sich mühelos vorstellen, wie er als Kind ausgesehen haben mußte, mit seinem rabenschwarzen Haar und den prachtvollen dunklen Augen. Unter seinem kalten Äußeren verbarg sich etwas, was auf Verletzbarkeit hinwies. Ob er nun Zigeuner war oder nicht, wie hatte jemand einen kleinen Jungen derart hassen können? »Und deshalb hast du deinen Vater verlassen und bist wieder hergekommen.«

Einen Moment lang flackerte ein Zögern in seinen Augen auf, doch es war gleich wieder verflogen. »Im großen und ganzen werde ich von diesen Menschen hier akzeptiert. Solange ich nach ihren Vorstellungen lebe.«

Sein harter Blick erinnerte sie wieder daran, daß er gegen diese Regeln verstoßen hatte, als er sie vor Vaclav beschützt hatte. Wenn sie auch noch so neugierig darauf war, mehr über ihn zu erfahren, dann warnten sie sein Schweigen und dieser letzte glühende Blick doch davor, weitere Fragen zu stellen.

Sie liefen auf dem Weg weiter, und als sie endlich das Lager erreichten, stellten sie fest, daß das Feuer gelöscht worden war und daß Pearsa sich in ihr Bett zurückgezogen hatte. Dominic begleitete Catherine zu seinem Wagen, beugte sich herunter und streifte ihre Lippen mit einem Kuß, ehe sie sich losreißen konnte.

»Gute Nacht, Feuerkätzchen.«

»Gute Nacht, Dominic.« Er wartete am Fuß der Stufen, bis sie in den Wagen gegangen war. Sie konnte seine Blicke fast auf ihrem Rücken spüren, und ihr Mund prickelte noch von seinem kurzen, zarten Kuß. Catherine betrat den Vardo, schloß die niedrige Holztür hinter sich und lehnte sich daran. Gott im Himmel, sie würde froh sein, wenn sie erst einmal zu Hause war.

6

Der Mond war voll,
Und als ich da so lief,
Da war kein Laut,
Nur wenn der Wind blies,
Flüsterten Sträucher dem Boden
Ein Liedlein zu.

Zigeunergedicht
Walter Starkie

Sie brauchten zwei Tage für die Reise an der Durance entlang und dann durchs Inland zu der kleinen französischen Ortschaft Durance, in deren Umgebung sich sowohl die Zigeuner als auch die Bauern zum Pferdemarkt trafen.

Während des größten Teils der Reise saß Catherine neben Dominic und genoß seine Liebe zu dem Land. Er erzählte ihr Legenden der Zigeuner, darunter auch eine über ein Schloß, das Große Ida hieß und von Zigeunern verteidigt wurde, die in einer fruchtlosen Schlacht ihr Leben ließen. Die Zigeuner beklagten bis heute diesen Tag, sagte er. Sie sangen melancholische Lieder darüber und weinten, wenn sie davon hörten.

Er brachte ihr die Namen der Roma für bestimmte Blumen und Bäume und die Namen etlicher Tiere bei. Als ein kleiner Vogel ihnen vom Zweig einer keimenden Pappel aus etwas zusang, deutete er darauf und lächelte.

»Eine gescheckte Bachstelze. Auf Romani heißt sie *Chiriklo*. Es

heißt, wenn man auf eine trifft, dann wird man bald auf Zigeuner stoßen.«

Und so war es dann auch. Wenige Stunden später bog direkt vor
ihnen ein anderer umherziehender Zigeunerstamm auf die Straße ein
und führte viele Pferde mit sich zum Markt, genau wie Dominic, und
die buntbemalten Wagen rollten in dieselbe Richtung.

»Sie folgen den *Patrin* – Laub oder Zweigen, die auf Wegkreuzungen
als Zeichen dafür zurechtgelegt werden, wo wir uns treffen sollen.« Er
lächelte wieder, und die Wärme in seinem Blick war ansteckend.

»Dann liebst du dieses Leben also so sehr?«

Er überraschte sie mit einem Achselzucken. »Früher einmal hat es
mir alles bedeutet. Jetzt stehen die Dinge anders. Ich bin anders. Ich
genieße den Luxus, den mir mein Wagen bietet, wogegen die anderen
sich nichts aus den simpelsten Annehmlichkeiten machen. Ich ertappe
mich dabei, daß ich an die Zukunft denke, aber die Roma leben nur in
der Gegenwart. Sie rühmen überschwengliche Freigiebigkeit und verabscheuen Vorsicht oder jede Notwendigkeit, an ihre spätere Absiche-
rung zu denken, vom blanken Überleben abgesehen. Für den Zigeuner
ist die Kerze nicht aus Wachs gemacht, sie besteht nur aus der leuchtenden Flamme.«

Catherine spürte Wärme in sich aufwogen, weil er ihr seine Gedanken anvertraut hatte. »Vom Tag meiner Ankunft an war ich darüber
erstaunt, wie teilnahmslos sie Härten hinnehmen. Manchmal habe ich
mich gefragt, ob ich ein solches Leben, wie sie es führen, überleben
würde.«

»Aber du hast es geschafft, Catrina. Sogar meine Mutter beginnt
schon, einiges von dir zu halten.« Er grinste schalkhaft. »Ich habe
gehört, wie sie Czinka erzählt hat, du hättest einen kräftigen Rücken
und stramme Schenkel. Sie hat gesagt, du könntest sehr gut zupacken.«

Catherine errötete von Kopf bis Fuß. »Du bist der fürchterlichste
Mann, den man sich vorstellen kann.« Sie war wütend über seine Takt-
losigkeit. »Manchmal glaube ich, du bist der Teufel persönlich.«

»Wir nennen ihn *Beng*, und ich glaube, du bist diejenige, die mich in Versuchung führt, mich wie einer zu benehmen, *gula Devla*.«

»Mir graut davor zu fragen, was das heißt.«

Er lachte wieder, ein kräftiger männlicher Laut. »Das heißt *süße Göttin*, und nie habe ich wahrere Worte gesprochen.«

Sie ist wirklich süß, fand er, und sie ist so reizend interessiert an der Welt um sie herum. Jedesmal, wenn er ihr ein Wort auf Romani beibrachte, wiederholte sie es so lange, bis sie die richtige Aussprache hingekriegt hatte – als spielte das tatsächlich eine Rolle für sie. Sie hatte über einige seiner Geschichten gelacht, und bei der Legende von der Großen Ida waren ihre Augen vor Traurigkeit feucht geworden. Warum bloß, fragte er sich, wenn die Zigeuner sie doch so schlecht behandelt hatten?

Seine Augen glitten zu der Wölbung ihrer Brust herunter. Die verführerischen Hügel hoben sich, als sie tief Atem holte, um sich zu fassen. Er mußte sich sehr zusammenreißen, um nicht eine Hand auszustrecken und sie auf ihre Brust zu legen. Ihre Brustwarzen wurden so steif, als hätte er es getan, und die strammen kleinen Knospen preßten sich gegen ihre dünne Baumwollbluse.

»Ist dir kalt, Catrina?« neckte er sie.

Catherines Gesicht lief noch roter an. »Du bist tatsächlich ein Teufel! Und noch dazu grob und bar jeglichen Benehmens! Halte sofort diesen Wagen an. Lieber laufe ich, als mit jemandem hier zu sitzen, der so ungeschlacht ist wie du.«

Dominic kicherte leise in sich hinein, verlangsamte aber nicht, bis Catherine damit drohte abzuspringen. »Ich hätte geglaubt, nach dieser langen Zeit sei dein Feingefühl abgestumpft. Wie ich sehen kann, habe ich mich getäuscht. Ich entschuldige mich aufrichtig.«

Seltsamerweise stellte er fest, daß er es ernst meinte. Er hätte sie nicht so erbarmungslos necken sollen, doch er war neugierig auf ihre Reaktion gewesen. Daß sie behütet aufgewachsen war, hatte er gerade erst heute wieder einmal selbst feststellen können. In den letzten Monaten hatte sie getan, was sie tun mußte, um zu überleben, und doch benahm sie sich immer noch wie eine Dame. Sie hatte es verdient, wie eine Dame behandelt zu werden.

»Es tut mir leid«, wiederholte er, als sei es möglich, daß sie ihn nicht gehört hatte.

»Ich will trotzdem absteigen.«

Er fühlte eine leichte Gereiztheit in sich aufkeimen. »Also gut«, räumte er mürrisch ein und ließ den Wagen anhalten. Wahrscheinlich hätte sie sich den hübschen schmalen Hals gebrochen, wenn sie abgesprungen wäre, und er wußte ohne jeden Zweifel, daß das ihre Absicht war. »Gib mir Bescheid, wenn dich das Laufen ermüdet.«

»Dank der *Güte* deines Volkes«, sagte sie sarkastisch, »kann ich den ganzen Tag auf dieser Straße laufen.«

Bei der Erinnerung daran verzog sich sein Mund grimmig. Dominic wartete, bis ihre Füße den Boden berührt hatten, und dann klatschte er den Pferden die Zügel gegen den Rumpf, und sie legten sich mächtig ins Zeug. Sowie sie aus seiner Sicht verschwunden war, ließ er die Pferde wieder im Schritt laufen und beobachtete aus dem Augenwinkel, wie sie neben ihm herlief.

Was hatte sie bloß an sich, was ihn wünschen ließ, sie in seiner Nähe zu haben? Ihr Dinge zu erzählen, die er selten eingestand, sogar sich selbst nur äußerst ungern? Was er ihr gestanden hatte, war verblüffend wahr gewesen. Während ein Teil von ihm noch nach dem Gefühl von Freiheit lechzte, das ihm die Zigeuner gaben, verspürte ein anderer, größerer Teil von ihm die eifrige Bereitwilligkeit, Wurzeln zu schlagen, etwas zu erreichen und etwas aufzubauen. Wie seine Mutter schon vor langer Zeit vorhergesagt hatte, war sein englisches Blut immer stärker geworden.

Er dachte an seine Vergangenheit, und dieselbe heftige Ablehnung, die er immer empfand, stieg in ihm auf. Mit dreizehn, viele Jahre nachdem er von seinem Vater, von dessen Existenz er nur vage gewußt hatte, im Stich gelassen worden war, war er gezwungen worden, seine Mutter, seine Großeltern und den Rest des Stammes, den er liebte, zu verlassen. In England war er einem Vorurteil zum Opfer gefallen und ein einsamer Jugendlicher gewesen, der sich danach sehnte, nach Hause zurückzukehren. Er tat es nicht, weil seine Mutter ihn gebeten hatte, dortzubleiben, und ein Zigeunerkind gehorchte immer seinen Eltern.

Selbst jetzt noch konnte er sehen, was dieser Entschluß sie gekostet hatte. Ohne ihren Sohn war Pearsas Schönheit verblichen, und sie war vorzeitig alt geworden, auf eine Art gebrechlich, die ihm das Herz brach. Und dennoch war er um Pearsas willen bei seinem Vater geblieben. Ganz gleich, wie trostlos sein Dasein auch gewesen war, er hatte überlebt und war an der Herausforderung jedes einzelnen Tages, der verging, gewachsen und nur immer stärker geworden.

Als er das Alter von zwanzig Jahren erreicht hatte, hatte sich Dominic so sehr verändert, daß er sich selbst kaum noch erkannte. Er war ein gespaltener Mann. Er wurde nicht mehr vollständig von den Roma akzeptiert, gehörte aber auch nicht ganz der englischen Welt an, in der er inzwischen die meiste Zeit verbrachte. Und aufgrund seiner Qualen hatte sich der Haß auf seinen Vater noch mehr verstärkt.

Heute, mit achtundzwanzig, war Dominic Edgemont, Lord Nightwyck, ein rundum erwachsener Mann. Er wußte, was er wollte, wußte, wohin er gehörte, wußte, daß das das letzte Jahr sein würde, das er in der Welt der Zigeuner verbrachte. Ja, sicher, er würde sich immer um seine Mutter kümmern und sie sehen, so oft er konnte. Aber es war das letzte Mal, daß er mit ihnen durch die Lande ziehen und so leben würde, wie sie lebten.

Es machte ihn traurig – und doch endete damit ein Teil seiner Folter.

Er sah sich um, atmete den süßen Duft in der Luft ein und war entschlossen, sich jeden dieser letzten kostbaren Tage ins Gedächtnis einzuprägen. Inmitten von weißen Wolkenballungen und dem blauen Himmel wärmte die Frühlingssonne das Land, forderte zum Aufkeimen von neuem Wachstum auf und ließ die Landschaft in bunter Blumenpracht erstrahlen.

93

Auch auf Gravenwold gab es Blumen, rief er sich ins Gedächtnis zurück.

Aber keine feurige Frau mit einer dichten rotgoldenen Mähne.

Catherine lief den größten Teil des Nachmittags zu Fuß auf der staubigen Straße. Sie war nicht mehr wütend auf Dominic – diesem Mann mit den freundlichen, zarten Blicken konnte man schlecht lange Zeit böse sein –, aber sie fühlte sich einfach wesentlich sicherer, wenn sie nicht in seiner Nähe war. Außerdem hatte sie ihre Freude. In dem Getümmel von buntbemalten Zigeunerwagen, Männern, Frauen, Kindern, Ziegen, Kühen, Schweinen und zottigen Hunden lief der kleine Janos neben ihr her und hielt sie manchmal an der Hand. Er war ein so süßer kleiner Junge, nicht mehr als sechs oder sieben Jahre alt, und mit seinen großen dunklen Augen und der glatten dunklen Haut sah er wahrscheinlich ganz ähnlich aus, wie Dominic in seinem Alter ausgesehen haben mußte. Erst war sein Vater gestorben, fand sie heraus, dann seine Mutter. Er lebte mit einem großen, stämmigen Zigeuner zusammen, der Zoltan hieß und den seine Mutter anscheinend zum zweiten Gatten genommen hatte.

Janos mochte ihn nicht besonders gern.

»Er ist immer so mürrisch«, sagte er. »Er trinkt, und er hat meine Mutter oft geschlagen. Du hast Glück, daß du einen Mann wie Domini hast.«

»Du glaubst nicht, daß Dominic mich schlagen würde?« fragte sie in gespieltem Ernst, denn selbst sie glaubte nicht mehr, daß er das jemals tun würde.

»Oh, nein. Medela sagt, das merkt sie daran, wie er lächelt, wenn er von dir spricht.«

»Dominic redet über mich? Was sagt er denn?«

»Er sagt, du bist anders als die anderen *Gadjos*. Du haßt die Zigeuner nicht so wie sie.«

Aber das tat sie doch, oder nicht? Sie verabscheute alles an ihnen.

Niemals würde sie ihre Grausamkeit vergessen, die Mißhandlungen, die ihr durch die Zigeuner zugefügt worden waren.

Sie würde niemals vergessen, wie Dominic zu ihrer Rettung gekommen war. Wie Pearsa sie vor Yana beschützt hatte. Die Worte der Dankbarkeit, die Medela ausgesprochen hatte, als sie ihr eine Haarsträhne geschenkt hatte.

»Was hat Dominic sonst noch gesagt?«

»Warum nennst du ihn nicht Domini, wie wir ihn nennen?«

Warum tat sie es nicht? Weil *Dominic* nicht annähernd so fremd klang, nicht gar so sehr nach dem Namen eines Zigeuners. Aber das konnte sie dem Kind nicht sagen. »Ich nehme an, daß mir sein anderer Name einfach besser gefällt.«

In jener Nacht schlugen sie ihr Lager außerhalb von Reillanne auf. Schon ehe die Feuer angezündet waren, konnte sie den Klang von Gelächter und Geigen hören.

»Heute abend ist *Patshiva*«, sagte Dominic. »Sie werden ein Festmahl zubereiten und feiern, singen und den *Czardas* tanzen.«

»Was feiern sie?« fragte Catherine.

Dominic zuckte die Achseln. »Nichts Bestimmtes. Wenn jemand Geld hat, veranstaltet er ein Festmahl. Morgen wird mit Pferden gehandelt, heute abend feiern sie und sehen alte Freunde wieder. Mein Volk lebt von Patshiv zu Patshiv. Der Stamm schlägt sich mit kärglicher Kost durch, und dann verwöhnt man sich mit einem üppigen Festmahl. Es zählt nichts anderes als der heutige Tag.«

Selbst nach den Monaten, die sie mit ihnen verbracht hatte, bereitete es Catherine noch Schwierigkeiten, die Mentalität der Zigeuner zu verstehen. »Nimmst du mich mit?«

Dominic lächelte. »Ich freue mich schon darauf.«

Sie bauten das Lager fertig auf, da Pearsa fortgegangen war, um alte Freunde zu treffen, und dann schlenderten sie zu dem fernen Wagenlager. Der Duft von Feuern aus Kiefernholz und Torf hing in der Luft, Eisenkessel standen auf dreibeinigen Gestellen über den Flammen, und

Hunde warteten geduldig auf irgendwelche Happen, die man ihnen vielleicht vorwerfen würde.

Dieses Lager hier strahlt eine Unbeschwertheit aus, die in dem vorherigen gefehlt hat, stellte Catherine fest. Seit das Wetter umgeschlagen war und sie Sisteron verlassen hatten, waren sie von einem Gefühl von Vorfreude begleitet worden. Catherine entdeckte außerdem, daß sie nicht nur ihre trübsinnige Stimmung abgeworfen, sondern ihre vielen Schichten von zerlumpter Winterkleidung abgelegt und sie gegen leuchtendbunte Seidenhemden, goldene Armbänder und farbenfrohe, weite, schwingende Röcke eingetauscht hatten.

Als Dominic erschien, trug er seinen silbernen Ohrring, eine enganliegende schwarze Kniebundhose, die er in seine Stiefel gesteckt hatte, und seine goldbestickte Teppichweste. Er sah so gut aus, daß ihr Herzschlag sich beschleunigte. Im Gegensatz zu Vaclavs Brust, die dichtes schwarzes Haar dunkel gefärbt hatte, bestand Dominics Brust vorwiegend aus geschmeidigen Muskeln und war nahezu unbehaart. Sie hätte gern die Hand ausgestreckt und sie daraufgelegt, weil sie wissen wollte, ob sich seine Brust so fest anfühlte, wie sie aussah. Seine Arme waren sehnig und stark, und sein Bauch war flach und straff.

Als er ihren beifälligen Blick auffing, zwang sie sich, ihm ins Gesicht zu sehen und die Handvoll kleiner Goldmünzen entgegenzunehmen, die mit Löchern durchbohrt waren und die er ihr reichte.

»Ich hoffe doch sehr, daß das ein beifälliger Blick war«, sagte er mit einem heimtückischen Grinsen.

Catherine errötete, sagte aber nichts. Sie setzte sich nur einfach hin und begann, sich die Münzen ins Haar zu flechten.

Ihr fiel auf, daß Pearsa und die meisten anderen Frauen sich weitaus üppiger geschmückt hatten und goldene oder silberne Armreifen trugen oder sich Goldketten um die Handgelenke geschlungen hatten.

»Zigeuner wirken immer so arm, und doch scheint es ihnen nie an Gold zu mangeln«, sagte Catherine, als sie mit Dominic zur Mitte des Nachbarlagers lief, in dem Musik gespielt wurde.

Zelte aus schwarzem Mohair sprenkelten das offene Feld neben den Wagen. Der Geruch von Knoblauch und Zigarren und ein schwacher Moschusduft erfüllten die Luft. Vor einem der Zelte kauerten etliche Männer mit schwarzen Bärten auf den Hacken und rauchten selbstgedrehte schwarze Zigaretten.

»Sie tragen das Gold um seiner Schönheit willen. Geld bedeutet ihnen wenig.« Dominic lächelte, und die weißen Zähne setzten sich strahlend gegen seine dunkle Haut ab. »Wenn es ihnen ausgeht, schröpfen sie den nächstbesten *Gadjo* und besorgen sich neues. Morgen werde ich dir zeigen, wie das geht.«

»Du wirst jemanden bestehlen?«

Er lächelte nachsichtig. »Es gab eine Zeit, in der ich das getan habe. Aber heute nicht mehr.«

Erleichterung durchflutete sie. »Und warum nicht?«

»Weil ich es nicht mehr nötig habe und weil ich weiß, daß ich es kann. Ich muß mir heute nichts mehr beweisen.«

Sie war nicht sicher, ob ihr diese Antwort gefiel, aber mittlerweile hatten sie ihr Ziel erreicht. Ihr Blick fiel auf den Mann und die Frau, die im Lichtschein neben dem Feuer tanzten, und die Musik begann, in Wogen über sie hinwegzuspülen. Auf der anderen Seite des Pfades erkannte sie den alten Joszef, der neben Czinka saß und seine gewaltigen Körpermassen im beschwingten Takt der Melodie wiegte.

Nicht weit von den beiden stand Medela, deren Schwangerschaft so weit fortgeschritten war, daß sie fast so dick wie er wirkte. Das schwarzhaarige Mädchen lächelte und winkte und tätschelte dann seinen dicken Bauch. Catherine winkte zurück, und Dominic lächelte.

»Siehst du, du hast dir noch jemanden zum Freund gemacht.«

»Noch jemanden? Und wer ist der erste?«

»Ich natürlich, wer denn sonst?«

Ihr gefiel, wie er sie ansah, als er das sagte, und für diesen einen Abend würde sie so tun, als glaubte sie ihm.

»Ich bin gleich wieder da.« Er brachte ihr einen Becher Pastis, ein alkoholisches Getränk mit Anisgeschmack, das man in Südfrankreich auf dem Land trank, und Catherine mochte den süßen Likörgeschmack.

»Es heißt, mit Wasser und Zigeunergeigen kann man einen Bauern betrunken machen«, sagte Dominic, als er sah, wie sie sich im Takt der Musik wiegte. Ein Mann begleitete den Geiger auf einer Flöte, während ein anderer Zimbel spielte, ein Instrument, das wie ein kleines Klavier geformt war und bei dem ein filzbezogener Hammer auf offenliegende Saiten schlug.

Catherine spürte Dominics Hand auf ihrer Taille und seinen Körper dicht neben sich, doch der Pastis hatte sie gelockert, und die Musik war so hypnotisch, daß sie nicht von ihm abrückte. Tanz für Tanz ging es so weiter, bis die Wirkung des Getränks und der sinnliche exotische Rhythmus Catherines Kopf schwirren ließ. Ihre Füße bewegten sich im Rhythmus zur Musik, ihre Handflächen prickelten vom Klatschen, und ihre Brüste schienen ihr übermäßig warm zu sein.

Unbewußt fuhr sie mit einer Hand in ihr dichtes flammendrotes Haar und hob es sich von den Schultern. Als sie sich umdrehte, sah sie, daß Dominic sie beobachtete, und seine schwarzen Augen funkelten. Er hielt sie mit der Wärme seines Blickes fest und wich von ihr zurück in den Feuerschein. Um ihn herum klatschten und jubelten Zigeuner, nannten ihn *Pral*, Bruder, und riefen seinen Namen.

Dominic schien sie nicht zu hören. Er schlug zwar die schmalen braunen Hände über dem Kopf zusammen, bog den Rücken durch und stapfte mit den Füßen im Takt zur Musik, doch seine Augen, die so schwarz waren, daß sie glitzerten, blieben unbeweglich auf ihr Gesicht gerichtet. In den glühenden Blick, mit dem er sie ansah, schien die Erinnerung an jede ihrer Berührungen und an jedes einzelne der Male, wenn sein Mund ihre Lippen gestreift hatte, eingemeißelt zu sein. Er trat vor und wich dann wieder zurück, so anmutig und doch so maskulin, versagte sich ihr und lockte sie doch gleichzeitig an.

Als er die Hand ausstreckte, wäre sie vielleicht zu ihm gegangen, doch Yana trat zwischen sie und ihn und tanzte mit ihm. Als sie ihre vollen Brüste vorstieß und in sein schönes Gesicht lachte, verspürte Catherine einen brennenden Stich rasender Eifersucht. Wut durchzuckte sie, als sie sich abwandte, um zu gehen. Sie hatte erst wenige kleine Schritte gemacht, als Dominics Hand sich um ihr Handgelenk schloß.

»Komm«, sagte er sanft. »Du bist die, mit der ich tanzen möchte.«

»Aber ich weiß nicht, wie das geht. Ich kann unmöglich...«

»Laß dich einfach nur gehen«, redete er ihr zu und führte sie zum Feuer. »Laß deinen Körper die Musik fühlen.«

Was ist mit Yana? dachte sie, und ihre Augen suchten den Feuerschein ab. Als Dominic sie in den Lichtkreis zog, sah sie die Frau neben Vaclav stehen, so wütend, daß ihre Augen regelrecht brannten. Dominic ignorierte sie. Statt dessen setzte er für Catherine zu seinem langsamen, sinnlichen Tanz an, hob die Hände, stieß das Becken vor, warf den Kopf zurück und forderte sie auf, die Herausforderung anzunehmen, die in seinen dunklen, sinnlichen Augen stand.

Catherine warf einen Blick auf Yana und sah dort den selbstgefälligen Gesichtsausdruck und die Gewißheit, daß sie sich bestimmt lächerlich machen würde. Sie zwang sich zu einem Lächeln und hob ihren Rock, damit er ihr nicht im Weg war. Sie kannte zwar die Schritte nicht, doch sie hatte den ganzen Abend über die anderen beobachtet und fühlte den Rhythmus der Musik. Wenn sie die Augen schloß und sich dem Takt hingab, würde ihr Körper den Rest erledigen.

Und das tat sie dann auch. Sie fuhr sich mit den Händen durch das Haar, warf es zurück und begann, sich zu bewegen wie Dominic. Sie wiegte sich, klatschte in die Hände und stampfte mit den Füßen auf, wenn er es tat. Innerhalb von Minuten verschwamm die Menschenmenge zu einem farbenfrohen Muster, und ihre Aufmerksamkeit war ganz auf den Mann gerichtet, dessen fester, muskulöser Körper vor Anstrengung im Schein des Feuers schimmerte. Nackte Sehnen spannten sich auf seiner Brust, als er die Hände wieder einmal über den Kopf hob, und seine langen Beine bewegten sich mit einer sinnlichen Grazie, gegen die es nur die klaren Klänge der Geige aufnehmen konnten.

Einmal umfing er sie mit seinen Armen, hob sie über seinen Kopf, senkte sie dann herab und bog sie über seinen Arm. Catherine spürte, wie ihr Kopf zurückfiel und ihr goldrotes Haar, das im Feuerschein schimmerte, auf den Boden fiel. Sie sah nur noch Dominic und tanzte mit glutvoller Hingabe. Sie ahmte eine ewig alte Aufforderung nach, die ihr nur vage bewußt war, als sie die Hände über ihre Brüste und ihren Hals gleiten ließ.

Wie lange es so weiterging, konnte sie nicht einmal erraten. Im einen Moment tanzten sie noch, kreisten in der wogenden Schar von Zigeunern, ihre Füße stampften, Löffel schlugen gegen Handflächen, Zungen schnalzten, und Knöchel trafen auf Holz. Im nächsten Augenblick hoben Catherines Füße vom Boden ab, und sie wurde von Dominics Armen umfangen.

Er schritt von der Musik fort und lief mit ihr zu seinem Wagen zurück, und der Jubel und das Gelächter der Zigeuner folgten ihnen. Als sie die Dunkelheit neben seinem Vardo erreicht hatten, ließ er sie los, und sie glitt an seinem Körper hinunter, bis ihre Füße den Boden berührten.

Catherine riß die Augen weit auf, als sie seine Härte spürte, die sich an sie preßte, einen Schaft, der so dick war und derart pulsierte, daß sogar durch die vielen Kleiderschichten kein Irrtum möglich war.

»Ich will dich«, sagte er, und seine Augen loderten. »Ich habe noch nie jemanden so tanzen gesehen wie dich. Ich habe nie eine Frau mehr begehrt.«

Dann küßte er sie, und ein Blitzstrahl zuckte durch ihren Körper. Es war ein roher, fordernder Kuß, der der Glut ihres Tanzes entsprach. Catherine stöhnte. Dominics Hand legte sich auf ihre Brust, und durch den Stoff drehten seine Finger die Spitze. Seine Zunge fand ihren Weg in ihren Mund, und Catherine fühlte sich von der Hitze seiner Zunge versengt.

Sie wollte ihm die Arme um den Hals schlingen und ihre Finger durch sein Haar gleiten lassen. Sie wollte seine feste, muskulöse Brust berühren, seine Hände auf ihrem Körper spüren. Sie wollte ihm so nahe kommen, wie es nur irgend möglich war, eins mit ihm werden und ihn nie mehr loslassen.

Statt dessen riß sie sich mit einem Ruck los.

»Was ist mit dir?« fragte er, und sein Atem war schwer und ging stoßweise.

Catherines eigener Atem ging ebenfalls keuchend. »Zählt dein Wort denn gar nicht?«

»Was... wovon sprichst du?« Er fuhr sich mit einer Hand durch das wellige schwarze Haar und rang um Selbstbeherrschung. »Sollen wir reingehen, ist es das? Hast du Angst, jemand könnte uns sehen?« Er streckte die Arme nach ihr aus, um ihr in den Wagen zu helfen, doch Catherine wich zurück.

»Ich habe dir gesagt, daß es dazu nicht kommen wird. Für wie dumm hältst du mich eigentlich? Glaubst du, ich wüßte nicht, wohin das alles führt?«

Ein ganz anderer Glanz trat in Dominics Augen. »Es wird in mein Bett führen, Catrina. Und das ist doch wohl genau der Ort, an den wir uns beide wünschen.«

»Du täuschst dich, Dominic. Vielleicht wünschst du dir das, aber ich nicht.«

»Du machst dir etwas vor. Du wünschst es dir genausosehr wie ich.«

Gott im Himmel, wie wahr seine Worte doch waren! »Ich will nichts von dir wissen.« Als sie sich abwenden wollte, fiel ihr Blick auf die Peitsche, die er benutzte, um seine Pferde zuzureiten, und sie griff danach und nahm sie in die Hand. »Du hast gesagt, wenn wir zusammenkommen, dann nicht, weil du mir damit drohst, mich auszupeitschen. Es wird nur dann dazu kommen, wenn du mich zwingst. Falls es das ist, was du vorhast, dann tu es jetzt gleich.«

Dominic biß die Zähne zusammen, und seine Gesichtszüge wurden hart. Er starrte die Peitsche an, sah dann sie an und riß sie ihr aus der Hand. Sie dachte daran, wie er sie geküßt hatte, und daran, wie sie darauf reagiert hatte. Sie malte sich aus, was für ein Gefühl es wohl sein mußte, neben ihm zu liegen, ihn zu küssen und seine braunen Hände auf ihrem Körper zu fühlen. Sie warf einen Blick auf die Peitsche, und in dem Moment wünschte sie sich fast, er würde sie dazu benutzen, sie zu dem zu zwingen, wovon sie beide wußten, daß sie es wollte.

Er warf die Peitsche hin. »Es scheint, meine Liebe, als sei ich ein noch größerer Dummkopf als du.« Mit einem letzten wütenden Blick stolzierte er in die Dunkelheit.

Catherine sah ihm nach. Sie mußte ihre gesamte Willenskraft aufbieten, um ihm nicht nachzulaufen, sich in seine Arme zu stürzen und ihn anzuflehen, er möge sie noch einmal küssen.

Sie zwang sich, die Dunkelheit nicht länger mit den Augen abzusuchen, zwang sich, den Kloß in ihrer Kehle zu schlucken. Wie lange war es her, daß sie sich die erlösende Wirkung von Tränen gegönnt hatte? Nie hatte sie inbrünstiger gegen diesen Drang angekämpft, und doch war das eine Schwäche, die sie sich kaum leisten konnte. Und schon gar nicht jetzt, wenn überhaupt jemals wieder.

Matt stieg Catherine die Stufen hinauf. Morgen würden sie nach Reillanne hineinfahren, um den Pferdemarkt zu besuchen. Mit neuerlicher Entschlossenheit – und einem klein wenig Glück – würde ihr die Flucht gelingen.

Dominic strengte sich gewaltig an, um seinen auflodernden Zorn zu ersticken. Nie in seinem ganzen Leben war er wütender gewesen. Ihm war danach zumute, die Tür zu seinem Wagen aufzureißen, in Catherines Bett zu steigen und sich in ihren strammen kleinen Körper zu stoßen. Er glaubte nicht einen Moment lang, daß es ihr nicht verdammt viel Spaß gemacht hätte. Aber er hatte noch nie in seinem Leben eine Frau dazu gezwungen, und er hatte nicht die Absicht, jetzt damit anzufangen.

Er tätschelte die Nüstern seiner geschmeidigen kleinen Apfelschimmelstute. »Ganz ruhig, meine Hübsche.« Sie wieherte und suchte nach etwas Süßem in seiner Hand. »Wenn du dich gut benimmst, bekommst du morgen etwas Leckeres.« Er würde einige der anderen eintauschen, aber nicht Sumadji. Sie war zu kostbar. Gemeinsam mit ihrem Gefährten, dem großen, kräftigen Hengst Rai, würde sie für seinen Stall in England eine unschätzbare Bereicherung sein.

»Warum kann meine Catherine dir nicht ähnlicher sein?« fragte er und dachte an die widerspenstige kleine Göre, die er im Lager zurückgelassen hatte. Selbst jetzt noch verlangte sein Körper nach ihr; es würde Stunden dauern, bis seine Begierde verging. Er konnte das Gewicht ihrer Brüste fast in seinen Händen spüren.

Die Macht ihres Widerstands überraschte ihn immer noch. Als sie miteinander getanzt hatten, hatte sie für ihn in Flammen gestanden. Jede einzelne ihrer Bewegungen hatte Verlangen ausgedrückt – kein Mann auf Erden hätte das übersehen können. Er war sicher gewesen, daß sie freiwillig und nur zu gern in sein Bett kommen würde.

Statt dessen hatte sie es ihm verweigert, wie schon zuvor. Seine Hände umklammerten Sumadjis Zügel. Bei Gott, diese Frau machte ihm das Leben zur Hölle. Er dachte daran, wie er sie geküßt hatte, und dann fiel ihm zu seiner glühenden Zufriedenheit wieder ein, wie leidenschaftlich sie seinen Kuß erwidert hatte. Wenn er jetzt verspannt und verkrampft war, wie mußte sie sich dann erst fühlen? Er hätte wetten können, daß sie in der kommenden Nacht nicht mehr Schlaf finden würde als er. Viel länger konnte sie ihm nicht mehr widerstehen. Wenn er doch bloß noch ein paar Tage gehabt hätte...

Zum ersten Mal lächelte Dominic. Vielleicht hatte er ja doch noch Zeit. Er hatte bereits beschlossen, seinen Aufenthalt hier länger zu gestalten als geplant, und anschließend würde er mit ihr nach England reisen. Er hatte ihr versprochen, sie zurückzubringen, aber er hatte sich nie genauer dazu geäußert, was er mit ihr anfangen würde, wenn sie erst einmal dort waren.

Ihm schoß der Gedanke durch den Kopf, daß er ihr für die Überfahrt ihre Bereitschaft im Bett abnötigen könnte, doch fast im selben Moment tat er diese Idee wieder ab. Wenn er sie bestechen mußte, um ihre Leidenschaft für sich zu gewinnen, dann wollte er sie nicht haben. Nein, lieber würde er doch noch etwas länger warten und das Spiel ein bißchen weiter führen.

Catherine war eine leidenschaftliche Frau. Früher oder später mußte sie ihm zwangsläufig nachgeben.

7

*Für jeden Zigeuner, der in die Stadt kommt,
wird schon bald ein Huhn fehlen,
Und auf jede alte Zigeunerin
Kommt die Zukunftsvorhersage einer Jungfrau.*

Zigeunergedicht
Charles Godfrey Leland

Catherine mied Dominic den ganzen Vormittag über. Er arbeitete mit seinen Pferden, fütterte sie, striegelte sie, flocht ihre Mähnen und Schwänze und schnürte Bänder hinein. Sie war sicher, daß er noch wütend war, und sie war noch nicht bereit, ihm gegenüberzutreten.

Außerdem hatte sie nach der hitzigen Auseinandersetzung mit ihm eine äußerst seltsame und unbehagliche Nacht verbracht. Sie hatte sich auf der Matratze herumgewälzt, von Dominic geträumt, immer wieder in Gedanken durchlebt, wie er sie geküßt hatte, und mehrfach war sie von Schweiß bedeckt aufgewacht. Selbst jetzt noch, am Morgen, hatte sie das Gefühl, daß ihre Brüste wund waren.

Vielleicht hatte sie sich eine Art Fieber eingefangen.

»Paß auf, wohin du trittst«, schalt Pearsa sie aus und riß sie damit aus ihren Gedanken. »Sonst landest du noch im Kochfeuer.«

Sie stand gefährlich dicht vor dem dreibeinigen Gestell, auf dem ein schwerer eiserner Topf mit den Resten des *Bokoli* stand, Pfannkuchen und Fleisch, ein Bestandteil des Frühstücks.

»Es tut mir leid. Ich vermute, ich habe an den Pferdemarkt gedacht. Dominic hat mir versprochen, mich mitzunehmen.« Nach allem, was sich letzte Nacht abgespielt hatte, würde er wahrscheinlich allein hingehen.

»Ich hätte mir ja denken können, daß du in Gedanken bei meinem Sohn bist. Er sieht sehr gut aus, nicht?«

Es schien keine Ursache zu geben, das zu leugnen. »Doch, allerdings.«

»Du magst ihn.«

»Er ist sehr nett zu mir gewesen.«

»Ist das alles, was er dir bedeutet? Ein netter Mann? Das glaube ich nicht. Dominic ist ein starker, viriler Mann. Du bist eine leidenschaftliche Frau. Du willst ihn. Warum läßt du ihn nicht in dein Bett?«

Catherine spürte, wie Wärme in ihre Wangen kroch. »Er ist nicht mein Ehemann.« Es war eine schlichte Antwort, und doch brachten diese wenigen Worte übereilt die Wahrheit ans Licht. Obwohl zwischen ihnen eine starke Anziehungskraft bestand, war Dominic nicht ihr Mann und würde es auch nie sein.

Er war Zigeuner, sie war Gräfin. Schon bald würde sie ihn verlassen, seine Lebensweise hinter sich zurücklassen. Sowie sie England erst einmal erreicht hatte, würde sie den Mann finden, der sie verraten hatte, und sie würde dafür sorgen, daß ihm Gerechtigkeit widerfuhr. Dann würde sie sich einen angemessenen Gefährten wählen, ihm Kinder gebären und so weiterleben, wie die Barringtons es schon seit Generationen taten.

»Vaclav hat dir die Ehe angeboten«, sagte Pearsa gerade. »Warum bist du nicht bei ihm geblieben?«

»Weil ich ihn nicht liebe.« Das war das längste Gespräch, das sie und Pearsa je miteinander geführt hatten. Der Tonfall der älteren Frau schien heute weniger beißend, wenn auch nicht weniger wachsam zu sein.

»Und meinen Sohn liebst du?«

»Nein! Natürlich nicht. Er ist nur einfach hinzugekommen, als Vaclav mir weh tun wollte. Er hat mich vor ihm errettet, und dafür bin ich ihm dankbar.«

»Er wird dich nicht heiraten. Er hat geschworen, niemals zu heiraten.«

Catherine verdaute diese Neuigkeiten nicht ohne eine Spur von Erstaunen. »Er wünscht sich doch bestimmt Kinder und eine Frau, die ihn liebt?«

»Seine Gründe gehen nur ihn selbst etwas an. Ich sage dir das nur, damit du die Wahrheit kennst, wenn du zu ihm gehst.«

»Ich werde nicht zu ihm gehen – zumindest nicht freiwillig. Dominic weiß das. Er hat geschworen, mich zu nichts zu zwingen.«

Pearsa bedachte Catherine mit einem Blick, den sie nicht ganz durchschauen konnte. »Eine Frau sollte so weise sein, sich nicht unter ihrem Preis zu verkaufen.«

»Ich habe nicht die geringste Absicht, mich zu verkaufen.«

»Mein Sohn kann sehr überzeugend sein.«

»Und ich kann sehr stur sein.«

Pearsa lachte leise in sich hinein. »Das habe ich bereits bemerkt.«

Catherine sagte nichts mehr dazu, aber als sie den schweren Eisentopf nahm und sich auf den Weg zum Fluß machen wollte, um ihn zu spülen, winkte Pearsa sie zurück.

»Du hast genug getan. Zieh los mit meinem Sohn. Hab deine Freude an dem Pferdemarkt. Wenn du die Augen offenhältst, könntest du dort wertvolle Erfahrungen machen.«

Mit einem dankbaren Lächeln schlenderte Catherine in die andere Richtung und entfernte sich von dem Wagen, aber sie machte sich nicht auf die Suche nach Dominic. Statt dessen begab sie sich gemächlich zu dem gelbgestrichenen Vardo, in dem Medela damit beschäftigt war, die Decken zu lüften. Sie blickte auf, als Catherine näher kam.

»Schön, dich zu sehen, Catrina.« Mit einem freundlichen Lächeln forderte sie Catherine zum Nähertreten auf.

»Guten Morgen, Medela. Wie fühlst du dich?«

Das dunkelhaarige Mädchen legte die Handflächen auf den Unterleib, der inzwischen so stark angeschwollen war, daß jeder mühselige Schritt eine Leistung zu sein schien. »*Mi Cajori* wird bald kommen. Er wird so gesund sein wie ich. Dein Talisman bewährt sich gut.«

»Das freut mich«, sagte Catherine, die nicht einen Moment lang glaubte, daß eine Locke ihres Haars auch nur das Geringste damit zu tun hatte.

»Wo ist Domini?« fragte Medela. »Er ist doch nicht etwa ohne dich zum Pferdemarkt gegangen?«

In Wahrheit war sie nicht sicher. »Er hat mir versprochen, mich mitzunehmen, aber es kann sein, daß er es vergessen hat.« Das war zwar nicht direkt der Fall, doch für den Moment mußte es genügen.

»Domini würde niemals ein Versprechen vergessen. Er wird kommen und dich holen.«

Als hätte sie ihn heraufbeschworen, schritt er in diesem Augenblick durch den Spalt zwischen den Wagen. Catherine hörte das Geräusch seiner schweren Schritte und wandte sich in seine Richtung um.

Sie hatte damit gerechnet, seinen Mißmut an einer finsteren Miene zu erkennen, doch statt dessen sah sie nur einen Ausdruck der Entschlossenheit und ein angedeutetes Lächeln auf seinem schönen Gesicht. Heute trug er sein rotes Seidenhemd mit den weit geschnittenen Ärmeln. Es stand fast bis zur Taille offen, und Catherine mußte sich darauf konzentrieren, nicht die schwellenden Muskeln auf seiner Brust anzustarren.

»Du wirkst gesund, Medela. Ich bin sicher, daß deine Verfassung recht passabel ist.«

Sie lächelte und klopfte sich auf den Bauch. »Das liegt an dem Zauber.«

Dominic nickte mit nachsichtiger Miene. Er wandte seine Aufmerksamkeit Catherine zu. »Der Markt erwartet uns, Catrina. Bist du soweit?«

»Ja. Ich hatte gehofft, du würdest... ich meine... nach dem gestrigen Abend hatte ich gefürchtet, du würdest vielleicht...« Catherine spürte, daß sich die Röte in ihre Wangen stahl. »Warum brechen wir nicht gleich auf?«

Einer seiner Mundwinkel zog sich belustigt hoch. »Ja, warum eigentlich nicht?« Er nahm ihre Hand und führte sie dahin zurück, wo seine Pferde angebunden waren. Fünf von ihnen waren gestriegelt und bereitgemacht, und eines davon war gesattelt, doch sein Apfelschimmelhengst und eine hübsche kleine Stute standen am hinteren Ende des Lagers angebunden zwischen den Bäumen.

»Du wirst sie nicht alle verkaufen?«

»Rai und Sumadji behalte ich als Zuchttiere.« Er legte die Hände fest um ihre Taille, hob sie seitlich auf den Sattel eines großen Braunen mit weißen Fesseln und schwang sich dann hinter sie. Sie konnte die Wärme seines Körpers spüren, die Arme, die nur wenige Zentimeter unter der Wölbung ihrer Brüste lagen.

»Kann ich nicht eines der anderen Pferde reiten?« fragte sie in der Hoffnung, Distanz zwischen sich und ihn zu legen. »Du kannst reiten?«

»Selbstverständlich.« Jede Frau von guter Herkunft konnte reiten, doch Catherine hatte das Reiten schon immer soviel Freude gemacht, daß sie sich dabei weitaus geschickter anstellte als die meisten ihrer Freundinnen.

»Du versetzt mich immer wieder von neuem in Erstaunen, Catrina. Ich beginne zu fürchten, daß unter dieser schlichten Kleidung eine Dame steckt, und ich bin keineswegs sicher, ob mir diese Aussicht gefällt.«

»Würde das wirklich etwas ändern?« Catherines Herz pochte heftiger, als dieser Hoffnungsschimmer sie durchzuckte. »Wenn ich in Wirklichkeit eine Dame wäre, würdest du dann deine unzüchtigen Annäherungsversuche einstellen und dafür sorgen, daß ich unbeschadet zu Hause ankomme?«

Dominic zog eine Augenbraue hoch. »Wenn man deine derzeitige Lage bedenkt – und den Umstand, daß du für Geld gekauft worden bist –, dann würde ich sagen, daß meine Annäherungsversuche wirklich recht harmlos gewesen sind. Und was deine Rückkehr nach Hause betrifft, so habe ich dir schon bei mehr als einer Gelegenheit gesagt, daß es meine Absicht ist, dich dort wohlbehalten hinzubringen.«

»Wann?«

»Heute gewiß nicht.« Er schnalzte mit der Zunge, um das Pferd zu einem Trab anzutreiben. »Wir haben Handel zu treiben.«

Und morgen bestimmt auch nicht – und auch an keinem anderen Tag, solange ich dich nicht in mein Bett lasse! Tja, aber dazu würde es nicht kommen. Catherine erneuerte ihren Schwur, ihm auszureißen.

Sie betrachtete die Bauern, die neben ihnen herliefen, Dutzende von Zigeunern in leuchtendbunter Kleidung, die ebenfalls Pferde an den Zügeln führten, die Kinder, Ziegen und Promenadenmischungen. Staub stieg von den Feldern auf, und Wagen holperten in alle Richtungen. Als sie näher herangeritten kamen, trugen etliche Vardos Aufschriften, die Wahrsagerinnen anpriesen, und sie kamen an Jongleuren und an Eßständen vorbei, an Männern, die gebrauchtes Pferdegeschirr, Decken, Sattel und Zaumzeug aus zweiter Hand verkauften. Ein Mann fertigte Peitschen und Kämme zum Striegeln an, und etliche andere saßen da und schnitzten Mundstücke für Flöten und Wasserpfeifen.

Alles in allem herrschte ein angenehmes Chaos, das Catherines Absichten enorm dienlich sein würde.

»Man kann hier viel über die *Graiengeri* lernen – Männer, die mit Pferden handeln«, sagte Dominic zu ihr, als er ihr von dem Braunen half. »Beispielsweise...«

Er führte seine aneinandergebundenen Pferde zu einem großen, dürren Zigeuner, der in schnellem Französisch auf einen fetten *Gadjo* aus dem Dorf einredete. Am Ende der Leine des Zigeuners tänzelte eine kleine Fuchsstute mit stolz erhobenem Kopf und geblähten Nüstern.

»Bist du interessiert an ihr?« fragte Catherine. »Man kann wohl sagen, daß sie ziemlich temperamentvoll ist.«

Dominic lachte in sich hinein. »Sie ist nur so temperamentvoll, weil der alte Tibor ihr eine kleine Dosis Arsen gegeben hat. Das wirkt sich auf die Nerven des Tieres aus. Noch öfter gibt man ihnen Salz zu lek-ken, um sie durstiger zu machen. So oder so zeigt sich das Tier von sei-ner vorteilhaftesten Seite.«

Catherine bekam große Augen. Einen Moment lang suchte sie nach einem Ausdruck, der kräftig genug war, um ihre Entrüstung zu bekun-den. »Das ist der betrügerischste, irreführendste...«

»Nur einer der irreführendsten«, verbesserte Dominic sie, »aber ganz entschieden nicht der größte Betrug.« Er besaß die Dreistigkeit zu grinsen. »Diesen kleinen Trick heben sie sich gewöhnlich für die *Gadjos* auf. Ein Zigeuner würde einen so simplen Trick mühelos durch-schauen.«

»Einen so simplen Trick?«

»Eine andere Vorgehensweise besteht darin, ein Pferd auszupeit-schen, während man einen Eimer mit Steinen schüttelt. Das Pferd lernt es, das Geräusch zu fürchten. Wenn der Besitzer will, daß er sein Tem-perament unter Beweis stellt, läßt er ganz einfach den Eimer rasseln.«

»Wendest du diese Tricks an?« Sie ließ sich von ihm weiterziehen, doch ihr Respekt vor ihm hatte abgenommen.

»Ich würde niemals ein Tier mißhandeln, obwohl ich zugeben muß, daß ich als Junge viele solcher Tricks eingesetzt habe. Dennoch bin ich durch *Grast*, mein Wissen über *Janjano* – das sind die Tricks – den anderen gegenüber im Vorteil.« Er stieß sie zu einem pummeligen Zigeuner mit einem flachen Gesicht, der ein Gespann von drei Rappen verkaufte, die tatsächlich sehr gut aussahen.

»Domini!« rief der gedrungene Mann aus und klopfte ihm auf die Schulter. »Wie ich sehe, hast du wieder einmal einen Schwung matter Pferde mitgebracht. Es ist wirklich ein Jammer, daß du keine Pferde wie diese hier besitzt.«

»Catrina, das ist Adolf.« Der plumpe Mann zog seinen Schlapphut, und ungebärdiges, dichtes schwarzes Haar kam darunter zum Vorschein.

»Hallo«, sagte Catherine.

»Was meinst du?« fragte Dominic sie. »Sollen wir sie gegen diese hier eintauschen?«

Das sagte er auf eine ganz seltsame Art. Catherine ging näher auf einen der Rappen zu, tätschelte einen schlanken Hals und musterte ihn sorgfältig. »Ich will erst seine Zähne sehen.«

Dominic zog beifällig die Augenbrauen hoch. Adolf trat vor und sperrte dem Tier das Maul auf, und Catherine bemerkte die Einkerbungen in den Zähnen, die noch nicht vom Alter geglättet waren.

Sie verstand etwas von Pferden, zwar nicht allzuviel, aber die Hufe des Tieres wirkten gesund, und der Rumpf und die Beine zeugten von gutem Wuchs. »Soweit ich sehe, fehlt ihm nichts.«

»Er scheint gesund zu sein«, stimmte Dominic ihr zu, »und ich glaube auch, daß er es ist. Aber leider wird er es nicht mehr viele Jahre lang machen.« Er zog das lange, schmale Messer heraus, das er in seinem Stiefel trug, zwängte es zwischen die Zähne des Tieres, sperrte gewaltsam sein Maul auf und holte ein Stück Teer aus einem der Zähne. Unter dieser Stelle war der Zahn des Tieres schon vom Alter geglättet. »Siehst du, er ist viel älter, als er zu sein scheint.«

Adolf wirkte betroffen. »Sollen meine Augen in meinen Hut fallen, wenn dieses Pferd älter als sechs oder sieben Jahre ist. Es muß etwas gefressen haben...«

»Teer zum Beispiel?« half ihm Dominic weiter.

»Aber es hat kein weißes Haar«, warf Catherine ein. »Sein Fell ist so schwarz und schimmernd wie das eines einjährigen Pferdes.«

»Pottasche«, sagte Dominic zu ihr, »die ins Fell gerieben wird, um das Grau zu überdecken.«

Catherine schüttelte den Kopf. »Ich kann es kaum fassen.« Aber natürlich glaubte sie ihm.

»Sieh dir das an.« Dominic packte das zweite schwarze Pferd am Halfter und bog seinen Kopf herunter. »Hast du es gesehen?« Er wies auf das Auge des Pferdes.

»Was? Ich sehe gar nichts.«

»Dieser kleine Nadelstich. Das Augenlid ist durchstochen worden. Ein winziger Halm wird eingeführt und dann mit Luft aufgeblasen. Das nimmt ihm den hohläugigen Anschein eines alten Pferdes.«

Adolf seufzte dramatisch. »Du verletzt mich, Domini. Soll sich mein Leben in Luft auflösen, wenn das nicht ein prachtvolles Tier ist.«

»Heb es für einen *Gadjo* auf, mein Freund.«

»Sollen mir die Finger und Zehen abfallen...«

Mit einem gutgelaunten Winken zum Abschied führte Dominic Catherine weiter.

»Ich kann kaum glauben, was du mir eben gerade gezeigt hast. Wie auf Erden kann man je ein Tier finden, das zu kaufen sich lohnt?«

»Ich bin nicht auf der Suche nach den besten Pferden. Ich suche Pferde, die unverbesserlich sind, die Tiere, die nicht gut erzogen, schlecht behandelt oder mißhandelt worden sind. Der Preis geht runter, wenn ein Pferd sich an einem schlecht sitzenden Geschirr aufgescheuert hat oder wenn es übermäßig ängstlich oder ungebärdig ist. Ich kaufe diese Tiere billig, und dann füttere und pflege ich sie, bis sie bei guter Gesundheit sind, und hinterher arbeite ich mit ihnen, bis sie ordentlich trainiert sind, und schließlich verkaufe ich sie mit Gewinn.«

Oder zumindest tue ich es dann, wenn ich ein Zigeunerleben führe. Seit er in Frankreich war, hatte er sich auf die gewohnte Art beschäftigt und das Arbeiten mit den *Grai* genossen und dabei aus ihnen herausgeholt, was nur irgend aus ihnen herauszuholen war. Auf die beiden Grauen war er nördlich von Sisteron gestoßen, als er sich den fahrenden Zigeunern gerade erst angeschlossen hatte. Die Tiere würden eine beträchtliche Bereicherung für sein Gestüt in Gravenwold sein, eines der edelsten in ganz England.

Sie schlenderten durch die Menschenmenge und blieben mehrfach stehen, um sich Angebote für eines oder mehrere von Dominics Pferden anzuhören. Er wollte keine weiteren Tiere kaufen, da seine Zeit bei den Roma bald enden würde. Catherine lief neben ihm her, stellte Fragen, gab Bemerkungen von sich und hatte, wie anscheinend immer, ihren Spaß daran. Dominic stellte fest, daß auch er seinen Spaß hatte. Ihre Begeisterung entzündete seine und ließ die Stunden in einem Wirbel von Aufregung und Fröhlichkeit vorüberfliegen. Das einzige Haar in der Suppe war das glühende Verlangen, das er immer dann verspürte, wenn sie ihn versehentlich streifte und er die starke Spannung in seinen Lenden fühlte, unter der er schon litt, seit sie einander zum ersten Mal begegnet waren.

»Dominic, ist das nicht Pearsa?« Catherine wies auf einen rotbemalten Vardo, den er augenblicklich wiedererkannte. »Ist deine Mutter Wahrsagerin?« Sie hatte ein Schild über die Tür gehängt, das alle Ankömmlinge aufforderte, einzutreten.

»Sie wirft Bohnen in Kreise, die auf eine Trommelbespannung gezeichnet sind. Aber in erster Linie verkauft sie den einen oder anderen Trank. Ich habe noch einiges zu tun. Warum setzt du dich nicht eine Zeitlang zu ihr und siehst ihr bei der Arbeit zu?«

Catherines Interesse war angestachelt. »Du glaubst nicht, daß sie etwas dagegen hat?«

»Nicht, wenn du still bist.«

Catherine stieg hinter einem stämmigen Bauern mit dünner werdendem grauem Haar die Stufen zu dem Wagen hinauf. Pearsa blickte auf, als sie eintrat, doch als Catherine sich in eine Ecke setzte, wandte sie ihre Aufmerksamkeit dem Mann auf dem niedrigen hölzernen Hocker zu, der ihr gegenüberstand.

Er tupfte sich nervös mit einem ausgefransten roten Taschentuch die Stirn ab und erzählte Pearsa, seine Frau drohte ihm damit, ihn zu verlassen, und deshalb bräuchte er einen Liebestrank. Sie streckte ihre knorrige Hand mit den hervortretenden Adern aus, und er drückte ihr eine Münze in die Hand.

»Vermischen Sie eine Handvoll Bohnen und das Blut einer Kuh mit den Haaren eines geliebten Menschen«, wies ihn Pearsa an, »eines Kindes, einer Mutter oder eines Vaters. Lassen Sie die Mischung trocknen und mahlen Sie sie dann zu einem feinen Pulver und streuen Sie es Ihrer Frau ins Essen. Hinterher müssen Sie ihr drei Tage lang erzählen, wie sehr Sie sie lieben.«

»Sind Sie ganz sicher, daß das klappt?« fragte der Bauer nach.

»Es wird seine Wirkung tun.«

»Danke«, sagte der Mann und wirkte erleichtert, als er den Wagen verließ.

»Wird es sich wirklich bewähren?« fragte Catherine.

»Wenn seine Frau ihn noch liebt, wird es klappen. Es kommt nicht oft genug vor, daß ein Mann seiner Frau sagt, daß er sie liebt.«

Darüber lachte Catherine, und Pearsa kicherte leise in sich hinein. Ein anderer Mann kam herein, und Catherine hörte zu, wie Pearsa ihm die Zukunft voraussagte.

»Es hat eine Zeit gegeben, in der Sie große Schwierigkeiten mit Ihren Verwandten und Freunden hatten«, sagte sie und studierte sorgfältig, wie die Bohnen, die sie geworfen hatte, auf die Trommel gefallen waren.

Dem kleinen Mann sprang der Mund auf. »Aber ja. Meine Schwiegermutter haßt mich. Sie hat versucht, meine Heirat mit ihrer Tochter zu verhindern.«

»Sie haben dreimal in akuter Todesgefahr geschwebt«, verkündete Pearsa finster. Ihre Stirn war in Falten gelegt, und ihr Gesicht war finster und ernst.

Der Mann dachte einen Moment lang nach, und dann wurden seine Augen kugelrund. »Als Kind habe ich Pocken gehabt. Das zweite Mal habe ich mich verletzt, als mein Wagen in einen Graben geschlittert ist, und einmal habe ich mir bei einer Schlägerei in einem Wirtshaus einen Messerstich zugezogen. Sie sind wahrhaft eine weise Frau.«

Catherine in ihrer Ecke lächelte. Was Pearsa dem Franzosen gesagt

115

hatte, hätte auf fast jeden anderen auch zugetroffen. Doch der Mann warf ihr eine Münze zu und war von ihren hellseherischen Kräften überzeugt, als er den Wagen verließ.

Catherine warf einen Blick aus dem Wagen. Sie hatte geglaubt, Dominic würde nur einen Moment lang fortgehen, doch bisher war er noch nicht wiedergekommen, und das Tageslicht begann schon nachzulassen.

Catherines Hoffnungen keimten auf. Draußen vor dem Wagen wurde mit zunehmender Leidenschaft gehandelt, die Männer begannen zu trinken, und es wurde Musik gemacht.

»Ich glaube, ich werde mich noch ein wenig umsehen, ehe es dunkel wird«, sagte sie zu Pearsa, als sie sich bückte, um aus dem Wagen zu steigen.

»Geh nicht zu weit weg. Mein Sohn wird sich Sorgen machen.«

Nur nach England und nicht weiter, dachte Catherine, doch sie nickte nur und lächelte. Den ganzen Nachmittag über hatte sie das Gelände erkundet und war dahintergekommen, welche Straße aus der Stadt herausführte und wohl den besten Fluchtweg bot.

Als Dominic sie einen Moment lang allein gelassen hatte, um eines seiner Pferde zu verschachern, war sie zwischendurch sogar soweit gegangen, eine gutgekleidete Frau aus der Ortschaft anzusprechen.

»Es tut mir furchtbar leid, daß ich Sie belästige«, hatte sie gesagt, »aber ich stecke in beträchtlichen Schwierigkeiten und habe mich gefragt, ob Sie mir wohl helfen könnten.«

»Schwierigkeiten?« hatte die Frau gefragt und eine schmale blonde Augenbraue hochgezogen. »Von Schwierigkeiten welcher Art sprechen Sie?«

»Ich bin entführt worden, aus meinem Haus in England. Jetzt versuche ich verzweifelt, dorthin zurückzukehren. Gibt es jemanden in dieser Ortschaft, der mir dabei behilflich sein könnte?«

Die hellblauen Augen der Frau waren zu den farbenfrohen Wagen der Zigeuner und zu der Menagerie von Pferden, anderen Tieren und dunkelhäutigen Männern und Frauen geschweift. »Die Zigeuner halten Sie fest? Sie haben Sie gegen Ihren Willen mitgenommen?«

Catherine zögerte nur einen Moment lang. »Ja. Ich bin in die Sklaverei verkauft worden. Meine Familie wird Sie für meine Rückkehr reichlich entlohnen.«

Die Frau musterte sie von Kopf bis Fuß und sah ihre einfache Kleidung, ihr schweres rötliches Haar, das ungekämmt über ihre Schultern wogte. Ihr Gesichtsausdruck war alles andere als ermutigend. »Ich kann Ihnen nicht helfen. Vielleicht kann Ihnen jemand anderer helfen.«

»Aber gewiß...« Die brüske Abweisung der Frau brachte ihre Worte zum Verstummen. Was hatte sie denn erwartet? Sie war eine Engländerin in einem Land, das mit ihrer Heimat im Krieg lag. Das Ganze wurde noch davon gekrönt, daß sie eher den Anschein einer Bäuerin machte und gewiß nicht den einer bemittelten Frau, die eine verschwenderische Belohnung zahlen konnte. Dasselbe war ihr schließlich schon öfter passiert.

Catherine warf einen letzten sehnsüchtigen Blick auf die kleiner werdende Gestalt der Frau, die sich entfernte, als Dominic zurückkehrte, um sie weiterzuführen. Wie sie von Anfang an gewußt hatte und auch jetzt wußte, würde sie sich gewaltig anstrengen müssen, wenn ihr die Flucht gelingen sollte.

Dieser Gedanke stand im Vordergrund, als Catherine Pearsas Wagen umrundete und die beiden stämmigen Füchse sah, die dahinter angebunden waren, und sie erkannte augenblicklich, daß das die Chance war, nach der sie Ausschau gehalten hatte. In der schummerigen Abenddämmerung konnte sie mühelos verschwinden, und selbst falls ihr jemand folgte, konnte sie in den Wald reiten und sich verstecken, wenn es sein mußte, wenn sie die Ortschaft erst einmal weit genug hinter sich gelassen hatte.

Sie hatte immer noch das Gold, das sie aus Dominics Truhe genommen hatte, doch inzwischen hatte sie es in ein Taschentuch eingenäht, das sie in einer Innentasche ihres Rocks verbarg. Warum Dominic nicht

117

daran gedacht hatte, es ihr wieder abzunehmen, konnte sie beim besten Willen nicht sagen, aber welche Gründe auch immer er gehabt haben mochte, es gab ihr einen gewissen Hoffnungsschimmer. Sie würde nach Marseille reisen, ein Schiff finden und sich endlich auf den Heimweg machen.

Was auch ansonsten passieren würde, sie würde die Zigeuner und Dominic und seine gefährliche Anziehungskraft hinter sich lassen – und einer sicheren Überfahrt nach Hause wesentlich näher sein.

Dominic kehrte kurz nach Einbruch der Dunkelheit zum Wagen seiner Mutter zurück, und seine gute Laune war verschwunden. Es hatte ihn mehr Zeit als geplant gekostet, seine Pferde zu verkaufen, und er hatte es kaum erwarten können, zurückzukommen und Catherine zu sehen.

Pearsa kletterte aus ihrem Vardo, als er näher kam. »Du wirkst müde, mein Sohn. Sind die Geschäfte nicht so gelaufen, wie du es erwartet hattest?«

»Es hat nur länger gedauert, als ich veranschlagt hatte.« Er warf einen Blick auf den Wagen. »Wo ist Catherine?«

Pearsa sah erstaunt zu ihm auf. »Sie ist vor einer Weile fortgegangen. Ich dachte, sie hätte sich auf die Suche nach dir gemacht.«

»Ich habe sie nicht mehr gesehen, seit ich sie hierhergebracht habe.«

Pearsa zuckte die Achseln. »Hier gibt es soviel zu sehen. Vielleicht ist sie auf etwas Interessantes gestoßen.«

»Mag sein«, sagte er, doch er begann zu zweifeln. »Ich werde mich am besten nach ihr umsehen.«

Er war noch keine drei Schritte weit gegangen, als ihm auffiel, daß nur ein Pferd hinten am Wagen angebunden war – nicht etwa zwei, wie es hätte sein sollen.

»Verdammt!« Er stieß noch ein paar andere Flüche aus, die mit »die verfluchte kleine Hexe« endeten. Dann band er das zweite Tier los, schwang sich auf seinen Rücken und ritt um den Wagen herum zu Pearsa, die noch dastand, wo er sie zurückgelassen hatte.

»Sie hat eines der Pferde genommen. Ich reite ihr nach.«

»Die Straßen sind gefährlich«, sagte Pearsa, »aber sie ist noch nicht lange fort. Sie kann noch nicht weit gekommen sein.«

Gerade weit genug, um sich in Schwierigkeiten zu bringen, dachte Dominic und erinnerte sich an die betrunkenen Bauern und Dorfbewohner und an die Zigeuner, die durch die Gegend streiften.

»Dieser kleine Dummkopf«, murrte er und grub dem stämmigen Wallach die Fersen in die Flanken, um ihn zum Galopp anzutreiben. Es gab zwei Straßen, die aus dem Ort herausführten, aber eine davon führte durch offene Felder, während die andere die Wälder durchquerte.

Dumm war Catherine bestimmt nicht. Sie konnte sich denken, daß er ihr folgen würde – sie würde den Weg einschlagen, der ihr die beste Deckung bot, die beste Fluchtmöglichkeit.

Wenn sie derart darauf versessen war fortzugehen, dann hätte er sie gehen lassen sollen. Weshalb hätte es ihn interessieren sollen, was einer starrköpfigen kleinen Göre zustieß, die ihm ständig einen Strich durch die Rechnung machte? Aber es interessierte ihn, und je weiter er ritt und je dunkler es wurde, desto größere Sorgen machte er sich, es könnte ihr bereits etwas Fürchterliches zugestoßen sein.

War sie auf Banditen oder Diebe gestoßen – sie trieben sich immer in der Nähe herum, wenn es etwas zu holen gab. Auf einem Pferdemarkt wechselte eine ganze Menge Geld den Besitzer. Sie würden den Unvorsichtigen am Straßenrand auflauern.

Dominic dachte an Catherine und malte sich aus, sie könnte im Wald liegen, ihre schlichten Kleidungsstücke zerrissen, während sie ihre Angreifer abwehrte, ihr zierlicher weiblicher Körper geschunden und schmerzend. Die Vorstellung, ein anderer Mann könnte sie berühren und sich gewaltsam das nehmen, was sie so sorgsam hütete, ließ sein Herz schneller schlagen, und er trieb den stämmigen Fuchs zu größerer Eile an und verfluchte sich dafür, was für ein Dummkopf er gewesen war, und noch mehr verfluchte er sie für ihre Starrköpfigkeit.

Auf dem Weg vor ihm war kein Zeichen von ihr zu sehen, aber ihm waren auch keine Spuren aufgefallen, die von der Straße fortführten. Gott sei Dank schien der Mond an jenem Abend hell – und noch mehr würde er Ihm danken, wenn er Catherine fand, ehe ihr etwas zustieß.

Die Hufe des kräftigen Fuchses donnerten auf dem harten Lehmboden, und Schaum begann sich auf den Nüstern des Tieres zu bilden. Doch der Wallach war zäh und robust; Dominic ritt in hartem Galopp weiter. Mehrfach machte die Straße vor ihm eine Biegung nach rechts oder nach links und er betete, er würde sie gleich nach der nächsten Biegung finden, dicht außerhalb seiner Sichtweite. Statt dessen fand er gar nichts.

Er war nicht sicher, was sein Herz so schmerzhaft pochen ließ, die Sorge oder der Ärger. Doch mit jeder Minute, die verging, heizte sich seine Wut ein wenig mehr auf. Wie konnte das hinterhältige kleine Biest es wagen, ihm das zuzumuten!

Wenn er sie fand, würde er ihr eine Tracht Prügel verpassen, die sie so schnell nicht vergessen würde. Wenn er sie fand, fügte er noch hinzu, als seine Wut sich immer mehr entfachte, würde er sie würgen, bis es nahezu ihr Lebenslicht ausbliese!

Wenn er sie fand, gestand er sich schließlich ein, würde er so verdammt erleichtert sein, daß er nicht sicher war, was er tun würde.

Er näherte sich einer weiteren Biegung, und ein Laut vor ihm lenkte seine Aufmerksamkeit auf sich. Er griff dem Fuchs in die Zügel und ließ ihn anhalten. Hufschläge, erst schnell und dann langsamer, als der Reiter von der Straße abbog. Catherine!

Dominic lächelte grimmig, und kalte Entschlossenheit befiel ihn. Sie war eine verschlagene kleine Füchsin, aber er hatte jahrelange Erfahrung auf seiner Seite. Dominic lenkte das Pferd in die Wälder und rechnete sich den Winkel aus, in dem er Catherines Pfad kreuzen mußte. Wenn er sich irrte oder wenn es sich bei dem Reiter in Wirklichkeit um jemand anderen handelte, hieß das, daß er kostbare Zeit verlor.

Dominic betete, seine Instinkte mögen ihn nicht trügen.

Catherine hörte die Hufschläge. Dominic? Oder war es jemand anderer? So oder so mußte sie demjenigen ausweichen. Sie lenkte das stämmige Pferd zwischen die Bäume und ritt, so schnell sie konnte, aber doch wesentlich langsamer, als sie auf der Straße vorangekommen wäre.

Ihre Beine schmerzten erbärmlich, weil sie in einer unbequemen Haltung rittlings auf dem Pferd saß. Sogar die Wolldecke, die sie dem Tier über den Rücken geworfen hatte, half nichts. Zweige verschrammten ihre Wangen und rissen an ihrem Haar; ihre Knie, die nackt waren, weil sie die Röcke gelüpft hatte, waren zerkratzt und aufgescheuert, aber sie ritt trotzdem weiter. Früher oder später würde sie einen Ort finden, an dem sie sich verstecken konnte, und dann würde sie die Spuren des Pferdes mit Strauchwerk verwischen und abwarten, bis der Reiter an ihr vorbeigekommen war.

Sowie er die Suche aufgegeben hatte, würde sie weiterreiten.

Catherine zog unter einem von vielen tiefhängenden Ästen den Kopf ein, machte scharf kehrt, ritt einen Hang hinunter und gelangte an einen schmalen plätschernden Bach.

Sie lächelte über diesen Glücksfall – der Bach bot ihr eine perfekte Möglichkeit, die Richtung zu vertuschen, die sie einzuschlagen gedachte. Eine Woge neuerlicher Zuversicht überschwemmte sie, als sie das Tier antrieb. Sie war gerade erst ins Wasser geritten, als irgendwo hinter ihr ein Schuß ertönte.

Catherines Atem stockte, und sie hielt die Luft an, während ihr Herz Sätze machte. Wer mochte hier Schüsse abgeben? Und *worauf* wurde geschossen?

Catherine ignorierte eine Stimme in ihrem Kopf, die sie zur Vorsicht mahnte, und sie grub dem Fuchs ihre kleinen Fersen in die Seiten und ritt in die Richtung zurück, aus der sie gekommen war, bis sie die Hufschläge hören konnte, von denen sie mit Sicherheit geglaubt hatte, sie bedeuteten, daß Dominic ihr folgte. Statt dessen hörte sie die Stimmen von Männern, ein Stimmengewirr, das zu weit entfernt war, um einzelne Worte ausmachen zu können, aber der feindselige Tonfall war überdeutlich zu hören.

Reite weiter, sagte die Stimme in ihrem Kopf. *Jetzt hast du deine Fluchtmöglichkeit. Folge nur einfach dem Flußbett, so weit es geht, und dann reite aus dem Wasser heraus und galoppiere los.*

Aber was ist, wenn es Dominic ist? fragte eine andere eindringlichere Stimme. *Er hat dir geholfen, du kannst ihn nicht einfach im Stich lassen.*

Vielleicht ist es doch nicht Dominic, drängte die Stimme. *Vielleicht gibt es eine andere Erklärung dafür.* Es war einiges möglich, und doch stellte sie fest, daß sie nicht gewillt war, es darauf ankommen zu lassen. Statt dessen machte sie kehrt und ritt auf dem Weg zurück. Ihre Handflächen waren feucht, und ihr Herz raste vor Sorge um den Mann, der möglicherweise in Gefahr war.

Als die rauhen Männerstimmen näher kamen, ritt Catherine vom Weg herunter, stieg ab und band das Pferd an einen Baum. Sie kroch durch das Unterholz und ignorierte das Pieksen von Zweigen und spitzen Steinen, die ihre Arme und Beine zerkratzten, bis sie eine Lichtung im Wald erreicht hatte.

Catherines Magen schnürte sich zusammen. Am anderen Ende der Lichtung hielten zwei Männer Dominic mit geladenen Waffen in Schach. Blut rann aus seinen Mundwinkeln, und seine Arme wurden von einem dritten, kräftig gebauten Mann, der noch größer gewachsen war als er, auf seinen Rücken gebogen und dort festgehalten.

»Gott im Himmel«, flüsterte Catherine. Was, um alles in der Welt, konnte sie bloß tun?

Sie sah sich um und suchte rasend nach etwas, was sich als Waffe einsetzen ließ, oder irgend etwas anderes, um die Männer so lange abzulenken, daß Dominic entkommen konnte. Sie packte eine Handvoll Steine und einen kurzen, kräftigen toten Ast, rückte so nahe heran, wie sie es nur irgend wagte, und warf einen der kleinen Steine gegen einen Baum am anderen Ende der Lichtung.

»Was war das?« fragte einer von ihnen, ein großer, grobknochiger

Mann, dem etliche Zähne fehlten. Sie machten den Anschein, als seien sie Diebe. »Ich glaube, ich hör' was.«

Catherine warf einen weiteren Stein, der mit einem unheilvollen Klappern auf dem Weg landete.

»Sieh mal nach, René«, sagte derjenige, der Dominic festhielt, offensichtlich der Anführer, und ein dritter Mann, ein stämmiger Franzose, der eine viel zu kurze Hose trug, lief in die Richtung, aus der das Geräusch gekommen war.

»Ich frage dich nur noch einmal, Zigeuner, wo ist das Geld? Wir haben gesehen, daß du mit Pferden gehandelt hast – wir sind nicht so dumm und glauben, das wenige, was wir gefunden haben, ist alles, was du hast.« Die Pistole des riesigen Franzosen preßte sich in Dominics Rippen. »Wo ist der Rest?«

»Ich habe doch schon gesagt, daß ich es in meinem Wagen habe. Wenn ihr nicht in ein Zigeunerlager reiten wollt, dann ist das hier alles, was ihr bekommt.«

Der grobknochige Mann trat vor und versetzte ihm einen festen Hieb in den Magen. Dominic schnappte nach Luft, als ihn der Schlag traf, und er versuchte sich loszureißen, doch der größere der Männer zerrte seine Arme nur noch höher. Der andere spannte den Abzug seiner Pistole, und das heisere Klicken war der unheilverkündendste Laut, den Catherine je gehört hatte.

»Was sagst du, Pierre, sollen wir ihn töten?«

Der große Mann lachte in sich hinein. »Damit erweisen wir dem Land einen Dienst, *n'est-ce pas*? Wenn wir das Land von einem weiteren von diesen schmutzigen Zigeunern befreien.«

Catherine konnte nicht länger warten. Sie bezwang ihre Angst, trat aus dem Wald heraus und schlug mit dem schweren Ast fest auf den Arm des Mannes, der die Pistole hielt. Sie schlug ihm die Waffe aus den Fingern. Als er zu seinem Angreifer herumwirbelte, benutzte sie den Stock, um ihn darüber stolpern zu lassen, und er fiel längelang auf den Boden. Im selben Augenblick versuchte Dominic zu entkommen. Er nutzte das Überraschungsmoment des Franzosen aus, riß seinen Arm los, grub einen Ellbogen brutal in die Rippen des Mannes, der sich vor Schmerzen krümmte, drehte eine Pirouette und versetzte ihm einen festen Kinnhaken.

Catherine packte die Pistole, die auf den Boden gefallen war, richtete sie auf den dritten Räuber, raste aus dem Wald auf die Männer zu, kniff ein Auge zu und gab einen Schuß ab. Mit einem bestürzten Gesichtsausdruck und einem gemurmelten Schmerzenslaut umklammerte er seine blutende Schulter, sank auf die Knie und sackte nach vorn auf die Erde.

Als Catherine sich den anderen wieder zuwandte, sah sie, daß Dominic sich die Pistole geschnappt hatte, die im Hosenbund des großen Räubers gesteckt hatte, und jetzt preßte er sie mit gespanntem Hahn unter das stoppelige Kinn des Mannes.

»Wenn du nicht sterben willst«, sagte Dominic und wischte sich mit dem Handrücken das Blut vom Mund, »dann schlage ich vor, daß du keine zu plötzliche Bewegung machst.«

Pierre ballte die Fäuste, blieb aber stocksteif stehen. Dasselbe tat der Mann, den Catherine entwaffnet hatte, sobald er wankend auf den Füßen war. Dominic faßte tief in die Tasche des riesigen Mannes und zog die Münzen heraus, die der Dieb ihm abgenommen hatte.

»Da eine Dame anwesend ist, werde ich dich nicht töten.« Catherine holte tief Luft. »Ich werde dich laufenlassen. Wenn ich das tue, dann erwarte ich von dir, daß du dich langsam bewegst, deine zwei Freunde mitnimmst und verschwindest.«

Schweißperlen bedeckten seine Stirn, als der großgewachsene Räuber nickte. »Wir tun, was du sagst.« Er warf einen Blick auf den Mann, der auf der Lichtung stand. »Gaspar, kümmere dich um René. Wie der Zigeuner schon gesagt hat, ich verspüre nicht den Wunsch, heute nacht zu sterben.«

Gaspar ging behutsam auf den Verwundeten zu, der wenige Meter weiter erbärmlich stöhnte.

»*Un moment*«, warnte Dominic. »Heb seine Pistole auf, Catherine. Sie liegt neben diesen Sträuchern.« Er wies mit einer Kopfbewegung auf die Waffe.

Catherine legte die Pistole, die sie noch in der Hand hielt, lautlos auf den Boden, und dann zwang sie sich, sich von der Stelle zu rühren. Gott sei Dank, daß sie ihn nicht getötet hatte, und doch wußte sie in dem Moment, daß sie es getan hätte, wenn sie Dominic damit das Leben hätte retten können. Sie hob die schwere Waffe auf, dann ging sie zurück zu den anderen.

Dominic ließ den stämmigen Franzosen los, trat zurück und richtete die Pistole auf die breite Brust des Mannes. Catherine tat dasselbe mit der Waffe, die sie in der Hand hielt, obwohl ihre Hand so heftig zitterte, daß sie sie kaum ruhig halten konnte.

»Verschwindet!« befahl Dominic den Männern. »Und wenn ihr weiterleben wollt, dann schlage ich vor, daß ihr euch in Bewegung setzt.«

Mit einem gemurmelten Fluch zogen sich die Männer die Arme des Verletzten um die Schultern und schleppten ihn in den Wald. Catherine konnte ihre Flüche hören, als sie sich schwerfällig unter ihrer Last voranbewegten und sich wankend weiter und immer weiter entfernten.

Sie stieß einen Seufzer der Erleichterung darüber aus, daß sie beide endlich in Sicherheit waren, und dann wandte sie ihre Aufmerksamkeit Dominic zu. Die kalte, harte Wut, die seine Augen zu funkelnden Gagaten verfinsterte, ließ Catherine erbleichen.

Unbewußt wich sie einen Schritt zurück.

8

»Warum?« fragte Dominic leise, als er mit einer Verstohlenheit auf sie zukam, die den Zorn deutlich zeigte, den er sich gar nicht erst zu verhehlen bemühte.

»Warum was?« Sie wich noch einen Schritt zurück. »Warum ich zurückgekommen bin? Oder warum ich fortgelaufen bin?«

»Beides«, sagte er, als sein Arm vorschnellte und sie packte, ehe sie fliehen konnte. Er riß sie an sich, und seine Hände packten ihre Schultern und gruben sich in ihr zartes Fleisch. Er schüttelte sie so heftig, daß ihre Zähne klapperten. »Du kleiner Dummkopf – weißt du denn nicht, daß das dein Tod hätte sein können?«

Catherine riß sich los.

Dominic stieß einen Fluch aus, von dem es ihr lieber gewesen wäre, wenn sie ihn nicht gehört hätte, dann fuhr er sich mit den braunen Fingern durch das Haar. »Der Teufel soll dich holen, hast du es so verdammt eilig, nach Hause zu kommen, daß du bereitwillig Gefahr läufst, von einer solchen Bande gefangengenommen zu werden?«

»Ich hätte es geschafft, wenn ich nicht deinetwegen umgekehrt wäre«, konterte sie, denn sie geriet jetzt auch in Wut.

»Es geschafft? Keine weiteren zwei Stunden wärst du auf dieser Straße unbeschadet vorangekommen. So, wie du gekleidet bist, siehst du wie ein Bauernmädchen aus – ein schmackhafter, kleiner Leckerbissen, der sogar dem zurechnungsfähigsten Mann Appetit machen könnte. Du wärst dem erstbesten Halunken zum Opfer gefallen, der dir unterwegs begegnet wäre.«

Diese Dreistigkeit ist nicht zu fassen! dachte Catherine, deren Wut sich steigerte. Sie hatte ihn gerettet, und er wagte es, sie so zu behandeln. »Mit jedem Halunken hätte ich lieber zu tun als mit dir!«

Dominic packte sie wieder. »Ist das wahr?«

»Ja!«

Seine Augen loderten vor Wut, und ein Muskel zuckte auf einer Wange. »Du kleiner Wildfang. Du hast es wirklich nötig, auf die übelste Art gezähmt zu werden, und ich bin genau der richtige Mann, um das zu tun.« Dann küßte er sie so ungestüm, daß sie wahrscheinlich gestürzt wäre, wenn er sie nicht festgehalten hätte. Sie schlug auf seine Brust ein und versuchte sich loszureißen, doch daraufhin hielt Dominic sie nur noch fester.

Im einen Moment stand sie noch und wehrte sich gegen seine brutale Umarmung, doch schon im nächsten hatte er sie in das Gras gezogen, und sein fester Körper preßte sie in die weiche, feuchte Erde. Sein Kuß war so glühend und fordernd, daß er ihr den letzten Rest an Atem zu rauben schien. Sie wußte, daß sie sich hätte wehren sollen, doch statt dessen ertappte sie sich dabei, daß sie seinen Kuß erwiderte, und ihr Fleisch prickelte an allen Stellen, die er mit seinem Körper berührte.

Dominic hielt ihre Handgelenke zu beiden Seiten ihres Kopfes fest und setzte seinen Verführungsangriff fort. Diesmal ging er sanfter vor, ließ seine Zungenspitze zärtlich über Catherines Lippen gleiten und schob sie dann in ihren Mund. Er verlockte und liebkoste sie, reizte und neckte sie, bis Catherine lustvoll aufstöhnte. »So ist's richtig, Feuer-

127

kätzchen«, murmelte er dicht an ihrem Mund. »Du willst es ebensosehr wie ich.«

Sie wollte protestieren, aber seine Hand umschloß ihre Brust, streichelte und drückte sie durch die dünne Baumwollbluse. Ihre Brustwarze stellte sich unter seiner Handfläche auf, und er neckte die steife Spitze zwischen seinen Fingern. Sie konnte spüren, wie seine Männlichkeit sich an ihren Oberschenkel preßte, dick und pulsierend, doch sein Mund schmeckte so heiß und männlich, und seine Zunge tauchte so tief in sie ein, daß sie sich ihm entgegenbäumte, statt ihn von sich zu stoßen.

Sie spürte, wie seine Hand in ihre Bluse glitt, fühlte seine rauhe Handfläche auf ihrer Haut, und sinnliche Glut loderte in ihrem Körper auf. Als er seinen Mund von ihrem nahm, den Kopf senkte und die Spitze der Brust, die er in der Hand hielt, mit seinen Lippen gefangen nahm, glaubte Catherine, ihr Herz müßte gewiß die Rippen sprengen.

Eine Hand legte sich auf ihren Po, glitt an ihrem Oberschenkel herunter und dann noch tiefer. Er begann, ihren Rock hochzuheben.

»Nein«, flüsterte sie. »Du hast es versprochen.«

Doch er bedeckte ihre Lippen nur mit seinem Mund und küßte sie. Die Hand auf ihrer Wade glitt auf ihren Oberschenkel hinauf, und Catherine begann sich zu winden. Unter ihren Röcken trug sie nichts – es gab keine schützende Barriere, die sie vor seinen warmen, forschenden Fingern errettet hätte. Sie spürte sie auf der Innenseite ihres Beines, fühlte, wie sie höher glitten, bis sie ihren Schoß streiften.

»Dominic, bitte«, flüsterte sie und versuchte, ihm Einhalt zu gebieten, doch seine Hände schienen ihren eigenen Willen zu besitzen. Sie berührten sie dort, wo kein Mann sie je angefaßt hatte, streichelten und teilten die seidenweichen Blütenblätter ihres Fleisches, und sein Finger glitt in sie.

O Gott, schluchzte Catherine, die wußte, daß er sich schon bald nehmen würde, was er wollte – schon bald würde sie es genausosehr wollen wie er.

»Du hast gesagt, du würdest mich nicht zwingen«, flehte sie und wandte sich von den Lippen ab, die darauf aus waren, ihre Worte zu unterbrechen. »Ich habe dich gerettet – und jetzt nimmst du dir, was ich nicht bereit bin zu geben.«

Dominics Finger hielten still, und Catherine bebte, als sie den plötzlichen Verlust empfand.

»Du willst es ebensosehr wie ich«, sagte er grob, denn er spürte ihr wachsendes Verlangen.

Gütiger Gott im Himmel, es gab nichts auf dieser Erde, was sie sich mehr gewünscht hätte. »Wir können nicht immer bekommen, was wir wollen«, flüsterte sie.

»Laß dich von mir lieben, Catherine.« Die Finger glitten wieder in sie hinein und webten ihren Zauber, führten sie in Versuchung und versprachen ihr eine Lust, wie sie sie sich kaum erträumen konnte.

Catherine preßte die Beine zusammen, um sich gegen die glühenden Empfindungen zu schützen. »Ich bitte dich, zahle mir meine Tat nicht damit heim, daß du mich gegen meinen Willen nimmst.« Die Hand bewegte sich sachte, glitt weiter nach innen, streichelte sie. Unbewußt bäumte sich Catherine den erfahrenen Liebkosungen entgegen.

»Gegen deinen Willen?« höhnte er leise.

»Bring mich in dein Lager zurück, wenn es sein muß, aber zwing mich nicht, etwas zu tun, was ich in alle Ewigkeit bereuen werde.«

Zum ersten Mal schien er unsicher zu sein. »Warum solltest du es bereuen?« Er richtete sich auf. »Weil ich ein Zigeuner bin?«

»*Weil du der Teufel persönlich bist.* Ja!« Sie hätte alles gesagt – alles, wenn es ihn dazu gebracht hätte aufzuhören. »Ich bin Engländerin – und du bist nichts weiter als ein unwürdiger Zigeuner!« Dominics harter Blick glitt über sie, Augen, in denen noch vor wenigen Sekunden Leidenschaft gebrannt hatte, schauten jetzt voller Abscheu auf sie herab.

»Ich bitte um Verzeihung, Mylady. Ich hatte nicht den Eindruck, Sie fanden meine Gesellschaft derart unangenehm.« Mit einem Ausdruck von Abscheu, der Steine hätte sprengen können, zog er seine Hand unter ihren Röcken heraus und wälzte sich von ihr, ehe er sich anmutig auf die Füße zog. Sein pralles Geschlecht stand noch weit ab und preßte sich kühn an seine Hose.

Auch Catherine setzte sich auf, und ihr Gesicht war von unerfüllter Leidenschaft gerötet, von Verlegenheit und Schuldbewußtsein, weil sie diese grausamen Worte ausgesprochen hatte. Da sie sich vor der Verachtung fürchtete, die sie in seinen Augen gesehen hatte, sprang sie auf die Füße und machte sich auf den Weg zu dem Wald, in dem das Pferd angebunden war.

»Wohin willst du?« fauchte Dominic und packte ihren Arm, als sie versuchte, an ihm vorbeizulaufen.

Catherine warf das Haar in einer trotzigen Geste zurück, die dazu gedacht war, ihre aufgewühlten Gefühle zu verbergen. »Ich will das Pferd holen. Deines scheint nicht dazusein.«

»Das stimmt, und das habe ich dir zu verdanken.« Doch er ließ sie los, und sie lief in den Wald und war dankbar für die Minuten, die ihr blieben, um die Fassung wiederzuerlangen. Als sie mit dem Braunen zurückkehrte, konnte sie ihm wieder gegenübertreten, doch ihr Herz war immer noch schwer, ihre Brüste prickelten immer noch, und die Stelle zwischen ihren Beinen pochte und brannte.

Die Leidenschaft, die sie verspürt hatte, ließ sich nicht leugnen; und die Verheerungen, die ihre Worte angerichtet hatten, ließen sich mit keinem Mittel beheben.

Außerdem liegt mein Leben vor mir, sagte sie sich, ein Leben als Gräfin von Arondale, ein Leben zu Hause in England. Die Leidenschaft für einen Mann – jeden anderen Mann, als denjenigen, den sie später einmal heiraten würde – durfte nicht einfach ausgelebt werden.

Ein Blick auf Dominic genügte, und sie sah den Ausdruck der Bitterkeit auf seinem Gesicht und erkannte, wie sehr ihre Worte ihm zugesetzt hatten, und Catherine wußte, daß sie einen Weg gefunden hatte, dieser Leidenschaft ein Ende zu bereiten.

Warum war die Wahrheit immer so schmerzhaft? Er hatte gewußt, daß es einen Grund für ihre Ablehnung gab – hatte gewußt, daß sie ihn begehrte und sich ihm doch versagte. Er hatte nur einfach nicht glauben wollen, daß sein Zigeunerblut der Grund dafür gewesen war.

Aber er hätte es wissen müssen – er hätte es sich von Anfang an denken können. Es gab nicht eine einzige anständige Frau in ganz England, die einen Zigeuner in ihrem Bett willkommen geheißen hätte.

Das war einer der Gründe, aus denen sein Vater sein Geheimnis so sorgsam gehütet hatte. Natürlich waren Spekulationen angestellt worden, Gerüchte waren in der Oberschicht in Umlauf. Aber niemand schenkte ihnen wirklich Glauben. Statt dessen verstärkten sie nur seine geheimnisvolle Ausstrahlung und machten ihn nur um so begehrenswerter.

Zu Hause drängten sich die Frauen in Scharen um sein Bett. Jetzt war die Wahrheit so deutlich geworden wie nie zuvor: Dominic Edgemont, Lord Nightwyck, mochte einen akzeptablen Liebhaber abgeben, Domini, der schwarzäugige Zigeuner, dagegen nicht.

Noch nicht einmal für eine Frau, die sich ruiniert hatte und keinen Funken Tugend mehr besaß.

Er beobachtete Catherine jetzt, als sie in den Wald hinaussah und sich fürchtete, ihm in die Augen zu sehen, weil sie endlich die Wahrheit eingestanden hatte.

Fast konnte er glauben, daß sie ihn tatsächlich verhext hatte, genauso wie Vaclav es einmal vorhergesagt hatte. Er dachte daran, was zwischen ihnen vorgefallen war. Unter eben diesen Umständen und so, wie sie reagiert hatte, gab es nicht eine einzige Frau auf Erden, die er nicht genommen hätte – ob sie sein Zigeunerblut nun haßte oder nicht.

Sein Verlangen nach ihr war durch seine Abstammung gewiß nicht gemindert worden. Sie war eine Frau voller Glut und Leidenschaft, und was sie auch an Tugend einst besessen haben mochte, war ihr schon vor langer Zeit geraubt worden, und daher bestand keine Veranlassung für seine Zurückhaltung.

Waren es nur ihre schneidenden Worte gewesen, die ihn von seinem Ziel abgebracht hatten? Was hatte sie an sich, was ihn in Schach hielt und ihn doch bis an einen Punkt verhexte, der nahezu an Wahnsinn grenzte?

»Willst du das andere Pferd suchen?« fragte sie und führte das Pferd, das sie geritten hatte, an seine Seite. »Mit etwas Glück wird es seinen Weg zum Wagen zurückfinden, wenn es hungrig wird.« Seine Hände umklammerten ihre schmale Taille, und er hob sie auf den breiten Rükken des Pferdes; ihre Röcke bildeten eine dicke Schutzschicht unter ihr. Ihm entging nicht, daß sie vor Schmerz zusammenzuckte.

»Bist du aufgescheuert?«

»Ich bin in meinem ganzen Leben noch nicht rittlings auf einem Pferd geritten.«

»Der Ritt, den du auf mir gehabt hättest, hätte dich noch viel wunder zurückgelassen.« Catherines hübsches Gesicht lief rot an, und Dominic spürte, welche Befriedigung ihm das verschaffte. Er packte eine Handvoll von der Mähne des Pferdes, schwang sich hinter ihr auf seinen Rükken, beugte sich herunter und zog ihr Bein über den Nacken des Pferdes, bis sie seitlich vor ihm saß.

»Ist es so besser?«

»Ja. Danke.« Catherine schluckte den Kloß, der ihre Kehle zusammenschnürte. Dominic war wütend, sogar rasend vor Wut. Doch selbst jetzt noch, nach ihren verletzenden Worten, sorgte er sich um ihre Bequemlichkeit. Obwohl diese List sich bei weitem besser bewährt hatte, als sie es sich je erträumt hätte, bereute sie bereits jetzt ihre Worte. Die Tatsache, daß er von seiner Geburt her ein halber Zigeuner war, war nicht seine Schuld, und er hatte nichts an sich, was unwürdig war – aber auch nicht das Geringste.

Sie legten den langen Ritt zum Wagen schweigend zurück. Dominic sagte selbst dann noch kein Wort, als sie die Tür öffnete und in den Wagen stieg, doch er sah sie mit einer so bitteren Enttäuschung an, daß es ihr nahezu das Herz brach.

In jener Nacht schlief sie schlecht, und als sie in der frühen Morgendämmerung aufstand, stellte sie fest, daß Dominic bereits zum Pferdemarkt aufgebrochen war und Pearsa sich über ihre Kochtöpfe beugte. Als Catherine näher kam, richtete sie sich auf.

»Guten Morgen, Pearsa.«

Das Gesicht der alten Frau, das schon immer ledrig und runzlig gewesen war, wirkte jetzt noch hagerer und grimmiger. »Was hast du meinem Sohn angetan?« Jede Spur von Wärme, die sie gestern noch gezeigt hatte, war mit der morgendlichen Brise davongetrieben.

»Ihm angetan? Ich habe gar nichts getan. Ich weiß nicht, wovon du redest.«

»Ich glaube dir nicht. Von dem Moment deiner Ankunft an hast du nur Ärger bereitet. Solange du ihn glücklich gemacht hast, hat mich das nicht gestört. Jetzt ist er nicht mehr glücklich.«

»Vielleicht hat er Ärger mit seinen Pferden.«

Pearsa schnaubte ungläubig. »Bilde dir bloß nicht ein, daß ich dumm bin. Ich kenne meinen Sohn gut. Was immer du ihm auch angetan hast, er fühlt sich nicht als ganzer Mann. Die anderen wissen, daß er vor deinem Wagen auf dem Boden schläft. Sie wissen, daß du ihm fortgelaufen bist – Vaclav hat dich gesehen. Yana hat dafür gesorgt, daß alle in der *Kumpania* Bescheid wissen. Es wird geflüstert, sein Romablut sei nicht stark genug, und er könnte selbst eine Gadjofrau nicht bändigen. Vaclav hat dafür gesorgt, daß alle hinter seinem Rücken lachen.«

»Vaclav ist ein Dummkopf! Dominic ist ein besserer Mann als Vaclav, besser als jeder andre Mann in diesem Lager. Wenn die anderen das nicht sehen können, dann sind sie blind.«

Pearsas dunkle Augenbrauen zogen sich abrupt hoch. Sie musterte Catherine mit einer Spur von Neugier. »Dann wirst du ihm das sagen«, verlangte sie mit kalter Autorität. »Du wirst den Schaden beheben, den du angerichtet hast.«

Catherine fuhr sich mit der Zunge über ihre Lippen, die plötzlich trocken geworden waren. »Nein.«

Pearsa wollte Einwände erheben, doch in dem Moment wurde mit schriller Stimme ihr Name geschrien.

»Pearsa!« echote der Ruf noch einmal. Czinka kam durch den Zwischenraum zwischen den Wagen und watschelte, so schnell sie konnte, in ihre Richtung, und bei jedem ihrer Schritte klirrten Perlen, Armbänder und leuchtendgoldene Münzen. Sie sprach auf Romani, und die Worte kamen gemeinsam mit ihrem schnellen Atem überstürzt heraus; sie gestikulierte wild mit den Händen und drängte Pearsa, ihr zu folgen.

»Was ist passiert?« fragte Catherine, als die alte Frau sich auf den Weg machte. »Was ist geschehen?«

»Es geht um Medela. Bei ihr ist es soweit. Das Baby kommt viel früher, als wir es erwartet hatten.«

Catherine eilte neben den beiden Frauen her. »Ist das schlimm?«

Pearsa lächelte, lief aber weiter. »Es ist sehr gut. Sie wird wenig Schmerzen haben. Du hast ihr wahrhaft Glück gebracht…« Sie blieb im Eingang zu dem Zelt aus schwarzem Mohair neben Czinkas Wagen stehen, in dem Medela und ihr Mann Stavo, Czinkas Sohn, hausten. »Wenigstens hast du manchen von uns Glück gebracht.« Sie zog den Kopf ein, um unter der Zeltplane durchzugehen.

Mit einem lauten Ächzen bückte sich Czinka, um ihr zu folgen.

»Kann ich irgend etwas tun?« fragte Catherine.

»Du kannst noch ein paar Scheite auf das Feuer legen. Das wird die bösen Geister vertreiben.«

Es war zwar nicht das, was sie im Sinn gehabt hatte, doch Catherine willigte ein. »Ich werde das Feuer am Brennen halten, bis das Baby da ist.« Sie lächelte bei der Vorstellung, daß sie sich immer mehr an den seltsamen Aberglauben gewöhnte.

»Bis das Kind getauft ist«, verbesserte Czinka sie und betrat das Zelt.

Getauft, dachte Catherine und war wie immer erstaunt über die Mischung von altem Aberglauben und moderner Religion bei den Zigeunern. Was für ein Schmelztiegel seltsamer Vorstellungen die Roma doch waren.

Bei diesem Gedanken schüttelte Catherine den Kopf, bückte sich und warf ein dickes Scheit in das Feuer vor dem Zelt; dann brach sie in den Wald auf, um den schrumpfenden Stapel von Holzscheiten aufzufüllen. Auf halber Strecke kam der kleine Janos angerannt und packte ihre Hand.

»Medela bekommt ihr Baby?« fragte er.

»Ja. Und es scheint, als bekäme sie es schon sehr bald.«

Er hatte Schmutz auf der Nase und auf dem Kinn. Er trug nur eine ausgefranste Hose, kein Hemd und keine Schuhe. Mit dem kleinen nackten Fuß trat er einen Stein vor sich her und sah mit einem merkwürdigen Ausdruck zu ihr auf. »Ist es wahr, was sie alle sagen? Daß du eins von Dominis Pferden gestohlen hast und fortgelaufen bist?«

Catherine spielte mit den Falten ihres Rocks. »Ich habe mir das Pferd geborgt. Ich hätte es zurückbringen lassen.«

»Warum willst du von uns fortgehen? Domini, hat gesagt, du seiest nicht so wie andere Gadjos. Er hat gesagt, du magst Zigeuner.«

Was würde er wohl sagen, wenn Janos ihn heute noch einmal fragte?

»Ich mag viele von euren Leuten. Ich mag dich und Medela. Ich mag Joszef und Czinka.«

»Magst du Domini?«

Catherines Herz schnürte sich zusammen. *Mögen* war wohl kaum das richtige Wort. Aber was empfand sie wirklich für Dominic? fragte sie sich. Doch als die Wahrheit drohte, an die Oberfläche zu kommen, erstickte Catherine sie nachdrücklich.

»Natürlich mag ich ihn. Dominic ist sehr nett zu mir gewesen.«

»Warum bist du dann fortgelaufen?«

Catherine strich dem kleinen Jungen zerzauste Haarsträhnen von den Wangen. »Ich möchte nach Hause gehen«, sagte sie leise. »Zurück nach England. Dort habe ich meine Familie, genauso wie du hier deine Familie hast.«

»Dominic lebt auch manchmal dort. Vielleicht wird er dich dorthin mitnehmen.«

Catherine lächelte matt. »Vielleicht.«

»Wo ist er?« Er warf einen Blick auf die Wagen zurück.

»Er ist wieder zum Pferdemarkt gegangen«, antwortete Catherine.

»Nein, da ist er nicht hingegangen. Er ist ganz allein losgeritten. Ich glaube, er ist traurig, weil du fortgelaufen bist.«

Catherine blieb stehen und kniete sich vor Janos hin. Ihre Köpfe waren jetzt auf einer Höhe, und einer von beiden schimmerte schwarz, der andere rot in der Sonne. »Warum sagst du das?«

»Weil er Vaclav gesagt hat, dieses eine Mal sei er seiner Meinung, als Vaclav ihn ausgelacht und als einen Dummkopf beschimpft hat.«

Lieber Gott, was hatte sie bloß angerichtet? »Glaubst du, du könntest darauf kommen, wohin er geritten ist?«

Janos dachte einen Moment lang nach und zog die kleinen schwarzen Augenbrauen zusammen. »Vielleicht zum Teich.« Er wies durch die Bäume. »Manchmal fängt er gern Fische.«

»Vielleicht sollte ich einfach hingehen und nach ihm sehen?« Medela war bei Pearsa in guten Händen, und sie hätten sie ohnehin nicht in das Zelt gelassen.

Janos grinste und nickte. Er bat sie nicht etwa, mitgehen zu dürfen, wie sie es erwartet hatte, sondern er wandte sich ab und raste zu seinem Wagen zurück. Was für ein kluger kleiner Junge er doch ist, dachte sie, dann machte sie sich auf den Weg durch die Bäume zum See.

Während ihre Schritte sich einen Pfad durch die hohen Grashalme bahnten, dachte Catherine beständig an Dominic. Ihre brutalen Worte hatten seinen Annäherungsversuchen Einhalt geboten, doch dafür hatte er einen hohen Preis bezahlt. Es mußte eine andere, weniger zerstörerische Art geben, ihn abzuschrecken, eine Möglichkeit, die ihnen beiden einen Rest von Würde ließ.

Sie zog ihre schmalen Schultern zu einer Geste hoch, die besagte, daß sie nicht die Absicht hatte, seinen Forderungen nachzugeben, und so lief sie weiter und glaubte irgendwie daran, daß sie den richtigen Weg finden würde, seine Pläne zu durchkreuzen.

Und noch genauer wußte sie, daß es nicht in Frage kam, verletzende Unwahrheiten über seine Abstammung zu äußern, ganz gleich, was zwischen ihnen auch geschehen mochte.

Dominic warf einen trockenen Grashalm ins Wasser. Er trieb auf der Oberfläche und kreiste genauso, wie seine Gedanken kreisten. Er brauchte Zeit für sich allein, fern von den vielsagenden Blicken der anderen, deren selbstgefälligen Andeutungen, er sei seiner Frau nicht gewachsen, und daher war er auf dem Apfelschimmel geritten, bis beide erschöpft waren, und dann war er mit ihm hierher an den Teich gekommen.

Seine Frau. So hatte Vaclav sie genannt. Dominic schnaubte verächtlich bei dieser Vorstellung. Er hatte ein Vermögen in Gold für sie bezahlt – und doch widersetzte sie sich ihm, wie sich ihm noch keine Frau je widersetzt hatte.

Er hätte schon vor langer Zeit mit ihr ins Bett gehen, seine Gelüste stillen und sich von ihr abwenden sollen. Wenn er ihr von Anfang an den Platz zugewiesen hätte, der ihr zustand, und wenn er seine Gefühle in Schach gehalten hätte, hätte ihr Wort ihn niemals verletzen können.

Was macht das schon aus? sagte er sich streng. In ein paar Tagen würde er nach England zurückkehren. Er hatte Arbeiten in Gravenwold zu erledigen, Verantwortung, die er nicht außer acht lassen konnte. Wenn es zu diesem Vorfall nicht gekommen wäre, hätte er seine Abreise wie geplant hinausgezögert und sich davon erhofft, Catherine würde zu ihm kommen und ihm ihre Leidenschaft und ihr Verlangen eingestehen.

Ein weiterer Grund für seinen Entschluß, noch länger hierzubleiben, war der Gedanke gewesen, daß dies seine letzte Gelegenheit war, die Freiheit des Lebens der Roma auszukosten. Es hätte ihm niemals Schuldbewußtsein eingeflößt, diese allerletzten wenigen kostbaren Wochen mit seiner Mutter zu verbringen und mit seinem Stamm durch die Lande zu ziehen. Wenn er erst einmal wieder nach England zurückkehrte, würde er wieder einmal mit seinem Vater kämpfen, sich gegen die bittere Vorherrschaft des alten Mannes zur Wehr setzen und sich an die strikten Moralvorschriften der Oberschicht halten.

Im Laufe der Jahre hatte er gelernt, seinen Platz in der Gesellschaft zu akzeptieren, ja sogar seine Freude daran zu haben. Aber jetzt kostete er die Freiheit ein letztes Mal, und davon würde er für den Rest seines Lebens zehren.

Dabei stand ihm nur Catherine im Weg. Dieses hinterlistige kleine Miststück hatte ihm das Leben zur reinsten Hölle gemacht.

Er dachte daran, wie sie zurückgekommen war, um ihn zu holen, und daran, daß sie ihr Leben in Gefahr gebracht hatte, um damit möglicherweise seines zu retten. Nie hatte er einen solchen Stolz auf eine Frau empfunden, ein so heftiges Verlangen, eine Frau zu beschützen.

Warum hat sie das getan, fragte er sich, wenn sie so fühlt wie sie fühlt?

Er erinnerte sich wieder an die brutalen Worte, die sie ausgesprochen hatte, Worte, die er schon tausendmal gehört hatte, und doch hatten sich diese Worte aus ihrem Mund wie eine Klinge in sein Inneres gebohrt. Er hatte geglaubt, sie sei anders. Etwas Besonderes. Er hätte wissen müssen, daß sie es nicht war.

Dominic fischte nicht, wie Catherine sah, sondern er saß am Wasserrand und hatte die breiten Schultern an einen kräftigen Baumstamm gelehnt. Sein großer Hengst graste mit zusammengebundenen Füßen in der Ferne im zarten grünen Gras. Eine Spottdrossel saß im Geäst über ihm und unternahm gelegentliche Ausflüge über den Teich.

»Darf ich mich zu dir setzen?«

Beim Klang ihrer Stimme drehte Dominic sich um. Sein Ausdruck war frei von jeder Wärme und drückte nur kalte Resignation aus. Die Spottdrossel schrie mit derselben Mißbilligung, die sie auf seinem Gesicht lesen konnte.

»Hast du nichts Besseres zu tun, als deine Zeit mit einem unwürdigen Zigeuner zu verbringen?«

Sie ignorierte die Spitze und setzte sich statt dessen auf den Baumstamm neben ihm und schaute auf den winzigen Teich hinaus. Ein Fisch durchbrach die spiegelglatte Oberfläche, und das Wasser kräuselte sich bis ans Ufer.

»Es ist sehr lauschig hier. Es erinnert mich ein wenig an zu Hause.«

Sein Gesichtsausdruck blieb kühl, doch ein geringes Maß an Interesse streifte seine Züge. Sie konnte sehen, daß er mit der Neugier rang, genauso, wie sie es oft tat.

»Du hast an einem Teich gewohnt?«

Sie nickte. »An einem hübschen kleinen See, nicht viel größer als dieser hier.«

»Wo?«

»In Devon, nicht weit von der Küste. Als ich noch ganz klein war, hat mein Vater mich oft zum Fischen mitgenommen. Ich fand, daß das viel Spaß machte.« Sie lächelte bei der Erinnerung und dachte wieder an die Kniebundhosen, die sie sich vom kleinen Sohn des Kochs ausgeliehen hatte. Sie waren ihr an der Taille zu weit und im Sitz zu eng gewesen, doch eine Zeitlang hatte sie sie mit Vergnügen getragen. »Natürlich war ich für solche Dinge schon bald zu damenhaft – oder zumindest glaubte ich das.«

Sein Mund verzog sich zynisch. »Zu damenhaft für viele Dinge.«

Sie ließ ihm diese Äußerung durchgehen und bemühte sich, sich nicht an die äußerst undamenhafte Art zu erinnern, mit der sie auf seine Küsse reagiert hatte, an den Zauber, den er mit seinen Händen gewebt hatte.

»Als ich sechs oder sieben war«, fuhr sie so beiläufig wie möglich fort, »waren mir Puppen lieber als das Fischen. Es hat mir Spaß gemacht, sie in wunderschöne Gewänder zu kleiden, die meine Mutter für sie genäht hat, und winzige Teegesellschaften für sie zu veranstalten.«

»Teegesellschaften?« Er schien eine Spur von amüsiert zu sein.

»Ich habe schon immer die weiblichen Dinge im Leben geliebt. Ein

Hauch Parfüm, ein Stück Seide zwischen den Fingern zu spüren.« Jetzt lächelte sie ein wenig wehmütig. »Wenn meine Eltern mich heute sehen könnten, würden sie in mir nicht ihr braves kleines Mädchen wiedererkennen.«

Dominic zog eine Augenbraue hoch, sein Tonfall war trocken und nicht im mindesten versöhnlich. »Ich fürchte, hier muß ich Einspruch erheben. Wenn man die Umstände bedenkt, finde ich, daß du geradezu bewundernswert an deinem englischen Anstandsgefühl festhältst.«

So wie er *englisch* aussprach, wünschte sie plötzlich, sie wäre keine Engländerin. »Meinst du das wirklich, Dominic? Daß es anständig war, das zu sagen, was ich gestern nacht gesagt habe?«

Er sah sie fest an, und in seinen Augen stand eine Herausforderung. »Was meinst du dazu?«

»Ich glaube, das ist etwas, wofür ich mich immer schämen werde – vor allem deshalb, weil kein Wort davon ernst gemeint war.«

Bei diesen Worten hob er abrupt den Kopf, und Strähnen seines schimmernden schwarzen Haares wurden von der Brise sacht in sein Gesicht geweht. »Du hast es ernst gemeint. Andernfalls hättest du es nicht gesagt.«

»Ich hatte nur vor, dich damit zurückzuhalten. Ich wäre überhaupt nicht auf den Gedanken gekommen, wenn du nicht davon angefangen hättest. Zu dem Zeitpunkt schien es mir eine gute Lösung zu sein, um die... Dinge wieder auf einen etwas stabileren Kurs zu bringen.«

Jetzt schnaubte er höhnisch. »Einen stabileren Kurs, Cartrina? Wie zum Beispiel den, allein in dein Bett zurückzukehren – ohne die Gesellschaft eines unwürdigen Zigeuners?«

Catherine beobachtete ihn einen Moment lang und sah die Wut – und den Schmerz. Impulsiv beugte sie sich vor und küßte ihn zart auf den Mund. »Mich stört nicht, daß du Zigeuner bist. Du hast nichts Unwürdiges an dir.«

Er machte keine Anstalten, sie zu berühren. Sie betete, er würde es auch nicht tun.

»Du bist ein feiner Mann, Dominic. Ich werde dir so schnell nicht vergessen, wie du mich vor Vaclav errettet hast. Ich glaube, daß du mir sogar gestern nacht gefolgt bist, weil du dachtest, ich könnte in Gefahr sein.«

Sie berührte seine Wange und wünschte sich, er möge ihr glauben. »Ich habe dich mit Janos und dem Rest der Kinder gesehen. Ich habe gesehen, wieviel Geduld du mit ihnen hast und wie sie zu dir aufblikken. Ich habe beobachtet, wie du für deine Mutter sorgst und welche Güte du dem alten Joszef und sogar Yana erwiesen hast. Du wolltest ihr niemals weh tun, das konnte sogar ich erkennen.«

»Catherine«, sagte Dominic leise und streckte die Hände nach ihr aus. Das ließ sie nur zurückweichen.

»Ich bewundere dich, Dominic, für deine Kraft und deinen Mut... für deine Sanftmut. Aber ich muß nach England zurückkehren, zu meiner Familie.«

»Zu deinen Eltern? Hast du Geschwister?«

Sie schüttelte den Kopf. »Nein. Meine Eltern sind tot. Ich habe keine Geschwister.«

»Das tut mir leid«, sagte er. Er setzte sich neben ihr aufrechter hin und wirkte größer und beherrschter als noch vor wenigen Momenten. »Aber ich verstehe es immer noch nicht. Wenn du keine Familie hast, warum ist dir deine Rückkehr dann so wichtig?«

Wenn sie ihm doch bloß die Wahrheit hätte sagen können, ihn um Hilfe hätte bitten können. Aber ihm hätte es nichts bedeutet, wenn sie ihm Gold geboten hätte – er schien bereits jede Menge davon zu besitzen. Und ihr Titel würde ihm noch weniger bedeuten. Es könnte ihn sogar auf die Idee bringen, sie fände, er stünde unter ihr. Jetzt war gewiß nicht der rechte Zeitpunkt, um das Thema anzuschneiden, nicht, wenn sie gerade bemüht war, den Schaden zu reparieren, den sie verursacht hatte.

»Gibt es jemanden...?« fragte er einschmeichelnd, als sie nicht gleich antwortete. »Einen Ehemann oder einen Geliebten?«

Catherine zögerte nur einen Moment, ehe sie sich auf die Idee stürzte, wie ein Ertrinkender sich an einem letzten Strohhalm festhält. »Ja. Ja, es gibt jemanden.« Unbewußt reckte sie das Kinn in die Luft, denn die Lüge erforderte ihre gesamte Konzentration. »Verstehst du, ich bin verlobt und werde heiraten. Wir hatten uns gestritten, und ich bin fortgelaufen. Ich bin sicher, daß er mich gesucht, auf mich gewartet und um meine Rückkehr gebetet hat.«

»Dieser Mann... bist du in ihn verliebt?« Schwarze Augen sahen fest und forschend in grüne.

Sag ja, verlangte die Stimme. *Bereite diesem Wahnsinn ein Ende.* »Er ist sehr gütig und großzügig«, antwortete sie und wandte den Blick ab. »Wir haben große Pläne für die Zukunft geschmiedet.«

Dominic musterte sie mit einem Anflug von Zärtlichkeit. »Ich weiß ganz gut, wie es in der Gesellschaft zugeht, Catherine. Glaubst du wirklich, daß dieser Mann dich nach allem, was passiert ist, noch haben will? Der Skandal allein schon würde die meisten Männer vertreiben.«

»Dieser Mann wird mich wollen.« Gütiger Gott, er sagte die Wahrheit. Sie würde alles im ganzen Königreich in Bewegung setzen müssen, den Reichtum Arondales und die Hand ihres mächtigen Onkels ins Spiel bringen müssen, um ihren ruinierten Ruf wiederherzustellen. Sie gelobte sich, es irgendwie, in irgendeiner Form zu schaffen.

»Erzähl mir mehr über diesen Mann«, drängte Dominic sie und lehnte sich wieder an den Baum zurück. Er wirkte jetzt zuversichtlich, und der finstere Blick war aus seinen Augen gewichen. Catherine fühlte sich von einer Woge der Erleichterung überflutet, weil er sich entschlossen hatte, ihr zu glauben.

Und damit stand sie wieder da, wo sie bereits gestanden hatte. »Er sieht sehr gut aus«, sagte sie, und es war ihr verhaßt, die Lüge weiterzuspinnen, doch sie sah keinen Ausweg. »Und er ist selbstverständlich stark. Er weiß genau, was er tut.« Sie versuchte, sich ihren erfundenen Geliebten vorzustellen. »Manchmal kann er fordernd sein, aber er kann auch sehr sanftmütig sein.«

Dominics dichte Augenbrauen zogen sich zusammen. »Ich vermute, er ist reich – wenn er so vollkommen ist. Hat er vielleicht auch einen Titel?«

Sie schüttelte den Kopf. »Nein. Und gar so reich ist er nun auch nicht, er kann sich nur ein einigermaßen bequemes Leben leisten.«

»Womit verdient er sich den Lebensunterhalt?«

Catherine biß sich besorgt auf die Lippen. Jetzt wurde es wirklich haarig. »Er... äh... züchtet Pferde. Ja, er ist Grundbesitzer, und er züchtet wunderschöne Pferde. Verstehst du, er hat das Landleben immer geliebt. Und natürlich Kinder, Kinder liebt er sehr.«

»Ich verstehe.« Seine dunklen Augen glitten auf ihr Gesicht. Irgend etwas flackerte dort auf, was vorher nicht da gewesen war. »Ein bemerkenswerter Mann, den du geschildert hast. Einen Mann wie ihn muß eine Frau zwangsläufig lieben.«

»Ich vermute, das ist wahr.« Ein Mann wie dieser wäre tatsächlich nach ihrem Geschmack gewesen. In dem Moment traf es sie wie ein Blitzschlag – dieser Mann hatte sehr große Ähnlichkeit mit Dominic. Abgesehen davon, daß ihr erfundener Liebhaber in England ein ruhiges Leben führte, war er tatsächlich Dominic. Sie betete stumm, die Ähnlichkeit möge ihm nicht aufgefallen sein.

»Was ist mit dir?« fragte sie, weil sie auf einen Themenwechsel hoffte. »Deine Mutter sagt, du hättest nicht die Absicht, je zu heiraten. Willst du denn keine Frau und keine eigene Familie haben?«

»Das, meine Süße, ist das allerletzte, was ich will.« Seine Stimme war jetzt wieder scharf.

»Aber warum nicht?« Warum fühlte sie sich so niedergeschlagen?

»Das ist eine lange, häßliche Geschichte, und ich bin ganz und gar nicht dazu aufgelegt, sie jetzt zu erzählen.« Er nahm ihren Arm. »Es wird schon spät. Wir sollten zum Lager zurückkehren.«

Er war wieder grüblerisch, doch selbst wenn ihr Leben auf dem Spiel gestanden hätte, hätte sie nicht sagen können, warum. »Dominic?«

»Ja?«

»Verzeihst du mir?«

Zum ersten Mal lächelte er, und weiße Zähne blitzten in einem Gesicht auf, das so gut geschnitten war, daß ihre Knie schwach wurden.

»Ach, Feuerkätzchen, wenn du mich so ansiehst, würde ich dir fast alles verzeihen. Versprich mir nur, daß du dich nicht wieder in Gefahr bringst – selbst dann nicht, wenn es um meine unwürdige Haut geht.«

Jetzt neckte er sie, und Catherine lachte, als sie seine veränderte Stimme hörte. »Dann hast du dir da draußen in der Dunkelheit also Sorgen um mich gemacht? Vielleicht ein klein wenig?«

»Sorgen? Wenn du nicht so verdammt schön ausgesehen hättest, als du dagestanden und diese Pistole in der Hand gehalten hast, hätte ich dich gewürgt, bis kaum noch ein Funken Leben in dir gewesen wäre.«

»Kann ich das als ein Danke auffassen?«

Er lächelte wieder. »Ja, ich vermute, schon.«

»Gern geschehen.« Sie sah ihn liebevoll an.

Dominic nahm ihre Hand. »Nichts von alledem wäre passiert, meine Liebe, wenn du darauf vertraut hättest, daß ich dich nach England zurückbringe. Benimm dich, und ich gebe dir mein Wort, daß ich dich dort abliefern werde.«

»Bei meinem Verlobten?« Sie konnte der Frage nicht widerstehen, sah jedoch, als er die Augen zusammenkniff, daß sie sie nicht hätte stellen sollen.

»Falls das tatsächlich deinen Wünschen entspricht.«

Catherine sagte nichts mehr dazu, und als sie durch das Gras schlenderten, wurde auch Dominic nachdenklich. *Du kleiner Dummkopf*, dachte er, kein Mann in ganz England würde eine junge Frau heiraten, die viele Monate mit einem Zigeunerstamm verbracht hatte, ganz zu schweigen von ihrer verlorenen Jungfräulichkeit.

Merkwürdigerweise erzürnte ihn das. Ob sie nun Jungfrau war oder nicht, Catherine war jedes Mannes würdig, ganz gleich, welchen Reichtum oder gesellschaftlichen Rang er besaß. Wenn die Dinge anders gestanden hätten, hätte er sich nicht davon abschrecken lassen, daß ihr

Zustand nicht mehr der beste war. Schließlich schreckte es ihn auch jetzt nicht ab.

Nach ihrem verblüffenden Geständnis, ihre Rücksicht auf seine Gefühle und der Art, wie sie sich vor ihm gedemütigt hatte, brannte sein Verlangen nach ihr tatsächlich nur noch glühender denn je. Ihr Engländer würde sie nicht wollen – aber Dominic wollte sie.

Und jetzt glaubte er, daß sie ihn wirklich auch begehrte. Er tat ihr Verlöbnis mit dem Engländer lässig ab. Catherine mochte zwar glauben, daß sie ihn noch liebte, doch ihre Reaktionen in Dominics Armen besagten deutlich, daß dem eben nicht so war.

Er lächelte in sich hinein. Angesichts dieser neuen Information schien ihm die Idee, mit der er gespielt hatte, nur um so verlockender. Er würde mit ihr ins Bett gehen und sie klar erkennen lassen, daß ihre Gefühle für ihren Verlobten längst abgeflaut waren, mit ihr nach England zurückkehren und sie dort zu seiner Mätresse machen.

Wenn sich ihm das nächste Mal eine Gelegenheit bot, würde nichts, was Catherine tun oder sagen konnte, ihm Einhalt gebieten. Wenn sie erst einmal die Genüsse entdeckte, die er ihr im Bett bieten konnte, würde der Rest einfach werden.

Die Brise wehte einen kühlen Luftstrom vor sich her, und Catherine an seiner Seite zitterte. »Ist dir kalt, meine Liebe?« fragte er.

Sie schüttelte den Kopf. »Nur im Schatten. Ich werde meinen Schal holen und dann nach Medela sehen. Die Wehen haben schon eingesetzt.«

Eine Gadjo, die sich um eine Zigeunerin Sorgen machte. Das konnte er sich immer noch nicht so recht vorstellen. Es gab ihm jedoch nur noch größere Sicherheit, daß Catherines Worte zur Entschuldigung aufrecht gemeint waren.

Dominic lächelte zufrieden. Catherine begehrte ihn, ganz gleich, wer er war. Er fragte sich, ob es noch zu früh war, oder ob er schon in der kommenden Nacht seinen Feldzug wiederaufnehmen konnte.

9

Es gibt die Nacht und den Tag...
Sonne, Mond und Sterne...
Wind, der das Feuer anfacht.
Das Leben ist süß...

George Borrow

Catherine kehrte zu Medelas Zelt zurück, während Dominic seine Pferde fütterte und tränkte. Pearsas großer Brauner war noch nicht zurückgekehrt, und daher hatte Dominic beschlossen, auf dem Weg zurückzureiten, den sie am vergangenen Abend genommen hatten, um nachzusehen, ob das Tier vielleicht irgendwo Rast machte, um zu grasen.

Catherine zog ihren Schal gegen die Kühle des späten Nachmittags eng um sich und ging auf den Kreis von Wagen zu.

Bei ihrer Rückkehr vom See hatten sie und Dominic eine Menge Feuerholz gesammelt, das jetzt ordentlich aufgestapelt neben dem kleinen Feuer lag. Es war augenblicklich klar gewesen, daß alles in Ordnung war – Stavo, Medelas schlaksiger schwarzhaariger Ehemann, saß bei dem alten Joszef und etlichen anderen Männern, grinste und schluckte große Mengen Palinka. Gelächter und herzliche Glückwünsche waren zu hören, und etliche galten Catherine, da sie eine Haarsträhne verschenkt hatte.

Die kleine Gadjo hatte *Kushto bacht* gebracht. »Es ist ein Jammer, mein Freund«, sagte Stavo zu Dominic, »daß sie dir nicht auch Glück gebracht hat.« Stavo lachte, und Dominic schaute finster, aber nur einen Moment lang, und dann tat er die Äußerung mit einem Achselzucken ab.

»Vielleicht hältst du dich für weniger glücklich, wenn dein kleines Bündel Glück dich die halbe Nacht lang wachhält«, erwiderte er gutgelaunt. Die Männer wieherten vor Lachen, klatschten Stavo auf den Rücken und tranken alle noch einen Schluck von ihrem Gebräu.

»Nie sind wahrere Worte gesprochen worden«, sagte der alte Joszef und wischte sich mit dem Handrücken einer verhutzelten Hand mit blauen Adern den Schnaps vom Mund.

Im Zelt fanden Dominic und Catherine Medela vor, die sich behaglich ausruhte – ein strammes schwarzhaariges Baby schmiegte sich in die Geborgenheit ihrer dunkelhäutigen Armbeuge.

»Du hast Stavo einen hübschen Sohn geboren«, sagte Dominic zu ihr, »ihr solltet beide stolz sein.«

»Er ist ein wunderschönes Baby«, stimmte Catherine ihm zu, als der winzige Säugling begann, die drallen Brüste seiner Mutter abzusuchen.

Sie hatte vor zu gehen, damit Medela ungestört war, doch die junge Frau hob unbeirrt die Decke hoch und legte ihren milchgefüllten Busen frei, bis der winzige suchende Mund die Brustwarze fand und sie vor der Sicht verbarg.

Catherine spürte, wie die Glut in ihre Wangen stieg und sie noch mehr errötete, als sie den Ausdruck der Belustigung auf Dominics gutgeschnittenem Gesicht sah.

»Ich finde, wir sollten Medela allein lassen, damit sie sich ausruhen kann«, sagte Catherine und wandte sich ab, um ihre Verlegenheit zu verbergen. »Ich komme in einer Weile noch einmal wieder.«

Dominic folgte ihr aus dem Zelt. »Es besteht kein Grund zur Verlegenheit, Catrina. Ein Kind, das an der Brust seiner Mutter trinkt, ist etwas ganz Natürliches.«

Catherine sah ihn an und kam sich plötzlich dumm vor. »Du hast natürlich recht. Es ist nur so, daß dort, wo ich herkomme, alles so ganz anders gehandhabt wird.«

»Anders, ja. Und doch scheint es, als sei es dir gelungen, dich anzupassen. Ich glaube, du könntest dich an fast alles anpassen, wenn es dir widerführe.«

Hinter seinen Worten schien mehr zu stecken, doch Catherine machte sich nicht die Mühe, dem tieferen Sinn nachzugehen. Statt dessen liefen sie zu seinem Wagen zurück, damit Catherine sich ein dickeres Tuch holen konnte, und Dominic machte sich auf die Suche nach dem Braunen. Als sie jetzt wieder vor dem Zelt stand und Stavo und Joszef neben ihr laut schnarchten, lächelte Catherine bei dem Gedanken an die zufriedene Mutter und das winzige Kind, die in dem Zelt auf den Lammfellen lagen. Eines Tages würde sie zu gern eigene Kinder haben. Ob Jungen oder Mädchen, das änderte nichts, solange sie bloß gesund waren.

Sie dachte an das Kind, das *sie* früher einmal gewesen war, an ihre Mutter, ein etwas größeres Ebenbild ihrer selbst, die immer dagewesen war, um für ihr Wohlergehen zu sorgen, und an ihren Vater, und sie wußte, was ihm ein Enkelkind bedeutet hätte. Sie malte sich aus, welche Sorgen er sich jetzt um sie gemacht hätte und wie sehr er um ihre Sicherheit gefürchtet hätte, wenn er noch am Leben gewesen wäre. Dann dachte sie an den Mann, der sie aus ihrem Haus in die Stadt entführt und sie gezwungen hatte, Tag für Tag ums Überleben zu kämpfen.

Wer täte so etwas? fragte sie sich zum tausendsten Mal, und zum tausendsten Mal schwor sie sich, hinter die Wahrheit zu kommen, wer es war, und den Gauner dafür büßen zu lassen.

Catherine blieb stehen, um ein Holzscheit aufzuheben, das sie gemeinsam mit ein paar trockenen Zweigen in das Feuer vor dem Zelt warf, woraufhin Kiefernduft in die Luft aufstieg. Dann beugte sie sich vor und hob die Zeltklappe. Pearsa war nicht zurückgekehrt, aber Czinka saß neben der schlafenden Medela.

»Wie geht es ihr?«

»Medela geht es gut. Ihrem Cajori geht es gut. Sie hat ihn Sali genannt, unser Wort für Gelächter, denn bereits jetzt lächelt und spielt er schon.«

»Sali«, wiederholte Catherine, »das ist ein hübscher Name.«

»So hübsch wie das Kind«, sagte Czinka. »Dein Zauber ist stark. Es gibt nur wenige Gadjos, die einer Zigeunerin helfen würden, ein weiteres Kind der Dunkelheit auf die Welt zu bringen. Wir sind dankbar dafür.«

Kinder der Dunkelheit. Catherine hatte schon gehört, daß man sie so bezeichnete. Es schien eine traurige Prophezeiung für das Leben zu sein, das der winzige Roma-Junge führen würde.

Und doch waren sie glücklich. Unbeschwert auf eine Art, um die andere sie beneideten. Catherine fragte sich, ob das nicht einer der Gründe für ihre Verfolgung war. Die Zigeuner hatten nie eine Regierung gebildet, nie einen Krieg geführt und nie ihr eigenes Territorium besessen. Manchmal wurde gesagt, es gäbe nur zwei Stände, die wahrhaft frei waren – der Adel, der oft über dem Gesetz stand – und die Zigeuner – die darunter standen.

»Sagen Sie Medela, daß ich morgen wieder vorbeischauen werde«, sagte Catherine. »Wenn Sie irgend etwas brauchen, dann geben Sie mir einfach Bescheid.«

Czinka lächelte, beugte sich auf ihren fetten Oberschenkeln vor, und die Münzen unter dem dicken Ohrläppchen klirrten. »Ich werde es ihr sagen, aber sie weiß es ohnehin längst. Gute Nacht, Catrina.«

Immer wieder war die Rede davon, daß sie etwas »wußten« oder »sahen«. Vielleicht besaßen sie tatsächlich irgendwelche speziellen Kräfte. Wie es in Wahrheit auch immer aussehen mochte, der Glaube war ihnen Hunderte von Jahren lang eingetrichtert worden.

»Gute Nacht, Czinka.«

Als Catherine das Zelt verließ, um zu Dominics Wagen zurückzukehren, war die Sonne untergegangen, und Lagerfeuer brannten vor dem klaren schwarzen Himmel. Es war die fröhliche Abendstunde, zu der das Geigenspiel durch die kühle Frühlingsluft trieb und Gelächter von fernen Wagen aufstieg.

Die Frauen servierten das Abendessen. In den meisten Fällen aßen die Männer zuerst und wurden von hinten bedient, und die Frauen achteten sorgsam darauf, sich nie über sie zu beugen. Frauen gingen niemals zwischen zwei Männern durch, sondern immer um sie herum, etwas, was Catherine anfangs Schwierigkeiten bereitet hatte, doch jetzt tat sie es, ohne bewußt darüber nachzudenken. Sie hatte Dominics Wagen, der gewöhnlich wegen seiner Arbeit mit den Pferden etwas abseits stand, nahezu erreicht, als die schmale Hand eines Mannes sich auf ihren Mund preßte. Catherine versuchte zu schreien und fing an, sich zu wehren, doch er drängte sie mit einem Finger auf den Lippen, endlich zu schweigen. Als sie nickte, um zu bekunden, daß sie verstanden hatte, lockerte der dürre Mann seinen Griff. »Was wollen Sie?« fragte sie auf französisch, denn sie erkannte einen Bauern in dem Mann. Er war gut dreißig Zentimeter größer als sie und so hager, daß er fast ausgemergelt wirkte, und sein Gesicht war eine Studie über Ecken und Kanten.

»Wir sind gekommen, um Ihnen zu helfen, Mademoiselle. Es hat sich im Dorf herumgesprochen, daß die Zigeuner Sie als Gefangene halten. Wir sind gekommen, um Sie in Sicherheit zu bringen.«

Ein weiterer Mann trat zwischen den Bäumen heraus; dieser hatte eine breite Brust und fleischige Oberschenkel und Hände. Er trug eine Lederweste über einem selbstgesponnenen Hemd, eine dunkelbraune Hose und einen weichen braunen Schlapphut, den er tief in die breite Stirn gezogen hatte.

»Kommen Sie, Mademoiselle, wir müssen uns eilen«, sagte er. Jeder der beiden Männer nahm einen ihrer Arme und drängte sie zur Eile an.

Catherine sah von einem Mann zum anderen, um sich ein Bild von den beiden zu machen, und ihr Kopf schwirrte, da sie ans Gehen dachte – und das Versprechen, das Dominic ihr gegeben hatte, sie sicher nach

Hause zu bringen. Die Dorfbewohner wirkten zerlumpt und schmuddelig, und etwas in der Art, wie ihre Blicke über sie glitten, warnte sie, auf der Hut zu sein.

»Die Geschichte, die Sie gehört haben, ist nicht wahr«, sagte sie. »Ich bin auf meinen eigenen Wunsch hin hier. Ich brauche Ihre Hilfe nicht.« Sie wollte stehenbleiben, doch der stämmige Mann gab ihr einen Schubs nach vorn.

»Du wirst mitkommen, meine Hübsche. Bei uns bist du sicher.«

Catherines Herzschlag beschleunigte sich. Wieder versuchte sie, den Vormarsch aufzuhalten, und sie grub die Hacken in den Boden – sie ließen das Lager bereits hinter sich. »Lassen Sie mich los! Ich will nicht mit Ihnen gehen.«

Der hagere Mann kicherte in sich hinein. »Du wirst aber mitgehen, *chère Anglaise*. Du wirst uns das geben, was du den schmutzigen Zigeunern gibst.«

Daraufhin schrie Catherine so lange und so laut sie konnte.

Der stämmige Mann ohrfeigte sie, packte ihre Arme und riß sie fest an sich. Sie konnte den kratzigen Stoff seines Hemds spüren und den sauren Geruch von altem Rotwein einatmen. Mit hämmerndem Herzen riß sich Catherine los und rannte. Sie stolperte über etliche lose Steine, fiel hin und kratzte sich die Knie auf, stand auf und fing wieder an zu rennen.

»Dominic!« schrie sie. »Helfe mir doch jemand…« Doch die dicken Finger des Mannes schnitten ihr Flehen ab. Sie atmete schwer, als sie seine schwere Gestalt abzuwehren versuchte. Der Franzose zerrte sie noch tiefer in die Wälder hinein.

»Glaubst du, jemand wird kommen?« fragte der hagere Mann seinen Freund und starrte mit einem Ausdruck des Unbehagens zum Lager hin. Catherine glaubte, in der Ferne Stimmen rufen zu hören, doch sie konnte nicht sicher sein. »Du machst dir unnütz Sorgen, Henri. Dort werden sie viel zu beschäftigt sein, um sich Gedanken um die *Anglaise* zu machen.«

Als sie sie noch tiefer in die Wälder zerrten, wandte sich Catherine in dem eisernen Griff des fleischigen Franzosen, kratzte ihn, trat auf ihn ein und biß ihn, ohne damit etwas zu erreichen. Er drückte nur mit dem Arm, der um ihre Taille lag, noch fester zu und schnitt ihr die Luftzufuhr ab, bis die Welt sich drehte wie verrückt und kleine schwarze Kreise bedrohlich vor ihrem Gesicht tanzten.

Der Franzose zerrte sie hinter dichte Sträucher, und Catherine spürte, wie er die Beine unter ihr wegtrat. Sie landete mit einem stechenden Schmerz unter dem Mann mit der breiten Brust, dessen schwerer Körper ihr kaum Luft zum Atmen ließ. Catherine hörte Stoff mit einem leisen Laut zerreißen, als er ihr die Bluse von einer Schulter zerrte, eine Brust entblößte und dann dicke plumpe Finger in ihr Fleisch grub. Als er die Hand von ihrem Mund nahm, versuchte Catherine, laut zu schreien, doch er brachte sie mit seinen heißen, klebrigen Lippen zum Schweigen.

Galle stieg in ihrer Kehle auf. Gütiger Gott, es war ihr unerträglich!

Mit einer Woge neuerlicher Willenskraft wehrte sich Catherine gegen ihn und rang darum, ihre Arme zu befreien, trat mit den Beinen um sich und verrenkte den Kopf, um ihren Mund von seinem zu lösen. Wieder schrie sie gedämpft auf, und er hob den Arm, um sie zu ohrfeigen; doch die Hand verharrte mitten in der Luft, als sein schwerer Körper abrupt zurückgerissen wurde. Er wankte, blieb jedoch auf den Füßen, weil Dominic den Rücken seiner Weste gepackt hatte.

»*Mon Dieu*«, fluchte der Franzose, als Dominic ihn herumschleuderte. Eine harte braune Faust schlug ihn fest aufs Kinn, und der Franzose taumelte rückwärts. Catherine zog ihre Bluse wieder hoch, um sich zu bedecken, stand mühsam auf und wankte aus dem Weg.

»Henri!« rief der stämmige Mann und suchte rasend seinen Begleiter.

»Dein Freund ist eingeschlafen«, sagte Dominic sarkastisch und warf einen Blick auf den hageren Mann, der wenige Schritte entfernt auf dem Boden lag. Nur die verräterische Verfärbung auf seiner Wange und das

Blut, das aus seinem Mund rann, wiesen auf die Wahrheit seines Loses hin.

»Ich bringe dich um!« brüllte der kräftige Mann. Er senkte den Kopf und griff an, doch Dominic wich ihm aus, riß ihn hoch und hieb ihm eine Faust in den Magen. Der Franzose ächzte vor Schmerz und Wut und versetzte Dominic einen schweren Schlag in die Mitte, der ihn sich krümmen ließ. Er wankte zurück, fand das Gleichgewicht wieder und versetzte dem kräftigeren Mann einen Hieb auf den Kiefer, der ihn taumeln ließ. Zwei schnelle Schläge, auf die ein weiterer fester Hieb ins Gesicht folgte, ließen den stämmigen Mann zu Boden sinken.

Blut rann aus seiner Nase, und sein Auge begann zuzuschwellen. Dennoch zog er sich mühsam auf die Füße. Etliche Schläge wurden ausgetauscht, dann landete Dominic einen kräftigen Hieb, der dem großen Mann den Kopf zurückwarf. Er schwankte und taumelte, ehe er auf die Erde sackte und mit einem Stöhnen auf dem Bauch landete.

Einen Moment lang blieb Dominic über ihm stehen, sein Gesicht eine finstere Maske der Wut, die Hände immer noch zu Fäusten geballt.

Schließlich drehte er sich um, und seine schwarzen Augen hefteten sich auf Catherine. Sie sah den Ausdruck der Sorge und die Angst um sie, die er nicht verhehlen konnte, und sie lief auf ihn zu. Er fing sie in seinen Armen auf und preßte sie an sich, und seine Hand glitt in ihr Haar, als er seine Handfläche an ihren Kopf schmiegte. Er preßte seine dunkelhäutige Wange an ihre zartere, hellere.

»Dominic«, flüsterte sie und umklammerte seinen Hals und hielt sich an ihm fest, als sei er das einzige, was sie vor den lodernden Feuern der Hölle bewahrte. »Ich hätte nicht gedacht, daß du mich hörst.«

Er strich schwere Locken ihres goldroten Haares zurück und entfernte mit zitternden Händen die Erde und die Zweige. »Ist alles in Ordnung mit dir?«

Sie nickte. »Gott sei Dank, daß du keinen Moment später gekommen bist.« Ein Kloß bildete sich in ihrer Kehle, und beim letzten Wort brach ihre Stimme.

»Ich habe den Braunen gefunden. Ich hatte ihn gerade ins Lager zurückgeführt, als ich deine Schreie hörte.« Dominic hielt sie fester und preßte die Augen zusammen, um das Bild abzuwehren, wie Catherine unter dem stämmigen Bauern gelegen und sich gegen ihn gewehrt hatte, die Bluse heruntergezogen, ihre schönen milchweißen Brüste prall in den Händen des Franzosen.

Ihr Körper bebte an seinem. Dominic legte eine Hand unter ihr Kinn und hob es hoch, und er merkte, daß sie weinte. Es war das erste Mal, daß er sie in Tränen aufgelöst sah, und etwas schnürte ihm das Herz zu.

»Ganz ruhig«, beschwichtigte er sie. »Du bist jetzt in Sicherheit. Niemand wird dir etwas antun – nicht, solange ich am Leben bin und es verhindern kann.« Es überraschte ihn, wie ernst er diese Worte meinte.

Catherine umklammerte ihn nur noch fester. »Warum mußte das passieren? Warum kann ich mich nie mehr in Sicherheit fühlen? Ich habe mich immer so geborgen und so geliebt gefühlt. Und jetzt...« Sie weinte leise mit dem Gesicht an seinem Hals und an seiner Schulter. »Jeder Tag scheint schwieriger als der vorangegangene zu sein.«

Er wiegte sie an seinem Körper, und seine Hände gruben sich in ihr seidiges Haar. Dann hob er ihr Kinn hoch und strich mit einer Fingerspitze eine Träne von ihrer Wange.

»Für mein Volk ist die Angst eine Lebensform«, sagte er, und seine Stimme war immer noch rauh vor Gefühlsüberschwang. »Sie fühlen sich niemals sicher, ganz gleich, wo sie sind.« Sein Daumen bewegte sich sachte über ihr Kinn. »Aber du wirst dich bald wieder sicher fühlen. Ich werde dafür sorgen, daß du nach England zurückkommst, dorthin, wo du hingehörst.«

»Ja«, sagte sie leise, »dorthin, wo ich hingehöre.«

Sie sagte die Worte, aber er hätte schwören können, daß sie einen hohlen Klang hatten. War es ihr etwa verhaßt, von ihm fortzugehen? Würde sie ihn vermissen, wenn er sie gehen ließ? Er betete, die Antwort möge »Ja« lauten, und sie würde in seinen Plan einwilligen, sie bei sich zu behalten.

Catherine schniefte und wischte sich einen Großteil ihrer Tränen mit dem Handrücken fort. »Tut mir leid. Ich weine eigentlich schon lange gar nicht mehr. Ich vermute, ich war einfach nur...«

»Es ist schon in Ordnung, *Cajori*, von Freunden erwartet man, daß sie weinen.«

Catherine lächelte mit zitternden Lippen und stieß einen matten Atemzug aus. »Ich habe vor langer Zeit herausgefunden, daß Weinen nichts weiter als Zeitvergeudung ist. Es gibt sehr wenig auf dieser Welt, was meine Tränen wert ist.«

Er hätte gerne Einwände erhoben und ihr gesagt, daß es viel mehr als nur Kummer gab, der eine Frau weinen ließ. Es gab Schönheit und Gelächter und freudige Erlebnisse mit Menschen, die einem wirklich nahegingen.

»Wir sollten uns jetzt lieber auf den Rückweg machen«, sagte er statt dessen. »Diese beiden Gauner werden nur zu früh wieder zu sich kommen. Ich glaube nicht, daß sie dir noch einmal Ärger machen, aber sie könnten uns in der Ortschaft Schwierigkeiten machen. Wir werden den anderen erzählen müssen, was vorgefallen ist, unsere Sachen packen und so bald wie möglich aufbrechen.«

Catherine schien einen Moment lang überrascht zu sein und dann resigniert. Was sie eventuell dazu gesagt hätte, ging im Geräusch von Schüssen unter, die aus der *Kumpania* zu ihnen drangen.

»Gott im Himmel, was ist denn jetzt schon wieder?« flüsterte sie.

Für eine Antwort blieb keine Zeit. »Komm.« Dominic packte sie an der Hand und rannte mit ihr zurück in Richtung Lager.

Als sie näher kamen, konnte er die in Wut erhobenen Stimmen von Zigeunern hören, das panische Wiehern von Pferden und das schwere Krachen von Bauholz, als es am Boden zerschmetterte. Rauchschwaden stiegen in den klaren Nachthimmel auf, französische Dorfbewohner stießen triumphierende Schreie aus, und Dominic rannte schneller.

Als sie die Wagen erreichten, verließen die Dorfbewohner das Lager mit Mistgabeln und Laternen in den Händen, manche zu Pferde, manche zu Fuß, und Staub stieg von ihren schweren Stiefeln auf, als sie durch die Felder zurück zu ihren Häusern ritten.

Der Anblick der Zerstörung, die sie zurückgelassen hatten, ließ Dominics Magen sich zu einem festen Knoten zusammenziehen.

»Gütiger Gott«, flüsterte Catherine.

Das Lager war verwüstet, Kochtöpfe waren umgestülpt, der Inhalt von Mehlsäcken und Zuckersäcken war in die Erde getrampelt worden, Kleider und Bettzeug lagen von einem Ende des Lagers bis zum anderen verstreut. Babies heulten, und Hunde schlichen sich mit eingeklemmtem Schwanz unter die Wagen. Ein Vardo lag umgekippt auf der Seite über einem glimmenden Lagerfeuer, dessen Flammen jetzt zu geschwärztem Holz und rauchender Asche heruntergeglüht waren. Ein Schild mit großen roten Buchstaben war hastig darangenagelt worden: STATIONNEMENT INTERDIT AUX NOMADES – Zigeuner verboten.

Dominic begab sich direkt zum alte Joszef, der händeringend dastand und ausgemergelter und bei weitem älter wirkte als noch vor wenigen Stunden.

»Jemand verletzt?« fragte Dominic.

»Stavo hat versucht, ihnen Einhalt zu gebieten. Es hat ihm eine blutende Nase und Rippenbrüche eingetragen. Die anderen sind älter und weiser. Sie wußten, daß es keinen Zweck hat, sich zu wehren.«

»Was ist mit Medela und dem Baby?« fragte Dominic.

»Sie sind im Zelt geblieben. Zum Glück waren die Dorfbewohner mehr darauf versessen, die Wagen zu zerstören. Aber Ithal hat seine Geige verloren.«

Dominic warf einen Blick auf den weißhaarigen alten Mann, der seinen kostbarsten Besitz an sich schmiegte, die beiden Hälften des Instruments, die wie ein krankes Kind in seinen Armen lagen, und die zerrissenen Saiten fielen über seine alten Hände.

»Wie ist das passiert?« fragte Catherine und stellte sich neben Dominic. »Wer würde so etwas anrichten?«

Als sei er aus einer Trance erwacht, sah Joszef jetzt in ihre Richtung, und seine Augen, die noch vor wenigen Momenten stumpf, matt und glanzlos gewesen waren, glühten jetzt vor Wut. »Du! Du hast diesen Fluch über uns gebracht.«

»Ich?« Instinktiv wich Catherine zurück, doch Dominics Arm um ihre Taille hielt sie fest. »Was habe ich denn getan?«

»Leugnest du etwa, daß du die Dorfbewohner gebeten hast, dir bei der Flucht zu helfen? Daß du ihnen gesagt hast, die Zigeuner hielten dich gefangen?«

Dominic nahm den Arm von ihrer Taille. Er drehte sich zu ihr um, und seine Augen waren nicht mehr sanftmütig, sondern finster und seltsam anklagend. »Du hast wieder versucht fortzulaufen? Deshalb also warst du mit diesen Männern in den Wäldern?«

Catherine feuchtete sich die Lippen an, die ihr plötzlich so ausgetrocknet erschienen, daß sie kaum ein Wort herausbrachte. »Es, äh... so war es nicht. Ich habe ihnen gesagt, daß das, was sie im Ort gehört haben, nicht stimmt. Ich habe ihnen gesagt, ich sei aus freiem Willen hier. Ich wollte nicht mit ihnen gehen, aber sie haben mich dazu gezwungen.« Sie blickte zu ihm auf, und ihre grünen Augen waren flehentlich. »Du mußt mir glauben, Dominic. Ich wollte nie, daß jemandem etwas zustößt. Ich wußte nur einfach nicht...«

Er wußte auch nichts – wußte nicht, ob er ihr glauben sollte, und dabei wünschte er sich sehnlichst, ihre Worte wären wahr. Eines stand fest: Als sie auf die Verwüstung schaute, von der sie umgeben war, hegte er keinen Zweifel an dem Kummer, den sie fühlte, an ihrem Bedauern über das, was geschehen war. In den Tiefen ihrer schönen grünen Augen konnte er den tiefen Schmerz sehen. »Aber du hast mit den Dorfbewohnern geredet«, drang er in sie, denn er mußte es ganz genau wissen. »Du hast ihnen gesagt, daß du fortgehen willst.«

»Das war ehe... ehe ich daran geglaubt habe, daß du mir helfen wirst, nach Hause zurückzukehren.«

»Du bist doch sicher nicht dumm genug, um ihr zu glauben.« Das kam von Yana, die die Arme in die Hüften gestemmt hatte und der das rabenschwarze Haar wüst um die Schultern fiel, während dichte schwarze Strähnen in der Brise wehten. »Die *Gadjo*-Frau bringt Ärger. Wenn Dominic sich nicht gegen sie durchsetzen kann, dann muß sie eben gehen!«

»Was Yana sagt, ist wahr«, warf Vaclav ein, der sich jetzt vor Dominic hinstellte. »Du hast geglaubt, du seist Mann genug, um die Hexe zu zähmen, aber du hast versagt. Du hast mich daran gehindert, das zu tun, was man von Anfang an mit ihr hätte tun sollen. Nimm die Sache in die Hand, Domini. Beweise, daß du ein Mann bist.«

Vaclav kostete die Worte aus. Yanas Gesicht glühte vor Triumph und Zufriedenheit.

»Er hat recht«, sagte der alte Joszef. »Die Männer im Lager haben für die Sicherheit der anderen zu sorgen. Entweder du bist einer von uns, mein Sohn, oder du bist es nicht. Wirst du dich um deine Frau kümmern?«

»Sie kennt unsere Sitten nicht«, wandte Dominic ein, der Catherines betroffenes Gesicht sah und auch bemerkte, wie ihre Hände sich in ihre Rockfalten krallten. »Sie ist keine von uns.«

»Du bist für sie verantwortlich«, wandte Vaclav ein. »Du allein.«

Pearsa trat aus dem Schatten des umgekippten Wagens. »Die Frau ist als Sklavin zu uns gekommen. Sie benimmt sich so, wie es jede von uns täte, wenn man ihr die Freiheit raubte. Sie hat Seite an Seite mit mir und anderen gearbeitet. Sie ist Medela eine Freundin gewesen – sie hat ihr und dem Kind Glück gebracht.«

»Ja«, warf matt Medela ein, die den Kopf durch die Öffnung in der Zeltplane steckte und ihr Baby in den Armen hielt. »Catrina würde uns nichts Böses wünschen. Ihr war nicht klar, was sie getan hat.«

»Sei still!« warnte Stavo sie. »Das hier ist eine Männerangelegenheit. Geh wieder ins Zelt und kümmere dich um unser Kind.« Medela zögerte nur einen Moment lang, ehe sie den Kopf einzog und in das Zelt zurückwich.

»Das Geschenk ihrer Haarlocke hat dein Baby auf diese Welt kommen lassen«, Czinka watschelte auf ihren Schwiegersohn zu, und ihre goldenen Armbänder klimperten. »Du solltest dankbar dafür sein.«

»Sie hat mir aber auch das hier eingebracht!« Er deutete auf die angeknackten Rippen, die durch die Reste seines blutigen, zerfetzten Hemds zu sehen waren. »Es ist ein Wunder, daß niemand ums Leben gekommen ist!«

»Ich habe dich gewarnt, *Didikai*«, sagte Vaclav höhnisch zu Dominic. »Ich habe dir gesagt, daß sie dir nur Ärger macht. Jetzt werden wir es ja sehen – bist du ein Mann, oder hat sie etwas Minderwertigeres aus dir gemacht?«

Catherine sah auf den glimmenden Wagen, die weinenden Kinder und die verwüsteten Überreste des Lagers. Obgleich sich alle Frauen mit Ausnahme von Yana auf ihre Seite zu stellen schienen, waren die Männer feindselig und trugen unnachgiebige Mienen, die ganz entschieden ihr – und letztlich auch Dominic – die Schuld gaben, dem Mann, der für ihr Benehmen verantwortlich war.

Als sie aufblickte, stellte sie fest, daß seine harten schwarzen Augen fest auf ihr Gesicht gerichtet waren. »Es wird von mir erwartet, daß ich dich schlage«, sagte er mit einer leisen Drohung, und in Catherines Innerem entstand ein Aufruhr. »Das ist die Art, auf die der männliche Roma seine Frau beherrscht.« Er hob seine Hand auf ihre Wange. »Für den Ärger, den du uns gemacht hast, hast du es wahrscheinlich verdient, aber ich… im Namen von Sara-la-Kali, ich kann mich nicht dazu bringen, die Hand gegen dich zu erheben.« Er warf einen Blick auf die Männer, die um sie herum mißvergnügt murrten. »Vielleicht hat Vaclav recht – vielleicht hast du mich verhext.«

Ihr war die Niedergeschlagenheit verhaßt, die sie aus seiner Stimme heraushörte, die Verdammung, die sie auf dem Gesicht der anderen sah. Sie wußte, wieviel Dominic sein Zigeunererbe bedeutete, wie sehr er nach Anerkennung lechzte, und in diesem Augenblick war ihr die Vorstellung unerträglich, er könne zurückgewiesen werden.

Sie warf das Haar zurück und zog die Schultern nach hinten, als sich kalte Entschlossenheit in ihr breit machte. »Was ist los mit dir, Domini? Fühlst du dich einer erbärmlichen *Gadjo*-Frau nicht gewachsen?« Ein provozierendes Lächeln verzog ihre Lippen. »Vielleicht fürchtest du dich vor mir, hast Angst vor meinen Kräften – ist es das?«

Dominic biß die Kiefer aufeinander, und in seiner Wange zuckte ein Muskel. »Hast du den Verstand verloren?« zischte er durch zusammengebissene Zähne.

»Vielleicht hast du Angst, ich könnte dich verlassen«, höhnte Catherine und zog damit die Aufmerksamkeit aller anwesenden Männer auf sich. »Vielleicht wäre es dir unerträglich, ohne mich zu leben.«

Lodernde schwarze Augen, die so dunkel waren, daß sie bodenlos erschienen, bohrten sich in ihre. Dominic packte ihre Arme und riß sie auf die Zehen. »Ich warne dich, Catherine.«

Catherine schluckte schwer, sah ihm in das beängstigend finstere Gesicht und wünschte sich inbrünstig, er möge begreifen, was sie hier gerade tat. »Warum sollte ich auf dich hören, Dominic – du bist nichts weiter als ein unwürdiger Zigeuner!«

Etwas blitzte in Dominics Augen auf und war dann verschwunden. Einen Moment lang glaubte sie, er hätte sie verstanden, und dann hielt er ihren Arm fester, und sie wußte, daß sie sich getäuscht hatte. Er wandte sich an die Männer, die sich immer noch um sie drängten, sagte etwas auf Romani, was sie alle zum Lachen brachte, und zerrte Catherine in die Mitte des Kreises, den die Männer gebildet hatten.

Gütiger Jesus, was hatte sie bloß getan? Dominics Wut bewirkte, daß sämtliche Muskeln und Sehnen in seinem Körper sich anspannten. Catherine stemmte sich gegen seine feste Umklammerung und fürchtete sich zum ersten Male wirklich. Er war ein großer Mann, kräftiger als jeder andere, der ihr je begegnet war. Und seine Augen – Gott im Himmel, nie hatte sie eine solche Wut gesehen. Das Bild des stämmigen Franzosen, der zusammengeschlagen auf dem Boden gelegen hatte, zog vor ihren Augen auf.

Catherine schloß die Augen und war sicher, jeden Moment seinen Faustschlag zu fühlen, und dann drehte sich plötzlich alles um sie. Mit einem Schmerzenslaut landete sie auf Dominics sehnigen Schenkeln, und mehrere Schichten ihrer Röcke wurden ihr über den Kopf geworfen. Er hatte sich auf eine umgedrehte Lattenkiste gesetzt und sie auf seine Knie gezogen. »Schrei, verdammt noch mal«, warnte er sie so leise, daß nur sie es hören konnte. »Und ein paar Tränen wären auch nicht fehl am Platz.«

»Laß mich los!« kreischte sie, und sie meinte es bitterernst. »Du verdammter Kerl! Der Teufel soll dich holen!« Sie spürte seine Handfläche durch die letzte Lage Unterrock, die ihr geblieben war, doch der kräftige Schlag, den sie erwartet hatte, fühlte sich wie kaum mehr als ein verspielter Klaps an.

»Schrei«, warnte er sie, und obwohl der Schlag sie nach Luft schnappen ließ, war es lediglich als eine Warnung gedacht. *Er weiß es!* erkannte sie mit einer Woge der Erleichterung und begann, sich die Seele aus dem Leib zu schreien. Aus dem Augenwinkel beobachtete sie die Schläge, die er ihr versetzte, und die so gewaltsam wirkten, in Wirklichkeit jedoch durchaus erträglich waren.

Alle, bis auf die letzten beiden, die er ihr mit offenkundigem Genuß verpaßte. Er grinste, als er sie auf die Füße riß, und die Männer um sie herum jubelten. Catherine rieb sich das Hinterteil und funkelte ihn so böse an, wie sie es nur irgend konnte.

»Von jetzt an wirst du ganz genau das tun, was ich dir sage«, befahl er, »das stimmt doch, Catrina?« Sie bemühte sich, demütig und bußfertig zu wirken. »Ja, Dominic.«

»Sag diesen Leuten, daß es dir leid tut, wieviel Ärger du ihnen gemacht hast.«

»Es tut mir wirklich leid. Ich wollte nie, daß jemandem etwas zustößt.« Das brachte sie voller Aufrichtigkeit heraus, denn es war die Wahrheit.

Vaclav wandte sich an Yana. »Vielleicht ist Domini doch gescheiter, als ich dachte«, sagte er. »Du tust gut daran, diese Lektion nicht in den Wind zu schlagen, denn sonst könnte es dir ähnlich ergehen.«

Yanas dunkle Augen wurden groß. »Das würdest du nicht wagen!«

Vaclav trat mit einem bedrohlichen Gesichtsausdruck vor sie hin. »Falls du das bezweifeln solltest, werde ich es dir beweisen. Und jetzt geh wieder in deinen Wagen. Ich komme gleich nach.«

Als sie sich nicht schnell genug vom Fleck rührte, packte Vaclav ihren Arm, wirbelte sie herum und versetzte ihr einen festen Klaps auf den Hintern. Yana eilte davon und warf einen Blick zurück, den man nur als respektvoll betrachten konnte.

Sogar Stavo schien zufrieden zu sein. »Daran werde ich mich immer erinnern, mein Freund. Mir graut schon lange vor dem Tag, an dem meine hübsche Frau es nötig haben könnte, zurechtgewiesen zu werden. Jetzt glaube ich, daß ich mich darauf bereits freue!« Darüber lachten alle, und Catherine ließ sie lachen. Sie lächelte sogar selbst ein wenig. Dominics Stolz war gerettet worden, und die Männer schienen ebenfalls zufrieden zu sein.

Catherine lief weiter. Sie fand, es war ein wahrhaft geringes Opfer, das sie für den Mann ihres Herzens gebracht hatte. Sie blieb erstarrt stehen und war entgeistert darüber, daß sich ein derart absurder Gedanke in ihre Vorstellung hatte einschleichen können.

Gütiger Jesus! Es kann nur daran liegen, daß die Gewalttätigkeit, die ich miterlebt habe, meine Emotionen aufgewühlt hat, sagte sie sich entschieden und gab ihren Überlegungen einen Stoß in eine sicherere Richtung. Wenn sie heute abend noch aufbrechen wollten, gab es im Wagen noch viel zu tun. Als sie dort ankam, fand sie Pearsa bereits bei der Arbeit vor. Catherine schloß sich ihr schweigend an, richtete umgeworfene Mehlfässer auf, schüttelte zertrampeltes Bettzeug aus und füllte die Wasservorräte nach. Gott sei Dank war keiner ihrer beiden Wagen schwer beschädigt worden. Nur da und dort war ein Brett herausgerissen worden.

Sie waren gerade mit Aufräumen fertig geworden, als Pearsa eine

Hand ausstreckte und sie auf ihren Arm legte. Mit Augen, so dunkel wie der Mitternachtshimmel, sah sie Catherine an. »Ich bin dankbar«, sagte sie, »für das, was du für meinen Sohn getan hast.«

Catherine nickte nur und spürte, wie sich ihre Kehle plötzlich zusammenzog. Zum ersten Mal wurde ihr klar, wieviel ihr die Anerkennung der alten Frau inzwischen bedeutete. Trotz aller gegenteiliger Bemühungen hatte es Catherine Sorgen bereitet, wie sich die spöttischen Worte, die sie an Dominic gerichtet hatte, auf die undurchsichtige Beziehung zu der Frau auswirken könnten. Jetzt lächelte sie und war dankbar dafür, daß Pearsa sie verstanden hatte.

Es dauerte nicht lange, bis Dominic mit den Pferden kam und sie vor den Wagen spannte – darunter auch Pearsas vermißter Brauner. Sie stieg auf den Kutschbock, und Catherine wollte sich zu ihr setzen, doch Dominic nahm ihre Hand. »Du wirst mit mir fahren«, sagte er ohne jede weitere Erklärung und führte sie zu seinem Wagen. Er half ihr beim Aufsteigen und kletterte dann neben sie. Pearsa scherte mit ihrem Pferdegespann hinter den anderen Wagen ein, und Dominic reihte sich ebenfalls ein. Eine Zeitlang fuhren sie schweigend dahin, und Catherine fragte sich, was er sich wohl dachte.

»Warum hast du das getan?« fragte er schließlich und drehte sich zu ihr um, um sie anzusehen. »Ich kann es nicht verstehen.«

Catherine lächelte zärtlich. »Ich weiß, wieviel es dir bedeutet, einer der Roma zu sein, von ihnen anerkannt zu werden. Ich wollte nicht, daß sie dich verletzen.«

Er fuhr sich mit einer Hand durch das Haar, doch etliche schimmernde schwarze Locken fielen wieder in seine Stirn. »Du warst hier diejenige, die Verletzungen hätte davontragen können. Um Gottes willen, Catherine, ich bin mehr als doppelt so kräftig wie du. Was hast du dir dabei bloß gedacht?«

»Ich hatte gehofft, du würdest wissen, warum ich mich so benommen habe. Ich habe geglaubt, daß du mir nicht weh tun wirst, und ich hatte recht.«

Dominic musterte ihr Gesicht, und seine Augen glitten über ihre Wangen und blieben auf ihrem Mund ruhen. »Catherine...«

Er legte eine Hand auf ihre Wange, beugte sich herüber und küßte sie, erst zart und dann mit einer immer größeren Eindringlichkeit. Sie konnte sein Verlangen spüren, und das entfachte in ihrem eigenen Innern Verlangen. Catherine öffnete die Lippen für ihn und gestattete seiner Zunge, in ihren Mund zu gleiten, und sie kostete sie und berührte sie mit ihrer eigenen Zunge. Dominic stöhnte.

Sie spürte, wie der Wagen plötzlich langsamer wurde, als er die Pferde mit einem Ruck anhalten ließ und Staub um sie herum vom Weg aufwirbelte.

»Wir holen die anderen später wieder ein«, sagte er mit belegter Stimme.

»Nein! Hier ist es gefährlich, hier laufen diese Männer noch rum, mit denen du vorhin schon gekämpft hast, ganz zu schweigen von den Dorfbewohnern, die ins Lager gekommen sind.«

Dominic zögerte einen Moment lang, dann seufzte er resigniert. »Ich vermute, du hast recht. Das allerletzte, was einer von uns beiden jetzt gebrauchen kann, sind noch mehr Schwierigkeiten.« Mit einem nicht gerade besonders erfreuten Gesichtsausdruck klatschte er den Pferden die Zügel leicht auf den Rücken, und sie stemmten sich in ihr Geschirr und holten schnell den Rest der Wagen ein. »Und außerdem hast du für eine einzige Nacht mehr als genügend Aufregung gehabt.«

Seine breite Brust polterte vor Gelächter.

»Was ist daran so komisch?«

»Du hast mit Sicherheit geglaubt, ich würde einen Mord begehen, stimmt's?«

»Du solltest in London auf der Bühne stehen.«

»Jeder Zigeuner lernt das Schauspielern im Alter von drei Jahren. *Mong, Chavo, mong!* Bettele, Junge, bettele!« Er grinste, und seine weißen Zähne blitzten. »Wenn es nötig ist, können wir jede Rolle spielen, vom Bettler bis zum König.«

Catherine verdrehte die Augen zum Himmel. »Mich hast du jedenfalls mit Sicherheit zum Narren gehalten.«

»Ich habe dir doch nicht wirklich weh getan, oder?«

»Nein, aber ich finde, du hattest bei weitem zu viel Spaß daran.«

Er lachte wieder, und es klang männlich und herzhaft. »Allzu wahr, Feuerkätzchen, allzu wahr.«

Catherine versetzte ihm einen spielerischen Rippenstoß, und der eingebildete Schmerz ließ ihn ächzen. Sie lächelte und lehnte sich auf dem Kutschbock zurück, dann seufzte sie und begann, die Nachwirkungen der anstrengenden Ereignisse des Abends zu spüren. Sie lehnte den Kopf an seine Schulter, fühlte dort Stärke und seine Körperwärme und schloß die Augen.

Unter ihr quietschte und ächzte der Wagen und holperte dem fernen Horizont entgegen. Sie fragte sich, wohin sie wohl fuhren, doch solange sie England näher kamen, interessierte es sie nicht wirklich.

England. Eine Rückkehr in ihr Leben als Gräfin von Arondale, ein Leben fern von den Zigeunern und ihrem ständigen Überlebenskampf.

Fern von der Wärme und dem Schutz des Mannes, der neben ihr saß.

Ein fester Knoten schnürte sich in Catherines Magen zusammen. Zum ersten Mal seit dem Beginn ihrer harten Prüfung fragte sie sich, wie es wohl sein würde, ohne ihn weiterzuleben.

Und sie wußte ohne Zweifel, daß sie ohne ihn nie wieder wirklich dieselbe sein würde.

10

Hoch oben flackerte das Zwielicht,
Schmetterlingsflügel aus Dunst und Flammen,
Die Lichter tanzten über den Bergen,
Ein Stern nach dem anderen kam.

In Saras Zelten
Walter Starkie

»Wohin fahren wir?« fragte Catherine schließlich.

Dominic nahm auf dem harten hölzernen Sitz eine andere Haltung ein und versuchte vergeblich, es sich bequem zu machen. Sie waren die ganze Nacht über gefahren, und Catherine hatte mit dem Kopf auf seiner Schulter geschlafen, bis er sie endlich geweckt und darauf beharrt hatte, sie solle in den Wagen gehen und sich in sein Bett legen. Selbst dann hatte sie sich nur ein Weilchen hingelegt, war auf den Kutschbock zurückgekehrt und hatte von ihm verlangt, er solle ihr die Zügel übergeben, und einige Stunden lang hatte sie die Pferde gelenkt, weil sie ihm die Möglichkeit geben wollte, sich ebenso wie sie auszuruhen.

»Wir fahren nach Ratis in der Camargue, zum Festival von Les Saintes Maries. Schon seit Jahren fahren die Zigeuner dorthin, um ihre Schutzheilige zu feiern, Sara Kali.«

»Erzähl mir mehr darüber.«

Er lächelte. »Niemand weiß genau, wann es begonnen hat. Es weiß sogar niemand genau, warum die Zigeuner begonnen haben, dorthin zu reisen. Aber Les Saintes Maries – zwei Schwestern der Heiligen Jungfrau Maria, die bei Christi Auferstehung Zeugen waren – trafen dort ein, nachdem ihr Schiff auf den Felsen vor der Küste auf Grund gelaufen war. Es heißt, ihre Dienerin Sara, eine Zigeunerin, hätte den Frauen das Leben gerettet.«

»Sprich weiter«, drängte Catherine.

»Im zwölften Jahrhundert ist eine Kirche gebaut worden, die Notre Dame de Ratis genannt worden ist. Seit dem frühen dreizehnten Jahrhundert sind alljährlich Ende Mai Katholiken zu der Kirche gepilgert, um den heiligen Marien zu huldigen, aber niemand weiß genau, wann die Roma begonnen haben, die Reise zu unternehmen. Es scheint ganz einfach so, als kämen dort Jahr für Jahr mehr Zigeuner hin, und bis auf wenige Jahre während der Revolution, als die Kirche geplündert worden ist, sind sie hingereist und tun es heute noch.«

»Um die schwarze Sara zu ehren«, bestätigte sie.

Dominic nickte. »Es heißt, daß sie für das wandernde Volk das heilige Feuer am Brennen erhält. Die Zigeuner glauben, daß ihr Körper unter der Kirche beigesetzt ist, und sie kommen, um ihr zu huldigen.«

Er grinste. »Außerdem ist es ein verdammt guter Vorwand für ein gigantisches *Patshiv*.«

Catherine lachte. »Sie lassen aber auch keine Chance aus, ein Fest zu feiern.«

»Nein, und zu diesem kommen Zigeuner aus der ganzen Welt zusammen. Das ist wirklich etwas Besonderes.«

Catherine stellte fest, daß sie sich jetzt schon darauf freute. »Wie lange dauert es noch, bis wir dort ankommen?«

»Wenn wir weiterhin so gut vorankommen wie bis jetzt, sollten wir im Laufe des morgigen Tages dort ankommen.«

»Und hinterher... nach dem Festival? Bringst du mich dann nach Hause?«

Er zögerte nur einen Moment lang. »Ja.«

Als Catherine erleichtert aufseufzte, fühlte sich Dominic nahezu schuldbewußt. Dann dachte er an die ungewisse Zukunft, die sie in England erwartete, an die Schande und das Herzeleid, und das erneuerte seine Entschlossenheit, wie geplant zu verfahren.

Abgesehen von ein paar kurzen Zwischenstationen, um etwas zu essen und eine kurze Nacht lang erschöpft zu schlummern, setzte die kleine Kette von Wagen ihren Weg fort. Im Süden der Provence durchquerten sie eine fruchtbare Gegend mit Ackerland und Weinbergen und kamen dann in die wilde Camargue, das flache Sumpfgebiet, das bis ans Meeresufer reichte. Verkümmerte Tamarisken sprenkelten die Landschaft, und über ihnen kreisten Seeraben, aber auch Kiebitze, Reiher, Enten und gelegentlich sogar blaue Ibisse.

Der wolkenlose Himmel verhüllte die Sonne mitnichten, die heiß gewesen wäre, wenn nicht der kühle Wind vom Zentralplateau über die Ebenen geweht wäre.

»Er wird Mistral genannt«, sagte Dominic zu Catherine, als sie sich dazu äußerte. »Er weht an jedem zweiten Tag.«

»Ich glaube nicht, daß mir das gefallen würde.«

»Wenigstens hält er die Moskitos fern und trägt dazu bei, den Schlamm zu trocknen.«

Sie kamen an Grüppchen von gedrungenen Bäumen und gelegentlich an einer Zypresse vorbei, sahen große Heere von umherziehenden schwarzen Rindern und zottigen weißen Pferden und in den Salzmooren Hasen, Biber und kleine Landschildkröten.

»Sieh nur, Dominic!« Catherine deutete aufgeregt auf einen riesigen Schwarm von rosa Flamingos, deren leuchtendes Gefieder einen krassen Kontrast zu den kargen weißen Kalksteinen bildete. Aus ihrer lässigen Haltung auf einem Bein stiegen sie als ein Farbenregen in den Himmel auf, der Catherine in atemlose Verzückung versetzte.

Dominic beobachtete sie mit einem Ausdruck, der liebevolle Bewunderung auszudrücken schien, und ihn freute ihr Interesse an dieser trostlosen Weite von Schilf und salzigem Marschland.

»Fast überall ist Schönheit zu finden«, sagte er, »wenn wir uns nur die Zeit lassen, danach auszuschauen.«

Noch vor wenigen Monaten hätte Catherine seine Worte nicht so verstanden, wie sie sie jetzt verstand, da sie wie ein sorgloses Kind mit einem Zigeunerstamm reiste, der so wild wie die Geschöpfe um sie herum war. In mancher Hinsicht würde sie dieses Leben vermissen, und diese Vorstellung war überraschend für sie.

Als ihr Ziel näher rückte, kamen sie an immer mehr Rinderherden und Pferden vorbei.

»Diese weißen Pferde mit den zottigen Mähnen sind Araber«, sagte Dominic. »Sie mögen zwar klein sein, aber sie haben harte Hufe und treten sicher auf, sie besitzen ein großes Durchhaltevermögen.« Die Männer, die sich um die Pferde und die großen Herden von stämmigen schwarzen Bullen kümmerten, trugen leuchtendbunte Hemden, braune Kniebundhosen aus Stoff und schwarze Jacken, die mit Samt gefüttert waren.

»Hüter«, so nannte Dominic sie. »Der lange, große Dreizack, den sie tragen, wird *Ficheiroun* genannt – er wird gemeinsam mit einem Seil benutzt, das ihnen hilft, die Herde zusammenzutreiben.«

In Ratis, der Stadt von Les Saintes Maries, kamen sie an weißverputzten Häusern mit roten Ziegeldächern vorbei und fuhren enge Gassen hinunter, die mit Granit gepflastert waren. Die Frauen trugen ihr Haar zu Chignons im Nacken aufgesteckt, mit Bändern aus Samt oder Spitze, und die Männer trugen weiße Kleidung mit einer roten Schärpe und einer schmalen schwarzen Krawatte. In der Ferne erhob sich über der flachen unfruchtbaren Landschaft mit ihren steifen Gräsern und ihrem Schilf der hohe Turm der Festungskirche. Die Festung hatte Zinnen und einen Wachturm, und Kirchenglocken läuteten eine Hochzeit ein. Sie schlugen ihr Lager zwischen der Festung und dem Meer auf.

»Traditionsgemäß«, erklärte Dominic, »schlagen dieselben Familien alljährlich am selben Ort ihr Lager auf.«

Für die Pindoros, Dominics Stamm, war dieser Brauch wahrhaft erfreulich, denn jeder Quadratzentimeter des kargen Landes war bereits mit Wagen und Zelten bis zum Bersten angefüllt.

»*Les Caraques!*« rief ein Provencale der vorbeiziehenden Karawane zu.

Dominic bahnte sich gekonnt einen Weg durch das Getümmel von Verkäufern, die ihre Waren feilboten, von Erzeugern, Kupferschmieden, Kürschnern, Pferdehändlern und Kesselflickern. Frauen webten aus Schilfgras Decken und Matten, verkauften aus Holz geschnitzte Wäscheklammern und Sträuße von wildwachsenden Blumen, und Kinder putzten Schuhe. Es gab Männer, die sich anerboten, Zähne zu ziehen oder Ratten zu fangen – so ziemlich alles, womit sich ein wenig Kleingeld verdienen ließ.

Als sie das Lager aufschlugen, arbeitete Catherine fix, da sie begierig darauf war, sich umzusehen, und sowie alles erledigt war, führte Dominic sie herum. Schon am Nachmittag begannen die Vergnügungen – eine Vielzahl von Zirkuskünstlern, Jongleuren, Messerwerfern, Puppenspielern, tanzenden Bären, Geigern und Wahrsagerinnen. Straßenmusiker spielten Flöte, Panflöte und Tambourin.

Nicht weit vom Mittelpunkt des Geschehens traten eine fette Dame und ihre winzigen abgerichteten Hunde, die alle Kleidchen aus rosa Satin trugen, vor einer Schar von lachenden Kindern auf. Einer der Hunde, eine gescheckte Promenadenmischung mit kahlen Stellen im zottigen Fell, balancierte auf einem Stock, den zwei dunkelhäutige Männer über den Boden hielten. Das Tier schien über seine eigene Geschicklichkeit zu lächeln.

»Domini!« rief jemand. Es war der alte Armand, der Kesselflicker. »Wie ich sehe, seid ihr endlich doch noch hier angekommen.« Er bedachte Catherine mit einem zahnlosen Grinsen. »Und noch nicht einmal deine Frau ist dir verlorengegangen.«

»Nach ihrem kleinen Abenteuer mit dir«, spottete Dominic, »habe ich sie weit besser im Auge behalten.«

Seine tränenden alten Augen glitten mit einem beifälligen Ausdruck über sie. »Eine weise Entscheidung, *mon ami*, eine wahrhaft weise Entscheidung.«

Sie aßen an mindestens einem halben Dutzend von Lebensmittelständen, und dann kehrten sie lachend und gesättigt zu ihrem Wagen zurück.

»Ich muß einen Freund im Dorf aufsuchen. Warum ruhst du dich nicht eine Zeitlang aus? Heute abend wird gesungen und getanzt – du wirst mehr Freude daran haben, wenn du nicht zu müde bist.« *Und außerdem habe ich die Absicht, dir anschließend nur sehr wenig Schlaf zu gönnen.*

Als er Catherines warme Finger spürte, die seine eigenen umschlungen hielten, und als er sah, wie liebevoll sie ihn anschaute, wußte er, daß er lange genug gewartet hatte. Dominic nahm eine andere Haltung ein, um seine sichtliche Erregung zu verbergen. Heute nacht würde Catherine endlich die Seine werden. »Wenn du wach wirst, bin ich wieder da.«

Catherine wollte schon Einwände erheben, sie sei überhaupt nicht müde, doch Dominics entschlossener Gesichtsausdruck hielt sie zurück. Und außerdem, woher sollte er überhaupt wissen, was sie mit der Zeit anfing?

Dominic drückte einen festen Kuß auf ihren Mund und wartete dann, bis sie in den Wagen gestiegen war. Sowie er aufbrach, kam sie wieder hinaus. Pearsa hatte am vorderen Rand des Lagers einen Stand als Wahrsagerin errichtet. Dort wollte sie hingehen und ihr eine Zeitlang bei der Arbeit zusehen. Catherine begab sich in diese Richtung und blieb dann abrupt stehen.

Sie hatte Pearsa schon einmal bei der Arbeit zugeschaut und erinnerte sich an jeden der Tricks der alten Frau, aber auch daran, wie man den Gesichtsausdruck des Kunden deutete und ihn dazu brachte, leichtgläubig zu werden. Würde es nicht Spaß machen, es selbst auch einmal zu probieren?

Schon jetzt wurde sie die *Bala kameskro* genannt – die sonnenhaarige

Zigeunerin. Sie glaubte, daß die Leute kommen würden. Und auf die Art konnte sie Geld für Dominic und seinen Stamm verdienen, genauso, wie die anderen Frauen es auch taten! Zum ersten Mal konnte sie sich aktiv nützlich machen und etwas zum Einkommen der Leute beitragen.

Catherine eilte zum Wagen zurück, durchsuchte das Regal hinter dem Bett und fand die kleinen Goldmünzen mit den Löchern darin, die Dominic ihr gegeben hatte, damit sie sich diese ins Haar flocht. Sie fand auch etliche bunte Bänder und schnürte sie in den Spitzeneinsatz ihrer Bluse, damit sie farbenprächtiger wirkte. Diesmal *wollte* sie auffallen – sie wollte, daß die Leute ihr für *Dukkeripen* Geld bezahlten – für das Vorhersagen der Zukunft.

Als sie durch das Labyrinth von Ständen lief, sah Catherine Pearsa bei der Arbeit. Sie verkaufte »Rosen aus Jericho« – Auferstehungspflanzen vom Roten Meer. Dominic hatte ihr einmal gezeigt, wie die toten bräunlichen Klumpen zusammengerollter Blätter und häßlicher getrockneter Wurzeln – vom Anschein her absolut leblos – sich langsam auseinanderfalteten, wenn man sie in Wasser legte, und dann leuchtend grün wurden. Die Zigeuner erzählten den Käufern, wenn man eine von ihnen besäße, änderte sich auf wundersame Weise das Leben zum Besseren.

Catherine lachte, als sie sich überlegte, wie gerissen die Zigeunerinnen waren. Sie war entschlossen, ganz genauso klug zu sein. Ein gutes Stück weit von Pearsa entfernt überredete sie einen Mann, ihr für ein paar Stunden seinen Stand auszuleihen.

»Nachdem Sie schon so lange gearbeitet haben, ist Ihnen bestimmt heiß und Sie haben Durst«, sagte sie zu dem kleingewachsenen Mann mit der Halbglatze, als er Einwände erheben wollte. »Sie würden sich doch sicher gern etwas zu essen und zu trinken besorgen? In der Zwischenzeit brauchen Sie sich nicht um Ihren Stand zu sorgen, und solange Sie nicht hier sind, bringt er trotzdem Geld ein.«

Daraufhin grinste er, weil er ihre Logik zu würdigen wußte. »Ich komme in zwei Stunden zurück. Dann erwarte ich meine Bezahlung – auf die eine oder andere Weise.« Sein Blick richtete sich fest auf ihre Brüste, und der Sinn seiner Worte war mehr als deutlich.

»Sie werden Ihr Geld bekommen«, sagte Catherine und reckte das Kinn in die Luft. Doch zum ersten Mal wurde ihr leicht unbehaglich zumute. Was war, wenn niemand kam, um sich die Zukunft weissagen zu lassen? Und was war, wenn die Leute ihr nicht glaubten und ihr Geld zurückverlangten? Was auch passieren mochte, jetzt war es zu spät, um noch einen Rückzieher zu machen.

Catherine setzte sich hin, lächelte und begann, Passanten zu fragen, ob einer von ihnen seine Zukunft vorhergesagt haben wolle. Sie stellte fest, daß sie sich umsonst Sorgen gemacht hatte. Der erste Mann, den sie anlächelte, warf ihr eine Münze zu und setzte sich auf den Stuhl ihr gegenüber. Catherine steckte sich das Geld in den Ausschnitt ihrer Bluse, wie sie es bei Pearsa gesehen hatte.

Sie sah ihm ins Gesicht, schätzte ihn in den Dreißigern, nahm sein schlichtes, selbstgesponnenes Hemd und seine Segeltuchhose zur Kenntnis und entdeckte das zarte Stück Spitze, das er sich in die Tasche gesteckt hatte, höchstwahrscheinlich ein Geschenk für eine Frau. Er ist alt und arm genug, um die üblichen Probleme gehabt zu haben, entschied sie. Da sie keine Bohnen hatte, die sie hätte werfen könnten, drehte sie seine Hand um und tat so, als läse sie in den Linien seiner Handfläche.

»Sie haben früher einmal große Schwierigkeiten mit Ihren Verwandten und Ihren Freunden gehabt«, sagte sie und betete nur, es möge wahr sein. Der Mann durchforstete sein Gedächtnis und zog die hellbraunen Augenbrauen zusammen. »Ja, aber gewiß doch! Mein bester Freund ist einmal mit dem Mädchen fortgelaufen, das ich hätte heiraten sollen. Woher wissen Sie das?« Catherine lächelte nur. Wieder betrachtete sie seine Hand. »Sie haben dreimal in akuter Todesgefahr geschwebt.« Sie hielt den Atem an.

Der Bauer wirkte nachdenklich. »Als Kind war ich sehr krank...

dann bin ich damals von der Scheune gestürzt... und mein Freund und ich haben erbittert um das Mädchen gekämpft, das ich dann schließlich geheiratet habe.« Er betrachtete sie voller Ehrfurcht. »Reden Sie weiter«, sagte er, »ich muß mehr hören.«

Und daher erzählte sie ihm von der Frau, die er liebte, und wie sehr er sich wünschte, ihr zu gefallen, und wieder sah er sie ehrfürchtig an. Als er nach einer Weile ging, war Catherine um eine zweite Münze reicher, und der Mann schien äußerst zufrieden zu sein. Im Laufe einer Stunde kam ein Kunde nach dem anderen. Catherine ließ eine Münze nach der anderen in den Ausschnitt ihrer Bluse gleiten. Es funktionierte! Sie hatte es tatsächlich geschafft! Leichtsinnigerweise wünschte sie sich, Dominic würde etwas früher zurückkehren, sich auf die Suche nach ihr machen und mit eigenen Augen sehen, wozu sie imstande war. Wenn ihm Freude machte, was sie getan hatte, und wenn er in der richtigen Stimmung war, dann konnte sie vielleicht mit ihm über ihre Rückkehr nach England reden und allmählich beginnen, ihm die Wahrheit zu erzählen.

Dieser Gedanke ging ihr durch den Kopf, als sie eine weitere kleine Münze in ihren Ausschnitt warf, die dort klimpernd auf die anderen fiel, und dann zuckte sie überrascht zusammen, als eine schmale braune Hand mit langen Knochen der Münze in den Ausschnitt folgte. Sie fühlte kühle Finger, die ihre Brust streiften, als Dominic das Geld herauszog, und sie sprang entrüstet auf die Füße und warf dabei die Bank um, auf der sie gesessen hatte. Harte schwarze Augen richteten sich fest auf ihr Gesicht, und sein Ausdruck war so wütend, daß er Steine hätte schmelzen können.

»Ich dachte, ich hätte dir gesagt, du sollst dich ausschlafen.« *Weshalb war er bloß so wütend?* »Ich war nicht müde.«

Seine Blicke glitten über sie, unverschämt und spöttisch. »Gut.« Eine Hand schloß sich um ihr Handgelenk, und er zerrte sie grob hinter sich her, als er ging.

»Was tust du da? Wohin bringst du mich?« Dominic antwortete

nicht, sondern lief einfach weiter, und sie mußte rennen, um mit ihm Schritt zu halten. Als sie seinen Wagen erreicht hatten, stieg er die Stufen hinauf, öffnete die Tür und zerrte sie ins Innere.

»Dominic, was, um Himmels willen, ist los?«

»Du brauchst Geld?« erwiderte er und drehte sich zu ihr um, als er sein rotes Seidenhemd mit den weiten Ärmeln aus der ungehörig enganliegenden schwarzen Hose zog. Er zog einen Beutel Münzen aus dem Bund seiner Hose und warf ihn ihr zu. »Ich besitze mehr als genug davon, du bist im Besitz genau der Gunst, die ich dafür zu erwerben wünsche.«

»Was?«

»Als wäre es nicht schon schlimm genug, daß du die *Cohayi* damit beleidigst, so zu tun, als würdest du ihr Gewerbe ausüben, mußt du auch noch versuchen, mehr Geld an dich zu bringen.«

»Ich wollte damit niemanden beleidigen. Ich habe es für dich und die anderen getan. Ich dachte, ich hätte einen Weg gefunden, finanziell etwas beizutragen.«

»Belüg mich nicht, Catherine. Die Wahrheit ist die, daß das Geld, das du gestohlen hast, nicht genügt hat, um nach England zurückzukommen – zu deinem hochgeschätzten Verlobten. Ich habe dir gesagt, daß ich dich hinbringe, aber du hast mir nicht geglaubt. Du warst entschlossen, alleine aufzubrechen.«

»Du bist verrückt!«

Er knöpfte die Manschetten seines Hemds auf, zog es aus und warf es achtlos in die Ecke.

Catherines Unbehagen verstärkte sich beim Anblick seiner breiten, muskulösen Brust. Sie versuchte, an ihm vorbei zur Tür zu laufen, doch er hielt sie mit beiden Armen fest und warf sie auf das Bett zurück.

»Du glaubst, in ihn verliebt zu sein, aber du bist es nicht.« Er setzte sich dem Bett gegenüber und zog sich die Stiefel aus, die mit einem lauten Poltern auf den ungeschliffenen Holzdielen landeten, stand auf und knöpfte seine Hose auf.

Catherines Augen richteten sich voller Entsetzen auf den schmalen Streifen krausen schwarzen Haares, der sich von seinem flachen Bauch nach unten zog, und sie sah auf die Wölbung vorn in seiner Hose, gegen die sich sein Geschlecht preßte.

»Was soll das denn heißen?« fragte sie, und ihre Stimme bebte, da sich jetzt erstmals echte Furcht rührte. Als Dominics einzige Antwort in einem gierigen Blick bestand, der ihren Mund austrocknen ließ, rückte Catherine an eine Seite des Betts, versuchte, an ihm vorbeizulaufen, und rannte dann zur Tür. Dominics muskulöser Arm schlang sich um ihre Taille, und er zerrte sie an sich.

»Du wirst nirgends hingehen. Ich habe lange genug gewartet.« Sein Mund senkte sich auf ihren herab, hart und erbarmungslos. Catherine wehrte sich, denn die Lügen, die ihn dazu gebracht hatten, waren ihr verhaßt, und sie kämpfte um eine Chance, ihm alles zu erklären.

Sie riß ihren Mund von seinem los. »Ich sage dir die Wahrheit!«

Er packte ihre Schultern und bog sie zurück, küßte sie noch brutaler als zuvor. Obwohl sie darum rang, sich von ihm loszureißen, hob er sie mühelos hoch und trug sie hinüber zum Bett. Sie spürte, wie seine Finger ihre Bluse herunterrissen, und sie hörte das Zerreißen des Stoffs.

»Es ist an der Zeit, daß ich mir nehme, was sich andere bereits genommen haben.«

Als seine brutalen Worte zu ihr durchsickerten, spülte eine neuerliche Woge von Furcht über sie hinweg. »Dominic, bitte – du verstehst das nicht – bitte – das darfst du nicht tun!«

Doch er war in einem Dämmer aus Leidenschaft und Schmerz versunken. Er hielt ihre Handgelenke auf dem Bett fest und versuchte sie zu küssen. Catherine wandte das Gesicht ab.

»Ich flehe dich an, bitte, du mußt mir zuhören!«

Es dauerte noch lange, ehe ihre Worte und ihr flehentliches Bitten, er möge aufhören, zu ihm durchdrangen. Dominic schaute in ihr bleiches ovales Gesicht hinunter und sah die Furcht, sah den Schmerz – und keine Spur von Verlangen nach ihm.

»Was, zum Teufel, tue ich hier eigentlich?« er holte tief Atem, um ruhiger zu werden, und sein Griff um ihre Handgelenke lockerten sich. Er schüttelte den Kopf in dem Bemühen, wieder klar denken zu können, seine Selbstbeherrschung wiederzufinden. Er ließ sie los, und Catherine setzte sich auf dem Bett auf.

»Du willst für dich fordern, was andere bereits besessen haben«, sagte sie leise, »aber es gibt keine anderen.« Eine Mischung von Verwirrung und Unsicherheit schimmerte in ihren grünen Augen. »Es hat auch nie andere gegeben.«

Dominic sah sie finster an, sein Herz hämmerte immer noch vor Wut, und das Verlangen tobte noch in seinen Adern. »Du willst mir doch nicht etwa erzählen, du seist Jungfrau?«

Eine leichte Röte verfärbte ihre bleichen Wangen. »Ja.«

»Das ist unmöglich. Du bist wochenlang auf dich selbst gestellt gewesen. Es gibt keinen einzigen Mann auf Erden, der bei gesundem Verstand ist und dich nicht genommen hätte – außer vielleicht mir.« Um den Wagen herum hatte sich die Dämmerung herabgesenkt. Er konnte gedämpftes Gelächter und Gesang hören. Er fuhr sich mit einer Hand durch das Haar und wünschte sich, sein Herzschlag möge sich verlangsamen.

»Ich war dem Pascha zugedacht«, rief ihm Catherine ins Gedächtnis zurück. »Unberührt war ich viel mehr Geld wert. Und dann ist Vaclav gekommen und... den Rest kennst du.«

Dominic starrte sie einfach nur an, und noch war sein Verstand nicht bereit zu akzeptieren, was sie gesagt hatte.

»Was ich dir über das Geld erzählt habe, war die Wahrheit«, fuhr Catherine fort, »ich habe es für dich und für die anderen getan. Ich wollte mich in irgendeiner Weise nützlich machen. Ich hatte gehofft, du würdest stolz auf mich sein.«

Er sah, wie sie ihm in die Augen schaute und den Blick nicht abwandte, und eine schwere Last hob sich von seinen Schultern – um von einem scharfen Stich des Schuldbewußtseins abgelöst zu werden.

177

»Verdammt noch mal.« Dominic atmete stoßweise aus. Sein Körper, der immer noch steif war und pulsierte, lechzte mit jedem einzelnen Herzschlag nach ihr. Ihre Brust schaute verlockend durch den Riß in ihrer Bluse, und ihre weichen roten Lippen waren noch von seinen Küssen geschwollen. Bei Gott, wie sehr er sie begehrte.

Ist sie tatsächlich Jungfrau? fragte er sich und spürte, wie ihn unerwünschte Emotionen überschwemmten. »Es tut mir leid. Ich habe gesehen, wie du das Geld angenommen hast, und irgend etwas in meinem Innern ist einfach durchgebrannt.«

Ihre Mundwinkel zogen sich zu einem kleinen versöhnlichen Lächeln. Das ließ sie besonders verletzbar und um so begehrenswerter wirken. »Es ist schon gut. Du hast mir nicht wirklich weh getan.«

»Ich würde dir niemals weh tun«, sagte er liebevoll, und in dem Moment wußte er, was er zu tun hatte. »Glaube mir das, Catherine. Was auch immer passieren mag, daran mußt du immer glauben.«

Ihr Lächeln wurde wärmer, und ein Ausdruck der Erleichterung trat in ihre Augen. Dominic beugte sich vor und küßte sie, sanft, ganz sanft. Er streifte ihre Lippen und legte dann seinen Mund darauf. Dennoch machte er keine Anstalten, sie zu berühren. Catherine zögerte nur einen Moment lang, und dann erwiderte sie den Kuß, und ihre Zunge streifte seine mit einer zaghaften, federleichten Bewegung.

Als sie sich ihm entziehen wollte, vertiefte Dominic den Kuß ein klein wenig und drängte sie, bei ihm zu bleiben. Ihre Lippen fühlten sich warm und unglaublich weich an, und sein Körper wurde immer steifer. Er wollte seine Zunge in ihren Mund stoßen, ihre Brüste in seine Hände nehmen, ihre Röcke hochziehen und in sie eindringen. Er wollte sie nehmen und sie zur Seinen machen. Statt dessen nahm er neben ihr eine andere Haltung ein und zog sie sanft in seine Arme.

»Es tut mir leid, Feuerkätzchen«, flüsterte er, »ich hätte dir vertrauen sollen – oder mir zumindest deine Erklärungen anhören sollen.« Er küßte sie zart, um sich zu entschuldigen, eine zärtliche Berührung, die bewies, wieviel er sich aus ihr machte.

Als Catherine die Arme um seinen Hals schlang und die Geste akzeptierte und darauf einging, ließ Dominic seine Zunge in ihren Mund gleiten. Seine Hand bewegte sich auf ihrem Körper nach oben und schlüpfte dann in den Riß in ihrer Bluse, um eine Brust zu nehmen und sie zu liebkosen. Das schwere Gewicht ihrer Brust und das Gefühl, wie ihre Knospe sich unter seinen Fingern aufrichtete, ließ die Begierde in seinen Lenden nur noch drängender werden.

»Catherine«, flüsterte er, und seine Zunge glitt tiefer und kühner in sie hinein und forderte ihre dazu auf, seiner geschickten Invasion etwas entgegenzusetzen. Einen Moment lang tat sie es, und seine Hand auf ihrer vollen, reifen Brust ließ köstliche Schauer über ihre Haut prickeln. Dann löste sie sich von ihm.

»Wir müssen aufhören«, sagte sie keuchend.

»Noch nicht«, sagte er und fing wieder an, sie zu küssen. Er setzte sein gesamtes Geschick, jeden Trick der Leidenschaft ein, den er je gelernt hatte. Er konnte spüren, wie ihre Finger sich in sein Haar gruben, konnte ihren schnellen Herzschlag fühlen. Wieder rückte sie von ihm ab.

»Wir... müssen... aufhören«, wiederholte sie, und ihre Augen waren vor Leidenschaft verschleiert. »Bevor es... zu spät ist.«

Er ließ einen letzten gierigen Blick über sie schweifen. »Es ist bereits zu spät.« Dominic preßte sie wieder auf das Bett, und Catherine keuchte, als sie seinen harten männlichen Körper auf sich spürte. Ihre kleinen Hände preßten sich gegen seine Schultern, doch er nahm ihren Mund gefangen, und seine Hand glitt unter ihre Röcke.

»Lieber Gott«, flüsterte sie, als sein Finger durch das zarte rotgoldene Netz über ihrer Weiblichkeit glitt, die seidenweichen Falten ihres Fleischs suchte und fand und hineinschlüpfte. Catherine stöhnte gegen seinen Mund und wölbte sich ihm entgegen. Mit unendlicher Geduld bewegte er seinen Finger hinein und hinaus, bis ihr Kopf zurückfiel und er spüren konnte, wie ihre Leidenschaft immer stärker wurde.

»Du wärst niemals zu mir gekommen? Oder?« flüsterte er und war über ihre Willenskraft erstaunt und auf merkwürdige Weise stolz auf sie. Seine Hand unter ihren Kleidungsstücken hielt in ihrer Bewegung inne. Catherine wand sich und bat stumm um mehr.

»Nein«, sagte sie leise.

»Aber du willst mich, oder nicht?«

Als Catherine nicht darauf antwortete, küßte er sie, lange und hart. Eine Hand neckte ihre Brustwarze. »Etwa nicht?«

Catherine bebte. »Ja.«

Dominic stieß den Atem aus, den er angehalten hatte, und der letzte seiner Zweifel fiel von ihm ab. Er würde sich um sie kümmern, dafür sorgen, daß sie unter seinem Schutz stand. Er küßte sie unablässig, während er ihr die zerrissene Bluse auszog und sie zur Seite warf und ihr dann den Rock über die Hüften herunterzog, bis sie nackt vor ihm lag. Ihr langes flammenfarbiges Haar floß neckisch über eine Schulter, während ihre hochangesetzten Brüste mit den bräunlichen Brustwarzen, die schwer waren und doch köstlich nach oben ragten, nach seiner Hand zu greifen schienen. Ihre Haut sah so bleich wie Alabaster aus, ihre Taille so schmal, daß er sie mit seinen Händen hätte umspannen können. Üppige Schenkel und anmutige Beine liefen nach unten zu kleinen femininen Füßen mit hohem Spann aus. Catherine versuchte nicht, sich zu bedecken, sondern schaute nur zu ihm auf, als suchte sie seine Billigung.

»Ich wußte, daß du hübsch bist«, sagte er mit heiserer Stimme, »aber du bist ja noch viel mehr.«

Catherine schloß die Augen und ließ seine bewundernden Worte über sich hinwegspülen. Verlangen pulsierte mit jedem Atemzug in ihren Adern, aber bis zu eben diesem Augenblick war sie unsicher gewesen. Sie war es müde, so schrecklich müde, ihren Verstand gegen ihren Körper auszuspielen.

Als Dominics Mund sich jetzt auf ihre Lippen legte und seine Hände über ihr Fleisch glitten, wußte sie, daß ihr Körper gewonnen hatte und daß der Kampf endlich vorüber war. Sie spürte seine Berührungen und wußte, daß es das war, was sie wollte – was sie von Anfang an gewollt hatte. Seine Finger bewegten sich erfahren und geschickt und mit einer solchen unendlichen Geduld, daß sie innerhalb von Minuten in dem traumartigen Netz gefangen war, das er spann.

Seine schmalen dunklen Hände legten sich auf beide Brüste, streichelten sie und rieben die Spitzen zu harten, strammen Knospen, und dann liebkoste er ihre Schenkel, und seine Finger glitten zwischen ihre Schenkel, als er eine Brustwarze in den Mund nahm, sie mit der Zunge umrundete und dann sachte daran zu saugen begann.

Catherine spürte Glut und unglaubliche Süße, und Flammen des Verlangens durchzuckten ihren Körper. Seine Hände und sein Mund waren überall, als seine Finger sie erkundeten und genau wußten, wo er sie berühren mußte. Als er sie losließ, um sich die Hose auszuziehen, erschien ihr der Gedanke, ihm Einhalt zu gebieten, so körperlos wie ein kleines Rauchwölkchen.

»Dominic«, flüsterte sie, als er seinen muskulösen Körper zwischen ihre Beine legte. Aber keine Worte des Protests erreichten ihre Lippen. Statt dessen fuhr sie die Sehnen auf seinen Schultern nach, und ihre Finger spreizten sich auf seiner Brust, auf der die stramme Haut sich über stählernen Muskelsträngen spannte. Wie lange habe ich mir das schon gewünscht? dachte sie verschwommen. Wie hätte sie auch nur noch einen Tag länger warten können?

Dominic küßte sie wieder, und sie spürte seinen steifen Schaft an ihrem Bein. Sie hätte sich fürchten sollen, tat es aber nicht. Sie fürchtete lediglich, es könnte enden. Während sein Mund über ihre Brust glitt, knabberte er an ihren Knospen und neckte sie, bis sie sich stöhnend wand, weil die Gefühle allzu köstlich waren.

»Bitte«, hörte sie sich flüstern, als sie sich seiner Hand entgegenbäumte. Doch er hielt inne.

»Der Engländer«, sagte er, »sag mir, daß du ihn liebst, und es wird nichts passieren.«

Sie wartete darauf, daß ihre innere Stimme die Lüge aussprechen würde, doch dazu kam es nie. Sie dachte an den Ärger, den ihre Unwahrheiten verursacht hatten, an den Schmerz, den diese neue Lüge bringen würde.

»Glaubst du immer noch, daß du in ihn verliebt bist?« drängte er sie.

»Nein.« Sie nahm an der Spannung in seinem Körper eine leichte Veränderung wahr.

»Gott sei Dank.«

Jetzt küßte Dominic sie leidenschaftlich und gründlich, setzte seine Zunge, seine Hände und das Gewicht seines Körpers ein, um sie in den Wahnsinn zu treiben. Sie konnte die rauhen Haare auf seinen Beinen spüren, seine Brustmuskulatur und diesen steifen, fordernden Teil von ihm, der sich Einlaß zu verschaffen suchte. Catherine öffnete die Beine, bot sich ihm dar, und Dominic stöhnte leise.

»Catherine«, flüsterte er. Er preßte ihre Schenkel noch weiter auseinander, legte sich dazwischen und begann, in sie einzudringen. Er hielt inne, als er ihre Jungfernhaut erreichte, und sein Gesichtsausdruck war so zärtlich, daß es ihr Herz anrührte.

»Ich werde dir weh tun müssen – dieses eine Mal. Es tut mir leid.«

Catherine schlang die Arme um seinen Hals und zog seine Lippen auf ihren Mund, um ihn zu küssen. Dominic ging darauf ein, neckte sie, liebkoste sie behutsam und stieß dann im selben Moment, im dem er sich in sie grub, seine Zunge in ihren Mund.

Der brennende Schmerz ließ Catherine aufschreien, und ihre Finger gruben sich in seinen Rücken. Seine Lippen bewegten sich auf ihrer Schläfe, er küßte ihre Kehle, ihre Wangen und ihre Augen, während er sich in Schach hielt. Als sie spürte, wie seine Handfläche sanft ihre Brust streichelte, und ihr klar wurde, daß er ihr nicht mehr weh tun würde, begann Catherine sich zu entspannen. Dominic spürte, wie ihre Anspannung wich, und drang tiefer in ihren Schoß ein.

»Alles in Ordnung?« fragte er.

Catherine schluckte ihre Unsicherheit und nickte. Sie war von ihm ausgefüllt, mit ihm verbunden, wie sie es niemals geglaubt hätte.

»Das Schlimmste ist vorüber«, versprach er ihr, seine Stimme war rauh und belegt, er begann, sich langsam in ihr zu bewegen.

Sie konnte die Spannung in seinem Körper spüren, sie wußte, welche Willenskraft er einsetzen mußte, um sich zurückzuhalten. Catherine entspannte sich noch mehr und begann, sich vom Rhythmus seiner Bewegungen mitreißen zu lassen. Dominic spürte, daß sie ihn akzeptiert hatte, und die Kraft seiner Stöße nahm zu. Wenige Minuten später stieß er sich bereits hart und tief in sie hinein, und Catherine bog sich ihm bei jedem seiner kräftigen Stöße entgegen. Ihre eigenen Muskeln spannten sich an, als etwas Süßes und Echtes in ihr anschwoll, etwas derart Überwältigendes, daß es kaum wahr sein konnte. Statt sich dagegen zur Wehr zu setzen, gab sie sich ihm hin, umklammerte Dominics Hals, schlang die Beine um ihn und rief laut seinen Namen aus.

Als er erkannte, daß sie sich dem Höhepunkt der Lust näherte, stieß er noch tiefer und fester in sie hinein, und Catherine schrie verzückt auf. Viele Lichter erleuchteten den Horizont, silberne Nadelstiche, scharlachrote Blitze und ein Geschmack, der so süß war, daß sie die Lippen anfeuchtete, in dem Versuch, ihn festzuhalten, ehe er nachlassen konnte.

Es schien, als existierte die Welt, die sie gekannt hatte, nicht länger und sei von einer sternenbesäten Landschaft ersetzt worden, voller Süße und Schönheit, Leidenschaft und Heiterkeit. Als der Absturz begann, hatte sie das Gefühl, einen winzigen Bruchteil dieser Welt eingefangen zu haben, den sie nie wieder verlieren würde.

Dann fühlte sie Dominics harte Arme um sich, die sie an seinen langen, muskulösen Körper zogen, und die dünne Schweißschicht, die seinen Körper bedeckte, vermischte sich mit ihrem eigenen Schweiß.

In diesen letzten kostbaren Momenten der Nähe wußte sie es. In diesen Sekunden, während sie ihn umschlungen hielt und er sie. Als die Intimität dessen, was sie miteinander teilten, ihnen noch wie ein wohlriechendes Parfüm anhaftete. *Sie liebte ihn.* Sie konnte es einfach nicht länger leugnen. Diese Wahrheit war unumgänglich.

Und wenn dieses Wissen sie auch erschreckte, dann befreite es sie doch auch. Was auch passieren mochte, welchen Pfad sie im Leben auch einschlagen mochte, nichts konnte diese Erinnerung zerstören, die Erinnerung daran, was für ein Gefühl es war, zu lieben.

»Ist alles in Ordnung mit dir?« Dominic strich ihr das feuchte rotgoldene Haar aus der Stirn.

»Ja. Du warst wunderbar.«

»Habe ich dir nicht weh getan?«

»Nur ein klein wenig. Für diese Lust würde ich den Preis mit Freuden wieder bezahlen – lieber Gott, welche Lust du mir bereitet hast.«

Dominic betrachtete sie einen Moment lang und nahm die Röte ihrer Wangen wahr, das Lächeln auf ihren Lippen, die von seinen Küssen geschwollen waren. Er zog sich auf einen Ellbogen hoch und beugte sich über sie.

»Du bist die unglaublichste Frau, die mir je begegnet ist. Ich dachte, du würdest weinen und mir vorwerfen, ich hätte dich gezwungen. Ich habe geglaubt, ich bräuchte mindestens drei oder vier solcher Gelegenheiten, ehe du eingestehen würdest, daß es dir auch Spaß gemacht hat.«

Catherine lächelte nur. »Ich hätte es nicht tun dürfen – das läßt sich nicht leugnen. Aber ich habe es getan, und ich kann es nicht rückgängig machen, und ich kann auch nicht zulassen, daß du die Schuld auf dich nimmst. Ganz gleich, was geschieht, ich werde diesen Augenblick immer wie einen Schatz hüten. Ich werde immer liebevolle Erinnerung daran bewahren. *Und in Liebe daran zurückdenken.*«

»Liebevoll?« Er schien ein wenig mürrisch zu sein. »Ist das alles, was du zu dem zu sagen hast, was gerade eben passiert ist?«

»Was würdest du denn dazu sagen?«

Was sagt ein Mann über den eindringlichsten Augenblick in seinem Leben? Dominic hätte nicht geglaubt, daß so etwas passieren könnte – oder zumindest nicht ihm. Vielleicht lag es daran, daß er sich ihm so vollständig hingegeben hatte, oder daran, wie sie ihr Vertrauen in ihn gesetzt hatte. Nicht etwa, daß er es verdient hätte.

Was war das für ein Lump, der wochenlang Ränke schmiedete, wie er einer jungen Frau die Jungfräulichkeit rauben konnte? Natürlich hatte er es am Anfang nicht gewußt, und später... nun ja, selbst jetzt bereute er es noch nicht. Sie war nicht in den Engländer verliebt, und selbst wenn sie es gewesen wäre, war kaum damit zu rechnen, daß der Mann sie zu Hause willkommen geheißen hätte.

»Ich würde sagen, es war großartig – nein, besser als großartig. Ich würde es als ein Wunder bezeichnen.«

Catherine lächelte. »Ja... ein Wunder, das ist ein weit besseres Wort.« Sie ließ einen Finger über seine Brust gleiten, und die Muskeln bewegten sich. Ihr eigener Körper spannte sich an, als die Erinnerung daran zurückkehrte, was für ein Gefühl es gewesen war, in dieses seltsame süße Land einzutreten, das Dominic ihr gezeigt hatte.

»Ich frage mich, ob wir nicht vielleicht...?«

Dominic grinste wie ein Wolf. »Du kleines Biest.« Er wälzte sich auf sie und preßte sie in die weiche Federmatratze. Er war bereits heiß und steif. Er hatte lediglich gefürchtet, sie könnte zu zart dafür sein. Als sie seine pochende Erregung wahrnahm, wurden ihre hübschen runden Augen groß.

»Ich glaube, Kätzchen, du hast deine Antwort gerade bekommen.«

Catherine lachte leise, und Dominic bedeckte ihren Mund mit einem Kuß. Heute nacht würden sie sich lieben – bis das Staunen des kleinen Kätzchens ein Ende fand. Am Morgen würde er ihr die Sorgen um die Zukunft nehmen – er würde sie in den Rest seines Plans einweihen.

11

Als Catherine in sinnlichem Dämmer erwachte, nahm sie den Druck harter Arme wahr, die um sie geschlungen waren, und den Moschusgeruch eines Mannes. Dominics Brust fühlte sich fest und warm an, und mit seinem schimmernden schwarzen Haar, das ihm voll in die Augen fiel, wirkte er fast knabenhaft. Dichte schwarze Wimpern bildeten dunkle Halbmonde auf seinen kantigen dunkelhäutigen Wangen.

Catherine wünschte, sie hätte ewig in seinen Armen liegenbleiben können.

Dominic stöhnte im Schlaf, rollte näher zu ihr hin und hielt sie instinktiv fester, als sie sich enger an ihn schmiegte. Sie fragte sich, was er tun würde, wenn er aufwachte, was er am hellichten Tage sagen würde.

Dominic rührte sich und begann zu erwachen. Catherine stellte sich schlafend. Mit einer Zärtlichkeit, die sie nicht erwartet hatte, löste er sich von ihr, schwang seine langen, schlanken Beine auf den hölzernen Dielenboden und griff nach seiner Hose. Er zog sie an, dann seine Stiefel und nahm sein Hemd. Auf dem Weg zur Tür blieb er neben dem Bett stehen, strich ihr das wirre Haar aus dem Gesicht, beugte sich vor und küßte sie auf die Wange. Trotzdem konnte Catherine sich noch nicht rühren.

Sie war noch nicht soweit, konnte ihm noch nicht ins Gesicht sehen, war sich noch nicht sicher, was sie tun sollte. Sie wartete, bis er den Wagen verlassen hatte und gegangen war, um für seine Pferde zu sorgen, ehe sie sich aufsetzte und begann, ihre Kleidungsstücke zusammenzusuchen. Nachdem sie den Riß in ihrer Bluse so gut wie möglich geflickt hatte, zog sie sie über, schlüpfte in den Rock, bürstete sich das Haar, band es sich mit einem Tuch zurück, und dann stieg sie aus dem Wagen. Pearsa hatte bereits ein Feuer gemacht und mit den Vorbereitungen für das Frühstück begonnen.

»Du hast doch sicher Hunger?« In den alten schwarzen Augen stand ein wissender Blick, aber nicht die Kritik, die Catherine erwartet hatte.

»Ja. Aber ich würde mich vorher gern frisch machen.«

»Im Faß ist Wasser, aber etwas weiter links findest du auch einen kleinen Bach.«

Catherine entschloß sich für die letztere Möglichkeit, nahm sich ein kleines Leinenhandtuch und machte sich auf den Weg. Die sumpfige Erde fühlte sich feucht unter ihren bloßen Füßen an, und die Kühle des frühen Morgens ließ ihr eine Gänsehaut überlaufen, doch sie nahm es kaum wahr. Sie brauchte Zeit, um nachzudenken, Zeit, um zu entscheiden, was sie tun sollte.

Sie dachte an die wundervollen Stunden, die sie in Dominics Armen verbracht hatte. Sie dachte an seine Stärke und sein Einfühlungsvermögen, an die Liebe, die sie für ihn empfand und die sie nie für einen anderen empfinden würde. Er war wirklich etwas Besonderes, dieser Mann. Etwas so ganz Besonderes, daß sie einen flüchtigen Moment lang mit dem Gedanken spielte, bei ihm zu bleiben. Sie konnte bei den Zigeunern überleben. Sie hatte mit ihnen gelebt, und sie könnte dieses Leben fortsetzen.

Sie erinnerte sich an alles, was sie gemeinsam erlebt hatten, daran, wie er sie beschützt und für sie gesorgt hatte. Sie begehrte ihn. Sie liebte ihn. Wie könnte sie ihn verlassen?

Catherines Herz schnürte sich vor Verzweiflung zusammen. Selbst dann, wenn Dominic sie ebensosehr liebte wie sie ihn, konnte es zwischen ihnen beiden niemals klappen. Sie konnte in der Welt der Zigeuner existieren, aber es hätte sie niemals glücklich gemacht, ein Leben zu führen, dessen einziger Sinn darin bestand, von einem Tag zum nächsten zu überleben.

Sie besaß nicht deren Wanderlust – sie würde sie auch niemals besitzen. Sie konnte sich nicht vorstellen, ein Kind in dieser Umgebung großzuziehen, das später einmal so leben würde.

Catherine fand eine abgeschiedene Stelle, wusch sich, so gut es eben ging, und setzte sich dann auf einen Flecken trockener Erde hinter einer Tamariske. Was auch passierte, sie durfte nicht zulassen, daß die Dinge so weiterliefen wie bisher. Diese eine süße Nacht, in der sie einander geliebt hatten, hatte ihr Herz bereits zerrissen und ihre Zukunft fraglich werden lassen.

Es gab wenig, was sie für ihr Herz tun konnte, aber die Zukunft hielt sie immer noch in der Hand. Dominic sollte sie nach England zurückbringen, nach Hause, zurück zu ihrer Familie. Sie würde niemals den Mann vergessen, den sie lieben gelernt hatte, doch wenn sie erst einmal dort ankamen, würde sie ihn verlassen. Sie würde ihr Leben weiterführen – sie hatte wirklich keine andere Wahl.

Catherine war sicher, daß sich die Dinge regeln ließen – mit genug Geld und Einfluß waren schon andere junge Frauen aus der Oberschicht gerettet worden, die in Ungnade gefallen waren. Ihre Möglichkeiten würden zwar enorm eingeschränkt sein, doch wenn sie erst einmal wieder in England war und der Skandal in irgendeiner Form begraben worden war, dann mußte ihr Reichtum zwangsläufig eine Reihe von weniger vermögenden jungen Adligen anlocken, deren Pflicht es war, zu heiraten und das Familienerbe zu sichern. Zweifellos würde

Onkel Gil darunter jemanden finden können, der für den Reichtum und die Macht, die ihm die Ehe einbringen würde, gewillt war, den Verlust ihrer Jungfräulichkeit zu akzeptieren.

Aber was war mit Dominic? Schon allein das Flüstern seines Namens in der Stille ihres Geistes ließ ihr Herz heftig pochen. Sie würde niemals die Leidenschaft vergessen, die sie miteinander geteilt hatten, das Gefühl des Einsseins. Aber sie konnte keine weiteren solchen Augenblicke riskieren – selbst jetzt schon war es nicht ausgeschlossen, daß sie ein Kind von ihm in sich trug.

Catherine spürte eine Woge der Wärme und ein zärtliches Verlangen, mit dem sie nicht gerechnet hatte. Die Folgen, wenn sie Dominics Reizen erlag, waren ihr klar gewesen, aber sie hatte nicht gewußt, welches Herzeleid ihr der Gedanke bereiten würde, ihn aufzugeben.

Dennoch gab es keine andere Lösung, und die einzige Möglichkeit, ihn davon zu überzeugen, bestand darin, ihm die Wahrheit zu sagen – ganz gleich, um welchen Preis. Durch die Macht der Nähe, die sie in der letzten Nacht erlebt hatten, war sie sicher, daß er ihr glauben würde. Und das Wissen, daß sie eine Gräfin war, dem Adel angehörte, würde sie auseinanderbringen, als hätte eine Axt sie entzweigespalten.

Mit einem resignierten Seufzen machte sich Catherine auf den Rückweg zum Lager und lief um die Dutzend Wagen und die schwarzen Mohairzelte herum, die auf der Fläche hinter der Festungskirche standen. Viele hatten die ganze Nacht durchgefeiert und begannen erst jetzt, sich zu rühren; andere hockten auf den Hacken da, nach Art der Zigeuner, und nahmen ein deftiges Frühstück zu sich; manche tranken noch aus Weinflaschen oder *Palinka* aus Zinnbechern; ein paar lagen in ihren farbenfrohen und jetzt zerknitterten Kleidern auf dem Boden unter ihren Wagen.

Catherine hatte Dominics Wagen fast erreicht, als sie in einem der Vardos in der Nähe heftiges Rumoren hörte und die Stimme des kleinen Janos und die seines Stiefvaters Zoltan erkannte. Catherine lüpfte ihre Röcke, um sich freier bewegen zu können, und eilte in diese Richtung.

Sie kam in dem Moment an, als Zoltan Janos vom Boden hochzog und ihn ohrfeigte. Der kleine Junge fiel hart zu Boden und rollte sich schützend zu einer Kugel zusammen, um sich den flinken Tritten zu entziehen, mit denen sein Stiefvater auf seine Rippen zielte.

»Aufhören!« befahl Catherine. »Zoltan, was tun Sie da?«

»Halte dich raus, *Gadjo*. Das ist nicht deine Angelegenheit.«

Catherine lief weiter, bis sie zwischen Janos und Zoltan stand. Janos kauerte sich hinter ihren Röcken zusammen, und Zoltan, dessen Gesicht vor Wut finster war, ragte hoch über ihr auf.

»Geh aus dem Weg!« befahl er. »Ich warne dich!«

»Was hat er getan?« fragte Catherine und weigerte sich, von der Stelle zu weichen. »Was konnte er schon so Entsetzliches getan haben?«

»Er hat mir Geld gestohlen. Mir! Demjenigen, der ihn ernährt, dem, der ihm seine Kleider kauft!«

Catherine fand, die schmutzigen Lumpen, die der kleine Janos trug, konnte man kaum als Kleidungsstücke bezeichnen. »Es gibt doch bestimmt eine Erklärung dafür.«

»Sie wollen wissen, was passiert ist?« brüllte Zoltan. »Dafür hat er mein hart erarbeitetes Geld ausgegeben!« Er hielt zwei ramponierte, in Leder gebundene Bücher hoch.

»Bücher?« Catherine konnte es kaum glauben. Er konnte noch nicht einmal lesen.

Zoltan packte den ledernen Streichriemen, den er bei den wenigen Gelegenheiten benutzte, wenn er sich rasierte, was heute ganz bestimmt nicht der Fall war. Mit seinen weinfleckigen Kleidungsstücken und seinem ungekämmten Haar sah er eher aus, als sei er überhaupt nicht im Bett gewesen. »Das werde ich ihn kosten lassen, und beim nächsten Mal wird er sich eines Besseren besinnen und nicht nehmen, was ihm nicht gehört!«

Catherine hörte, wie Janos scharf Atem holte, als seine kleine Hand sich fester in ihre Röcke krallte, aber sie rührte sich immer noch nicht vom Fleck. »Ich bin ganz sicher, daß er einen Grund dafür gehabt hat«, sagte sie beschwichtigend, um Zeit zu gewinnen. *Gütiger Gott, wo steckte bloß Dominic?*

»Ich warne dich, Frau!« Zoltan trat bedrohlich einen Schritt näher auf sie zu.

»Was, zum Teufel, geht hier vor?« Diese Worte stammten von Dominic, der zu Catherines großer Erleichterung gerade eben ins Lager zurückgekehrt war.

»Nimm deine Frau mit, Domini. Um den Jungen kümmere ich mich.«

»Janos hat Zoltan Geld weggenommen, um sich Bücher zu kaufen«, erklärte Catherine eilig. »Wenn wir ihm das Geld leihen könnten, damit er es seinem Stiefvater zurückgeben kann, dann würde Janos doch bestimmt eine Möglichkeit finden, uns das Geld zurückzuzahlen, und dann wäre alles wieder in Ordnung.« Sie sah von Zoltan zu Dominic und wünschte sich inbrünstig seine Zustimmung.

»Was sagst du dazu, Zoltan? Wenn der Junge arbeitet, um die Schulden abzuzahlen, wäre das als Strafe ausreichend?«

»Nein!«

»Und was ist, wenn er es dir mit Zinsen zurückzahlt?« fragte Dominic.

»Zinsen? Was sind Zinsen?«

»Das Geld, was er dir schuldet, und zusätzliches Geld für den Ärger, den er dir gemacht hat.«

Zoltans Finger glitten über den dicken Lederriemen, und Catherine hielt den Atem an. Die Entscheidung des großen Zigeuners war ausschlaggebend, und selbst Dominic würde sich nicht gegen ihn stellen. Zoltan murrte etwas vor sich hin, das Catherine nicht hören konnte, warf einen bösen Blick in ihre Richtung und sah, daß sie gar nicht daran dachte, sich vom Fleck zu rühren, und schließlich willigte er ein.

»Seit dem Tag, an dem seine Mutter gestorben ist, hat er mir nur Scherereien gemacht; weshalb sollte es mich da wundern, wenn er seinen eigenen Stamm bestiehlt?« Mit einem lässigen Achselzucken, das seinen Gefühlen offensichtlich nicht entsprach, hängte er den Riemen wieder an den Haken und nahm die Münzen entgegen, die Dominic ihm zuwarf, dann stieg er wieder in den Wagen.

Dominic sah Janos scharf an, der die großen, dunklen Augen starr auf den Zeh seines nackten Fußes gerichtet hatte. »Du weißt, daß das, was du getan hast, falsch war.«

Feuchte braune Augen blickten zu ihm auf. Janos blinzelte gegen die Tränen an. »Ja.«

»Was wolltest du mit den Büchern?«

»Sie waren so wunderschön – alles aus Leder und Gold. Ich habe Bücher in deinem Wagen gesehen. Ich habe gesehen, wie du sie durchgeblättert hast. Ich möchte lesen lernen.«

Catherines Herz schnürte sich zusammen. Sie hatte den Verdacht, daß früher oder später viele Zigeunerkinder auf diesen Gedanken kommen würden. Solche Vorstellungen wurden hartnäckig im Keim erstickt, wie auch Zoltan sie unterdrückt hätte, wenn Catherine nicht hinzugekommen wäre.

»Du weißt, wie dein Stiefvater darüber denkt«, sagte Dominic, »und wie die anderen darüber denken. Wenn du älter bist, wird die Wahl bei dir selbst liegen.« Ein Anflug von Bedauern war in seinen Augen zu sehen. »Für den Moment mußt du tun, was dein Stiefvater dir sagt.«

»Du könntest es mir beibringen.«

»Ich werde bald fortgehen«, sagte Dominic liebevoll.

»Oh.«

Dominic richtete sich auf und schaute noch strenger. »Ich erwarte von dir, daß du das Geld zurückzahlst, das ich Zoltan gegeben habe.«

»Ja.«

»Du kannst damit anfangen, die Pferdeäpfel wegzuräumen. Eine Schaufel und einen Rechen findest du dort, wo die Pferde angebunden sind.«

Janos wollte schon gehen, doch dann blieb er noch einmal stehen und drehte sich um. »Danke, Catrina.«

»Gern geschehen.«

»Danke, Domini.«

Dominic nickte nur. Er sah dem Kind zu, als es fortging, und dann wandte er seine Aufmerksamkeit Catherine zu. »Du magst ihn, stimmt's?«

»Er ist ein wunderbarer kleiner Junge. Es ist ein Jammer, daß er nie die Chance bekommen wird, mehr aus sich zu machen als...« Sie wünschte, sie hätte ihre Gedanken nicht laut geäußert.

»Daß ihm nichts anderes übrigbleibt, als immer ein Zigeuner zu sein?«

»So habe ich es nicht gemeint.«

»Ich weiß«, sagte er und überraschte sie damit. »Manchmal wünschte ich, ich hätte Möglichkeiten, ihm zu helfen. Aber das ließe sich nicht machen. Größtenteils gefällt ihnen das Leben, das sie führen.«

»Was ist mit dir, Dominic? Gefällt dir dieses Leben, das du führst?«

Jetzt lächelte er, nahm ihre Hand und zog sie in seine Arme. »Komm mit. Ich glaube, es ist an der Zeit, daß wir miteinander reden.«

Noch nicht, dachte Catherine, als sie sich auf den Rückweg zum Wagen machten. Nicht, wenn diese Verbindung, ihre Gemeinsamkeit, noch so neu und kostbar war. Doch sie stieg die Stufen hinauf, und Dominic folgte ihr. Als sie auf dem Bett Platz nahm, setzte er sich neben sie und nahm wieder ihre Hand.

»Wegen letzter Nacht«, begann er.

»Es war wunderbar, Dominic. Die wunderbarste Nacht in meinem ganzen Leben, aber...«

Er machte den Eindruck, als hätte er ihr zustimmen wollen, doch das letzte Wort ließ ihn zusammenzucken. »Aber? Aber was?«

»Aber... aber...« Catherine schluckte schwer. Sie sah seine schönen Augen mit den dichten dunklen Wimpern, den sinnlichen Schwung seiner Lippen; im tiefen V-Ausschnitt seines Hemds spannte sich glatte braune Haut über kräftigen Muskeln, und sie dachte wieder daran, wie diese Haut sich unter ihrer Hand anfühlte.

Sie mußte ihm sagen, daß sie einander nie mehr berühren durften, wie sie es letzte Nacht getan hatten, daß sie aus zwei verschiedenen Welten stammten und daß alles, was zwischen ihnen vorgefallen war, ein Ende finden mußte. Statt dessen hoben sich ihre Finger und legten sich auf seine Wange. Sie nahm sein Gesicht zwischen die Hände, beugte sich vor und küßte ihn. Dominic stöhnte leise an ihrem Mund, und dann schlang er die Arme um sie und preßte sie an sich.

»Catrina«, flüsterte er und seine Hände glitten über ihren Körper, um sich auf ihre Brüste zu legen.

Während seine Zunge mit ihrer focht, zog er ihr die Bluse von einer Schulter, griff hinein und benutzte seine Finger, um eine Brustwarze zu kneten. Er küßte ihre Kehle, knabberte an ihrem Ohr und bahnte sich dann mit Küssen einen Pfad zu ihrer Schulter. Als er ihre Brust in den Mund nahm und begann, zart daran zu saugen, empfand Catherine unendliche Süße und hatte das Gefühl, nichts, was sie je getan hatte, sei derart richtig gewesen.

Nur noch dieses eine letzte Mal würde sie sich den Gefühlen der Liebe hingeben, die ihr für ein ganzes Leben genügen mußten.

»Lieb mich, Dominic. Ich sehne mich danach, dich in mir zu spüren.«

Er hob den Kopf und sah sie an. »Nie habe ich eine Frau so sehr begehrt wie dich.« Er küßte sie wieder, und seine Zunge tauchte in ihren Mund ein.

Catherine spürte seine Hand unter ihren Röcken, wie sie auf ihren Schenkeln hochglitt, bis er das heiße, feuchte Zentrum ihrer Weiblichkeit erreicht hatte.

»Du bist ganz naß«, flüsterte er nahezu ehrfürchtig. »So schmal und so eng.«

Sie öffnete sich ihm, ließ seine Finger in sich gleiten und ihn seinen Zauber spinnen. Nichts anderes zählte mehr, nur noch die Glut, die sich in ihr aufstaute, und wie sich sein muskulöser Körper unter ihren Händen anfühlte.

Als er sich von ihr löste, um seine Kleider abzuwerfen, klammerte sich Catherine an ihn.

»Nein«, flüsterte sie, »so lange möchte ich nicht warten.« Ihre Finger öffneten die Knöpfe seiner Hose, bis seine Männlichkeit entblößt war, und ihre Hand schloß sich um seinen dicken Schaft

»Vorsichtig, Kleines. Wir müssen langsamer vorgehen.«

»Ich will dich«, sagte sie zu ihm, »jetzt. In diesem Moment.« Das Wissen um die Gefahr, die sie lief, ließ sie nur um so verzweifelter werden.

Dominic schien ihr Verlangen wahrzunehmen. Er bedeckte sie mit seinem kräftigen Körper, schlug ihre vielen Röcke hoch und legte sich zwischen ihre Schenkel. Sie spreizte die Beine weiter und spürte, wie seine steife Männlichkeit eindringen wollte. Seine Hände packten ihren Po, zogen sie hoch, und mit einem kräftigen Stoß hob er sich in sie.

Catherine stöhnte, als sie ihn fühlte. Sie umklammerte seine muskulösen Schultern und wölbte sich ihm bei jedem seiner Stöße entgegen. Innerhalb von wenigen Minuten trug er sie dem Gipfel entgegen, stieß sich heftig und rasend in sie und drängte sie höher und immer höher. Sie empfand ein wildes Verlangen, mit ihm vereint zu sein, eins mit ihm zu werden und ihn nie mehr loszulassen.

Dominics Körper spannte sich an, und der Rhythmus seiner Bewegungen beschleunigte sich. Catherines Kopf fiel zurück, sie grub ihre Nägel in die straffen Muskeln auf seinem Rücken und wand sich unter ihm. Als sie die süße Folter nicht länger ertragen konnte, rief sie seinen Namen aus und schwebte über den Rand hinaus. Seligkeit umwogte sie – Freude und Liebe. Sie erfuhr eine solche Süße, eine so unglaubliche Erfüllung.

Wie konnte sie jemals von ihm lassen?

Dominic flüsterte ihren Namen, und sein ganzer Körper wurde steif. Er keuchte, als er erschauernd einen Höhepunkt erreichte, der sie beide atemlos und ineinander verschlungen zurückließ. Dann rollte er sich neben sie und zog sie an sich.

Eine Zeitlang lagen sie stumm da, und die Stille wurde von ihrem Herzschlag durchdrungen. »Das habe ich mir schon den ganzen Morgen gewünscht«, sagte er schließlich und küßte das feuchte Haar auf ihrer Schläfe. »Ich habe nur befürchtet, du seist zu wund.«

»Mir geht es gut«, sagte sie zu ihm, »besser als gut.«

Das brachte ihn zum Lächeln. »Ich hatte vor, es viel langsamer zu tun.«

»Es war wunderbar. Du bist wunderbar.«

Er küßte zart ihre Lippen. »Ich wünschte, wir hätten Zeit, noch einmal von vorn anzufangen, aber ich fürchte, die Zeit haben wir nicht. Ich muß fortgehen, Catrina. Nur für diese eine Nacht. Ich komme morgen am späten Nachmittag zurück. Ich möchte nicht, daß du dir in der Zwischenzeit Sorgen machst. Es wird alles gut werden.«

»Wohin gehst du?«

»Es gibt eine Taverne in der Stadt, den Black Bull. Der Besitzer ist *Romane-Gadjo*, ein Freund der Zigeuner. Er nimmt Nachrichten für uns von Freunden entgegen, von anderen, die zufällig durch den Ort kommen. Gestern habe ich erfahren, daß ein Bote meines Vaters in einer Kleinstadt an der Küste eintreffen wird.«

»Deines Vaters?« Catherine setzte sich auf und strich ihre Kleider glatt. Dominic tat dasselbe und knöpfte seine Hose zu.

»Das ist eine lange Geschichte. Ich werde sie dir nach meiner Rückkehr erzählen.«

»Dominic.«

»Bis dahin möchte ich, daß du weißt, daß ich mir alles genau überlegt habe.«

»Dominic, du mußt mir zuhören.«

»Ich verspreche dir, daß ich dir zuhören werde. Sobald ich wieder da bin, werden wir über alles reden, und ich werde deine Fragen beantworten. Für den Moment sollst du nur wissen, daß ich jede Menge Geld habe und problemlos für dich sorgen kann. Wenn wir nach London zurückkommen, habe ich vor, dir ein Stadthaus zu mieten. Du wirst schöne neue Kleider und Dienstboten haben, die sich um deine Belange kümmern – du wirst alles haben, was du dir je gewünscht hast.«

Catherine schwirrte der Kopf so sehr, daß sie kaum noch einen klaren Gedanken fassen konnte. »Wovon sprichst du?«

»Ich rede davon, mit dir zusammenzusein, genau so, wie wir es jetzt auch sind. Zumindest für die meiste Zeit. Ich habe andere Verantwortlichkeiten, Dinge, die mich zwingen werden, manchmal die Stadt zu verlassen, aber wir werden einander oft sehen. Und dir, meine Liebe, wird es an absolut nichts fehlen.«

Catherines wirre Gedanken nahmen allmählich wieder Gestalt an. »Du willst mir ein Stadthaus einrichten? Du hast genug Geld, um das zu tun?«

»Ja.«

»In London.«

»Ja.«

»Willst du mir damit sagen, daß du vorhast, mich zu deiner Mätresse zu machen?«

»Catherine«, sagte Dominic, als er hörte, daß sie die Stimme erhob, und er umfaßte ihre Hand fester. »Der Engländer hätte dich nicht geheiratet. Du mußt dieser Tatsache ins Auge sehen und erkennen, welche Wahl dir noch bleibt.«

»Was ist mit dir, Dominic? Du scheinst auch nicht an einer Ehe interessiert zu sein – oder sollte mir hier etwas entgangen sein?«

Die Zärtlichkeit schwand aus Dominics Gesicht, dessen kantige Züge dadurch um so härter wirkten. »Ich habe es dir schon einmal gesagt, Catrina, ich habe nicht die Absicht, je zu heiraten. An diesem Umstand hat sich nichts geändert. Was ich dir klarmachen möchte, ist, daß das keine Rolle spielt. Ich werde dafür sorgen, daß du dich sicher fühlst und versorgt bist...«

Catherine hörte derart ungläubig zu, daß es ihr einen Moment lang schwerfiel, klar zu denken. Dann fing sie an zu lachen, der schrillste und unglaublichste Laut, der ihrer Kehle je entsprungen war. »Du hast die Absicht, mich zu deiner Mätresse zu machen? Mich in ganz London als deine Hure vorzuzeigen? Das ist allzu gütig von dir, Dominic. Ich hätte wissen müssen, daß du die Dinge äußerst praktisch und eigennützig regelst.« Sie lachte wieder, diesmal nahezu hysterisch.

»Hör auf!« forderte Dominic, der jetzt wütend wurde. »Und ich dachte, du würdest froh sein... oder machst du dir Sorgen, jemand könnte erfahren, daß ich Zigeuner bin? Wenn ja, kann ich dir versichern, daß es dazu nicht kommen wird.«

Catherine lachte einfach weiter. Wie hatte sie auch nur einen Augenblick lang glauben können, daß seine Gefühle für sie tiefer gingen, über die bloße Lust hinaus? Wie hatte sie nur so dumm sein können?

Sie dachte an Yana und daran, wie Dominic sie abgeschüttelt hatte. *Er wird deiner überdrüssig werden, genauso wie es ihm mit mir ergangen ist.* Sie hörte Pearsas warnende Worte: *Mein Sohn wird niemals heiraten*, und die Bitterkeit des Verrats stieg in ihrer Kehle auf.

Für Dominic war sie nichts weiter als eine Eroberung unter vielen, eine Frau mehr, mit der er ins Bett ging, bis es ihm langweilig wurde. Er hatte genau das erreicht, was er vom Moment ihrer ersten Begegnung an angestrebt hatte. Sie dachte daran, wie sie ihn angefleht hatte, sie zu lieben – es war ihm sogar noch besser gelungen, als er es geplant hatte.

»Es tut mir leid, Dominic«, sagte sie und zwang sich zur Selbstbeherrschung, da sie fest entschlossen war, die Tränen zurückzuhalten. »Es ist keine Frage deiner Abstammung. Es ist nur so, daß...« Sie ließ den Satz abreißen und lachte wieder leise, sie stand so dicht vor den Tränen, daß sie am liebsten aus dem Wagen gerannt wäre. Wie sehr sie gelitten und wie sehr ihr davor gegraut hatte, ihm die Wahrheit zu sagen, die sie auseinandergebracht hätte. Jetzt würde sie ihm diese Genugtuung nicht mehr gönnen. »Du hast natürlich recht«, fuhr sie fort, »das sind wunderbare Neuigkeiten, und damit sind tatsächlich all meine Probleme gelöst.« Abgesehen davon, daß er damit ihr Leben und ihre Familie zerstört hätte, wäre wahrscheinlich die erste Folge gewesen, daß sie umgebracht worden wäre. Schließlich stand immer noch im

Raum, daß es einen Mann gab, der für ihre Entführung verantwortlich war. Er würde sich nicht über ihre Rückkehr freuen. Nur Gott wußte, was er tun würde.

»Ja, selbstverständlich«, sagte er, doch er sah sie mit zweifelnder Miene an. »Du wirst glücklich werden, das verspreche ich dir. Vertrau mir einfach, und alles wird gutgehen.«

»Ich vertraue dir, Dominic.« Früher einmal hatte sie das ernst gemeint. »Ich habe dir schon immer vertraut.«

Er betrachtete sie einen Moment lang, versuchte sie zu durchschauen, und offenkundig gefiel ihm nicht, was er sah. »Ich muß jetzt gehen. Ich will morgen abend wieder hiersein. Wenn alles glatt verläuft, werden wir bereits ein oder zwei Tage nach meiner Rückkehr aufbrechen können.«

»Ganz wie du willst.«

Er sah sie mit einem Anflug von Sorge an. »Wir werden noch einmal darüber reden, wenn ich wieder da bin«, versprach er ihr, »es wird alles gut werden.«

Sie nickte und zwang sich, aufrichtig zu wirken. »Es tut mir leid, Dominic, es war nur eine allzu große Überraschung. Du hast sicher recht. Sobald wir erst wieder in England sind, wird alles gut werden.«

Er beugte sich zu ihr herunter und küßte sie, besitzergreifend, hart und ohne viel Wärme. »Wir werden morgen noch einmal darüber reden. Dann bring' ich dich nach Hause.«

»Ja«, stimmte sie ihm zu. »Es wird schön sein, wieder nach Hause zu kommen.«

Dominic ritt Rai, seinen großen Apfelschimmel, auf dem schmalen Lehmweg zum Treffpunkt außerhalb von Palavas, einer kleinen Ortschaft an der Küste. Die erste Nachricht aus England war vor etlichen Wochen eingetroffen, wenn Dominic bis jetzt auch nichts davon gewußt hatte. Und darin stand, der Zustand seines Vaters hätte sich verschlechtert und er solle augenblicklich nach England zurückkehren.

Wenn er es gewußt hätte, hätte das auch nichts geändert. Dominic bekam ebendiese Nachricht jetzt schon seit vier Jahren regelmäßig.

In der zweiten Nachricht war von seiner Rückkehr nicht die Rede, sondern er wurde aufgefordert, im Gasthaus der Sieben Schwestern in der Nähe von Palavas einen Kurier von Gravenwold zu treffen. Der Mann würde am Sechsundzwanzigsten dort eintreffen und bis zu Dominics Ankunft bleiben. Es hieß, es sei entscheidend, daß sie miteinander sprachen.

Dominic lenkte den großen Apfelschimmel über den gewundenen Pfad zum Gasthaus. Es war nichts weiter als eine von vielen Maschen, dessen war er sich sicher, doch der Mann hatte einen weiten Weg zurückgelegt – ganz zu schweigen davon, daß er in ein Land gekommen war, mit dem England im Krieg lag. Dominic war es ihm aus Anstand schuldig, sich anzuhören, was er zu sagen hatte.

Außerdem war der Zeitpunkt seiner Rückkehr ohnehin gekommen, und das gab ihm die Gelegenheit, die notwendigen Vorbereitungen für die Reise zu treffen.

Fast hätte Dominic gelächelt. Da er die Angelegenheiten mit Catherine jetzt geregelt hatte, stellte er fest, daß er sich darauf freute, wieder nach Hause zu gehen. Er konnte es kaum erwarten, sie in London einzuquartieren, und er konnte sich schon jetzt die genüßlichen Stunden seiner Freizeit ausmalen, die er in ihrem Bett verbringen würde. Er wollte sie Dutzende von Formen lehren, einander zu lieben. Er wollte ihr wunderschöne Gewänder kaufen und dann sehen, wie sie sie nur für ihn allein trug. Er wollte sie mit Geschenken überhäufen und sie mit Luxusgütern verwöhnen.

Daß sie die Neuigkeiten nicht so gut aufgenommen hatten, wie er es erwartet hatte, hätte ihn eigentlich nicht verwundern sollen. Catherine war eine stolze junge Frau. Er hätte sie schonend an die Vorstellung gewöhnen sollen, seine Mätresse zu sein, statt sie schlagartig mit dem Gedanken zu konfrontieren. Er hätte ihr erklären sollen, warum er nicht heiraten konnte. Daß es das einzige im Leben war, wozu er nicht bereit war, dem Vater, den er verabscheute, einen Erben für das Vermögen von Gravenwold zu schenken.

Dominic lächelte grimmig in der Dunkelheit. Von dem Moment an, als er vor fünfzehn Jahren seiner Familie entrissen worden war, hatte sein Vater, Samuel Dominic Edgemont, der V. Marquis von Gravenwold, Ränke und Komplotte geschmiedet, damit sein unehelicher Sohn den Familiennamen tragen konnte. Es war eine Verzweiflungstat, die dem Tod Geralds, des ältesten Sohnes des Marquis, entsprang, der im Dienst Seiner Majestät umgekommen war. Das war der Grund dafür, daß der Marquis sein uneheliches Kind, einen Halbzigeuner, adoptiert hatte, ihn hatte weiterbilden lassen, für ihn gesorgt hatte, ihn überhaupt nur duldete. Denn der Marquis wußte, daß mit der Geburt von Dominics Sohn und den Söhnen seines Sohnes der Name Edgemont gesichert war. Gravenwold würde weitervererbt werden wie schon immer. Alles, wofür er gearbeitet hatte, wäre nicht umsonst gewesen.

Nur hatte Dominic sich in den letzten fünfzehn Jahren geschworen, daß es dazu nicht kommen würde.

Dominic hielt seinen Hengst vor einem zweistöckigen Ziegelbau mit einem ausgeblichenen Holzschild an, auf dem »Gasthaus der Sieben Schwestern« stand, stieg ab, übergab den Apfelschimmel einem Stallburschen und erteilte ihm auf französisch Anweisungen, gut für das Tier zu sorgen. Dann öffnete er die schwere Holztür und trat ein. In dem düsteren Inneren mit der niedrigen Decke, das von geschwärzten Waltranlampen erhellt wurde, war es verräuchert, und lautes Gelächter und zotige Lieder waren zu hören.

»Guten Abend, *M'sieur*. Was wünschen Sie?« fragte eine dralle Barfrau mit einst blondem Haar, das jetzt grau wurde. Ihre hellblauen Augen glitten über seine Gestalt und nahmen seine einfache, aber gutgeschnittene Kleidung wahr.

Heute abend war er kein Zigeuner. Er trug ein gestärktes Leinenhemd und eine enganliegende schwarze Kniebundhose, die in einem Paar polierter Reitstiefel steckte. Keine grellbunte Seide, keine Ziermünzen, kein Ohrring. Er wollte keine Aufmerksamkeit auf den Engländer lenken, den sein Vater geschickt hatte.

»Wein«, sagte er, »und zwar schnell. Ich habe Durst von dem langen Ritt.«

»*Oui, M'sieur.*« Die Frau ging fort, und ein Klaps von einem Mann an einem Tisch in der Nähe auf ihr breites Hinterteil ließ sie schneller laufen. Als sie gegangen war, kam ein stämmiger Mann mit einer Halbglatze und wachsamen grauen Augen auf ihn zu.

»Lord Nightwyck?« fragte er leise.

»Nicht hier. In diesen Zeiten hat ein weiser Mann in Frankreich nur seinen Vornamen. Sie müssen sich mit Dominic begnügen.«

»Ja, Sir.« Der Mann sprach Französisch, als sei er damit aufgewachsen, und in dem schlichten selbstgewebten Hemd fiel er unter den Bauern und dem Landadel nicht auf, der im Schankraum aß und trank. »Ich heiße Harvey Malcom. Ihr Vater hat mich geschickt.«

»Er ist doch nicht etwa tot, oder?«

»Nein, Sir. Aber ich fürchte, er ist schwer erkrankt.«

»Mein Vater ist schon seit zehn Jahren *schwer krank*. Falls Sie gekommen sind, um mich zu meiner Heimkehr zu drängen, dann können Sie sich die Mühe sparen. Meine Zeit hier ist abgelaufen. Ich werde in den allernächsten Tagen Frankreich verlassen.«

»Gott sei Dank«, sagte Malcom.

Dominic zog eine Augenbraue hoch. »Das klingt, als seien Sie wirklich besorgt. Mein Vater war in den letzten vier Jahren immer wieder bettlägerig. Wollen Sie mir etwa sagen, daß sich sein Zustand tatsächlich verschlechtert hat?«

»Ich glaube, ja, Sir. Sie werden es ja bald sehen.«

»Ja, das nehme ich an. Auf alle Fälle brauchen Sie sich keine weiteren Sorgen zu machen. Sie können mich in vierzehn Tagen, wenn nicht schon eher, erwarten.«

»Ich flehe Sie an, Sir, unverzüglich zu Ihrem Vater zurückzukehren. Es ist nicht sicher, wie lange er noch durchhält.«

Dominic suchte das Gesicht des Mannes nach einem Anzeichen für Falschheit ab, fand aber keines. Früher oder später mußte die instabile Krankheit des Marquis zwangsläufig ihren Tribut fordern. Es schien, als sei der Zeitpunkt endlich gekommen.

»Sie können ausrichten, daß meine Ankunft bevorsteht.« Dominic lächelte dünn. »Schließlich will ich mir die letzten Worte meines Vaters nicht entgehen lassen.«

Harvey Malcom lehnte Dominics Einladung zum Abendessen ab und stieg statt dessen die Treppen zu dem Quartier hinauf, das er für die Nacht gemietet hatte. Dominic traf seine eigenen Vorkehrungen, schlief wenige Stunden auf einer klumpigen Federmatratze, sattelte dann den Apfelschimmel und ritt zügig auf dem Weg zurück, auf dem er gekommen war.

Die Festivitäten waren in vollem Gange, als er am späten Abend zurückkehrte. Die Krypta der heiligen Sara war geöffnet worden, und Horden von italienischen, französischen und spanischen Zigeunern scharten sich dort, um ihre zweitägige Wache zu halten. In der Krypta schliefen Zigeuner inmitten eines Meeres von flackernden Kerzen vor der Statue Saras auf dem Fußboden.

Draußen eskortierten berittene Wächter aus der Camargue, die ihre Dreizacks trugen, Scharen von Feiernden. Erschöpft bahnte sich Dominic einen Weg durch sie hindurch, um zu seinem Wagen zu gelangen – und zu Catherine.

Stundenlang hatte er sich die Szene in seinem Wagen immer wieder vor Augen ablaufen lassen, diesmal hatte er ihr merkwürdiges Verhalten darauf zurückgeführt, wie verletzt sie sich gefühlt haben mußte. *Du hast die Absicht, mich als deine Hure in den Straßen von London vorzuzeigen? Wie gütig von dir, Dominic.* Er hätte sich Zeit nehmen sollen, das näher zu erklären, hätte ihr klarmachen sollen, daß das keineswegs seinen Gefühlen entsprach.

Seine Blicke suchten die Menge ab, fielen auf Flamencotänzer, auf Messerschlucker, auf einen Mann, der Violine spielte, und auf einen anderen, der einen Leierkasten bediente, während ein abgerichteter Affe sich auf seiner Schulter im Kreis drehte. Doch er sah selbst dann noch keinen flammenhaarigen Kobold, als er sich dem Wagen näherte.

Statt dessen kam ihm seine Mutter entgegen, ehe er auch nur Zeit gefunden hatte abzusteigen. Dominic sah ihrem angespannten Gesichtsausdruck an, daß etwas nicht stimmte.

»Was ist passiert, Mutter?« Er schwang ein Bein über den Rumpf des Hengstes und sprang auf den Boden. »Was ist passiert?« Doch schon ehe sie die Worte ausgesprochen hatte, wußte er es.

»Catherine!« Er ging auf seinen Wagen zu, doch seine Mutter hielt ihn am Arm fest.

»Sie ist fort, mein Sohn. Direkt nachdem du losgeritten bist, ist sie gegangen. Ich habe gearbeitet, und durch das Festival und all die Aufregungen hat bis zum Anbruch der Dämmerung niemand ihr Verschwinden bemerkt.«

»Erzähl mir, was du weißt«, sagte er und packte Pearsa an den dünnen Schultern.

»Dank deinem Freund André in der Black Bull Tavern wissen wir eine ganze Menge, und dennoch wissen wir gar nichts. Er ist hierhergekommen und hat dich gesucht, nachdem sie bei ihm gewesen ist – es scheint, sie wußte, daß er mit dir befreundet ist...«

»Ja, ich habe erwähnt, daß der Besitzer des Black Bull oft Nachrichten für fahrende Zigeuner entgegennimmt.«

»Sie ist zu ihm gegangen. Sie hat ihm erzählt, du hättest sie geschickt und gesagt, er würde ihr helfen. Sie war nicht mehr als Zigeunerin gekleidet, sondern als *Gadjo*-Dame.«

Dominic stieß einen Fluch aus, ging auf den Wagen zu und stieg die Stufen hinauf. Das Geld, das er in seiner Truhe aufbewahrte, war fort – bis auf den letzten Rest. »Sie hat mehr als genug Geld, um nach Hause zurückzukehren«, sagte er, als er zu seiner Mutter zurückkam. »Sie hat alles genommen, was ich in meiner Truhe aufbewahrt hatte.«

»André hat gesagt, sie hätte eine junge Frau aus der Tavern engagiert, die sie begleiten sollte. Sie hätte ihn gebeten, dafür zu sorgen, daß sie sicher in Marseille ankommt.«

Dominics Gesicht verfinsterte sich noch mehr. »Dort wird sie zwangsläufig ein Schiff finden. Wenn ich mich eile, kann ich sie vielleicht noch zurückhalten, ehe sie abreist.«

»Das ist gut möglich. Aber ich glaube, deine Catherine wird tun, was sie kann, um das zu verhindern.«

»Ja«, stimmte er ihr zu. »Der Teufel soll ihr verräterisches kleines Herz holen.«

»Es gibt noch mehr schlechte Nachrichten«, sagte Pearsa. »Letzte Nacht hat sich Zoltan in der Stadt mit einem kräftigen spanischen Zigeuner, der Emilio heißt, auf eine Messerstecherei eingelassen. Zoltan ist tot.«

Dominic schloß die Augen, um seine wachsende Verzweiflung abzuwehren. »Was ist mit dem Jungen? Wer wird ihn zu sich nehmen?«

»Er will mit dir gehen.«

Dominic zögerte nur einen Moment lang. »Bring ihn zu mir.«

»Warum ist sie fortgegangen, mein Sohn?« fragte Pearsa. »Ich dachte, du hättest eingewilligt, sie nach Hause zu bringen.«

»Ich habe mich dumm angestellt. Ich muß sie finden. Ihr alles erklären.« Er wollte sich abwenden, doch seine Mutter hielt ihn am Arm fest.

»Diesmal, mein Sohn, glaube ich nicht, daß dir das gelingt.«

12

Die Kutsche, die Catherine gemietet hatte, holperte um die letzte Biegung des Weges, der zu Lavenham Hall führte. Durch die Bäume vor sich konnte sie gerade den ersten Blick auf das gewaltige Anwesen in Dorset werfen, über das ihr Onkel, Gilbert Lavenham, Herzog von Wentworth, herrschte.

Neben ihr auf dem Ledersitz mit den Quasten saß mit sittsam im Schoß gefalteten Händen das kleine, braunhaarige Mädchen, das Catherine der Black Bull Tavern regelrecht abgekauft hatte, damit sie ihr als Reisegefährtin diente. Sie war eine schmale, zerbrechliche junge Frau, zart auf eine Weise, wie Catherine es nicht war.

Gabriella LeClerk war wohl kaum eine Schönheit, aber sie hatte etwas Weiches um ihren Mund und eine Unschuld in ihren großen braunen Augen, die sie gewissermaßen attraktiv machten. Sie war sofort auf Catherines Angebot eingegangen, ihrem Leben in der Tavern zu entkommen, und sie war eifrig darauf versessen gewesen, etwas dazuzulernen, und ansonsten war sie hilfreich und ganz entschieden loyal. Jetzt schon hatte sich zwischen den beiden eine Art Freundschaft herausgebildet.

»*Mon Dieu*«, flüsterte Gabby und heftete den Blick auf das dreistök-kige Gebäude mit den Giebeldächern, die Reihen von Sprossenfen-stern, die Dutzende von Kaminen und die Morgen an gepflegten Rasen-flächen. »Das ist doch bestimmt nicht unser Ziel, Mylady?«

Catherine hatte sich das Mädchen in erster Linie deshalb ausgewählt, weil sie englisch sprach – das Erbe einer britischen Mutter, die sie als Kind sitzengelassen hatte –, und sobald sie auf der ermüdenden Heim-reise Frankreich verlassen hatten, war es ihr nicht mehr gestattet gewe-sen, eine andere Sprache zu sprechen.

»Das ist Lavenham Hall«, erklärte ihr Catherine. Sie hatte dem jun-gen Mädchen gesagt, wer sie war und wohin sie fuhren, doch ansonsten hatte sie ihr nur wenig erzählt. Ihre Zeit bei den Zigeunern – und insbe-sondere ihre Beziehung zu Dominic – war ein Thema, das zu erörtern einfach zu schmerzlich war.

»Ja, Sie haben es erwähnt, Mylady. Aber ich hätte mir nicht vorstel-len können…«

»Denk immer daran, Gabby. Erzähle niemandem etwas, ehe mein Onkel und ich Gelegenheit gefunden haben, miteinander zu reden.«

»Ich sage nichts«, versprach Gabby, und Catherine wußte, daß man dem jungen Mädchen ein Messer an die Kehle hätte halten können, und trotzdem hätte man ihr die Worte nicht entlocken können.

Sie lächelte über den glücklichen Zufall, der sie zusammengebracht hatte. Ein kleiner Sonnenstrahl in ihren finsteren Tagen der Verzweif-lung. Catherine lehnte sich auf dem schwarzen Leder mit den Quasten zurück. Bald würde sie die schlichte Reisekleidung ablegen können, die sie erst sich und dann später auch Gabby gekauft hatte.

Sie hatte Dominics Geld genommen – nach allem, was sich zwischen ihnen abgespielt hatte, ohne eine Spur von Gewissensbissen –, und dann hatte sie sich behutsam und entschlossen ans Werk gemacht, ihm zu entkommen.

Und diesmal war es ihr gelungen.

Am Abend ihrer Ankunft in Marseille hatte sie eine portugiesische Brigg ausfindig gemacht, die *Menina Bela*, die mit der morgendlichen Flut nach Lissabon auslaufen würde. Dort hatten sie ein weiteres Schiff gefunden, die *Pegasus*, die nach England segelte. Sie waren an Bord gegangen, und es war ihnen gelungen, Napoleons Kriegsschiffen auszuweichen und die Heimreise zurückzulegen.

Die Kutsche fuhr durch die massiven Eisentore, die kreisförmige Ausfahrt aus Granitsplittern hinauf und hielt vor der breiten steinernen Veranda mit den riesigen gemeißelten Löwen an. Ein Lakai in einer Livree, in Dunkelgrün und Silber gehalten, war Catherine beim Absteigen behilflich und dann Gabriella, die ihre prächtige Umgebung derart gebannt ansah, daß sie stolperte und beinahe hingefallen wäre.

Die massiven, geschnitzten Mahagonitüren wurden schon aufgerissen, ehe sie sie erreicht hatten, und Catherine trat in die Eingangshalle. Funkelnde Kronleuchter spiegelten den schwarzweißen Marmorboden wider, die Wände waren mit goldenem Seidendamast verziert. Ohne die erlesenen chinesischen Vasen auf ihren geschnitzten Mahagoniständern und die schlichte Form der hochlehnigen Stühle mit ihren zarten Elfenbeinintarsien hätte die Halle protzig wirken können. Catherine erkannte etliche der kleinen Nippesfiguren auf den verzierten Tischen der Halle wieder, mit denen sie als Kind gespielt hatte, und sie wappnete sich gegen das Gefühl des Heimkehrens, das in ihr aufwogte. Selbst jetzt schon schnürte sich ihre Kehle zusammen, und ihre Finger zitterten, bis sie ihren Rock glattstrich, um diesen Bewegungen Einhalt zu gebieten. In dem Moment trat Soames, der Butler, vor, und seine wäßrigen alten Augen fielen abschätzend auf ihre staubige Reisekleidung.

»Kann ich zu Diensten sein, Madam?« fragte er und reckte die Nase in die Luft, als wollte er damit erklären, sie sollte besser etwas von Bedeutung zu sagen haben, oder er würde sie nicht ins Haus einlassen.

»Ja, Soames. Ich glaube, es wäre mir lieb, wenn Sie meinen Onkel holen würden.«

Soames' schmale Lippen sprangen auf. Er trat einen Schritt zurück, und seine dünne, geäderte Hand legte sich flatternd auf sein Herz. »Lady Catherine«, quietschte er.

»Es ist alles in Ordnung, Soames. Ich versichere Ihnen, daß ich kein Geist bin.«

»A – aber wo sind Sie denn gewesen? Wir haben alle geglaubt, Sie seien... Sie seien tot, Mylady.«

»Wie Sie sehen können, bin ich durchaus am Leben – und ich bin sehr froh, wieder zu Hause zu sein.« Sie lächelte ihn matt an. »Haben Sie sich inzwischen... genügend erholt, um Onkel Gil zu holen?«

»Ja, sicher, Mylady, selbstverständlich.«

»Soames, das ist Gabriella. Ich wüßte zu schätzen, wenn Sie sich um ihre Unterbringung kümmern würden. Wir sind ziemlich weit gereist. Ich bin sicher, daß sie erschöpft ist.«

»Selbstverständlich.« Er führte Catherine in den Saal mit den Wandbehängen, einem riesigen Salon mit roten Wänden unter massiven, handgeschnitzten Balken, schloß die Tür und führte Gabby dann nach oben zu den Unterkünften der Dienstboten.

Catherine sank auf ein Hepplewhite-Sofa mit rotem Brokatbezug und bemühte sich, gegen das Hämmern ihres Herzens anzugehen. Sie hatte sich auf diesen Moment vorbereitet und gewußt, daß er kommen mußte, dennoch wünschte sie, es gäbe eine Möglichkeit, ihm auszuweichen. Statt dessen öffneten sich die Türen, in die eine blasse, ermattet wirkende Version ihres Onkels eintrat. Er war ein stämmiger Mann, der auch als stattlich bezeichnet wurde, mit einer kräftigen Brust, breiten Schultern, einer silbergrauen Mähne und klaren grünen Augen, die den selben Farbton hatten wie Catherines.

Der Herzog war ein Mann von durchschnittlicher Größe, und doch gelang es ihm irgendwie, immer größer zu wirken.

Catherine zwang sich zu einem Lächeln, doch ihr Onkel rührte sich nicht von der Stelle. Er stand einfach nur da, starrte sie an und machte den Eindruck, als sei er ganz sicher gewesen, daß es sich hierbei um einen Trick handelte, aber gerade festgestellt hatte, daß dem nicht so war.

»Catherine«, flüsterte er, als er die Fassung und seine gewohnte Munterkeit wiederfand und mit ausgebreiteten Armen auf sie zulief. Ein dicker Kloß stieg in Catherines Kehle. Im nächsten Moment war sie aufgesprungen, flog durch den Raum, schmiegte sich in seine kräftige Umarmung, klammerte sich an ihn und weinte sich an seiner Schulter aus.

»Meine liebste Catherine«, sagte er, und sie hörte die unvergossenen Tränen, die seine Kehle zuschnürten. »Wir haben alle geglaubt, du seist tot.«

»Oh, Onkel Gil, es ist ja soviel passiert.« Sie zog ihn eng an sich, und er hielt sie fest. Lange Zeit standen sie einfach nur da, während Catherine sich in seinen kräftigen Armen geborgen fühlte und Gott dafür dankte, daß sie noch am Leben war.

»Komm«, drängte er sie sanft, als ihr Weinen sich gelegt hatte. Mit einem Arm um ihre Schultern führte er sie zum Sofa und setzte sich neben sie. Minuten vergingen, die wie Stunden erschienen, in denen er nichts sagte, und auch Catherine sagte kein Wort.

»Ich habe mich so verflixt schuldbewußt gefühlt«, sagte er zu ihrem Erstaunen, »ich habe mich immer wieder gefragt, ob du noch am Leben sein könntest, wenn ich meine Pflicht getan hätte. Statt dessen habe ich dich deinem Cousin und seiner Frau anvertraut und dich nur dem Schutz der beiden unterstellt. Wenn ich dich hier bei mir behalten hätte…«

»Es war nicht deine Schuld. Woher hättest du wissen sollen, was passieren würde? Woher hätte irgend jemand das wissen sollen?«

Sie erzählte ihm von der Nacht ihrer Entführung und wie sie nach der Soiree bei den Mortons in ihrem Schlafzimmer geschlafen hatte, wie ein Mann durchs Fenster eingestiegen, sie bewußtlos geschlagen und sie fortgetragen hatte.

»Im Fluß ist die Leiche einer jungen Frau gefunden worden«, sagte der Herzog, »sie war … nicht mehr zu erkennen, aber sie schien etwa in deinem Alter gewesen zu sein. Alle haben geglaubt, du seist es.«

Catherine schüttelte den Kopf bei dieser gräßlichen Vorstellung. »Vielleicht sollten die Leute das glauben.« Sie erzählte ihm, wie sie an einen Zigeunerstamm verkauft und über den Ärmelkanal nach Frankreich gebracht worden war, daß sie für einen türkischen Pascha bestimmt gewesen und statt dessen an einen Zigeuner namens Vaclav verkauft worden war und schließlich bei den Pindoros gelandet war.

»Was mußt du durchgemacht haben«, sagte ihr Onkel und drückte ihre Hand.

»Anfangs habe ich nicht geglaubt, daß ich es überlebe. Am Schluß wußte ich doch, daß ich stark genug bin, um nahezu alles zu überleben.«

Ihr Onkel schaute grimmig. »Und dieser Zigeunerstamm«, sagte er, »die Pindoros, sagtest du das nicht?«

»Ja.«

»Sie haben dir dabei geholfen, nach Hause zurückzukehren?«

Das war der Teil, vor dem ihr graute. »Es war einer unter ihnen. Ein Mann, den sie Dominic nannten. Er hat sich um mich gekümmert und mich beschützt. Er hätte mich nach Hause gebracht, aber ich…« Catherine wandte den Blick ab und war einen Moment lang nicht in der Lage, weiterzureden.

»Es ist schon gut, meine Liebe. Du brauchst mir nicht mehr zu erzählen, als du willst. Du bist jetzt zu Hause und in Sicherheit. Nichts anderes zählt.«

»Ich will es dir erzählen, Onkel Gil. Ich muß es tun. Es wird ohnehin schon schwer genug, die Dinge wieder ins Lot zu bringen.«

Nahezu unmöglich, dachte Gil, doch er sprach es nicht aus. Gerade eben war seine geliebte Nichte aus dem Grab auferstanden, ein Geschenk Gottes, für das er sich niemals in vollem Umfang würde erkenntlich zeigen können. Als er das Zimmer betreten hatte, hatte er sie fast nicht wiedererkannt, so sehr hatte sie sich verändert. Diese

Catherine war kein kleines Mädchen mehr, sondern eine Frau – selbstsicher und stark. Auf diese Kraft würde sie in den schwierigen Zeiten zurückgreifen müssen, die ihr bevorstanden.

»Erzähl mir von diesem Dominic«, sagte er und drängte sie sanft, weiterzureden.

Catherine lächelte matt. Gil bemerkte den Ausdruck, der sich in ihre Augen schlich, eine Mischung aus Zuneigung und Schmerz.

»In vielerlei Hinsicht, Onkel, war er ein feiner Mann.« Die Erinnerung schien sie zu wärmen. »Er war groß – sehr groß –, und seine Haut war glatt und dunkel. Er hat sehr gut ausgesehen – besser als jeder andere Mann, der mir je begegnet ist. Nicht geckenhaft. Nicht so wie die Dandies in London, sondern auf eine sehr maskuline Weise schön. In Wahrheit war er nur ein halber Zigeuner. Ich glaube, sein Vater könnte Engländer gewesen sein, obwohl er das nie wirklich gesagt hat. Es scheint, als seien sie nicht gut miteinander ausgekommen.«

»Ich verstehe.«

»Ob du es glaubst oder nicht, er war gebildet – sogar sehr gebildet.«

Gil murrte. »Ein gebildeter Zigeuner.«

»O ja. Und bei weitem intelligenter als die meisten Männer, die mir in England begegnet sind.«

»Was hat er gesagt, als du ihm erzählt hast, wer du bist?«

»Ich habe es ihm nicht erzählt. Verstehst du, das hatte ich schon vorher versucht. Es hat mir nichts anderes eingetragen als Schläge und Mißhandlungen.«

Gils Brust schnürte sich zusammen. Gütiger Gott, was mußte sie durchgemacht haben!

Er dachte an den Mann, der sie aus ihrem Stadthaus entführt hatte. Warum? fragte er sich stumm. Wer hätte so etwas tun können? Es waren Fragen, die er sich schon tausendmal gestellt hatte, doch sie waren nach wie vor unbeantwortet. Ich werde es herausfinden, gelobte er sich noch einmal, wie er es sich schon so oft gelobt hatte. Und wenn er erst dahinter kam, dann würde derjenige ihm gewaltig dafür büßen.

»Der Mann hätte dir doch bestimmt geholfen, wenn du es ihm gesagt hättest«, sagte Gil.

»Oh, er hat mir geholfen. Er hat mich Vaclav abgekauft, als dieser mich schlagen wollte. Er hat für mich gesorgt, und er hat mich Dinge über die Natur und die Zigeuner gelehrt. Er hat mich beschützt – und dabei sogar sein eigenes Leben aufs Spiel gesetzt…« Sie wandte den Blick ab, und ihr Blick glitt zu dem kleinen Feuer, das am Ende des Raumes im Kamin brannte.

»Ich habe mich in ihn verliebt, Onkel Gil«, sagte sie leise und klang jetzt wieder mehr wie das kleine Mädchen, das sie vor ihrer Abreise gewesen war. »Ich wollte es nicht, ich wußte, daß ich es nicht darf – ich habe alles getan, was in meiner Macht stand, um mich nicht in ihn zu verlieben, aber…« Catherine richtete den Blick auf ihren Schoß nieder und spielte mit den Falten ihres Rockes.

»Dieser Mann, dieser Zigeuner«, sagte Gil leise, »hat er dich auch geliebt?«

Sie schüttelte den Kopf. »Nein.« Sie hob den Blick und sah ihm in die Augen. »Aber es war nicht seine Schuld. Nicht wirklich. Anfangs war ich wütend, ich glaubte, er hätte mich ausgenutzt. Jetzt denke ich, daß er sich in gewisser Weise etwas aus mir gemacht hat. Und er war von Anfang an aufrichtig, was seine Absichten anging.«

»Er hat dir gesagt, daß er dich nicht liebt?« Gil spürte die Glut seines Zorns, erstickte sie jedoch gewaltsam.

»Nein. Aber ich wußte, daß er sich gelobt hatte, nicht zu heiraten. Und selbst wenn er mich gewollt hätte, hätte niemals etwas daraus werden können. Ich bin für das Leben einer Gräfin bestimmt und nicht für die Existenz fahrender Zigeuner.«

»Du bist noch ganz die alte«, sagte Gil voller Stolz und tätschelte ihre Hand. »Du hattest schon immer einen klaren Kopf.«

Catherine sah ihm fest in die grünen Augen. »Ich fürchte, Onkel Gil, einen Moment lang habe ich meinen klaren Kopf verloren.« Ihre Wangen liefen dunkelrot an, und der Herzog stöhnte innerlich.

Von dem Moment an, in dem sie begonnen hatte, ihre Geschichte zu erzählen, hatte er gewußt, daß sie unmöglich unberührt sein konnte, und doch... »Willst du mir damit sagen, meine Liebe, daß dieser Zigeuner... dir die Unschuld geraubt hat?« Er würde den verdammten Mistkerl finden und ihn auspeitschen lassen!

»Nicht direkt, es war eher so, daß ich sie ihm geschenkt habe.« Catherine wandte den Blick nicht ab. Gil musterte sie forschend, konnte aber keine Spur von Reue entdecken. Er seufzte und war in gewisser Weise noch stolzer auf sie als bisher.

Er drückte sanft ihre Hand. »Du bist nicht die erste junge Frau, die auf dem schwierigen Weg zur Fraulichkeit strauchelt. Was auch passiert ist, es ist jetzt vorbei. Wir haben das Geld und den gesellschaftlichen Status auf unserer Seite. Wir werden uns etwas einfallen lassen.«

Catherine nickte lediglich. Sie hatte jede Menge Zeit zum Nachdenken gehabt, und sie war auf eine Idee gekommen, von der sie glaubte, sie könnte durchführbar sein. Aber sie fühlte sich matt bis in die Knochen, und Onkel Gil brauchte Zeit, um sich an den Gedanken zu gewöhnen, daß sie zurückgekehrt war.

»Ich hatte gehofft, wir könnten beim Abendessen darüber reden«, sagte sie, »ich weiß, daß die Dienstboten in heller Aufregung sind, aber wir können sie doch gewiß noch ein Weilchen länger in Schach halten.«

»Eine gute Idee. Überlaß die Dienstboten mir.« Sein entschlossener Gesichtsausdruck forderte sie heraus, sie sollten es bloß wagen, den Mund aufzumachen. »Ich schlage vor, daß du dich bis dahin ausruhst. Dein Schlafzimmer ist noch genauso, wie du es hinterlassen hast. Ich habe es nicht übers Herz gebracht, deine Dinge fortzuräumen.«

Catherine seufzte erleichtert. Nachdem ihr Vater gestorben war, hatte sie lange Zeit in Lavenham Hall verbracht. Sie hatte hier eine komplette Garderobe, und das hieß dank Onkel Gils Sentimentalität, daß sie zumindest etwas zum Anziehen hatte.

Sie lächelte müde. »Ich bin sicher, daß ich mich besser fühle, wenn ich ein Bad genommen und mich ausgeruht habe.«

»Selbstverständlich, meine Liebe. Und mach dir bloß keine Sorgen, irgendwie werden wir die Dinge regeln.«

Catherine nickte nur. Hatte das nicht auch Dominic gesagt? Wie schon in den letzten langen Tagen fragte sie sich, wo er wohl genau sein mochte und was er sich dachte. Sie fragte sich, ob er sie vermißte oder ob er sich schon eine andere gesucht hatte, die ihm das Bett wärmte.

»Ich bin ja so froh, wieder zu Hause zu sein, Onkel Gil.« Sie beugte sich vor und küßte ihn auf die Wange. »Ich kann dir gar nicht sagen, wie froh ich bin.«

Gil räusperte sich. »Nicht annähernd so dankbar, wie ich dafür bin, dich wiederzuhaben.«

Mit einem letzten kurzen Lächeln in seine Richtung lief Catherine über den dicken Perserteppich zur Tür, die in die Eingangshalle führte. Sie ignorierte die merkwürdigen Blicke der Bediensteten und stieg matt die Stufen hinauf.

Catherine schlief länger, als sie beabsichtigt hatte, denn Träume von Dominic beeinträchtigten ihren Schlaf. Sie lief vor ihm fort, versuchte, sich vor ihm zu verstecken, und hoffte doch, er würde sie finden. Sie fühlte sich von dem Gedanken an eine Trennung entzweigerissen, und doch zog sie etwas von ihm fort. Sie konnte ihn hören, wie er sie suchte, ihren Namen reif, sie anflehte, nicht zu gehen. Dann hörte sie Yanas scharfes und spöttisches Gelächter, mit dem sie sich über sie lustig machte. Dann war er da, groß und imposant, und zog sie in seine Arme, hielt sie fest, küßte sie, preßte seinen Mund auf ihren und ließ seine schönen dunklen Hände über ihr Mieder gleiten. Glut breitete sich in ihr aus.

»Dominic«, flüsterte sie und zog ihn an sich.

»Verlaß mich nicht«, sagte er leise, und sie wußte, daß sie diesmal nicht fortgehen konnte.

Eine Bewegung im Raum führte dazu, daß Catherine sich auf der kleinen Tagesliege am Fußende des riesigen vierpfostigen Bettes kerzengerade aufsetzte. Ihr Herz klopfte noch heftig, doch es dauerte noch einen Moment, bis sie dahintergekommen war, wo sie war.

»Ich ... es tut mir leid, Mylady. Sie sagten mir, ich sollte Sie um sieben wecken.« Gabby sah sie mit Bedauern an und war dennoch entschlossen zu tun, was man ihr gesagt hatte. Catherine lächelte und strengte sich an, ihr rasendes Herz langsamer schlagen zu lassen. Die letzte flüchtige Erinnerung an Dominics wärmende Umarmung verblaßte, und plötzlich fühlte sie sich leer. Lieber Gott, wie sehr sie ihn vermißte.

»Danke, Gabby.«

»Soll ich Ihnen das Badewasser bringen lassen?«

»Bitte.« Sie war so müde gewesen, daß sie im Hemd eingeschlafen war. Das war ein Luxus, den sie nie wieder als selbstverständlich hinnehmen würde.

Catherine räkelte sich in der warmen Kupferwanne, bis das Wasser abzukühlen begann, dann stieg sie in das gestärkte Leinenhandtuch, das Gabby für sie hinhielt. Ihre Durchsuchung des geschnitzten Mahagonischranks in der Ecke förderte ein blaßblaues Seidenkleid mit hoch angesetzter Taille zutage, dessen Mieder nicht annähernd so tief ausgeschnitten war wie die der Kleider, die sie in London getragen hatte. Doch mit seinen kleinen Puffärmeln und deren zartem Besatz aus Zuchtperlen war es ebenso modisch.

Gabby, die sich bereits zu einer passablen Friseuse entwickelt hatte, schlang Catherines Haar zu einem dicken Knoten im Nacken. Dann lief sie die breite, geschwungene Treppe hinunter zum Salon, in dem Onkel Gil ihr ein Glas Bordeaux einschenkte.

In seinem makellosen dunkelblauen Gehrock mit dem hohen Kragen, der burgunderrot gestreiften Weste und der hellgrauen Hose schien er weit gefaßter zu sein, als noch vor wenigen Stunden.

»Du siehst ganz reizend aus, meine Liebe.« Er forderte sie auf, sich auf ein Kirschbaumsofa, nicht weit von der marmornen Kamineinfassung, zu setzen.

Catherine rutschte ein wenig herum. Sie war jetzt die Bewegungsfreiheit ihrer Zigeunerkleider gewohnt und fühlte sich etwas unbehaglich in Kleidungsstücken, die einengender waren als alles, was sie seit dem Verlassen Englands getragen hatte.

»Danke, Onkel.« Sie seufzte. »In gewisser Weise ist es ein angenehmes Gefühl, wieder schöne Kleider zu tragen, aber andererseits... Es läßt sich nicht leicht erklären, aber nach der Freiheit, die ich erlebt habe, komme ich mir so, wie ich jetzt gekleidet bin, ein klein wenig unbeholfen vor.«

Gil setzte sich ihr gegenüber auf einen Ohrensessel. »Alle Dinge im Leben haben ihre Vorzüge und Nachteile. Die Zigeuner genießen möglicherweise die größte Freiheit auf Erden, aber gleichzeitig schränkt eben diese Freiheit sie in dem ein, was sie erreichen können. Andererseits ist unsere Gesellschaft in den meisten Dingen recht starr und festgefahren, aber gerade diese Struktur ist es, die uns dabei hilft, unseren Platz im Leben zu bestimmen und unsere größten Errungenschaften zu erreichen.«

Catherine lächelte. »Nachdem ich beide Lebensformen kennengelernt habe, glaube ich zu wissen, was du meinst.« Sie trank einen Schluck von dem Bordeaux und stellte das Glas ab. »Was uns zu dem Problem führt, mit dem wir es jetzt zu tun haben.«

»Ja«, sagte Gil und seufzte noch tiefer, »ich fürchte, du hast die Grenzen des Anstands ziemlich weit überschritten, selbst dann, wenn es nicht im entferntesten deine Schuld war.«

»Ich hatte eine Menge Zeit, darüber nachzudenken, Onkel. Bist du bereit, dir meinen Plan anzuhören?«

»Da mir bisher noch so gut wie nichts eingefallen ist, würde ich sagen, nur zu gern.«

Catherine beugte sich vor, denn sie war begierig darauf, zu erfahren, wie er über diese Angelegenheit dachte, und doch fürchtete sie, er könne einen schwachen Punkt entdecken, den sie irgendwie übersehen hatte.

»Ich habe die Einzelheiten noch nicht vollständig durchdacht, aber im großen und ganzen sieht es so aus: Lady Catherine und ihr Cousin Edmund haben am Abend ihres Verschwindens einen entsetzlichen Streit miteinander gehabt. In ihrer Gekränktheit hat sich Catherine in die Abgeschiedenheit eines Klosters in Devon, nahe ihrer Heimat, zurückgezogen. Sie hatte keine Ahnung von der Leiche des jungen Mädchens, das in der Themse gefunden worden ist, und daher wäre sie auch nie auf den Gedanken gekommen, jemand könnte glauben, sie sei tot. Sie wollte ihrem Cousin eine Lektion erteilen, bereut aber jetzt von ganzem Herzen, all diese Sorgen bereitet zu haben.«

Sie sah ihn hoffnungsvoll an. »Natürlich bräuchten wir dazu die Bereitschaft von Edmund und Amelia, diese Geschichte uneingeschränkt zu bestätigen.«

»Das ist gewiß kein Problem«, sagte Gil, der immer noch an der Idee herumgrübelte. »Diese ganze Angelegenheit hat den Mann tief getroffen, und er hat sich vor Kummer verzehrt, verstehst du, er hat sich die Schuld daran gegeben.«

»Ach, wirklich? Ich frage mich, wie betroffen er sein wird, wenn er feststellt, daß ich zurückgekehrt bin?«

Gil sah sie fest an und nahm ihren argwöhnischen Ausdruck wahr. »Mir ist klar, daß er eine Menge zu gewinnen hatte, aber du glaubst doch gewiß nicht etwa...?«

»Ich vermute, seine Übernahme des Arondale-Vermögens und des Titels hat seinen Kummer ein wenig gelindert.«

»Dieser verfluchte Mistkerl!« fluchte Gil und sprang auf. »Das würde er nicht wagen!«

Auch Catherine stand auf. »Cousin Edmund ist mir so etwas wie ein Bruder gewesen, seit ich ein kleines Mädchen war. Ich bringe keine Anschuldigungen gegen ihn vor – zumindest noch nicht.«

Der Herzog trank einen großen Schluck Cognac aus dem zarten Kristallglas, das er in seiner linken Hand hielt, und er begann, vor dem Feuer auf und ab zu laufen. »Natürlich bin ich auf diesen Gedanken gekommen, und andere auch. Aber der Mann war derart verzweifelt, daß niemand dieser Vorstellung mehr als ein oder zwei Sekunden Glauben schenken konnte. Schließlich hat Edmund die Beerdigung kaum überstanden.«

»Die Beerdigung?«

Der Herzog lächelte schwach. »Das war ein gewaltiges Ereignis, da du ja schließlich Gräfin bist und all das. Deinen Cousin hat es ein Vermögen gekostet.«

»Du meinst, es hat *mich* ein Vermögen gekostet.«

Gil kicherte in sich hinein. »Ja, ich denke, so ist es wohl.«

Catherine setzte sich wieder hin und drängte Gil, es ihr nachzumachen. Sie nahm ihr Glas in die Hand und trank einen Schluck Bordeaux. »Wenn Edmund nicht der Schurke ist – und ich neige dazu, dir darin zuzustimmen, daß er es nicht ist –, wer, glaubst du dann, war es?«

»Es gibt Männer, die nur zum Spaß Schandtaten begehen – daran haben wir natürlich auch gedacht. Edmund und ich dachten uns, vielleicht hätte es etwas mit deiner Beteiligung an dieser verdammungswürdigen Gesellschaft zu tun.«

»Mit dem Verein zum Wohle der Armen? Aber was sollte das damit zu tun haben?«

»Seit Jahren werden diese Gruppen immer unbeliebter. In der letzten Zeit stehen sie sogar schwer unter Beschuß.«

Catherine hatte gewußt, daß viele Leute glaubten, es sei ein Ansporn zur Revolution, den Kindern der Armen eine Schulbildung zu ermöglichen. Sie fürchteten, daß das, was dem Adel in Frankreich zugestoßen war, in England noch einmal passieren könnte.

»Ich hatte doch nur ganz am Rande mit der Gruppe zu tun. Da ich weit außerhalb in Devon gelebt habe, wissen doch sicher nur die wenigsten Menschen etwas darüber.«

»Dein Vater hat kein Geheimnis daraus gemacht. Mehr als einmal ist er deshalb angegriffen worden. Und ein Teil der Opposition ist in seinen Ansichten recht radikal geworden.«

»Ich vermute, das ist eine Möglichkeit.«

»Ja, nun, eine entlegene, und dennoch darf man sie nicht übersehen. Ich habe wochenlang Männer auf das Verbrechen angesetzt. Es ist noch nichts dabei herausgekommen, aber ich habe die Absicht, der Sache weiterhin nachzugehen.«

»Danke, Onkel. Es würde mich sehr freuen, wenn diese Angelegenheit sich aus der Welt schaffen ließe.« Catherine trank einen Schluck von ihrem Wein. »Was das akute Problem angeht«, sagte sie, »was hältst du von meinem Plan?«

»Ich halte ihn für durchführbar. Wann hast du die Absicht, Edmund die gute Nachricht deiner Rückkehr zu übermitteln?«

»Ich bezweifle, daß Edmund es als eine gute Nachricht ansehen wird, seine Grafschaft und den Titel zurückzugeben. Ich hatte gehofft, du würdest mit ihm reden, dafür sorgen, daß er den Schock überwindet und dir dann seine Kooperationsbereitschaft sichern.«

»Darauf kannst du dich verlassen, meine Liebe.« Er stellte sein Glas hin, griff nach ihrem, stellte es ebenfalls hin, und dann standen sie beide auf. Gil nahm ihren Arm und hing sich bei ihr ein. »Du kannst außerdem versichert sein, daß der Konvent des Heiligen Herzens in Devon, dem der Earl von Arondale und der Herzog von Wentworth im Laufe der Jahre beide große Spenden haben zukommen lassen, ebenfalls einwilligen wird, uns beizustehen.«

»Dann glaubst du also, daß mein Plan durchführbar ist?«

Er führte sie ins Eßzimmer und zog einen der zwanzig hochlehnigen, geschnitzten Walnußholzstühle heraus. Catherine setzte sich, und der Herzog nahm nicht weit von ihr seinen Platz am Kopfende des Tisches ein. Goldene Kerzenleuchter schimmerten zwischen goldrandigen Porzellantellern, und der Duft von weißen Rosen erfüllte die Luft.

»Er ist besser als alles, was mir bisher eingefallen ist. Aber selbst dann, wenn alles gutgeht, läufst du immer noch Gefahr, daß man dich wegen des dummen Benehmens, das man dir unterstellt, ostentativ schneidet.«

»Ich weiß.«

»Es sei denn, versteht sich, wir können einige der einflußreicheren Familien für unsere Sache gewinnen.« Gil schien nachdenklich zu sein. »Sommerset steht wahrhaft in meiner Schuld, weil ich seinem ältesten Sohn einen Gefallen getan habe, und Mayfield... ich glaube, er ist ein so enger Freund, daß wir uns auf seine uneingeschränkte Unterstützung verlassen können. Hornbuckle wird sich natürlich auf unsere Seite stellen – Ozzie ist sehr beliebt, obwohl er nicht allzuviel Einfluß hat. Wir werden die Frauen davon überzeugen, daß du dich vor Schuldgefühlen verzehrst, weil du jetzt weißt, was du deinem armen braven Cousin und mir versehentlich angetan hast, und gutherzig, wie sie sind, werden sie wahrscheinlich in dir die Geschädigte sehen. Wenn wir sie und noch eine Handvoll anderer auf unserer Seite haben, haben wir eine Chance, es zu schaffen.«

Catherine begann leichter zu atmen. Selbst wenn ihr der gesellschaftliche Rang wieder gesichert war, standen sie natürlich immer noch vor dem Problem, einen angemessenen Ehemann für sie zu finden – einen, der ihre fehlende Unschuld stumm übersehen würde.

Was mochte das wohl für ein Mann sein?

Bei der Vorstellung, tatsächlich zu heiraten, verknotete sich Catherines Magen. Sie dachte an Dominic, und sein gutaussehendes Gesicht tauchte fast so deutlich vor ihr auf, als hätte er gerade den Raum betreten. Wo ist er? fragte sie sich. War er nach England gegangen, wie er es geplant hatte? Oder hatte er sich entschlossen, in Frankreich zu bleiben, da Catherine ihn nicht länger zur Rückkehr drängte?

»Ist alles in Ordnung mit dir, meine Liebe?« Gil sah sie mit einem besorgten Stirnrunzeln an, und Catherine bemerkte, daß er schon seit einer ganzen Weile mit ihr redete.

»Tut mir leid, Onkel. Ich vermute, bei mir hat sich noch nicht alles ganz normalisiert.«

»Es ist schon in Ordnung, mein Kind. Ich kann das gut verstehen.«

Ich bin froh, daß mich jemand versteht, dachte sie. Zum hundertsten

Mal, seit sie Frankreich verlassen hatte, zwang sich Catherine, den Gedanken an Dominic zu unterdrücken. Ihr Onkel schien zu verstehen, was mit ihr nicht in Ordnung war. Sie wünschte nur, sie verstünde es auch.

13

Dominic Edgemont lief durch die erleuchteten Hallen und Korridore von Gravenwold Manor und begab sich in sein Schlafzimmer im ersten Stock des Westflügels.

Seit zwei Wochen wohnte er jetzt hier, nachdem er Frankreich verlassen hatte und mit einem spanischen Schiff aus Marseille ausgelaufen war. Sowie er auf dem Umweg über Marokko England erreicht hatte, hatte er nur einen einzigen kurzen Zwischenaufenthalt in London gemacht, um in der Bow Street jemanden zu engagieren, der eine gewisse junge Frau mit rotgoldenem Haar aufspüren sollte – Nachname unbekannt...

Letzteres rechnete er sich als eine gewisse Dummheit an. Schließlich wußte er genau, wo sie das Grübchen hinter dem Knie hatte, das er nur zu berühren brauchte, damit sie sich wand. Er kannte die leicht aprikosenfarbene Tönung ihrer Brustwarzen und die exakte Rundung ihres wohlgeformten kleinen Hinterteils. Aber ihren Namen? Er war nicht ganz sicher, ob derjenige, den sie ihm genannt hatte, korrekt war.

Warum habe ich nicht mehr über sie herausgefunden? schalt er sich, und das nicht zum ersten Mal. Aber in Wahrheit wußte er es. Wenn er Dominic war, war er Zigeuner – bis in die Knochen.

Namen spielten keine Rolle, die Zeit spielte keine Rolle. Nichts anderes als das Hier und Jetzt schien wichtig zu sein, und mit Catherine an seiner Seite war diese Zeit herrlich gewesen. Sogar so sehr, daß er ihr noch an dem Tag nach Marseille gefolgt war, an dem er ihr Verschwinden vernommen hatte, doch wie seine Mutter ihm vorhergesagt hatte, fand er kaum eine Spur. Eine Frau, auf die Catherines Beschreibung paßte, hatte sich um eine Überfahrt bemüht, man nahm an, daß sie und ihre Reisegefährtin Plätze auf einem Schiff gefunden hatten. Niemand wußte Genaueres.

Dominic glaubte, daß sie es geschafft hatte, nach England zurückzukehren. Es war schwierig, eine Frau zurückzuhalten, die so entschlossen war wie Catherine – das konnte er aus erster Hand bezeugen. Dennoch mußte er wissen, daß sie gut angekommen und in Sicherheit war, daß sie nicht in irgendwelchen Schwierigkeiten steckte.

Aber es war nicht nur das – er wollte sie dringend wiedersehen.

»Der Marquis ist wach und möchte Sie sprechen, Mylord.«

Dominic nickte seinem Kammerdiener Percival Nelson zu, einem hageren, alten Mann, der auf einem Auge blind und leicht schwerhörig war und dessen Alter sich immer deutlicher zeigte. Der Marquis hätte ihn gern schon vor Jahren pensioniert, aber Dominic wußte, wie sehr Percy, der seit vierzig Jahren im Haushalt diente, vor diesem Tag graute. Gegen den Wunsch seines Vaters ließ er den alten Mann weiterhin für sich dienen, und das trug ihm eine Loyalität ein, die unverbrüchlich war.

»Ich bin schon auf dem Weg«, sagte Dominic. Vor zwei Wochen, wenige Stunden nach seinem Eintreffen, war der Marquis in Bewußtlosigkeit versunken. Gestern war er daraus erwacht und schien seine Kräfte für einen letzten Anschlag auf seinen Sohn zu sammeln.

Seitdem war jedes Gespräch zu einer erbitterten Debatte über die

224

Zukunft von Gravenwold ausgeartet – der alte Marquis verlangte von seinem Sohn, er solle heiraten und einen Erben produzieren, und Dominic, der an seine Mutter und an die Jahre der Mißhandlung dachte, war entschlossener denn je, es nicht dazu kommen zu lassen.

Er betrat das wuchtige königsblaue Schlafzimmer und sah seinen Vater, der hohläugig war und eingefallene Wangen hatte, den man aber immer noch als einen Mann von Macht und großer Willenskraft erkennen konnte. Er ruhte unter weißen Satinlaken; seine Haut, die einst so gesund und von der Sonne so braungebrannt war, daß sie fast so dunkel war wie Dominics Teint, war ausgebleicht und hatte die Alabastertönung des Bettzeugs angenommen.

»Mein Sohn ist gekommen«, sagte er mit einer Stimme, die weitaus kräftiger war als sein Körper, den Dienstboten. »Ich will, daß einer von euch faulen Dummköpfen mir dabei hilft, mich aufzusetzen!«

Als Dominic die Seite des Marquis erreichte, hatte der Kammerdiener diese Aufgabe bewältigt, und sein Vater saß aufrecht da und lehnte an den Kissen, und ein entschlossener Ausdruck lag auf seinem Gesicht.

»Also, was ist?« fragte er, als sei damit bereits mehr als genug gesagt.

»Was ist womit, Vater? Ob ich es mir mit der kleinen Cummings anders überlegt habe? Ich habe dir gestern gesagt, daß ihr Vermögen mir nichts bedeutet. Ebensowenig wie deine Drohung, mich zu enterben, wenn ich es ablehne, deinen Wünschen Folge zu leisten. Ich werde das Mädchen nicht heiraten. Weder jetzt noch in Zukunft.«

»Und warum nicht? Sag mir das wenigstens. Ihr Grundbesitz würde die Größe von Gravenwold nahezu verdoppeln. Es ist deine Pflicht als mein Erbe, um der Familie willen die bestmögliche Ehe zu schließen.« Seine Stimme war zwar heiser, aber selbst sein Krächzen war noch nicht frei von einem Befehlston.

»Du weißt, warum. Wir haben das bereits ein dutzendmal besprochen.«

»Weil du entschlossen bist, dich für das Unrecht zu rächen, das du erlitten hast? Für das Unrecht, von dem du glaubst, ich hätte es deiner

225

Mutter angetan?« Er stützte sich auf einen Ellbogen, beugte sich vor, und ein wenig Farbe stieg in seine Wangen. »Ich gebe keinen Pfifferling darauf. Wir wissen beide, daß ich Fehler begangen habe. Ich hätte besser mit dir umgehen sollen. Dich gegen Mißhandlungen schützen sollen. Aber all das liegt jetzt hinter uns. Dein ganzes Leben liegt vor dir, und all der Reichtum, über den ich verfüge, soll dir dieses Leben so gut wie möglich gestalten. Alles, was ich dafür verlange, ist, daß du meine Hinterlassenschaft hütest...« Er hustete hinter einer runzeligen Hand und nörgelte dann: »...und dafür sorgst, daß die Zukunft von Gravenwold gesichert ist.«

Dominic sah seinem Vater ins Gesicht. Wie immer fand er dort die Härte, die wilde Entschlossenheit, seinen Kopf durchzusetzen. Nichts und niemand sonst zählte. Weder jetzt – noch jemals. »Nein«, war alles, was er sagte.

Sein Vater ließ sich auf die Kissen zurückfallen. »Du bist ein harter Mann, Dominic, aber du bist kein Dummkopf. Willige in diese Eheschließung ein. Laß mich in Frieden meine letzte Ruhestätte einnehmen.«

Friede, Ende, dachte Dominic. Welcher Friede wäre seiner Mutter gewährt worden? Sie war so dumm gewesen, sich in den Marquis zu verlieben, der den Titel gerade erst übernommen hatte, als die Pindoros auf dem Anwesen seiner Familie in Yorkshire gewesen waren. Sie hatte mit ihm geschlafen und ihm einen Sohn geboren. Ein Jahr später war sie noch dümmer gewesen. Auf einer weiteren Englandreise hatte sie dem Mann, den sie liebte, von seinem Kind erzählt und ihm den Jungen gezeigt, der das Mal der Edgemonts trug, einen kleinen purpurnen Halbmond, der über sechs Generationen auf dem Oberschenkel jedes männlichen Nachkommens zu sehen gewesen war.

Sie war so dumm gewesen zu glauben, er würde sich freuen.

Statt dessen hatte er sie verschmäht. Er hatte das Kind nicht als seines anerkennen wollen, und er hatte die Zigeuner von seinem Land vertrieben. Pearsa war am Boden zerstört gewesen. Sie hatte zwar nie erwartet, daß er sie heiraten würde, doch sie hatte immer geglaubt, er liebte sie und wäre ebenso stolz auf seinen Sohn wie sie.

»Wenn du jemals Frieden findest, dann mußt du das mit deinem Schöpfer abmachen – oder mit dem Teufel. Damit habe ich nichts zu tun.«

Das Gesicht des Marquis wurde bleich vor Wut. »Verschwinde!« befahl er mit krächzender Stimme und wies mit einem knochigen weißen Finger auf die Tür. »Wage es nicht, dieses Zimmer wieder zu betreten, solange du nicht in die Eheschließung einwilligst – oder ehe es mit mir aus und vorbei ist!«

»Dann ist das also unser letzter Abschied«, sagte Dominic mit vergleichbarer Härte. Er warf noch einen letzten festen Blick auf seinen Vater und schritt zur Tür hinaus.

Zwei Tage später wurden seine Worte wahr. Der fünfte Marquis von Gravenwold verschied im Schlaf.

Dominic lehnte sich vor dem ausgehenden Feuer auf dem gepolsterten roten Ledersessel in der Bibliothek zurück und trommelte unbewußt mit den Fingern auf eine Reihe von Messingnieten. Normalerweise fühlte er sich wohl in diesem holzgetäfelten, mit Büchern angefüllten Raum, und wenn er seine Zeit in Gravenwold verbrachte, suchte er dort am liebsten Zuflucht. In einer feindseligen Umgebung war es ein Ort, der Wärme ausstrahlte, ein Ort, in den er vor den heftigen Auseinandersetzungen mit seinem Vater fliehen konnte.

Heute fand er hier nur wenig Frieden.

Seit dem Tod seines Vaters waren Wochen vergangen, Wochen, die eine läuternde Brise Freiheit in sein Leben hätten wehen sollen. Statt dessen war er seltsam niedergeschlagen. Das Wetter draußen war zwar erfreulich, Blumen blühten, und der Himmel war blau und klar, aber Dominic hatte es kaum zur Kenntnis genommen, war im Haus geblieben und hatte die Vorhänge vor dem hellen Tageslicht zugezogen.

Er trank einen Schluck von seinem Cognac und starrte in die kleinen

Flammen des Feuers, das er gegen die Kälte angezündet hatte, die weitgehend von innen kam. Er fühlte sich so grüblerisch und leer wie nie zuvor in seinem Leben. Sein Vater war nicht mehr, und damit war ihm ein Ableiter für seine Wut und seine Verachtung der Welt gegenüber genommen worden. Jetzt fraß der Zorn an ihm, griff seine Eingeweide wie Säure an und sickerte bis in seine Knochen.

Dominic seufzte und lehnte seinen Kopf an den Ledersessel. Seit seiner Rückkehr nach England schien es, als hätte sich seine Welt irgendwie verfinstert. Seine Zeit der Unbeschwertheit mit den Zigeunern war vorbei, ein Kapitel seines Lebens, das, mit Ausnahme seiner Mutter, endlich zu einem Ende gelangt war. Er mußte sich über Gravenwold Gedanken machen, hatte für Menschen zu sorgen und sich um seine Verantwortlichkeiten zu kümmern. Wenn er auch niemals einen Erben hervorbringen würde, dann war das doch für seine Lebzeiten eine Pflicht, vor der er nicht zurückschrecken würde.

Und Catherine war verschwunden. Er hatte zwar Harvey Malcom aufgesucht, den Mann, den sein Vater zu ihm nach Frankreich geschickt hatte, und er hatte noch ein Dutzend Leute in der Bow Street engagiert, doch er war noch auf keine Spur von ihr gestoßen. Da begann er zu bezweifeln, daß sie England je erreicht hatte, und ihn marterte der Gedanke daran, was sie möglicherweise gerade erleiden mußte.

Aber ihn quälte auch der Gedanke daran, was sie möglicherweise vorgefunden hatte, als sie tatsächlich zu Hause eingetroffen war. Hatte der Mann, den sie einst geliebt hatte, sie verstoßen? Oder hatte er ihr die Heirat verweigert, sie aber gewaltsam in sein Bett gezwungen?

Was war, wenn Catherine, nachdem sie mit Dominic geschlafen hatte, von ihm schwanger geworden war?

Die Vorstellung, sein Baby müßte aufwachsen wie er, vaterlos und in einem täglichen Überlebenskampf, aber auch die, Catherine könnte das Bett eines anderen Mannes teilen, führte dazu, daß ihm die Eingeweide tobten.

»Du verdammtes Miststück!« fluchte er. Aber es war nicht ihre

Schuld, sondern seine. Er hatte von Anfang an alles verpfuscht. Es wäre zu nichts von alledem gekommen, wenn er sie von Beginn an härter angepackt hätte. Wie hatte ein so zierliches Persönchen seinen Willen beugen können? Das sah ihm gar nicht ähnlich. In Zukunft würde ihm das im Umgang mit dem zarteren Geschlecht nicht noch einmal passieren.

Dennoch vermißte er sie. Er erinnerte sich an jeden Augenblick, den er mit ihr verbracht hatte, als sei es eben erst gewesen. Er erinnerte sich an ihren frischen weiblichen Duft und konnte die seidige Struktur ihrer Haare noch genau spüren. Jedesmal, wenn er daran dachte, wie er mit ihr geschlafen hatte, wurde sein Körper steif und entbrannte.

Zum Teufel mit ihr, wo steckte sie bloß?

Dominic zuckte zusammen, als an die Tür geklopft wurde. Er schwang in dem Moment die langen Beine, als Blythebury, der riesige Butler von Gravenwold, die Tür öffnete.

»Es geht um den Jungen, Mylord«, sagte der Mann mit der langen Nase in dem dünnen Gesicht. Dominic stand auf. »Was ist passiert?«

»Nichts Ernstes. Nur eine häßliche Schnittverletzung und eine Beule am Kopf, aber ich dachte, Sie wollten es vielleicht wissen.« Oliver Blythebury beobachtete die Sorge, die sich auf dem Gesicht des jungen Marquis zeigte. Noch vor wenigen Jahren hätte Oliver sich gar nicht die Mühe gemacht, ihm zu sagen, was vorgefallen war. Er hätte sich um die Verletzungen des kleinen Jungen gekümmert, ihn ins Bett gepackt, denn er wäre sicher gewesen, daß der Sohn seines Herrn keinerlei Interesse daran hätte.

Die Güte seiner Lordschaft gegenüber Percy hatte ihn vom Gegenteil überzeugt. Wenn man Percival Nelson glaubte, dem Kammerdiener seiner Lordschaft, dann lief der junge Lord auf Wasser – oder wenigstens nahezu –, und sein alter Freund hatte den Sohn des Marquis, den die meisten Bediensteten anfangs ablehnten, so heftig verteidigt, daß die dicke Mauer der Mißbilligung, die die meisten Hausangestellten errichtet hatten, schließlich durchbrochen war.

»Wo ist er?« Dominic ging zur Tür.

»In seinem Zimmer, Eure Lordschaft. Er hat mich angefleht, es Ihnen nicht zu sagen, doch ich hielt es für das beste, wenn Sie Bescheid wissen.«

»Das haben Sie richtig gemacht«, versicherte ihm Dominic und folgte dem großen Butler mit der aufrechten Haltung zur Tür hinaus.

Sie stiegen die breiten steinernen Treppenstufen hinauf und begaben sich dann durch den langen, prunkvollen Korridor zu Janos' Schlafzimmer. Der kleine Junge lag unter einem eisblauen Satinbaldachin auf dem großen vierpfostigen Bett, und seine dunklen Augen waren vor Sorge riesig. Die Haut um ein Auge herum war geschwollen und rot, und er hatte einen Kratzer auf der Wange und eine Beule von der Größe eines Eis direkt über dem rechten Ohr.

»Meine Güte«, fluchte Dominic leise, denn er konnte sich nur zu leicht ausmalen, was vorgefallen war.

»Bitte, werde nicht wütend.« Janos warf einen schuldbewußten Blick auf das Blut auf seinem kostbaren weißen Leinenhemd und setzte sich aufrecht im Bett hin.

»Mach dir keine Sorgen um die Kleider«, beschwichtigte ihn Dominic, »wir können dir neue besorgen. Erzähl mir einfach, was passiert ist.«

Der Junge wandte den Blick ab und richtete seine großen dunklen Augen fest auf die Wand. »Sie haben mich mit Schimpfnamen bedacht... mit gemeinen Schimpfnamen. Sie haben böse Dinge über meine Mutter gesagt.«

»Ich habe dir gesagt, daß das passieren kann.« Dominic drehte Janos' Kinn mit der Hand zu sich hin und zwang das Kind, ihn anzusehen. »Du mußt lernen, sie nicht zu beachten.« Niemand hatte das Zigeunerblut des Jungen erwähnt, und als sie Gravenwold erreicht hatten, hatte er kostspielige, maßgeschneiderte Kleider getragen, doch die dunkle Farbe seiner Haut, die bei weitem dunkler als Dominics Haut war, und seine seltsame Sprechweise hatten Aufmerksamkeit erregt.

»Es ist nicht leicht«, sagte Janos.

»Ich weiß.«

Der Junge hatte ihn in einer Hinsicht überrascht. Er war entschlossen gewesen, an seiner Entscheidung festzuhalten. Er hatte nach England kommen wollen, und seit seiner Ankunft in England hatte er nicht ein einziges Mal über die Forderungen geklagt, die an ihn gestellt worden waren.

Ihm hatten zwar die unbequemen Kleider nicht behagt, die kurzen Jacken, die engen Lederschuhe, doch er hatte nie darum gebeten, sie auszuziehen zu dürfen. Statt dessen wurde seine Aufmerksamkeit voll und ganz von den seltsamen neuen Freuden um ihn herum in Anspruch genommen, als würde er für die Wunder, die ihm offenbart wurden, mit Freuden den Preis der Unbequemlichkeit bezahlen wollen.

»Wer hat dir das angetan?« fragte Dominic. Janos schaute auf die hellblaue Satindecke, antwortete aber nicht.

»Sag es mir.«

»Eines der anderen Kinder«, antwortete er ausweichend. Auf Gravenwold gab es Dutzende von Kindern. Abkömmlinge von Hausangestellten, Stallknechten und Feldarbeitern.

»Und welches der anderen Kinder war es?«

»Was wirst du mit ihm tun?«

»Ich werde seinen Vater auffordern, den Jungen auszupeitschen, denn das hat er verdient.«

Janos sagte nichts.

Dominic wartete. Immer noch nichts. Schließlich seufzte er. »Du bist ganz sicher, daß du es so haben willst?«

»Ich möchte keinen Ärger machen. Ich möchte nur dazulernen.«

Dominics Kiefer spannte sich an, denn die Erinnerungen an seine eigenen Jahre als Verfehmter waren noch viel zu nahe. »Du gehörst genauso hierher wie der Rest von ihnen, vielleicht sogar noch mehr. Denke immer daran, selbst wenn du es nicht laut und deutlich sagen kannst.«

Derjenige hätte es nicht gewagt, von Dominics Abstammung oder von seiner eigenen zu sprechen. Janos lächelte, und sein kleines Gesicht strahlte bei Dominics Worten. »Ich werde immer daran denken.«

»Percy wird sich um dein Bad kümmern. Anschließend wird Mister Reynolds mit dem Unterricht fortfahren.« Das war der Hauslehrer, den Dominic engagiert hatte.

Janos strahlte noch mehr. »Danke, Domi-nic.« Gelegentlich stolperte der Junge noch über die englische Aussprache von Dominics Namen, doch er war entschlossen, ihn zu meistern, sich in jeder Hinsicht an sein neues Zuhause anzupassen.

Dominic spürte eine Woge von Stolz. Wenn er nicht einen Bastard zeugte, dann kam der Junge einem Sohn näher als alles andere, was er je haben würde. Er malte sich aus, wie der alte Marquis sich bei dieser Vorstellung gewunden hätte, und er empfand ein perverses Gefühl von Zufriedenheit.

Dann verblaßte sein Triumph und wurde von einer plötzlichen Erinnerung daran abgelöst, wie Catherine die kleine Hand des Jungen gehalten hatte. Dominic verließ das Zimmer. Er ertappte sich dabei, daß er ziellos wieder nach unten lief und sich auf seinen Sessel in der Bibliothek setzte. Wenige Minuten später war seine finstere Stimmung wieder zurückgekehrt, und er starrte erneut in die Flammen.

»Manchmal kann ich es immer noch kaum glauben.« Tränen standen in Amelias sanften blauen Augen, als sie Catherine ansah.

Edmund und Amelia waren zwar in den letzten Wochen dreimal in Lavenham Hall gewesen, doch gelegentlich neigte Amelia immer noch zu solchen emotionalen Ausbrüchen.

»Wenn sich doch nur ändern ließe, was passiert ist«, sagte sie, und ihre kristallklare Stimme überschlug sich.

»Nichts läßt sich im nachhinein ändern, Amelia.« Catherine war sich noch nicht einmal sicher, ob sie es gewollt hätte. »Wenn ich irgend etwas gelernt habe, dann, daß es die beste Vorgehensweise ist, einfach weiterzumachen.«

»Ja, ich nehme an, du hast recht.«

All dieses Aufhebens, das um die einst so bleich getönte Hautfarbe Catherines gemacht wurde. Diesmal war Amelia gekommen, um ihr dabei zu helfen, genau das richtige Ballkleid für ihre Rückkehr in die Gesellschaft auszuwählen. Doch die Sonnenbräune ihrer Haut, die sich gegen das strahlendweiße Kleid absetzte, hatte nun noch einmal alles ins Gedächtnis zurückgerufen, was Catherine in den Monaten erlitten hatte, in denen sie von zu Hause fort war. Catherine sah ihrer Cousine in das hübsche Gesicht und entdeckte das Bedauern, das Amelia empfand, und genau wie in dem Moment, als sie erstmals einander wiedergesehen hatten, regte sich etwas Zartes in Catherines Brust. Amelia Barrington war ihre engste Freundin. Sie und Cousin Edmund, Edmund junior und Onkel Gil waren die einzigen Familienangehörigen, die sie noch hatte. Von dem Augenblick an, als Catherine Edmund und Amelia gesehen hatte, waren all ihre Zweifel schlagartig verflogen.

Eine größere Erleichterung, sie am Leben zu sehen, war nicht vorstellbar.

Und jemand, der diesen Gesichtsausdruck trug, konnte ihr unmöglich Böses gewollt haben.

»Mein liebes, gutes Kind«, hatte Edmund gesagt und sie in seine Arme gezogen, und Tränen waren über seine Wangen gelaufen. »Gott hat dich uns wiedergegeben. Es ist ein Wunder.«

Nicht ganz, dachte Catherine, doch sie sprach es nicht aus. Sie sagte überhaupt nicht viel, sondern berichtete ihnen nur im Groben, was sich abgespielt hatte. Dominic erwähnte sie schon gar nicht, auch ihr Onkel, diese gute Seele, äußerte sich mit keinem Wort zu ihm.

Irgendwie war es seltsam, da sie und Amelia sich immer so nahegestanden hatten. Es schien fast, als hätte es ihr soviel Kummer verursacht, wie sie nur irgend verkraften konnte, ihre Geschichte Onkel Gil zu erzählen. Und außerdem gehörte die Erinnerung an ihren dunkelhäutigen Zigeunergeliebten nur ihr und ihr allein. Wenn sie erst einmal älter und weiser war, würde sie die Erinnerung aus den geheimen Orten in ihrem Inneren holen, sie sich genauer ansehen und sie auskosten. Bis dahin würde sie in ihrem Herzen verschlossen bleiben.

»Was sollen wir bloß tun?« fragte Amelia und bezog sich dabei wieder einmal auf den leichten Goldton von Catherines Haut. »Wir können versuchen, sie auszubleichen, aber ich bin nicht sicher, wieviel das nützt.«

Catherine verdrehte die Augen bei dem Gedanken an die beißende, übelriechende Flüssigkeit auf ihrer zarten Haut. »Ich glaube, wir sollten es einfach ignorieren. Wenigstens ist die Farbe dort, wo sie zu sehen ist, einigermaßen gleichmäßig. Der Rest spielt keine Rolle.«

Merkwürdigerweise war es Catherine überhaupt nicht aufgefallen, bis Amelia sie darauf hingewiesen hatte. Während ihres Aufenthaltes bei den Zigeunern hatte sie den warmen Sonnenschein ausgekostet wie nie zuvor. Jetzt erschien ihr die Sitte, sich halb zu verstecken, damit nicht die geringste Gefahr einer Bräunung bestand, albern.

»Und deine Hände«, sagte Amelia mit einem Stirnrunzeln, und nahm eine, um sie gründlicher zu mustern. »Du hast Sommersprossen auf dem Handrücken. Du darfst deine Handschuhe nie ausziehen.«

»Sag Edmund und Onkel Gil einfach, sie sollen ihre Bemühungen, einen Ehemann für mich zu finden, möglichst beschleunigen. Wenn ich erst einmal verheiratet bin, werden meine Sommersprossen wohl kaum noch jemanden stören.«

Amelia machte sich an dem Kleid zu schaffen, das in vielen leichten Schichten aus hauchdünnem weißem Tüll über einem Untergrund aus Satin bestand. »Nein, wohl kaum.« Das Kleid war das dritte von fünfen, das für diesen und zukünftige Anlässe gekauft worden war, und jedes einzelne schien schöner als das vorhergehende zu sein.

Amelia betrachtete das Kleid und schüttelte den Kopf, und bei dieser Bewegung hüpfte ihr kurzgeschnittenes schimmerndes blondes Haar um ihr Gesicht herum. »Das geht einfach nicht. Du wirst warten müssen, bis deine Haut mehr ausgebleicht ist, bis du es tragen kannst. Zieh das goldene an.«

»Bist du sicher? Es ist wirklich sehr hübsch.«

»Das goldene«, sagte Amelia gebieterisch. Und da sie den einwandfreien Geschmack ihrer Cousine kannte, gehorchte Catherine.

Schon einen Moment später sah sie, daß Amelia recht hatte. Der goldene Schimmer ihrer Haut machte sich perfekt zu dem Farbton. des Kleides mit der hochangesetzten Taille. Eine Schulter war frei und betonte ihre anmutige Haltung, vorn war es tiefer ausgeschnitten, unter den Brüsten lag es eng an, und dann fiel es geradegeschnitten bis auf den Boden. Seitlich hatte es einen Schlitz, durch den ihr Knöchel zu sehen war. Selbst Catherine war beeindruckt.

»Wunderschön«, sagte sie und unterdrückte die aufkeimende Sehnsucht, Dominic hätte sie in diesem Kleid sehen können.

»Es ist perfekt.« Amelia rückte das metallisch goldene Kleid auf einer Schulter zurecht. »Wir werden dir goldene Bänder ins Haar schnüren. Du wirst die Ohrringe aus Diamant und Topas von deiner Mutter tragen – und sonst gar nichts. Ein Blick, und die Männer werden dir alles verzeihen. Denn wenn das einmal passiert ist, bleibt ihren Frauen gar nichts anderes übrig, als sich ihrer Auffassung anzuschließen.«

»Ich hoffe, daß du recht hast«, sagte Catherine, die wußte, daß ihr viel mehr verziehen werden müßte, als Amelia klar war.

Etwas klapperte im Korridor, und Catherine drehte sich gerade noch rechtzeitig um, um zu sehen, wie die Tür zu ihrem Zimmer aufgerissen wurde und der kleine Edmund junior hereinstürzte.

»Mama! Mama! Sieh mal, was ich gefunden habe!« Er war eine exakte Miniatur seines Vaters, mit braunem Haar und blauen Augen, einem hellen Teint und einem zarten Knochenbau. Wahrscheinlich würde er größer als Edmund werden, doch mit vier Jahren war es an sich noch zu früh, um das wirklich sagen zu können.

»Was denn?« fragte Amelia und schaute in die kleine Hand, die ihr hingestreckt wurde. Und dann sprang sie mit einem schrillen Schrei zurück, als er die Finger öffnete und ihr Blick auf einen Frosch von der Größe seiner Handfläche fiel.

»Ich habe ihn in Onkels Brunnen gefunden. Er heißt Hektor. Er tut dir nichts.«

Amelia verdrehte vor Entsetzen die Augen. »Bring ihn augenblicklich wieder nach draußen! Du solltest doch wissen, daß du so etwas nicht ins Haus bringen darfst.«

Sie sah ihm fast alles nach. Er war wirklich ein ganz reizender kleiner Junge.

»Magst du mit mir rauskommen und spielen?« fragte er Catherine und ignorierte wie üblich seine Mutter.

»Liebend gern, aber es sieht ganz so aus, als hätte deine Mutter hier noch etwas mit mir vor.«

Er schob die Unterlippe vor. »Mit ihr kann man überhaupt keinen Spaß haben.«

»Eddie«, warnte ihn Amelia, doch das Kind grinste nur.

»Vielleicht hätte mein Frosch gern eine Libelle, mit der er spielen kann«, sagte er. »Ich glaube, ich werde mal nachsehen, ob ich nicht eine für ihn finden kann.«

»Hör mir mal gut zu, junger Mann«, schalt Amelia ihn aus. »Wage es nicht, eines dieser gräßlichen Wesen ins Haus zu bringen...«

Aber Eddie war bereits fort. Catherine fragte sich, ob Amelia in Ohnmacht fallen würde, wenn er mit einer Libelle anrückte – und sie war sicher, daß es dazu kommen würde.

Amelia seufzte. »Manchmal mache ich mir Sorgen um ihn«, sagte sie und schüttelte den Kopf.

»Es ist doch noch ein kleiner Junge. Ich bin sicher, daß er noch lernen wird, sich zu benehmen, wenn er älter wird.«

»So habe ich es nicht gemeint«, sagte Amelia mit einem Anflug von Entrüstung.

»Oh.«

»Ich mache mir Sorgen um seine Zukunft. Wie er zurechtkommen soll, wenn er erwachsen ist.«

»Zurechtkommen?« fragte Catherine.

»Ich rede von seinen Besitztümern, seinen Ländereien und seinem Einkommen. Er wird jedenfalls bestimmt nicht in den Genuß von Reichtümern kommen, wie du sie besitzt.«

»Ich wüßte nicht, worin das Problem bestehen sollte. Edmund ist alles andere als mittellos, und Eddie wird den Titel Northridge weiterführen. Und außerdem ist er mein Cousin, und ich habe ihn sehr lieb. Ich habe ganz bestimmt nicht die Absicht, mir anzusehen, daß es ihm an etwas fehlen könnte.«

Amelia lächelte etwas gelöster. »Ich danke dir, Catherine. Natürlich kann er sich auf dich verlassen. Ich weiß auch nicht, was ich mir gerade gedacht habe… Jedenfalls sollten wir uns jetzt eigentlich Sorgen um deine Probleme machen.«

Sie musterte Catherine noch einmal von Kopf bis Fuß und lief um sie herum, um sie von allen Seiten anzusehen. Amelia lächelte wieder, diesmal voller Zufriedenheit. »Du siehst ganz reizend aus. Ich glaube, meine liebe Freundin, deine gräßlich schwere Prüfung wird bald vorüber sein – ein für allemal.«

Catherine dachte an Dominic und die Sehnsucht nach ihm, die sie nicht loslassen wollte. »Ja«, sagte sie leise. »Ein für allemal.«

»Es ist der Viscount Stoneleigh, Mylord.« Der Butler hielt die Tür zur Bibliothek auf. Blytheburys schwarzer Frack saß tadellos, und seine Haltung war wie immer absolut korrekt. »Soll ich ihn zu Ihnen führen?«

Dominic sprang auf. »Unter allen Umständen.« Als er seinen Freund direkt vor der Tür stehen sah und wußte, daß er ohnehin in die Bibliothek gekommen wäre, lächelte er für einen Sekundenbruchteil.

»Hallo, Rayne«, sagte Dominic und stellte seinen Cognacschwenker auf den Beistelltisch vor dem Feuer, als der große, breitschultrige Mann den Raum betrat.

»Du wirkst so grimmig wie sonst auch«, sagte Rayne Garrick und nahm Dominics Hand. Sein fester Händedruck entsprach seinem robusten äußeren Erscheinungsbild. Er hatte dichtes kupferbraunes Haar, das er nie kurz genug schnitt, intelligente dunkelbraune Augen und eine Leidenschaft dafür, sich im Freien aufzuhalten, die dafür sorgte, daß er immer unmodisch braungebrannt war.

»Es ist schön, dich zu sehen«, spottete Dominic mit einem Grinsen, das dieser Tage nur zu selten war.

Rayne sah sich im Raum um und nahm die zugezogenen Vorhänge wahr und bemerkte den leicht muffigen Geruch. »Wie ich sehe, grübelst du immer noch. Ich vermute, es geht dabei um die Frau und nicht um den verstorbenen Marquis.«

»Seltsamerweise«, gestand Dominic, »scheint es von beidem etwas zu sein.«

Rayne zog eine dunkelbraune Augenbraue hoch. Sie kannten einander schon seit ihren gemeinsamen Zeiten in der Westholme Private Academy und dann später aus Cambridge. »Was ist los?« fragte er, da ihm wie gewöhnlich nichts entging. »Niemand mehr übrig, gegen den du kämpfen kannst?«

Dominic dachte an die Wut, die in ihm gärte und kein Ventil fand. »Ja, es scheint so.«

»Wie geht es dem Jungen?«

»Es ist besorgniserregend. Ich weiß, was er durchmacht. Ich habe keine Ahnung, wie ich ihm helfen kann.«

»Wenn ich das richtig sehe, machen die anderen Kinder ihm Ärger.«

»Sie wissen wenig über ihn. Nur, daß seine Haut dunkel ist und daß er sich irgendwie von ihnen unterscheidet. Sie sind wild entschlossen, ihn nicht zu mögen.«

»Kinder können oft grausam sein, vor allem, wenn niemand da ist, der ihnen etwas anderes beibringt.«

»Nur noch ein Grund mehr für Grübeleien und Niedergeschlagenheit«, sagte Dominic finster.

»Also, ich bin gekommen, um dem ein Ende zu bereiten. Es ist an der Zeit, mein Freund, daß du aus diesem Haus herauskommst und dich wieder ins Geschehen einmischst. Der Herzog von Mayfield veranstaltet am Wochenende ein grandioses Fest – die Eröffnung seines neuerbauten Hauses am Grosvenor Square. Es wird ein rauschendes Fest werden. Ich bin sicher, wenn du den Stapel von Briefen auf deinem Schreibtisch durchsiehst, wirst du eine Einladung finden.«

Dominics Blick richtete sich auf den Packen von ungeöffneten Postsendungen, die er empfangen hatte, anfangs Beileidsbekundungen, später dann Einladungen.

»Der jüngst ernannte Marquis von Gravenwold«, brachte Rayne mit seiner heiseren Stimme gedehnt hervor, »und sein spitzbübischer Freund, Viscount Stoneleigh, werden anwesend sein.« Er grinste, und gleichmäßige weiße Zähne, die in ganz England die Herzen der Frauen flattern ließen, blitzten auf. »Du hast Dutzende von Bewunderinnen, die nur darauf warten, den neuen Marquis auf die erfreulichste Art zu verwöhnen. Es ist an der Zeit, daß du aufhörst, sie zu enttäuschen.«

Dominic mußte lächeln. Stoneleigh hatte recht. Er hatte es dringend nötig, Gravenwold für eine Weile zu verlassen. Er mußte diesen niedergeschlagenen Grübeleien ein Ende bereiten.

Er brauchte eine warme und willige Frau in seinem Bett.

»Wann brechen wir auf?« sagte er, und Rayne schien ein wenig überrascht zu sein.

»Was hältst du von morgen?« Rayne war von Stoneleigh, seinem Anwesen, angereist, das eine Tagesreise in der Kutsche entfernt war. »Wenn ich eine Nacht lang gut schlafe, werde ich wieder auf den Füßen sein, und dann können wir uns auf den Weg machen.«

»Ich gebe Blythebury Bescheid, daß er dich nach oben führt, und ich sage dem Koch, daß du heute zum Abendessen bleibst. Warum treffen wir uns nicht um halb acht auf einen Drink im Herrenzimmer?«

»Darauf freue ich mich schon, mein Freund.« Rayne klatschte Dominic auf den Rücken. »Ein lustvolles Tummeln im Bett sollte deine Laune heben. Es wird nicht lange dauern, bis du deinen hitzköpfigen kleinen Rotschopf ganz vergessen hast.«

»Es erstaunt mich ungemein, daß ich überhaupt so lange gebraucht habe«, gestand Dominic. »Und ich bin auch verdammt unglücklich darüber.« Er fing jetzt tatsächlich an, sich auf seine Rückkehr nach London zu freuen. Wenn er auch nur das mindeste Glück hatte, würde er ein williges Weib finden, es brutal und oft nehmen und Catherine von sich abschütteln – ein für allemal.

14

»Bleib einfach in Edmunds und meiner Nähe, dann wird schon alles gutgehen.« Gilbert Lavenham, der Herzog von Wentworth, reichte ihr einen stämmigen Arm, und Catherine legte ihre Hand, die in einem goldenen Handschuh steckte, auf den Ärmel seines burgunderroten Brokatfracks. Darunter trug er eine weiße Seidenweste, ein weißes Rüschenhemd, ein Halstuch und eine perfekt sitzende, maßgeschneiderte Kniebundhose in burgunderroten Nadelstreifen.

»Gott im Himmel, das hoffe ich«, sagte sie und setzte ein Lächeln auf. Sie hatte es verdammt satt, sich anzuhören, wie gut alles ausgehen würde.

»Was auch passiert, lächle einfach«, warf Amelia ein und strich sich einen kleinen Flusen von ihrem hellblauen Satinkleid, als sie sich bei Edmund einhing.

»Gil und ich haben uns um alles gekümmert«, sagte Edmund voller Zuversicht und führte die kleine Prozession an. Edmund hatte einen feinen Knochenbau und war weit dünner als Gil, und mit seinen blauen

Augen, den klar gezeichneten Augenbrauen und dem adeligen Gesichtsschnitt gab er in seinem flaschengrünen Gehrock und der gelben Seidenhose eine umwerfende Gestalt ab.

»Paß auf, wohin du trittst, Catherine, meine Liebe.« Gil führte Catherine unbeirrt die breite Treppe vor dem Haus hinauf zu den geschnitzten Mahagonitüren. Dienstboten in rotgoldener Livree säumten den Weg, und als Catherine in die große Eingangshalle trat, nahm einer von ihnen ihr den satingefütterten Umhang ab.

Die Pracht des neuen herzoglichen Wohnsitzes ließ sie nach Luft schnappen. Die Decke des großen Saals, der fast zwanzig Meter hoch war, wölbte sich über Alabastersäulen, und die Wände waren im Rokokostil mit Wandgemälden von Engeln bemalt. Der Fußboden bestand aus weißem, goldgemasertem Marmor. Statuen von griechischen und römischen Herrschern richteten starre Blicke voller Arroganz über ihr Reich.

Catherine musterte ihre Umgebung mit regelrechter Ehrfurcht. Noch vor wenigen Monaten hätte sie ihr kaum Aufmerksamkeit geschenkt. Sie war so aufgewachsen, daß sie sich bei derart übermäßigen Schaustellungen von Reichtum nichts dachte. Jetzt kam sie nicht dagegen an, die Absurdität von soviel vergoldeter Pracht mit der ärmlichen Lage der Zigeuner zu vergleichen, die mit einem bloßen Existenzminimum lebten.

Links von ihr waren der Herzog von Mayfield und seine dünne Frau Anne von den Gästen umgeben, die vor ihnen eingetreten waren, doch Georgina, ihre älteste Tochter, ein großes, schlaksiges Mädchen mit riesigen meergrünen Augen und lockigem rotblondem Haar sah sie und eilte in ihre Richtung. Als sie ihr Lächeln zur Begrüßung bemerkten, drehten sich etliche Köpfe um und folgten den Bewegungen des großen Mädchens, und die Blicke ruhten auf Catherine. Es wurde getuschelt, und Catherine fühlte Gils besänftigende Hand auf ihrem Arm, sah Edmunds einstudierte Nonchalance und Amelias gefaßten Blick. »Lady Arondale!« sagte Georgina. »Wie schön es ist, Sie zu sehen.« Sie umfaßte Catherines kalte Hand mit ihren beiden warmen. »Guten Abend, Euer Gnaden«, sagte sie zu Gil.

»Schön, Sie zu sehen, Lady Georgina.« Catherine lächelte herzlich, während sie einander begrüßten. Sie hatte das Mädchen in ihrer Ballsaison in London kennengelernt, und nachdem sie herausgefunden hatten, daß sie die Liebe zu Büchern und zum Reiten teilten, hatten sie sich schnell miteinander angefreundet.

»Ich hoffe, die Reise war nicht übermäßig ermüdend«, sagte Georgina und strengte sich sehr an, um das Getuschel um sie herum zu ignorieren. In den Augen des großen Mädchens stand eine Spur von Sorge, aber auch Entschlossenheit. Die Mayfields taten ihre Sympathien offen kund. Die Dummheit sollte Catherine vergeben werden. Der Einfluß von zwei Herzögen, etlichen Viscounts und einem Earl – und dazu noch Baron Northridge, der diesen Titel wieder trug, und der Arondaletitel und das Vermögen – all das würde man heute abend gewiß zu spüren bekommen.

Wie zur Bestätigung erschienen Georginas Vater und Mutter.

»Du siehst blendend aus, mein Kind«, sagte der Herzog zu Catherine. »Dein Vater hätte sich gefreut.«

»Danke.« Catherine lächelte, und diesmal fiel es ihr schon etwas leichter.

»Ganz und gar reizend«, stimmte ihm die Herzogin zu und drückte Catherines Arm in einer liebevollen Geste. Anne musterte das goldene Gewand, die Krone rotgoldenen Haares, das sich Catherine aufgesteckt hatte, was sie fast majestätisch wirken ließ, und sie lächelte. »Eine Zeit auf dem Lande wirkt Wunder für den Teint.«

Soviel zu Amelias Sorgen wegen Catherines gebräunter Haut. Diese wenigen Worte würden dazu führen, daß zumindest in den allernächsten Wochen anspruchsvolle Mitglieder der oberen Zehntausend die Hüte abwerfen und die Sonnenstrahlen genießen würden.

»Ja«, sagte Catherine, »Devon ist im Frühling wirklich schön.«

Gil lächelte, als er die subtilen Anspielungen hörte, die behutsam ausgetauscht wurden. Der Pfad für Catherines Rückkehr in die Gesellschaft war bereitet. Es sollte alles gutgehen, wenn der Abend weiterhin so glatt verlief, wie er begonnen hatte.

Er führte sie in den Ballsaal, einen riesigen Raum in Schwarz und Gold, in dem nur die prachtvollen Kristallkronleuchter, die in einer funkelnden Reihe über ihren Köpfen hingen, die modische Elite überstrahlte.

Catherine nahm die Hand, die Gil ihr reichte, und für einen Mann seiner stämmigen Statur waren seine Bewegungen anmutig, als er sie auf die Tanzfläche führte. Edmund forderte den nächsten Tanz von ihr, und Sir Osgood Hornbuckle, der engste Freund ihres Onkels, den nächsten. Ein Tanz mit seiner Gnaden William Bennett, dem Herzog von Mayfield, und es stand fest, daß Catherine akzeptiert wurde.

Sie tanzte weiterhin und lächelte, bis sie glaubte, ihr Gesicht würde Sprünge bekommen – und sie betete, es möge nichts schiefgehen.

Dominic nahm das Glas Champagner entgegen, das der rotlivrierte Bedienstete ihm angeboten hatte, und innerlich wünschte er sich etwas Stärkeres. Er hatte vergessen, wie gedrängt es auf diesen eleganten Veranstaltungen zugehen konnte, wie schlecht die Luft war und wie äußerst ermüdend sie waren.

Dennoch hatte, wie Rayne es versprochen hatte, selbst ihr verspätetes Eintreffen die Frauen nicht eingeschüchtert, die ständig um sie herumschwirrten, eine kühner als die andere. Die dreisteste war Lady Campden, deren Mann, der Earl, offensichtlich nicht anwesend war.

»Sie müssen doch sicher zugeben, Mylord«, sagte sie, und ihr Lächeln war übertrieben freundlich, »daß Sie hier in London weit mehr Abwechslung haben. Das Landleben kann so ermüdend sein, und Sie sind schon immer ein Mann gewesen, der dafür sorgt, daß er ... beschäftigt ist.«

Sie wedelte mit ihrem handbemalten Fächer, und Löckchen ihres schimmernden schwarzen Haars bewegten sich um ihre muschelförmigen Ohren. Das scharlachrote Seidengewand, das sie trug, war vorne so tief ausgeschnitten, daß er fast ihre Brustwarzen sehen konnte.

Er lächelte matt. »London kann einen gewiß von der Langeweile heilen – wenngleich auch manche Zerstreuungen entschieden angenehmer sind als andere.« Er richtete den Blick auf ihre Brüste. »Bei weitem angenehmer, das muß ich wohl sagen.«

Geneviève Morton, Lady Campden, hatte schon bei mehr als einem Anlaß das Bett mit ihm geteilt. Es war ganz offensichtlich, daß sie es auch jetzt wieder mit ihm teilen wollte.

»Auch mich befällt gelegentlich die Langeweile«, gestand sie mit einem Lächeln, das ihn deutlich willkommen hieß. Azurblaue Augen unter langen, dichten, pechschwarzen Wimpern glitten auf seine enganliegende graue Hose, und ihr kühner Blick war nahezu eine Liebkosung.

Dominic beobachtete, wie ihre hellrosa Zunge feucht über ihren Mund glitt, und er spürte, wie sein Blut zu kochen begann. Er erinnerte sich gut daran, wie sie einander das letzte Mal geliebt hatten – im Stadthaus der Dame im Westend, während ihr Ehemann sich eine Etage tiefer aufgehalten hatte.

Geneviève hatte eine Party veranstaltet. Während ihr Mann zuviel Rum getrunken und seinen Gästen seine unerwünschte Gegenwart aufgedrängt hatte, hatte Geneviève Dominic nach oben in ein Zimmer geführt, das von einem Korridor abging.

Da es vor allem darum ging, ungestört zu bleiben, hatte er sie schlichtweg über die Lehne des Sofas gebeugt, ihr kostbares Seidenkleid hochgeschoben, seine Hose aufgeknöpft und sie dann auf der Stelle genommen.

Als er sie jetzt ansah und bemerkte, daß ihre Wangen allzusehr gerötet waren, weil ihrem forschenden Blick die Schwellung in seiner Hose nicht entgangen war, ehe er sich unter Kontrolle bringen konnte, wußte er, daß auch sie sich daran erinnerte.

Verdammt noch mal, er brauchte eine Frau. Die Wochen, die er damit zugebracht hatte, um Catherine zu werben, waren durch ihre zwei kurzen Begegnungen, wenn sie auch noch so erfreulich gewesen sein mochten, nicht ausgeglichen worden. Das Schmachten um sie hatte ihm nichts genutzt, sondern nur den Leuten in seiner Umgebung das Leben zur Hölle gemacht.

Catherine war für immer aus seinem Leben verschwunden, Geneviève war hier, und sie war warm und willig. Und wenn sie auch mit der Hälfte aller Männer im Saal geschlafen hatte – na und? Sie war ein lüsternes Weib, das seinen Körper und seine Seele von einer anderen befreien konnte, die er nicht haben konnte.

Er beugte sich vor, um ihr den Zeitpunkt und den Ort ihres Treffens ins Ohr zu flüstern – am selben Abend, wenn es sich irgend arrangieren ließ.

»Sind Sie das nicht, Gravenwold? Wann sind Sie den nach London zurückgekommen?« Das war Gilbert Lavenham, der Herzog von Wentworth. Er war kein Mann, den man ohne weiteres ignorieren konnte.

»Ich glaube, ich werde ein wenig frische Luft schnappen«, sagte Geneviève vielsagend und neigte ihr hübsches Köpfchen zur Terrasse hin. »Wenn die Herren mich entschuldigen würden…?«

»Selbstverständlich, meine Liebe«, sagte der Herzog. Beide Männer verbeugten sich leicht, und die schwarzhaarige Schönheit entfernte sich anmutig. Dominic lächelte bei dem Gedanken an das Willkommen, das ihm auf der Terrasse bereitet werden würde.

Er wandte seine Aufmerksamkeit Wentworth zu. »Ich bin erst diese Woche vom Land zurückgekommen.« Er drückte die Hand, die ihm der Herzog hinhielt. Wentworth war ein Mann, den er respektierte. Er war nicht etwa aufgeblasen und arrogant, sondern direkt und offen, und, wie er gehört hatte, ein Mann, dem man vertrauen konnte.

»Mein Beileid zum Tod Ihres Vaters«, sagte Wentworth. Sein Blick glitt auf Dominics Arm. Er sah dort keinen Trauerflor, kam aber nicht darauf zu sprechen.

»Ich danke Ihnen.«

»Ich habe gehört, daß Sie außer Landes waren.«

»Ja, ich reise jedes Jahr ein wenig – was durch Napoleon und diesen verdammungswürdigen Krieg, der hier geführt wird, gar nicht ganz so einfach ist.«

»Nein, aber man muß sehen, wie man zurechtkommt.« Wentworth trank einen Schluck von seinem Champagner, warf einen schnellen Blick auf die Terrasse und schaute dann wieder in Dominics Richtung. »Werden Sie lange in London bleiben?«

»Mindestens ein oder zwei Wochen. Ich brauchte eine Zeitlang meine Ruhe vor Gravenwold.«

»Ja, das ist wahrscheinlich eine sehr gute Idee.«

Durch eine Lücke in der Menschenmenge entdeckte Wentworth jemanden, der die Tanzfläche verließ, und ein liebevolles Lächeln trat auf sein Gesicht. »Wenn Sie noch einen Moment Zeit haben, möchte ich Ihnen gern jemanden vorstellen.«

Er hatte keine Zeit. Geneviève erwartete ihn. Dennoch respektierte er den Herzog, und es würde bestimmt nicht allzu lange dauern, ihm diese Freundlichkeit zu erweisen. »Gewiß.« Er folgte dem gedrungenen älteren Mann über den schwarzweißen Marmorboden auf ein Grüppchen von Damen und Herren zu und erkannte in einem der Männer Edmund Barrington, Baron Northridge. Außerdem standen dort noch ein hübsches blondes Wesen, Northridges Frau, wenn er es recht in Erinnerung hatte, und ein junger Mann in seinen frühen Zwanzigern mit braunen Haaren.

»Lord Gravenwold, ich möchte Ihnen gern meine Nichte vorstellen«, sagte der Herzog, »Lady Arondale.«

Beim Klang ihres Namens trat eine Frau, die ihm bisher nicht aufgefallen war, hinter dem jungen Mann hervor. Als sie sich mit einem Lächeln umdrehte und zu ihm aufblickte, stockte Dominics Atem in seiner Brust.

Sie war ein Bild, das er in seinen Träumen heraufbeschworen hatte.

Eine Verkörperung von Feuer und Schönheit, von Leidenschaft und Zärtlichkeit. Eine Frau, die mit diesem kurzen zarten Lächeln sein Blut ins Wallen bringen und ihm den Atem verschlagen konnte. Seine schwarzen Augen richteten sich fest auf ihre verblüfften grünen Augen, durchbohrten sie und wollten sie nicht mehr loslassen.

Catherines hübsches Gesicht wurde bleich. Das Glas Champagner in ihrer Hand begann zu zittern, und dann öffneten sich langsam ihre Finger, und es zersplitterte auf dem Boden. Als Kristallglas auf Marmor in Scherben zersprang, wandten sich etliche Augenpaare in ihre Richtung.

Dominic fand als erster die Fassung wieder. »Lady Arondale«, sagte er und verbeugte sich förmlich über ihrer Hand, die in dem goldenen Handschuh steckte. »Es ist mir ein Vergnügen, Sie kennenzulernen.« Er drückte ihre Hand in einer stummen Warnung, sein Kopf schwirrte, und er versuchte überstürzt, die Lage zu durchschauen.

Lady Arondale, wiederholte er stumm. Er hatte den Namen bereits gehört; Rayne hatte ihn erwähnt. Sie war die Tochter des verstorbenen Earl, eines Mannes ohne männliche Nachkommen, der eine Petition bei der Krone eingereicht hatte, seiner unverheirateten Tochter den Titel zu vermachen. Barrington – so lautete ihr Name.

Catherine Barrington. Gräfin von Arondale. Eine der reichsten Frauen in ganz England.

»Wie geht es Ihnen?« brachte sie schließlich heraus.

»Natürlich kennen Sie Northridge«, sagte der Herzog gerade, »und seine hübsche Frau Amelia. Und dieser junge Mann ist Jeremy St. Giles. Jeremy, das ist Seine Lordschaft, der Marquis von Gravenwold.«

»Es ist mir ein Vergnügen, Sie kennenzulernen«, sagte der junge Mann.

Es kostete Dominic seine gesamte Selbstbeherrschung, doch er gab die angemessenen Antworten, und erst dann folgten seine Augen St. Giles Blicken, die auf Catherine gefallen waren; sie war immer noch bleich und schien erschüttert zu sein.

»Fehlt Ihnen etwas, Mylady?« fragte der junge Mann mit einem

Ausdruck so tiefer Sorge, daß Dominics Kiefer sich augenblicklich anspannte. War das etwa ihr Engländer? Dieser unreife Junge, der alles getan hätte, was sie gesagt hätte?

»Du siehst tatsächlich etwas blaß aus, meine Liebe«, sagte ihr Onkel. »Vielleicht solltest du frische Luft schnappen.«

»Ja... ich glaube, das sollte ich tun.«

Catherine machte den Eindruck, als sei ihr gerade eine Gnadenfrist gewährt worden, ehe der Henker sie holte.

»Gestatten Sie«, sagte Dominic und nahm ihren Arm und hing sich so gebieterisch bei ihr ein, daß der Herzog einen Schritt zurückwich und der junge St. Giles mit weit aufgesperrtem Mund dastand.

»Ich danke Ihnen«, sagte Catherine, die sich endlich wieder soweit im Griff hatte, daß sie auf seine Stichworte eingehen konnte. »Ich bin sicher, daß es nichts Ernstes ist. Wahrscheinlich nur die Hitze. Es ist furchtbar stickig hier im Raum.«

Dominic führte sie auf die Terrasse zu, und sein Erstaunen ließ bereits nach und wurde von rasender Wut abgelöst. Die kleine Lügnerin! Warum, zum Teufel, hatte sie ihm nicht gesagt, wer sie war? Was, zum Teufel, war das für ein Spiel, das sie hier spielte? Kein Wunder, daß sie über seinen tollen Plan gelacht hatte, sie als seine Mätresse zu halten. Was war er doch für ein Dummkopf gewesen!

Er konnte sie an seiner Seite spüren, und sie zitterte nicht mehr und hatte den Kopf hoch erhoben, als sie durch die gläsernen Schiebetüren traten. Es kostete sie viel Mühe, die Fassung zu bewahren, und der Umstand, daß es ihr gelang, erboste ihn nur noch mehr.

In dem Moment, in dem sie eine dunkle Ecke erreicht hatten, in der sie einen Moment lang ungestört waren, wandte er sich mit all dem Zorn an sie, den er in diesen allerletzten Wochen aufgestaut hatte. Er packte ihre Schultern und wollte etwas sagen, doch Catherine riß sich los und trat ihm gegenüber.

»Mein Gott, Dominic, was, in Himmels Namen, glaubst du, was du tust?« Dominic blinzelte. »Hast du auch nur die leiseste Ahnung, welches Risiko du eingehst?« In ihren grünen Augen blitzte eine Wut auf, die sich an seiner messen konnte, und die schneidende Bemerkung, die er hatte äußern wollten, erstarb auf seinen Lippen.

»Gott im Himmel«, wütete sie, »wenn man herausfindet, wer du bist, werden sie dich ins Gefängnis sperren und den Schlüssel wegwerfen!«

»Ins Gefängnis? Wovon, zum Teufel, redest du?«

»Wovon, zum Teufel, ich rede?« wiederholte sie ungläubig. »Ein Marquis, und nichts Geringeres als das. Mit einem Viscount oder einem Baron hättest du dich nicht begnügt.« Ihre Augen glitten über seine Gestalt und musterten den tadellosen Schnitt seines schwarzen Seidenfracks, der burgunderroten Weste, des weißen Rüschenhemds und das schwarze Halstuch. Seine taubengraue Kniebundhose saß wie eine zweite Haut, ein Umstand, der Catherines Wangen ganz reizend erröten ließ. In ihrem schimmernden goldenen Gewand und mit dem Flammenkranz ihres Haares auf dem Kopf sah sie aus wie die Göttin, als die er sie einst bezeichnet hatte.

Bei Gott, wie hatte er vergessen können, wie hübsch sie war?

»Dominic – du hörst mir überhaupt nicht zu!« Sie sah ihm wieder in die Augen. »Du mußt von hier verschwinden.«

Jetzt erst dämmerte ihm, wovon sie sprach. Sie glaubte, daß er sich als jemand ausgab, der er nicht war, hielt das Ganze für einen grandiosen Zigeunertrick. Vielleicht glaubte sie sogar, daß er so an sein Geld kam – hielt es für ein Mittel, reiche englische *Gadjos* auszunehmen. Wenn er auch noch so wütend war, dann kostete es ihn doch alle Mühe, nicht laut zu lachen.

»Ich höre dir zu. Aber du brauchst dir keine Sorgen zu machen. Außer dir kann mich hier niemand verraten. Es sei denn, versteht sich, daß du genau das vorhast.«

Sie sah ihn an, als hätte er sie geohrfeigt. »Natürlich nicht. Wie kannst du so etwas auch nur einen Moment lang denken?«

Die Sorge in ihrer Stimme entging ihm nicht, und ein Teil seiner Wut legte sich, als er sie aus ihrem Tonfall heraushörte. »Höre ich hier Sorge,

Catrina? Es fällt mir nicht leicht, das zu glauben, wenn ich bedenke, wie du mich verlassen hast.«

»Natürlich mache ich mir Sorgen. Ich…«, sie unterbrach sich, die rosige Röte kehrte wieder in ihre Wangen zurück, und ihr Gesichtsausdruck war bei weitem zärtlicher als ihr Wort. »Ich habe dir eine Menge zu verdanken, Dominic.« Ihre Augen glitten über sein Gesicht, als söge sie seinen Anblick in sich ein. »Vielleicht sogar mein Leben. Das habe ich gewiß nicht vergessen. Ich werde dir helfen, von hier zu verschwinden und…«

Dominic streckte die Hand nach ihr aus, seine Finger legten sich um ihren Arm, und er zog sie an sich. »Pst«, sagte er leise, »das will ich schon seit dem Augenblick tun, in dem ich dich gesehen habe… wir haben bereits zu viel Zeit vergeudet.«

Sein Mund senkte sich auf ihren, und einen Moment lang hielt sie still. Dann packte sie ihn an den Schultern. Er hatte sich gefragt, ob sie sich wehren würde – für sie war er immer noch nichts weiter als ein Zigeuner. Statt dessen schlangen sich ihre Arme um seinen Hals, sie erwiderte seinen Kuß und hauchte leise seinen Namen.

Dominic hielt sie fester. Er küßte sie noch einmal, und Catherines Welt geriet außer Kontrolle. Sie wußte, daß sie ihm hätte Einhalt gebieten müssen – daß dies hier all die sorgsam durchdachten Pläne durchkreuzte, die sie und ihre Familie geschmiedet hatten. Doch von dem Moment an, in dem sie ihn gesehen hatte, seine große, atemberaubend männliche Gestalt, hatte sie sich nichts anderes mehr gewünscht, als seine kräftigen Arme um sich zu spüren, ihre Finger in sein Haar zu graben.

Das tat sie jetzt und spürte seinen muskulösen Hals, seine glatte, dunkle Haut. Er roch nach einem schweren Moschusduft, mit dem sich der männliche Geruch vermischte, an den sie sich so gut erinnerte. Seine Zunge wirkte ihren Zauber, berührte sie, kostete sie. Als sie ihre Zungenspitze mit seiner vereinigte, stöhnte Dominic wollüstig an ihrem Mund.

Genau wie in ihren Träumen glitten seine Hände auf ihrem Mieder hinauf, um sich auf ihre Brüste zu legen, und seine Daumen bewirkten, daß sich ihre Brustwarzen durch den Stoff ihres Ballkleides erregt aufrichteten. Catherine spürte die Glut seines großgewachsenen, kräftigen Körpers, und ihr Herz schlug wild gegen ihre Rippen. Sie konnte seine Männlichkeit spüren, die sich an sie preßte, und sie erinnerte sich daran, wie sie in ihren Schoß eingetaucht war, sie gefordert hatte, sie bis in ihre Seele besessen hatte. Als in der Ferne Schritte zu hören waren, beendeten sie den Kuß, doch ihr beider Atem ging noch viel zu schnell, und Catherines Hände hielten noch das Samtrevers von Dominics Frack umklammert. Als sie gerade einen Schritt zurücktrat, kam Lady Campden auf sie zu, eine Frau in einem scharlachroten Kleid mit dem Gesicht eines dunkelhaarigen Engels. Zu Catherines Erstaunen bedachte sie Dominic mit einem verächtlichen Blick.

»Ich wußte gar nicht, daß ihr beide einander... kennt«, sagte die schöne Frau nach einer knappen Begrüßung.

»Ja, sicher«, antwortete Dominic gewandt. »Lady Arondale und ich sind einander heute abend erst vorgestellt worden. Ihr Onkel, der Herzog, hat vorgeschlagen, daß ich sie ins Freie begleite, damit sie ein wenig Luft schnappen kann.«

Einen Moment lang schien sie seine Worte abzuwägen, und Catherine hatte den Eindruck, daß sie die Wahrheit darin suchte. Warum das so wichtig war, hätte sie jedoch nicht mit Sicherheit sagen können.

»Ja...«, stimmte Lady Campden schließlich zu, »heute abend ist es ziemlich schwül. Sogar so sehr, daß ich glaube, ich werde früh nach Hause gehen. Leider weilt Lord Campden geschäftlich außerhalb von London, und daher habe ich keine andere Gesellschaft als die der Dienstboten.« Ihre vollen roten Lippen schoben sich noch etwas weiter vor. »Ich denke, ich werde mich eben damit begnügen müssen.«

Auch Dominics Mundwinkel zogen sich hoch. »Ja, das denke ich auch«, sagte er viel zu gleichgültig. Er bedachte sie mit einem Blick, der Catherine nachdenken ließ. Sprach die hübsche Lady Campden, eine verheiratete Frau und ein hochstehendes Mitglied der oberen Zehntausend, etwa eine Einladung aus? Catherine hatte bereits von solchen Dingen gehört, einen solchen Vorfall aber nie wirklich mit eigenen Augen mit angesehen.

»Aber andererseits«, sagte die Frau und wirkte mehr als nur ein wenig verdrossen, »ist es ja eigentlich noch gar nicht so spät. Vielleicht breche ich doch noch nicht auf.« Ihr allzu dreister Blick bestätigte es – sie hatte beabsichtigt, daß Dominic ihr nach Hause folgte!

Die dunkelhaarige Frau wartete noch einen Moment lang, als rechnete sie damit, daß Dominic noch etwas sagen würde. Als er das nicht tat, lächelte sie dünn, verabschiedete sich höflich.

»Das Abendessen ist serviert, falls Sie es noch nicht bemerkt haben«, rief sie über eine blasse Schulter zurück. »Sie wollen es sich doch bestimmt nicht entgehen lassen.« Mit einem verführerischen Schwenken ihrer Hüften bog sie um die Ecke und verschwand aus dem Licht.

Catherine drehte sich zu Dominic um, der ihre Hand bereits in seine Armbeuge gelegt hatte. »Du hast wirklich nicht lange gebraucht, um einen Ersatz zu finden – ich vermute, genau das ist sie.«

Dominic zog die schwarzen Augenbrauen zusammen, und sein Gesichtsausdruck war aufgebracht. »Lady Campden und ich sind schon seit einer ganzen Weile... Freunde. Und was deine Vermutung angeht, sie oder irgendeine andere Frau könnte mir das Bett gewärmt haben – ich hatte viel zuviel damit zu tun, mir Sorgen um dich zu machen. Jetzt scheint es, als sei das nicht nötig gewesen.«

Er war wieder wütend, und doch löste sich etwas in Catherines Brust. Er hatte sich Sorgen um sie gemacht, genauso wie sie sich Sorgen um ihn gemacht hatte.

»Wir sollten jetzt besser wieder ins Haus gehen«, sagte er, und seine Stimme war kalt, als er sie zur Tür zog. »Für die Klatschbasen ist das ein großer Tag. Und außerdem habe ich urplötzlich Hunger.« Ihr fiel auf, wie sein harter, schwarzer Blick sich ein wenig verschleiert hatte und auf ihre Brüste fiel. Sie kannte diesen Blick, und was er wollte, war

253

nichts Eßbares. Sie dachte an die Gerüchte und erschauerte. Das letzte, was sie gebrauchen konnten, war, ins Gerede zu kommen.

Dominic hatte das Haus fast erreicht, als Catherine ihren Verstand wieder so weit beisammen hatte, Dominic zurückzuhalten.

»Du hast doch nicht etwa vor, wieder ins Haus zu gehen? Dominic, du mußt von hier verschwinden, ehe jemand hinter die Wahrheit kommt.«

Er betrachtete sie einen Moment lang, und seine schwarzen Onyxaugen bohrten sich in sie. »Ich habe dir schon einmal gesagt, *Eure Ladyschaft*, daß ein Zigeuner vom Bettler bis zum König jede Rolle spielen kann. Vielleicht wirst du mir jetzt glauben.« Seine Lippen verzogen sich zu einem spöttischen Halblächeln, bei dem sich ihr Magen zusammenschnürte. »Es sei denn, du möchtest lieber draußen bleiben und unser... *Gespräch* fortsetzen.«

Catherines Augen wurden groß. »Nein! Natürlich nicht.« Sie reckte das Kinn in die Luft. »Wie du deutlich sehen kannst, gehöre ich dir nicht mehr – wir sind hier in England und nicht in einem deiner Zigeunerlager.«

Er hielt ihren Arm fester umfaßt. »Nein, Catrina, betrüblicherweise nicht. Wenn es so wäre, dann lägest du längst unter mir, statt steif an meiner Seite zu sitzen und ein Abendessen einzunehmen, dessen Geschmack ich wohl kaum werde wahrnehmen können.«

Catherine errötete. Dann dämmerte ihr, was er gesagt hatte. »Neben dir sitzen?« Aus irgendwelchen aberwitzigen Gründen war sie so dumm gewesen zu glauben, er würde sie einfach gehen lassen.

»Was ist? Du willst dir meinen Auftritt doch bestimmt nicht entgehen lassen?« Sein Ausdruck wurde noch finsterer. »Oder hast du geplant, mit deinem Engländer zu Abend zu essen?«

»Mit meinem Engländer?« Warum konnte sie es nicht lassen, jedes seiner Worte wie eine Schwachsinnige zu wiederholen?

»Mit dem Mann, den du liebst – oder hattest du den ganz vergessen? Es ist doch bestimmt nicht der junge St. Giles.«

So viele Lügen. Sie schienen sie wie ein Netz einzuhüllen. »Lord Jeremy ist nichts weiter als ein Freund.«

Inzwischen hatten sie die Tür zu dem prunkvollen Eßzimmer erreicht, einem prachtvollen Saal mit hohem Deckengebälk und leder-bezogenen Wänden, auf denen handvergoldete Lilien zwischen Gemäl-den von englischen Königen schimmerten. Rotlivrierte Bedienstete ser-vierten mit unzähligen Silberplatten und dampfenden Tabletts. Die Tische waren mit Leinen und silbernen Kerzenleuchtern und großen Sträußen üppiger roter Rosen gedeckt, und weitere Tische von ver-gleichbarer Pracht standen auf der zwanzig Meter langen Galerie, direkt vor der gegenüberliegenden Tür zum Freien.

»Da bist du ja!« rief Onkel Gil aus, als sie näher kamen. Neben ihnen stand sein Freund Sir Osgood Hornbuckle. »Ich hatte schon begonnen, mir Sorgen zu machen.«

Catherine wußte nicht, ob sie erleichtert oder alarmiert sein sollte. Ihr Onkel war alles andere als ein Narr. Wie lange würde Dominic ihn täuschen können?

»Ihre reizende Nichte war so charmant, daß ich die Zeit vergessen habe«, sagte Dominic zu ihm. »Ich hoffe, Sie werden mir verzeihen.«

»Selbstverständlich.« Der Herzog lächelte freundlich. »Auch ich erliege diesem Zauber oft.«

»Gravenwold, nicht wahr«, sagte Ozzie zu Dominic. »Ein Freund von Stoneleigh, wie ich gehört habe. Es ist mir ein Vergnügen.«

Wer, um Gottes willen, ist Stoneleigh? fragte sich Catherine. Auch ein verkleideter Zigeuner? Schon allein der Gedanke daran ließ sie innerlich stöhnen.

»Das Vergnügen liegt ganz auf meiner Seite«, versicherte ihm Domi-nic und machte den Eindruck, als meinte er es ernst. Sein Selbstver-trauen überraschte sie. Sie hatte gewußt, daß er intelligent und gebildet war, doch sie hatte nie geahnt, daß es so weit ging. Dennoch gab es Dut-zende von Formen, bei dem ihm Ausrutscher passieren konnten, und mit jedem Moment, der verging, erhöhte sich die Gefahr.

»Guten Abend, Euer Gnaden.« Eine Frau, in der Catherine Lady Agatha James erkannte, kam auf ihren Onkel zu; sie wurde von einer Freundin begleitet, Lady Elizabeth Morton, Lady Campdens Schwägerin.

Sie unterhielten sich eine Zeitlang nett mit den beiden älteren Männern, und dann sagte Hornbuckle: »Warum gehen wir nicht alle gemeinsam etwas essen? Ich habe den ganzen Tag noch nichts gegessen.«

Catherine lächelte. Sir Ozzie war einer ihrer Lieblinge, ein kleingewachsener Mann mit einer Halbglatze und einem Lorgnon, der, wenn es auch schwer zu glauben war, zu seinen Zeiten ein gewaltiger Held gewesen war. Während der Rebellion in den Kolonien hatte Ozzie etlichen seiner vorgesetzten Offiziere das Leben gerettet und sich dadurch die Gunst des Königs erworben und war dann zum Ritter geschlagen worden. Er und Onkel Gil hatten einander kurz darauf kennengelernt, vor fast dreißig Jahren, und seitdem waren sie unzerbrüchlich miteinander befreundet.

»Du machst immer noch einen etwas kränklichen Eindruck, meine Liebe«, sagte der Herzog zu Catherine. »Bist du ganz sicher, daß dir nichts fehlt?«

»Sei ganz sicher, Onkel. Wahrscheinlich liegt es nur an der Aufregung.« Er musterte sie etwas durchdringender, als es ihr lieb war, doch Catherine lächelte lediglich.

»Ich hoffe, Sie haben nichts dagegen, wenn ich mich Ihnen anschließe«, sagte Dominic, doch es war kaum als eine Frage aufzufassen. »Es fällt mir schwer, mich von einer so reizenden Gesellschaft loszureißen.«

»Es ist uns ein Vergnügen, Sie bei uns zu haben«, sagte der Herzog, und Catherine flehte stumm um Kraft. Kannte seine Arroganz denn keine Grenzen? O nein, das wußte sie schließlich nur zu gut.

Sie setzten das Gespräch fort, als sie sich zum Büfett begaben. Schimmernde Silberplatten, die mit Blumen und Früchten geschmückt waren, waren mit Seezungen, Königsfischen und Hummern beladen. Ein riesiger Rinderbraten, der von einem Küchenchef mit weißer Mütze kunstvoll aufgeschnitten worden war, stand neben Tabletts voller Rebhühner, Schnepfen und Waldhühner, Fasan in Austernsoße, der mit Pekannüssen gefüllt war, Kalbsbries, aufgeschnittener Lammkeule, dampfenden Gemüsen, Pasteten und Puddings. Sowie ein Tablett geleert war, wurde es durch ein anderes ersetzt, und die Auswahl an Delikatessen war unbegrenzt.

Catherine, die vorher hungrig gewesen war, spürte jetzt, daß sie beim Anblick von soviel Essen eine leichte Übelkeit befiel. Sie konnte Dominics Anwesenheit und seine starke Ausstrahlung spüren, obwohl er zwei Meter von ihr entfernt stand und wußte, daß auch andere es wahrnehmen mußten, und ihre Sorge um ihn verstärkte sich.

»Warum setzen wir uns nicht draußen auf der Terrasse hin?« schlug sie vor, um ihn prüfenden Blicken zu entziehen. »Im Freien ist es soviel angenehmer.«

Dominic lächelte unverbindlich. »Ich bin sicher, daß es auf der Galerie weitaus bequemer wäre – es sei denn, Sie fühlen sich wirklich nicht gut.«

Sie hätte ihn am liebsten umgebracht. Statt dessen lächelte sie. »Mir ist die Galerie recht.« Ozzie und der Herzog wirkten erleichtert. Es war nicht gerade ihre Stärke, einen silbernen Teller, der mit Essen überhäuft war, auf dem Schoß zu balancieren.

Catherine ließ sich den Stuhl von Dominic zurechtrücken, der dann wartete, bis die anderen sich gesetzt hatten, ehe er sich ebenfalls hinsetzte. Auf der gegenüberliegenden Seite saß ein paar Stühle weiter Lady Campden neben einem großen, gutaussehenden Mann mit dichtem, dunklem kupferbraunem Haar. Anscheinend hatte sie beschlossen, nicht nach Hause zu gehen.

»Wie ich sehe, hat Lady Campden jemand anderen gefunden, der sie unterhält«, sagte Catherine mit einem unecht freundlichen Lächeln.

»Stoneleigh.« Dominic schien eher belustigt als enttäuscht zu sein, was Catherine unendliche Freude bereitete, obwohl sie es sich nur äußerst widerwillig eingestand. »Er sollte es schaffen, sie eine Zeitlang von ihrer Einsamkeit abzulenken.«

Von hinten schenkte ein Bediensteter jedem von ihnen einen Kelch Wein ein und stellte dann die Kristalkaraffe vor ihnen auf dem Tisch ab. Es war nicht der gute französische Wein, den sie zu Hause tranken. Seit Ausbruch des Krieges wurde in der Öffentlichkeit kein französischer Wein mehr getrunken. Es handelte sich um einen portugiesischen Wein, der kräftig und dunkel war.

Catherine wandte sich noch einmal an Dominic. »Bist du ganz sicher, daß du das Vergnügen der Gesellschaft Ihrer Ladyschaft nicht allein auskosten möchtest?« verfolgte sie das Thema weiter, obwohl sie genau wußte, daß sie das nicht hätte tun dürfen.

»So hätte ich es vielleicht gesehen... vorhin noch. Jetzt habe ich das Gefühl, bei weitem besser unterhalten zu werden.« Einer seiner Mundwinkel zog sich hoch, und Catherines Herzschlag beschleunigte sich.

»Das mag für den Moment wahr sein. Aber ich werde bald mit meinem Onkel nach Hause zurückkehren. Wo bleibst du dann?«

»Bestimmt nicht da, wo ich gern wäre, Catrina – zwischen deinen wohlgeformten Beinen.«

Catherine errötete heftig und wandte den Blick ab. Sie war wütend auf Dominic und freute sich doch irgendwie auf eine ganz seltsame Art und Weise, während sie stumm in ihrem Essen herumstocherte. Es schienen Stunden zu vergehen, bis sie gegessen hatten, doch endlich war die Mahlzeit vorüber, und sie wollten gerade vom Tisch aufstehen, als der Herzog von Mayfield herangeschlendert kam.

»Tut mir leid, daß ich dich bei deinem Eintreffen verpaßt habe, alter Knabe«, sagte er zu Dominic, der aufstand und seine große Hand drückte. »Ich wollte nicht, daß du verschwindest, ehe wir eine Chance hatten, einander zu begrüßen.«

»Es ist schön, dich zu sehen, Mayfield.« Dominic lächelte. »Wie geht es der Herzogin und Lady Georgina?«

»Sehr gut, vielen Dank. Das mit deinem Vater tut mir leid. Er konnte ein gemeiner alter Kauz sein, aber darunter hat im Grunde genommen immer ein anständiger Kerl gesteckt.« Dominics Kiefer spannte sich an, und Catherine schnürte es gleichzeitig den Magen zusammen. Sie gab sich zwar interessiert am Gespräch der anderen, doch bei jedem zweiten Wort stockte ihr der Atem. *Gütiger Gott, laß ihn bloß keinen Fehler machen.*

»Das wird behauptet«, erwiderte Dominic gepreßt. »Ich persönlich habe davon nie etwas bemerkt.«

»Tja… also, ich schätze, das spielt jetzt keine Rolle mehr. Jetzt mußt du an Gravenwold denken.«

»Das hat man mir schon öfter gesagt.«

»Du wirst deine Sache gut machen, da bin ich sicher.«

Die Spannung schien von Dominic abzufallen. »Ich bin noch keine Woche in London und stelle jetzt schon fest, daß ich mich wieder dorthin zurücksehne.«

Das unbeschwerte Lächeln des Herzogs ließ Catherine lockerer werden. Gegen ihren Willen bewunderte sie Dominics Geschicklichkeit in der Konversation. Er sagte zum Abschied ein paar höfliche Worte, als Mayfield und seine Leute gingen, dann setzte er sich wieder auf seinen Stuhl. Es war, als würde er diese Menschen wirklich kennen und nicht einfach nur so tun. Es war, als sei sein Vater tatsächlich der Marquis von Gravenwold gewesen, als wäre…

Catherines Gedankengang riß abrupt ab. Plötzlich erinnerte sie sich an einen anderen Abend, an eine andere Galaveranstaltung. Auch an jenem Abend war dort ein großgewachsener dunkelhäutiger Mann gewesen. Sie hatte sein Gesicht nicht gesehen, doch sie konnte sich noch jetzt an sein schimmerndes blauschwarzes Haar erinnern, an die unglaubliche Breite seiner Schultern.

Es heißt, er sei ein Zigeuner, hatte eine der Frauen gesagt, und mit der Erinnerung an diese Worte wurde alles gräßlich und untrüglich klar.

»Du bist es«, flüsterte sie mit großen Augen, die starr auf sein Gesicht gerichtet waren, und zog damit seine Aufmerksamkeit auf sich. »Du bist Nightwyck.«

Dominic lächelte grimmig. »Ich war Nightwyck, bis mein Vater so gnädig war, zu sterben und Gravenwold meiner Obhut zu überlassen.«

Sie feuchtete sich die Lippen an, die ihr plötzlich trocken vorkamen. »Du bist Aristokrat, gehörst dem Adel an. Warum hast du mir das nicht gesagt?«

»Ich hatte gehofft, es würde keine Rolle spielen.«

»Von dir wird erwartet, daß du ein Gentleman bist. Wie konntest du dich bloß so benehmen, wie du es getan hast? Wie konntest du *tun*, was du getan hast?« In ihren grünen Augen brannten Tränen der Wut, die zu vergießen sie sich weigerte, als Catherine ihren Stuhl zurückschob und gehen wollte. Unter dem Tisch packte Dominic ihr Handgelenk und umklammerte es wie ein Schraubstock.

»Setz dich.«

»Falls es dir entgangen sein sollte«, stieß sie durch zusammengebissene Zähne hervor, »hast du mir hier nichts mehr zu befehlen.«

»Ich habe gesagt, du sollst dich setzen.« Er zerrte sie auf ihren Stuhl zurück und war genauso wütend wie sie, und doch war seinem Gesicht kaum eine Emotion anzusehen. »Lächle«, warnte er sie so leise, daß nur sie es hören konnte. »Es scheint, als hätte deine Familie unser kleines Abenteuer wie durch ein Wunder ungeschehen gemacht. Ich schlage vor, daß wir es dabei belassen.«

»Scher dich zum Teufel«, flüsterte sie, doch sie wußte, daß er recht hatte. Sie setzte ein unverbindliches Lächeln auf und zog ihren Stuhl wieder an den Tisch. Sie zwang sich zwar, manchmal etwas zu sagen und höflich zu nicken, doch innerlich kochte sie. Sie hätte ihn gern angeschrien und wäre mit den Nägeln auf sein gutgeschnittenes Gesicht losgegangen. Sie hätte gern stundenlang nur geweint.

Natürlich würde sie keines von beidem tun. Sie würde ganz einfach so tun, als existierte er überhaupt nicht, als sei es nicht die gräßlichste Form der Folter, die sie je ertragen hatte, dort neben ihm zu sitzen.

Dominic schien es nicht zu bemerken. Catherine heuchelte ähnliche Teilnahmslosigkeit, doch sobald alle ihre Mahlzeit beendet hatten, erhob sie sich höflich und zwang damit die Männer, ebenfalls aufzustehen.

»Es tut mir leid, Onkel, aber ich muß sagen, daß ich doch noch ein wenig geschwächt bin. Wenn es dir nichts ausmacht, früh aufzubrechen, dann würde ich gerne nach Hause fahren.«

Gil stieß seinen Stuhl zurück, der auf dem Marmorboden scharrte. »Gewiß, meine Liebe. Ich wollte dir gerade dasselbe vorschlagen.«

»Ich glaube, ich verdrücke mich auch«, sagte Sir Ozzie. »Obwohl es ein großartiges Fest ist, das muß ich schon sagen.«

»Ich werde Lady Arondale zu ihrer Kutsche begleiten«, erbot sich Dominic, der unerbittlich ihren Arm nahm und sich mit ihr zur Tür wandte. Mit einem zustimmenden Nicken bahnten sich Gil und Ozzie ihren Weg um den Tisch, da sie Edmund und Amelia über ihren Aufbruch verständigen wollten, um Catherine dann vor dem Haus wiederzutreffen.

»Du bist ein Schurke und ein Lump«, sagte sie atemlos, als Dominic sie zum Eingang begleitete.

»Du hättest mir sagen sollen, wer du bist«, entgegnete er und nahm von einem Bediensteten ihren satingefütterten Umhang entgegen, ehe er sie in dessen Falten hüllte. »Dann wäre nichts von alledem passiert.«

»Nein? Wie kommt es, daß ich dir nicht glaube?« Sie stand hölzern im Eingang und war zwischen Wut und Verzweiflung hin und her gerissen. Dominics gutgeschnittenes Gesicht verriet ebenfalls eine Spur von Ärger. Gütiger Gott, er warf ihr ebensoviel vor wie sie ihm!

Catherine spürte eine Woge von Hitze, als sie begann, ihr eigenes skandalöses Benehmen zu überdenken. Es stimmte, er hatte sie verführt, doch ob er nun Zigeuner oder Lord war, sie hatte es zugelassen, ihn möglicherweise sogar dazu ermutigt. Sie hatte Dominic fast vom ersten Moment an begehrt. Ein Teil ihrer Wut wich aus ihr.

Dominic sah sie an, schien ihre Gedanken zu lesen, und sein harter

Gesichtsausdruck wurde sanfter. Er rief nach der Kutsche der Wentworths mit ihrem leuchtendsilbernen Wappen, und dann wartete er an ihrer Seite auf der breiten Steintreppe auf das Eintreffen ihres Onkels. Eine sanfte Brise wehte von der Themse, und ein Vollmond schien, und doch standen sie auf der breiten Veranda im Schatten einer hohen Zypresse.

Dominic hob die Hand und legte sie auf ihre Wange. »Ich wünschte, Kleines, ich könnte sagen, daß es mir leid tut. In Wahrheit tut es mir aber nicht leid. Ich bedaure lediglich, daß wir je das Zigeunerlager verlassen mußten.« Seine Worte waren sanft, und es sprach eine Zärtlichkeit daraus, mit der sie nicht gerechnet hatte. Er strich mit dem Daumen zart über ihr Kinn, und ihre Haut wurde warm.

Der letzte Zorn wich aus Catherine. Was vorgefallen war, gehörte der Vergangenheit an, und jetzt zählte nur noch die Gegenwart. »Dann bist also auch du in England zu Hause. Du hattest von Anfang an vor, hierher zurückzukehren, oder etwa nicht?«

Er ließ die Hand sinken, und ein Tonfall des Bedauerns schlich sich in seine Stimme ein. »Das mag wohl wahr sein. Aber hier steht es mir nicht mehr frei, genau das zu tun, was ich will. Du bist eine hochstehende junge Dame. Meine Absichten sind eindeutig unehrenwert. Du bist für mich jetzt noch unerreichbarer, meine Liebe, als du es in Frankreich je warst.«

Catherine rang damit, seine Worte zu begreifen. »Unehrenwert?« wiederholte sie betäubt »Dominic, was sagst du da?«

»Daß du dich meinem Zugriff weiter entzogen hast, als du es dir je erträumt hättest.«

Ihre Gedanken waren zwar noch in Aufruhr, doch allmählich verstand Catherine. Jetzt, nach seiner Rückkehr nach England, wollte Dominic sie nicht wiedersehen. Er hatte sie als eine Frau begehrt, die ihm das Bett wärmte, und sonst gar nichts. Die Wut, die sie empfunden hatte, kehrte zurück, diesmal gewaltiger als vorher. Sie fühlte sich elend und ausgenutzt, und sie hätte gern auf ihn eingeschlagen.

Aber was hätte sie andererseits erwarten können? Bestimmt keine Ehe. Sie konnte sich jetzt noch an Pearsas warnende Worte erinnern, an Yanas bittere Vorhersagen. Und doch erwartete sie in Wahrheit genau das.

Dominic hatte sie ruiniert. Als Sohn eines Adligen, eines hochstehenden Mitglieds der obersten Zehntausend, war ein Ehevertrag nur angemessen und geziemend. Sie verspottete sich selbst für diese Überlegung. Seit wann hatte Dominic je etwas Angemessenes und Geziemendes getan?

Eine Woge der Bitterkeit schwoll in ihrem Innern an. »Es hat eine Zeit gegeben, Lord Gravenwold, zu der ich Sie für einen der feinsten Männer gehalten habe, die mir je begegnet sind. Wie konnte ich mich nur derart irren?« Sie versuchte ihn stehen zu lassen, doch er hielt sie am Arm fest.

Sein Gesicht wurde grimmig, seine Stimme hart und distanziert. »Du wirst zu mir kommen, wenn sich irgendwelche unvorhergesehenen... Probleme ergeben?«

Catherine zog die Stirn in Falten. »Probleme? Was für Probleme?«

Einer seiner Mundwinkel zog sich hoch, und das machte ihn wieder mehr zu dem dunkelhäutigen Zigeuner, der er im Lager gewesen war. »So, Gräfin, dann hat sich wohl doch nicht soviel verändert. Du bist immer noch das reizende Unschuldslamm, das du in Frankreich warst, und ich bin immer noch der Lump mit dem schwarzen Herzen.«

In dem Moment ging ihr auf, daß er davon redete, sie könnte ein Baby von ihm bekommen. Catherines Wangen röteten sich heftig, und sie wich wieder in den Schatten zurück.

»Sie brauchen sich keine Sorgen zu machen, Mylord«, sagte sie gereizt. »Es gibt keine... Probleme.« Sie wartete auf seinen Seufzer der Erleichterung – er stieß ihn aber nicht aus. »Dann heißt es jetzt Abschied nehmen, Feuerteufelchen«, sagte er zärtlich und beugte sich über ihre Hand. »Ich bin froh, daß du in Sicherheit bist.«

»Bist du bereit zum Aufbruch, meine Liebe?« Als der Herzog näher kam, übergab Dominic sie der Obhut ihres Onkels, wandte sich ab und ging. Sie sah seiner großen, imposanten Gestalt nach, als er ins Haus zurückkehrte, und ein Schmerz keimte in ihrem Innern auf.

Sie hatte ihn in Frankreich verlassen und einen weit größeren Verlust erlitten als alles, was sie je gekannt hatte. Jetzt, als ihr Herz gerade begonnen hatte zu heilen, hatte sie ihn wieder verloren. Dieses Mal tat es genauso weh – sogar noch mehr, denn jetzt kannte sie die Wahrheit.

Wie sie es damals schon befürchtet hatte, war sie für ihn nichts weiter als ein Spielzeug gewesen. Eine flüchtige Laune, um sich im Lager die Zeit zu vertreiben. Selbst als Gräfin war sie für ihn reizlos.

Der Schmerz schwoll an und wuchs, schnitt sich in ihre Eingeweide und stachelte sie wieder einmal zu Zorn an. Wie konnte er es wagen, sie zu mißbrauchen und sie dann einfach wegzuwerfen! Sie war keine Frau von lockerer Moral, wie Lady Campden – sie war kein leichtes Mädchen, das sich nach einem Geliebten umsah. Sie war eine Frau von Prinzipien, die weder Dominic Edgemont noch irgendeinen anderen Mann brauchte. Wenn nicht die Notwendigkeit bestanden hätte, einen Erben hervorzubringen, und wenn ein Ehemann ihr nicht gar soviel Freiheit und Ansehen hätte verschaffen können, dann wäre sie auch ohne einen Mann zurechtgekommen!

Zumindest hatte sie die Absicht, einen Mann zu finden, der sich ihren Wünschen fügte. Jemanden, der nicht mit jedem einzelnen Blick ihr Blut zum Wallen brachte und sie nahezu um den Verstand brachte. Jemanden, der ihr nicht das Herz brechen würde.

Als die Kutsche vor sich hin rollte, zog Catherine die Schultern zurück und starrte in die Dunkelheit hinaus. Zu ihrem bitteren Verdruß rollte eine einzige Träne über ihre Wange.

Mit dem Handrücken wischte sie sie fort und schwor sich, es würde keine weiteren Tränen geben.

15

»Ich glaube, deine Rückkehr in die Gesellschaft war zumindest ein passabler Erfolg«, dröhnte die Stimme des Herzogs von der anderen Seite der Kutsche. In der Dunkelheit konnte Catherine sein Gesicht nicht sehen.

In der Stadt begann es endlich ruhiger zu werden, und das Klappern der Pferdehufe war ein hohles Echo auf dem Kopfsteinpflaster der Straßen. In der Ferne konnte sie hören, wie die Nachtwache die Stunde rief. Nebel hatte begonnen, sich herabzusenken, und die Luft roch feucht und drückend.

»Es war klug von Edmund und Amelia, noch dazubleiben«, fuhr ihr Onkel fort. »Ihre Anwesenheit sollte dazu beitragen, die letzten Gerüchte zu ersticken.«

»Sie sind wunderbar gewesen«, sagte Catherine. Die Kutsche fuhr unter einer Straßenlaterne durch, und einen Moment lang fiel das Licht in die Seite der Kutsche, auf der ihr Onkel saß. Die Falten schienen sich tiefer in sein Gesicht gegraben zu haben als am frühen Abend, und

265

seine Augen schauten angestrengt in die Dunkelheit und schienen sich ein Urteil über sie bilden zu wollen.

»Was hast du von Gravenwold gehalten?« fragte er freundlich, doch eine unterschwellige Spannung war aus seinem Tonfall herauszuhören.

Gott im Himmel, er konnte es doch bestimmt nicht wissen. »Er sieht extrem gut aus«, erwiderte sie mit aller Beiläufigkeit, die sie nur irgend aufbieten konnte. »Er scheint bei den Damen hoch im Kurs zu stehen.«

Gil beugte sich auf seinem Platz vor. »Er hat doch nicht etwa etwas Ungehöriges zu dir gesagt, oder?«

»Nein, nein. Natürlich nicht. Seine Lordschaft war durch und durch der Gentleman.« Das war eine Lüge. Dominic war so wenig ein Gentleman wie kein anderer Mann, der ihr je begegnet war.

»Ja… nun, das möchte ich doch hoffen. Wahrscheinlich solltest du seine Aufmerksamkeiten nicht ermutigen. Er hat entschieden nicht die Absicht, sich auf eine Eheschließung einzulassen, und wir müssen einen Mann für dich finden.«

Catherine spürte, wie sich ihr Magen zusammenschnürte. »Ich habe gehört, er hätte gelobt, niemals zu heiraten. Warum denn das nicht? Man sollte meinen, seine Sorge sei es, einen Erben zu bekommen.«

»Es hat etwas mit seinem Vater zu tun. Mit irgendeiner alten Fehde. Er ist entschlossen, den Namen Edgemont nicht weiterzugeben.«

»Aber sein Vater ist tot. Jetzt will er doch bestimmt…«

»Ich fürchte, das ist alles, was ich weiß. Jedenfalls scheint er in diesem Punkt ganz unnachgiebig zu sein. Ich bezweifle, daß selbst du ihn von seinem Kurs abbringen könntest.«

Catherine ignorierte, was eine leise Herausforderung hätte sein können. »Gravenwold ist der allerletzte Mann, den ich mir jemals aussuchen würde.«

Ihr Onkel zuckte im Dunkeln die Achseln, und der kostspielige Stoff seines burgunderroten Fracks raschelte auf dem gepolsterten grünen Samtsitz. »Wahrscheinlich hast du in dem Punkt recht. Der Mann wäre verflucht fordernd und ein teuflisch unangenehmer Lebensgefährte.«

»Ganz genau«, sagte Catherine.

»Schließlich muß es andere Männer geben, die weit besser zu dir passen würden. Was ist mit dem jungen St. Giles?«

»Jeremy?«

»Als zweitgeborener Sohn wird er nichts erben, aber zumindest ist sein Vater ein Earl. Er ist intelligent und aufrichtig. Abgesehen davon ist er offensichtlich hellauf in dich verliebt. Ich würde meinen, wenn du es ihm ein wenig theatralisch darstellst, würde er dir wahrscheinlich alles verzeihen.«

Catherine dachte an Jeremy. Sie hatte ihn von dem Moment an gemocht, als sie einander zum ersten Mal begegnet waren. Er war sanftmütig und aufrichtig. »Nein«, sagte sie leise. »Jeremy hat eine Frau verdient, die ihn liebt. Ich könnte ihn niemals lieben.«

»Aber...«

»Was ist mit Litchfield? Er ist mittellos und ganz offensichtlich darauf aus, sich vorteilhaft zu verheiraten. Meinst du, er könnte dafür taugen?«

»Du hast doch bestimmt kein Interesse an Litchfield – ihr beiden würdet wohl kaum zueinander passen.«

»Ob wir zueinander passen würden, darum geht es hier wohl kaum. Im übrigen habe ich keinerlei Interesse an irgendeinem Mann. Litchfield erscheint mir als Kandidat genauso gut wie jeder andere.«

Der Herzog verstummte.

»Also, was meinst du dazu?« drang Catherine in ihn.

Ein mürrischer Laut drang aus Gils Kehle. »Litchfield ist wohl kaum der richtige Mann für dich. Ich nehme an, er ist halbwegs attraktiv, wenn auch auf eine eher geckenhafte Art, doch du würdest dich schon nach vierzehn Tagen mit ihm langweilen.«

Schon viel eher, dachte Catherine, sagte es aber nicht. Mit Richard würde sie ein leichtes Spiel haben; er würde seine ehelichen Pflichten erfüllen, sie hinterher aber bereitwillig in Ruhe lassen – solange er seine Mätressen hatte –, und er brauchte dringend ihr Geld.

»Ich sollte mir Gedanken darüber machen, Onkel«, sagte sie. »Mir scheint, ein Baron würde durchaus genügen.«

»Mir scheint, du würdest den armen Kerl fertigmachen.« Er seufzte. »Jedenfalls haben wir genügend Zeit, um uns weiter umzusehen.«

Catherine strich ihr Kleid aus goldenem Brokat glatt, und ihre Gedanken kehrten zu ihrer unerfreulichen Begegnung mit Dominic zurück. »Ich vermute, du hast recht, aber mir wäre es in Wahrheit lieber, die Angelegenheit möglichst schnell zu regeln. Es ist mein größter Wunsch, nach Arondale zurückzukehren. Ich mache mir Sorgen um die Leitung des Guts, und dann muß ich auch noch an die Schule denken. Ich vermisse die Kinder entsetzlich.«

»Darüber wollte ich ohnehin mit dir reden... über deine Schule. Was hat es damit auf sich?«

»Wir haben sie die Christian-Barrington-Wohlfahrtsschule genannt. Ursprünglich hieß sie Arondale Schule zur Verbesserung der Lage der Armen, doch es war Vaters Idee, und daher haben Edmund und ich sie umbenannt, nachdem er gestorben ist. Ich kann es kaum erwarten, mir anzusehen, welche Fortschritte die Kinder machen.«

Arondale. Allein schon der Name beschwor Visionen von einer Zuflucht vor ihren turbulenten Emotionen herauf. Wäre sie jetzt doch nur dort, fern von London – fern von Dominic und all der Sehnsucht, die er in ihr wachrief.

»Ich weiß, daß man sich damit nicht beliebt macht«, sagte Gil, »aber ich habe mit dem Gedanken gespielt, eine solche Schule in Lavenham zu gründen. Ich könnte es mühelos so einrichten, daß die Kinder genug Zeit für ihre Ausbildung haben. Dein Vater und ich haben mehrfach darüber gesprochen, aber nachdem er erst einmal gestorben war, habe ich es anscheinend nie fertiggebracht, die Dinge ins Rollen zu bringen.«

Catherines Gesicht hellte sich auf. »Das ist eine wunderbare Idee, Onkel. Natürlich müßtest du einen Schulmeister finden, und dann gilt es auch noch, die Eltern zu überzeugen – und das ist oft das Schwierigste von allem. Aber es wäre die Sache ganz gewiß wert.«

»Ich könnte dabei einige Ratschläge gebrauchen.«

»Ich würde dir mit der allergrößten Freude helfen. Wir können uns nach einer Lehrerin umsehen, solange wir noch hier in London sind.«

Gil lächelte in die Dunkelheit. »Das sollte deine Pläne, einen Mann zu finden, um mehr als ein oder zwei Wochen hinauszögern.«

Dominic lief im Arbeitszimmer seines Stadthauses am Hanover Square auf und ab. Im Gegensatz zu der Bibliothek auf Gravenwold war dieser holzgetäfelte Raum mit der niedrigen Decke eine Umgebung, die er gewöhnlich mied. Hier hatte sich sein Vater vorzugsweise aufgehalten, dessen gewaltiges lächelndes Porträt von seinem Ehrenplatz über dem Kaminsims aus schwarzem Marmor auf ihn herunterblickte.

Letzte Nacht war Dominic nach seiner Rückkehr von der Soiree der Mayfields in diesen Raum gekommen, um sich hinzusetzen und das Porträt anzustarren. Als er auf dem Stuhl hinter dem Schreibtisch seines Vaters aus geschnitztem Rosenholz gesessen hatte, hatte er sich gewünscht, der Marquis möge ihn mit seiner spöttischen Arroganz verfolgen, ihn verhöhnen und sein Herz verhärten.

In den bedrückenden grauen Stunden vor der Dämmerung hatte er sich mit *Palinka* bewußtlos getrunken, den er für eben solche morbiden Anlässe aufbewahrte, und er hatte an seine Mutter gedacht und sich ihrer harten Jahre ohne den Schutz eines Mannes ins Gedächtnis gerufen, den Verlust ihres Sohnes, den sein Vater ihr genommen hatte, die Stunden, in denen er sie in ihrem Wagen leise hatte weinen hören.

Er dachte an die einsamen Nächte, die er in seinem schmucklosen Zimmer in Yorkshire verbracht hatte, an die brutalen Schläge mit dem Stock, die er erlitten hatte, an die endlosen Strafen dafür, daß er seine Lektionen nicht so schnell meisterte, wie seine Hauslehrer es von ihm erwarteten, oder für irgendeinen belanglosen eingebildeten Schnitzer, der ihm in Anwesenheit seines Vaters unterlaufen war. Er erinnerte sich daran, wie sehr er sich gewünscht hatte, fortzulaufen, es aber nicht getan hatte, weil er gewußt hatte, daß das seine Mutter nur noch mehr betrüben würde. Er dachte daran, daß die zwei Monate im Jahr, die er bei den Zigeunern verbrachte, die einzigen glücklichen Wochen gewesen waren, die er in all der Zeit erlebt hatte.

Dominic zwang sich, sich an diese Dinge zu erinnern – und mit großer Willenskraft brachte er sich dazu, nicht an Catherine zu denken –, als er den letzten Rest des brennenden Schnapses mit einem einzigen Schluck hinunterstürzte. Nach ein paar Stunden Schlaf mit dem Kopf auf den Armen auf der Schreibtischplatte, einem Bad und einer Rasur hatte er für seine Anstrengungen betrüblicherweise nicht mehr als einen pochenden Kopfschmerz aufzuweisen – ihm ging zuviel durch den Kopf.

»Er ist hier, Eure Lordschaft«, sagte der Butler. »Soll ich ihn hereinführen?«

»Ja.«

Das Geräusch von Schritten hallte durch den Gang vor der Tür, und Harvey Malcom trat ein. Er trug einen schlechtsitzenden braunen Gehrock aus feinem Wollstoff und rückte nervös sein Halstuch zurecht, als er durch den Raum auf Dominic zuging.

»Sie haben mich holen lassen, Eure Lordschaft?«

»Ja, das stimmt. Ich wollte Ihnen sagen, daß Sie Ihre Bluthunde zurückrufen können. Ich habe sie gefunden.«

Malcom zog die rotbraunen Augenbrauen abrupt hoch. »Hier?«

»Praktisch direkt unter unserer Nasenspitze. Es scheint, wir hätten höher oben auf der gesellschaftlichen Leiter suchen müssen – es handelt sich bei unserer Dame um eine Gräfin.«

Malcoms Augen wurden groß. »Eine Gräfin!«

»Catherine Barrington, um es genau zu sagen, Gräfin von Arondale. Ich will alles wissen, was Sie über sie herausfinden können – bis hin zu den kleinsten Kleinigkeiten, und sei es, wie dick sie sich die Butter aufs Brot schmiert, wenn das möglich ist.«

»Da wir jetzt wissen, wer sie ist, sollte das kein größeres Problem darstellen.«

»Ihnen ist klar, Malcom, daß Ihre Diskretion beträchtlich sein muß.«

»Haben Sie keine Befürchtungen, Mylord. Ihr Vater hat mir vollständig vertraut. Ich werde Sie nicht im Stich lassen.«

»Gut. Ich erwarte, in nicht mehr als drei Tagen von Ihnen zu hören.«

»Das sollte uns mehr als genug Zeit lassen.« Sowie Malcom gegangen war, kehrte Dominic wieder auf seinen hochlehnigen Stuhl hinter dem geschnitzten Schreibtisch aus Rosenholz zurück. Wie schon während der langen Nachtstunden sah er wieder zum Porträt seines Vaters auf.

»Ich lasse nicht zu, daß du gewinnst«, sagte er, und eine leise Drohung war herauszuhören. »Noch nicht einmal für Catherine.« Doch er mußte die Wahrheit über sie erfahren; dann konnte er sein Leben weiterführen. Er schaute das Porträt an und lächelte.

»Wir werden heute abend die Soiree der Sommersets besuchen«, sagte Edmund. »Litchfield wird mit Sicherheit dort sein, da er und der Earl eng miteinander befreundet sind.«

»Gut«, sagte Catherine. »Ich bin nicht sicher, wie viele solcher gräßlichen Veranstaltungen ich noch ertragen kann. Lieber Gott, wie sehr ich doch das Land vermisse.«

Edmund schaute finster, doch der Herzog lächelte. »Es freut mich, das zu hören. Ich habe eine Einladung für uns angenommen, eine Woche in Rivenrock zu verbringen, Mayfields Landsitz. Das ist nicht weit von der Stadt, aber zumindest können wir dort ein wenig frische Luft einatmen. Der arme kleine Eddie wird schon ganz verrückt, weil er nirgends anders als im Park spielen kann.«

»Eine Woche, Onkel Gil?« sagte Catherine. »Ich hatte gehofft, bis dahin könnten wir... unsere Angelegenheiten... regeln und die Planung für meine Rückkehr nach Arondale in Angriff nehmen.«

»Ich fürchte, das kommt gar nicht in Frage. Hast du so schnell vergessen, meine Liebe, daß ein Anschlag auf dein Leben verübt worden ist? Du kannst wohl kaum nach Arondale zurückkehren, solange diese Angelegenheit nicht aus der Welt geschafft ist.«

»Aber das ist doch einfach lachhaft! Es kann sein, daß der Mann niemals ergriffen wird. Ich werde so weiterverfahren, wie du es getan hast – Männer engagieren, auf deren Schutz ich mich verlassen kann.«

Der Herzog hatte die besten Männer eingestellt, die er finden konnte, um Catherines Sicherheit zu gewährleisten. Immer, wenn sie das Stadthaus verließ, begleiteten sie sie als Lakaien, und wenn sie zu Hause war, bewachten sie das Wohnhaus rund um die Uhr. Ihr Zimmer war besser gesichert worden, und das Spalier unter ihrem Fenster war stark gestutzt worden, damit kein Eindringling zu ihr gelangen konnte.

»Vergleichbare Vorkehrungen in Arondale sollten ausreichen, bis ich verheiratet bin. Wenn das erst einmal passiert ist, dann bezweifle ich, daß jemand es wagen würde, mein Leben in Gefahr zu bringen.«

»Und schon gar nicht, falls du Litchfield heiraten solltest«, warf Edmund ein. »Im Umgang mit Schwertern und Pistolen ist er ganz ausgezeichnet. Er hat mindestens zwei Duelle gewonnen, von denen ich weiß.«

Catherine hob abrupt den Kopf. »Hat er jemanden getötet?«

»Nicht, daß wir etwas davon gehört hätten«, murrte der Herzog. »Ich glaube, er sucht sich seine Gegner mehr nach ihrem Geschick – oder dem Mangel daran – aus, weniger nach ihren unterstellten Taktlosigkeiten.«

Catherine ging nicht auf diese letzten Worte ein. »Siehst du, Onkel. An Litchfields Seite habe ich keinen Grund zur Sorge.«

»Der Mann, der dich entführt hat, war wahrscheinlich nur irgendein Gauner, der sein Taschengeld aufbessern wollte«, fügte Edmund hinzu. »Schließlich muß er eine ordentliche Summe für dich bekommen haben.«

»Wenn das der Fall ist«, sagte der Herzog, »warum hat der Mann dann kein Lösegeld gefordert? Das hätte ihm eine weit höhere Summe eingebracht.«

»Es ist mir noch nicht gelungen, eine Begründung dafür zu finden«, gestand Edmund.

»Nun, er muß Catherine aus irgendwelchen Gründen ausgewählt haben – es war ja schließlich nicht so, als wäre sie eine leichte Beute gewesen. Der Schurke muß es teuflisch schwer gehabt haben, sie aus diesem Zimmer zu schaffen.«

»Wer kann das mit Sicherheit sagen?« sagte Edmund achselzuckend. »Vielleicht hat der Mann sie irgendwo gesehen und sich Hals über Kopf in sie verliebt. Sie hat nur Glück gehabt, daß der Kerl sich nicht selbst Freiheiten bei ihr herausgenommen hat.«

»Jetzt reicht es aber, Edmund«, sagte Amelia, die in der Tür stand und gerade erst ins Zimmer gekommen war. »Ich bin ganz sicher, daß Catherine lieber über etwas Erfreulicheres reden würde.«

Edmund jr. riß sich von der Hand seiner Mutter los, machte kehrt und raste wieder zur Tür hinaus.

»Danke, Amelia, das wäre mir wirklich lieber.« Catherine ignorierte den matten Seufzer ihrer Freundin, als sie der verschwindenden Gestalt ihres kleinen Sohnes im Korridor nachschaute. »Tatsächlich haben wir gerade über Litchfields Antrag gesprochen, mit dem jederzeit zu rechnen ist – selbstverständlich weiß er noch nichts davon.«

»Bist du ganz sicher, daß du Litchfield wirklich willst?« fragte Amelia. »Warum läßt du dir nicht noch etwas mehr Zeit und lernst ihn ein wenig besser kennen, ehe du dich entscheidest?«

»Ich brauche ihn nicht kennenzulernen. Ich brauche von ihm nichts weiter als seinen Namen und einen Arondale-Erben. Wenn diese Pflicht erst einmal erfüllt ist, werde ich mein Leben weitgehend getrennt von meinem Mann verbringen.«

»Catherine, meine Liebe«, sagte der Herzog liebevoll, doch seine nächsten Worte wurden abgeschnitten, weil in dem Moment an die Tür geklopft wurde.

»Die Modistin ist gekommen«, sagte sie strahlend, hob ihre Musselinröcke mit dem zarten Rosenmuster und lief zur Tür. »Es ist noch eine letzte Anprobe des Ballkleides fällig, das ich heute abend tragen werde. Falls Litchfield den Ball besucht, will ich, daß alles perfekt ist.«

Sie strahlt wahrhaftig, dachte Gil mit finsterer Miene. *Sie ist mir zu fröhlich.* Nur er allein wußte von ihrer tragischen Affäre mit dem Zigeuner. Dem *gebildeten* Zigeuner, korrigierte er sich. Demjenigen, dessen Vater Engländer hätte sein können. Mit ihrem fröhlichen Auftreten hielt Catherine ihn nicht einen Moment lang zum Narren. Sie quälte sich innerlich, und nichts, was sie tun oder sagen würde, könnte ihn von diesem Glauben abbringen. Das Schlimmste von allem war, daß er den dumpfen Verdacht hatte, der Schmerz in ihrem Herzen hätte sich in diesen allerletzten Tagen verschlimmert – und er hatte das schreckliche Gefühl zu wissen, warum.

Die Straße war bereits von so vielen offenen und geschlossenen Kutschen, Einspännern, Zweispännern und Vierspännern gesäumt, daß Dominic die Fassade des Stadthauses der Sommersets kaum sehen konnte. Er war mit der Entschlossenheit zu dieser aufwendigen Soiree erschienen, jede Anstrengung zu unternehmen, um sein Leben weiterzuführen und sich ein für allemal zu beweisen, daß er Catherine gegenüber immun war. Sowie er das Haus betreten hatte, ertappte er sich dabei, daß er betete, sie möge die Soiree nicht besuchen. Leider wurden seine Hoffnungen zerschmettert, als sie mit ihrem Onkel und ihrem Cousin eintraf. In ihrem smaragdgrünen Seidenkleid, in das Silberfäden gewebt waren, wirkte sie entschieden majestätisch. Er tat zwar sein Bestes, um ihr aus dem Weg zu gehen, und sie hatte seine Anwesenheit nur mit einem knappen Nicken zur Kenntnis genommen, doch in den letzten Stunden hatte er sich immer wieder dabei ertappt, daß er die Menschenmenge nach ihr absuchte und seine schwarzen Augen wie durch einen starken Bann immer wieder zu ihr hingezogen wurden.

»Gravenwold!« das war Wentworth. Gott sei Dank hatte er Catherine nicht im Schlepptau. Das glaubte er zumindest, bis er sie mit Litchfield tanzen sah – schon wieder. »Ich habe Sie lange nicht mehr gesehen, alter Knabe. Ich dachte schon, Sie hätten vielleicht die Stadt verlassen.«

»Tatsächlich habe ich die Absicht, in Kürze abzureisen. Ich werde eine Woche auf dem Lande verbringen und dann wieder zum Gutshaus zurückkehren.«

»Ich kann mir vorstellen, daß Sie Mayfields Einladung folgen. Ich hatte schon gehört, daß Sie vielleicht dort erscheinen werden. Das sollte ein recht aufwendiges Fest werden.«

Dominic spürte ein leichtes Unbehagen in sich aufkeimen. »Planen Sie und Ihre reizende Nichte, der Einladung Folge zu leisten?« Wenn das der Fall war, würde er nicht hinreisen.

»Das bezweifle ich. Hier ist soviel los.«

Dominic seufzte innerlich. Wenn er auch noch so sehr entschlossen war, seine Gefühle für Catherine zu unterdrücken, dann war es doch bei weitem schwieriger gewesen, als er es für möglich gehalten hätte, sie heute abend hier zu sehen. Ein Teil von ihm wünschte, er wäre nach der ersten Begegnung mit ihr nach Gravenwold zurückgekehrt, doch seine andere Hälfte weigerte sich, sein Leben von seinem Interesse an einer Frau bestimmen zu lassen. Zu dem Zweck hatte er Lady Campdens Angebot wahrgenommen, ihr Gesellschaft zu leisten, und er hatte etliche Stunden in ihrem Bett verbracht. Leider hatte er festgestellt, daß sein Interesse beträchtlich nachgelassen hatte. Er hatte sie bestenfalls halbherzig geliebt und dabei nur wenige Gedanken an ihr Vergnügen und kaum mehr an sein eigenes verschwendet. Am Morgen, als er sie verlassen hatte, hatte er gewünscht, er wäre gar nicht erst dorthingegangen, und er war unzufriedener gewesen als vorher.

»Also, wenn das nicht Lord Gravenwold ist, der so schwer zu fassen ist. Ich hatte gehört, Sie seien hier. Es ist aber auch an der Zeit, daß Sie es für angemessen erachten, uns mit Ihrer Gegenwart zu beehren.« Lord Litchfield, ein schlanker blonder Mann mit hellem Teint, der gut gekleidet war, wenn auch ein wenig geckenhaft, hielt ihm eine Hand hin, und Dominic schüttelte sie. Es kostete ihn seine gesamte Willenskraft, Catherine nicht anzusehen, die sich bei Litchfield eingehängt hatte und ihn heiter anlächelte.

»Lady Arondale«, sagte er schließlich und machte eine kleine Verbeugung über ihrer Hand. »Ich hoffe doch, daß der Abend für Sie bisher erfreulich verlaufen ist?« *Zweifellos*, dachte er. Seit dem Moment ihrer Ankunft hatten sich alle Männer im Saal um Catherine geschart. Zu seinem Erstaunen hatten diese Bemühungen nur Litchfield ihre Aufmerksamkeit eingetragen. Dominic spürte, wie ihm heiß im Nakken wurde. Was, zum Teufel, sah sie in diesem Gauner? Der Mann war nahezu mittellos, ein Frauenheld von der übelsten Sorte und ihr intelligenzmäßig bei weitem nicht gewachsen.

»Der Abend ist außerordentlich amüsant gewesen«, sagte Catherine zu ihm und reckte hochmütig das kleine Kinn in die Luft. »Es scheint, als tanzte Richard fast mit derselben Begeisterung wie ich.«

Richard! So standen die Dinge also. Also, er war schon einmal ganz bestimmt nicht der Engländer, von dem sie gesprochen hatte – soweit Malcom dahintergekommen war, war auch das nichts weiter als eines der Phantasiegespinste – zumindest bis heute abend.

Die Musiker am anderen Ende des Raumes stimmten eine neue Melodie an.

»Ich würde sagen«, sagte Litchfield, »sie scheinen einen Walzer zu wagen.« Mit einer unausgesprochenen Bitte richtete er den Blick auf Catherine. Zwei Tänze hintereinander – alles in allem drei –, das war äußerst ungehörig, und sie wußten es beide – es sei denn, er beabsichtigte eine Heirat.

Dominic bedachte ihn mit einem scharfen Blick und Catherine mit einem sehr dünnen Lächeln. »Ich hatte gehofft, Lady Arondale würde mir die Ehre geben.«

Als es so aussah, als könnte sie ablehnen, spannten sich Dominics Finger um ihr Handgelenk, und die Drohung in seinen harten schwarzen Augen war mehr als deutlich.

Catherine lächelte zuckersüß zu ihm auf. »Aber gewiß doch, Mylord.« Doch ihr Blick blieb kalt.

Dominic führte sie auf die Tanzfläche und zog sie in seine Arme. Im selben Moment erkannte er, daß er einen Fehler begangen hatte. Als er ihre schmale Taille fühlte, erinnerte ihn das an die üppigen, reizvollen Kurven unter ihrem Ballkleid und an ihre wohlgeformten Beine, die sich so anmutig im Takt mit seinen bewegten. Er erinnerte sich an jeden Zentimeter ihrer seidenweichen Haut, an die apricotfarbene Tönung ihrer Brustwarzen. Er wollte sie nackt sehen, wollte, daß sie sich unter ihm wand und seinen Namen rief, wie sie es schon getan hatte. Er wollte sie in seinen Armen halten und sie küssen und sie endlos und ewig lieben.

»Ich habe dich vermißt«, sagte er leise und wünschte, es wäre nicht die Wahrheit.

»Nun, ich dich nicht«, sagte Catherine bissig. »Ich war viel zu beschäftigt, um an einen hinterhältigen, gerissenen Lumpen wie dich zu denken.«

»Hattest du zuviel damit zu tun, an Litchfield zu denken?« spottete er und zog eine dichte schwarze Augenbraue hoch.

»Richard ist ein äußerst attraktiver Mann, falls du das noch nicht bemerkt hast.«

»*Richard*«, höhnte er, »ist ein Dandy, der dummes Zeug faselt.«

Catherine reckte das Kinn in die Luft. »Lord Litchfield ist bei weitem mehr ein Gentleman, als du es je sein wirst. Bislang hat er mich mit seinem Werben nicht unter Druck gesetzt, doch ich glaube, daß er es schon bald tun wird. Und wenn er es tut, dann habe ich die Absicht, seinen Antrag anzunehmen. Wir werden heiraten, sowie es der Anstand erlaubt.«

Dominic trat daneben, und Catherine stolperte. Er gewann schnell die Fassung wieder und zwang sich zu einem Lächeln. »Ich glaube wirklich, daß du dich übermäßig ermattet hast«, höhnte er und zog sie zu den Doppeltüren, die ins Freie führten. »Warum schnappen wir nicht frische Luft?«

»Aber...«

Er zog sie um die Ecke, bis sie nicht mehr in Sicht waren, und ihre Haltung blieb steif und unnachgiebig. »Ich will die Wahrheit hören,

Catrina. Du brauchst nicht vielleicht wegen der Vorfälle, zu denen es zwischen uns gekommen ist, einen Ehemann?«

Catherine schnappte nach Luft. »Aber ganz bestimmt nicht! Die Ehe ist schlichtweg ein Mittel, meine Freiheit zu erlangen. Ich habe eine reichliche Dosis davon abbekommen, und ich stelle fest, daß ich sie enorm vermisse. Sowie ich erst einmal einen Erben hervorgebracht habe, besitze ich dieselbe Unabhängigkeit, die andere verheiratete Frauen auch haben. Kurz gesagt, ich brauche mich niemand anderem als mir selbst gegenüber zu verantworten.«

Dominic sah sie einen Moment lang an und bemerkte die Röte in ihren Wangen und wie sich das Mondlicht in ihrem flammendroten Haar spiegelte.

Er griff nach einer der seidigen Locken, die sich neben beiden Ohren sanft wellten, und strich sie zwischen seinen Fingern glatt. »War es wirklich gar so schlimm, dich mir gegenüber verantworten zu müssen?«

Catherine hob den Blick zu ihm, und ihre leuchtend smaragdgrünen Augen wurden weicher. Sie sah ihn an und hing, so schien es, Erinnerungen an ihre Liebesnächte nach, dachte an andere Nächte, die sie unter den Sternen verbracht hatten. »Nein, mein Zigeunerfürst, das war es nicht. Aber du bist nicht der Mann, den ich heiraten werde. Und ich verabscheue es, dem Geheiß eines anderen Mannes zu folgen.«

»Und doch wirst du dich ihm im Ehebett beugen.«

Catherines Lippen zogen sich zu einem mißbilligenden Strich zusammen. »Ich bin kein unerfahrenes Mädchen mehr, Mylord, und das habe ich dir zu verdanken. Ich weiß genau, was erforderlich ist. Ich werde es über mich ergehen lassen.«

Ein Muskel in Dominics Kiefer zuckte. »Ist das der Reiz, den Litchfield auf dich ausübt? Du bist doch nicht etwa so dumm zu glauben, er könnte bei dir die Gefühle wachrufen, die ich wachrufen kann?«

Ehe sie etwas darauf antworten konnte, zog er sie in seine Arme und hielt sie mit den Augen ebenso sicher wie mit den Händen gefangen.

Dann preßte sich sein Mund zu einem glühenden, süßen, leidenschaftlichen Kuß auf ihre Lippen, der das besagte, was seine Worte nicht besagt hatten.

»Catherine«, flüsterte er an ihrem Mund, und die Berührung ihrer Lippen entflammten mehr Glut in ihm, als die vielen Stunden im Bett einer anderen. Ihre Hände schlangen sich um seinen Nacken, und sie erwiderte den Kuß, aber nur einen Moment lang. Dann riß sie sich los. »Bitte, Dominic, bitte, tu das nicht.«

Eine Zeitlang stand er nur einfach da, hielt sie in seinen Armen, spürte ihr Zittern und fühlte ihre zarten Kurven, die sich an ihn schmiegten. Sein Körper war steif und angespannt, sein Schaft heiß und hart. Mein Gott, wie sehr er sie begehrte.

»Bitte«, flüsterte sie, und er ließ sie los.

Mit leuchtenden Augen berührte Catherine ihre von dem Kuß geschwollenen Lippen, und ihr Ausdruck war unsicher und mehr als nur ein wenig vorwurfsvoll. Dann wandte sie sich ab und eilte fort. An der Tür blieb sie einen Moment lang stehen, strich sich das Haar und das Kleid glatt, reckte das Kinn in die Luft und betrat den Saal.

Dominic fuhr sich mit einer Hand durch das Haar. Verdammter Mist! Was, zum Teufel, dachte er sich eigentlich dabei? Wenn er sich nicht vorsah, würde er sie ruinieren. Und was, zum Teufel, bildest du dir ein, bisher getan zu haben? fragte er sich höhnisch. Malcom war hinter die Geschichte ihres angeblichen Todes durch Ertrinken gekommen, und er hatte auch die List herausgebracht, die sie eingesetzt hatte, um in die Gesellschaft zurückzukehren – die Monate, die sie in einem Kloster verbracht hatte –, und diese Idee war brillant gewesen. Das letzte, was sie jetzt noch brauchte, war, daß er ihr noch mehr Ärger machte.

Dazu kam noch, daß sie möglicherweise in Gefahr schwebte. Malcom mußte die Wahrheit über ihre Entführung noch bestätigen, doch die Anwesenheit von Wachen, die der Herzog engagiert hatte, schienen ihrer Geschichte Glaubwürdigkeit zu verleihen. Zumindest stand sie unter gutem Schutz, und Dominic hatte Malcoms Bemühungen in die Richtung geleitet, den Mann ausfindig zu machen, der hinter der Tat steckte. Obwohl er jetzt wußte, was für eine Dummheit es war, sich, unter welchen Umständen auch immer, in Catherines Nähe aufzuhalten, würde er doch wesentlich ruhiger schlafen, wenn er wußte, daß sie wirklich und wahrhaft in Sicherheit war. Dominic machte einen weiten Bogen um Catherine und ihre Begleitung herum, lief um das Haus und stand Minuten später vor der Eingangstür und wartete auf seine Kutsche.

Soviel zu seinem Plan, sich seine Gefühle für sie auszutreiben.

Von jetzt an würde er ihr eben aus dem Weg gehen müssen.

»Wo, zum Teufel, steckt Catherine?« Der Herzog suchte die Tanzfläche ab, sah aber weder seine wunderschöne Nichte noch Gravenwold, den Mann, mit dem sie vorher getanzt hatte. Jedesmal wenn diese beiden zusammenkommen, scheinen sie zu verschwinden, dachte er.

»Der Mann ist ein berüchtigter Lebemann«, sagte Edmund. »Man sollte ihm nicht erlauben, auch nur in ihre Nähe zu kommen. Ich sollte sie besser suchen gehen.« Er bahnte sich einen Weg durch die dichte, plaudernde Menschenmenge, durch die Türen, die in den Garten führten. Doch er war nicht auf der Suche nach Catherine.

»Cave!« flüsterte er in die Dunkelheit, »wo steckst du, verflixt noch mal?«

»Gleich hier, Eure Lordschaft.« Wie ein überdimensionaler Geist tauchte Nathan Cave, Edmunds persönlicher Diener, ein riesengroßer, kräftiger Mann mit einem dichten schwarzen Schnurrbart und langem schwarzem Haar, das er im Nacken zu einem Zopf gebunden hatte, neben ihm hinter einem Baumstamm auf.

»Nun, was ist?«

»Die Kleine ist rausgekommen, das ist richtig, aber sie hatte einen großen Kerl dabei. Der hat sie geküßt, hat er wirklich getan. Hier mitten auf der Veranda.«

»Dieser Lump«, sagte Edmund.

»Hier laufen zu viele Leute rum, um sie allein zu schnappen, es ist besser, noch ein bißchen länger zu warten. Einen anderen Ort zu finden. Früher oder später wird sie alleine losziehen. Und wenn sie das tut, dann warte ich schon auf sie. Das verspreche ich Ihnen, Eure Lordschaft, diesmal bringe ich sie um die Ecke, wie ich es schon eher hätte tun sollen.«

»Du und dein Gewissen«, murrte Edmund. »Mit deinen kleinen Kunststücken hättest du uns beinahe beide an den Galgen gebracht.«

Der große, kräftige Mann ließ den Kopf hängen. »Ihre Ladyschaft ist immer freundlich zu mir gewesen. Es kam mir einfach nicht richtig vor, ihr so den Garaus zu machen. Ich finde es immer noch nicht richtig, aber ich vermute, jetzt läßt es sich nicht mehr umgehen, beim besten Willen nicht.«

»Kann man den Männern vertrauen, die du ausgesucht hast?« fragte Edmund.

»Es sind Galgenvögel, aber sie verstehen ihr Handwerk. Genug Kohle, und sie werden den Mund halten.«

»Die Zeit wird knapp; wenn sie erst einmal verheiratet ist, hilft ihr Tod uns nichts mehr – dann wird ihr Vermögen an ihren Mann fallen, und dann sind wir alle echt und ehrlich am Ende.«

»Kein Grund zur Sorge. Wenn wir die Kleine erst mal geschnappt haben, ist alles im Handumdrehen erledigt.«

»Eines ist günstig für uns – mit der kleinen Geschichte, die sie sich ausgedacht hat, hat sie deinen verpfuschten Versuch gedeckt. Wenn wir diesmal Erfolg haben, sind wir fein raus. Dann wirst du wie ein König leben, statt die nächsten zwanzig Jahre damit zuzubringen, meinen Befehlen zu folgen.« Edmund lächelte.

»Ja, Sir.«

»Nathan, mein Junge, dann wirst du diese üblen Zeiten in Newgate für immer vergessen können.«

Nathan zuckte sichtlich zusammen, wie Edmund es im voraus

gewußt hatte. Allein schon die Erinnerung an die Jahre, die er im Schmutz und im Gestank des Schuldnergefängnisses verbracht hatte, reichten aus, um ihn bei Stange zu halten.

Etliche Jahre nach seiner Inhaftierung hatte ein Verwandter von Nathan die Arbeit bei Edmund als Kutscher aufgenommen. Als Edmund Spielschulden hatte anlaufen lassen, die er nicht bezahlen konnte, und jemanden gebraucht hatte, der den Gentleman, in dessen Schuld er stand, davon abhielt, ihn zum Duell herauszufordern, hatte er sich unter vier Augen mit einem der Dienstboten unterhalten. Billie Cave hatte Edmund versichert, wenn er Nathans Schulden zahlte und ihn aus Newgate herausholte, würde sich Edmund damit die unerschütterliche Loyalität des Mannes sichern.

Er hatte außerdem gesagt, daß Nathan zwar ein Spatzengehirn hatte, aber ein ganz ausgezeichneter Schütze war, gut mit dem Messer umgehen und sich aus der unangenehmsten Situation herausprügeln konnte. Edmund hatte es riskiert, Caves lumpige Schulden bezahlt und die Loyalität des Mannes gewonnen. Es gab keine Aufgabe, die Edmund nicht von ihm verlangen konnte. Was nicht heißen sollte, daß der große Dummkopf nicht gelegentlich einen Fehler machte.

»Ich muß sie von den Wachen fortlocken. Sie irgendwo allein hinlocken.«

»Wentworth könnte unser Problem gelöst haben. Wir werden die Woche in Rivenrock verbringen, Mayfields Landsitz. Das könnte genau die Gelegenheit sein, nach der wir Ausschau halten.«

Nathan seufzte. »Ich wünschte, es ließe sich anders lösen.«

»Nein, das geht aber nicht. Du hast es auf deine Art probiert – und jetzt werden wir es auf meine Art probieren.«

Cave scharrte mit der Stiefelspitze auf dem Boden und ließ resigniert den Kopf hängen. »Sie haben mein Wort darauf.«

Edmund nickte nur. »Ich muß jetzt wieder reingehen. Hier läßt sich nichts machen, und daher kannst du ebensogut auch gleich wieder nach Hause gehen.«

282

Der stämmige Mann nickte und schlenderte zum Schuppen, der an einer Straße hinter dem Haus stand.

Edmund schüttelte den Kopf. Heiliger Strohsack, aber die Lage war wirklich verflixt. Er hatte Catherine noch nie Böses gewollt, aber, verdammt noch mal, er konnte nicht von seiner Frau und seinem Kind erwarten, daß sie weiterhin von Catherines Brosamen lebten. Sein eigenes Vermögen war beträchtlich geschrumpft. Was würde für den kleinen Eddie übrigbleiben, wenn er erwachsen wurde?

Seine einzige Möglichkeit, anständig für seine Familie zu sorgen, bestand darin, seine Cousine aus dem Weg zu schaffen.

Manchmal konnte man das Leben schon als hart bezeichnen.

16

Catherine schloß die schwere Mahagonitür zu ihrem gewaltigen Schlafzimmer im Ostflügel von Rivenrock und lehnte sich daran, um sich zu stützen. »Gott im Himmel, er ist hier!«

»Wer ist hier, Mylady?«

»Dominic. Der Mann ist wie ein Schatten. Wohin ich auch gehe, er taucht überall auf. Er folgt mir doch nicht etwa absichtlich?«

Catherine hatte sich Gabby endlich anvertraut. Es gab niemand anderen, an den sie sich wenden konnte, und sie wußte, daß ihre kleine französische Zofe ihr Geheimnis niemals verraten würde. Gabby war vor langer Zeit den Flammen der Leidenschaft erlegen, und sie verstand sie nur zu gut.

»Aber er muß Ihnen gefolgt sein. Warum sonst sollte er überall hingehen, wo Sie auch hingehen?«

»Ich weiß es nicht. So, wie er für mich empfindet, ist es einfach nicht einleuchtend.« Catherine lief auf dem dicken Aubusson-Teppich auf und ab. Vor dem Fenster grasten in der Ferne Schafe, und Sonnenschein spiegelte sich auf kleinen blauen Teichen. Mayfields luxuriöses Anwesen lag auf achttausend Morgen leicht hügeligen und bewaldeten Landes, nur zwei Tagesfahrten mit der Kutsche von London entfernt.

»Vielleicht macht sich Seine Lordschaft doch mehr aus Ihnen, als Sie wissen.«

Catherine schüttelte den Kopf. »Er begehrt mich – das hat er deutlich klargestellt. Aber nur, damit ich ihm das Bett anwärme. Da ich immer noch unverheiratet bin, wären wir beide ruiniert, und Dominic weiß es.« Sie seufzte und ließ sich auf die Tagesdecke aus pfirsichfarbenem Moiré unter dem passenden Betthimmel aus Seide über dem vierpfostigen Bett sinken. »Ich muß mit ihm reden. Die Wahrheit herausfinden.«

»Halten Sie das für weise? Wenn die Dinge wirklich so stehen, wie Sie sagen, dann könnte es Probleme mit Lord Litchfield bereiten, wenn Sie mit ihm zusammen gesehen werden.«

Catherine rutschte auf dem Bett herum. »Vielleicht hast du recht. Das wichtigste ist im Moment, Litchfield einen Heiratsantrag abzuringen. Je eher ich aus London fortkomme – *und von Dominic* –, desto glücklicher bin ich.«

Catherine kleidete sich mit ermeßlicher Sorgfalt für den bevorstehenden Abend an und wählte ein eierschalfarbenes Seidenkleid mit einem Überrock aus bauschigem Tüll, der mit Gold gesprenkelt war. Mit den Arondale-Smaragden, die die Farben ihrer Augen betonten, hoffte sie, Litchfield durch die Lockung ihres Geldes zu betören. Sie beabsichtigte, ihn mit ihren Aufmerksamkeiten zu überhäufen und Dominic ganz extrem zu ignorieren.

Es verlief nicht ganz so, wie sie es geplant hatte.

Richard, der an ihrer Seite war, seit sie den Salon betreten hatte, war fortgegangen, um ihr einen Sherry zu holen, und einen Moment lang hatte er sie neben dem Pianoforte allein gelassen. Dominic war bisher noch nicht aufgetaucht.

Als sie Schritte neben sich hörte, drehte sie sich um und war sicher, daß Richard zurückgekehrt war, statt dessen entdeckte sie die großgewachsene dunkelhäutige Gestalt, vor deren Auftauchen ihr gegraut hatte.

»Was, zum Teufel, tust du hier?« Dominic bemühte sich nicht, sein Mißvergnügen zu verbergen, seine Haltung war steif, die glatte dunkle Haut auf den Wangenknochen angespannt. »Allmählich bekomme ich den Eindruck, daß du mich verfolgst.«

»Was? Du bist hier derjenige, der mich verfolgt!«

Er lächelte bedächtig, doch es stand keine Spur von Wärme in seinen Augen. »Ist das so?«

»Ja. Mein Onkel und ich haben schon vor einer ganzen Weile Pläne geschmiedet, diesen Ausflug zu unternehmen. Ich kann dir versichern, wenn ich gewußt hätte, daß du hier bist, wäre ich nicht hergekommen.«

»Dein Onkel hat mir gerade erst letzte Woche mitgeteilt, er hätte wichtigere Dinge in London zu erledigen.«

Catherine zog die Stirn in Falten. »Das ist sehr merkwürdig. Nun ja, vielleicht hatte er sich noch nicht endgültig entschieden. Auf alle Fälle bin ich hier, und ich denke gar nicht daran, fortzugehen. Wenn meine Gegenwart dich so sehr stört, warum gehst du dann nicht?«

Dominic biß die Zähne zusammen. »Du solltest inzwischen wissen, Catrina, daß weder du noch irgendeine andere Frau über mein Leben verfügen wird. Ich bleibe, solange ich mag. Geh du mir nur aus dem Weg.«

Catherine hätte ihn am liebsten in das gutgeschnittene Gesicht geschlagen. »Du bist der arroganteste...«

»Spar dir den Atem, meine Liebe, wir wissen beide ganz genau, was ich bin – und was ich immer sein werde.« Als er Litchfields Rückkehr aus dem Augenwinkel wahrnahm, beugte sich Dominic förmlich über ihrer Hand. »Benimm dich, Kleines. Du willst doch gewiß nicht, daß Seine Lordschaft dein wahres Gesicht sieht, oder?« Er wandte sich ab und schloß sich dem Mann wieder an, mit dem er gekommen war, dem Viscount Stoneleigh. Catherine zwang sich, Litchfield anzulächeln und das Glas Sherry entgegenzunehmen, das er ihr gebracht hatte.

286

»Danke, Mylord.«

»Richard«, verbesserte er sie.

»Richard«, sagte sie einschmeichelnd und bemühte sich, nicht in Dominics Richtung zu schauen.

»Es freut mich ja so sehr, daß Sie es geschafft haben, herzukommen. Wir sollten es uns hier blendend ergehen lassen – Mayfield scheut niemals Unkosten.«

Das entsprach der Wahrheit. Wenn Lavenham auch noch so luxuriös war, war Rivenrock doch mindestens dreimal so groß und außerordentlich prunkvoll. Der Raum, in dem sie standen, war in majestätischen Purpur- und Goldtönen gehalten, die Böden waren ein Marmormosaik, die Teppiche seidene Darstellungen der Kreuzzüge.

»Am Mittwoch wird die Jagd abgehalten«, sagte Litchfield gerade, »und morgen abend findet ein Maskenball statt – und das ist erst der Anfang.«

»Ein Maskenball«, sagte Catherine, »aber ich habe gar kein Kostüm mitgebracht.«

In dem Moment kam Lady Georgina auf sie zu und schnappte ihre letzten Worte auf. »Du brauchst dir wegen des Balls keine Sorgen zu machen, Catherine. Wie üblich hat Vater an alles gedacht. Manche der Damen sind im voraus darüber informiert worden, aber es war eher ein Gedanke in letzter Minute, daher hat er für diejenigen, die nichts davon wußten, ein halbes Dutzend Näherinnen und Dutzende von Metern Stoff bestellt. Sie werden dir im Handumdrehen etwas schneidern können. Du mußt dich nur entschließen, was du gern sein möchtest.« Catherine warf einen Blick auf Dominic, sah, daß seine prachtvollen dunklen Augen sie ebenfalls ansahen – und sie wußte *ganz genau*, was sie zu dem Ball tragen wollte.

»Ich bin nicht sicher, ob das eine so gute Idee ist, Mylady.« Gabby zog Catherine die weiße Bauernbluse mit den Ziermünzen über den Kopf.

»Vielleicht nicht. Aber der Ausdruck auf Dominics Gesicht wird es wert sein, jedes Risiko einzugehen.« Sie hob die Arme und ließ sich den gerafften roten Seidenrock über den Kopf ziehen, der ebenfalls mit vielen Ziermünzen bestickt war, zog ihn an sich herunter, schloß ihn an der Taille und rückte die Schichten von Unterröcken zurecht, die sie darunter trug.

»Oh, überrascht wird er sein«, sagte Gabby, »daran zweifle ich nicht.« Sie kam zur Frisierkommode und blieb vor dem Spiegel stehen. »Kommen Sie. Lassen Sie mich Ihr Haar ausbürsten.«

Catherine lächelte voller Vorfreude. Sie würde ihre flammende Mähne geöffnet auf dem Rücken tragen, an einer Seite hochgesteckt und mit den kleinen Goldmünzen geschmückt, die Dominic ihr anscheinend vor Äonen geschenkt hatte. An ihrem Handgelenk klimperten mehrere Münzen an einem Armband, das Gabby ihr aufgefädelt hatte, und ein breiter goldener Reifen umspannte ihren Oberarm. Dünne Goldringe baumelten an ihren Ohren, und ihre Bluse war schamlos tief ausgeschnitten. Alles in allem sah sie ganz ähnlich aus, wie sie in dem Zigeunerlager ausgesehen hatte. Abgesehen davon, daß der schimmernde rote Seidenstoff weit kostbarer war als alles, was sie sich damals hätte leisten können.

»*Mon Dieu*«, hauchte Gabby. »Seine Lordschaft wird verrückt auf Sie sein.«

»Da wäre ich mir nicht so sicher.« Aber insgeheim hoffte sie, daß Gabbys Worte sich als wahr erweisen würden. Das würde dem Schuft recht geschehen. Sie hoffte, er würde sich an jeden einzelnen Augenblick erinnern, den sie gemeinsam erlebt hatten, an jeden glühenden Kuß. Sie hoffte, die Erinnerung an die Leidenschaft würde ihn versengen.

»Bist du ganz sicher, daß gegen mein Aussehen nichts einzuwenden ist?« fragte Catherine, die plötzlich ein wenig nervös wurde. Jetzt könnte jeden Moment Onkel Gil kommen, um sie zu begleiten, und ihm würde das gar nicht gefallen – nicht im geringsten.

»Sie sehen sehr hübsch aus, Mylady.«

Impulsiv streckte Catherine die Arme aus und drückte sie an sich. »Ich danke dir, Gabby, für alles.« Ein Klopfen an der Tür sagte ihr, daß der Herzog gekommen war. Als Catherine die Tür öffnete, holte Gil hörbar Atem.

»Bist du verrückt geworden?« brüllte er.

»Es besteht kein Grund zur Sorge, Onkel Gil, du bist hier der einzige, der etwas über meine Vergangenheit weiß.«

»Ach, tatsächlich?« sagte er und zog eine buschige silbergraue Augenbraue hoch.

»Ja... sicher«, sagte Catherine, doch eine schuldbewußte Röte schlich sich in ihre Wangen. »Sollen wir gehen?«

»Das gefällt mir gar nicht, Catherine.«

»Du regst dich umsonst auf. Es ist doch nur ein Kostüm.«

»Ein Kostüm«, murrte er, »allerdings.«

Der Maskenball wurde in dem prunkvollen rotsilbernen Ballsaal im zweiten Stock abgehalten. Als Catherine und Gil eintrafen, waren die meisten anderen Gäste bereits da. Außer denen, die in Rivenrock zu Gast waren und dort nächtigten, waren wohlhabende Mitglieder des Landadels und alle Freunde der Mayfields eingeladen worden, die nahe genug lebten, um die Strecke bequem zurücklegen zu können.

Alles in allem waren Dutzende von Besuchern versammelt, die ausnahmslos prächtig kostümiert waren. Von Rittern in Rüstungen mit ihren hübschen Burgfräuleins bis hin zu ägyptischen Pharaonen und römischen Soldaten war alles vertreten. Es gab Griechen im Hymation, Figuren aus Shakespeares Stücken und sogar ein paar Märchenprinzessinnen, und alle hatten sich hinter ihren Satinmasken versteckt. Onkel Gil hatte sich als Richter verkleidet und trug eine weiße Lockenperücke. Edmund trug eine schwarze Klappe über einem Auge, eine leuchtendrote Schärpe und ein Schwert an der Hüfte. Amelia war als Hofdame maskiert und trug unter ihren pflaumenfarbenen Brokatrökken enorme Reifröcke und dazu eine hohe weiße Perücke, auf der kleine ausgestopfte Vögel nisteten.

»Meine Güte«, sagte Amelia, deren Blick auf Catherines leuchtendbunte Zigeunertracht fiel, »man könnte fast glauben, du seist wirklich
eine Bäuerin.«

»Ich danke dir, Amelia, falls du es bist.« Catherine lächelte und nahm
das Glas Champagner entgegen, das ihr ein livrierter Bediensteter
reichte. Sie wollte gerade noch etwas sagen, als sie ein seltsames Prik-
keln in ihrem Nacken spürte. Jemand beobachtete sie, und sie wußte
schon, wer es war, ehe sie sich umdrehte, um ihn anzusehen. Als sie es
tat, stockte ihr Atem, und der Rest des Raumes schien zu verblassen.

Dominic stand keine zwei Meter von ihr entfernt und trug die enganliegende schwarze Kniebundhose, die er im Lager getragen hatte, hohe
schwarze Stiefel und seine bestickte Teppichweste, die mit Pailletten
und Gold eingefaßt war. Unter der Weste war seine breite, dunkle
Brust nackt, und ein kleiner silberner Ohrring hing an einem Ohrläppchen. Dieser große und unglaublich gutaussehende Mann war nicht
mehr Nightwyck oder der Marquis von Gravenwold. Und auch nicht
mehr ein bedrohlicher Fremder. Er war der Mann, den sie geliebt hatte,
und Catherine lechzte danach, zu ihm zu gehen, sich von diesen kräftigen Armen umfangen zu lassen und von ihm fortgetragen zu werden.

Als er unter den flackernden Kerzenleuchtern vortrat, fiel ein warmer Bronzeschimmer auf seine Haut, und seine Augen, die so unglaublich dunkel waren, hefteten sich auf ihr Gesicht.

»Guten Abend«, sagte er, »meine schöne Zigeunerin.«

»Guten Abend«, erwiderte Catherine, und ihre Stimme war kaum
mehr als ein Flüstern.

»Da wir beide in derselben Stimmung sind«, sagte er förmlich, »finde
ich es nur angemessen, den ersten Tanz von Ihnen zu erbitten.«

Den Tanz hatte sie Litchfield versprochen, aber Catherine war das
jetzt vollkommen gleichgültig. »Einverstanden.« Er nahm ihre Hand
und führte sie auf die Tanzfläche.

Ein Dutzend Musiker begann zu spielen, und der betörende Klang
von Geigen stieg in den Ballsaal auf. Dominic zog sie etwas enger an

sich, als er es hätte tun dürfen, und seine Hand lag warm und fest auf ihrer Taille. Sie tanzten, wie sie nie zuvor getanzt hatten, beide in Erinnerungen verloren, und sie dachten an eine andere Zeit und einen anderen Ort und sehnten sich danach, wieder dort zu sein.

Dominic sah ihr fest in die Augen, nicht mehr böse, sondern vertraulich und besitzergreifend. »Ich wünschte, ich könnte dich noch einmal so tanzen sehen, wie du es in jener Nacht im Lager getan hast. Du warst wild und wunderschön. In jener Nacht hast du für mich allein getanzt – das habe ich in deinen Augen gesehen.«

Catherines Wangen wurden warm. Sie würde jenen Abend niemals vergessen, aber auch nicht die Hingabe, die sie empfunden hatte.

»Ich wünschte, wir wären jetzt wieder dort«, sagte er leise. »Ich wünschte, ich könnte dich zu meinem Vardo tragen.«

Seine tiefe, männliche Stimme gaben ihr Gedanken an die Leidenschaft ein, die sie gemeinsam erlebt hatten. An das Gefühl des Einsseins, das sie niemals mit einem anderen erfahren würde, und ein Kloß stieg in Catherines Kehle auf. »Ich habe dich vermißt«, sagte sie leise. »Manchmal wünschte ich, ich wäre dort geblieben.«

In Dominics Augen stand eine Zärtlichkeit, die sie nicht mehr gesehen hatte, seit sie die fahrenden Zigeuner verlassen hatte.

»Das wünsche ich mir auch jedesmal, wenn ich nach England zurückkehre. Aber niemals mehr als diesmal...« Seine Worte ergriffen sie, drangen in ihr Herz und trieben sie ihm entgegen. Er hatte sie also doch vermißt, wie er es damals gesagt hatte. »Ich wünschte, es hätte alles anders sein können...«, sagte er. »Ich wünschte, *ich* könnte anders sein.«

Catherine beobachtete ihn durch gesenkte Wimpern, musterte seine markanten Gesichtszüge und erinnerte sich daran, wie seine Haut sich unter ihren Fingern angefühlt hatte. »Ich habe dich geliebt«, sagte sie. »Ich habe Dominic geliebt, den Mann, der du in der *Kumpania* warst.«

Einen Moment lang sagte er nichts, doch seine Hand schloß sich fester um ihre Taille. »Ich bin jetzt noch derselbe Mann.«

Catherine schüttelte den Kopf. »Nein. Hier bist du anders. Härter. Unnachgiebiger. Ist es der Haß auf deinen Vater, der dich so sein läßt?«

Dominic richtete den Blick in die Ferne, und seine Augen verschleierten sich ein wenig. »Was weißt du über meinen Vater?«

»Nichts. Nur, daß er tot ist. Und daß alles, was zwischen euch beiden war, jetzt der Vergangenheit angehört.« Ein Muskel spannte sich in Dominics Kiefer an. *Es gehört nicht der Vergangenheit an. Es wird niemals der Vergangenheit angehören.* Catherine sah die Erbitterung, die grimmige Entschlossenheit, und eine schmerzliche Traurigkeit stahl sich in ihr Herz. »Dann gilt dem Mann, der du jetzt bist, nur mein Mitleid.«

»Catherine...« Der Tanz endete abrupt und gebot jeglichen weiteren Worten Einhalt, die er vielleicht noch gesagt hätte.

Schweigend führte Dominic sie von der Tanzfläche. Ein Rundtanz begann, als er sie zu ihrem Onkel zurückbrachte, der mit finsterer Miene und noch finstereren Augen dastand. Catherine wollte ihn gerade fragen, ob etwas nicht in Ordnung sei, doch Litchfield tauchte auf, um den nächsten Tanz von ihr zu fordern, und ihr Onkel schlenderte weiter.

Sie bemühte sich, ihre Aufmerksamkeit auf den attraktiven blonden Mann zu richten, der sie in den Armen hielt, doch selbst während sie ihm ins Gesicht lächelte, kreisten ihre Gedanken um einen anderen. Aus dem Augenwinkel konnte sie ihn sehen, so groß und imposant, und jedesmal, wenn sie ihn sah, stellte sie fest, daß er sie ebenso intensiv beobachtete wie sie ihn.

Sie tanzte nur noch einen weiteren Tanz mit ihm, doch wie schon zuvor brach der Zauber über sie herein, und die Macht ihrer Maskerade ließ sie zu ihren wilden Zigeunernächten zurückkehren, zu den Erinnerungen, die sie miteinander verbanden und sie nicht mehr loslassen wollten.

Anschließend verschwammen die Stunden für Catherine. Litchfield war weiterhin eifrig um sie bemüht, und Catherine glaubte wirklich, daß er Ernst machen wollte. Sie gab ihm nicht die geringste Chance. Nicht heute abend. Nicht, wenn Dominic so nahe war.

Morgen war es noch früh genug, um der Zukunft ins Auge zu sehen. Heute abend würde sie sich mit einem Vorwand entschuldigen und sich davonschleichen. Nur dieses eine letzte Mal würde sie ihren geliebten Zigeuner aufsuchen.

Und dann würde sie ihn weiterziehen lassen.

Als es spät wurde, sagte Catherine Edmund, Amelia und ihrem Onkel gute Nacht und gab vor, sich nach oben in ihr Zimmer zurückzuziehen. Statt dessen trat sie in die Dunkelheit hinaus und folgte Dominic, der in den Garten geschlendert war. Unter einem silbrigen Mond spazierte er über die schwach erleuchteten Pfade, die vom Haus fortführten, und begab sich stumm in die Nacht hinaus.

Sie kam auf den Gedanken, er könnte sich mit einer der Frauen treffen, mit denen er getanzt hatte, doch sie glaubte es nicht wirklich. Die Erinnerungen, die sie an jenem Abend heraufbeschworen hatten, hatten ihn ebensosehr aufgewühlt wie sie.

Jetzt beobachtete sie ihn aus der Ferne, wie er an der Gartenmauer lehnte und einen Fuß in einem Stiefel an die Wand gestemmt hatte. Er zog an einer dünnen Zigarre und stieß eine Rauchwolke in die stille Nachtluft aus und starrte geistesabwesend in die Dunkelheit. Catherine wünschte, sie könnte seine Seele erforschen.

»Guten Abend, mein schöner Zigeuner«, sagte sie leise, als sie näher kam.

»Catherine...« Er nahm eine aufrechtere Haltung ein, warf die Zigarre fort, sah sich um, und stellte fest, daß sie allein war. »Du hättest nicht herkommen dürfen.«

»Wenn es um dich geht, dann gibt es vieles, was ich nicht tun sollte.«

»Warum hast du es getan?«

Sie lächelte liebevoll. »Weil Domini heute abend hier ist, und ich weiß, daß ich ihn nicht wiedersehen werde.«

Dominic zögerte, und dann trat er aus dem Schatten heraus, mit der

Anmut und der Verstohlenheit eines Panthers. Er stellte sich vor sie hin, sah fest in ihre Augen und schien mit sich selbst im Widerstreit zu liegen. Dann hob er die Hand und grub sie in ihr Haar, zog die schweren Strähnen zwischen seine Finger. Er bog ihren Kopf zurück, zog sie in seine Arme und senkte dann langsam seinen Mund auf ihre Lippen.

Catherine kostete es aus, seinen großen, kräftigen Körper zu spüren. Sie teilte die Lippen unter seinem Mund, akzeptierte den Ansturm seiner Zunge und parierte jeden seiner Stöße mit sinnlichen Bewegungen, während sie die Arme um seinen Hals schlang. Sie kostete den Wein, den er getrunken hatte, und den bittersüßen Geruch seiner Zigarre. Vor allem aber schmeckte sie seine Männlichkeit, spürte sie in den Muskelsträngen auf seinen Schultern und in der Steifheit seines Verlangens, das sich derart mächtig und fordernd an sie preßte.

»Du bist wirklich eine Hexe«, flüsterte er ihr ins Ohr und löste den Mund von ihren Lippen, um Küsse auf ihr Kinn zu pressen, auf ihren Hals, auf ihre Schultern. Er griff in ihre Bluse und füllte seine Hände mit ihren Brüsten, hob sie hoch, liebkoste sie zärtlich, bis ihre Spitzen sich zu harten, pochenden Knospen versteiften. »Ich versuche, dich zu vergessen, aber ich kann es nicht. Ich versuche zu schlafen, aber du kommst in meinen Träumen zu mir. Ich begehre dich, wie ich noch nie eine andere Frau begehrt habe.«

»Dominic«, flüsterte Catherine, »lieber Gott, Dominic, du hast mir ja so sehr gefehlt.«

Seine Hände glitten über ihren Körper, packten ihren Po und preßten sie noch enger an sich. »Ich brauche dich, Feuerkätzchen, dich kann ich nicht haben.« Dann küßte er sie mit einem solchen Verlangen, daß es Catherine überwältigte. Sie erwiderte seinen Kuß mit ebenso großer Sehnsucht, erkundete mit ihrer Zunge seinen Mund, ließ ihre Hände über seine Brust gleiten, spürte die Sehnen und die Muskeln und wollte nackt unter ihm liegen.

»Dominic«, flüsterte sie, und beim Klang seines Namens hob er sie auf seine Arme und trug sie noch weiter vom Haus fort.

»Dazu sollte es nicht kommen«, sagte er, als er den Pfad zu der Laube einschlug und die hölzernen Stufen in die Dunkelheit hinaufstieg. Er setzte sich auf einen der gepolsterten Sitze und wiegte Catherine auf seinem Schoß. »Ich habe dir gesagt, daß ich nicht heiraten kann. Es kann zu nichts Gutem führen.«

»Das ist mir gleich.«

»Es ist dir nicht gleich. Es ist dir nie gleich gewesen. Gebiete mir Einhalt, Catherine. Bereite diesem Wahnsinn ein Ende.«

»Morgen«, sagte sie. »Morgen wird es mir nicht mehr gleich sein. Heute nacht gehörst du mir, und ich gehöre dir, und nichts anderes zählt.«

Dominic nahm ihr Gesicht in seine Hände, und dann küßte er sie lange und tief. »Mein Gott, wie sehr ich dich begehre.«

»Liebe mich, Dominic. Ich muß dich noch ein letztes Mal in mir spüren.« Sie küßte ihn. Dominic stöhnte, und der Laut klang nahezu gequält.

Er machte es sich auf seinem Platz bequemer und öffnete die Knöpfe seiner Hose, bis sein steifer Schaft heraussprang. Catherine griff danach, und ihre Finger schlossen sich darum »Bitte«, sagte sie leise.

Dominic küßte sie, ein glühender, durchdringender Kuß, der sie matt und bebend zurückließ. Dann bedeckte er ihren Hals mit heißen Küssen. »*Mi Cajori*«, flüsterte er so leise, daß sie es kaum hören konnte. Seine Lippen und seine Hände wirkten ihren Zauber, erhitzten ihr Blut und entfachten eine Feuerspur, die direkt in ihre Lenden führte.

Als Catherine stöhnte und ihre Finger in den Stoff seiner Jacke grub, setzte Dominic sie rittlings auf sich, und seine Hände legten sich unter den Schichten ihrer Röcke auf ihren Po. Sie war feucht vor Erregung, als er in sie hineinglitt, sie mit seinem heißen, dicken Schaft ausfüllte und ihr Herz so schnell schlagen ließ, daß ihr das Atmen Schwierigkeiten bereitete.

Catherine warf den Kopf zurück, als sie ihn spürte, und ihr schweres rotgoldenes Haar fiel bis auf den Fußboden herab. Dominic zog sich fast vollständig aus ihr zurück und pfählte sie dann. Sie mußte sich auf die Unterlippe beißen, um nicht laut aufzuschreien.

»Du gehörst mir«, sagte er leise. »In meinem Herzen wirst du immer mir gehören.« Dominic legte die Hände auf ihren Nacken und zwang ihren Mund auf seinen, versengte ihre Lippen, ließ seine Zunge in sie dringen. Catherine schlang die Finger in sein Haar und begann, sich auf ihm zu bewegen, und sie spürte, wie sein steifer Schaft in sie hineinstieß und sich aus ihr herauszog, in sie eintauchte, bis das Blut in ihren Adern zu brennen schien. Sie wand sich auf ihm, stöhnte an seinem Mund und umklammerte seinen Nacken, während er ihre Hüften umfaßt hielt und wieder und immer wieder in sie eindrang.

Wenige Minuten später erklomm sie den Gipfel der Wollust und trieb durch eine Welt von funkelnden Sternen und schillernden Lüsten, kostete eine Süße, die so beißend war, daß ihre Zunge heiß über ihre Lippen glitt.

Gleich darauf erlebte auch Dominic den Höhepunkt der Verzükkung, und seine Härte pumpte sich in sie und ergoß seinen Samen. Sie ertappte sich dabei, wie sie darum betete, der Samen würde dort Halt finden und das Kind, das sie gebären würde, würde von ihm und nicht von einem anderen sein.

Sie merkte nicht, daß sie weinte, bis Dominic ihr mit den Fingern zart die Tränen von den Wangen strich. »Nicht«, flüsterte er. »Bitte, weine nicht.«

»Ich weine doch gar nicht«, log sie. »Ich weine niemals.«

Dann hielt Dominic sie in den Armen und wiegte sie, und seine Wange war an ihre gepreßt, während sie seinen Nacken umschlungen hielt. Sie saßen in der Dunkelheit und hielten einander umarmt, und sie wünschten, die letzten kurzen Momente würden niemals enden. Schließlich drangen die Geräusche der Nacht zu ihnen herein: eine Eule in einer nahen Ulme, das rhythmische Surren der Grillen. Ferne Orchesterklänge erinnerten sie überdeutlich daran, daß ihre gemeinsame Zeit enden mußte.

»Wenn ich es könnte, würde ich dich heiraten«, sagte Dominic mit den Lippen an ihrer Wange. »Ich kann es nicht.«

Catherine sagte nichts.

»Das bin ich meiner Mutter schuldig. Ich bin es mir selbst schuldig. Ich werde ihn nicht gewinnen lassen.«

Sie hatte immer noch nichts gesagt, sondern war nur von seinem Schoß geglitten und begann, ihre Kleider glattzustreichen.

»Das heißt nicht, daß du mir nichts bedeutest.«

Catherine schaute ihn an und sah den Schmerz in seinen wunderschönen dunklen Augen, und sie nahm sein Gesicht in ihre Hände. »Du mußt tun, wovon du glaubst, daß du es tun mußt.«

»Catherine…«

»Und ich muß gehen«, sagte sie. »Morgen wird uns das alles nur wie ein weiterer Traum erscheinen.«

Dominic erschauerte bei dem Gedanken daran. Weitere Nächte, durch die ihr Bild spukte, weitere Stunden, in denen er sich so allein fühlte wie noch nicht einmal in seiner Jugend.

»Meine Heirat mit Litchfield sollte jedes unvorhergesehene… Problem lösen«, sagte Catherine mit geheuchelter Unbeschwertheit. »Darüber brauchst du dir keine Sorgen zu machen.«

Ein Messer in seinem Herzen wäre nicht schmerzhafter gewesen. »Hat er dir die Ehe angeboten?«

»Nein, aber er wird es bald tun.«

»Es gibt doch bestimmt jemanden, der besser zu dir passen würde.«

In ihrem Lächeln schwang ein Anflug von Bitterkeit mit. »Hast du jemand Bestimmten im Sinne? Vielleicht Stoneleigh? Wie weit erstreckt sich eure Freundschaft?«

Stoneleigh in Catherines Bett. Bei dem Gedanken wurde Dominic übel. »Rayne würde dir auch nicht mehr Freiheiten zugestehen als ich. Vielleicht ist Litchfield tatsächlich die Antwort. Wenn du ihm erst einmal einen Sohn geboren hast, wird er seine Mätressen haben, die ihm Gesellschaft leisten – wenn es wirklich das ist, was du willst.«

»Das ist es«, sagte Catherine.

»Vielleicht könnten... die Dinge zwischen uns anders werden... wenn du erst einmal verheiratet bist.« Mindestens ein Jahr, wenn nicht noch mehr, und in all der Zeit würde sich Litchfield mit Catherine vergnügen. Alles in Dominics Innerem lehnte sich dagegen auf.

»Vielleicht«, sagte sie, doch er wußte, daß sie es nicht ernst meinte. Er hegte große Zweifel an dieser lässigen Haltung, die sie der Ehe gegenüber eingenommen hatte. Wenn sie sich erst einmal gebunden hatte, war anzunehmen, daß sie dem Mann treu bleiben würde, ganz gleich, wen sie heiratete. Catherine war eben so.

»Du solltest jetzt besser wieder ins Haus gehen, ehe man dich vermißt«, sagte er leise.

»Ja.«

»Ich habe Mayfield versprochen, an der Fuchsjagd teilzunehmen. Vorher kann ich nicht abreisen, ohne daß es auffällt. Bis dahin werde ich dir sorgsam aus dem Weg gehen.«

»Das wäre die weiseste Lösung.« Sie küßte ihn auf die Wange, und nie war ihm ein Abschied endgültiger erschienen. »Auf Wiedersehen, mein schöner Zigeuner. Ich werde dich niemals vergessen.« Sie wollte gehen, doch Dominic hielt ihr Handgelenk fest.

»Catherine...«

»Tu das nicht«, sagte sie und entriß ihm ihre Hand. »Bitte nicht.« Mit diesen Worten wandte sie sich ab und rannte über den Pfad. Dominic sah ihr nach und fühlte sich, als würde er entzweigerissen. Er wollte sie, aber er konnte sie nicht haben – nicht, wenn er sich weiterhin als einen Mann bezeichnen wollte.

Er lehnte sich wieder an das Polster und starrte in die Dunkelheit hinaus. Gefühle des Verlangens, der Wut und der Sehnsucht brodelten und siedeten in ihm, und sie lagen im Widerstreit mit seinen Schuldgefühlen und seinem Pflichtbewußtsein und den Gelübden, die er abgelegt hatte und zu halten gedachte, ungeachtet des Preises. *Catherine*, dachte er, wäre ich dir doch nur nie begegnet. Könnte doch nur alles anders sein.

Wärst du doch bloß nicht die Frau, die du bist. Doch sie war es. Sie war die Frau, deren Leidenschaft und Schönheit nur von ihrer Güte und ihrem Mitgefühl überwogen wurden. Die Frau, die er mehr als jede andere respektierte und begehrte – eine Frau, die er nicht haben konnte.

Es schien, als könnte ihm sein Vater noch im Tode Schmerz verursachen.

17

Es gibt zwei Dinge,
die ein Engländer versteht –
harte Worte und harte Schläge.

W. Hazlett

Als er aus der Laube in das Dunkel starrte, richtete Dominic den Blick auf die Stelle, an der Catherines Gestalt gerade um eine hohe Buchsbaumhecke herum verschwunden war.

Jetzt schon fehlte sie ihm. Er fuhr sich mit einer Hand durch das dichte schwarze Haar und stieß einen matten Seufzer aus. Er hätte sie nicht nehmen sollen, seinem Verlangen nicht so nachgeben sollen, wie er es getan hatte. Das war nicht fair gegenüber Catherine – es war auch nicht fair ihm selbst gegenüber. Wie kommt es bloß, fragte er sich, daß eine einzige kleine Frau mein Leben derart in Unordnung bringen kann?

Dominic spannte sich an. In der Dunkelheit hatte sich etwas gerührt; er strengte sich an, um herauszufinden, was es war. Ein zweiter Laut drang zu ihm, und dabei handelte es sich entschieden um eine tiefe Männerstimme, die im Dunkeln flüsterte – und dann hörte Edgemont Catherines ersticken Schrei. Im nächsten Moment war er aufgesprungen und raste den Pfad hinunter, und sein Herz hämmerte fest gegen seine Rippen. Als er um die Ecke bog, sah er Catherine mit einem Mann kämpfen, der eine dicke wollene Strumpfmaske mit Löchern vor dem Gesicht trug. Seine Hand preßte sich auf ihren Mund, als er sie ins Gebüsch zog.

Dominics Kiefer spannte sich vor Wut an, als er die letzten wenigen Schritte zurücklegte. Er packte das selbstgesponnene Hemd des Mannes von hinten, wirbelte ihn herum und hieb auf ihn ein – und zwar fest. Catherine flüchtete in Sicherheit, und der Mann sackte auf dem Boden zusammen. Dominic riß ihn hoch und versetzte ihm einen festen Schlag in die Rippen, der ihn auf den Rücken fallen und stöhnen ließ. Dominic beugte sich über ihn und war bereit, noch einmal zuzuschlagen, doch ein zweiter Mann trat aus dem Schatten, und dieser war größer und kräftiger gebaut als der erste. Dominic sah aus dem Augenwinkel, wie eine Pistole aufblitzte und sich nach unten senkte, und er versuchte, dem Hieb auszuweichen, doch dann spürte er einen zerreißenden Schmerz in der Schläfe und wankte.

»Dominic«, rief Catherine aus und rannte auf ihn zu, als seine Welt sich wie verrückt drehte und er auf die Knie sackte.

»Lauf weg«, befahl er ihr. »Sie sind hinter dir her, nicht hinter mir!« Er kämpfte gegen das Pochen in seinem Schädel an, gegen die Dunkelheit, die ihn zu verschlingen drohte, die Kreise, die vor seinen Augen schwirrten. Dann gelang es ihm, sich aufzurappeln. Er holte zu einem Hieb aus, der das Kinn des ersten Mannes traf und ihn zwischen die Blumen unter einem Baum fallen ließ. Dann spreizte er die Füße, um sich gegen den zweiten Angreifer zu wappnen, und als er sich umschaute, sah er in geringer Entfernung Catherine, die eine Gartenschere schwang, als sei es eine Keule.

»Verdammt und zum Teufel«, fluchte der zweite Mann, der zwischen Catherines rasiermesserscharfen Klingen und Dominics wankendem Angriff gefangen war. »Das war nicht abgemacht – laß uns sehen, daß wir die Ärsche hoch kriegen!«

Beide setzten sich in Bewegung und rannten fort. Dominic wankte hinter ihnen her, doch die Kreise, die sich hinter seinen Augen drehten, kehrten zurück und mit ihnen der blendende Schmerz. Seine Schritte wurden langsam, und er taumelte gegen einen Baumstamm.

»Dominic!« Catherine warf die Schere fort und rannte an seine Seite; sie schlang die Arme beschützend um seine Mitte, um ihm Halt zu geben. »Ist alles in Ordnung mit dir?«

»Warum, zum Teufel, hast du nicht getan, was ich dir gesagt habe?« Das blauschwarze Haar hing ihm in die Augen, als er sich die Schwellung dicht neben der Schläfe massierte. Eine kleine Blutspur ließ seine Finger feucht werden.

»Ich denke gar nicht daran, fortzulaufen und zuzulassen, daß du umgebracht wirst!«

Wenn sein Kopf nicht derart weh getan hätte, hätte er gelächelt. »Du hättest Hilfe holen können. Wo, zum Teufel, stecken diese Wachen, die dein Onkel engagiert hat.«

Catherines Kopf schnellte in die Höhe. »Du weißt von ihnen?«

Dominic nickte nur. »Ich weiß so ziemlich alles, was über dich in Erfahrung zu bringen ist, meine Liebe. Falls es dir noch nicht aufgefallen sein sollte –«, seine schwarzen Augen hoben sich auf ihre Brüste – »ich bin ein sehr gründlicher Mann.«

Sie errötete und verdrehte die Augen. »Wenn du soviel weißt, dann solltest du auch wissen, daß ich keine Hilfe geholt habe, weil ich nicht will, daß ein noch größerer Skandal entsteht. Jetzt laß mich deinen Kopf ansehen.« Ihre Finger tasteten behutsam den gemeinen Riß neben seinem Ohr ab, und er zuckte zusammen.

»Mir fehlt nichts«, sagte er mürrisch. »Wir müssen deinen Onkel finden und ihm sagen, was passiert ist.« Er packte ihren Arm und wollte sie zum Haus zurückziehen.

»Bist du wahnsinnig?« Catherine riß sich los und hielt ihn zurück. »Ich kann Onkel Gil doch nicht sagen, daß ich mitten in der Nacht mit dir draußen im Garten war! Und was die Wachen angeht, so haben wir nicht damit gerechnet, daß jemand die Kühnheit besitzt, so nahe am

302

Haus etwas zu versuchen – sie sind in einer größeren Entfernung aufgestellt. Morgen werde ich irgendeine schwachsinnige Geschichte erfinden und meinen Onkel davon überzeugen, daß er die Männer näher um das Haus herum aufstellt.«

Er sah sie einen Moment lang an, wog ihre Worte ab und wußte, daß ihnen wirklich keine andere Wahl blieb. Er wußte auch, daß er selbst Männer engagieren würde, die über sie wachen sollten.

»Hast du die leiseste Ahnung, wer hinter diesen Angriffen steckt?«

Catherine schüttelte den Kopf. »Onkel Gil dachte sich, es könnte jemand sein, der eine starke Abneigung gegen meine Arbeit bei den Freundlichen Gesellschaften hat, aber das kann ich wirklich nicht glauben. Ich kann mir nicht denken, daß der, der gegen meine politischen Anschauungen eingestellt ist, derart extrem handeln würde.«

»Das glaube ich auch nicht«, sagte Dominic, »und somit steht dein guter Cousin ganz oben auf der Liste.«

Catherine zog eine Augenbraue hoch. »Du bist wirklich gründlich.«

»Es erfordert nicht viel, sich das auszurechnen. Er hat dadurch das meiste zu gewinnen.«

»Glaubst du wirklich, daß Edmund schuld ist?«

»Das einzige andere Motiv, was mir einfällt, ist ein Lösegeld.«

»Beim letzten Mal ist kein Lösegeld verlangt worden.«

»Vielleicht haben sie beschlossen, das Risiko sei zu hoch, und sie haben den sichereren Weg eingeschlagen.«

»Und diesmal?« fragte sie.

»Sie fürchten, daß du zuviel weißt. Daß du früher oder später dahinterkommen wirst, wer es war. Ich bezweifle, daß man mit deinem ungelegenen Wiedererscheinen gerechnet hat.«

Catherine zog die Augenbrauen zusammen. »Ich vermute, damit ließe es sich erklären. Ich glaube ganz gewiß nicht, daß es Edmund ist. Er und Amelia sind meine liebsten Freunde.«

»Vielleicht… aber wir können es uns nicht leisten, das Risiko einzugehen. Ich werde deinen Cousin von jemandem überwachen lassen.«

303

»Das fällt wohl kaum unter deine Verantwortung. Ich werde selbst jemanden engagieren.«

Dominic sah sie finster und ungeduldig an. »Das ist keine Angelegenheit, die man auf die leichte Schulter nehmen sollte, Catrina. Dein Leben ist in Gefahr.«

»Darüber bin ich mir durchaus im klaren. Du kannst sicher sein, daß ich die angemessenen Vorkehrungen treffen werde.«

Und du, kleines Kätzchen, kannst sicher sein, daß ich es tun werde.

»Wenn das so ist, überlasse ich es dir«, sagte er, obwohl es nicht im mindesten seiner Absicht entsprach. Wenn es sein mußte, würde er ein ganzes Heer engagieren. Ihm war die Vorstellung verhaßt, Rivenrock zu verlassen, solange Catherine noch in Gefahr war, doch es schien keine andere Lösung zu geben. »Du solltest besser wieder ins Haus gehen und dich in dein Zimmer begeben. Und schließe die Türen ab und schieb die Riegel vor den Fenstern vor.«

»Wird gemacht.«

Unbewußt ballte Dominic eine Faust. »Ich wünschte, wir würden diese Halunken erwischen.«

Catherines besorgter Gesichtsausdruck wurde freundlicher. »Ich auch.« Sie ging wieder auf das Haus zu, doch dann blieb sie noch einmal stehen und drehte sich um. »Bist du ganz sicher, daß dir nichts fehlt?«

Dominic lächelte, und in der Dunkelheit blitzten seine weißen Zähne auf. »Das habe ich nur einem vergeßlichen Gärtner und dir zu verdanken, meine kleine Tigerin.«

»Auf Wiedersehen, Dominic«, sagte sie.

»Gute Nacht, meine Liebe.«

»Ich sage es dir, Gil, Alter, du könntest recht haben.« Sir Osgood Hornbuckle trank von seinem Cognac, eine Hand hinter dem Rücken, als er vor dem kleinen Feuer auf und ab lief, das in dem marmornen Kamin im Salon der Gemächer des Herzogs im Ostflügel von Rivenrock brannte.

»Aber andererseits«, sagte er versonnen, »könnte der Lump auch nur mit ihren Gefühlen spielen – oder es verflixt noch mal versuchen. Er steht in diesem Ruf, verstehst du, wenn ich auch noch nirgends gehört habe, er würde unschuldigen Mädchen nachstellen.«

»Ich sage dir, daß er es ist«, sagte Gil, »der Mann, mit dem Catherine in Frankreich zu tun hatte. Du hast die Geschichten über ihn gehört – es wird doch immer wieder darüber gemunkelt, er hätte Zigeunerblut in den Adern. Ich persönlich habe das nie geglaubt, aber jetzt glaube ich wahrhaftig daran.« Gil hatte sich Ozzie anvertraut, einem Mann, dem er sein Leben anvertrauen konnte, ganz zu schweigen vom Wohlergehen seiner Nichte.

»Kannst du sie nicht schlicht und einfach fragen? Das scheint mir der geradeste Weg zu sein.«

Gil seufzte. »Wenn sie die Absicht gehabt hätte, es mir zu erzählen, dann hätte sie es inzwischen getan. Dieser Schurke kennt sie so gut, daß er sich von Anfang an auf ihre Integrität verlassen hat. Sie wird keine Ehe mit einem Mann erzwingen, der sie nicht haben will.«

»Aber du glaubst, daß er sie will.«

»Bei Gott, das glaube ich tatsächlich. Ich habe noch keinen Mann eine Frau so anschauen sehen, wie Gravenwold Catherine ansieht. Möge Gott dem Mann beistehen, der sie kränkt, und sei es auch noch so unabsichtlich. Dann lasse ich mir den Kopf des Marquis auf einem silbernen Tablett servieren.«

Ozzie lachte vor sich hin. »Das erinnert mich an einen jungen Herzog, den ich früher einmal kannte. Der hat sich Hals über Kopf in die Tochter eines Barons verliebt. Fast wäre er in einem Duell um sie ums Leben gekommen.«

Gil errötete und dachte wieder an seine wilde Leidenschaft für seine verstorbene Frau Barbara; er hatte sie Bobby genannt, wenn sie miteinander allein gewesen waren. Sie war schon vor zehn Jahren gestorben, und er vermißte sie immer noch und würde sie wahrscheinlich immer vermissen.

»Ja... also, wenn ich mich nicht irre, fühlt Gravenwold dieselbe gewaltige Leidenschaft für meine Nichte. Er besitzt nicht genug Verstand, um es einzusehen, das ist alles. Sein Haß auf seinen Vater und seine verfluchten Rachegelüste gehen einfach zu weit. Er wird sich noch selbst zerstören, wenn er den Pfad, den er gewählt hat, weiter beschreitet.«

»Du kannst trotzdem nicht sicher sein, daß der Marquis der Kerl ist, der ihr die Unschuld geraubt hat«, hob Hornbuckle hervor.

»Nicht ohne eine gründliche Untersuchung – und dafür bleibt uns keine Zeit.«

»Was also schlägst du vor?« fragte Ozzie.

»Wir werden ihn auf die Probe stellen. Ganz ungeachtet seiner Abstammung scheint Gravenwold ein Kerl erster Güte zu sein. Wenn die Lage erst einmal geklärt und eine Entscheidung erzwungen ist, wird er, falls er ihr verfluchter Zigeuner ist, das Angemessene tun – das, was er von Anfang an hätte tun müssen.«

»Ich wette zehn zu eins, daß das Catherine gar nicht gefallen wird.«

»Catherine hat die Absicht, Litchfield zu heiraten. Dieser Stutzer ist wahrhaft unter ihrem Niveau. Catherine braucht einen Mann, der Stärke und Intelligenz mitbringt, einen Mann, der mit ihr umgehen und ihre temperamentvolle Natur zähmen kann, ohne sie zu brechen.«

»Ich kann es nicht mit Sicherheit sagen, aber Gravenwold scheint ein komischer Vogel zu sein.« Ozzie trank einen Schluck von seinem Cognac. »Wenn ihm erst einmal die Hände gebunden sind, kann ich mir nicht vorstellen, daß er sie schlecht behandeln würde.«

Der Herzog grinste und dachte an seine temperamentvolle, aufbrausende Nichte. »Jedenfalls nicht, solange sie es nicht selbst auf ihr Haupt herabbeschwört.« Darüber lachten beide. »Mit ihr hat man alle Hände voll zu tun, Ozzie. Sie besitzt einen starken Willen und große Entschlossenheit. Und sie ist wirklich etwas ganz Besonderes. Ich möchte sie glücklich sehen – und bei Gott, ich werde alles tun, was nötig ist, damit es dazu kommt.«

Hornbuckle stellte sein Cognacglas auf dem Tisch ab. »Sag mir, was ich für dich tun soll.«

»Was steht darin, Mylady?«

Catherine las den Brief ein zweites Mal. Als sie an jenem Morgen wach geworden war, hatte sie ihn zusammengefaltet vorgefunden; er war unter der Tür ihres Zimmers durchgeschoben worden. »›Ich muß dich sehen. Trenne dich von den anderen und triff mich in dem alten Steinhaus in den Wäldern am östlichen See.‹ Die Nachricht ist mit einem D. unterschrieben.«

»Ist es die Handschrift Seiner Lordschaft?«

»Ich habe Dominics Schrift nie gesehen.«

»Wie können Sie dann sicher sein, daß die Nachricht von ihm kommt und nicht von den Männern, die Sie angegriffen haben? Es ist zu gefährlich, Sie dürfen nicht hingehen.«

»Die Männer, die mein Onkel engagiert hat, werden mir mit Abstand folgen. Sie werden mir zu Hilfe eilen, wenn etwas faul ist.«

»Mir gefällt das nicht.«

»Mir auch nicht, aber Dominic hätte mich nicht gebeten, ihn zu treffen, wenn es nicht wichtig wäre.« Und außerdem würde er heute abreisen, und sie hatte ihn seit der Nacht des Maskenballs nicht mehr gesehen. Er hatte seine Worte wahr gemacht und war ihr sorgsam aus dem Weg gegangen.

»Vielleicht ist es ihm unerträglich, Sie nicht mehr zu sehen.«

»Vielleicht will er sich verabschieden.« Am Abend des Balls hatte er letzte Abschiedsworte vorsätzlich vermieden, und das Ausbleiben von Abschiedsworten hatte ihr Herz vor Hoffnung anschwellen lassen. »Wie es auch sein mag, ich muß hingehen.«

Gabby seufzte. »Dann sollten wir uns jetzt besser eilen. Die Morgendämmerung bricht schon an. Wenn Sie wirklich mit den anderen auf die Jagd gehen wollen, sollten Sie sich jetzt besser anziehen.«

Catherine nickte. Sie, Lady Georgina und zwei weitere Frauen schlossen sich den Männern bei der Fuchsjagd an. Die meisten Frauen ritten nur ein kurzes Stück mit, machten einen kleinen Ausflug, legten einen sachten Galopp durch den Park hin. Catherine und Georgina liebten die Jagd und waren beide ganz ausgezeichnete Reiterinnen, etwas, worauf Catherine außergewöhnlich stolz war. Heute würde sie ihr Können dafür einsetzen, die anderen abzuschütteln – vielleicht sogar die Männer, die ihr Onkel engagiert hatte.

Je mehr sie darüber nachdachte, desto klarer wurde ihr, daß sie das kleine Häuschen vom Wald aus im Auge behalten konnte, solange sie nur früh genug dort ankam. Falls Dominic nicht auftauchte, würde sie nicht hingehen, sondern sich einfach der Jagdgesellschaft wieder anschließen und die anderen einholen. Falls er jedoch auftauchte, bestand für sie kein Grund zur Sorge, denn in seiner Nähe war sie absolut sicher.

Gleich anschließend machte sie sich über diese Vorstellung lustig. Wann war sie in Dominics Nähe je in Sicherheit gewesen?

Mit Gabbys Hilfe beendete Catherine ihre Morgentoilette und zog sich ein Reitkostüm aus burgunderrotem Samt mit einer hochangesetzten Taille an. Gestärkte weiße Rüschen bildeten ein V im Mieder und umschlossen ihre Handgelenke und ihren Hals. Gabby bürstete ihr das Haar zu einem goldroten Knoten im Nacken und setzte ihr in einem kecken Winkel einen winzigen flachen burgunderroten Hut mit schmaler Krempe und einem kleinen schwarzen Schleier schief auf den Kopf.

»Sehe ich einigermaßen gut aus?«

»Sie könnten gar nicht besser aussehen«, sagte Gabby, die spürte, wie dringend sie Bestätigung brauchte.

Jetzt schon war sie so nervös, daß ihre Handflächen zu schwitzen begonnen hatten. Ihr Herz schlug rasend, und sie waren noch nicht einmal nach unten gegangen. Was er wohl will? fragte sie sich zum tausendsten Mal, doch sie kam immer noch auf keine Antwort.

Mit einem resignierten Seufzen, weil die Beantwortung ihrer Frage noch warten mußte, ging sie die prachtvolle Treppe hinunter.

Die Jäger hatten sich bereits hinter dem Haus versammelt, schwarzweiße Hunde kläfften, und Pferde wieherten und scharrten die Erde auf, weil sie es kaum erwarten konnten, aufzubrechen. Catherine hatte zwar kaum Appetit, doch die anderen hatten bereits eine leichte Mahlzeit aus Kaffee oder Kakao, Biskuits oder Toast zu sich genommen und würden zu einem deftigen Jagdfrühstück zurückkehren. Bis dahin würden die Jäger die nächsten drei oder vier Stunden die Fährte des Fuchses über Hügel und durch Senken verfolgen, über Hecken, Steinmauern, Zäune und Gräben springen, das schwer faßbare kleine rote Tier jagen und beim Reiten die Hunde und die Hörner hören.

Catherines Nervosität nahm zu. Als sie aufstieg und sich auf den dickgepolsterten Damensattel eines geschmeidigen braunen Jagdpferdes der Mayfields setzte, suchte sie Dominic in der Menge. Inmitten des lebhaften Trubels von Pferden, Reitern und Hunden fielen Dominics große Gestalt auf und die Leichtigkeit, mit der er sich auf den großen Rappen des Herzogs schwang, und hoben ihn gegen die anderen ab. Jetzt schon war seine Miene finster, als billigte er es nicht, daß sie sich der Jagdgesellschaft anschloß, und doch wußte er, daß er keine Mittel hatte, sie davon abzuhalten. War das der Grund für das Treffen – nichts weiter als eine Zerstreuung, um sie vor den Gefahren der offenen Felder zu bewahren? Was es auch sein mochte, wenn die Nachricht wirklich von ihm stammte, würde sie es schon bald herausfinden.

Sie sah ihm in die Augen und hielt seinen Blick übermäßig lange fest, bis er ihr mit einem kurzen Nicken sagte, daß er tatsächlich an dem Treffpunkt erscheinen würde, den er gewählt hatte.

Da sie jetzt sicher war, ihn zu sehen, entspannte sich Catherine zum ersten Mal und ließ sich von der Spannung der Jagd mitreißen. Sie würde Dominic am festgelegten Ort treffen, doch vorher würde sie ihren Spaß haben – und nichts würde ihr mehr Vergnügen bereiten, als Dominic Edgemont im Staub der Hufe abzuhängen.

»Ich wünschte, du würdest es dir noch einmal anders überlegen und diesen Unsinn bleiben lassen.« Diese Worte kamen von ihrem Onkel, der besorgt neben ihr stand und mit einer Hand den Nacken des geschmeidigen Braunen tätschelte. »Bis die Männer, die im Garten an dich herangetreten sind, ergriffen worden sind, begibst du dich in Gefahr, wenn du allein unterwegs bist.«

Sie hatte Gil von den Männern erzählt – sie hatte lediglich den Zeitpunkt der Begegnung von der Nacht auf den Tag verlegt und war sogar soweit gegangen, Dominic als denjenigen hinzustellen, der sie vor ihnen errettet hatte.

»Hier sind mindestens dreißig Leute – da kann man wohl kaum behaupten, ich wäre allein – ganz zu schweigen von den Männern, die du engagiert hast, die mir in einem Abstand von einem Steinwurf folgen werden.«

»Mir gefällt das trotzdem nicht«, murrte er.

»Und mir gefällt es nicht, daß du dir so viele Sorgen machst. Mir passiert nichts – das verspreche ich dir.«

Gil nickte, und Catherine lächelte seiner Gestalt nach, die sich von ihr entfernte. Er war selbst ein guter Reiter, doch anscheinend war er ein wenig unpäßlich erwacht. Er und Ozzie hatten beschlossen, zurückzubleiben.

Catherine holte tief Atem und genoß den Geruch von Leder, frischgemähtem Gras und Pferden. Um sie herum setzten sich Reiter in Bewegung, der große Braune spitzte die Ohren, und Catherines Herzschlag beschleunigte sich. Das Schrillen des Jagdhorns ertönte, eine Peitsche knallte, und Pferdehufe dröhnten auf der Erde, als die Jagdgesellschaft aufbrach. Der Leithund führte das Feld an, und das Rudel von Tieren mit langen Hälsen und breiter Brust kläffte vor Aufregung.

Es dauerte nur Minuten, bis sie ihre Beute erstmals zu sehen bekamen. Das winzige rote Tier schoß irgendwo in der Ferne unter einer Buchsbaumhecke heraus, und jetzt begann die eigentliche Jagd. Als Pferde und Reiter über die offenen Felder donnerten, beugte sich Catherine tief auf den Nacken des kräftigen Braunen und nahm mit Leichtigkeit die erste Hürde, eine niedrige Steinmauer, an der Butterblumen wuchsen. Sie wußte nicht, wo Dominic war, doch ihr siebter Sinn sagte ihr, daß er nicht fern sein konnte.

Beim zweiten Sprung über eine Steinmauer, vor der der Boden steil abfiel, überholte sie Lady Georgina. Einer der Reiter wurde abgeworfen, stand aber lachend auf und bestieg eilig wieder sein Pferd.

Danach fächerten sie sich auf, und Catherine ließ die langsameren, weniger erfahrenen Reiter hinter sich zurück, darunter die beiden anderen Frauen, und jetzt ritt sie an der Spitze mit. Aus dem Augenwinkel sah sie, daß Dominic an ihre Seite kam und sein Gesicht immer noch Anspannung und Mißbilligung ausdrückte. Sie setzte einwandfrei über etliche hohe Hecken, und Dominic tat dasselbe und kam noch näher.

»Wenn du schon wild entschlossen bist, hier mitzumachen«, rief er ihr zu, »dann sei wenigstens so vernünftig, bei den anderen zu bleiben. Hier draußen bietest du eine viel zu gute Zielscheibe.« Catherine lächelte nur. »Was ist los? Hast du Schwierigkeiten mitzuhalten?« Mit ihrer Reitpeitsche versetzte sie dem Pferd einen leichten Schlag auf die Flanken, und es galoppierte los, ehe sie es zurückhielt und einen schwierigen Sprung über einen Tümpel bewältigte, um den die meisten Männer herumritten.

Als sie Dominics Ausdruck des Erstaunens sah – oder war es tatsächlich Bewunderung? –, lachte sie und griff dem Pferd wieder in die Zügel, bis er erneut neben ihr herritt. »Das alte Steinhäuschen«, sagte sie. »Laß mir fünfzehn Minuten Zeit.«

»Bemüh dich, dir bis dahin nicht das Genick zu brechen«, rief er ihr nach und beobachtete, wie sie mit den anderen weiterritt und ihr Bestes tat, um sie abzuhängen, ohne dabei bemerkt zu werden.

Fünfzehn Minuten später hatte sie das Feld hinter sich zurückgelassen und war in den Wäldern den Männern entwischt, die ihr Onkel zu ihrer Bewachung mitgeschickt hatte, und von dort aus begab sie sich zum östlichen See zurück und konnte mühelos das kleine steinerne Häuschen zwischen den Bäumen entdecken.

Catherine stieß einen Seufzer der Erleichterung aus, als sie sah, daß der große schwarze Hengst, den Dominic geritten hatte, etwas weiter abseits unter einer Weide graste. Sie band ihr eigenes Tier auf der anderen Seite des Hauses an und begab sich dann zum Haus.

Dominic stand im Wohnzimmer und sah in seinem marineblauen Nadelstreifenjacket, der engen Wildlederhose und den hohen, schimmernden schwarzen Stiefeln atemberaubend gut aus. Seine Schultern wirkten so breit, daß sie den Raum auszufüllen schienen, und seine enganliegende Hose betonte deutlich seine muskulösen Beine und seine kräftigen Schenkel und spannte sich provozierend an seiner Männlichkeit. Bei seinem Anblick beschleunigte sich Catherines Herzschlag, und sogar sein finsteres Gesicht konnte ihrer Stimmung keinen Dämpfer verpassen.

»Du kleines Biest«, sagte er und kam auf sie zu, »was, zum Teufel, tust du hier schon wieder?«

Catherine grinste lediglich. »Ich wollte zur Abwechslung einmal meinen Spaß haben.«

»Du hättest dir das Genick brechen können – oder, was noch schlimmer gewesen wäre, jemand hätte auf dich schießen können.«

Sie zuckte die Achseln. »Es ist aber beides nicht passiert. Und außerdem ist das nicht deine Angelegenheit.«

Dominic seufzte. »Das ist nur zu wahr, Catrina.«

Als er nicht weitersprach, wollte sie ihn schon fragen, was er von ihr gewollt hatte und warum er sie so dringend hatte sehen wollen, doch dann beschloß sie, den rechten Augenblick abzuwarten. Sie hatten keine Eile. Die Jagd würde noch stundenlang dauern. Sie wollte ihm nicht zeigen, wie neugierig – und wie hoffnungsvoll – sie war.

»Wir sollten nicht hier sein«, sagte er schließlich und überraschte sie damit.

»Nein, das sollten wir nicht«, stimmte sie ihm zu. »Aber wann hätte das einen von uns je von etwas abgehalten?«

Er lächelte sie an, und als sie seine weißen Zähne aufblitzen sah, fand sie ihn so schön, daß es ihr das Herz zusammenschnürte.

»Auch das ist wahr.« Doch er unternahm keine Anstalten, ihr näher zu kommen, und sie tat es auch nicht. »Dein Onkel hat sich bei mir dafür bedankt, daß ich mich draußen im Garten für dich eingesetzt habe. Da er mich nicht zum Duell herausgefordert hat, vermute ich, du hast ihm nicht erzählt, was wir dort getan haben.«

»Ich habe den Vorfall lediglich von der Nacht auf den Tag verlegt.«

»Eine sehr kluge Idee«, sagte er, doch ein Muskel in seinem Kiefer zuckte. »Meine Süße, du bist wahrhaftig außerordentlich gut im Erfinden von Märchen, besonders gut gefällt mir die Geschichte, die du mir über deinen Verlobten erzählt hast. Dürfte ich fragen, warum du soviel aufgeboten hast?«

Sein sanfter Tonfall gefiel ihr nicht – er paßte nicht zu der Härte in seinen Augen. Soviel zu Gabbys Theorie, daß ihm der Gedanke unerträglich war, von ihr zu lassen.

»Wenn du es unbedingt wissen mußt: Es war nur einer meiner Versuche, nicht in deinem Bett zu landen. Naiverweise habe ich geglaubt, wenn du dächtest, es gäbe jemanden, in den ich verliebt bin, dann würdest du dich mir nicht aufdrängen.«

»Ist es das, was ich getan habe, Catherine, mich dir aufgedrängt?«

Sie schaute auf ihre Hände herunter, stellte fest, daß sie ein wenig zitterten, und umklammerte eine Hand mit der anderen. Sie hob den Blick, bis sie ihm fest ins Gesicht sah. »Nein. Ich glaube, ich hätte dich davon abhalten können – selbst am Schluß noch. Bis dahin wollte ich es aber nicht mehr. Und ich will es auch jetzt nicht.«

Seine einzige Reaktion bestand darin, daß er eine dichte schwarze Augenbraue ein wenig hochzog. Einen Moment lang stand er einfach nur da. Dann kam er näher, griff nach ihrer Hand und führte ihre Handfläche an seine Lippen. »Eine Frau wie du ist mir noch nie begegnet. Ich bezweifle auch, daß ich je wieder eine Frau wie dich treffen werde.«

Catherine sah forschend in sein Gesicht und bewunderte die klaren Linien und markanten Züge, den sinnlichen Schwung seiner Lippen.

313

Seine Augen spiegelten dasselbe nackte Verlangen wider, von dem sie wußte, daß es auch in ihren Augen leuchtete. Doch in Dominics Augen stand noch mehr, eine wilde Entschlossenheit und eine glühende Bitterkeit, die sie bei dem Gedanken an die Tiefen erschauern ließ, in die er bereit war einzutauchen.

Als sie ihn dort stehen sah, spürte Catherine, wie eine Woge von Mitleid in ihr anschwoll. Gegen ihren Willen hob sich ihre Hand auf seine Wange, und ihre Handfläche schmiegte sich an sein Gesicht. Sie zog sich auf die Zehenspitzen und küßte ihn, zart und süß, und dabei wünschte sie, sie könnte ihm seine Bitterkeit und seine Wut nehmen.

»Catherine...« Es war ein gequälter Laut, der Laut eines Schmerzes, der seine Seele verfinsterte.

Dominic hob sie auf seine Arme, seine Lippen versengten ihre, und seine Zunge tauchte in ihren Mund ein, bis ihre eigene Zunge glühend darauf reagierte. Er trug sie zum Sofa und begann, ihr Reitkostüm aus burgunderrotem Samt auf dem Rücken aufzuknöpfen. Wenige Minuten später glitt es von ihren Schultern, und sie spürte seine Lippen auf ihrem Fleisch, wie sie einen glühenden Pfad von ihrem Hals zu ihren Brüsten beschrieben. Seine Zunge fuhr spielerisch über eine Brustwarze, und dann nahm er sie in den Mund und saugte sanft daran, ein gemächliches, betörendes Ziehen, das sie tief in ihrem Innern spürte.

»Ich will dich«, flüsterte er. »Ich weiß, daß ich es nicht tun sollte, aber Gott möge mir beistehen, ich scheine mich nicht zurückhalten zu können.«

Catherine schlang die Finger in sein Haar, zog seinen Mund auf ihren und wünschte sich, er würde weitermachen. Als er spürte, wie eilig sie es hatte, wich er einen Moment lang zurück.

»Wenn es das letzte Mal sein sollte, dann laß uns das meiste daraus machen. Uns bleiben Stunden, ehe wir vermißt werden. Laß mich dich lieben, wie ich es schon vorher hätte tun sollen, langsam und ohne Einschränkungen. Laß dir zeigen, was ich für dich empfinde.«

Als Catherine zärtlich lächelte, senkte Dominic den dunklen Schopf, um sich ans Werk zu machen, und er liebkoste ihre Brust mit seiner Zunge, während er die letzten Knöpfe ihres Reitkostüms öffnete.

»Gütiger Himmel, Ozzie, ist alles in Ordnung mit dir?« Gilbert Lavenham kniete sich neben Sir Osgood Hornbuckle, der im Gras saß und an einer alten Steinmauer lehnte, die kurzen Beine vor sich ausgestreckt hatte und die Beule auf seinem Kopf rieb.

»Ich schätze, ich hätte einen Bogen um dieses Mäuerchen herum machen sollen. Ich werde zu alt für diese Form von Unsinn.«

Gil lachte und half seinem Freund auf die Füße, und dabei achtete er sorgsam darauf, Ozzies Jagdpferd, einem Fuchs, der nur wenige Schritte entfernt dastand, nicht zu nahe zu kommen. Als das Pferd den Sprung verweigert hatte, hatte Ozzie als der Kavallerist, der er war, selbst dann noch die Zügel festgehalten, als er über den Kopf des Tieres hinweggeflogen war.

»Du bist nicht zu alt, mein Freund«, sagte Gil. »Du warst eben nie ein guter Reiter.«

Ozzie lachte leise und stand unsicher auf den Füßen. »Ganz im Gegensatz zu deiner Nichte, soviel steht fest. Das Mädel sitzt auf einem Pferd wie ein Mann.«

Der Herzog murrte daraufhin nur. »Sie kann reiten, soviel lasse ich dir. Aber ihr hübsches kleines Hinterteil ist viel zu feminin. Nicht nur Gravenwold hat ein Auge auf sie geworfen, wenn ich mich nicht sehr irre – und einem ungelegenen Sturz haben wir zu verdanken, daß wir sie viel zu lange allein gelassen haben.«

Ozzie stieg auf den Sattel. »Donnerwetter, wir sollten sofort loslegen. Sie hat sich ohnehin schon genügend kompromittiert – wir sollten sie nicht noch mehr in Verlegenheit bringen, als es irgend sein muß.«

Gil murrte, stellte einen Fuß in den Steigbügel und schwang das Bein über den Rumpf des stämmigen weißen Wallachs, den er ritt. Verdammt noch mal, aber er hoffte wirklich, daß er und Ozzie die Situation nicht verpfuscht hatten. Abgesehen von der Möglichkeit, das Paar könnte dahintergekommen sein, daß man beide reingelegt hatte, und das Häuschen bereits verlassen haben, bestand auch noch die Gefahr, daß sich Catherine allein hier draußen herumtrieb. Er hatte all das sorgsam abgewogen und beschlossen, seinen Plan durchzuführen. Jetzt betete er, er möge die richtige Entscheidung getroffen haben.

»Eil dich, Ozzie, wir haben keine Zeit zu verlieren.« Beide Männer gruben die Fersen in die Flanken ihrer Pferde, ritten um das Mäuerchen herum und galoppierten zu dem alten Steinhaus.

18

Aus der Ferne wirkte das kleine Steinhaus verlassen, und Gils Mund kniff sich zu einem mürrischen Strich zusammen. Dann entdeckte er den großen schwarzen Hengst, den Gravenwold geritten hatte, und ein Stück weiter entfernt fanden sie auf ihrer Suche Catherines geschmeidigen Braunen.

»Sie sind also hier, soviel steht fest«, sagte Gil.

»Das könnte verflixt peinlich werden«, murmelte Ozzie. Dieser Sturz kam wirklich verdammt ungelegen.

»Ob peinlich oder nicht, jetzt sind wir hier, und wir werden die Sache zu Ende führen. Soviel bin ich Catherine schuldig – ob sie es so sieht oder nicht.«

Gil stieg vor dem Häuschen ab und machte dabei soviel Lärm wie möglich; er redete laut mit Ozzie über seine Sorge um Catherine und pochte dann fest an die Tür. Ihm entgingen weder der leise gemurmelte Fluch von Gravenwold noch das Rascheln von Stoff, das aus dem Raum zu hören war.

317

Er klopfte noch lauter an. »Sie sollten diese Tür besser öffnen«, verlangte er. »Ich bin fest entschlossen, dieses Haus zu betreten!«

»Einen Moment, Wentworth«, rief Gravenwold zurück, und seine Stimme war heiser und gesenkt.

Genau danach richtete sich Gil – er wartete nur einen Moment lang. Er war wild entschlossen, nicht zuzulassen, daß dieser Spitzbube sich vor den Folgen seines Vorgehens drückte. »Ich komme jetzt rein«, sagte er, öffnete den Riegel und sprang in den Raum. Hornbuckle folgte dicht hinter ihm.

Gil fand genau das vor, was er sich ausgemalt hatte: Catherine in zerknittertem burgunderrotem Samt, das flammende Haar fiel gelöst auf ihren Rücken, und ihr Mieder war nur zur Hälfte zugeknöpft. Ihre hübschen Wangen waren leuchtendrot entflammt, und ihre kleinen Hände zitterten. Gravenwold sah kaum besser aus: Sein Hemd stand bis zur Taille offen, und seine breite Brust war entblößt, das schwarze Haar war zerzaust und hing ihm in die Stirn. Wenigstens war seine Reithose zugeknöpft, und er hatte sich die Stiefel angezogen.

Gils Blick war eine stumme Klage. »Nun«, sagte er ernst, »was habt ihr beide zu sagen?«

Catherine reckte das Kinn in die Luft und sah ihm fest in die Augen. »Ich glaube, du und Sir Ozzie seid beide mit Lord Gravenwold bekannt.«

Gil räusperte sich. »Offensichtlich, meine Liebe, nicht annähernd so gut wie du.« Catherines Wangen röteten sich noch heftiger, doch Dominic ergriff das Wort.

»Sie kommen exakt zum rechten Zeitpunkt, Euer Gnaden. Darf ich fragen, was genau Sie beide hier zu suchen haben?« Sein Gesichtsausdruck schien weitaus bedrohlicher zu sein als Gils Miene. »Wenn ich recht gehört habe, waren Sie unpäßlich, als wir aufgebrochen sind – oder wollen Sie sich etwa die Mühe machen zu bestreiten, daß Sie und Ihre gerissene kleine Nichte dieses ganze kleine Drama vorsätzlich inszeniert haben.«

»Was!« Catherine wirbelte zu ihm herum, und ihre großen Augen sprühten grünes Feuer. »Du bist hier derjenige, der die Nachricht mit der Aufforderung geschickt hat, dich zu treffen. Du bist derjenige, der das inszeniert hat, und nicht ich!«

»Ich habe keine Nachricht geschickt«, entgegnete Dominic, »wie Sie alle nur zu gut wissen. Ich habe eine erhalten – und zwar von dir.«

»Das ist nicht wahr!« Catherine wandte sich von Dominics hartem, anklagendem Gesicht ab und starrte den Herzog an. »Also, was hast du hier zu suchen, Onkel?«

Gil machte keinen Rückzieher. »Die Männer, die ich engagiert habe, sind ins Haus zurückgekehrt und haben außer sich berichtet, sie hätten dich aus den Augen verloren. Ozzie und ich haben uns ihnen auf ihrer Suche selbstverständlich angeschlossen, und einer der Reiter hat uns in diese Richtung geschickt und gesagt, dort hätten sie euch zum letzten Mal gesehen.«

Catherine mußte einräumen, daß das plausibel war.

»Und wer hat dann die Nachricht geschickt?« fragte Dominic und funkelte Catherine weiterhin finster an.

Gil kam ihrer Antwort zuvor. »Was euch beide hierherführt, darum geht es jetzt wohl kaum. Tatsache ist, daß ihr hier seid – und noch dazu unzureichend bekleidet. Sie haben meine Nichte kompromittiert, Gravenwold. Ich warte von Ihnen, daß Sie tun, was sich gehört.«

»Nein«, sagte Dominic schlicht und einfach. »Ich habe nicht die Absicht, Catherine oder irgend jemanden sonst zu heiraten. Weder jetzt noch jemals.«

Gil spürte, wie sein Nacken glühte.

»Bei Gott, Sie werden es tun, oder ich schwöre, daß ich Sie zum Duell herausfordern werde. Ich mag zwar älter sein als Sie, aber ich zähle immer noch zu den besten Pistolenschützen. Sie werden meine Nichte heiraten, oder Sie sind ein toter Mann.«

»Nein!« rief Catherine aus und packte den Arm ihres Onkels. »Das lasse ich nicht zu. Dominic könnte dich umbringen.«

Dominics Lippen kniffen sich zusammen. »Was ist los, meine Liebe, um mich sorgst du dich wohl nicht?«

»Du!« Sie wirbelte zu ihm herum. »Du bist ein Schurke und ein Gauner. Dich interessiert nichts und niemand anderer als deine verwerflichen Rachegelüste. Ich würde dich selbst dann nicht heiraten, wenn du der letzte Mann auf Erden wärst!«

»Gut, dann gibt es hier ja nichts mehr zu besprechen.« Er wandte sich ab und griff nach seinem Jackett, das er über einen Stuhlrücken geworfen hatte.

Hornbuckle hielt ihn am Arm fest, und für einen Mann von seiner kleingewachsenen Statur war sein Ausdruck stahlhart. »Ich glaube nicht, daß der Herzog schon mit Ihnen fertig ist.« Dominic zuckte steif zusammen, und Hornbuckle ließ seinen Arm los.

»Was ich gesagt habe, war mein Ernst, Gravenwold«, fuhr der Herzog fort. »Sie werden Ihre Pflicht tun wie ein Mann, oder Sie werden die Konsequenzen tragen. Wie ist es Ihnen lieber?«

Ein Muskel zuckte in Dominics Kiefer, und er konnte seine Wut kaum beherrschen. Wenn Catherine auch bleich war und erschüttert wirkte, dann verfluchte er doch stumm sie und ihren Onkel für die Falle, in die sie ihn gezielt gelockt hatten. Und doch konnte er es ihnen in gewisser Weise nicht vorwerfen. Er hatte ein unschuldiges junges Mädchen ruiniert. Er hätte sie heiraten und damit alles wiedergutmachen müssen.

Und außerdem mußte er an Wentworth denken. Er wollte den Mann nicht töten – in gewisser Weise respektierte er ihn und bewunderte ihn sogar. Er tat nur das, was er für richtig und für angemessen hielt, was jeder Mann in seiner Position hätte tun *sollen*.

Dominic ballte die Hände zu Fäusten. Er konnte das spöttische Gelächter seines Vaters nahezu hören, die Selbstzufriedenheit, die aus seinen kalten, grausamen Worten triefte.

»Was glaubst du, wen du hier zum Narren hältst?« Hatte der Marquis einmal gesagt. »Du bist ein heißblütiger junger Kerl – genauso, wie

320

ich es früher war. Genau das wird dir zum Verhängnis werden. Du kannst deinen Schwanz genauso wenig in der Hose behalten, wie ich es konnte.«

Dominic stieß tonlos einen Fluch aus und bemühte sich, die höhnische Stimme auszuschalten, die in seinen Ohren dröhnte, bis sein Kopf zu pochen begann. Es mußte einen Ausweg geben – es mußte einfach einen Ausweg geben.

Und plötzlich wußte er, worin dieser Ausweg bestand. Dominic wandte seine Aufmerksamkeit Wentworth zu, und ein grimmiges Lächeln spielte auf seinen Lippen. »Einverstanden, Euer Gnaden, Sie haben gewonnen. Ich werde die Kleine unter einer Bedingung heiraten...«

»Und die wäre?« warf der Herzog eilig ein.

»Es wird eine *Mariage de Convenance* – eine reine Scheinehe auf dem Papier. Ich habe gelobt, daß es keinen Nachkommen geben wird, der den Namen Edgemont weiterführen wird, und genauso wird es auch sein.«

»Ich höre mir das nicht mehr an«, fiel ihm Catherine ins Wort, »keinen weiteren Moment mehr.« Sie hob den Saum ihres Reitkostüms hoch und ging auf die Tür zu.

»Du wirst genau da bleiben, wo du bist, Fräulein.« Die Stimme knallte wie eine Peitsche durch den Raum. »Du wirst das bis zum bitteren Ende durchstehen, genauso wie ich.«

Nie hatte Catherine ihren Onkel derart entschlossen erlebt. Sie schluckte schwer, rührte sich aber nicht mehr von der Stelle.

»Was salbadern Sie denn jetzt schon wieder für einen Unsinn«, sagte der Herzog zu Dominic. »Sollte ich mich irren, oder besteht nicht bereits jetzt, in diesem Augenblick, durchaus die Möglichkeit, daß Sie bereits ein Kind gezeugt haben könnten?«

Catherine errötete, und Dominic schnaubte vor Wut. »Nett, daß Sie das noch hervorgehoben haben. Da das tatsächlich der Fall ist, wird die Eheschließung so lange warten müssen, bis feststeht, daß Catherine nicht schwanger ist. Sowie wir diese Gewißheit haben, steht nichts mehr im Wege.«

Selbst Gil schien vollständig verblüfft zu sein. »Wollen Sie mir damit etwa sagen, wenn meine Nichte ein Kind von Ihnen bekommt, werden Sie sie im Stich lassen?«

Dominics Eingeweide schnürten sich zu einem festen Knoten zusammen, als er diese Formulierung hörte. »Selbstverständlich würde ich sowohl für Catherine als auch für das Kind die volle Verantwortung übernehmen – es würde lediglich nicht meinen Namen tragen.«

Catherine war nach Weinen zumute. Lieber Gott, war das der Mann, den sie geglaubt hatte zu lieben? »Wie nett von dir, Dominic. Eine solche Mildtätigkeit kann ich kaum fassen. Aber wo, wenn ich fragen darf, bleibe ich bei alledem?«

»Du, meine Süße, wirst die Marquise von Gravenwold sein, eine Position, die selbst eine Gräfin nicht verachten sollte.«

»Dein Titel bedeutet mir nichts. Ich muß an Arondale denken. Hast du die Absicht, mir mein Vermögen zu nehmen, ohne mir den Erben zu geben, den meine Familie braucht?«

»Du kannst dein Geld behalten«, sagte Dominic mit einem spöttischen Blick. »Ich besitze selbst mehr als genug Geld, und was die Frage eines Erben angeht – es wird keinen geben – oder zumindest wird er nicht meinen Lenden entspringen. Wenn du bereit bist, das hinzunehmen, dann soll es so sein. Wenn nicht...«

Catherine verspürte eine so große Wut, daß sie kaum ein Wort hervorbrachte. »Du bist ein Teufel! Ein hartherziger Mistkerl mit dem Gewissen einer Schlange. Ich will nichts mit dir zu tun haben – weder jetzt noch jemals!«

Gil beobachtete die beiden, wie er sie schon von Anfang an beobachtet hatte. Heiliger Strohsack, er ging ein entsetzliches Risiko ein – ein Risiko, das Catherines Leben ruinieren konnte. Und doch konnte er jedesmal, wenn er sie oder Gravenwold ansah, die starken Funken nahezu spüren, die zwischen ihnen sprühten.

Er glaubte, daß der Marquis tatsächlich auf Rache aus sein könnte, und dennoch war er nur ein Mann. Catherine war eine wunderschöne und begehrenswerte Frau – und der Herzog glaubte, daß Gravenwold diese Frau über alle Maßen liebte.

Die beiden gewaltsam zusammenzubringen war tatsächlich ein gewaltiges Risiko – größer als jedes, das er je gewagt hatte. Ein Mißlingen würde für beide Haß und Verzweiflung nach sich ziehen. Ein Erfolg wäre die größte Belohnung gewesen, die ein Mann und eine Frau sich je erhoffen konnten. Eine seltene und kostbare Liebe, die andere ein Leben lang suchten und die nur die wenigsten je fanden.

Der Herzog von Wentworth war der Auffassung, diese Form von Liebe sei das Risiko wert.

Er wappnete sich. »Einverstanden«, sagte er.

Catherines Wut richtete sich gegen ihn. »Das kann nicht dein Ernst sein. Das mache ich nicht mit – du kannst mich nicht dazu zwingen.«

»Du wirst es tun. Ich bin immer noch dein Vormund. Du wirst genau das tun, was ich sage.« Sie starrte ihn an, als sei er ein Fremder. »Und jetzt schlage ich vor, daß du dich vorzeigbar herrichtest, während wir übrigen draußen auf dich warten.« Er wies mit einer Geste auf die Tür, und Ozzie zog sie auf. »Meine Herren?«

Mit einer steifen und unerbittlichen Haltung trat Dominic durch die Öffnung in den Sonnenschein. Wentworth folgte ihm nach draußen, Ozzie schloß die Tür, und Catherine starrte schweigend hinter ihnen her.

»Ihnen ist klar, daß meine Nichte immer noch in Gefahr schwebt«, sagte der Herzog zu Dominic. »Ich glaube, mit Ihnen als Ehemann verringert sich diese Gefahr ein wenig.«

»Darum werde ich mich persönlich kümmern«, versprach ihm Dominic, doch seine Gedanken kreisten nur um das eine einzige Wort, das der Herzog ausgesprochen hatte und das zu hören er niemals erwartet hatte. *Ehemann.* Catherines Ehemann. Er ignorierte die winzige Flamme aufzüngelnden Vergnügens, die dieses Wort hervorrief,

323

und statt dessen konzentrierte er sich auf die Wut, die er darüber verspürte, so wirklich und wahrhaft den Kopf in der Schlinge zu haben.

Catherine stieg die breite Marmortreppe in Lavenham Hall herunter und begab sich auf den Weg zu dem mit Büchern angefüllten Arbeitszimmer ihres Onkels. Als sie ihn vorfand, war er über seine Rechnungsbücher gebeugt und in die Arbeit vertieft, wie in der letzten Zeit fast jeden Abend.

Mit hocherhobenem Kopf klopfte sie leise an die offene Tür, um seine Aufmerksamkeit auf sich zu lenken, und der Herzog blickte auf. Als er sah, wer es war, lächelte er matt.

»Guten Abend, meine Liebe.«

»Guten Abend, Euer Gnaden«, sagte sie förmlich, und ihr Tonfall hatte sich ihm gegenüber seit dem Tag kaum verändert, an dem er in das Steinhaus gekommen war.

»Hast du vielleicht Lust, einen Sherry mit mir zu trinken? Schließlich ist es noch früh, und gegen ein wenig Gesellschaft hätte ich gar nichts einzuwenden.«

»Ich fürchte, dazu bin ich etwas zu müde«, log Catherine, die entschlossen war, Distanz zu wahren. »Ich bin nur gekommen, um dir zu sagen, du kannst Seine Lordschaft darüber in Kenntnis setzen, daß kein Grund mehr zur Sorge besteht.« Catherine spürte die Glut in ihren Wangen, aber dennoch reckte sie weiterhin das Kinn in die Luft und zog die Schultern zurück. »Ich erwarte kein Kind von ihm.«

Gil räusperte sich und stand auf. »Ich verstehe.«

»Ich vermute, es hat sich nichts an deinem Entschluß geändert, daß ich diese Farce von einer Heirat über mich ergehen lassen soll?«

Gil nahm eine steife Haltung ein. »Das stimmt.«

»Dann wäre es mir lieber, die Angelegenheit in aller Eile hinter mich zu bringen. Je mehr Zeit ich habe, darüber nachzudenken, desto abstoßender finde ich diesen Gedanken.«

»Catherine, meine Liebe«, sagte Gil mit einem Seufzer. »Ich

wünschte, ich könnte dir klarmachen, daß ich das nur zu deinem eigenen Besten tue.«

»Du zwingst mich, einen erbitterten, haßerfüllten Mann zu heiraten, der mich nicht haben will.«

»Letzteres muß sich erst noch herausstellen. Was die Veranlagung des Mannes angeht, so kann ein liebendes Weib oft einiges ändern.«

Catherine dachte darüber nach.

»Du warst doch früher einmal in ihn verliebt«, sagte der Herzog mit sanfter Stimme, »das willst du doch gewiß nicht bestreiten.«

Ihr Blick richtete sich auf den Aubusson-Teppich. »Das scheint mir Jahre her zu sein.«

»Wahre Liebe kann vieles überstehen«, sagte ihr Onkel. »Glaube mir, ich weiß es.«

Catherine hob den Blick und sah ihm in die Augen. »Dominic verspürt zuviel Haß, um zu lieben.« Sie wandte sich ab und ging zur Tür hinaus.

Dominic saß an einem derb gezimmerten Tisch in der Knight and Garter Tavern in Covent Gardens. Nicht etwa bei White's oder Boodels, nicht bei Brooks and St. James. Es war ein heruntergekommenes, schäbiges, tosendes Wirtshaus, das bis zu den Dachbalken mit Dieben, Taschendieben, Prostituierten und Trunkenbolden angefüllt war. In dem Lokal stank es nach Gin und billigem Parfüm, und der Rauch hing in so dicken Schwaden in der Luft, daß die Augen der Gäste brannten, die zuviel getrunken hatten, um sich daran noch zu stören.

Das war der allerletzte Ort, den ein Gentleman der oberen Zehntausend aufgesucht hätte, und es war exakt der Ort, an dem Dominic sein wollte. Er war übellaunig und nicht auf dem Damm, und er wollte Scherereien haben und war auf dem besten Weg, sich auf eine Schlägerei einzulassen.

Er war nicht betrunken, obwohl er schon seit zwei Stunden Rum getrunken hatte. Und er war auch kein Adeliger – oder zumindest schien er keiner zu sein –, lediglich ein Mann in einem Leinenhemd mit weiten Ärmeln und einer engen schwarzen Hose und schwarzen Stulpenstiefeln. Als ein betrunkener Matrose mit ihm zusammenprallte und einen Teil des Getränks in seiner Hand verschüttete, sprang Dominic auf, packte den Mann an der breiten Schulter und drehte ihn zu sich um.

»Passen Sie doch auf, was, zum Teufel, Sie tun, Mann!«

Der kräftige Matrose schlug seine Hand von seiner Schulter. »Wenn's dir nicht paßt, Kumpel, warum tust du dann nix dagegen?« Seinem Akzent hörte man an, daß er aus der Hafengegend kam. Er sah aus wie ein Mann, der zum Dienst gezwungen worden war und täglich auf einem Schiff arbeiten mußte, bis er tot umfiel. Wenn dem so war, dann mußte er so zäh wie ein Lederstiefel und so hart wie die Speichen der Hölle sein.

Das störte Dominic nicht wirklich. Er holte zum ersten Hieb aus, der mit einem lauten Krachen auf dem Kinn des riesigen Mannes landete. Der rotbärtige Mann grinste nur.

»Jetzt kannst du aber loslegen, Kumpel«, rief ihm einer seiner Freunde zu.

Ein paar gewaltige Hiebe später stand Dominic über ihm und wischte sich mit dem Handrücken das Blut aus dem Mundwinkel. Er bewegte den Kiefer vor und zurück, um zu sehen, ob er gebrochen war, und stellte zu seiner Erleichterung fest, daß dem nicht so war. Er stieß gegen den Stiefel des Bewußtlosen. Gott sei Dank rührte sich der kräftige Esel nicht.

»Zufrieden?«

Dominic wankte ein wenig auf den Füßen, als er sich umdrehte, weil er eine vertraute Stimme hörte. »Was, zum Teufel, hast du denn hier zu suchen?« sagte er zu Rayne Garrick. Der großgewachsene Viscount stand grinsend in der Menschenmenge, und er hatte die Augen offengehalten, damit er gleich sah, falls sich jemand einmischen wollte.

»Ich suche dich.« Die Männer schienen seine Absicht erraten zu haben, denn ihnen war nicht entgangen, daß die Pistole, die er bei sich trug, seinen Gehrock gewaltig ausbeulte. Nachdem der Kampf jetzt

326

geendet hatte, murmelten sie ein paar mürrische Worte, schlenderten wieder an ihre Tische, hoben ihre Krüge und widmeten sich wieder ihrem Schnaps.

»Wie hast du mich gefunden?«

»Das war nicht allzu schwer«, sagte Ray. »Wenn du dich recht erinnerst, waren wir bereits ein paarmal gemeinsam hier, und zwar immer dann, wenn du schwärzester Stimmung warst.«

Dominic nickte und strich sich das dichte schwarze Haar aus dem Gesicht. Er griff nach seinem Humpen Rum und kippte sich den Rest des beißenden Getränks in die Kehle.

Er stellte den Humpen auf den zerschrammten Holztisch und richtete seine Aufmerksamkeit auf die Tür.

»Es wäre allerdings das Weiseste, wenn wir jetzt gingen«, sagte Rayne, da er wahrnahm, daß sie immer noch von etlichen verdrossenen Augenpaaren beobachtet wurden.

»Ganz meine Meinung.« Sie machten sich auf den Weg zur Tür und traten in die Nacht hinaus, liefen durch die schmale Gasse zu einer fernen Straße, die von ein paar Öllampen erhellt wurde, und rannten los, um eine Mietdroschke abzufangen.

»Ich vermute, dein Bedürfnis, dir ein wenig... Zerstreuung zu suchen... hatte etwas mit deiner jüngst vorgenommenen Verlobung zu tun«, sagte Rayne.

»Ich muß mich darauf einrichten, daß der Rest meines Lebens die Hölle wird«, murrte Dominic.

»Du weißt wohl, daß du in das Mädchen verliebt bist.«

»Das ist ja absurd.«

»Nicht?« Raynes breite Schultern zogen sich zu einer lässigen Geste hoch. »Dann hast du ja keinen Grund zur Sorge. Du kannst ganz einfach weiterleben, wie du es schon immer getan hast, und dir Genuß verschaffen, wo du ihn nur irgend finden kannst. Viele Frauen wären dankbar, wenn sie nicht gezwungen wären, sich ihren ehelichen Pflichten unterwerfen zu müssen.«

»Nicht Catherine«, sagte Dominic, und Rayne strengte sich an, um nicht zu lächeln.

»Nein, sie wirkt eher, als sei sie eine leidenschaftliche Frau. Und ich bin sicher, daß du als Lehrer sie sehr gründlich eingeführt hast.«

»Nicht halb so gründlich, wie es mir lieb gewesen wäre.«

»Nichtsdestoweniger«, sagte Rayne, »kannst du weitermachen, wie du willst, und dir deine Geliebten suchen, wo du Lust hast – schau einfach weg, wenn Catherine dasselbe tut.«

Dominics Hand ballte sich zur Faust. »Können wir nicht über etwas anderes reden? Ich bin hierhergekommen, um meine bevorstehende Hochzeit zu vergessen. Das allerletzte, worüber ich jetzt reden möchte, ist meine Scheinehe.«

»Ist der Termin schon festgelegt worden?« fragte Rayne, der Dominics Worte ignorierte.

»Nach Angaben des Herzogs hat Catherines monatliches Unwohlsein eingesetzt – sie ist eindeutig nicht schwanger. Die Heirat wird am Wochenende stattfinden.«

»Wenn das Mädchen schwanger gewesen wäre, hättest du dich dann wirklich geweigert, das Baby als deines anzuerkennen?«

Dominic wandte den Blick in die Ferne. »Die Frage ist rein hypothetisch. Catherine trägt die Frucht meines Namens nicht in sich. Und sie wird es auch niemals tun. Und wenn du nicht unbedingt ins Knight and Garter zurückkehren und da weitermachen willst, wo wir gerade aufgehört haben, dann schlage ich vor, daß wir jetzt über etwas Angenehmeres miteinander reden.«

Rayne sah das finstere Gesicht seines Freundes und dachte an die Frauen, mit denen Dominic geschlafen hatte, an das heiße Blut, das er würde zügeln müssen, und an die wunderschöne Frau, die schon bald unter seinem Dach leben würde. Rayne dankte Gott dafür, daß *er* bislang der Mausefalle der Pfaffen entgangen war. Er hatte nicht die Absicht, wie sein Freund gegen seinen Willen zu einer Ehe gezwungen zu werden, doch wenn man bedachte, wie absurd Dominics Besessenheit von dem Gedanken an Rache an seinem toten Vater war, dann war es in dem Fall vielleicht sogar das Beste.

Als er an das heißblütige Paar und den bevorstehenden Kampf zweier Willen dachte, lachte Rayne in sich hinein und grinste in der Dunkelheit.

»Mir ist ganz gleich, wie gefährlich es ist, du Dummkopf, kannst du es denn nicht verstehen? Die Zeit wird knapp!« Edmund sprach in den Ställen hinter Catherines Stadthaus im Westend mit Nathan Cave, nachdem Catherine vor einigen Wochen nach Lavenham Hall zurückgekehrt war.

Der große Mann mit dem schwarzen Schnurrbart wirkte gekränkt. »Ich weiß, Euer Lordschaft, aber...«

»Kein aber. Du und diese dämlichen Stümper, die du engagiert hast, habt aber auch alles verpatzt. Um Gottes willen, am Wochenende wird meine Cousine verheiratet. Das könnte für uns die letzte Gelegenheit sein.« Heftig klopfte er sich ein paar Halme Stroh von seinem makellosen königsblauen Gehrock, die sich dorthin verirrt hatten.

»Ich und die Jungs, wir kriegen das schon hin«, sagte Cave. »Diesmal wird es keine Probleme geben.«

»Es wird keine Probleme geben«, sagte Edmund, »weil ich die Dinge selbst in die Hand nehmen werde.«

»Aber...«

»Ich rate dir, Nathan, einfach nur die Klappe zu halten und mir zuzuhören. Ich sage dir jetzt ganz genau, was wir tun werden.«

Während Edmund seinen Plan preisgab, wieherte eines der Pferde leise, und eine Eule stieß in den Dachbalken über ihnen einen Schrei aus. Nathan ließ den Kopf hängen und tat, was ihm gesagt worden war.

Catherine stand vor dem Drehspiegel mit dem kunstvoll verzierten und vergoldeten Rahmen in ihrem Schlafzimmer in Lavenham Hall. Wie konnte sie bloß so gut aussehen, wenn sie sich derart elend fühlte?

Sie trug ein eierschalfarbenes Seidenkleid mit hochangesetzter Taille und gestickten rosa Rosen auf dem schmalen Rock und sah einfach blendend aus. Ihr Haar war zu seiner schimmernden Masse von rotgoldenen Ringellöckchen frisiert und aufgesteckt worden, und ihre Haut wirkte gesund und schimmerte wie schon seit der Zeit nicht mehr, als die leichte bronzene Tönung durch die Sonne verblaßt war. Nur ihre matten, stumpfen Augen verrieten ihren inneren Aufruhr, die schmerzhafte Schlinge der Hoffnungslosigkeit, die sie in ihrer Brust fühlte.

»Bist du fertig, meine Liebe?« Onkel Gil stand in der offenen Tür zu ihrem Schlafzimmer und sah in seinem dunkelblauen Samtfrack, der weißen Leinenweste und der burgunderfarbenen Hose elegant aus.

Catherine nickte. »Soweit es eben geht.«

»Du siehst hübsch aus, meine Liebe. Du machst mich sehr stolz.«

Wie konnte sie immer noch wütend auf ihn sein? Er tat das, was er für das Beste hielt. »Ich danke dir, Onkel Gil.« Sie durchquerte das Zimmer, um seinen Arm zu nehmen, zog sich auf die Zehenspitzen und küßte ihn auf die Wange. Gil räusperte sich und wandte den Blick ab, und eine leichte Röte stieg in seinem Gesicht auf.

Sie ließ sich von ihm durch den hell erleuchteten Gang führen, und dann stiegen sie die breite Mahagonitreppe hinab und liefen über den Marmorboden der Eingangshalle. Soames reichte Gil ihren Umhang, der sie gegen die Kühle des frühen Morgens schützen sollte, und er hüllte sie in die wogenden Falten. Soames hielt die massive Eingangstür auf.

»Er wird geblendet sein von Ihrer Schönheit, Mylady«, sagte der alternde Butler.

»Danke, Soames.« Catherine zwang sich, ihn anzulächeln. Es war zwecklos zu erwähnen, daß Dominic nicht die Absicht hatte, sich von ihrer Schönheit blenden zu lassen – weder jetzt noch jemals sonst.

Sie stiegen die Stufen von der Veranda zur Kutsche der Wentworths herunter, die vor dem Haus wartete und auf der im Sonnenschein das silberne Wappen blinkte. Zwei livrierte Kutscher saßen auf dem

Kutschbock, während zwei auffällig kräftige Wachen, die als Lakaien getarnt waren, hinter der Kutsche standen. Eine dringende geschäftliche Verpflichtung hatte Edmund und Amelia gezwungen, bis zum allerletzten Moment in London zu bleiben. Da sie somit sehr zeitknapp waren, würden sie sich geradewegs zur Kirche begeben.

Gil war Catherine beim Einsteigen behilflich, und sie lehnte sich auf dem gepolsterten grünen Samt zurück und strich sich das eierschalfarbene Seidenkleid glatt. Mit der hochangesetzten Taille, dem sachte geschwungenen Halsausschnitt und den kleinen Puffärmeln war das Kleid der letzte Schrei der Mode. Die hellroten gestickten Rosenknospen waren im Farbton ganz auf die frischen Rosen abgestimmte, die in ihr Haar geflochten waren und auf ihren langen Wildlederhandschuhen steckten.

Ein einziger Blick aus dem Fenster sagte ihr, daß die Landschaft mit ihren sanften grünen Hügeln, den weißen Wattewolken und dem klaren blauen Himmel ihrer äußeren Erscheinung weit mehr entsprachen als ihrer trostlosen Stimmung. Sie unterdrückte ihre Nervosität gewaltsam, so gut es eben ging, und sie hörte, wie die Pferde angetrieben wurden, und wenige Minuten später holperte die Kutsche über den Weg zu der kleinen Pfarrkirche im Dorf, wo Dominic sie erwarten würde – wenngleich Catherine auch das unbehagliche Gefühl hatte, er könnte nicht dort sein.

Tief in ihrem Innern glaubte sie fest daran, daß er weniger ein Gentleman als ein Zigeuner war. Sie hatte lange genug mit ihnen zusammengelebt, um zu wissen, daß sie sich selten zu etwas überreden ließen, was sie nicht tun wollten.

Würde Dominic schlicht und einfach das Land verlassen, zu seinem Stamm zurückkehren und nie wieder nach England kommen? Angesichts seines Reichtums und seines gesellschaftlichen Ranges schien das absurd – und dennoch…?

Da sie gedankenverloren war, dauerte es eine Weile, bis Catherine die Geräusche sich nähernder Reiter wahrnahm. Wirklich bemerkte sie sie

331

eigentlich erst, als sie Pistolenschüsse und das donnernde Echo von Pferdehufen hörte.

»Gott im Himmel!« brüllte ihr Onkel, packte ihren Arm und stieß sie auf den Boden der Kutsche hinunter. »Diese Halunken greifen uns an!«

»Treiben Sie die Pferde mit Gewalt an!« befahl er seinem Kutscher, obwohl der Mann bereits die Peitsche über den Köpfen der Tiere hatte knallen lassen und sie jetzt im Galopp dahinflogen. Ein zweiter Peitschenknall ließ sie noch schneller laufen, ihre muskulösen Brüste stemmten sich gegen das Geschirr, doch die Wegelagerer nahten in einem Winkel, der ihnen trotzdem den Weg abschnitt.

Wentworths Gespann von Rappen, den besten dieser Zucht, raste blitzschnell, und alle vier Tiere stürmten voran, während die Räder der Kutsche sich irrsinnig drehten und die Wachen hinter der Kutsche das Feuer der Wegelagerer erwiderten. Dennoch holten die Reiter immer mehr auf und kamen mit jeder Sekunde, die verging, näher. Es war ganz ausgeschlossen, ihnen zu entkommen, und auf diesem freien Straßenabschnitt konnte niemand die Schüsse der Verbrecher oder die Salven hören, mit denen die Wachen sie beantworteten.

Catherine spürte die Hand ihres Onkels auf ihrem Kopf, die sie noch tiefer auf den Boden stieß, sie fühlte, daß die Kutsche wüst dahinraste, hörte, wie weitere Schüsse abgegeben wurden, aber auch das schrille Wiehern von Pferden, als die Reiter von einer Staubwolke umgeben die Kutsche umstellten und sie zum Anhalten zwangen.

»Hier«, flüsterte Gil und drückte ihr eine Pistole in die zitternden Hände. »Benutze sie, wenn es sein muß. Von einer Frau werden sie nicht erwarten, daß sie zurückschießt.«

Dann wandte er sich mit grimmigem und furchteinflößendem Gesicht von ihr ab und ballte die Fäuste vor Wut. Als der Herzog die Kutschentür aufstieß, fand er sich von fünf Reitern umgeben, die alle maskiert waren und die seltsamste Kleidung trugen. Jeder von ihnen hielt eine Pistole auf einen von Gils Männern gerichtet – und eine der Pistolen wies auf sein Herz.

Er stieg aus der Kutsche, und als er sich umdrehte, sah er einen Wächter, der in sich zusammengesunken dahockte, die Vorderseite seiner Livree mit den silbernen Litzen mit Blut getränkt. Der andere wirkte bleich und erschüttert und hatte eine Kugel im Arm.

»Eure Pistolen sind leergeschossen, ihr Hurensöhne«, sagte einer der Wegelagerer, ein stämmiger Mann mit kalten grünen Augen. »Ihr solltet sie besser hinwerfen.« Masken bedeckten ihre Gesichter, und alle trugen Hüte, die sie sich tief in die Stirn gezogen hatten.

»Verfluchte Halsabschneider«, höhnte der Kutscher. Der andere Kutscher fluchte, doch schließlich taten sie alle, was ihnen befohlen worden war.

»Sagen Sie der süßen Kleinen, sie soll rauskommen.«

»Sie bleibt, wo sie ist«, sagte Gil und baute sich vor der Tür der Kutsche auf. »Ich rate ihnen, *Gentlemen*, dieses tollkühne Vorhaben aufzugeben. Sie haben bereits einen Mann getötet – wenn Sie erwischt werden, wissen Sie ja, wohin man Sie bringt. Und je länger Sie trödeln, desto größer wird die Gefahr für Sie.«

Ein großer, dünner Mann mit einer schrillen Stimme lachte hinter seiner Maske in sich hinein. »Aus dem Weg, Boss. Ihre Ladyschaft wird verlangt. Wir werden dafür sorgen, daß sie überbracht wird.«

»Verlangt? Was soll das heißen?«

»Gehen Sie aus dem Weg.«

»Nein.«

»Onkel Gil, tu das nicht!« rief Catherine aus und riß die Tür der Kutsche in dem Moment auf, als die Pistole des Mannes losging und Rauch und Flammen spuckte. Mit einem gepeinigten Stöhnen umklammerte Gil seine Schulter und sank nach vorn auf den Lehm.

»Was haben Sie getan?« Catherine sprang aus der Kutsche und hielt die Pistole in den Falten ihres Umhangs verborgen in der zitternden Hand. Sie eilte ihrem Onkel zu Hilfe und stellte fest, daß er schwer atmete und daß Blut durch seinen Frack sickerte, als er versuchte aufzustehen.

333

»Bleib ganz still liegen«, flehte sie ihn mit einem Ausdruck der Sorge an und sagte ihm dann mit einem anderen Blick, daß sie noch im Besitz der Waffe war.

»Ich hole das Mädchen«, sagte der dünne Mann. Als sie die schrille Stimme zum zweiten Mal hörte, erkannte Catherine, daß sie einem der beiden Männer gehörte, die sie im Garten angegriffen hatten. Sie wartete, bis er abgestiegen war und auf sie zuging und einen Moment lang den anderen die Sicht auf sie verstellte, ehe sie den Lauf der Pistole auf sein Herz richtete.

»Keine Bewegung«, sagte sie mit leiser, drohender Stimme. »Rühren Sie keinen Muskel.«

Über der Maske wurden blasse Augen unter dünnen Lidern groß, und sie hörte, wie er scharf Atem holte.

»Wenn Sie wollen, daß dieser Mann überlebt«, sagte sie zu den Männern, die noch auf ihren Pferden saßen, »dann schlage ich vor, Sie machen kehrt und reiten fort.«

Einen Moment lang sagte niemand ein Wort. Dann: »Calvin hat gewußt, mit wem er sich eingelassen hat, als er mitmachen wollte.«

»Was!« quietschte Calvin, doch er rührte sich entschieden nicht von der Stelle.

Die anderen murmelten miteinander, äußerten aber keine offenen Einwände. Sie hielten ihre Pistolen in Bereitschaft.

»Tun Sie's doch, wenn Sie den Mumm haben, Miss«, sagte derjenige, der der Anführer zu sein schien. »Das ändert nichts dran, wie es ausgeht.« Er lachte in sich hinein. »Das ist ja eine ulkige Göre, stimmt's? Ein Jammer, daß wir sie hergeben müssen.«

»Ich bringe ihn um«, drohte Catherine, »das schwöre ich!«

»Tu's doch, Mädchen«, entgegnete er, »und ich knall' deinem Kutscher den Kopf ab.« Er hob die Pistole und richtete sie direkt auf den Kopf des Kutschers.

Lieber Gott. Catherines Hand begann zu zittern. Sie wollte schon aufgeben, als der erste Schuß hinter ihnen ertönte.

Ein zweiter Schuß war zu hören, dann ein dritter. »Der verfluchte Wachtmeister kommt!« brüllte einer der Wegelagerer, ließ sein Pferd umkehren und grub dem Tier die Hacken in die Flanken. »Ihr könnt meinen Anteil haben – ich verschwinde!«

Die anderen vier schienen seiner Meinung zu sein, als sie in einer Staubwolke Reiter in hohem Tempo über die Heide näher kommen sahen. »Laßt uns reiten, Jungs!« befahl der Anführer.

Sogar der Mann, auf den Catherine ihre Pistole gerichtet hatte, machte kehrt und raubte ihr das Gleichgewicht, und der Schuß ging in die Luft los. Während die Kutscher eilig die Waffen einsammelten, die sie auf den Boden geworfen hatten, und sie schnell nachluden, raste er zu seinem Pferd, schwang sich auf den Sattel und trieb das ausgemergelte Tier an.

Fast hatte er ein nahes Dickicht erreicht, als ein untersetzter Mann mit rotblondem Haar, den Catherine noch nie zuvor gesehen hatte, auf einem schnaubenden Pferd herandonnerte. Er setzte dem Flüchtenden nach und hieb ihn aus dem Sattel auf den Boden. Dort wälzten sich die beiden herum, und mal lag der eine oben, mal der andere, bis der untersetzte Mann rittlings auf der Brust des dünneren Mannes saß. Er zog einen kräftigen Arm zurück und landete einen gemeinen Hieb auf dem Kinn des Wegelagerers, der dessen Kopf zurücksacken ließ. Der Mann blieb regungslos auf dem Lehm liegen.

Mit einem Seufzer der Erleichterung sprang der Mann mit dem rotblonden Haar auf und lief zu Catherine, die neben ihrem Onkel kniete.

»Lady Arondale«, sagte er, »Gott sei Dank, daß Ihnen nichts zugestoßen ist.« Er kauerte sich neben sie.

»Ich... ich fürchte, mein Onkel ist verwundet worden«, sagte Catherine mit unsicherer Stimme zu ihm.

Gil stöhnte, doch mit ihrer Hilfe gelang es ihm schließlich, sich aufzusetzen. »Mich hat eine Kugel in der Schulter erwischt«, sagte er. »Es hätte viel schlimmer kommen können, Wachtmeister, wenn Sie und Ihre Männer diese Halunken nicht in die Flucht geschlagen hätten.«

»Ich heiße Harvey Malcom, Euer Gnaden. Ich stehe im Dienste Seiner Lordschaft, des Marquis von Gravenwold.«

»Gravenwold? Woher, zum Teufel, hat er denn davon etwas gewußt?« Der Herzog ließ zu, daß Catherine und Malcom ihm auf die Füße halfen, doch er wankte unsicher.

»Er weiß nichts davon.« Malcom knüpfte den Gehrock des Herzogs auf, um sich die Wunde anzusehen. »Im Moment erwartet er gerade seine Braut vor der Kirche, und höchstwahrscheinlich ist der Bräutigam inzwischen ziemlich mürrisch.«

Trotz der Sorge um ihren Onkel sah Catherine eine gewisse Komik in dem Gedanken, welche Sorgen sie sich um *sein* Erscheinen gemacht hatte. Sie warf einen unsicheren Blick auf ihren Onkel. »Wie steht es um ihn?«

Malcom preßte sein Taschentuch gegen das kleine runde Loch, in das die Bleikugel eingedrungen war. »Die Kugel ist hinten wieder rausgekommen. Die Wunde scheint sauber und nicht allzu gefährlich zu sein.«

»Gott sei Dank«, sagte Catherine.

»Und woher haben *Sie* es denn gewußt?« Drang der Herzog weiter in den Mann und schenkte den beiden ansonsten keine Beachtung.

Malcom öffnete den Mund, um es zu erklären, doch das donnernde Eintreffen seiner übrigen Männer ließ ihn innehalten. Sie hatten zwei der fünf entflohenen Wegelagerer geschnappt, und jetzt hatten diese die Hände auf dem Rücken zusammengebunden und saßen so auf ihren Pferden. Ein weiterer Mann war über seinen Sattel geworfen worden, und seine schlaffen Arme hingen fast bis auf den Boden, und kein Atem rührte seine Brust.

»Zwei von ihnen sind davongekommen, diese verdammten Halunken«, sagte einer von Malcoms Männern und fügte ein verlegenes »Ich bitte um Verzeihung, Eure Ladyschaft«, hinzu, als er Catherine sah. »Den da haben wir oben auf dem Hügel erwischt«, er deutete auf den Toten. »Als ich ihm nachgeritten bin, wollte er entkommen. Er hat auf mich geschossen, das hat er wirklich. Wie es das Glück so wollte, war ich der bessere Schütze.«

Selbst in ihrer Benommenheit und ihrer Besorgnis nahm Catherine noch wahr, daß das Pferd des Toten ein weitaus besseres Tier war als die der anderen Banditen. Dann fielen ihr die Kleider auf – eine gutgeschnittene rehfarbene Kniebundhose, polierte Stiefel aus weichem braunen Leder und ein feines Batisthemd. »Ich will sein Gesicht sehen«, flüsterte sie. Sie versuchte vor sich selbst zu leugnen, daß sie das gepflegte, ordentlich frisierte Haar und die feinknochigen Finger kannte, die ihr sagten, wer der Schurke war.

»Ich würde Ihnen davon abraten, Mylady«, sagte Malcom leise, doch der andere Mann kam ihrem Wunsch nach, ehe er die Zeit hatte, ihn zurückzuhalten.

»Gütiger Gott«, sagte Gil. »Es ist Edmund.«

Catherine preßte sich zitternde Finger auf die Lippen, um den Schrei zu ersticken, der in ihrer Kehle aufgestiegen war. »Gott im Himmel«, flüsterte sie, »ich hatte gebetet, er sei es nicht.«

Gils Hand schloß sich um ihre. »Das haben wir beide getan, meine Liebe, wir haben es beide getan.«

»Der Marquis hat vor einer Weile befohlen, ihn überwachen zu lassen«, sagte Malcom gerade, doch Catherine konnte seinen Worten kaum folgen.

Edmund, lieber Gott, Edmund. Der lächelnde kleine Junge, der früher mit ihr gespielt hatte. Er war dagewesen, als ihre Mutter gestorben war, und er hatte ihr dabei geholfen, den Tod ihres Vaters zu überleben.

Edmund. Der Mann, der hinter ihrer Entführung gesteckt hatte, der Mann, der ihren Tod gewollt hatte. Wie hatte er so etwas bloß tun können?

Aber andererseits hatte sie in den Wochen seit ihrer Rückkehr eine subtile Veränderung an ihm wahrgenommen, eine Distanz, die Catherine teilweise auf ihren eigenen Verdacht zurückgeführt hatte. Wenn sie sich jetzt daran erinnerte, plagten sie Schuldgefühle, weil sie nicht

337

jemanden engagiert hatte, um ihn bewachen zu lassen. Sie hatte sich einfach nicht dazu durchringen können, ihm nachzuspionieren.

Ihr Onkel sagte etwas, was Catherine entging, doch seine Stimme weckte ihre Aufmerksamkeit, und dann ergriff Malcom wieder das Wort.

»Heute wäre er uns fast entkommen. Ich hätte nicht gedacht, daß er etwas versuchen wird, ausgerechnet am Hochzeitstag. Aber als er seine Frau und seinen Sohn in einem Gasthaus in der Ortschaft zurückließ, hat einer meiner Männer Verdacht geschöpft, er ist zu mir gekommen, und wir haben ihn hierher verfolgt. Gott sei Dank, daß wir nicht zu spät gekommen sind.«

Gil nickte zustimmend und drückte dann tröstlich Catherines kalte Hand. »Es ist an der Zeit, daß wir uns auf den Weg machen, meine Liebe«, sagte er zärtlich. »Hier gibt es für uns nichts mehr zu tun. Außerdem fängt meine Schulter an zu schmerzen, und wir müssen auch an deinen mürrischen Bräutigam denken.«

»Ja, ja, selbstverständlich.« Sie wandte sich an Harvey Malcom und wollte ihn um seinen Beistand bitten, doch der Mann hatte die Kutschentür bereits geöffnet und begonnen, Gil beim Einsteigen zu helfen. Er nahm Catherines Arm und war ihr behilflich, dann schloß er die Tür hinter den beiden.

»Überlassen Sie ruhig alles mir«, sagte Malcom mit einem Blick auf Edmunds Leiche. Er wandte sich an den Kutscher. »Im Ort gibt es einen Chirurgen. Sorgen Sie dafür, daß Seine Gnaden in aller Eile sicher dort ankommt.«

»Unsinn«, rief Gil seinem Kutscher zu. »Bringen Sie uns zur Kirche und achten Sie darauf, den Schlaglöchern so gut wie möglich auszuweichen.«

»Aber deine Schulter«, protestierte Catherine, als die Peitsche knallte und die Kutsche sich mit einem Satz in Bewegung setzte.

»Wir werden den Arzt holen lassen, sobald wir angekommen sind.«

»Aber...«

»Ich kriege das schon hin, meine Liebe. Im Krieg ist mir weit Schlimmeres zugestoßen.«

Catherine machte sich nicht die Mühe, ihn darauf hinzuweisen, daß das vor vielen Jahren gewesen war. Sie wußte, daß es nichts genutzt hätte, und so oder so hatten sich ihre Gedanken dem zugewandt, was vor ihr lag. Die arme Amelia, wie konnten sie ihr das bloß beibringen? Was konnten sie sagen? Was war mit Dominic? Er würde mit Sicherheit erleichtert sein, wenn sich die Hochzeit hinausschieben ließ. Die Vorkehrungen für die Beerdigung waren zu treffen, und auch eine angemessene Trauerzeit war zu berücksichtigen.

Als sie an diese Verzögerung dachte, spürte Catherine eine Woge der Erleichterung. Das ließ ihr Zeit, sich ihrem Kummer hinzugeben, und sie konnte Wochen in Arondale verbringen. Vielleicht würde ihr Onkel endlich doch noch zur Vernunft kommen und ihr erlauben, diese ganze katastrophale Heirat abzublasen.

»Wie fühlst du dich, Onkel?« fragte sie, denn jetzt kam ihre Sorge für ihn wieder an die Oberfläche.

»Ich habe es dir doch schon gesagt, meine Liebe. Ich werde schon wieder.«

Sie lächelte ihm ermutigend zu. »Wenn du erst einmal zu Hause bist, wird es nicht lange dauern, bis deine Wunde geheilt ist, und ich verspreche dir, dich während deiner Genesung in jedem einzelnen Augenblick zu verwöhnen.« Gil zog die buschigen Augenbrauen zusammen. »Falls es dir entgangen sein sollte, meine Liebe, ich habe Dutzende von Dienstboten, die für mein Wohlergehen sorgen. Außerdem wirst du in Gravenwold leben und für deinen Mann sorgen. Du wirst kaum die Zeit finden, dir dann noch Sorgen um mich zu machen.«

»Aber Onkel, du siehst doch bestimmt ein, daß die Hochzeit verschoben werden muß.« Sie dachte an Edmunds leblosen Körper, den man achtlos auf sein Pferd geworfen hatte, und sie schluckte gegen die Enge in ihrer Kehle an. »Es müssen... Vorkehrungen... getroffen werden. Wir müssen an die gute Amelia denken, aber auch...«

339

»Das sehe ich überhaupt nicht ein. Dein Cousin hat sein Bestes getan, um dein Leben zu ruinieren – ich denke gar nicht daran, ihm den Erfolg zu gönnen.«

»Aber... aber das ist ganz unmöglich.«

»Heute ist dein Hochzeitstag, meine Liebe«, sagte der Herzog, und seine Stimme wurde streng, »du solltest dich besser damit abfinden. Meine Schulter fängt an, teuflisch zu schmerzen. Wenn du nichts dagegen hast, halte ich es für das Beste, wenn ich mich ausruhe, bis wir dort ankommen.« Er schloß die Augen und lehnte seinen Kopf an den Sitz zurück.

Catherine starrte ihn wortlos an und war hin- und hergerissen zwischen der Sorge um seine Schulter, die noch blutete, und der hellen Wut über das, was er ihr anzutun gedachte. Dominic war ihre einzige Hoffnung. Nur er allein besaß den Mut, sich ihrem Onkel zu widersetzen. Sie würde ihn wohl kaum lange anflehen müssen, damit er eine Verzögerung erwirkte.

Ja, dachte sie, Dominic wird sich nur allzu leicht überzeugen lassen. Verrückterweise paßte es ihr irgendwie nicht, daß er es ihr so leicht machen würde.

19

»Du siehst also, Dominic, daß es nach allem, was passiert ist, das einzig Vernünftige ist, die Hochzeit zu verschieben.« Erschüttert und bleich stand Catherine ihm in dem kleinen Vorraum der Hauptkirche gegenüber, das Hochzeitskleid leicht zerknittert, und etliche Strähnen ihres flammendroten Haares hatten sich aus ihren Nadeln gelöst.

Händeringend bemühte sie sich um Fassung, und sie wirkte hilflos – und sie war schöner, als Dominic sie je gesehen hatte.

»Was hat dein Onkel dazu zu sagen?« Nachdem er die Geschichte von Edmunds mißlungenem Anschlag auf Catherines Leben berichtet hatte, war der Herzog in einen anderen kleinen Raum gebracht worden, in dem sich der Arzt um ihn kümmern konnte. Wentworths Zustand schien Gott sei Dank nicht bedenklich zu sein.

»Mein... Onkel«, sagte Catherine ausweichend, »ist verletzt worden. Im Moment kann er wirklich nicht besonders klar denken.« Sie wurde unruhig, als er sie so genau musterte, und dann wandte sie den Blick ab, und ihre bleichen Wangen tönten sich leicht rötlich.

»Das heißt«, sagte Dominic mit ausdrucksloser Stimme, »er ist kein bißchen von der Absicht abgerückt, die Hochzeit stattfinden zu lassen.«

»Aber das geht unmöglich! Verstehst du es denn nicht, mein Cousin ist tot!«

Dominic sah, wie ihre Lippen zitterten, wie groß und grün und trostlos ihre Augen waren. Sie mußte dringend dieses ganze schmutzige Geschäft hinter sich bringen, mußte alles tun, damit die Gerüchte verstummten, ehe sie von neuem einsetzten. Zweifellos hatte der Herzog das genauso deutlich erkannt wie er selbst.

»Ich glaube, meine Liebe, der Geistliche erwartet uns. Falls dein Onkel dem gewachsen ist, werde ich dafür sorgen, daß er der Trauung beiwohnt. Falls nicht, kann er uns später beglückwünschen.«

»Dominic, das kann doch nicht dein Ernst sein. Was ist mit Amelia? Sie und Edmund sind direkt aus London hergekommen. Gott weiß, wo sie im Moment steckt oder welche Geschichte ihr Edmund aufgetischt hat, ehe er sie verlassen hat. Wenn sie herausfindet, was passiert ist, wird sie am Boden zerstört sein. Dann wird sie mich brauchen, und ich muß...«

»Wir werden uns um Amelia kümmern, sobald die Tat vollbracht ist.« Er ging mit dem Entschluß auf sie zu, das abzuschließen, was ihr Onkel begonnen hatte.

»Und was ist mit dir«, entgegnete Catherine und wich vor ihm zurück. »Das ist die Chance, die du dir gewünscht hast. Wenn wir die Hochzeit verschieben, brauchst du mich vielleicht doch nicht zu heiraten.«

Dominic schüttelte den Kopf. »Dein Onkel hat recht gehabt. Ich war von dem Moment an für dich verantwortlich, in dem ich dich in mein Bett mitgenommen habe. Ich hätte die Dinge schon längst in die Hand nehmen sollen. Ich habe die Absicht, das jetzt zu tun.«

»Du verfluchter Kerl! Du bist wohl wild entschlossen, mein Leben zu ruinieren!«

Dominic schwieg, aber nur einen Moment. »Ich fürchte, Catrina, die Würfel sind gefallen. Meine Mutter hat mich schon vor Jahren gelehrt, daß es das beste ist, die Karten auszuspielen, die einem das Schicksal in die Hand gibt.« Er hielt ihr seinen Arm hin. »Sollen wir gehen?«

Catherines Lippen wurden zwar vor Ablehnung schmal, doch sie legte steif die Hand auf den Ärmel seines Fracks. Dominic rettete eine Rose, die aus ihrem zerzausten Haar zu fallen drohte, dann führte er sie zur Tür. Gleich vor der Tür sprang bei ihrem Eintreten Rayne Garrick auf, der in der kleinen Kapelle mit der hohen Decke auf einem Chorstuhl aus geschnitztem Walnußholz gesessen hatte. Im nächsten Moment trat der Herzog aus einem kleinen Raum am Ende des Ganges.

»Wie ich sehe, sind wir alle hier«, sagte Gil, dessen Gesicht etwas bleich war, doch sein Lächeln war einwandfrei. »Ich hoffe, ich habe Sie nicht warten lassen.« Seine Wunde war verbunden worden, und er trug den Arm in einer Schlinge. Der dunkelblaue Frack war ihm über die verletzte Schulter gelegt worden.

»Bist du ganz sicher, daß alles mit dir in Ordnung ist?« fragte Catherine.

»Mir wird es weitaus besser gehen, wenn ich erst selbst gesehen habe, daß meine Pflicht erfüllt ist.« Er richtete einen harten Blick auf Dominic, der mit keiner Wimper zuckte.

»Ihre Nichte und ich sind mehr als bereitwillig.« Dominic bedachte ihn mit einem falschen Lächeln, das niemandem entgehen konnte. »So ist es doch, nicht wahr, meine Süße?«

Als sie den Mund öffnete, um Einwände zu erheben, schloß sich Dominics Hand fester um ihren Arm. »Ja, Onkel.«

»Sie haben die Papiere, auf die wir uns geeinigt haben?« fragte der Herzog.

Dominic griff in die Tasche seiner Weste und zog die Dokumente heraus, die Catherine zusicherten, über ihre Ländereien selbst zu bestimmen. Er reichte sie dem Herzog, der sie nur überflog. »Dann wollen wir doch anfangen, oder nicht?«

343

Als Wentworth Dominic und Catherine durch den Gang folgte und einen Platz in der vordersten Reihe einnahm, stellte sich Rayne neben Dominic und drehte sich zu dem Geistlichen um, der ihnen mit einer aufgeschlagenen Bibel in der Hand gegenüberstand.

»Ohne Amelia habe ich niemanden an meiner Seite«, sagte Catherine mit einer sehr kleinlauten Stimme.

»Sie brauchen keine Angst zu haben, Mylady.« Die rundliche, matronenhafte Frau des Geistlichen trat lächelnd vor. »Es wäre mir eine Ehre, an Ihrer Seite stehen zu dürfen.«

Catherine schluckte schwer. »Ich danke Ihnen.«

Wenige Minuten später war es vorüber. Dominic konnte den Worten des Geistlichen kaum folgen, bis Rayne ihm einen sachten Rippenstoß versetzte und ihm den wunderschönen Smaragdring reichte, den er für Catherine gekauft hatte. Er streifte ihn ihr über den zitternden Finger, und einen Moment lang trafen sich ihre Blicke, ehe sie die Augen abwandte.

»Sie dürfen die Braut jetzt küssen«, sagte der Geistliche.

Catherine hob das Gesicht, schloß aber die Augen nicht. Dominic nahm ihr Kinn und streifte mit dem Mund kaum ihre Lippen. Sie fühlten sich so kalt wie Marmor an, und er verspürte den Drang, sie zu wärmen, sie dazu zu bringen, daß sie so mit seinen Lippen verschmolzen, wie er wußte, daß es möglich war. Bei der Vorstellung spannten sich seine Lenden an, und mit einem unausgesprochenen Fluch auf der Zunge trat er zurück.

»Herzliche Glückwünsche.« Rayne schüttelte Dominic die Hand und riß Catherine dann zu einem Kuß in seine Arme, der weit weniger brüderlich war als der Kuß ihres Gatten. Dominics Magen schnürte sich zusammen, doch er zwang sich zu einem Lächeln.

»Süß wie Nektar«, sagte sein Freund, als er sich von Catherine losriß. »Du bist ein Mann, der sich sehr glücklich schätzen kann.«

Auf Raynes gutgeschnittenem Gesicht stand ein so spöttisches Grinsen, daß Dominic ihn am liebsten geohrfeigt hätte.

Der Herzog umarmte Catherine und flüsterte ihr etwas zu, was Worte der Ermutigung zu sein schienen, und der Pfarrer und seine Frau wünschten ihnen alles Gute.

»Was ist mit Amelia?« fragte Catherine.

Dominic wandte sich zu ihr um. »Sowie Malcom kommt, werde ich ihn beauftragen, sie zu finden.«

»Wenn wir erst einmal wissen, wo sie ist«, sagte der Herzog, »dann werde ich zu ihr gehen und ihr erklären, was passiert ist.«

»Dem bist du sicher jetzt noch nicht gewachsen, Onkel. Ich muß selbst zu ihr gehen. Sie wird ganz dringend eine Freundin brauchen.«

»Ist dir vielleicht schon aufgegangen, Liebes«, sagte Dominic sachte, »daß du eventuell der letzte Mensch auf Erden bist, den diese Dame im Moment zu sehen wünscht?«

»Du mußt mit deinem Mann nach Hause gehen, meine Liebe«, sagte Gil zu ihr. »Falls es Gravenwold recht ist und Amelia deine Anwesenheit wünscht, kannst du in ein paar Tagen zurückkehren, um dich um sie zu kümmern.«

»Dein Onkel hat recht, Catrina. Laß Lady Northridge etwas Zeit.«

»Aber das Begräbnis – es wäre nicht richtig, wenn ich nicht dort erscheine.«

Der Herzog murrte etwas Unfreundliches vor sich hin. »Wenn man die Umstände bedenkt, habe ich an einen kleinen Gottesdienst am morgigen Tage gedacht. Niemand erfährt, daß du nicht dort warst.«

»Ich wüßte es.«

Der Herzog wandte sich wieder an Dominic. »Mir wäre es lieber, wenn sie mit Ihnen nach Gravenwold zurückkehrt. Aber ich kann es nicht über mich bringen, sie dazu zu zwingen. Ich werde die Entscheidung Ihnen überlassen.«

Dominic sah Catherine fest an. »Du hast Edmund schon genug gegeben. Wir werden aufbrechen.« Catherine umklammerte seinen Arm, und ihre Hand nahm sich auf dem Schwarz seines edlen Fracks so klein und bleich aus. »Bitte, Dominic. Er hat mir sehr viel bedeutet.«

Verdammt noch mal, aber er wollte sie von hier fortbringen. Trotz allem Groll, den er verspürte, wollte er sie in Sicherheit und Geborgenheit wissen und fern von all dieser Traurigkeit. Dennoch waren diese Menschen ihre Familie. Er wußte, wie wichtig das sein konnte. Er schaute sie noch einmal an und sah, wie sie das Kinn ein wenig in die Luft reckte und die Schultern hochzog. Wenn er versuchte, sie zurückzuhalten, würde er sie wahrscheinlich festbinden müssen, damit es ihm gelang. Zu einem anderen Zeitpunkt hätte ihm das ein Lächeln entlocken können.

Statt dessen wandte er seine Aufmerksamkeit Wentworth zu. »Niemand braucht die Wahrheit über den Tod des Barons zu erfahren. Ein schlichter Sturz von seinem Pferd hätte ihn töten können. Wenn wir alle zusammenhalten, sollte dies als Erklärung ausreichen.«

Der Herzog nickte.

»Catherine und ich werden morgen aufbrechen, direkt nach dem Begräbnis.«

»Danke«, sagte Catherine.

Sie sah ihm in die Augen, und die Dankbarkeit, die er dort sah, sandte etwas Warmes durch seine Adern. Das war das allerletzte, was er wollte. »Meine Kutsche wartet«, sagte er, und sein Tonfall wurde kalt. »Laß uns gehen.«

Dominic legte einen Arm um Catherines Schulter und führte sie zum Ausgang. Ehe sie ihn erreicht hatten, schwang die schwere Tür weit auf und ließ einen Sonnenstrahl in den Raum fallen, der auf Amelias blondem Schopf schimmerte. Der kleine Eddie stand neben seiner Mutter, hielt ihre Hand umklammert, und seine blauen Augen waren groß, die Wangen tränenüberströmt.

»Ist es wahr?« fragte Amelia, und ihre Stimme war schrill und nahezu hysterisch. »Ist mein Edmund wirklich tot?«

»Warum setzt du dich nicht, meine Liebe?« sagte der Herzog. Er warf einen Blick auf Eddie. »Vielleicht sollte der Junge draußen warten.«

»Er weiß es bereits.« Amelia trat vor, und die kleinen Perlen aus Kristallglas auf ihrem eleganten blauen Kleid schimmerten wie die Tränen, die in ihren Augen aufstiegen. »Malcom, Ihr Mann, hat unsere Kutsche schon vor einer ganzen Weile angehalten. Er wollte, daß wir in das Gasthaus zurückfahren, doch ich habe mich geweigert. Ich habe ihn dazu gebracht, mir zu berichten, was passiert ist.« Sie versuchte, einem frischen Strom von Tränen mit einem weißen Spitzentaschentuch Einhalt zu gebieten.

»Es tut mir leid, meine Liebe«, sagte der Herzog.

»Wir sind etwas eher als geplant eingetroffen, und deshalb haben wir auf einen Happen in dem Wirtshaus Rast gemacht. Edmund hat gesagt, er hätte noch Besorgungen zu erledigen… er käme gleich zurück, und dann bliebe uns noch viel Zeit, rechtzeitig die Hochzeit zu erreichen. Wir haben gewartet und gewartet… als er nicht zurückgekommen ist, sind wir allein aufgebrochen. Wir dachten uns, ihm müßte etwas dazwischengekommen sein… wir glaubten… lieber Gott, er kann einfach nicht tot sein.« Amelia wankte unsicher auf den Füßen, und Rayne trat näher, um sie an seiner breiten Brust aufzufangen.

Er führte sie zu einer der leeren Bänke und wandte sich dann an Eddie, den er hochhob und neben seine Mutter setzte, die den Jungen daraufhin an ihre Brust drückte.

Catherine lief durch den Raum und kniete sich neben sie hin. »Amelia, es tut mir so leid… es tut mir ja so furchtbar leid.«

Die Frauen umarmten einander, und Catherine drückte Eddie an sich.

»Er hat es für uns getan, verstehst du?« sagte Amelia tränenüberströmt. »Er hat sich Sorgen um unsere Zukunft gemacht… um die Zukunft des kleinen Eddie. Ich kann immer noch nicht glauben, daß er dir wirklich übel gewollt hat.«

Daraufhin sagte Catherine nichts. »Er wußte doch gewiß, daß er zu mir hätte kommen können.«

Amelias Finger gruben sich in ihr weißes Spitzentaschentuch. »Er hätte es wissen sollen. Du bist immer so nett zu uns gewesen ... ich kann es einfach nicht verstehen.«

»Ich auch nicht. Aber du sollst wissen, daß du keinen Grund zur Sorge hast. Du hast ihn nie gehabt.«

Tränen strömten über ihre hübschen, bleichen Wangen, als Amelia den Smaragdring an Catherines Hand anstarrte. »Es scheint, als läge das jetzt ganz bei deinem Mann – obwohl ich dir versichere, daß wir nicht mittellos sind, wie Edmund es zu glauben schien.«

»Mein Mann hat mir zugestanden, über meinen Reichtum und den Arondale-Titel selbst zu bestimmen. Du und Eddie, ihr gehört zur Familie – ich habe euch beide sehr, sehr gern.«

Amelia senkte den Blick auf ihre Hände. »Die meisten Menschen hätten uns für das, was mein Mann getan hat, mit den Füßen fortgestoßen. Du bist eine sehr gute Freundin.« Catherines eigene Wangen waren feucht, als sie sie umarmte, und dann legte sich Dominics Hand auf ihren Arm.

»Ich glaube, es wäre das Beste für alle, wenn wir jetzt aufbrechen.«

Er hatte recht. Die Kirche war zwar leer, doch der Geistliche und seine Frau standen in der Nähe, und Dienstboten liefen umher. Sie alle hatten Ohren, und je weniger Menschen die Wahrheit über das Vorgefallene wußten, desto besser waren sie dran.

»Du wirst mit Eddie nach Lavenham fahren«, sagte Gil zu Amelia. »Die frische Landluft wird euch helfen, all diese Traurigkeit zu überwinden.«

»Ich danke Ihnen, Euer Gnaden.« Zum erstenmal bemerkte Amelia seine verwundete Schulter. »Lieber Gott, Sie sind verletzt. Hat ... war das mein Edmund?«

»Einer der Wegelagerer«, sagte Gil. »Das wird im Handumdrehen wieder heilen.«

»Ich werde für Sie sorgen, Euer Gnaden. Ich werde Sie persönlich pflegen, damit Sie schnell genesen.« Gil lächelte matt.

»Bist du fertig, meine Liebe?« fragte Dominic, er wünschte, er hätte

Catherines Schmerz lindern können, doch es gab nichts, was er hätte tun könnten, nur die Zeit konnte bewirken, daß sie ihren Kummer vergaß und wieder glücklich wurde.

Er zog die Stirn in Falten. Das Leben, das ihr an seiner Seite bevorstand, würde sie wohl kaum glücklich machen. Eine Scheinehe und einen Mann an ihrer Seite, der ihr nur seinen Namen gab. Eine unfruchtbare, kinderlose Existenz, die sich über die Jahre dahinziehen würde. Dennoch würde sie in Sicherheit und bestens versorgt sein, eine Frau, die Reichtum und Macht besaß und von den oberen Zehntausend beneidet wurde.

Wenn sie in Gravenwold den Haushalt zu führen und sich noch dazu um die Ländereien der Arondales zu kümmern hatte, die sie weiterhin besaß, dann hatte sie mehr als genug zu tun, um sich zu beschäftigen, und vielleicht konnte der kleine Janos den Platz des Kindes einnehmen, das er ihr versagte. Er weigerte sich, sich auszumalen, sie könnte sich einen Liebhaber nehmen und ein Kind gebären, das von einem anderen gezeugt worden war. Bei Sara Kali, das würde er nicht zulassen! Ganz gleich, wie sehr sie es sich auch wünschen mochte. Sie war auf den Handel eingegangen – sie würde lernen müssen, die Bedingungen zu akzeptieren.

Er betete zu Gott, daß er es konnte.

Catherine bekam kaum etwas von dem Begräbnis mit und hatte nur eine verschleierte Erinnerung an eine Handvoll von Trauergästen, die um das Grab auf dem Familienfriedhof von Lavenham Hall herumstanden. Daß Edmund als der Sohn des Bruders ihres Vaters in Northridge oder Arondale hätte begraben werden sollen, ging ihr zwar durch den Kopf, aber nur flüchtig. Edmund hatte sich dieses Ende selbst zu verdanken; was jetzt zählte, waren seine Frau und sein Kind – und das hieß, die Wahrheit nicht ans Licht kommen zu lassen.

Wenigstens hatte sie Zeit mit Amelia verbringen können. Wieder und immer wieder hatte die Freundin Catherine um Vergebung für das Böse gebeten, das ihr Mann getan hatte, und Catherine hatte ihr wieder und immer wieder versichert, daß sie nicht die Schuld daran traf. Schließlich hatten die beiden Frauen dann gemeinsam geweint, die ersten echten Tränen, die Catherine seit ihrer Entführung vergossen hatte. Es war ein gutes und befreiendes Gefühl, aber die Versuchung, um ihre lieblose Ehe zu weinen, war bei weitem zu groß. Sie würde diesem Drang nicht noch einmal nachgeben.

Zwar war ihre Erinnerung an das Begräbnis verschwommen, doch das, was ihre Hochzeitsnacht hätte sein sollen, stand auch nicht viel klarer vor ihren Augen. Noch mehr Stunden in dem Schlafzimmer von Lavenham Hall, in dem sie immer geschlafen hatte – ihr Mann war nicht da. Dominic verbrachte die Nacht in einem Zimmer am anderen Ende des Korridors, »um ihren Kummer zu achten«, sagte er zu den anderen.

Doch Catherine kannte die Wahrheit. Diese Nacht war nur der Beginn von tausend weiteren einsamen Nächten, die sie im Laufe der Jahre allein verbringen würde. Sie fragte sich, was sich ihr Onkel dabei gedacht haben mochte, als er gesehen hatte, daß sie sich alleine zurückzog. Ihr war nicht entgangen, daß seine Lippen sich mißmutig verzogen, wenn er Dominic ansah, aber auch nicht das Schuldbewußtsein in seinen Augen, wenn sie auf ihr ruhten.

Sie fragte sich, ob er seine Entscheidung bereute, aber etwas in seiner Haltung sagte ihr, daß er noch nicht entmutigt war. Sie wußte, daß er immer noch glaubte, Dominic würde seinen Zorn auf die Vergangenheit mit der Zeit begraben, sich Catherine zuwenden und ihr der Ehemann werden, von dem er glaubte, daß sie ihn brauchte.

Catherine wünschte sich von ganzem Herzen, sie hätte die Überzeugung ihres Onkels teilen können. Doch sie kannte Dominic weit besser als er, kannte seine Bitterkeit – und seine Entschlossenheit.

Er würde genau das tun, was er zu tun gelobt hatte – wie er es immer tat.

Sowie das Begräbnis vorbei war, setzte Dominic Catherine in seine Kutsche, und er und seine Leute verließen Lavenham Hall, um die

Reise zu Catherines neuem Heim anzutreten. Es war eine unerfreuliche Fahrt, auf der wenig geredet wurde, die Spannung zwischen ihnen wuchs mit jedem Tag, der verging. Die Nächte unterwegs sahen genauso aus, wie sie sie sich ausgemalt hatte. Dominic war um ihr Wohlergehen besorgt, und dann ließ er sie allein.

Zwischen ihnen herrschte jetzt eine Reserviertheit, die nie zuvor existiert hatte. Eine nahezu absurd übertriebene Förmlichkeit.

»Ist Ihnen warm genug, Madam«, fragte er, »oder haben Sie Hunger, Mylady?« Er beugte sich über ihre Hand, lächelte selten, und seine Augen waren ausdruckslos und distanziert. Seine vollkommenen Manieren und seine knappe Konversation machten sie wütend. Sie hätte am liebsten ausgeholt und ihn geohrfeigt, ihn geschüttelt und ihn angeschrien und ihm klargemacht, daß sie, ungeachtet seiner Gefühle für sie, für den Rest ihres Lebens aufeinander angewiesen waren – sie mußten das Beste daraus machen.

Statt dessen sagte sie nichts. Benahm sich wie die Dame, die sie war, und gab ihm entsprechend förmliche Erwiderungen.

Am folgenden Tag erreichten sie Gravenwold, ein riesiges Anwesen in der hügeligen Landschaft von Buckinghamshire. Es war aus großen grauen Steinen gebaut, ragte vier Stockwerke hoch auf und sah von außen imposant aus, doch innen war es kalt und muffig. Was für ein Mann hier wohl gelebt hat? fragte sie sich. War er so finster und trübsinnig wie das Haus? Wird Dominic ebenfalls so werden?

Der Butler nahm ihr den Umhang ab, und Dominic stellte sie seinen Bediensteten vor, die alle erstaunlich freundlich zu sein schienen.

Dann kam ein alternder Diener auf sie zu. »Willkommen in Ihrem neuen Heim, Mylady.« Mit seiner dünnen, von Adern durchzogenen Haut und den schmächtigen, krummen Beinen wirkte er so zerbrechlich, daß es ein Wunder zu sein schien, daß er überhaupt aufstehen konnte.

»Das ist Percival Nelson«, sagte Dominic, »mein Diener und Freund.«

351

Jemand anderen hätte es erstaunen können, daß er ihr so vorgestellt wurde – ein Marquis, der die Freundschaft eines Dieners für sich in Anspruch nahm. Nicht so Catherine. Für ihn als Zigeuner stand kein anderer Mensch unter ihm – außer vielleicht eine *Gadjo*-Aristokratin.

»Nennen Sie mich Percy, Mylady«, sagte der alte Mann mit einem wäßrigen Lächeln. »Das tun alle.« Catherine lächelte jetzt auch. »Es ist mir ein Vergnügen, einen von Dominics Freunden kennenzulernen.«

Der würdevolle Butler, der nicht weit von ihnen entfernt stand, hüstelte hinter vorgehaltener Hand, doch Percy strahlte regelrecht.

»Blythebury wird dich meinen Bediensteten vorstellen, die du noch nicht kennengelernt hast«, sagte Dominic und bezog sich dabei auf den großen, fast förmlichen Butler. »Ich fürchte, ich habe mich um dringliche Angelegenheiten zu kümmern.«

Catherine zwang sich zu einem Lächeln. »Selbstverständlich.«

»Mylady.« Dominic verbeugte sich leicht, wandte sich ab und ging.

So war es abgelaufen, alles äußerst formvollendet – und absolut entsetzlich. Nur einmal zuvor in ihrem Leben hatte Catherine solche abgrundtiefe Verzweiflung empfunden – in der Nacht, in der sie an Bord eines Schiffes erwacht war, das nach Frankreich fuhr. In der Nacht, in der sie an die Zigeuner verkauft worden war. Und doch war selbst deren rohe Behandlung irgendwie besser gewesen als das hier.

Catherine sah die trostlose und einsame Zukunft, die sich vor ihr erstreckte, als sie dem Butler die Treppe hinauf folgte und ihre Schritte auf den breiten Steinstufen hallten. *Finde dich damit ab*, wiederholte sie. *Lerne, das Beste daraus zu machen.* Er würde ihr diese Heirat niemals verzeihen; das hatte sie von Anfang an gewußt.

Wie schon oft in den letzten langen Wochen mühte sie sich wieder und immer wieder damit ab, sich dazu zu bringen, das zu akzeptieren, was nicht veränderbar war, und es war ihr fast gelungen, als der Butler sie an Dominics Schlafzimmer vorbeiführte und die Tür zu einem anderen Gemach öffnete.

»Mein Zimmer grenzt doch gewiß an das meines Mannes«, sagte Catherine, ohne vorher nachzudenken.

Blythebury wurde rot. »Seine Lordschaft dachte, hier würden Sie sich wohler fühlen – natürlich nur während der Trauerzeit.«

»Nun, Seine Lordschaft irrt sich.« Sie würde niemals verstehen, was sie in diesem Moment dazu gebracht hatte, kehrtzumachen und auf das aufwendige Zimmer zuzugehen, das offensichtlich der früheren Marquise gehört hatte. Vielleicht war es die Demütigung, die sie darüber verspürte, daß die Dienstboten über Dominics Gefühle ihr gegenüber Bescheid wußten. Vielleicht lag es aber auch an den dunklen Wänden und dem hohlen Klang der Schritte, die wie eine Glocke die leeren Jahre einläuteten, die vor ihr lagen.

Was auch immer der Grund gewesen sein mochte, in diesem Moment beschloß sie, nicht untätig dazusitzen und zuzulassen, daß Dominic ihrer beider Leben ruinierte. Sie würde dieses trostlose Haus nicht einfach akzeptieren, dieses trostlose Leben voller Einsamkeit und Verzweiflung. Sie war Catherine Barrington Edgemont, die Marquise von Gravenwold – sie würde sich dagegen wehren!

Blythebury überraschte sie damit, daß er grinste – reichlich untypisch für ihn, hätte sie vermutet.

»Ganz richtig, Mylady«, sagte er und folgte ihr in das leere Zimmer. »Ich hätte Ihnen gleich dieses Gemach vorschlagen sollen.« Er begann, die Draperien zurückzuziehen und die Kissen auf dem riesigen Bett mit einem Betthimmel aus goldener Seide aufzuschütteln. »Ich werde sofort die Zimmermädchen herschicken, damit sie hier gründlich saubermachen und lüften. Ich hätte mich schon eher darum kümmern sollen.«

»Danke, Blythebury.«

Er machte sich an ihren Truhen zu schaffen, bis Gabby kam und ihm die Aufgabe abnahm. »Ich werde dieses Zimmer umdekorieren lassen«, sagte Catherine mit fester Stimme und sah auf den senffarbenen Ton der Teppiche und den zu grellen Schimmer der schweren seidenen Bett-

353

vorhänge. Die Wände waren teils in einem kräftigen, warmen Farbton getäfelt, doch diese schlichte Schönheit wurde von den gemusterten Tapeten erdrückt.

»Es ist rundum zu dunkel und deprimierend. Wenn Dominic sieht, wieviel schöner es hinterher ist, kann ich ihn vielleicht überzeugen, mich auch mit dem Rest des Hauses etwas anfangen zu lassen.« Könnte schön sein, dachte sie und erinnerte sich an die kunstvollen Schnitzereien, die sie im Erdgeschoß gesehen hatte, an die unglaubliche Architektur, die von schlechtgewählten Stoffen und Teppichen in den Schatten gestellt wurde. Da das Haus aus Stein gebaut war, erinnerte es sie in gewisser Weise an Arondale. Sie wunderte sich über die frühere Marquise und gelobte sich, dafür zu sorgen, daß besser als bisher für das Haus gesorgt würde.

»Aber natürlich wird er einwilligen«, sagte Gabby, »ein Mann braucht eine Frau, die die Dinge in Ordnung bringt. Seine Lordschaft wird sehen, was für eine wunderbare Marquise Sie abgeben, und dann wird er sich nur um so mehr in Sie verlieben.«

Catherine machte sich nicht die Mühe zu erklären, daß Dominic überhaupt nicht in sie verliebt war. Sie hatte es nicht über sich gebracht, jemandem von den äußeren Umständen ihrer Ehe zu erzählen, selbst Gabby nicht. Es war einfach zu peinlich, zuzugeben, daß ihr Mann sie nicht in seinem Bett haben wollte. Catherine machte sich mit Gabby an die Arbeit, und sie räumten das Zimmer um, packten aus, bis leise an die Tür geklopft wurde.

»Das ist wahrscheinlich Ihr Mann«, sagte Gabby und lief durch das Zimmer, um ihn einzulassen, »der dringend seine Braut sehen will.«

Catherine verdrehte die Augen. Früher oder später würde sie Gabby die Wahrheit sagen müssen – es sei denn, sie brachte es irgendwie fertig, die Lage zu ändern. Wie sich Catherine schon gedacht hatte, stand nicht etwa Dominic da, als die junge Französin die schwere Holztür öffnete, sondern Percy. Was sie nicht erwartet hatte, war der kleine Junge, der dastand und Percy an der Hand hielt.

»Janos!« Catherine ließ das Spitzenhemd fallen, das sie in der Hand hielt, und raste durch den Raum auf ihn zu.

»Ich hoffe, wir stören Sie nicht, Mylady«, sagte der alte Diener. »Janos hätte Sie in Ruhe lassen sollen, bis Seine Lordschaft zurückkehrt, aber Sie wissen ja, wie Kinder sind.«

Mit einem liebevollen Lächeln kniete sich Catherine neben den Jungen. Als sie die Arme ausbreitete, kam er auf sie zu, und sie drückte ihn an sich. »Dominic hat mir gar nicht erzählt, daß du hier bist.«

Janos schlang die Arme um sie und hielt sich etwas länger an ihr fest, als sie erwartet hätte, dann trat er zurück. »Vielleicht wollte er dich überraschen.«

»Ja... das muß es gewesen sein.« In Wahrheit hatten sie seit ihrer Verlobung so wenig miteinander geredet, und selbst dann nie über etwas Wesentliches. Dennoch wünschte sie, sie hätte es gewußt; dann hätte sie etwas gehabt, worauf sie sich hätte freuen können.

»Wir sind gemeinsam aus Frankreich zurückgekommen«, sagte der Junge und beantwortete damit ihre unausgesprochene Frage. »Mein Stiefvater ist bei einem Kampf umgekommen.«

»Das tut mir leid«, sagte Catherine, die sich an Zoltan erinnerte, den großen brutalen Kerl, bei dem Janos gelebt hatte. Sie betrachtete das edle Material der Kleider des kleinen Jungen, den Glanz seiner frischgeputzten Schuhe. Ganz offensichtlich hatte Dominic die Absicht, den Jungen bei sich zu behalten. »Ich freue mich ja so sehr, dich zu sehen. Ich hatte Angst, ich würde hier einsam sein. Jetzt habe ich dich, und du kannst mir Gesellschaft leisten.«

Seine schmalen dunklen Brauen zogen sich zusammen. »Ich werde viel lernen. Aber du hast ja Dominic. Er kann sehr unterhaltsam sein.«

Catherine mühte sich sehr, ein Grinsen zu unterdrücken. Wieviel Freude ihr das Kind machen würde! Dominic dagegen würde wohl kaum *unterhaltsam* sein. Höchstwahrscheinlich wäre er so verdrossen und distanziert, wie er es schon seit dem Augenblick ihrer Eheschließung war. Es sei denn...

355

»Ich lerne lesen«, sagte Janos stolz.

»Das ist ja wunderbar.«

»Vielleicht werde ich eines Tages zum Stamm zurückkehren, um es den anderen beizubringen.«

»Ich finde, das ist eine gute Idee.« Catherine dachte unwillkürlich, daß Janos in den Wochen, seit sie ihn das letzte Mal gesehen hatte, irgendwie älter geworden zu sein schien. »Vermißt du die anderen?«

»In erster Linie vermisse ich die Kinder. Hier gibt es niemanden, mit dem ich spielen kann.«

»Aber das ist doch nicht wahr. Die Hausangestellten haben Kinder – es müssen Dutzende von Kindern auf den Ländereien von Gravenwold leben.« Zu spät sah sie Janos leidgeprüftes Gesicht und spürte Percys sanften Rippenstoß.

»Ich fürchte, sie haben sich noch nicht so ganz an den Jungen gewöhnt«, sagte der alte Mann. »Er ist anders, verstehen Sie. Das dauert eine Weile.«

»Sie werden mich niemals mögen«, sagte Janos, »und ich werde sie niemals mögen.«

»Aber, Janos…«

»Ich muß jetzt gehen, Catrina – ich meine, Lady Gravenwold.« Er wandte sich an Percy. »Mr. Reynolds wartet bestimmt schon.«

»Das ist der Hauslehrer des Jungen«, erklärte Percy.

Catherine drückte Janos' Hand. »Ich bin sehr böse auf dich, wenn du mich nicht Catrina nennst – zumindest, wenn wir miteinander allein sind.«

Janos lächelte.

»Versprichst du es?«

»Ich verspreche es dir.«

»Und jetzt lauf los. Wir reden dann später wieder miteinander.«

Janos nahm Percy an der Hand und führte den alten Mann durch den Korridor. Catherine fragte sich, wer sich hier eigentlich für wen verantwortlich fühlte.

Als sie an das Gespräch zurückdachte, zog sie die Stirn in Falten. Es überraschte sie nicht, daß der kleine Zigeunerjunge Schwierigkeiten mit den anderen Kindern hatte. Ehe ihr Vater auf Arondale die Wohlfahrtsschule gegründet hatte, hatte es oft Probleme mit Vorurteilen oder Neid unter den Kindern gegeben. Die Antwort lautete Bildung – das hatte ihre Arbeit in der Schule sie gelehrt. Das war ein weiteres Thema, das sie mit Dominic zu diskutieren beabsichtigte.

Bei dem Gedanken an die bevorstehende Auseinandersetzung straffte Catherine die Schultern. Sie wußte jetzt genau, was sie zu tun hatte.

Zum ersten Mal seit Wochen lächelte sie.

20

Dominic hievte die letzte schwere Schaufel Erde über eine nackte Schulter und stellte das Werkzeug mit dem langen Griff zur Seite. Die letzten matten Sonnenstrahlen waren verschwunden, und jetzt leistete ihm nur noch das Zirpen der Grillen Gesellschaft. Schon vor etlichen Stunden hatte er den Rest seiner Arbeiter nach Hause geschickt, war aber noch geblieben, um den Graben fertig auszuheben.

Er zog ein Taschentuch aus seiner Hosentasche und wischte sich den Schweiß von der Stirn. Schweiß bedeckte seine Brust und rann in Strömen über seine Arme, doch das störte ihn nicht. Ein gutes Gefühl, fern von dem Haus zu sein – fern von Catherine.

Es war ein gutes Gefühl, sich körperlich zu erschöpfen – damit er nicht an sie dachte.

Dominic hob sein Hemd auf, zog es über und ging dann zu seinem Pferd. Er schwang sich in den Sattel, ritt das Tier zurück zu den Ställen, stieg ab und reichte einem der Stallknechte die Zügel.

»Guten Abend, Seine Lordschaft.«

»Guten Abend, Roddy.«

»Lady Gravenwold hat Sie schon gesucht«, sagte der schlaksige Junge zu seinem Erstaunen.

Dominic spannte sich an. »Ist etwas passiert?«

»Nein, Sir. Sie hat nur gesagt, Sie seien schon so lange fort, daß sie beginnt, sich Sorgen zu machen.«

»Danke, Roddy. Ich werde ihr deutlich zu verstehen geben, daß ich oft lange arbeite. Und die Absicht habe, das weiterhin zu tun, jetzt mehr denn je.«

»Sie ist sehr nett.« Der schlaksige Junge grinste. »Und hübsch noch dazu.«

Mehr als nur hübsch, dachte er, schob diese Vorstellung jedoch gewaltsam von sich. »Sorg dafür, daß Chavo einen zusätzlichen Eimer Hafer bekommt. Auch für ihn war es ein langer Tag.« Alle Pferde, die auf Gravenwold gezüchtet wurden, trugen Romani-Namen, obwohl sich niemand über diese Tatsache im klaren war. Dominic war insgeheim stolz auf die Triumphe der Tiere, die ein ganz klein wenig auch den Zigeunern zu verdanken waren, die ihn die Kunst der *Grai* gelehrt hatten.

Er machte sich auf den Rückweg zum Haus und fragte sich, warum Catherine ihn wohl gesucht hatte. Seit dem Tag ihrer Hochzeit hatte sie sich ebenso bewußt von ihm ferngehalten wie er sich von ihr. Er beabsichtigte, es dabei zu belassen.

Er betrat das Haus und begab sich geradewegs zu seinem Schlafzimmer. Inzwischen sollte Catherine etwas gegessen und sich für die Nacht zurückgezogen haben. Er hoffte es. Je seltener er sie sah, desto besser.

Ganz anders erging es ihm mit Janos. Er freute sich auf die Zeit, die er mit dem Kind verbrachte, und im Moment fühlte er sich ein wenig schuldbewußt. Janos war begeistert gewesen, als er von seiner Heirat mit Catherine erfahren hatte. Er hatte sie direkt nach ihrer Ankunft sehen wollen, doch da er ihr ein wenig Zeit lassen wollte, um sich einzurichten, hatte Dominic dem Jungen gesagt, er müsse noch warten.

Warten, dachte er und spürte, wie ein Lächeln an seinen Lippen zog, aber wie lange? Zweifellos hatte der kleine Zigeunerjunge inzwischen eine Möglichkeit gefunden, sie zu sehen. Janos war so willensstark, wie er es in seinem Alter gewesen war – er hätte wetten können, daß die beiden auf die eine oder andere Weise zusammengekommen waren.

»Sie sind zu Hause, Mylord«, sagte Percy, der ihn abfing, als er die Treppe hinaufging. »Ich habe Sie kommen sehen. Ihr Badewasser ist eingelassen, und Ihre Ladyschaft erwartet Sie im blauen Zimmer.«

»Was?« Er fühlte sich, als hätte ihm jemand einen Hieb in den Magen versetzt. »Sie ist doch bestimmt müde und braucht ihre Ruhe. Was tut sie hier unten?«

»Sie hat natürlich vor, mit Ihnen zu Abend zu essen. Die Köchin hat etwas ganz Besonderes zubereitet. Wir haben Sie eher erwartet«, sagte er mit einer Spur von Kritik, »aber manchmal passieren solche Dinge.«

»Es wird sehr oft passieren, Percy – und das solltest du besser wissen als jeder andere.«

»Sie hat den Jungen gesehen, Sir. Er ist ins Bett gebracht worden.«

Dominic nickte. »Sehr gut.« Er öffnete die Tür und betrat sein Zimmer. Ein dunkelblauer Gehrock, eine weiße Piquetweste und eine hellgraue Hose waren auf dem Bett für ihn bereitgelegt worden. Er trug nie Unterwäsche, es gab gewisse Zugeständnisse, die er einfach nicht machen wollte.

»Gibt es sonst noch etwas, was Sie brauchen, Mylord?«

Dominic sah das dampfende Badewasser und dachte an seine angestrengten Muskeln. Er brauchte seine Ruhe, weit mehr als eine Auseinandersetzung mit Catherine. Was, zum Teufel, hatte sie vor? Er seufzte und begann, sich einen Stiefel auszuziehen. Er konnte es nicht wissen, solange er nicht nach unten ging – und dann war es zu spät.

In einem burgunderfarbenen Brokatkleid, das mit Satin und Spitze besetzt war, lief Catherine vor dem Kamin im blauen Zimmer auf dem Aubusson-Teppich auf und ab. Dieser verdammte Kerl! Sie hatte gewußt, daß er ihr aus dem Weg gehen würde, aber sie hatte geglaubt, er würde um der Bediensteten willen zumindest zum Schein eine Ehe führen.

Aber andererseits hatte sie gewußt, daß die Aufgabe, die sie sich gestellt hatte, nicht leicht sein würde. Es war das beste, wenn sie sich auf den bevorstehenden Kampf vorbereitete und ihn ausfocht.

Als hätten diese Gedanken ihn heraufbeschworen, sah sie Dominic in dem Moment zur Tür hereinkommen. Sein schwarzes Haar war feucht und wellte sich über seinem Kragen, seine Haut war von der Sonne noch dunkler gebräunt als bisher, und er sah so unglaublich gut aus, daß Catherine eine Woge von Wärme in sich aufsteigen fühlte.

»Guten Abend, Mylord«, sagte sie und kam mit einem Lächeln auf ihn zu. »Da du einen außerordentlich langen Tag hinter dir hast, habe ich es so arrangiert, daß uns das Abendessen hier serviert wird. Ich hoffe, es kommt dir gelegen.«

Dominic musterte sie mißtrauisch. »Es kommt mir äußerst gelegen, Madam. Aber von jetzt an brauchst du dir diese Mühe nicht mehr zu machen. Ich werde oft sehr lange arbeiten. Du kannst das Abendessen einnehmen, wann immer du willst.«

Catherine lächelte daraufhin nur und reichte ihm ein Glas Bordeaux. »Ich versichere dir, mein Gemahl, daß es mir nicht die geringste Mühe macht.«

Sein Ausdruck spiegelte Teilnahmslosigkeit wider, vielleicht sogar Mißvergnügen, doch als er nach dem Glas griff und ihre Finger einander berührten, schloß sich Dominics Hand unbewußt fester um den Stiel. Catherine spürte das Knistern dieser Berührung so deutlich, wie er es wahrgenommen haben mußte, und es freute sie zu wissen, daß sie immer noch eine gewisse Anziehungskraft auf ihn ausübte.

»Komm... setz dich. Ich weiß, daß du müde sein mußt.« Sie legte eine Hand auf seinen Arm, führte ihn zum Sofa und setzte sich neben ihn. So groß, wie er war, konnte er mühelos in das Dekolleté ihres tief ausgeschnittenen burgunderfarbenen Brokatkleides schauen. Zwei weiche Wölbungen bogen sich einladend nach oben, genauso, wie sie es geplant hatte.

»Woher hast du dieses Kleid?« Seine Augen richteten sich wie pechschwarze Scherben genau dorthin, wo sie sie haben wollte.

»Gefällt es dir nicht?« fragte sie mit geheuchelter Unschuld. In Wahrheit hatte es Gabby etliche Stunden gekostet, das Kleid zu ändern, bis der Ausschnitt derart sündhaft tief war.

»Es wirkt wirklich sehr praktisch«, murrte er, »ich hoffe bei Gott, daß du nicht vorhast, es außerhalb des Hauses zu tragen.«

»Ich dachte, ich könnte es zu dem Abendessen anziehen, das die St. Giles' nächsten Monat veranstalten.« Das war absolut frei erfunden, aber als sie Dominics Reaktion sah, begann ihr das Spiel Spaß zu machen. »Die Farbe wäre doch schön für diese Jahreszeit… aber wenn es dir natürlich wirklich nicht gefällt…«

»St. Giles läuft dir jetzt schon nach wie ein liebestoller Welpe. Du mußt ihn nicht auch noch ermutigen. Du wirst etwas Sittsameres tragen.«

Catherine zuckte die Achseln. »Meine Sittsamkeit hat dich kaum interessiert, als wir mit den Zigeunern gereist sind. Es überrascht mich, daß du dir jetzt Gedanken darüber machst.«

»Das war etwas anderes.«

»Wirklich? Wieso?«

»Du bist jetzt meine Frau, deshalb. Und ich schlage vor, daß wir über etwas anderes reden.«

In dem Moment kam einer der Bediensteten, ein hagerer Mann, der Frederick hieß, mit einem silbernen Tablett herein. Unter der silbernen Abdeckhaube stieg der würzige Duft eines kräftigen Fleischeintopfs auf.

»Stellen Sie es einfach auf den Beistelltisch, Frederick«, wies Catherine ihn an. Der dünne Mann nickte, stellte das schwere Tablett ab und verließ das Zimmer.

Dominic, dem das Wasser im Mund zusammenlief, hob den Deckel ab und lächelte. »*Gulyds*«, sagte er und fuhr sich unbewußt mit der Zunge über die Lippen. »Mein Lieblingsgericht. Woher auf Erden hat die Köchin gewußt, wie es zubereitet wird?«

»Ich weiß, wie es geht, oder hast du das vergessen? Ich habe ihr lediglich gesagt, wie gern du es ißt, und sie hat sich nahezu überschlagen, weil sie es genau richtig hinkriegen wollte. Ich hoffe, daß es dir schmekken wird.«

Er nahm einen Löffel, tauchte ihn hinein und kostete das Gericht. »Einfach köstlich.« Dominic begann, Portionen auszuteilen, und dann hielt er inne und zog die dichten schwarzen Augenbrauen finster zusammen. »Also, Catrina, was für ein Spiel spielst du hier?«

»Ein Spiel, Mylord? Ich spiele kein Spiel. Ich übernehme die Rolle der Ehefrau, das ist alles. Es tut mir leid, wenn ich dir damit keine Freude gemacht habe.«

Gegen seinen Willen freute er sich tatsächlich darüber. Catherine konnte es ihm ansehen, obwohl er es zu leugnen versuchte.

»Es macht mir Freude«, gestand er schließlich, »und das hast du genau gewußt.« Er durchdrang sie mit einem Blick, der Stahl hätte schneiden können. »Aber deine Anwesenheit hier – und noch dazu in dieser Aufmachung – gefällt mir nicht.«

»Wäre es dir lieber, wenn ich in Lumpen mit dir zu Abend äße?« fragte sie.

»Mir wäre es das liebste, wenn du dich kleidest wie eine Nonne und dich mir so fern wie möglich hältst. Da das wohl kaum zu machen ist, schlage ich vor, daß du das Zweitbeste tust.«

»Und das wäre?«

»Such dir Beschäftigung auf eine Weise, die dich von mir fernhält.«

»Aber es ist doch gewiß meine Pflicht als deine Frau, dir zu dienen.«

Dominic lächelte, aber es war kein freundliches Lächeln. »Seit wann war es je dein Verlangen, mir zu dienen, Catrina? Gewiß nicht in Frankreich, als ich es von dir wollte.«

Dazu äußerte sich Catherine nicht.

»Du kennst die Bedingungen unserer Abmachung. Ich erwarte von dir, daß du dich daran hältst.«

»Du und mein Onkel, ihr beide habt euch darauf geeinigt – nicht ich. Ich bin mit dir verheiratet, Dominic. Ich werde mich benehmen, wie eine gute Ehefrau es tun sollte. Was du tust, ist deine Angelegenheit.« Sie lächelte noch freundlicher. »Ich bin wirklich ziemlich hungrig. Sollen wir essen?«

Dominic murmelte tonlos etwas Unfreundliches vor sich hin, sagte aber nichts mehr, und Catherine war nicht gewillt, ihn noch weiterzutreiben. Der Kampf hatte gerade erst begonnen. Ihre Strategie erforderte einen langwierigen und hingebungsvollen Feldzug; es bestand kein Anlaß zur Eile.

Dennoch glaubte sie, dieses erste kleine Scharmützel gewonnen zu haben.

Am nächsten Abend fand Dominic Catherine vor, die wie am Vorabend auf ihn wartete, obwohl er zu einer noch späteren Stunde zurückkehrte. Sie aß mit ihm zu Abend, betrieb höfliche Konversation und sah in einem schönen altrosa Kleid mit einem viel zu tiefen Ausschnitt bei weitem zu hübsch aus.

Diesmal äußerte er sich nicht dazu, sondern tat sein Bestes, um diese Tatsache zu ignorieren, was sich nicht leicht bewerkstelligen ließ. Sie sprachen über Janos, und Dominic konnte sehen, wieviel Zuneigung sie bereits jetzt für den Jungen verspürte.

»Ich mache mir Sorgen um ihn, Dominic. Wir müssen eine Lösung finden, damit er akzeptiert wird.«

»Wenn dir dazu etwas einfällt, dann laß es mich wissen«, sagte er finster.

Sie machte den Mund auf, um etwas zu sagen, doch dann schien sie es sich anders zu überlegen. »Ich werde mir Gedanken darüber machen«, sagte sie abschließend.

Als er keine weiteren Anläufe zu einem Gespräch unternahm und es seinem Blick auch nicht gestattete, länger als einen Moment auf ihrem schamlos zur Schau gestellten Busen zu weilen, zog sie sich mit einem höflichen Gute Nacht zurück und war anscheinend über seine Teilnahmslosigkeit verärgert.

Er blieb allein vor dem Feuer sitzen und trank seinen Cognac aus, schenkte sich noch einen weiteren ein und nahm das Kristallglas dann mit in sein Zimmer. Als er die Tür öffnete, fand er wie üblich Percy vor, der auf ihn wartete, doch der alte Mann war auf einem Stuhl in der Ecke eingeschlafen. Dominic lächelte, als er Percy schnarchen hörte; er setzte sich aufs Bett und zog sich die Stiefel aus.

Nachdem er sich entkleidet und einen dunkelgrünen Morgenmantel angezogen hatte, beugte er sich über ihn und packte den alten Mann an der Schulter.

»Geh ins Bett, alter Freund.«

»Was?« feuchte blaue Augen, von denen eines verschleiert war, bemühten sich, den Blick auf ihn zu richten, und schließlich hefteten sie sich auf sein Gesicht. »Aber Sie werden doch bestimmt noch Hilfe brauchen.«

»Mir fehlt nichts. Geh einfach schlafen.« Er hätte nicht gewußt, was er mit einem Diener hätte anfangen sollen, der ihm tatsächlich beim Entkleiden half.

Percy wankte ermattet zur Tür, winkte zum Abschied und zog die Tür hinter sich zu. Dominic ging auf das Himmelbett mitten im Raum zu, doch ein Geräusch im Nebenzimmer zog seine Aufmerksamkeit auf sich. Seit Jahren war dieses Zimmer von niemandem benutzt worden, und doch ... jetzt war es wieder zu hören – Schritte – er war ganz sicher.

Da es ihn in Wut versetzte, daß einer der Dienstboten um diese Nachtzeit in dem leeren Zimmer herumschlich, zog Dominic den Riegel der Verbindungstür zurück und riß sie auf. Er holte hörbar Atem, als sein Blick auf Catherine fiel, die, nur mit einem dünnen Hemd bekleidet, vor der vergoldeten Frisierkommode saß und sich das flammendrote Haar bürstete.

»Was zum Teufel tust du da?« Dominic spürte, wie sein Mund trocken wurde.

»Das Haus ist mir so neu, daß mir das Schlafen Schwierigkeiten macht.« Sie lächelte liebevoll. »Ich habe gerade die Brise genossen, die durch die Fenster dringt.«

Er warf einen Blick auf die offenen Balkontüren. Der Duft von Rosen trieb von den Gärten herauf, und die Gardinen bauschten sich sachte.

»Das ist nicht dein Zimmer«, sagte er.

»Ach, nein?« Catherines schöne grüne Augen wurden groß. »Aber das ist doch das Zimmer der Marquise, oder etwa nicht?«

»Ja, aber...«

»Und ich bin die Marquise, oder etwa nicht?«

»Ja, aber...«

»Es sei denn, du und mein Onkel habt auch in dem Punkt irgendwelche Abmachungen getroffen.«

Dominic wurde wütend. »Du weißt sehr gut, daß wir das nicht getan haben.«

»Dann *muß* das hier mein Zimmer sein. Zumindest wird es das sein, sowie ich diese gräßlichen graubraunen Draperien entfernt und etwas Farbenfrohes aufgehängt habe. Dagegen hast du doch nichts einzuwenden, oder?«

»Nein – ich meine, doch. Ich meine, nein, ich habe nichts dagegen einzuwenden, daß du in diesem trostlosen alten Haus Veränderungen vornimmst, aber ich habe eine ganze Menge dagegen einzuwenden, daß du dieses Zimmer benutzt – und insbesondere in diesem Aufzug.«

Catherine sah auf ihre Brüste herunter, die sich gegen ihr dünnes Hemd preßten, das die dunkleren Brustwarzen kaum verbarg. Sie griff nach ihrem Morgenmantel aus blauer Seide, stand auf und schlüpfte hinein. Nachdem sie sich das Haar auf den Rücken geworfen hatte, strich sie den Morgenmantel glatt, und der Feuerschein tanzte auf ihrer seidigen, schweren goldroten Mähne.

Dominic stöhnte; da die Flammen hinter ihr flackerten, konnte er sogar durch ihren Morgenmantel den Umriß ihres Körpers sehen. Wie hatte er vergessen können, wie wohlgeformt ihre Beine waren, wie schmal ihre Taille?

»Es tut mir leid, wenn ich dein Zartgefühl verletzt habe«, sagte sie. »Wenn du beim nächsten Mal einfach anklopfen würdest, dann verspreche ich dir, daß ich anständig gekleidet sein werde.«

Es änderte nichts, ob sie entkleidet oder angezogen war. Schon allein ihr Anblick erweckte so heftiges Begehren in ihm, daß es qualvoll war. Unter den Falten seines Morgenmantels preßte sich seine Männlichkeit heiß und steif gegen seinen Bauch, sein Puls raste, und es schien plötzlich stickig und übermäßig warm im Zimmer zu sein. Es kostete ihn seine gesamte Willenskraft, nicht auf sie zuzugehen und sie jetzt sofort dort auf dem Fußboden zu nehmen.

»Du kannst nicht hierbleiben«, sagte er statt dessen, und seine Stimme war belegt und heiser.

»Ach? Und warum nicht?«

»Du weißt sehr gut, warum. Ich glaube, diese Tatsache habe ich in meinem Zigeunerwagen recht deutlich demonstriert.«

Catherine errötete reizvoll. »Ich lasse mich nicht aus meinem eigenen Zimmer vertreiben, Dominic. Ich lasse mich nicht vor den Dienstboten zum Gespött machen.«

Sie hatte recht, verdammt noch mal. Daran hätte er selbst denken müssen. »In Ordnung, du kannst bleiben. Aber schließ deine Tür ab.« Er wandte sich ab, um zu gehen.

»Ich schlage vor, daß du deine Tür verriegelst, wenn es das ist, was du wünschst.«

Dominic wirbelte zu ihr herum. »Du kleines Biest, dir macht das Freude!«

»Eine Frau hat... Bedürfnisse... Mylord, genauso wie ein Mann. Du warst derjenige, der mich das gelehrt hat.«

»Verdammt und zum Teufel!« Die kleine Göre machte mit derselben

367

Willenskraft Jagd auf ihn, die er eingesetzt hatte, um sich an sie heran-zupirschen! Sein Mund kniff sich zu einem schmalen Strich zusammen. »Daraus wird nichts, Catherine. Morgen in einer Woche breche ich nach London auf. Ich schlage vor, du suchst dir etwas, womit du dich beschäftigen kannst, solange ich fort bin.«

»Vielleicht einen männlichen Besucher?« höhnte sie.

Dieses verdammte Biest! Mit vier langen Schritten hatte Dominic sie erreicht. Er packte ihren Arm und riß sie an seine Brust. »Du bist meine Frau, verdammt noch mal! Und du wirst dich entsprechend benehmen oder die Folgen tragen.«

Catherine riß sich los. »Darauf kannst du dich verlassen – von dem Moment an, in dem du beginnst, dich wie mein Mann zu benehmen.« Mit stocksteifem Rücken und zusammengepreßten Lippen lief sie auf die offenen Balkontüren zu.

Dominic fluchte kräftig, machte kehrt, verließ das Zimmer und knallte die Tür hinter sich zu.

Das Mädchen war im Bund mit dem Teufel – das hätte er schwören können, mit dem Teufel oder mit seinem Vater – die beiden war immer ein und derselbe gewesen.

Catherine ließ Dominic drei Tage Zeit, sich wieder zu beruhigen. Sie hatte nicht vorgehabt, wütend zu werden, doch mit seiner verflucht anmaßenden Art hatte er sie an ihre Grenzen getrieben. Welch eine Dreistigkeit! Während er in London war – und Gott weiß was tat –, wurde von ihr erwartet, daß sie müßig auf dem Lande saß. Das würde sie aber nicht tun – sollte ein Fluch seine erbitterte Seele treffen! –, sie dachte gar nicht daran!

Aber andererseits war seine Abreise vielleicht ein Zeichen dafür, daß ihr Plan sich bewährte. Vielleicht war die Versuchung, sie zu lieben, stärker, als er sich eingestehen wollte.

Fast hätte Catherine gelächelt. Wenn sie jetzt darüber nachdachte, gab es noch ein Dutzend weiterer Dinge, die sie tun konnte, um seine

Leidenschaft anzufachen. Was würde passieren, wenn es ihr gelang? Und falls ihren Verführungskünsten Erfolg beschieden war, würde Dominic ihre Ehe dann als eine wahre Ehe akzeptieren?

Sie wußte es nicht, aber sie hatte noch vier Tage Zeit, um das herauszufinden. Und Catherine hatte die Absicht, genau das zu tun.

Mit diesem Ziel vor Augen begab sie sich zu den Ställen und hoffte, Dominic würde irgendwo in der Nähe sein.

»Gehst du reiten, Catrina?« Der kleine Janos kam von der Hintertür des Hauses auf sie zugerast.

Catherine lächelte und fand, daß er in seinem weißen Rüschenhemd und der Samthose ganz niedlich aussah – ohne Socken und mit den Schuhen in der Hand. »Möchtest du gern mitkommen? Die Köchin hat einen Picknickkorb vorbereitet.« Sie hob das bestickte weiße Leinentuch hoch, und Janos beugte sich vor und schnupperte.

»Mr. Reynolds hat gesagt, wir seien für heute fertig«, er grinste, und kleine weiße Zähne blitzten auf. »Ich käme schrecklich gern mit.«

»Dann solltest du dich besser umziehen. Ich warte im Stall auf dich.« Er wandte sich ab und rannte fort.

»Satteln Sie ein Pferd für Janos«, wies Catherine den schlaksigen jugendlichen Roddy an, sowie sie dort angekommen war.

»Primas?« fragte er mit einer Spur von Mißbilligung.

»Wenn das das Pferd ist, das er normalerweise reitet.« Er ließ sie stehen, um ihrem Wunsch Folge zu leisten, und wenig später kehrte er zurück und führte den großen Braunen an den Zügeln.

»Primas ist mein Liebling«, sagte Janos, der gerade zu ihnen trat.

»Ein riesiges Pferd für einen kleinen Jungen«, murrte Roddy.

»Janos ist ein ausgezeichneter Reiter« Catherine erinnerte sich sehr gut an die Geschicklichkeit, die alle Kinder der Pindoros im Reiten besaßen.

Der Stallknecht gab nur einen mürrischen Laut von sich. Während sie darauf warteten, bis die Pferde fertig waren, sah Catherine sich um und hoffte, Dominic zu entdecken. Statt dessen fand sie den kleinen

Bobby Marston, Roddys jüngeren Bruder, beides Söhne von Dominics oberstem Stallknecht.

»Hallo, Bobby«, sagte Catherine.

»Hallo, Eure Ladyschaft.«

»Ich bin sicher, du kennst Janos.«

Bobbys Ausdruck wurde verdrossen. »Ich kenne ihn.«

Janos' finsteres Gesicht verriet nichts. Er war durch und durch Zigeuner.

»Vielleicht könntet ihr beide manchmal zusammen spielen«, schlug Catherine vor. Der Junge war zwar ein paar Jahre älter, aber sie war entschlossen, eine Lösung für das Problem zu finden, von dem sie wußte, das Janos täglich damit konfrontiert war.

Bobby schien das Grauen zu packen. »Er hat mich geschlagen, das hat er wirklich getan. Mir ein blaues Auge verpaßt. Mein Papa hätte ihn ausgepeitscht, wenn Seine Lordschaft nicht gewesen wäre.«

Janos sagte nichts. »Warum, Bobby? Warm hat Janos dich geschlagen?«

»Ich und die Jungen haben ihn nur ein bißchen aufgezogen. Wir wollten ihm nichts Böses tun.«

»Ihr habt ihn aufgezogen, weil er anders ist, so ist es doch?«

»Er redet komisch. Und er benimmt sich auch komisch.« Bobby reckte das Kinn in die Luft.

»Wie würde es dir gefallen, zur Schule zu gehen, Bobby?« fragte Catherine ihn und wechselte damit das Thema. »Was hältst du davon, lesen zu lernen?«

Er beäugte sie mißtrauisch und scharrte mit dem Schuh die Erde auf. »Papa sagt, Schule ist Zeitvergeudung.«

»Ach, das sagt er also, wirklich?«

»Lernen aus Büchern, davon kommt noch kein Essen auf den Tisch«, wiederholte er und sprudelte damit weitere Worte seines Vaters hervor.

»Vielleicht nicht, vielleicht aber auch doch«, entgegnete Catherine. Sie drehte sich um und zog Janos zu den wartenden Pferden. »Du reitest aus?« ertönte Dominics tiefe Stimme aus der Tür zum Geräteschuppen.

»Ja.« Sie spürte, daß ihr Herzschlag sich plötzlich beschleunigte. »Warum kommst du nicht mit?«

»Bitte, Dominic, komm mit uns«, flehte Janos. »Es ist ein so schöner Tag. Wir können in die *Vesh* reiten – die Wälder«, sagte er zu Catherine. »Wir können einen Tag lang wieder Roma sein.«

Dominic veränderte seine Haltung an der Tür und lehnte eine breite Schulter an den Türrahmen. Einen Moment lang wirkte er unsicher, als läge er im Widerstreit mit einem Teil seiner selbst. »Nicht heute, Kleiner. Ich habe zuviel zu tun.«

»Warum reitest du nicht schon los«, sagte Catherine zu Janos. »Warte unter den Bäumen auf dem Hügel auf mich.« Sie lächelte. »Dann reiten wir um die Wette zum Fluß.«

Nachdem der Junge aufgestiegen und fortgeritten war, wandte sich Dominic in ihre Richtung. »Du solltest ihn nicht dazu ermutigen, so leichtsinnig zu sein.« Sein Blick fiel auf ihr Gesicht, und einer seiner Mundwinkel zog sich hoch. »Oder ist es umgekehrt?«

Catherine grinste ihn schelmisch an und sagte ihm damit, daß er die Wahrheit getroffen hatte. »Er ist ein wunderbarer kleiner Junge. Ich wünschte nur, er wäre nicht so einsam.«

Dominic seufzte. »Manchmal frage ich mich, ob ich das Richtige getan habe, als ich ihn hierher mitgenommen habe.«

Catherine zupfte einen goldenen Halm Stroh von seinem schweißfleckigen Hemd und drehte ihn dann zwischen den Fingern. »Ich glaube, ich weiß, wie man ihm helfen kann.«

»Ihm helfen? Wie?«

»Ich möchte, daß die Kinder eine Schule bekommen, eine Schule von der Sorte, wie mein Vater sie in Arondale aufgebaut hat. Ich werde mein eigenes Geld dafür verwenden, aber ich brauche trotzdem deine Hilfe.«

»Ich bin nicht sicher, ob das eine gute Idee ist. Du weißt, wie die Leute empfinden.«

371

»Das glaubst du doch bestimmt nicht.«

»Wohl kaum. Aber selbst die Familien der Kinder werden nichts davon halten. Sie werden sich Sorgen machen, daß die Kinder sich damit nur Enttäuschungen einhandeln, daß sie sich Dinge wünschen werden, die sie niemals haben können.«

»Ich weiß, daß es nicht einfach werden wird, aber ich weiß auch, daß es der richtige Weg ist. Wenn du willst, daß Janos hier seinen Platz findet, dann laß mich meine Schule aufbauen.«

Dominic zog ihr das Stroh aus der Hand und fuhr mit den schmalen braunen Fingern darüber. Dann lächelte er, und Catherine fühlte sich, als sei die Sonne am Himmel aufgegangen. »Wirst du dann keine Schwierigkeiten machen, solange ich fort bin?«

Sie musterte ihn einen Moment lang. »Das könnte sein… wenn du mir versprichst, daß du dich auch nicht in Schwierigkeiten bringst.«

»Was *ich tue*, Catrina, ist nicht deine Angelegenheit. Aber du darfst deine Schule aufbauen.«

Catherine erstickte die aufflackernde Wut. Für den Moment war die Schule das allerwichtigste. »Und du wirst mir helfen, die Familien zu überreden, daß sie ihre Kinder die Schule besuchen lassen?«

»Die Kinder werden die Schule besuchen, das verspreche ich dir.«

Sie zwang sich zu einem Lächeln. »Danke.«

Dominic begleitete sie zu einem großen braunen Wallach und hob sie auf den Damensattel; seine Hände lagen warm und stark auf ihrer Taille.

»Ich wünschte, du könntest mitkommen. Janos wäre sehr glücklich darüber.«

»Es tut mir leid. Ich habe zuviel zu tun.«

»Selbstverständlich«, sagte sie mit einem letzten, gepreßten Lächeln, »wie konnte ich bloß vergessen, wie beschäftigt du bist.«

Sie grub ihre Hacken in die Flanken des Pferdes, machte kehrt und ritt davon.

Wie versprochen wartete Janos auf dem Hügel auf sie. Sie kehrten nicht vor der Abenddämmerung zurück, viel später, als sie es beabsichtigt hatten. Aber es war ein warmer und schöner Tag gewesen, und der Picknickkorb war mit saftigen Fleischpasteten und frischen Beilagen gefüllt. Sie waren um die Wette zum Fluß geritten, und Catherine hatte Janos gewinnen lassen, obwohl sie ihm um viele Längen geschlagen hätte. Er wird später einmal reiten wie der Wind, dachte sie und erinnerte sich daran, was für ein Bild Dominic auf seinem großen grauen Hengst abgegeben hatte.

Als sie die Ställe erreichten, nahm ein Stallknecht die Pferde entgegen, und Catherine schickte Janos ins Haus. Sie selbst blieb noch zurück, weil sie auf eine weitere Gelegenheit hoffte, Dominic zu sehen.

Sie hatte den ganzen Nachmittag Zeit gehabt, an ihn zu denken, jede Menge Zeit, um sich auszumalen, was passieren könnte, wenn er erst einmal nach London aufgebrochen war. Es war ihr unerträglich, sich ihn mit einer anderen Frau vorzustellen. Sie mußte etwas unternehmen, und zwar schnell.

Sie hörte ihn schon, ehe sie ihn sah, das tiefe Grollen seines herzlichen Gelächters. So hatte sie ihn nicht mehr lachen hören, seit sie das Zigeunerlager verlassen hatten. Sie vernahm etliche andere Stimmen, und ihr wurde klar, daß er hinter dem Stall mit einigen seiner Männer sprach. Er ging immer locker und freundlich mit ihnen um, und dafür liebten sie ihn. Warum konnte er mit ihr nicht so umgehen?

Catherine stand im Schatten des Stalles und lauschte dem unbeschwerten Gespräch. Wenn sie jetzt hinaustrat, würden die anderen gehen, doch auch er würde gehen. Es sei denn...

Es war ein alter Trick, aber im Moment fiel ihr nichts Besseres ein. Catherine sah sich um und stellte fest, daß niemand in der Nähe war. Sie hob eine Handvoll Stroh und etwas Staub auf und bestreute ihr Reitkostüm damit. Ein paar weitere Hände voll beschmutzten das Mieder. Dann bückte sie sich, hob den Saum hoch und zerriß den Stoff, ehe sie sich etliche Nadeln aus dem Haar zog.

»Dominic?« rief Catherine, als hätte sie sich eben gerade auf die

Suche nach ihm gemacht, und dann stieß sie einen kleinen Schrei aus, als sie vorgab, zu stolpern und zu stürzen. Dominic kam angerannt, und einige Stallknechte folgten ihm.

»Was ist? Was ist passiert?« Er kniete sich neben sie. »Jemand soll eine Laterne holen.«

»Es ist schon in Ordnung«, sagte Catherine, »ich bin nur gestolpert. Es ist wirklich zu dumm. Gewöhnlich bin ich nicht so ungeschickt.« Einer der Stallknechte brachte die Lampe, und Catherine bemühte sich, aufzustehen. Als sie sich auf die Füße ziehen wollte, zuckte sie zusammen und wäre nahezu umgekippt. Dominic fing sie in den Armen auf und trug sie zu einer niedrigen hölzernen Bank.

»Es ist mein Knöchel«, sagte sie matt und lehnte sich an seine harte Brust. Bei Gott, es war ein so schönes Gefühl, ihn zu spüren. »Ich muß ihn mir verstaucht haben.«

»Es ist alles in Ordnung«, sagte Dominic zu den anderen. »Ich werde mich um sie kümmern.«

Die Männer gingen und ließen die beiden miteinander allein, und Dominic hob den Saum ihres Reitkostüms. »Welches Bein ist es?«

»Das rechte.«

Er tastete es behutsam ab, und suchte nach der verletzten Stelle. Catherine zuckte ein klein wenig zusammen.

»Es sieht nicht allzu schlimm aus.« Er zog ihren Rock herunter. »Ich werde dich zum Haus zurücktragen.«

»Ich glaube, ich könnte mir etwas weiter oben etwas verzogen haben«, sagte Catherine und wandte den Blick ab.

»Weiter oben?« fragte er und hob den Stoff wieder hoch. »Du meinst dein Knie?«

»Noch etwas höher.«

Dominics Hand glitt über das Bein, das in einem weißen Strumpf steckte. Er sah sich um und fürchtete, jemand könnte ihn dabei beobachten. »Wir sollten lieber sehen, daß du ins Haus zurückkommst, damit ich es mir näher anschauen kann.«

Catherine nickte nur. Bei der Vorstellung, Dominic würde ihr die Strümpfe ausziehen, und seine starken braunen Hände würden ihr Fleisch berühren, hatte sich ihre Kehle zusammengeschnürt. Als er sie hochhob, schlang sie die Arme um seinen Hals, damit sie Halt fand, und er trug sie über die Auffahrt zum Haus.

»Was hast du in der Dunkelheit hier draußen zu suchen gehabt?« fragte er auf halber Strecke. »Und überhaupt, weshalb zum Teufel bist du solange weg gewesen, und wo ist Janos?«

»Janos ist schon ins Haus gegangen. Wir sind solange fort gewesen, weil es ein wunderschöner Tag war und wir unseren Spaß hatten.«

»Und?«

»Und was?«

»Wenn die Pferde bereits im Stall waren, was hast du dann noch hier draußen in der Dunkelheit gesucht?« Dominic blieb auf dem Pfad stehen und erwartete ihre Antwort.

Catherine zögerte nur einen Moment lang. »Wenn du es unbedingt wissen mußt, ich habe dich belauscht. Es ist so lange her, seit ich dich zum letzten Mal lachen gehört habe. Ich weiß nicht... ich vermute, ich habe es einfach vermißt.«

Dominic rührte sich nicht vom Fleck. Seine Arme schlossen sich jedoch fester um sie. Sie konnte seine Augen auf ihrem Gesicht spüren. Sie blickte zu ihm auf und betete, er möge sie küssen. Statt dessen setzte er sich wieder in Bewegung, stieß die Tür mit der Stiefelspitze auf und trat ins Haus.

Er nahm zwei Stufen auf einmal, trug sie zu ihrem Gemach und legte sie auf das breite Himmelbett. Widerwillig ließ sie seinen Hals los.

»Ich werde besser Gabby rufen«, sagte er mit einem Blick auf das sperrige samtene Reitkostüm, das sie ausziehen würde müssen.

»Ich komme allein zurecht, wenn du mir hilfst.«

Dominic zögerte, und dann beobachtete er, wie Catherine sich mit den Knöpfen an ihrem Rücken abmühte. Er stieß ihre Hände zur Seite und öffnete sie selbst. Sie zwang sich, seine Geschicklichkeit zu ignorie-

375

ren, die nur der Übung entspringen konnte, und wenige Minuten später hatte er ihr das Reitkostüm ausgezogen und dabei immer sorgsam auf ihr Bein geachtet.

Catherine lag auf dem Bett, war jetzt nur mit Strümpfen und einem Hemd bekleidet.

»Vielleicht sollte ich den Arzt rufen«, schlug Dominic vor und starrte die weiße Seide an, die ihre Wade bedeckte, das zarte weiße Fleisch, das unter ihrem Hemd zu sehen war.

»Ich... mir wäre es lieber, wenn du es dir ansiehst, falls du nichts dagegen hast. Ich meine, du hast mich schon gesehen. Dir gegenüber ist es mir nicht peinlich. Und außerdem ist es wahrscheinlich nichts weiter... und der Arzt ist Stunden von hier entfernt.«

»Also gut«, willigte er mit einem gewissen Widerwillen ein. Dominic holte tief Atem, löste den Strumpf von ihrem Strumpfhalter und rollte ihn herunter. Eine Hand glitt unter den Saum ihres Hemdes, bewegte sich höher nach oben und tastete zart ihr Fleisch ab. Catherine spürte die Glut seiner Hand und nahm wahr, wie seine Finger zu zittern begonnen hatten. Sie stöhnte.

»Habe ich dir weh getan?« fragte er und riß die Hand abrupt zurück.

»Nein! Ich meine, doch... aber nur ein wenig.«

»Du mußt dir bei deinem Sturz etwas überdehnt haben.«

»Ja...«

Dominic biß die Zähne zusammen. Er hob den Saum ihres Hemdes hoch, starrte ein paar Sekunden lang auf ihren entblößten Oberschenkel und ließ dann noch einmal seine Hand darüber gleiten.

»O Gott«, flüsterte Catherine, unfähig, sich zurückzuhalten.

Dominic schien es nicht zu bemerken, denn er stieß ihr Hemd hoch, bis ihr gesamtes Bein und ihre Hüfte entblößt waren. Seine Hand glitt von ihrem Schenkel auf ihren Hintern. Er preßte ihn zart, und Catherine wand sich. Sein Blick heftete sich auf die Rundung ihres Hinterteils und den Schwung ihres Beins.

»Dominic...«, sagte sie leise.

Als er seinen Namen hörte, zog er die Hand zurück, und Catherine verfluchte sich gewaltig. Mit schnellen, forschen Bewegungen zog er ihr Hemd wieder herunter und hob den Blick zu ihrem Gesicht.

»Ich bin sicher, daß es nichts Ernstes ist«, sagte sie ein wenig atemlos und wünschte, sie könnte die Röte in ihren Wangen irgendwie verbergen.

»Nein«, sagte er mit belegter Stimme. »Wahrscheinlich ist morgen früh wieder alles in Ordnung.«

»Ja.«

»Jetzt gehe ich besser«, sagte er, rührte sich aber nicht von der Stelle.

Bleib! hätte sie gern gerufen, doch sie wußte, daß sie das nicht wagte. »Ich danke dir.«

»Bitte, gern geschehen.« Er wandte sich ab und verließ das Zimmer.

Catherine lehnte sich auf die Kissen zurück und stieß einen Seufzer der Frustration und der Erleichterung aus. Es klappt! Dachte sie. Dominic hatte sie begehrt – und zwar glühend. Daran zweifelte sie jetzt nicht mehr. Doch die Zeit war ihr Feind. Ihr blieb nur noch eine Nacht, ehe er nach London aufbrach. Morgen mußte ihr Erfolg beschieden sein.

21

Dominic jagte Rai, seinen großen Apfelschimmelhengst, über die hügelige Heide. Ein Wind war aufgekommen und bog die feuchten grünen Gräser unter ihnen, und flache graue Wolken streiften den finsteren Himmel.

Er ritt jetzt schon seit Stunden und hatte das große Pferd erschöpft, bis sein Fell vor Schweiß schimmerte, Schaum vor seine Nüstern getreten war und seine Flanken sich vor Anstrengung heftig hoben und senkten. Als er das Tier endlich unter einem Hartriegelbaum auf dem Hügel über dem Fluß anhalten ließ, blähten sich Rais Nüstern, und seine Ohren stellten sich auf. Wenn das Tier auch noch so müde war, dann war es doch offensichtlich, daß es die Strapaze genossen hatte.

Dominic wünschte, ihm ginge es ebenso. Statt dessen kehrten seine Gedanken, ganz gleich, wie weit er sich vom Haus entfernte, wie matt er bis in die Knochen war oder wie hart er arbeitete, um sich abzulenken, immer wieder zu Catherine zurück.

Allmählich glaubte er, er würde den Verstand verlieren.

Am schlimmsten war der gestrige Abend gewesen. Als er ihren Aufschrei gehört hatte, war in seinem Innern etwas aufgebrochen. Er war in den Stall gerast und hatte festgestellt, daß sie lediglich gestolpert und gestürzt war, und doch war ihm der Gedanke unerträglich, auch nur eine Kleinigkeit wie ein verstauchter Knöchel könnte ihr Schmerzen bereiten.

Daß sie im Schatten gestanden und dem Klang seines Gelächters gelauscht hatte, ließ Schmerz in sein Herz aufsteigen. Er hatte nie wirklich geglaubt, daß sie sich soviel aus ihm machte. Schließlich hatte sie ihn verlassen, oder etwa nicht?

Der Umstand, daß sie sich ihm hingegeben hatte, bedeutete nur, daß sie ihn begehrte. Das hatten viele Frauen getan. Aber keine hatte allein in der Dunkelheit gestanden und dem Klang seiner Stimme gelauscht.

Er versuchte, sich daran zu erinnern, wann er *sie* zum letzten Mal lachen gehört hatte. Ein gelegentliches Lächeln, eher wehmütig, war das höchste, woran er sich erinnern konnte. Doch gab es Zeiten, da hallte der Klang ihres Lachens durch seine Gedanken. Zeiten, als sie im Zigeunerlager gemeinsam gelacht hatten.

Er dachte daran, wie sehr sie sich um den kleinen Janos kümmerte. Jetzt schon hatte sie das Verlangen, ihn zu beschützen. Was für eine wunderbare Mutter sie doch abgegeben hätte. Sie hatte eine Art, die Dinge in die Hand zu nehmen, ohne jemals jemanden zu verletzen, und doch schien sie immer alles zu erreichen. In den Tagen seit ihrer Ankunft hatte das Haus mehr von einem Zuhause angenommen, als es jemals vorher besessen hatte. Nur ein paar schlichte Veränderungen da und dort, das Entfernen von schweren, tristen Vorhängen, ein oder zwei Fenster, die offenstanden, um frische Luft einzulassen.

Selbst die Bediensteten schienen sich verändert zu haben, als seien ihre alltäglichen Aufgaben wichtiger, weil Catherine da war und zu würdigen wußte, was sie getan hatten.

Bis Catherine hierhergekommen war, hatte er Gravenwold nie als sein Zuhause angesehen. Es war ein Symbol all dessen, was er gelernt hatte, seit er die Roma verlassen hatte, ein Symbol der Dinge, die er erreicht hatte, der Dinge, die er noch zu erreichen gedachte. Jetzt, nach Catherines Ankunft und den Veränderungen, die sie bewirkt hatte, bestürmten ihn die Möglichkeiten geradezu. Träume von Liebe und von einer Familie, die er sich nie zuvor gestattet hatte. Träume, die er sich auch jetzt noch zu gestatten weigerte.

Dominic stieg ab und führte Rai ein wenig stromabwärts, damit das Pferd schnauben und sich ein wenig abkühlen konnte. Der Wind zerzauste sein Haar, und er strich es sich mit den Fingern aus dem Gesicht.

Er schaute auf seine Finger herunter und dachte wieder an die Szene, die sich gestern abend in Catherines Zimmer abgespielt hatte. Selbst jetzt noch glühte sein Körper bei der Erinnerung an seine Hand auf ihrem Fleisch, an ihrer Haut, die sich warm und zart unter seinen Fingern angefühlt hatte. Noch ein oder zwei Minuten, und er wäre verloren gewesen. Die Erinnerung an das bittere Gelächter seines Vaters, an den Klang des einsamen Weinens seiner Mutter hatte ihn davon abgehalten, sie an Ort und Stelle zu nehmen.

Wie hatte er bloß in dieses Wirrwarr geraten können? Wie konnte er den Kopf aus der Schlinge ziehen, ohne seine Rachegelüste zu brechen? Er verstand die Gefühle nicht, die sie weckte – die Sehnsüchte –, und er wollte es auch gar nicht.

Seine Abreise nach London war das einzige Mittel, das ihm noch blieb, um bei gesundem Verstand zu bleiben. Er würde nicht zurückkehren, solange er nicht mit der Hälfte aller Dirnen in der ganzen Stadt gehurt und seine anscheinend unersättliche Lust gestillt hatte.

Ob er nun verheiratet war oder nicht, er würde sich von seinem höllischen Verlangen nach Catherine befreien. Nach seiner Rückkehr würde er sie wieder nach Arondale schicken. Wenn irgend etwas sie hätte glücklich machen können, dann genau das.

Dann konnte er sein Leben weiterführen, wie er es geplant hatte. Catherine hatte ihre Unabhängigkeit – bis zu einem gewissen Punkt. Und er würde in Ruhe allein weiterleben können.

»Keiner versteht mich, stimmt's, Junge?« sagte er zu Rai, packte die Zügel des Hengstes und schwang sich in den Sattel. Und es gibt nichts, was ich sagen kann, was ihnen auch nur im entferntesten einleuchten würde.

Mit *ihnen* war in dem Fall Catherine gemeint. Wie erklärte ein Mann einer Frau Gründe für sein Vorgehen, die sich über ein Dutzend von Jahren heraus kristallisiert hatten? Wie konnte er ihr je begreiflich machen, daß sein Romagelübde, seine Mutter zu ehren, indem er Rache an seinem Vater übte, nicht gebrochen werden durfte?

Es war vollkommen unmöglich. Dominic grub die Knie in die Flanken des Hengstes, und das große Pferd galoppierte den lockenden Feldern in der Ferne entgegen. Morgen würde er nach London aufbrechen. Vielleicht konnte er dort einen gewissen Frieden finden.

Catherine lief im Zimmer auf und ab, und ihre kleinen Füße hinterließen vor dem Kamin allmählich Abdrücke im Teppich. Alles mußte perfekt sein – sie würde keine zweite Chance bekommen. Die Dunkelheit war schon vor Stunden hereingebrochen, doch es war Vollmond, und winzige weiße Sterne funkelten wie Juwelen am Himmel. Dominic würde bald nach Hause kommen. Zumindest betete sie, daß er kommen möge.

Er hatte es sich doch bestimmt nicht einfach anders überlegt und war abgereist, ohne sich von ihr zu verabschieden?

Als sie ein Klopfen an der Tür hörte, durchquerte Catherine das Zimmer und öffnete die Tür. Gabby stand neben zwei Bediensteten, die eine große kupferne Badewanne und dampfende Wassereimer trugen.

»Stellen Sie sie vor das Feuer«, sagte Catherine zu ihnen. Sie hatte bis zum letzten möglichen Moment gewartet, weil sie besorgt war, das Wasser könnte abkühlen. »Eil dich, Gabby, hilf mir beim Entkleiden.« Sie wandte sich an das Mädchen, sowie die Dienstboten gegangen waren.

»*Mon Dieu*, Seine Lordschaft wird vor Lust den Verstand verlieren.«

»Das möchte ich doch hoffen«, murmelte Catherine. Sie hatte Gabby immer noch nicht die Wahrheit gesagt, nur, daß sie an jenem Abend besonders verführerisch sein und alles perfekt gestalten wollte.

»Was haben Sie gesagt?« sagte Gabby.

»Ich habe gesagt, ich bin ganz sicher, daß er absolut überwältigt sein wird.« Sie betete nur, er würde nicht so wütend werden, daß er noch nicht einmal das Zimmer betrat. »Und du vergißt auch ganz bestimmt nicht, den Zettel auf das Tablett mit seinem Abendessen zu legen?«

»Ich werde es nicht vergessen.« Darauf stand schlicht und einfach: *Muß heute abend dringend mit dir sprechen.*

Catherine schaute zum zehnten Mal in den letzten zehn Minuten zum Fenster hinaus. Doch diesmal sah sie Dominic den Hügel zu den Ställen hinunterreiten. »Er ist es. Er wird jetzt jeden Moment hier sein.«

»Ich hole sein Abendessen.«

»Vergiß nicht...«

»Ich werde den Zettel so hinlegen, daß er ihn unter gar keinen Umständen übersehen kann.«

Catherine nickte. Wenige Minuten später hörte sie, wie Dominic sein Zimmer betrat. Als sie ihr Ohr an die schwere Tür zwischen den Schlafzimmern preßte, konnte Catherine einen leisen Wortwechsel mit Percy und dann das Stapfen von Stiefeln auf dem Fußboden hören.

»Ich habe mir die Freiheit herausgenommen, ein Bad für Sie kommen zu lassen, Mylord«, sagte Percy zu ihm, und Catherine stöhnte. Ihr eigenes Badewasser wurde von Minute zu Minute kälter.

Catherine lief wieder auf und ab. Sie war nackt unter dem durchsichtigen Morgenmantel aus smaragdgrüner Seide, den Gabby eigens für diesen Anlaß geschneidert hatte, und trug das Haar locker aufgesteckt. Nur allzu leicht konnte sie sich Dominics muskulösen nackten Rumpf vorstellen, wie er im Wasser der Wanne saß, die langen, kräftigen Beine angezogen. Vielleicht sollte sie einfach zu ihm hineingehen und anfangen, ihm den Rücken zu waschen. Sie war doch schließlich seine Frau, oder etwa nicht?

Catherine schüttelte den Kopf. Es konnte sein, daß Percy noch da war. Es war besser, wenn sie bei ihrem Plan blieb. Sie ging wieder zur Tür und preßte das Ohr an das schwere Holz. Percy ging endlich. Sie hörte, wie sich die Tür mit einem dumpfen Schlag hinter ihm schloß, und dann überquerten Dominics Schritte den Boden. Jetzt würde er die Nachricht finden. Sie wartete mit angehaltenem Atem. Er mußte sie gefunden haben, denn sein leises Klopfen war an der Tür zu hören. Catherine warf ihren Morgenmantel über einen Stuhl und stieg in das Wasser, das jetzt bestenfalls noch lauwarm war. Wenigstens bildete der Schaum noch verführerische weiße Hügel, die ihre Brüste spärlich bedeckten. Sie ignorierte ein Schauern und ließ sich in das Wasser sinken.

Dominic klopfte noch einmal an die Tür, diesmal lauter.

»Catherine?«

Als sie nicht antwortete, schob er den Riegel zurück, wie sie es sich erhofft hatte, und trat in das Zimmer.

»Dominic!« sagte Catherine mit geheucheltem Erstaunen und erhob sich. Sie griff nach dem weißen Leinenhandtuch auf dem Tisch neben der Wanne. Seifenschaum glitt an ihrem Körper herunter und haftete auf ihren Brustwarzen. Wassertropfen liefen an ihren Beinen herab und bildeten eine Pfütze auf dem Boden, als sie sich in das dünne Handtuch hüllte.

»Es tut mir leid«, sagte sie, »ich fürchte, ich habe dein Klopfen nicht gehört.«

»Nein?« seine dunklen Augen verschlangen sie. »Und was ist mit der Nachricht, die du für mich hinterlassen hast? Ich glaube, darin stand, du müßtest mich heute abend noch sprechen.«

»Ach ja, die Nachricht. Ich habe sie am frühen Abend schon geschrieben. Ich habe ganz und gar zu Unrecht geglaubt, da du morgen früh abreist, würdest du wahrscheinlich vor Einbruch der Dunkelheit nach Hause kommen. Würde es dir etwas ausmachen, mir meinen Morgenmantel zu reichen? Sie wies auf den Morgenmantel aus smaragdgrüner Seide, der nicht weit von ihm über der Stuhllehne hing. Dominic nahm ihn und kam mit ausgestreckter Hand auf sie zu. Catherine griff danach, doch als sie das tat, löste sich das Handtuch und fiel auf den Boden.

»Ach, du meine Güte.« Catherine preßte sich die leuchtendgrüne Seide auf die Brüste. Eine rosige Brustwarze schaute zwischen ihren Fingern hervor.

»Was wolltest du?« fragte Dominic mit zusammengebissenen Zähnen. Er sprach mit ihr, doch Augen, die wie Gagate schillerten, glitten an die Stelle, an der ihre Schenkel zusammenliefen und die jetzt nur von einem kleinen Stück Stoff bedeckt war.

»Wahrscheinlich wäre es das Beste, wenn ich erst meinen Morgenmantel anziehe. Warum hilfst du mir nicht dabei?«

Dominics sinnlicher Mund wurde schmal. Er trug zwar kein Hemd, doch er hatte sich die Stiefel und eine frische saubere Hose angezogen. Jetzt preßte sich ein steifes männliches Organ fest gegen die Knöpfe.

Mit einer flinken Bewegung entriß er Catherine den Morgenmantel und ließ sie nackt dastehen. Im Schein des Feuers und der Kerzen glitzerten Wassertropfen auf ihrer Haut. Ihre schweren, nach oben gerichteten Brüste hoben und senkten sich bei jedem Atemzug, und flammendes rotgoldenes Haar bildete dort, wo ihre Schenkel zusammenliefen, ein zartes Dreieck. Er starrte sie mit einer Mischung aus Verlangen und Schmerz an.

»Ich bin deine Frau, Dominic«, sagte Catherine. »Ich gehöre dir, genauso, wie ich dir im Zigeunerlager gehört habe. Du kannst mit mir anfangen, was du willst.« Sie trat vor und schlang die Arme um seinen Hals. Dunkle Muskelstränge preßten sich in ihre elfenbeinfarbenen Brüste, seine Haut fühlte sich glühend heiß an, und welliges tintenschwarzes Haar lag weich zwischen ihren Fingern.

»Ich begehre dich«, flüsterte Catherine, und Dominics kräftige Arme preßten sie an seine Brust. Sein Mund senkte sich heiß und hart auf ihre Lippen und versengte sie mit seinem Verlangen, und die Glut seines

Körpers ließ sie entflammen. Seine Finger glitten in ihr Haar, und alle Nadeln fielen heraus, bis es ihr über die Schultern fiel. Sie konnte seinen steifen Schaft spüren, der sich an sie preßte, und verzehrte sich danach, ihn tief in sich zu spüren.

Dominics Zunge drang tief in ihren Mund, und seine Hände, die sich auf ihren Po legten, zogen sie an ihn, ließen ihn mit seinem festen Körper verschmelzen und erhitzten ihr Blut nur noch mehr. Ihre Zunge reagierte auf seine, forschend und suchend, und sie verlangte, er möge sie für sich fordern.

Dominic küßte sie heftig und wild – und dann riß er sich von ihr los.

»Du hast das alles geplant, stimmt's?« Die Wut in seinen Augen war unverkennbar.

»Ja.«

»Und gestern abend – du bist gar nicht gestürzt.«

»Nein.«

»Du weißt, wie ich darüber denke, und doch sind dir meine Wünsche völlig gleich, und nur dein eigenes Vergnügen zählt für dich.«

»Ich bin deine Frau«, verteidigte sie sich.

»Meine Frau?« höhnte er und hielt ihren Arm immer noch umklammert. Seine Augen glitten über ihre Nacktheit und drückten sein Mißvergnügen deutlich aus, und zum ersten Mal schämte sie sich. »Heute abend hast du dich nicht wie meine Frau benommen – sondern wie meine Hure.«

Die Grausamkeit seiner Worte und die Gehässigkeit, die darin mitschwang, ließen Catherine zusammenzucken. Als sie sich gewaltsam losreißen wollte, ließ Dominic sie freiwillig los, und sie taumelte. Er warf ihr den Morgenmantel aus grüner Seide zu. Mit zitternden Fingern zog Catherine ihn an.

Seine dunklen Augen musterten sie von Kopf bis Fuß. »Du hast die Wollüstige gut gespielt, meine Süße, aber das Bett, das ich heute abend aufsuchen werde, gehört einer anderen von deiner Sorte.« Er wandte sich ab und ging zur Tür.

»Dominic!« Catherine holte ihn ein, ehe er die Tür erreicht hatte. »Bitte«, flüsterte sie, »bitte tu das nicht.«

»Früher oder später wäre es ohnehin dazu gekommen. Vielleicht ist es besser so.« Er riß seinen Arm los, ging zur Tür hinaus und knallte sie laut hinter sich zu.

Catherine stand regungslos da und starrte ihm nach. Eine endlose Zeit lang schien sie zu lauschen, bis er die Tür seines eigenen Zimmers zuknallte und dann das Echo seiner Schritte zu vernehmen war, als er durch den Korridor lief.

Catherine zog den hübschen seidenen Morgenmantel eng um sich und versuchte, die Kälte abzuwehren, die sie plötzlich verspürte. Mit hölzernen Bewegungen trat sie ans Fenster und richtete den Blick auf die Straße, die vom Anwesen wegführte. Es dauerte nicht lange, bis sie ihn auf seinem großen Apfelschimmel davongaloppieren und zu der nahe gelegenen Ortschaft reiten sah. Sie schaute ihm nach, bis er aus ihrer Sichtweite verschwunden war, dann ließ sie sich auf die gepolsterte Bank am Fenster sinken und zog die Beine bis ans Kinn hoch. Von dort aus konnte sie ein großes Stück der Straße sehen, doch nur noch der Mond schien darauf.

Dennoch blieb sie dort sitzen und fragte sich, was sie falsch gemacht hatte, und immer wieder redete sie sich ein, daß sie es hatte versuchen müssen, und dann schalt sie sich dafür aus, daß sie sich wie eine Dirne benommen hatte. Bis heute abend war ihr nicht klar gewesen, daß ein Mann von seiner Ehefrau ein anderes Verhalten als von seiner Geliebten erwartete. Jetzt wußte sie es – und jetzt war es zu spät.

Sie stützte das Kinn auf die Knie, heftete die Augen jedoch weiterhin auf den menschenleeren Straßenabschnitt. Das Feuer war schon reichlich weit heruntergebrannt, und es war kalt im Zimmer geworden, doch Catherine störte sich nicht daran. Sie dankte Gott für die Taubheit, die eisige Kälte, die der Kühle in ihren Adern entsprach. Wo ist er jetzt? fragte sie sich. Und was tut er? Doch es war unmöglich, sich der Wahrheit zu entziehen.

Er hatte ihre Zuneigung und sogar die Benutzung ihres Körpers verschmäht. Jetzt gab er sich einer anderen hin, ließ sich von ihr umarmen und teilte sein Verlangen mit ihr. Catherine schloß die Augen gegen eine Woge von Schmerz, doch sie konnte nicht einschlafen. Nicht, als die Uhr auf dem Kaminsims eins schlug, und selbst dann nicht, als sie drei schlug. Sie starrte immer noch gebannt auf den menschenleeren Pfad hinunter. Dominic war aufgebrochen, um sich vom letzten Rest seiner Zuneigung zu ihr zu lösen – falls er ihr überhaupt je Zuneigung entgegengebracht hatte.

Was Catherine empfand, ging weit über das hinaus. Das wußte sie jetzt. Ihr Onkel hatte recht gehabt – sie liebte ihn immer noch. Sie wäre für ihn gestorben, wenn sich die Situation ergeben hätte, und doch empfand er nichts anderes als Verachtung für sie. Wie kann Liebe bloß so einseitig sein? dachte sie verschwommen. Wie kann das Leben nur so ungerecht sein?

Catherine schluckte den bitteren Kloß, der in ihrer Kehle anschwoll. Nie war ihr mehr nach weinen zumute gewesen, und doch wollten die Tränen nicht kommen. Sie litt zu sehr, um noch weinen zu können.

Oder zumindest glaubte sie das, bis sie Dominic auf der Straße zurückkommen sah.

Das war der Augenblick, in dem es über sie hereinbrach. Ein stechender, sengender Schmerz, der so tief und anhaltend war, daß sie einen Moment lang glaubte, ihr könne übel werden. Das Bild von ihm, wie er in seiner dunklen Schönheit und in seiner Männlichkeit nackt dalag, zog vor ihren Augen auf. Doch die Frau, die er küßte, war eine andere. Eine dunkelhäutige, sinnliche, namenlose Frau mit üppigen Kurven und vollen, reifen Brüsten und einem feuchten Mund, der von seinen Küssen angeschwollen war.

Sie beobachtete, wie er durch die massiven Tore ritt, weit langsamer als sonst. Doch sie konnte ihn kaum sehen. Tränen stiegen in ihre Augen auf und rannen über ihre Wangen und verschleierten ihre Sicht. Sie hatte ihn verloren – das erkannte sie jetzt an, wie sie es bisher nicht

anerkannt hatte –, und der entsetzliche Schmerz, den sie innerlich verspürte, überwältigte sie endlich.

Sie legte den Kopf auf die Knie und begann zu weinen. Es waren
keine sanften, leisen Tränen, sondern es war ein tiefes und aufwühlen-
des Schluchzen, das den Schmerz widerspiegelte, den sie in ihrem Herzen fühlte.

Sie weinte darum, ihn verloren zu haben, und sie weinte auch um die
Liebe, die sie fühlte, und die jetzt ebenso zielstrebig, wie sie gewachsen
war, verwelken und sterben würde. Sie weinte um ihre Familie und um
die Kinder, die sie niemals in ihren Armen halten würde. Um Edmund
und seinen Verrat an ihr, um Amelia und den kleinen Eddie, der jetzt
ohne seinen Vater aufwachsen würde. In erster Linie weinte sie um
Dominic. Um das bittere, leere Leben, das er der grenzenlosen Liebe
vorgezogen hatte, die sie ihm hatte schenken wollen. Über das Glück,
das jetzt keiner von ihnen beiden jemals erleben würde.

Sie weinte, obwohl sie wünschte, sie könnte aufhören. Sie weinte und
fragte sich, ob ihre Tränen jemals wieder trocknen würden.

Dominic stand am unteren Ende der massiven steinernen Treppe, die
zu seinem Schlafzimmer im zweiten Stock führte. Seine Hand zitterte,
als er das Geländer packte und sich zwang, den ersten Schritt zu
machen. Oben konnte er Catherine weinen hören, ein schauriges Jam-
mern, das ihn selbst durch die dicken grauen Wände noch anzuklagen
schien. Nie hatte er sie so schluchzen gehört – niemals. Er hatte sie selten überhaupt weinen gehört.

Mit bleischweren Füßen stieg er die Stufen hinauf, jeder Schritt fiel
ihm schwerer als der vorangegangene. Das hatte er ihr angetan; er hatte
diese schreckliche Traurigkeit über sie gebracht. Wie leicht hätte er in
sein Zimmer gehen können, wenn er sie nicht gehört hätte. Vielleicht
hätte er so tun können, als sei heute nacht nichts vorgefallen.

Jetzt konnte er es nicht mehr.

Statt sich in den schützenden Mauern seines Zimmers einzuschließen, statt sich etwas vorzumachen und zu leugnen, was er innerlich fühlte, was die Stunden, die er in der Taverne verbracht hatte, ihm so schmerzlich klargemacht hatten, lief er daher durch den schwach erleuchteten Korridor, ging in sein Zimmer und zog den Riegel an ihrer Schlafzimmertür zurück.

Es war dunkel im Raum, wenn man von einer einzigen weißen Kerze absah, deren Flamme im heruntergetropften Wachs fast erstickte, und von der letzten orangeroten Glut eines ausgehenden Feuers. Es war kalt im Raum, stellte er fest, und sein Herz zog sich zusammen, als er eintrat und seine Augen den Raum absuchten, bis er ihren dunklen Umriß auf dem Brokatpolster am Fenster kauern sah. Und ihr dünner seidener Bademantel bot ihr nicht den geringsten Schutz.

Catherine weinte selbst jetzt noch, als er unbemerkt in der Dunkelheit dastand, und da er wußte, daß er die Ursache war, konnte er sich nicht dazu durchringen, näher auf sie zuzugehen. Statt dessen dachte er an die Frauen in der Taverne und erinnerte sich daran, wie er in ihre vulgär geschminkten Gesichter und auf ihre knallroten Münder geschaut und an ein zartes hübsches Gesicht gedacht hatte, in dem Unschuld und Mitgefühl standen. Er erinnerte sich daran, wie er vorgehabt hatte, einer von ihnen nach oben in ihr Zimmer zu folgen, sie nackt auszuziehen und in ihren übermäßig beanspruchten Körper einzutauchen. Wie er beabsichtigt hatte, sie wieder und immer wieder zu nehmen, bis das höllische Verlangen nach Catherine aus seinem Geist und seiner Seele getilgt war.

Statt dessen hatte er nur immer Catherines Bild vor sich gesehen, wie sie zu Vaclav aufblickte. Catherine – eine Gräfin, die klaglos an der Seite seiner Mutter Töpfe schrubbte. Catherine, die sich Sorgen um Medela machte und den kleinen Janos liebte, die sich bemühte, einen falschen Marquis davor zu bewahren, daß er ins Gefängnis geworfen wurde. Er sah ihre Augen aufblitzen und ihr flammendes Haar offen um ihre Schultern wallen, als sie mit einer Gartenschere zu seiner Rettung gekommen war. Er sah sie dastehen, wie sie an diesem Abend dagestanden hatte, prachtvoll nackt, während der Seifenschaum feucht an ihrem Körper herunterrann. Er dachte daran, wieviel Mut es sie gekostet hatte, in Kauf zu nehmen, daß sie von ihm zurückgewiesen wurde, ihm ihre Wärme anzubieten, obwohl er sie nicht wollte, obwohl er ihr nichts als Gegenleistung dafür bot.

Er hatte in der Taverne gesessen und versucht zu leugnen, was er für sie empfand und daß er sie brauchte, wie er noch nie eine Frau gebraucht hatte.

Sie spürte seine Anwesenheit eher, als daß sie ihn hörte, denn sie hob den Kopf und strich sich mit dem Handrücken die Tränen vom Gesicht. Ihre Stimme klang gepreßt und unsicher, als sie sich aufsetzte, den seidenen Morgenmantel enger um sich zog und die kleinen Füße auf den kalten Holzfußboden gleiten ließ.

Er hatte ihre Geringschätzung verdient, und doch gab es seinem Herzen einen schmerzhaften Stich, ihre Stimme zu hören. Er beobachtete, wie eine winzige gelbe Flamme zwischen den Kohlen ihrer Haut den so vertrauten goldenen Schimmer verlieh, und er dachte daran, was sein Wahnsinn ihn gekostet hatte.

»Was willst du hier?« fragte sie, »geh doch zurück zu deinen H-Huren.«

Ihre kleinen Hände zitterten heftiger als seine eigenen, und er sehnte sich danach, sie zu berühren, sie zu beschwichtigen, bis die Tränen nicht mehr flossen. Er wollte sie um Verzeihung bitten und sie forttragen. »Ich war bei keiner Hure«, sagte er zärtlich.

Catherine sprang auf, und ihr flammendrotes Haar flog um ihren Kopf, und die grüne Seide schmiegte sich an sie, wie Dominic es nur zu gern getan hätte, und das erinnerte ihn wieder daran, daß sie sich noch vor wenigen Stunden den Morgenmantel von ihm hätte ausziehen lassen, ihn selbst dieses kleine Hindernis aus dem Weg hätte räumen lassen, wenn er sie darum gebeten hätte. Jetzt standen Welten von Traurigkeit zwischen ihnen, und eine weitaus schwerere Schicht als ihr dünner Seidenmorgenmantel hüllte sie ein.

»Du brauchst dir nicht die Mühe zu machen, mich anzulügen«, sagte sie mit rauher Stimme. »Nicht, nachdem du dir solche Mühe gegeben hast, es mir deutlich klarzumachen.«

Wie hatte er das bloß tun können? Wie hatte er sie bloß schlechter als jede Hure behandeln können? Sein Magen verkrampfte sich vor bitterer Selbstverachtung, und seine Augen schlossen sich gegen den Schmerz. Er hatte ihren Zorn verdient, den entsetzlichen Verlust ihrer Zuneigung. Er hatte etwas Zerbrechliches und Schönes mit Füßen getreten, es unter dem Absatz zermalmt.

Als er keine Anstalten unternahm, fortzugehen, sondern einfach neben der Tür stehenblieb und sie aus der Dunkelheit beobachtete, griff Catherine nach einer Bürste mit einem silbernen Griff und schleuderte sie in seine Richtung. Sie knallte über seinem Kopf an die Wand.

»Ich war bei keiner Hure.« Seine leisen Worte hallten in der Stille des Raumes wider. Er wünschte, es hätte mehr gegeben, was er hätte sagen können, etwas, was er hätte tun können… aber welche Worte standen einem Mann noch zur Verfügung, der das zerstört hatte, woraus er sich das meiste machte?

»Ich möchte, daß du aus m-meinem Zimmer verschwindest. Morgen früh werde ich von hier fortgehen.«

O Gott. Er hatte sie verloren, und doch war ihm der Gedanke unerträglich, jetzt zu gehen.

Catherine holte ruckhaft Atem, und die Tränen auf ihren Wangen glitzerten noch im Kerzenschein. Sie nahm eine schwere Parfümflasche aus Kristallglas in die Hand und warf sie nach ihm. Er sah sie kommen, versuchte aber gar nicht erst, ihr auszuweichen, sondern ließ sie von seiner Schulter abprallen, und der durchdringende Schmerz war ihm fast willkommen. Die Flasche zerschmetterte auf dem Fußboden und zerbrach in kleine Kristallsplitter, die in dem matten roten Schein des Feuers funkelten. Sie erinnerten ihn an die zarten Bande, die sie einst miteinander verbunden hatten und die er an diesem Abend mit der Axt zerfetzt hatte.

»Ich war bei keiner Hure«, flüsterte er, und seine Stimme war rauh und heiser, als er auf sie zuging, und seine Stiefel knirschten laut auf den Glasscherben. Im flackernden Licht der Kerze wirkte Catherines Gesicht bleich, und ihre Augen schienen trostlos zu sein. Sie machte einen verletzbaren und niedergeschlagenen Eindruck, wie er es an ihr noch nie gesehen hatte. Mit seinen groben Worten und seiner Rücksichtslosigkeit hatte er erreicht, was andere mit ihrer grausamen Behandlung und mit den Schmerzen, die sie ihr zugefügt hatten, nicht erreicht hatten.

Als er an ihre Seite kam, blieb er einfach nur stehen. Seine Brust war zugeschnürt, und sein Herz schmerzte. Sein Blick nahm ihre zitternden Lippen wahr, die Tränenteiche, die noch in ihren Augen standen. Mit zitternden Fingern bog er ihr Kinn zu sich hoch und sah ihr ins Gesicht.

»Die Frau, die ich heute nacht begehrt habe, war meine Ehefrau«, sagte er mit leiser Stimme. »Ich habe festgestellt, daß ich mich mit keiner anderen begnügen kann.«

Catherines Atem wurde ruhiger, und ihre grünen Augen, in denen der Schmerz und die Qual deutlich zu sehen waren, sahen ihn an.

Er strich einen Tropfen Nässe von ihren Wimpern. »Du warst die Frau, die ich wollte... alles, was ich je gewollt habe.«

Er glaubte, einen winzigen Laut zu hören, der sich ihrer Kehle entrang, eine winzige Bestätigung dafür, daß sie seine Worte wahrgenommen hatte. Mißtrauische grüne Augen glitten über sein Gesicht und suchten die Lüge, konnten sie aber nirgends finden. Stumm versuchte er, sie mit aller Willenskraft dazu zu bringen, daß sie ihm glaubte.

»Ich will nicht, daß du fortgehst«, sagte er liebevoll. »Ich brauche dich. Ich habe dich schon immer gebraucht.« Er wußte, in welchem Augenblick sie seine Worte als die Wahrheit akzeptierte, denn in dem Moment begann der Schmerz nachzulassen. Er sah es daran, daß ihre Lippen sich ein wenig bewegten und ihre Wimpern kaum wahrnehmbar zuckten. Er sah es – und etwas blühte in seiner Brust auf.

Das war der Augenblick, in dem er es mit Sicherheit wußte, obwohl er schon lange die Wahrheit geahnt hatte und sie sich ihm heute nacht buchstäblich aufgedrängt hatte. Dennoch war das Gefühl zu neu und zu ungeklärt, als daß er die Worte hätte aussprechen können.

»Verzeih mir«, sagte er statt dessen und betete, sie möge wissen, wieviel ihm eine Vergebung bedeutete. Wieviel *sie* ihm bedeutete. »Ich hatte nie vor, dir weh zu tun. Ich...« Seine Hand legte sich auf ihre Wange. »Nichts... niemand... kann mich dazu bringen, dir noch einmal weh zu tun.«

Durch ihre dichten dunklen Wimpern beobachtete Catherine ihn und bildete sich ein Urteil, wägte ab, ob sie ihm vertrauen konnte oder nicht, und dabei war ihr klar, welches Risiko sie einging. Dominic schloß die Augen und wünschte sich inbrünstig, sie würde das Risiko eingehen, betete zu Gott, sie würde es tun, und doch fürchtete er sich davor, was passieren würde, wenn sie es tat.

»Ich liebe dich«, sagte sie zärtlich, und ihre grünen Augen füllten sich wieder mit Tränen. »Mein geliebter Zigeuner, ich liebe dich schon seit so langer Zeit.«

Dominic riß sie in seine Arme, preßte sie an sich und begrub sein Gesicht in ihrem seidigen rotgoldenen Haar. Seine Kehle war derart eng zugeschnürt, daß ihm das Sprechen schwerfiel. »Catherine...«, flüsterte er mit schmerzender Brust, und auch seine Wangen waren jetzt feucht. »Sag, daß du mir verzeihst«, flehte er. »Sag es, bitte.«

»Ich liebe dich«, sagte sie. »Was passiert ist, spielt keine Rolle. Ich will deine Frau sein.«

»O Gott.« Dominic senkte den Kopf und nahm ihre Lippen, spürte, wie ihr weicher Mund unter seinem bebte, und dankte Gott wieder und immer wieder dafür, daß sie immer noch für ihn da war. Er schlang einen Arm unter ihre Knie, hob sie hoch und spürte, wie eisig ihre Haut war, wie kalt ihre steifen Finger. Das hatte er ihr angetan. O Gott, wie hatte er das bloß tun können? Er küßte sie noch einmal mit all der Zärtlichkeit, die er empfand, mit all seinem Verlangen.

»Es ist alles gut, *mi Cajori*, alles wird wieder gut werden.« Er trug sie zum Bett und küßte ihre Augen, ihre Nase und ihren Mund. »Du bist ganz kalt«, sagte er, als er spürte, wie sie erschauerte. Er zog ihr die Decke bis ans Kinn, ließ sie aber nur lange genug allein, um die Flammen im Kamin anzuschüren.

»Dominic?«

»Ja?« sagte er und kehrte an ihre Seite zurück.

»Mir tut auch leid, was passiert ist. Ich hätte wissen müssen, daß man von Ehefrauen ein anderes Verhalten erwartet…«

»Sag es nicht«, sagte Dominic, der ihr das Wort abschnitt und sich dafür haßte, daß sie sich durch seine Schuld so fühlte. »Diese Dinge darfst du noch nicht einmal denken. Du hast heute abend nichts Ungehöriges getan. Es war meine Schuld – ganz und gar.«

»Wenn du es wünschst, könnte ich versuchen, in Zukunft eher…«

»Es gibt nichts an dir, was ich verändern möchte. Ich…« *Liebe dich genau so, wie du bist.* »Jeder Mann würde sich glücklich schätzen, wenn er mit einer Frau verheiratet ist, die ihn begehrt.«

»Jeder andere Mann außer dir«, sagte Catherine.

»Was ich will, spielt keine Rolle mehr. Worum es mir jetzt geht, ist, was du brauchst.«

Als Catherine Einwände erheben wollte, küßte Dominic sie lange und zärtlich, und dann zog er die Bettdecke zurück. Der Morgenmantel aus grüner Seide trug wenig dazu bei, das zu verstecken, was sich darunter verbarg, und doch erinnerte ihn allein schon das Vorhandensein des Morgenmantels an die Schranke, die er zwischen ihnen aufgerichtet hatte. Er beugte sich herunter und küßte durch den dünnen Stoff ihre Brust, ehe er das Kleidungsstück behutsam auseinanderzog.

»Du bist schön«, sagte er. »So unglaublich schön.« Schwere Brüste mit pfirsichfarbenen Spitzen erhoben sich prall über einer winzigen Taille und üppig geschwungenen Hüften. Sein Schaft, der bereits pulsierte und vor Verlangen dick war, erhob sich und wurde noch steifer.

Dominic nahm eine Brust in die Hand und beugte sich dann vor, um ihre Brustwarze in den Mund zu nehmen.

»Dominic«

Er ließ seine Zunge um die Spitze kreisen und zog dann den Kopf zurück, um sie anzusehen.

»Du brauchst das nicht zu tun. Wenn du mich einfach nur in den Arm nimmst, dann genügt mir das.«

Einer seiner Mundwinkel zog sich hoch. »Machst du dir auch nur die leiseste Vorstellung davon, wie sehr ich dich begehre?« Er nahm ihre kleine Hand und legte sie auf die große Wölbung vorn auf seiner Hose. »Nie habe ich eine Frau so sehr begehrt, wie ich dich begehre.«

»Aber...«

»Psst«, sagte er leise.

Dominic bedeckte ihre Lippen mit einem Kuß. Catherine spürte die Glut seiner Lippen, spürte seine warme, feuchte Zunge und gab sich ihm hin, wie sie es noch nie getan hatte. Nichts anderes zählte mehr, nur noch seine Berührungen, die Wärme seiner Hand – nichts zählte mehr, nur noch, daß er nach Hause gekommen war.

»Ich liebe dich«, flüsterte sie, als sein Mund glühend über ihre Kehle und ihre Schultern glitt, um noch einmal an einer Brust zu lecken. Er sog sie tief in seinen Mund, seine Zunge neckte sie, und seine kräftigen Zähne zogen daran und lösten ein quälendes Verlangen aus, das sie dazu brachte, die Finger in den Stoff seines Hemdes zu krallen.

Es spielte keine Rolle, daß er die Worte nicht erwiderte. Daß er da war, genügte für den Moment.

Dominic zog einen glühenden Pfad von ihren Brüsten zu ihrem Bauch, und sein Mund und seine Zunge vertrieben den letzten Rest von Kälte aus ihren Gliedern. Seine Lippen glitten feucht über die flache Stelle unter ihrem Nabel, seine Zunge tauchte hinein und umkreiste ihn, und seine Hände legten sich unter ihren Po, um die prallen Backen sachte anzuheben.

»Öffne dich mir, *Cajori*«, flüsterte er und beugte sich über sie, als er ihre Beine mit sanfter Gewalt zu spreizen versuchte. »Laß dich von mir lieben.«

Ihr wäre nichts anderes übriggeblieben, nicht, wenn seine Hände sie so zärtlich wie seine Worte darum baten. Nicht, wenn seine Finger durch das Dickicht goldroten Haares über ihrer Weiblichkeit glitten und dann mit stummer Entschlossenheit weiterzogen, um die empfindlichen Falten darunter zu teilen und hineinzugleiten.

»Gott im Himmel«, flüsterte Catherine, als sie spürte, wie er sie streichelte, als sie seine Zunge spürte, die über ihren Schenkel glitt. In seinen Liebkosungen lag fast so etwas wie Bußfertigkeit, denn er wollte keine Lust für sich selbst, sondern kniete einfach nur zwischen ihren Beinen und spreizte sie, bis er den Zugang fand, den er angestrebt hatte. Dann glitt sein Mund über ihr Fleisch und saugte an der empfindlichen Knospe, die ihr tiefstes Wesen ausmachte, und seine Zunge glitt hinein.

Catherine stöhnte, und ihr Körper ging in Flammen auf. Wie lange hatte sie sich nach seinen Berührungen gesehnt, und sei es nur die kleinste Zärtlichkeit. Das hier – das war eine Ekstase, die sie sich niemals hätte erträumen können. Innerhalb von Minuten wand sie sich unter seinem Mund und rief immer wieder seinen Namen aus, und Flammen der Leidenschaft verzehrten sie. Sie krallte die Nägel in das Bettzeug und ballte die Hände zu Fäusten, und vor ihrem geistigen Auge erhob sich eine leuchtende Woge, um sie hinwegzuspülen. Licht und Berührung wurden eins miteinander, Lust und Leidenschaft und Liebe. Eine zarte Süße schwemmte über sie hinweg, bis sie glaubte, sie müsse gewiß daran sterben.

Er wußte, wann der richtige Zeitpunkt gekommen war, um sich aus ihr zurückzuziehen, und sie verlor sich in einem Taumel der Lust. Ehe sie dazu kam, ihn zu vermissen, kehrte er nackt zu ihr zurück und bedeckte ihre Lippen mit seinem Mund, und seine Zunge stieß sich in genau dem Moment zischen ihre Zähne, in dem sein harter Schaft sie mit einem tiefen und brutalen Stoß ausfüllte.

Catherine umklammerte seinen Nacken, ihre Finger gruben sich in die Muskeln auf seinen Schultern, und ihr Körper wölbte sich ihm entgegen, als er in sie eintauchte. Er fühlte sich groß und schwer an, und wieder und immer wieder füllte er sie aus und ließ die sinnliche Woge der Lust zurückkehren, diesmal anders, aber ebenso wild und berauschend. Sie ließ die Süße über sich hinwegschwemmen, und sich von ihr davontragen, und sie kostete den heißen Geschmack der Leidenschaft und der Liebe, die sie für diesen Mann empfand, der sie sowohl mit seinem Körper als auch mit seinem Herzen gefangenhielt.

Sie spürte, daß er ebensosehr bebte wie sie, spürte, daß sein ganzer Körper steif wurde, und sie bäumte sich ihm entgegen, bereit, seinen Samen in sich aufzunehmen.

Statt dessen zog er sich zurück; ein Ruck ging durch seinen Körper, und sein Samen spritzte naß auf ihren Bauch. Sie erlebte nur einen kurzen Augenblick der Traurigkeit um das Kind, das sie hätten zeugen können, doch er war schnell wieder verflogen.

Fünfzehn Jahre Haß waren eine sehr lange Zeit. Dominic war zu ihr gekommen, als sie ihn mehr denn je gebraucht hatte. Er hatte ihr bewiesen, daß er sich etwas aus ihr machte. Das war alles, was sie verlangen konnte, mehr, als sie zu hoffen gewagt hatte.

»Ist alles in Ordnung mit dir?« fragte er und strich ihr feuchte Haarsträhnen von den Wangen.

Catherine nickte. »Ich danke dir«, sagte sie leise.

Er zog eine dichte schwarze Augenbraue hoch. »Wofür?«

»Dafür, daß du nach Hause gekommen bist.«

Einen Moment lang loderte Schmerz in seinen Augen auf, doch er verflog gleich wieder. Dominic lächelte sanft und tauchte damit ihre Welt in einen Glanz, die ihr kein anderer geben konnte. »Ich habe bis heute nacht nie gewußt, wie sehr ich einen Ort brauche, den ich als mein Zuhause bezeichnen kann.«

Sie streifte seinen Mund mit einem Kuß. »Was du vorhin gesagt hast...«, begann sie, obwohl sie eine innere Warnung hörte, die ihr riet, diese Frage lieber nicht zu stellen, »war das die Wahrheit?«

Dominic legte eine Hand auf ihre Wange und drehte ihr Gesicht zu sich um.

»Es gibt keine andere Frau auf Erden, die ich begehre.«

Catherine spürte, daß sich ein Kloß in ihrem Hals bildete, und gleichzeitig empfand sie eine Leichtigkeit des Herzens, die sie nahezu überwältigte. »Du hast mir gefehlt«, sagte sie mit zarter Stimme.

»Nicht annähernd so sehr, wie du mir gefehlt hast.«

Catherine schmiegte sich an ihn. Es schien, als hätte ihre Welt endlich begonnen, ins Lot zu kommen. Dominic zog sie in seine Arme, und sie spürte wieder denselben Besitzerstolz, den er ihr gegenüber im Zigeunerlager an den Tag gelegt hatte. Mit einem Hoffnungsschimmer, den sie sich bisher nicht gestattet hatte, lächelte sie in die Dunkelheit.

Innerhalb von Minuten ließen die Hitze im Raum und die Glut ihres Körpers ihre Lider schwer werden, und sie schlief ein. Aber als sie am Morgen erwachte, war Dominic fort.

22

Catherine zog sich eilig an und verließ ihr Zimmer. Ihr graute bei dem Gedanken, Dominic könnte trotz allem doch nach London gefahren sein. Was hatte er beim Erwachen empfunden? Hatte er sie für das verabscheut, was zwischen ihnen vorgefallen war?

Sein Zimmer schien unberührt zu sein; seine Kleider hingen noch ordentlich in seinem riesigen geschnitzten Schrank. Dennoch hatte er mit Sicherheit mehr als genug zum Anziehen in seinem Stadthaus am Hanover Square. Unten fragte sie kurz nach ihm, wollte aber nicht allzu erpicht erscheinen. Falls er tatsächlich abgereist war, hatten die Hausangestellten schon mehr als genug Stoff, um sich die Mäuler zu zerreißen.

Bald darauf fand sie ihn mit bis zu den Ellbogen hochgekrempelten Hemdsärmeln bei der Arbeit in den Ställen vor; sein Hemd stand fast bis zur Taille offen. Er blickte auf, als sie eintrat, und Catherine zwang sich zu lächeln.

Lieber Gott, laß alles in Ordnung sein. War er erbittert und voller

Ablehnung? War er jetzt entschlossener denn je, eine Mauer zwischen ihnen zu errichten? Seit sie erwacht war, hatte sich ihre Unsicherheit mit jedem Moment gesteigert.

Statt dessen kam er aus der Box heraus, als er sie sah, ging auf sie zu und breitete die Arme aus. Als Catherine sich in seine Arme warf, war das Gefühl der Erleichterung so berauschend, daß sie sich ganz schwach fühlte.

»Du warst erschöpft«, sagte er, als könnte er ihre Gedanken lesen. »Ich dachte, ich lasse dich besser schlafen.«

Ihr war schon wieder nach Weinen zumute. »Mir geht es gut«, sagte sie ein wenig zu freundlich. »Eigentlich sogar wunderbar.«

Dominic nahm ihre Hände und trat zurück, um sie anzusehen. Ihre Finger zitterten, und sie wußte, daß er es fühlen konnte.

»Was ist los?« Seine Augen wurden vor Sorge dunkel.

Es hatten schon zuviel Lügen zwischen ihnen gestanden. »Ich... ich hatte Angst, du würdest es bereuen... du könntest wütend sein...«

»Wenn ich auf jemanden wütend bin, dann bin ich wütend auf mich selbst.« Er bog ihr Gesicht nach oben und küßte sie zärtlich und liebevoll auf die Lippen. »Ich werde dir nicht weismachen, es fiele mir leicht, denn das stimmt nicht. Alles in mir lehnt sich gegen die Vorstellung auf, mein Gelübde zu brechen, gegen den Gedanken, daß er gewinnen könnte – aber auch alles.«

Catherine berührte seine Wange. »Wirst du mir erzählen, was er dir angetan hat?«

Dominic nahm sie an der Hand und führte sie aus dem Stall. Sie liefen zu einer grasbewachsenen Kuppe, auf der ein dicht belaubter Baum stand. Catherine lehnte sich an den Baumstamm, und Dominic starrte in die Ferne, richtete den Blick auf einen fiktiven Punkt zwischen den Wolken.

»Was er mir angetan hat, war wenig im Vergleich zu dem, was er meiner Mutter angetan hat. Ich kann niemals den Tag vergessen, an dem seine Männer gekommen sind, um mich zu holen... wie sie in einer riesigen Staubwolke in unser Lager geritten sind... und meinen Stamm verhöhnt haben. ›Schnappt euch den verfluchten Zigeunerbastard‹, hat einer von ihnen gesagt. Sie haben gelacht, als sie meine zerlumpten Kleider sahen. ›Gravenwold muß verrückt sein‹, hat jemand zu meiner Mutter gesagt.«

»Was hat Pearsa getan? Warum hat sie zugelassen, daß sie dich mitnehmen?«

»Sie glaubte, es sei das Beste für mich, wenn ich fortgehe. Sie hat gewußt, daß ich eines Tages reich und mächtig sein werde – genauso wie mein Vater. Ich habe sie angefleht, mich nicht zum Fortgehen zu zwingen, doch sie wollte nichts davon hören. Aber als wir uns voneinander verabschiedet haben, hat sie sich an mich geklammert wie nie zuvor, und sie hat so sehr geweint, daß sie mich damit auch zum Weinen brachte. Wenn ich danach wieder zu Besuch gekommen bin, hat sie mich nicht angerührt. Sie hat mich nie mehr umarmt – nicht ein einziges Mal. Sie hat gewußt, daß sie wieder so schluchzen würde wie damals, wenn sie es tut, und daß ich sie nicht verlassen würde. Sie hat es gewußt – und sie hat recht damit gehabt.«

Dominic wandte sich ab.

»Du mußt die Vergangenheit ruhen lassen. Ich habe ihr gelobt, ich würde es ihn büßen lassen. Ich habe einen Blutschwur geleistet. Und jetzt...«

»Und jetzt wirst du meinetwegen daran scheitern.«

Vergeblich bemühte er sich um ein Lächeln. »Du hast mehr im Leben verdient, als ich dir geben wollte. Du bist schön und begehrenswert, und du bedeutest mir soviel, wie mir noch keine andere bedeutet hat. Ich brauche einfach nur Zeit, Catrina. Kannst du mir diese Zeit lassen?«

Catherines Herz strömte ihm entgegen. »Solange ich weiß, daß du mich magst, zählt nichts anderes.«

Er führte ihre Hand an seine Lippen und küßte die Handfläche. »Ich danke dir.«

Danach verbrachten sie Stunden miteinander. Diese Zeit war anders als alles, was sie bisher je gemeinsam erlebt hatten. Ihr Umgang miteinander war liebevoll, zärtlich und offen. Dominic sprach von seinen Träumen, von Plänen, die er für die Zukunft hatte, und über seine Vorhaben mit Gravenwold, doch Catherine achtete sorgsam darauf, kein Wort über eine Familie oder Erben fallen zu lassen.

Sie redeten über Catherines Schule, und ihre Mühen schienen Dominic Freude zu machen.

»Ich werde einen Standort für ein kleines Schulhaus finden«, versprach er ihr. »Wir können im *Public Adviser* und im *Morning Chronicle* bekanntmachen, daß wir einen Schulmeister suchen, und wir können ihm eine Wohnung über der Schule bauen.«

»Das wäre wunderbar. Ich fände es schön, wenn Janos die Schule so oft wie möglich besucht. Wenn die Kinder erst einmal sehen, daß er nicht wirklich anders ist als sie, dann wird er neue Freunde finden können.«

Dominic drückte ihre Hand, beugte sich vor und küßte sie auf die Wange. »Ich weiß, daß du der Überzeugung bist, es wird klappen, aber du darfst nicht enttäuscht sein, wenn nichts daraus wird. Ganz gleich, wie lange er bei uns ist, Janos wird immer ein Zigeuner bleiben. Du mußt ihn seinem Herzen folgen lassen.«

Catherine lächelte und nickte. Dominic blieb zwar in mancher Hinsicht distanziert, doch sie konnte oft seine Blicke auf sich spüren, und in den schwarzen Tiefen seiner Augen stand Zuneigung und meistens auch... Verlangen.

Catherine wies ihr eigenes Verlangen von sich. Dominic brauchte Zeit – sie hatte vor, dafür zu sorgen, daß er sie bekam. Statt dessen arbeitete sie daran, das Fundament ihrer Ehe aufzubauen, das bis jetzt nie gemauert worden war, und sie lernten sich in einer Weise kennen, in der sie sich bisher nicht gekannt hatten.

Sie fragte ihn nach seinen Pferden, und er erzählte ihr von seinen Plänen, edle Rennpferde zu züchten, und stolz zeigte er ihr Rai und Sumadji und einige der Hengste, mit denen er züchten wollte.

Als sie eines Tages nach dem Mittagessen im Salon standen, fragte sie ihn nach seiner Freundschaft mit Stoneleigh, und er grinste.

»Rayne und ich haben uns vor fast fünf Jahren durch eine Wette bei Whites kennengelernt. Wir hatten beide viel getrunken und uns mit unseren Eroberungen gebrüstet. Jemand sagte, wir seien die beiden größten Lebemänner in London, und wir sollten mal sehen, wer von uns den anderen ausstechen könnte.« Wieder ein teuflisches Grinsen. »Als Gentleman darf ich mir die Freiheit nicht herausnehmen, den Namen der fraglichen Dame zu nennen, und daher muß es genügen, wenn ich sage... wir haben beide gewonnen.«

Catherine versetzte ihm einen Rippenstoß. »Ich verlasse mich darauf, daß du solche Wetten nicht mehr abschließt... zumindest, wenn es um die Damen geht.«

Dominic schlang ihr einen Arm um die Taille und zog sie wieder an seine Brust, hüllte sie in seine Arme und beugte sich vor, um an einem ihrer Ohren zu knabbern. »Mit dir habe ich alle Hände voll zu tun, meine Liebe. Bisher hast du nur einen flüchtigen Vorgeschmack auf die Genüsse bekommen, die ich für dich auf Lager habe.«

Catherine fühlte seinen Atem warm und vielversprechend auf ihrer Wange, Verlangen durchzuckte ihren Körper. Sogar durch den Stoff ihres Kleides konnte sie spüren, wie sein Schaft steif wurde, und als Reaktion darauf stellten sich ihre Knospen auf. Als sie ihn ansah, stellte sie fest, daß seine dunklen Augen glommen, und dann senkte er den Mund brutal auf ihre Lippen.

Er nahm ihre Lippen fordernd und glühend, und seine Zunge glitt hinein, berührte, kostete. Dann kam Blythebury durch die offenstehende Tür, und Dominic löste sich von ihr und achtete sorgsam darauf, daß sie vor ihm stand, weil er die Wölbung in seiner Hose diskret verbergen wollte.

»Tut mir leid, wenn ich störe, Mylord«, sagte der würdige Butler, und sein finsteres Gesicht nahm eine seltsame rötliche Tönung an. »Mit der Post ist gerade ein Brief für Lady Gravenwold gekommen. Er scheint aus London gekommen zu sein. Ich dachte, es könnte sich um etwas Wichtiges handeln.«

»Danke, Blythebury.« Dominic griff nach dem Brief und reichte ihn dann Catherine. »Sie können gehen.«

Der großgewachsene Butler verbeugte sich förmlich und verließ den Raum, während Catherine den Brief aufriß. »Er kommt von Amelia.« Sie ließ sich auf das Sofa mit dem gewirkten Bezugsstoff sinken und überflog eilig die Zeilen.

»Ist alles in Ordnung?« Dominic setzte sich neben sie.

»Sie ist wieder in mein Stadthaus gezogen. Sie schreibt, wir sollten ihr Bescheid geben, ob uns das ungelegen kommt.« Catherine blickte auf. »Sie braucht meine Genehmigung nicht. Amelia gehört zur Familie. Ich wünschte, sie würde das verstehen.«

»Was schreibt sie sonst noch?«

»Daß Onkel Gil nahezu vollständig genesen ist. Eine Zeitlang war es teuflisch schwierig mit ihm, aber jetzt geht es ihm gut. Er hat die Wohlfahrtsschule eröffnet, die wir gegründet haben, und er ist mehr als zufrieden mit den Fortschritten der Kinder.« Sie las noch ein paar Zeilen. »Die Arme. Amelia schreibt, daß sie sich ohne Edmund schrecklich einsam fühlt. Sie fragt, ob wir einen Besuch in London ins Auge fassen würden.« Catherine sah zu ihm auf, und die Frage hing unausgesprochen in der Luft.

»Würde dir das Freude machen?«

»Ja, sehr.«

»Dann fahren wir hin, sowie wir die Dinge hier geregelt haben.«

Sie lächelte. »Warum nehmen wir Janos nicht mit? Er und der kleine Eddie sind altersmäßig nicht allzu weit voneinander entfernt.«

Dominic zog die schwarzen Augenbrauen zusammen. »Bist du sicher, daß Amelia das gutheißen würde? Schließlich ist der Junge trotz allem ein Zigeuner.«

»Sei nicht albern. Amelia ist kein Mensch von der Sorte. Sie wird begeistert sein, noch ein Kind im Haus zu haben.«

Dominic schien davon nicht überzeugt zu sein, doch er sagte kein Wort mehr dazu.

Einige Tage später äußerte sich Dominic beim Abendessen darüber, wie er zu dem Krieg stand, ein Thema, auf das Catherine schon lange neugierig war, dem sie aber bisher noch nicht nachgegangen war.

Sie trug ein sehr unauffälliges graubraunes Seidenkleid, das mit Zuchtperlen bestickt war, und Dominic hatte einen burgunderroten Gehrock und eine hellgraue Hose an. Die Köchin hatte gebratenes Rebhuhn mit einer Austernfüllung, karamelisierte Karotten und Trüffelpastete serviert.

»Die Briten haben die Blockade verstärkt«, sagte er zu einem Bericht über Napoleon, den er in der Londoner Zeitung gesehen hatte. »Es ist nur gut, daß du jetzt nicht mehr versuchst, aus Frankreich zu fliehen.«

»Und was ist mit dir, Mylord? Wäre es für dich nicht genauso schwierig, das Land zu verlassen?« Er grinste, und schöne weiße Zähne blitzten in seinem atemberaubend männlichen Gesicht auf, daß Catherine ein Flattern in ihrem Magen spürte.

»Zigeuner können mühelos überall hingehen, wohin sie wollen. Wir haben den Bogen heraus, wie man sich unauffällig benimmt.«

»Ist dein Zigeunerblut der Grund dafür, daß der Krieg dich nie etwas angegangen ist?«

»Teilweise. Mein Vater hat seinen erstgeborenen Sohn im Dienst Seiner Majestät verloren. Da er nicht der Meinung war, Seiner Majestät einen weiteren Sohn schuldig zu sein, hat er sich gewaltig angestrengt, damit ich verschont bleibe. Da ich in erster Linie Zigeuner und in zweiter Linie Engländer bin, ist mein eigener Glaube nie eingeflossen. Und außerdem... wer sagt denn, daß ich nie damit zu tun hatte?«

Catherine schluckte mühsam ihren letzten Bissen Rebhuhn. »Hast du damit zu tun gehabt?«

»Nach meiner Rückkehr vom Kontinent habe ich jedes Jahr den Behörden meine Beobachtungen mitgeteilt – Truppenbewegungen, Informationen, die ich da und dort aufgegabelt habe.«

»Du warst ein Spion?«

»Wohl kaum. Was ich getan habe, war nur wenig, aber ich glaube, es könnte geholfen haben. In Wahrheit war das alles, was ich zu tun bereit war – mehr, als die meisten meines Stammes getan hätten. Es liegt in der Natur der Roma, sich aus belanglosen Streitigkeiten rauszuhalten.«

»Belanglose Streitigkeiten!« Catherine schnappte nach Luft, und Dominic lachte in sich hinein.

»Ich vermute, es hängt von der Sichtweise ab.«

Sie nahmen den Tee und den Kuchen in einem kleinen Salon zu sich, der neben der langen Galerie lag. Catherine fiel auf, daß Dominic zerstreut war, und gelegentlich rieb er sich den Nasenrücken oder die Haut auf seinen Schläfen.

»Fühlst du dich unwohl?« Den ganzen Abend über hatte er sie beobachtet, und seine Augen waren mit der wilden Gier über ihren Körper geglitten, die sie inzwischen so gut kannte. *Er begehrt mich*, dachte sie. Es würde nicht lange dauern, bis er sie in sein Bett holte.

»Ich fürchte, ich bekomme Kopfschmerzen.«

Catherine trat hinter das Sofa und begann, seinen Nacken zu massieren. »Du bist viel zu sehr verspannt.« Sie grub ihre Finger in die Muskeln und Sehnen. »Du solltest lernen, dich zu entspannen.« Er beugte den Kopf vor und ließ sie die Spannung lockern, und dann lehnte er sich wieder auf dem Sofa zurück und schloß die Augen. Catherine massierte ihn weiterhin, knetete seine Schultern und löste die Versteifungen.

»Du weißt genau, was gegen meine Spannung Abhilfe schafft.« Er öffnete die Augen und bedachte sie mit einem glühenden Blick, der keinen Zweifel daran offenließ, woran er dachte. »Aber…«

»Aber du brauchst immer noch etwas Zeit«, beendete Catherine den Satz für ihn.

Dominic packte ihr Handgelenk und zog es an seine Lippen, dann wandte er den Kopf um und sah sie an. »Ich weiß, daß du es nicht verstehst. Ich wünschte, ich könnte dir erklären, was ich fühle, aber ich kann es nicht. Ich muß selbst damit fertig werden, Catrina.«

Sie küßte ihn auf die Stirn. »Wir haben ein Leben lang Zeit für die Liebe. In späteren Jahren werden diese wenigen Tage wohl kaum eine Rolle spielen.«

Mit einem Seufzer, der besagte, er wünschte, er könnte ihr zustimmen, erhob er sich. »Da die Dinge bisher noch so sind, wie sie sind, gehe ich jetzt ins Bett, wenn du nichts dagegen hast.«

Catherine nickte. »Ich merke, daß ich auch müde bin.«

Sie liefen durch den Salon und stiegen die breite steinerne Treppe zu ihren Schlafzimmern im ersten Stock hinauf. Dominic gab Catherine einen Gute-Nacht-Kuß und zog sich dann in sein Zimmer zurück.

Nachdem sie sich zum Schlafengehen fertig gemacht hatte, zog sich Catherine eines der hochgeschlossenen weißen Baumwollnachthemden an, die sie in der letzten Zeit meistens trug, dann schlug sie die Bettdecke zurück. Sie kam auf den Gedanken, daß Dominic angesichts seiner Anspannung vielleicht ein Schlafmittel brauchen könnte.

Sie zog sich einen dicken, gesteppten Morgenmantel an, nahm ein kleines Röhrchen mit Schlafpulver von der Kommode, ging zu der Tür zwischen ihren Zimmern und klopfte leicht an das schwere Holz. Dominic forderte sie zum Eintreten auf, und Catherine öffnete die Tür. Sie fand ihn nackt in seinem Himmelbett vor, die Decke bis zur Taille hochgezogen.

Auf dem Nachttisch flackerte eine Kerze, die seiner dunklen Haut einen braungoldenen Schimmer verlieh. Muskelstränge bewegten sich auf seiner Brust, als er sich ihr zuwandte, und beim Anblick seines muskulösen Körpers begann Catherines Herz zu pochen.

»Es t-tut mir leid, wenn ich dich störe, aber ich dachte, du bräuchtest vielleicht etwas, was dir beim Einschlafen hilft.«

Dominics Blicke glitten über sie. »Komm her«, sagte er zärtlich.

Catherine zwang sich, auf ihn zuzugehen, und sie blieb stehen, als sie die Bettkante erreicht hatte. Dominics Blick fiel auf ihren dicken, gesteppten Morgenmantel, unter dem die Rüschen ihres hochgeschlossenen Nachthemds herausschauten. Sie hatte sich das lange rotgoldene

Haar zu einem einzigen dicken Zopf geflochten, der ihr über eine Schulter fiel.

Dominics Mundwinkel zuckten vor Belustigung. »Das also löst jetzt deinen hübschen grünseidenen Morgenmantel ab?«

»Ich werde ihn mit Freuden wieder tragen... wann immer du es wünschst.«

»Ich freue mich schon auf den Tag, an dem dein grüner Seidenmorgenmantel einen festen Platz auf dem Fußboden am Fußende unseres Bettes finden wird.«

Catherine fuhr sich mit der Zunge über ihre Lippen. »Wie geht es deinem Kopf?«

»Besser.« Er faltete die Hände in seinem Nacken, als er sich an das Kopfende des Bettes lehnte.

»Dann willst du das Schlafmittel also nicht?«

»Du bist das einzige Schlafmittel, das ich brauche.« Dominics Augen glitten über ihren Körper, als könnte er durch die dichten Schichten ihrer Kleidung schauen. »Bald wirst du kein Nachthemd mehr brauchen, um dich zu wärmen.«

Catherine errötete und wandte sich ab, um zu gehen. Doch dann blieb sie abrupt stehen und drehte sich noch einmal um. Ihre Augen hefteten sich auf seine breiten Schultern, seine muskulösen Arme, seine schmalen Hüften und seinen festen, flachen Bauch. Sie konnte sich nur zu gut daran erinnern, was unter dem Laken verborgen war.

»Ich habe mich nur gefragt, Dominic...«

»Ja, meine Liebe?«

»Weißt du... als wir uns das letzte Mal geliebt haben... die Lust, die du mir bereitet hast. Ich habe mich gefragt, ob eine Frau einen Mann dieselbe Lust verspüren lassen könnte?«

Als er endlich etwas sagte, klang Dominics Stimme rauh und heiser, und die steife Schwellung unter der Decke war nicht zu übersehen. »Es ist dasselbe, ja. Aber viele Frauen finden diese Vorstellung... abscheulich.«

408

Catherines Handflächen begannen zu schwitzen. »Ich glaube, so würde ich es nicht empfinden. Sogar ganz im Gegenteil.« Sie ging auf ihn zu. »Ich glaube, es würde mir Vergnügen bereiten, dir Lust zu verschaffen. Das heißt... wenn es dir auch Spaß machen würde.«

»Wenn es mir Spaß... o Gott.« Dominic streckte einen Arm nach ihr aus, legte die Hand auf ihren Nacken und zog ihren Mund auf seinen herunter, um sie lange und glühend zu küssen. Als er damit fertig war, atmete Catherine so stoßweise wie er.

Sie schüttelte ihren schweren Morgenmantel ab und warf ihn über einen Stuhl, dann ging sie auf das Bett zu und zog behutsam die Decke zurück. Dominics Erregung lag heiß und dick auf seinem Bauch. Catherine griff danach, berührte sie und hörte ihn stöhnen. Sie beugte sich vor, preßte zarte, feuchte Küsse auf die Innenseite seines Oberschenkels und hielt dann inne.

»Was ist das?« Zum erstenmal bemerkte sie das kleine braune Mal in Form einer Mondsichel auf seinem Oberschenkel.

»Das, meine Liebe, ist das Wappen der Edgemonts. Daher wußte mein Vater genau, daß ich sein Sohn bin. Ich nenne es den Fluch der Edgemonts.«

Catherine beugte sich vor und drückte behutsam ihre Lippen auf das Mal. Unter ihrem Mund fühlte sie ihn zittern. Als ihre kleine Hand sich um seinen Schaft legte, zog Dominic sie an sich und küßte sie und nahm eine Brust in seine langen braunen Finger.

Catherine zog sich zurück. »Du mußt mir versprechen, daß du mich das für dich tun läßt... daß du dich von mir lieben läßt.«

»Und was ist mit dir, Feuerkätzchen? Willst du mir nicht erlauben, auch deine Leidenschaft zu stillen?«

Catherine schüttelte den Kopf. »Die heutige Nacht gehört dir, mein Geliebter. Mein Geschenk an dich, wenn du es annehmen würdest.« Mit einer Spur von Widerstreben glitt Dominics Hand von ihrer Brust und legte sich wieder auf das Bett. Catherine beugte sich vor, und ihr schwerer Zopf viel auf seine Brust. Dominics Muskeln spannten sich an, als ihre Lippen sich auf seine legten und ihre Finger sich wieder um seinen dicken Schaft schlossen. Wenige Minuten atmete er schwer, seine Hände gruben sich in das Bettzeug, und er hatte den Kopf zurückgeworfen. Als Catherines Mund ihrer Hand folgte und ihre Lippen ihn kosteten, ihn lockten und ihn dann in sich aufsogen, flüsterte Dominic ihren Namen.

Dieses Gefühl von Macht war berauschend, diese anscheinend uneingeschränkte Herrschaft, die sie über ihn hatte, die Lust, die sie ihm verschaffte. Sein Atem ging schnell, sein Körper war von einer dünnen Schweißschicht überzogen, und seine schmalen Hüften hoben sich auf der weichen Federmatratze. Dennoch hörte sie nicht auf.

Als sie wußte, daß er dicht vor dem Höhepunkt stand, spürte sie seine Hand auf ihrem Arm.

»Catherine… wenn du jetzt nicht aufhörst…«

»Pst«, sagte sie und beugte sich über ihn, und ihr langer Zopf glitt über seinen Bauch. »Ich tue das auch für mich selbst.«

Dann kam er, in gewaltigen Zuckungen, die seinen Körper erschütterten und seinen Lippen ihren Namen entrangen. Wieder und immer wieder diesen Gipfel süßer Lust, auf den sie ihn getragen, und Catherine kostete das berauschende Gefühl aus, ihn zu beherrschen.

Als er die Arme nach ihr ausstreckte, hielt sie ihn zurück. »Mach die Augen zu, mein Geliebter. Laß alle Sorgen von dir abfallen.«

Sie ließ ihn einen Moment lang allein und kehrte dann mit einem kühlen, feuchten Tuch zurück, um ihn von seinem Samen zu reinigen. Catherine zog ihm die Decke bis ans Kinn, beugte sich über ihn und küßte ihn auf die Lippen. Sie konnte seinen gleichmäßigen Atem hören und wußte, daß er schlief.

Sie lächelte in der Dunkelheit, als sie in ihr Zimmer zurückkehrte und zuversichtlich war, daß sie ihm ein klein wenig dabei geholfen hatte, den unsichtbaren Feind zu bekämpfen, der an seinem Herzen fraß – und die Probleme, von denen er bis heute nacht geglaubt hatte, er stünde allein vor ihnen.

23

Dominic erwachte vor Sonnenaufgang und fühlte sich so ausgeruht wie schon seit Tagen nicht mehr. Er blieb einen Moment lang still liegen und ließ die Ereignisse des Abends noch einmal vor sich abziehen… erinnerte sich an Catherine.

Dominics ganzer Körper spannte sich an. Was zum Teufel war er bloß für ein Mann? In einem Zimmer auf der anderen Seite dieser Tür war eine Frau, deren schöner Körper und deren glühendes Temperament ihn von dem Moment an angesprochen hatten, in dem er sie das erste Mal gesehen hatte. Catherine schlief einige Meter von ihm entfernt, und ihr warmer, williger Körper wartete nur darauf, seinen zu empfangen, und auch ihr Körper brauchte die Erlösung, die er letzte Nacht gebraucht hatte.

Dominic dachte an ihre zarte, bleiche Haut und an ihre reifen, üppigen Brüste, und er murmelte einen wüsten Fluch vor sich hin. Er war nicht mehr lediglich dieser »verfluchte Zigeunerbastard«. Er war der Herr des Hauses, und die Dame des Hauses war seien Frau! Noch dazu kam, daß er sie liebte – es war an der Zeit, daß er endlich aufhörte, über seine nicht eingehaltenen Verpflichtungen und Gelübde herumzugrübeln, und diesem Wahnsinn ein Ende zu bereiten.

Dominic ignorierte die Spannung, die plötzlich seinen Magen aufwühlte, warf die Zudecke zurück und lief nackt durch das Zimmer, blieb aber stehen, als er die Hand nach dem schweren Eisenriegel ausgestreckt hatte. Catherine hatte weit mehr verdient als eine kurze, wenn auch heftige Begegnung am Morgen. Sie hatte ein edles Abendessen verdient, französischen Wein und geflüsterte Worte der Leidenschaft. Sie hatte es verdient, eine Nacht lang verführt zu werden.

Er würde dafür sorgen, daß sie das bekam. Und wenn der Abend sein Ende fand, würde er sie verlangen. Sie stundenlang ohne Pause lieben und seinen Samen so tief in sie pflanzen, daß er gar keine andere Wahl hatte, als Wurzeln zu fassen und zu wachsen.

Der Aufruhr in seinem Magen nahm zu, doch Dominic ignorierte ihn. Statt dessen biß er die Zähne zusammen, und sein Gesichtsausdruck war eine seltsame Mischung aus Vorfreude und grimmiger Entschlossenheit. Heute nacht würde er sie wahrhaft zu seiner Frau machen – und nie mehr allein schlafen.

»Zieh das burgunderrote Brokatkleid an«, sagte Dominic leise zu ihr, und sein Blick versengte sie, als seine Augen langsam über ihren Körper glitten.

Catherine spürte, wie ihre Wangen sich erwärmten. Es war das Kleid, daß sie geändert hatte, um ihm einen skandalös tiefen Ausschnitt zu geben, das Kleid, das sie getragen hatte, um ihn zu verführen. »Ja, Mylord«, sagte sie atemlos.

»Die Köchin wird etwas Besonderes für uns zubereiten. Ich hoffe, es wird dir schmecken.« Seine Augen deuteten an, daß das, was darauf folgen würde, noch viel genüßlicher werden würde, und Catherines Wangen wurden noch wärmer.

»Ich werde früh nach Hause kommen«, versprach er ihr, als Catherine ihm in die Eingangshalle folgte. Sein Lächeln war beinahe eine Liebkosung, als er sich umdrehte und über ihre Hand beugte. »Bis heute abend, meine Liebe.« Feste Lippen streiften ihre Finger, und die Glut seines Mundes sandte eine honigsüße Wärme durch ihre Adern.

»Bis heute abend.« Dann ließ er sie stehen, machte sich auf den Weg zu den Ställen, und seine breiten Schultern und schmalen Hüften verschwanden durch die Tür.

Den ganzen Tag über wartete sie, und die Stunden schlichen so langsam dahin wie nie zuvor. Die Zeit, die sie mit dem kleinen Janos verbrachte, verging schnell, obwohl sie sich hinterher mehr um ihn sorgte als vorher.

»Sie fehlen mir, Catrina«, hatte er gesagt. »So sehr, daß es hier drinnen weh tut.« Seine kleine Hand hatte sich gehoben und auf sein Herz gelegt. Catherine umarmte ihn. »Ich weiß, Janos, aber bald wirst du uns genausosehr lieben.«

»Ich liebe euch auch jetzt schon. Aber mir fehlen Medela und Pearsa und Stavo. Mir fehlen die Kinder und das Tanzen und die Geigen. Es fehlt mir, im Wagen aufzuwachen und an neue Orte zu reisen...«

»Du wirst es lernen, dein Leben hier zu lieben«, versprach sie ihm und betete, die Schule und neue Freundschaften würden ihm dabei helfen, doch sie war sich dessen nicht mehr sicher.

Sie lasen gemeinsam eine Gute-Nacht-Geschichte, und dann überließ sie Janos Percy und kehrte in ihr Zimmer zurück. Als sie einen Blick auf die Uhr auf dem Kaminsims warf und sah, wie spät es schon geworden war, wurde ihr vor Vorfreude flau im Magen. Sie badete und kleidete sich mit größter Sorgfalt an, steckte sich das Haar zu einem simplen Knoten auf den Kopf und zog das schamlos tief ausgeschnittene burgunderrote Kleid an.

Sie errötete, als sie in den Spiegel sah, sie fragte sich, ob sie es wirklich anlassen sollte, doch Dominics Gesichtsausdruck, als er den Salon betrat, sagte ihr, daß sie ihm damit eine Freude machte.

»Du siehst wunderschön aus«, sagte er und hauchte einen Kuß auf ihre Wange. »Ich habe mich so oft gefragt, wie du wohl aussehen würdest, wenn du wie eine Dame gekleidet wärst.«

»Ach, wirklich?«

»Ja, sehr oft, obwohl es mir als Zigeuner widerstrebt hat, mir das einzugestehen.«

Catherine lächelte. »Da du jetzt beide kennst, welche von uns ist dir lieber – Catrina, die Zigeunerin mit dem Sonnenhaar, oder Catherine, die Dame?«

»Ich ziehe es vor, meine Liebe, daß du von beiden etwas hast.« Dominics warmes Lächeln, das sich weiß gegen seine dunkle Haut absetzte, bewirkte ein zweites Mal, daß ihr flau in der Magengrube wurde. Das Abendessen, ein luxuriöses Mal, wurde im Eßzimmer serviert. Goldene Weinkelche, Porzellanteller mit goldenem Rand und goldene Kerzenleuchter schmückten einen Tisch, wie sie kaum je einen eleganteren gesehen hatte.

»Es ist wunderbar«, sagte sie, »du hast dir große Mühe gegeben.«

Er führte ihre Hand an seine Lippen und küßte sie auf die Handfläche. »Für mich, meine Liebe, bist du weit kostbarer als Gold.«

Sie aßen Seezunge in Sahnesoße und Kalbsbries, Spargel, Spinat, Wurst und Paprikapastete. Zum Nachtisch gab es eine Süßigkeit in Form eines Igels mit Stacheln aus Mandelsplittern, und dazu wurde ein süßer Weißwein gereicht. Den Tee und den Kuchen nahmen sie im Salon ein.

So köstlich das Essen auch war, aß doch keiner von beiden sehr viel. Catherines flauer Magen ließ es nicht zu, und Dominic schien viel zu angespannt zu sein, um auch nur etwas schmecken zu können. Abgesehen von dem Begehren in seinen Augen und seiner starken Anspannung, die er nicht ganz verbergen konnte, war er charmanter, als sie ihn je erlebt hatte. Sein Lächeln war herzzerreißend, und er überhäufte sie mit Komplimenten. Kein Wunder, daß er sich bei den Damen in London der allergrößten Beliebtheit erfreute!

Während der ganzen Zeit spürte Catherine in jedem seiner glühenden Blicke sein Verlangen nach ihr. Es gab Momente, in denen sie ihren Stuhl zurückstoßen, ihn an der Hand packen und mit ihm nach oben rasen wollte.

Natürlich tat sie das nicht. Sie wartete ganz einfach wie die Dame, die sie war – obgleich sie sich in der letzten Zeit selten wie eine benommen hatte –, lächelte, unterhielt sich mit ihm und wartete darauf, daß Dominic seine Wünsche deutlich kundtat.

»Meine Frau Gemahlin«, sagte er schließlich und sprach das letzte Wort mit einer gewissen Autorität, aber auch mit etwas, was ein Anflug von Beklommenheit hätte sein können, »ich glaube, es ist an der Zeit, daß wir uns zurückziehen.« Glühende schwarze Augen richteten sich auf die Wölbung ihrer Brüste, die in dem burgunderroten Kleid nahezu entblößt waren, und Dominic nahm sie an der Hand.

Catherine feuchtete sich die Lippen an. »Ja, Mylord.«

»Dominic«, verbesserte er sie, und sein Daumen beschrieb warme, prickelnde Kreise auf ihrer Schulter.

»Dominic«, flüsterte sie.

Hand in Hand stiegen sie die Stufen hinauf, und Dominic führte sie an ihrem Zimmer vorbei und weiter durch den Gang zu seinem Schlafzimmer. Er öffnete die Tür, bückte sich und hob sie auf seine Arme. Nachdem er sie ins Zimmer getragen hatte, stellte er sie auf die Füße, ihr Körper glitt langsam an seinem herab, er küßte ihren Nacken, und dann begann er, ihr Kleid aufzuknöpfen.

Wenige Minuten später stand sie nackt vor ihm, und ihr Haar fiel ihr offen um die Schultern. Mit zitternden Fingern griff sie nach einem Knopf von Dominics Gehrock, und nach kurzer Zeit stand er so nackt da wie sie, und seine breiten Schultern und seine schmalen Hüften hatten im Kerzenschein einen bronzenen Schimmer.

Dominics Mund preßte sich zu einem sengenden Kuß, der sie schwach und atemlos zurückließ, auf ihre Lippen. Weitere Küsse folgten, als er sie zu der Federmatratze trug und begann, sie langsam und köstlich zu lieben.

»Ich brauche dich, Feuerkätzchen, wie ich noch nie eine Frau gebraucht habe.«

Das waren die letzten Worte, die er sprach, ehe er sie nahm, in sie hineinglitt, schwer und steif, um sie miteinander zu verbinden und zu vereinen. Catherine genoß es, ihn zu spüren, und sie ließ sich von ihm zu glühenden Gipfeln der Leidenschaft emportragen.

»Catherine«, flüsterte Dominic und bewegte sich schneller und heftiger, als er sich in ihren bereitwilligen Körper stieß, und sein eigener Körper war so angespannt und heiß, daß er das Gefühl hatte, er könnte explodieren. Was für ein schönes Gefühl es war, zu spüren, wie sie sich unter ihm bewegte, wie ihre kleinen Hände sich in seine Schultern gruben und wie sie den Kopf zurückwarf, als sie sich dem Gipfel ihrer Leidenschaft näherte. Er wollte sagen: *Ich liebe dich*, die Worte flüstern, die ihr so wichtig gewesen wären, Worte, die sie aneinanderbinden würden, wie es nichts anderes vermochte.

Als er beobachtete, wie ihre kleine rosa Zunge feucht über ihre Lippen glitt, sah, wie ihre dichten dunklen Wimpern sich auf ihre Wangen senkten, fiel sein Blick auf die Schnitzerei im Kopfbrett des Bettes. *Der Gravenwoldhalbmond.* Vor hundert Jahren war er in das polierte Holz geschnitzt worden, genauso, wie sein Haß darauf in sein Herz geschnitzt war. *Der Gravenwoldhalbmond.* Sechs Generationen Reichtum und uneingeschränkte Macht. Sechs Generationen – und heute nacht vielleicht noch eine weitere. Ein Erbe des Gravenwold-Vermögens und des Titels, ein Kind, das die Ländereien und den Besitz übernehmen würde, den sein Vater mehr als alles andere geliebt hatte.

Irgendwo war ihm dieser Gedanke angenehm, und er sehnte sich geradezu danach. Aber irgendwo tiefer in seinem Innern schallte das triumphierende Gelächter seines Vaters durch den Raum, fast so, als stünde er dort. Dominic wehrte das quälende Bild nach Kräften ab und stieß sich in Catherine. Er spürte, wie sie seine Schultern fester umklammerte, und er wußte, daß sie die Erlösung gefunden hatte, und jetzt drängte alles in ihm danach, selbst auch die Erlösung zu finden.

Statt dessen verkrampften sich seine Lenden qualvoll und weigerten sich, seinen Samen von sich zu geben. Als er sich in einer Raserei des Verlangens weiterhin antrieb, stöhnte Catherine, und ihr Körper erschauerte noch einmal. Dominic stieß sich wie ein Wilder in sie. Sein Körper spannte sich nur an, und jeder einzelne Muskelstrahl, jedes Blutgefäß, jede Faser seines Körpers verkrampften sich, und immer noch wollte keine Erlösung kommen.

Heute abend werden meine Lenden kein Kind zeugen, dachte er erbittert, und eine Woge qualvoller Verzweiflung spülte über ihn hinweg. Er hatte wieder einmal gegen seinen Vater gesiegt, doch sein Gewinn war sein Verlust.

Catherine spürte, wie die zweite heiße Woge sich zu legen begann, und sie spannte sich an, als sie darauf wartete, daß Dominic ihr folgen würde. Statt dessen spürte sie, wie seine Härte aus ihrem Körper gezogen wurde und sie leer zurückließ, als Dominic sich von ihr rollte.

»Dominic?« flüsterte sie und war unsicher, was passiert war, und plötzlich fürchtete sie sich. Sie kniete sich neben ihn und legte eine Hand auf seine Schulter. Seine Muskeln waren so hart wie Stahl und seine Hände zu Fäusten mit weißen Knöcheln geballt. »Was ist passiert? Was ist los?«

Dominic drehte sich zu ihr um, und sein schönes Gesicht drückte Verheerungen aus. »Es scheint, meine Liebe, mein Verstand und mein Herz haben dich als meine Frau akzeptiert... aber mein Körper hat es nicht getan.«

Lieber Gott. Laß dir von mir helfen. Catherine griff nach ihm. »Laß mich...«

Dominic packte ihr Handgelenk. »Nein.« Er schüttelte den Kopf. »Nein.« Er wälzte sich vom Bett, tappte über den Fußboden, hob seinen Morgenmantel auf und zog ihn sich über die breiten Schultern. »Ich hatte befürchtet, etwas Derartiges könnte passieren.« Er ging zur Tür und zog sie auf. »Es tut mir leid.« Dann trat er in den Korridor hinaus und zog die Tür hinter sich zu.

Benommen stieg Catherine aus dem Bett. Wann war etwas schiefgegangen? Was war passiert? Ihre Erfahrung mit Männern war jämmerlich gering. Sie wußte nicht genau, was Dominic widerfahren war, doch sie hatte die Absicht, es herauszufinden. Als sie sich bückte, um ihre Kleidungsstücke aufzuheben, ihr Brokatkleid und die Schuhe, machte sie sich Sorgen um ihren Mann und dachte an den verzweifelten Ausdruck auf seinem schönen Gesicht. Was dachte er sich jetzt? Was würde jetzt aus ihm werden?

Mit hölzernen Bewegungen trug Catherine die Kleider in ihr Schlafzimmer, und ihr Herz verzehrte sich nach dem Mann, der unten saß. Gab es denn nichts, was sie tun konnte, um ihm zu helfen?

Aber sie wußte, daß sie diesmal nichts tun konnte.

In den Stunden und Tagen, die darauf folgten, sah Catherine einen distanzierten, feindseligen, mißtrauischen Mann, in dem sie kaum denjenigen wiedererkannte, den sie geheiratet hatte.

Zwar behandelte er sie immer sanftmütig und rücksichtsvoll, doch gegenüber den Hausangestellten und den Menschen, mit denen er arbeitete, hatte er sich in einen Dämon verwandelt. Er kritisierte alles, was sie taten, schrie Befehle, bis er heiser war, arbeitete, bis es schien, als würde er umfallen, und dann betrank er sich bis zur Bewußtlosigkeit.

Er hatte dunkle Ringe um die Augen, und sein kräftiger Körper wirkte ausgemergelt. Gott im Himmel, wenn es doch nur etwas gegeben hätte, was sie hätte tun können! Sie bemühte sich, ihm ihre Liebe zu zeigen, bemühte sich, sanftmütig und verständnisvoll zu sein, doch in Wahrheit jagte er ihr Angst ein. Ihr wäre es lieber gewesen, er hätte sie angefahren wie die anderen. Ihr wäre es lieber gewesen, er hätte seine Frustration laut herausgeschrien, statt sie mit einem zärtlichen Lächeln zu bedenken, das nicht bis in seine Augen gelangte. Wie lange wird er sich in Schach halten können? fragte sie sich. Was würde er tun, wenn er sich endlich freien Lauf ließ? »Ich mache mir ja solche Sorgen um ihn, Gabby«‚sagte Catherine, als sie ihn eines frühen Morgens vom Fenster

418

ihres Zimmers im ersten Stock aus beobachtete. »Ich kenne ihn kaum noch.« Da sie unbedingt verstehen wollte, was passiert war, hatte Catherine Gabby alles erzählt, selbst das, was sich zugetragen hatte, als sie sich das letzte Mal liebten.

»Ich weiß von solchen Dingen«, hatte Gabby zu ihr gesagt, und ihre zarten Züge hatten sich gerötet. »Wenn der Verstand und der Körper eines Mannes nicht im Einklang sind, dann ist er manchmal noch nicht einmal in der Lage... wie soll ich das sagen? Er kann den Liebesakt nicht ausführen.«

O Gott, kein Wunder, daß er warten wollte, daß er Dinge mit sich selbst klären wollte.

»Sie müssen immer daran denken«, sagte Gabby behutsam, »daß er Lord Gravenwold ist, aber auch ein Zigeuner. In der Taverne habe ich viele von ihnen kennengelernt, genügend, um zu wissen, daß sie über Liebe und Ehre anders denken... und auch über Rache. Wenn er dieses Gelübde abgelegt hat, wie er behauptet, dann kann es nicht leicht sein, es zu brechen. Sie müssen versuchen, ihm zu helfen.«

Und sie hatte es versucht. Sie hatte ihm ihre Liebe in jeder erdenklichen Form gezeigt, in jeder noch so kleinen Geste, doch wenn sie sah, wie einer der Bediensteten seinen Zorn zu spüren bekam und wie er ohne jeden ersichtlichen Grund außer sich geriet, dann fragte sie sich, was sonst noch unter der Oberfläche seines besorgten Geistes und Herzens brodelte.

»Wenn es doch nur etwas gäbe, was ich tun könnte«, sagte sie laut vor sich hin; dabei hatte sie den Blick auf den Pfad gerichtet, der zu den Ställen führte.

Gabby, die neben ihr stand, sah Catherine mit ihren hellbraunen Augen ins Gesicht. »Warum erzählen Sie ihm nichts von dem Baby?«

»Dem Baby?« wiederholte Catherine. »Welchem Baby?«

Gabbys schmale Finger legten sich auf Catherines Bauch. »Dem, das Sie hier drinnen tragen.«

»Sei nicht albern, ich kriege doch kein Kind.«

»Nein?«

»Natürlich nicht. Das ist ganz unmöglich.«

»Was ist mit Ihrem letzten monatlichen Unwohlsein?« drang Gabby weiter in sie. »Warum sind Ihre Kleider so eng geworden?«

Catherine schwirrte der Kopf. »Das ist unmöglich. Ich kann nicht schwanger sein. Es ist Monate her, seit wir... seit er...« *Sie hatte ihre Tage nur einmal gehabt.* Guter Gott im Himmel.

Catherine ließ sich auf die Bank am Fenster sinken und rang vor ihrem zartgemusterten Musselinkleid die Hände. Sie dachte an die geringfügigen Veränderungen ihres Körpers, den leicht erweiterten Umfang ihrer Taille, die Empfindlichkeit in ihren Brüsten, die ihr in der letzten Zeit aufgefallen war, bei der sie sich aber bisher nichts gedacht hatte. Doch plötzlich wußte sie mit Sicherheit, daß Gabby die Wahrheit sagte. *Gütiger Gott, es ist wahr.*

»Was wird Seine Lordschaft sagen, wenn er das herausfindet?«

»Ich weiß es nicht.« Sie schaute wieder aus dem Fenster und sah ihn im Stall verschwinden und wenige Momente später dann auf seinem großen Apfelschimmel herausreiten. »Ein Kind ist das letzte auf Erden, was Dominic sich wünscht. Wenn er gewußt hätte, daß ich von ihm schwanger bin, hätte er mich überhaupt nicht geheiratet.« Ein Kloß schwoll in ihrer Kehle an. »Es wäre ihm lieber gewesen, ich hätte ihm einen Bastard geboren.«

»*Mon Dieu*«, flüsterte Gabby.

»Ich kann mir nicht ausmalen, was er sagen wird... was er tun könnte.«

»Er brächte Sie doch nicht etwa dazu, es loszuwerden?«

»Es loszuwerden? Was soll das heißen?« Catherine sprang auf, und ihr Herz begann vor Unbehagen zu hämmern.

»Es ist nicht ungewöhnlich, daß ein Mann seine Mätresse zu einer Frau bringt, die... das Problem nehmen kann.«

»*Problem* – als solches hatte er es einmal bezeichnet.« Catherine spreizte die Finger auf dem Bauch, berührte die leichte Wölbung und entdeckte einen Instinkt, der süß und mächtig war. »Das ist auch mein Kind.« Unbewußt straffte sie die Schultern. »Ich liebe Kinder. Ein Kind von ihm würde ich ganz besonders lieben.« Sie lächelte. »Ich würde es einfach nicht hergeben.«

Gabby legte ihre Hand auf Catherines Hand, die noch auf ihrem Bauch ruhte. »Es wäre nicht das erste Mal, daß eine Frau dazu gezwungen wird.«

»Was!« Catherine geriet in einen inneren Aufruhr. »Das... das würde er nicht tun!« Aber wenn sie an den feindseligen Mann dachte, den sie in diesen letzten Tagen erlebt hatte, einen Mann, der nahezu entzwei gerissen war, dann war sie dessen wirklich nicht so sicher. »Ich muß von hier fortgehen. Ich brauche Zeit zum Nachdenken.«

»Werden Sie zu Ihrem Onkel gehen?«

»Nein.« Catherine trat ans Bett. »In dieser Angelegenheit brauche ich den Rat einer Frau. Ich werde nach London gehen, zu Amelia. London ist näher... und ich brauche eine Freundin.«

»Ich werde selbstverständlich mit Ihnen kommen.«

»Ja.« Sie bückte sich und zog eine große Reisetasche aus gewirktem Stoff unter dem hohen Himmelbett heraus. »Dominic wird heute abend erst spät zurückkommen. Wir können vor seiner Rückkehr schon fort sein.«

»Sie haben nicht die Absicht, ihm zu sagen, daß Sie fortgehen?«

»So, wie er sich benimmt, fürchte ich, er würde mich vielleicht nicht gehen lassen.« Catherine öffnete die Tasche. »Pack schnell deine Sachen zusammen und dann komm wieder her. Ich werde die Kutsche vorfahren lassen. Wenn wir uns eilen, können wir es vor Anbruch der Nacht bis nach London schaffen.«

»*Oui*, Mylady.« Mit diesen Worten ging Gabby.

Percival Nelson zog die Tür zum Zimmer der Marquise lautlos zu. Er hatte das Bett des jungen Lord gemacht und gar nicht die Absicht gehabt zu lauschen, doch der klägliche Klang der Stimme Ihrer Ladyschaft war sogar in seine tauben alten Ohren gedrungen. Er rang die dünnen, geäderten Hände. Heiliger Strohsack, Seine Lordschaft war wahrhaftig kein Ungeheuer. Glaubte Lady Catherine tatsächlich, er würde ihrem Baby etwas Böses wollen? Da war es doch viel wahrscheinlicher, daß der Junge krähen würde wie ein Hahn, wenn er es erst einmal begriffen hatte.

Percy verließ das Zimmer und schlurfte durch den Korridor; Sorge war in sein altes Gesicht gemeißelt, und sein gutes Auge sah sich flink um, damit er die Treppe fand. Der Junge war nun mal aufbrausend – er war es immer gewesen –, und er würde es auch immer sein. Heiliger Strohsack, wenn jemand ab und zu mal schlechte Laune hatte, dann war das noch kein Grund, sich einfach nach London davonzustehlen!

Der junge Lord würde die Dinge in Ordnung bringen – er hatte schon Schlimmeres durchgemacht und den Sturm überstanden. Und dann würde alles gut werden.

Percy lief die Steinstufen hinunter, und seine knochigen Finger umklammerten das polierte Mahagonigeländer. Er hatte den Treppenabsatz gerade erreicht, als eine Schar von Dienstboten an ihm vorbeistürmte, um das Gepäck der Herrin zu holen. Unter ihm rief jemand nach der Kutsche der Gravenwolds.

Grundgütiger Himmel! Im Handumdrehen würde sie fort sein – und Seine Lordschaft war noch draußen auf den Feldern! Er sah sich nach Blythebury um, weil er mit dem Gedanken spielte, sich dessen Beistand zu sichern, doch dann überlegte er es sich anders. Seine Lordschaft würde es bestimmt nicht zu schätzen wissen, wenn er Gerüchte unter den Dienstboten in Umlauf setzte. Er würde die Angelegenheit selbst in die Hand nehmen müssen.

Dieser Gedanke bewog Percy, über die knarrenden Dielen zur Hintertür zu laufen und sich auf den Weg zu den Ställen zu machen, um dort einen Jungen zu suchen, der Seine Lordschaft nach Hause holte. Im gleichen Moment begab sich Catherine – nachdem sie sich einen Augenblick mit Blythebury unterhalten und ihn über ihre Abreise informiert hatte – zur Vordertür hinaus.

»Um Gottes willen, Percy, was ist los?« Dominic schwang sich schon von seinem großen Apfelschimmel, ehe der Hengst auch nur angehalten hatte. Es hatte Stunden gedauert, bis der Stalljunge Dominic ausfindig gemacht hatte. Doch die Dringlichkeit von Percys Nachricht hatte Dominic reiten lassen, als würde er von Höllenhunden gejagt.

»Es scheint mir das beste zu sein, Eure Lordschaft, wenn wir unter vier Augen miteinander reden.«

»Ja, selbstverständlich.« Dominic reichte einem Stallknecht die Zügel und folgte Percy im Tempo seiner alten Beine zum Haus.

»Sie werden sich sicher umziehen und etwas essen wollen«, fuhr Percy fort, und mit seinen spröden, alten Schultern, die nach vorn gebeugt waren, wirkte er wie eine Vogelscheuche in schwarz und grau.

»Umziehen?« wiederholte Dominic und packte den dünnen Arm des alten Mannes, um ihm ins Gesicht zu sehen. »Was glauben Sie denn, wo ich hin will?«

»Sie werden Ihrer Frau natürlich folgen wollen, Sir.«

Dominic wurde wütend. »Catherine ist fort?«

»Nach London, Mylord. Verstehen Sie, sie hatte Angst um das Baby.«

»Das Baby? Welches Baby? Percy, ich kann Ihnen wirklich nicht folgen.«

»Ihr Baby, das, das Ihre Ladyschaft erwartet.«

Dominic schüttelte nur den Kopf. »Catherine erwartet kein Baby von mir. Wir haben nicht...«

»Das hat sie auch geglaubt, Mylord. Aber es scheint, als hätten Sie sich beide geirrt.«

Dominic stieß hörbar den Atem aus. »Was soll das heißen? Daß Catherine vor unserer Hochzeit schwanger war?«

Percys Ohren liefen rot an. »Das wissen Sie bestimmt besser als ich, Sir. Wie es auch sein mag, Ihre Ladyschaft bekommt ein Kind von Ihnen, und sie fürchtet, Sie würden etwas dagegen unternehmen. Es scheint, sie glaubt, Sie hätten sie gar nicht erst geheiratet, wenn Sie das

423

gewußt hätten. Sie hat gesagt, Ihnen wäre es lieber gewesen, sie hätte einen Bastard geboren.«

Es schnürte Dominic so fest die Brust zusammen, daß er kaum noch Luft bekam. O Gott. Wie lange war es her, daß er das gesagt hatte? Diese Vorstellung erschien ihm jetzt derart weit hergeholt, daß er sie kaum begreifen konnte. »Woher wissen Sie all das? Lady Gravenwold hat es Ihnen doch bestimmt nicht erzählt.«

»Ich habe versehentlich belauscht, wie sie mit ihrer Zofe gesprochen hat, Sir.«

»Dann glauben Sie, daß es wahr ist?«

»Ja, Mylord, zweifellos. Sie war ziemlich außer sich.«

Dominic blieb abrupt stehen. »Sie wollte das Kind nicht?«

»Oh, nein, Mylord. Ganz im Gegenteil. Sie hat gesagt, sie könnte sich nichts Schöneres vorstellen, als von Ihnen ein Kind zu bekommen.«

Ein Teil der Spannung in seiner Brust löste sich.

»Und Sie, Mylord?« fragte Percy. »Wie stehen Sie dazu?«

Dominic hielt inne. Wie stand er eigentlich dazu? Daß das passieren könnte, genau das hatte ihm Sorgen gemacht; er hatte sich damit herumgequält, und er hatte alles in seiner Macht Stehende getan, um es zu verhindern. Aber da es nun doch geschehen war – wie stand er wirklich dazu?

Aus der Ferne hörte Dominic den Ruf einer Spottdrossel aus den Bäumen, die einen schreienden Ziegenmelker nachahmte. Er sah, wie hell und klar der Himmel war, wie flauschig und weiß die Wolken. Wie war ihm zumute? Er fühlte sich unbeschwert, irgendwie leichter, als sei ihm eine entsetzliche Last von den Schultern genommen worden. Nach all seiner Qual, seiner Entschlossenheit – seinem Versagen – hatte Gott ihm die Wahl abgenommen. Das Schicksal hatte entschieden, die Würfel waren gefallen, die Zukunft hatte eine Bahn eingeschlagen, an der er nichts ändern konnte, nichts ändern wollte.

Zum ersten Mal seit Tagen lächelte Dominic. Wie ein Gefangener, der von seinen Ketten befreit ist. Wie ein Blinder, der wieder sehen kann. Sein Vater hatte gewonnen – und doch fühlte er sich als der Sieger. Er verstand es nicht, doch das war ihm gleich.

Er fühlte sich ausgelassen und überschwenglich vor Freude.

Ein Kind, das seinen Lenden entsprungen war, wuchs in Catherines Leib heran. Dominic erschien es, als sei auch ihm selbst ein neues Leben gewährt worden. »Wohin ist sie gegangen?«

»Zu ihrer Cousine Amelia.«

Dominic klatschte seinem Freund auf den Rücken. »Danke, Percy, für alles.« Er wollte aufs Haus zugehen, blieb dann aber noch einmal stehen und drehte sich um. »Sag den anderen, sie bekommen eine Lohnzulage, weil sie mich in den letzten Tagen ertragen haben.« Er grinste verschmitzt, der alte Mann grinste ebenfalls, und Dominic machte sich auf den Weg.

»Bist du ganz sicher, daß alles mit dir in Ordnung ist?« Amelia stand in der Tür zu Catherines Zimmer, und ihre schmale Silhouette wurde von dem flackernden Schein der Kerzen im Korridor von hinten angestrahlt. Die Uhr aus Walnußholz auf dem Kaminsims schlug halb zwei.

Catherine, die ihr weißes Baumwollnachthemd mit dem hohen Kragen trug, stieg in das breite Himmelbett. »Da ich jetzt hier bin, geht es mir gut. Danke, daß du mir zugehört hast.« Sie hatten unten im Salon gesessen, Schokolade getrunken und stundenlang geredet, doch in Wahrheit hatte sie Amelia sehr wenig erzählt.

Es war ihr unerträglich, über Dominic zu reden, über ihre Probleme, über ihre Ängste. Sie hatte ihrer Freundin lediglich anvertraut, daß sie ein Kind bekam und sich vor dem gefürchtet hatte, was ihr bevorstand. Sie hätte den Rat eine Frau gebraucht, Amelias Hilfe und Freundschaft gebraucht, und daher sei sie nach London aufgebrochen.

»Ich kann dir gar nicht sagen, wie schön es ist, dich zu sehen«, sagte Amelia von der Tür aus. »Ich bin schrecklich froh, daß du gekommen bist.« Mit einem letzten liebevollen Lächeln schloß Amelia die Tür.

Catherine lag in der Dunkelheit, lauschte dem lauten Ticken der Uhr und dachte an die lange, ermüdende Reise, die sie von Gravenwold Manor zurückgelegt hatte. Was hatte Dominic wohl getan, nachdem Blythebury ihm von ihrer Abreise berichtet hatte? Sie hatte dem Butler erzählt, ihre Cousine wünschte ihren Besuch, und sie fände, es sei ein guter Zeitpunkt für die Abreise. Würde Dominic ihr folgen? Sie glaubte es nicht wirklich, zumindest nicht gleich. Wahrscheinlich würde es ihm lieb sein, Zeit für sich allein zu haben.

Catherine drehte sich um und schüttelte ihr dickes Federkissen auf, um es sich bequem zu machen, weil sie hoffte, einschlafen zu können. Unbewußt glitt ihre Hand auf ihren Bauch, und sie preßte sie auf das kleine Leben, das dort wuchs. Was wäre passiert, wenn sie Dominic die Wahrheit über das Baby gesagt hätte? Jetzt fragte sie sich, ob es richtig gewesen war, abzureisen. Dominic liebte Kinder ebensosehr wie sie. Gewiß würde er das Kind lieben, das sie in sich trug, und doch war sie nicht ganz sicher.

Catherine spürte einen Kloß in ihrer Kehle. So viel war zwischen ihnen vorgefallen. So viel... und doch nicht genug.

Morgen würde sie an ihren Onkel schreiben und ihn fragen, ob es eine Möglichkeit gab, ihre Ehe aufzulösen. Wenn Dominic entschlossen war, sein Kind nicht anzuerkennen, dann würde sie ihn nicht dazu zwingen.

Sie würde einen Weg finden, ihm seine Freiheit wiederzugeben; schließlich war es das, was er von Anfang an gewollt hatte.

Der Schmerz in ihrer Kehle wurde immer schlimmer. Vielleicht hätte sie geweint, wenn nicht das winzige Lebewesen gewesen wäre, das in ihr heranwuchs. Sie mußte von jetzt an an das Kind denken, und sie würde dieses Kind mit jedem Funken ihres Willens beschützen. Dominics grimmige Zigeunereide und Racheschwüre hatten von jetzt an keinen Platz mehr in ihrem Leben. Und doch liebte sie ihn immer noch. Daran konnte nichts etwas ändern, nicht die Zeit, kein Wort, kein noch so großer Schmerz. Sie würde ihm erst von dem Baby erzählen, wenn sie mit ihrem Onkel gesprochen hatte – nicht, ehe sie sich sicher fühlte. Dann würde sie ihn freigeben.

»Mein geliebter Zigeuner«, sagte sie leise in die Dunkelheit, »ich liebe dich schon so lange.« Worte, die sie schon einmal ausgesprochen und nie ernster gemeint hatte als in diesem Augenblick.

Liebe und Haß, Leidenschaft und Leid – Empfindungen, die so weit auseinander lagen und doch so eng zusammengehörten, daß es oft schien, als wären sie eins. Für Dominic war es schon seit dieser ersten turbulenten Begegnung mit ihr so gewesen. Sie hatte den Verdacht, daß er dieselben widersprüchlichen Gefühle sogar für seinen Vater hegte.

Freude, Kummer, Einsamkeit, Herzeleid – was hatte Dominic für sie empfunden? Liebte er sie – oder haßte er sie? Wie würde er sich zu dem Baby stellen?

Wenn die Dinge doch bloß hätten anders sein können.

Catherine fürchtete, daß das nicht zu machen war.

24

Wie lange habe ich geschlafen? fragte sich Catherine und lauschte
gebannt, um in der Dunkelheit das Geräusch zu hören, das sie aus ihrem
unruhigen Schlaf gerissen hatte. Da war es wieder. Und dann wurde leise
die Tür geöffnet, und ein gelber Lichtstreifen fiel ins Zimmer.

Sie wollte schon fragen, wer da war, aber eine innere Stimme, eine
verschwommene Erinnerung an eine andere solche Nacht im letzten
Jahr warnte sie, es nicht zu tun. Statt dessen drehte sie sich leise auf dem
Bett um, streckte die Hand aus und tastete den Nachttisch nach etwas
ab, was sich als Waffe eignete. Es waren nur wenige Dienstboten im
Haus; die meisten hatten sich schon früh in ihre Unterkünfte über dem
Schuppen für die Kutschen zurückgezogen, damit die Frauen einen
ungestörten Abend miteinander verbringen konnten.

Jetzt wünschte Catherine verzweifelt, sie wären noch da. Ihre Finger
tasteten den Nachttisch ab, bis sich ihre Hand um einen schweren Ker-
zenständer aus Messing schloß. In der Dunkelheit zog sie ihn näher zu
sich und verbarg ihn dann unter dem Leinenbettzeug.

Einen Moment lang schwang die Tür auf, und in dem Licht, das in das Zimmer fiel, ehe die Tür sich wieder schloß, konnte Catherine eine Gestalt in einem Umhang mit Kapuze erspähen. Es war zu dunkel, um zu erkennen, wer es war, doch die Gestalt war zu groß, um eine Frau zu sein, und die Schultern waren so breit, daß sie das Zimmer auszufüllen schienen. Es war ein Mann, das wußte sie, obwohl sie ihn nicht deutlich sehen konnte. Und gerade weil sie ihn nicht erkennen konnte, schrie Catherine nicht auf.

»Dominic?« flüsterte sie, und dabei betete sie gleichzeitig, er möge es sein und wiederum nicht. War er gekommen, weil er sie liebte und sie wieder zu sich nach Hause holen wollte? Oder war er irgendwie hinter die Wahrheit gekommen, weil vielleicht einer der Dienstboten etwas über das Baby mitangehört hatte?

Und wenn er es wußte, was würde er dann tun?

Catherines Brust schnürte sich zusammen. »Dominic?« flüsterte sie wieder, als der Eindringling näher kam, und ihr Herz pochte heftig gegen ihre Rippen. Als der Mann dichter herangekommen war, sah Catherine den Mondschein auf dem blauschwarzen Haar an seiner Schläfe schimmern. Dann hob er die Arme. Sie sah den Umriß eines langen, schweren, eisernen Schürhakens, den er mit den Händen umfaßt hielt, und sie schrie auf und wälzte sich im letzten Moment zur Seite, ehe der rauchgeschwärzte Schürhaken das geschnitzte hölzerne Kopf-brett in Splitter zertrümmerte.

»Gott im Himmel!« rief sie aus und bemühte sich, dem zweiten schweren Schlag auszuweichen. »Ich liebe dich, Dominic, bitte tu das nicht.« Mit zitternden Fingern hob Catherine den großen Messingker-zenleuchter und warf ihn nach der Gestalt, die über ihr aufragte. Er prallte von der Schulter des Mannes ab und schmetterte auf den Boden.

»Amelia! Hilfe! Hilfeee!« Im nächsten Moment hatte er sich auf sie gestürzt und ihre Arme gepackt, und seine Hände gruben sich in ihr Fleisch. Große Hände, kräftige Hände, erkannte sie verschwommen, nicht schmale braune Finger – nicht Dominic.

Erleichterung und Furcht verbanden sich zu einer Woge, die ihr Herz noch schneller schlagen ließ. Aber wenn sie jetzt auf der Stelle starb, dann nicht an Verzweiflung. *Dominic würde mir nicht weh tun*, begriff sie in einem der hintersten Winkel ihres Verstandes, und sie fragte sich, wie sie je hatte glauben können, er könnte ihr Schaden zufügen.

»Wer sind Sie?« fragte sie und kämpfte darum, das Zittern aus ihrer Stimme zu verbannen, obwohl bereits Tränen über ihre Wangen flossen. *Nicht Dominic, nicht Dominic, nicht Dominic.* Das Wissen, daß ihr Angreifer nicht der Mann war, den sie liebte, verlieh ihr neue Kraft, und Catherine wehrte sich wie eine Tigerin, hob die Nägel in sein Gesicht, kratzte und biß ihn. *Nicht Dominic, nicht Dominic.*

Dann war er da, fast so, als hätte er sie gehört. Er blieb einen Moment lang in der Tür stehen, sah sie kämpfen und kam dann mit einem wüsten Fluch und schnellen Schritten auf sie zu.

»Catherine!« rief er, als er den Mann packte, ihn zu sich herumwirbelte und ihm dann eine Faust in die Rippen schlug. Der riesige Mann taumelte rückwärts, und als seine Kapuze herunterfiel, kam darunter eine weit größere und kräftigere Erscheinung als Dominic hervor, jemand, der einen Schnurrbart trug und das dichte schwarze Haar zu einem Zopf zurückgebunden hatte.

Der Mann wog gut fünfzig Pfund mehr als Dominic, doch gegen dessen Wut konnte er es nicht aufnehmen. Ein Schlag nach dem anderen prasselte auf den fleischigen Kopf des Mannes, Blut floß aus einer aufgeplatzten Lippe, und dann zerschmetterte eine massive Rechte seine Nase, und ein roter Sprühregen spritzte auf sein weißes Leinenhemd.

Wenige Minuten später lag er keuchend auf dem Fußboden, und Dominic, der die Hände immer noch zu Fäusten geballt hatte, stand über ihm.

»Mein Gott, was ist passiert?« Das kam von Amelia, die in der Tür stand.

Als nächstes kam eine verschlafene Gabby hinzugeeilt. »*Mon Dieu.*«

Dominic zog eine kleinkalibrige Pistole aus der Innentasche seines Gehrocks und richtete sie auf den Mann, der auf dem Fußboden zusammengebrochen war. »Sorgen Sie dafür, daß jemand einen Wachtmeister holt«, sagte er zu Gabby.

»Ja, Mylord.«

Als sie eilig davonlief, um seinem Befehl Folge zu leisten, zerrte Dominic den großen Mann auf die Füße. »Wer sind Sie?«

Er schwankte bedenklich, ächzte und preßte sich die riesigen Hände auf das geschundene Gesicht. Er lehnte sich an die Wand, um sich zu stützen.

»Das ist Nathan Cave«, kam Amelia ihr zuvor. »Er h-h-hat für Edmund gearbeitet.«

»Ja«, sagte Catherine, »ich kann mich recht gut an ihn erinnern.«

»Edmund ist tot«, sagte Dominic zu Cave und packte ihn am Hemd. »Für wen arbeiten Sie jetzt?«

Als der Mann ihm nicht antwortete, schüttelte Dominic ihn. »Für wen, Nathan?«

Immer noch nichts.

»Er m-m-muß es für Edmund getan haben«, sagte Amelia. »Er muß irgend etwas mit Catherines Entführung zu tun gehabt haben.«

Dominic musterte den riesigen Mann abschätzend. »Sind Sie so dumm, wie Sie aussehen?« drang er in ihn. »Ihnen ist doch klar, daß Sie dafür den Rest Ihres Lebens in New Gate verbringen – falls Sie das Glück haben sollten, dem Henker zu entkommen. Ist es wirklich Ihr Wunsch, allein dorthin zu gehen?«

Der Mann schien vor ihren Augen zu verfallen. Nathan schluckte schwer. »Ich gehe nicht allein hin. Ich denke gar nicht daran, in diesem verdammten Scheißhaus allein zu verfaulen, jedenfalls nicht, wenn es ihre Idee war.« Er wies mit einem dicken, schwieligen Finger auf die Tür. »Wenn ich dorthin komme, dann kommt *sie* auch dorthin.«

»Amelia?« keuchte Catherine.

»Er lügt. Du glaubst ihm doch nicht etwa.«

431

Dominic hielt die Pistole weiterhin auf Nathans Brust gerichtet, als er das Hemd des großen Mannes losließ und seine Aufmerksamkeit der Frau mit dem bleichen Gesicht zuwandte, die ihren Morgenmantel aus blauer Seide mit beiden Händen enger um sich zog. »Sie haben von Anfang an dahintergesteckt, stimmt's? Edmund hat es für Sie getan, aber es war Ihre Idee – Ihre – nicht seine.«

»Er h-h-hat es für Eddie und mich getan, ja, aber ich h-h-hatte nichts damit zu tun.« Sie sah Catherine mit einem flehentlichen Blick an. »Du glaubst mir doch bestimmt. Schließlich sind wir Freundinnen. Wir sind immer Freundinnen gewesen.«

»Waren wir das wirklich, Amelia?« fragte Catherine, »oder hast du dir solche Sorgen um das Erbe deines Sohnes und um deinen eigenen Status und Reichtum gemacht, daß du mir den Tod gewünscht hast?«

»Nein… nein… ich…«

»Es ist jetzt an der Zeit, Madam, daß Sie die Wahrheit eingestehen.« Dominic richtete harte schwarze Augen auf ihr Gesicht. »Wenn Sie es nicht tun, es um Sie nur noch schlechter stehen.«

In Amelias blaue Augen traten Tränen, die in funkelnden Tröpfchen über ihre Wangen rannen. »Ich hatte keine andere Wahl – verstehen Sie das denn nicht? Wenn Sie Catherine nicht erlaubt hätten, ihren Titel und ihre Erbschaft zu behalten, dann hätte es mit Edmunds Tod und mit ihrer Ehe enden können. Aber als ich erst einmal wußte, daß mein Sohn immer noch erben kann… daß er der nächste Earl wird, wenn Catherine nicht mehr im Weg ist, mußte ich es tun.«

Ihr Blick richtete sich auf Catherine. »Heute abend, nachdem du mir erzählt hast, daß du schwanger bist, bin ich zu Nathan gegangen. Es sollte wie ein Unfall aussehen, als seist du die Treppe hinuntergestürzt und hättest dir den Kopf angeschlagen. Ich dachte, das könnte unsere letzte Chance sein.«

Catherine starrte Amelia an, als sähe sie sie zum allerersten Mal. »Was ich hatte, hat auch dir und Eddie gehört. Ich habe versucht, es dir zu sagen. Ich habe versucht, es dir begreiflich zu machen, aber…«

Catherines Stimme überschlug sich, und Dominic trat an ihre Seite, legte einen Arm um ihre Schultern und zog sie an sich.

Schritte waren auf der Treppe zu hören, und ein Wachtmeister und mehrere andere Männer kamen ins Zimmer gestürmt. Während Catherine sich ihren Morgenmantel anzog, informierte Dominic die Männer darüber, was passiert war, und er versprach, ihnen am Morgen einen vollständigen Bericht abzulegen.

»Führt die beiden ab«, sagte der Wachtmeister zu seinen Männern, die einen gefesselten Nathan und eine tränenüberströmte Amelia fortführten.

»Was ist mit dem kleinen Eddie?« fragte Catherine, sowie sie gegangen waren, und dabei lehnte sie sich matt an Dominics Brust. »Er hat jetzt Mutter und Vater verloren. Ich weiß, daß Amelia es verdient hat, ins Gefängnis zu kommen, aber... mir ist der Gedanke unerträglich, daß sie eingesperrt wird. Die Vorstellung, daß sie derart leiden wird, verkrafte ich nicht.«

Dominic legte seine warmen braunen Finger um ihr Kinn und zog es hoch. »Die Güter von Gravenwold sind außerordentlich weit verstreut. Wir besitzen etliche Zuckerplantagen in Mittelamerika. Falls Amelia einwilligt, dorthin zu gehen und Eddie mitzunehmen – und nie wieder einen Fuß auf englischen Boden zu setzen –, dann werde ich dafür sorgen, daß sie freigelassen wird.«

Catherine lächelte, und ihre Augen strahlten vor Dankbarkeit. »Ich danke dir.«

»Zieh dich an«, befahl Dominic. »Wir verschwinden von hier.«

»Wohin gehen wir?«

»In mein Stadthaus. Es ist nicht weit von hier. Ich will nicht, daß du in diesem traurigen Gemäuer bleibst.«

»Was ist mit dem kleinen Eddie?«

»Ich bleibe bei dem Jungen«, sagte Gabby von der Tür her.

»In Ordnung«, willigte Catherine ein.

Sie brachen in der Gravenwoldkutsche auf, und die Hufe der Pferde hallten laut auf dem Kopfsteinpflaster der menschenleeren Straßen. Zu dieser vorgerückten Stunde waren die Straßen bis auf ein oder zwei Mietdroschken leer. Sie kamen an einer kleinen Taverne vorbei, und das ungebärdige Gelächter der Gäste trieb zum offenen Fenster hinaus. Ein Milchmädchen überquerte vor der Kutsche die Straße und hatte schwere hölzerne Eimer über die zarten Schultern gehängt.

Wenige Minuten später erreichten sie den Hanover Square, und die Kutsche hielt an. Dominic stieg aus und war Catherine beim Absteigen behilflich, und dann eilten sie die hohen Steinstufen zu dem Stadthaus hinauf. Aus dem Feuer im Kamin und dem Tablett mit kaltem Fleisch, Wein und Käse, das auf einem Beistelltisch beim Sofa stand, ließ sich deutlich erkennen, daß Dominic seine bevorstehende Ankunft angekündigt hatte. Als der Butler, der zerzaust und schlaftrunken wirkte, Catherine den Umhang abnahm, drehte sie sich zu ihrem Mann um.

»Es ist eine lange Nacht gewesen, Mylord. Es tut mir leid, daß ich so viele Schwierigkeiten gemacht habe, aber es gibt Dinge, die ich dir sagen muß... Dinge, über die wir reden müssen.«

»Du hast recht, meine Liebe. Wir haben eine Menge zu besprechen, und das werden wir auch tun... aber nicht heute abend. Nicht nach allem, was du durchgemacht hast.« Er lächelte liebevoll. »Für den heutigen Abend genügt es, daß du in Sicherheit bist und daß wir zusammen sind.«

Von ihm ging etwas aus... etwas Verändertes. Der gehetzte Blick war aus seinen Augen gewichen, und wenn auch offensichtlich war, daß er eine lange, ermüdende Reise hinter sich hatte, dann wirkten seine Schultern doch straffer, seine Haltung gelöster. Er schien so entspannt zu sein wie schon seit Tagen nicht mehr – wie schon seit seiner Zeit bei den Zigeunern nicht mehr.

»Was ist, Dominic?« fragte Catherine. »Was hat sich verändert?«

Dominic lächelte sie so strahlend an, daß ihr das Herz nahezu stehenblieb. »Meine Frau bekommt ein Kind. Was könnte einen Mann noch mehr als das verändern?«

»Du weißt es?« keuchte sie.

»Ich weiß es, und ich bin dankbar dafür. Dankbarer, als du je wissen wirst.« Er küßte sie kräftig auf die Lippen. »Ich danke dir, meine Liebe.« Ehe sie Einwände erheben konnte, hob Dominic sie auf seine Arme und nahm zwei Stufen auf einmal, als er sie nach oben zu seinem Schlafzimmer trug.

»Was – was tust du da? Wohin bringst du mich?«

»In mein Bett, Frau meines Herzens. Um die Aufgabe zu beenden, die ich mir schon vor einigen Nächten gestellt habe... obwohl es scheint, als sei das Ziel bereits erreicht.« Er grinste sie so schelmisch an, daß Erregung durch ihren Körper pulsierte.

Die Tür fiel hinter ihnen zu, und er stellte sie auf die Füße. Sein strahlendes Lächeln verblaßte, als sein Blick über ihr Gesicht glitt. Dichte schwarze Augenbrauen zogen sich über Augen zusammen, die plötzlich unsicher wirkten. »Ich weiß, warum du fortgegangen bist«, sagte er leise. »Ich weiß, daß du geglaubt hast, ich würde dem Baby etwas antun.«

Catherine spürte, wie ein Schmerz in ihrer Kehle aufstieg. »Du warst so distanziert... so zornig... ich wußte nicht mehr, was ich glauben sollte.«

»Ich weiß, daß ich mich wie ein Irrer benommen habe, aber früher oder später wäre ich mit mir ins reine gekommen. Mein Gott, es tut mir leid, daß ich dich das habe durchmachen lassen.«

»Ich weiß, wie wichtig es dir war, keinen Erben zu haben. Als dieser Mann in mein Zimmer kam, dachte ich, du wärst es. Ich dachte...«

Dominics Gesicht wurde aschfahl. »Was?«

»Ich habe sein Haar gesehen... so blauschwarz wie deines. Er war groß und breitschultrig...«

Dominic riß sie in seine Arme. »Sag es nicht. Mir ist die Vorstellung unerträglich, daß ich dich dazu gebracht habe, solche Dinge zu glauben.«

»Ich habe seine Hände gesehen«, sagte Catherine mit den Lippen an

435

seiner Brust. »Danach wußte ich, daß du es nicht bist – und in dem Moment habe ich auch gewußt, daß es ein Fehler von mir war, fortzugehen – daß du mir niemals weh getan hättest.«

Dominics kräftige Arme spannten sich fester um sie. »Du wirst niemals wissen, wie sehr ich die Dinge bereue, die ich gesagt habe, die Dinge bereue, die ich getan habe. Wenn ich alles noch einmal tun könnte, würde ich... aber das geht nicht. Ich will nicht bestreiten, daß es schwierig ist, mit mir zusammenzuleben. Ich stelle große Forderungen und Ansprüche und bin manchmal übellaunig. Aber du bist mein Leben und meine Seele. Du bedeutest mir alles... alles. Glaube nie auch nur einen Moment lang, ich könnte dir weh tun.«

»Dominic...«, sagte sie leise und spürte, wie die Tränen brannten.

Er legte eine Hand auf ihre Wange, und seine Finger waren warm und kräftig, und seine schwarzen Augen forschten, flehten, schienen bis in ihre Seele hineinzuschauen. »Ich liebe dich«, sagte er leise. »Meine geliebte Catherine, ich liebe dich schon seit so langer Zeit.«

Epilog

Gravenwold Manor
Oktober 1806

Der Herbstwind ließ die Scheiben der Sprossenfenster klappern, doch im Kamin mit dem marmornen Sims brannte ein fröhliches Feuer. Von dem riesigen Himmelbett aus, beobachtete Dominic, wie die Äste mit dem goldenen Laub gegen das Glas gepeitscht wurden, und sein Körper war warm, als er sich von Kopf bis Fuß an Catherine schmiegte.

Der Ast wurde von der stürmischen Böe geschüttelt, das Laub schimmerte in der frühen Morgensonne, und es hatte den gleichen feurigen Schimmer wie Catherines Haar. Dominics Finger glitten durch die seidigen Strähnen neben ihrer Wange, und eine vereinzelte Locke schlang sich um seinen Finger. Spielerisch ließ er seine Hand tiefer gleiten und streichelte die schlafende Gestalt, bis er die schwere Fülle ihrer Brust berührte, deren dunklere Spitze weich war, bis sein Finger begann, den Umriß in trägen Kreisen nachzufahren, und schon stellte sich die Spitze steif auf.

Dominics Lenden regten sich, und sein Schaft wurde unter der Decke hart.

Catherines Hinterteil war an seine Hüften geschmiegt, und er spürte, wie ihre wohlgeformten Beine sich an seine muskulösen Schenkel preßten. Unter der Rundung ihrer Brust wölbte sich einladend ihr Bauch. Von Tag zu Tag blühte sie mehr auf, und das Baby, das sie in ihrem Leib trug, schien wohlgenährt. Andere Männer mochten vielleicht wenig Verlangen nach einer schwangeren Frau verspüren, doch Dominics eigene Begierde hatte nicht nachgelassen. Sie sah wunderschön aus. Reif und fraulich. Er begehrte sie jedesmal, wenn er sie ansah. Er begehrte sie jetzt. Er lauschte ihrem sachten Atem, beugte sich vor und drückte einen zarten, warmen Kuß auf ihren Nacken. Catherine rührte sich, schmiegte sich noch enger an ihn, zog die Knie hoch und veränderte ihre Lage ein wenig, bis sie einander vollkommen angepaßt waren, ihr Po an seinen Lenden, und sein Schaft preßte sich glühend und steif gegen die weichen, feuchten Blütenblätter ihres Geschlechts.

Dominic stöhnte. Er hätte sie wecken, sie küssen, ihr Liebesworte zuflüstern sollen, ehe er sie nahm. Doch als er näher rückte und behutsam in sie eindrang, stellte er fest, daß sie naß und bereit war.

»Du kleines Biest«, flüsterte er und beugte sich über sie, denn jetzt wußte er, daß sie von Anfang an wach gewesen war und ihn ebensosehr begehrte wie er sie.

Catherine lächelte sanft, als er die andere Brust massierte und die Knospe ebenso erregt vorsprang. Er knabberte an einem Ohr, saugte an dem Ohrläppchen und drückte dann zarte Küsse auf ihren Hals und ihre Schulter. Seine Hände legten sich auf ihre Hüften und hoben sie ein wenig an, damit er in sie hineingleiten konnte.

Sie schnappte nach Luft, als seine steife Erregung sie ausfüllte, und Dominic lachte leise. »Ein so schmackhafter kleiner Leckerbissen«, flüsterte er, und seine Zähne knabberten zart an ihrem Ohr. Sie preßte den Rücken durch, um seinen Schaft tiefer in sich hineinzuziehen, und dann begann sie, sich langsam an seinen Hüften zu winden.

»Mein Gott, ist das ein gutes Gefühl.« Wenige Minuten später hielt er ihren Po gepackt und tauchte in sie ein, und sie bemühte sich, jedem seiner kräftigen Stöße zu begegnen. Er konnte es kommen spüren, eine Woge von Lust, die sich immer gewaltiger aufbaute und die er in Schach zu halten versuchte. Mit ausholenden, maßvollen Bewegungen erregte er dieselbe Glut in Catherine und schürte die Flammen der Leidenschaft, bis sie zitterte, und er stieß in sie, bis sie seinen Namen rief.

Nur wenige Sekunden auf ihre Erlösung folgte seine eigene, die ihn mit ihrer Süße erschütterte und mit unglaublicher Wärme durch seine Glieder sickerte. Er schlang die Arme um sie, als die Leidenschaft sich abschwächte und ein Gefühl der Zufriedenheit und der Freude und das wunderbare Gefühl einsetzte, endlich zu Hause zu sein.

Sie hätten schlafen und einander dann wieder lieben können – er hatte hart mit seinen Pferden gearbeitet, sie an ihrer Schule, und so hatten sie sich einen Tag Ruhe verdient. Doch ein Klopfen an der Tür ließ diesen Gedanken verfliegen. Dominic fluchte leise über diese Störung, forderte den Anklopfenden zum Eintreten auf und sah Percy im Gang stehen.

»Sie haben Besuch, Euer Lordschaft. Die Dame behauptet, Ihre Mutter zu sein.«

»Meine Mutter?« Dominic schwang seine langen Beine auf den Fußboden und hob seinen Morgenmantel auf.

»Pearsa ist hier?« fragte Catherine.

»Ich weiß es nicht.« In all den Jahren war sie nie ins Haus gekommen. Konnte es sein, daß sie so weit gereist war, nur um ihn zu sehen? Würde sie an einen Ort kommen, den zu meiden sie schon vor Jahren feierlich geschworen hatte? »Führe sie in den kleinen Salon. Sag ihr, daß ich gleich nach unten komme.«

»Laß dir Zeit«, sagte er zu Catherine. »Du kannst dich uns anschließen und mit uns frühstücken, wenn du fertig bist.«

Catherine nickte und wußte, daß er sie bat, ihm einen Moment Zeit mit ihr allein zu lassen. Er war nicht sicher, was seine Mutter wollte. Er war noch nicht einmal sicher, ob sie es wirklich war.

In polierten schwarzen Stiefeln, einer rehbraunen Kniebundhose und einem laubgrünen Gehrock stieg er die breiten steinernen Stufen hinunter und begab sich direkt in den kleinen Salon. Pearsa saß mit dem Rücken zu ihm, und ihre leuchtendgelben Röcke waren auf dem Mohairsofa ausgebreitet. Als sie ihre Haltung veränderte, gaben die blinkenden Goldmünzen an ihren Handgelenken und um ihren Hals herum einen klimpernden Laut von sich, der durch den Raum zog. Die Bluse, die sie trug, war mit schimmernden Perlen verziert, und eine lange rote Schärpe war um ihre allzu dünne Taille gebunden.

Sie hatte sich mit größter Vorsicht auf die Kante des Sofas gesetzt und schaute ihre elegante Umgebung an, und eine Hand streckte sich nach einem zerbrechlichen Wedgwood-Porzellanpüppchen aus, berührte es jedoch nicht, aus Angst, sie könnte es zerbrechen.

Sie wirkte wie ein zartes, kleines Vögelchen mit einem leuchtenden Gefieder, ein winziges Geschöpf, das in einem goldenen Käfig gefangen war. Sie schien sich umzuschauen und darauf zu warten, daß die Käfigtür sich öffnete, denn dann würde sie die Flügel ausbreiten und fortfliegen.

»Es ist schön, dich zu sehen, Mutter«, sagte Dominic mit einem Lächeln, als er näher trat. Pearsa erwiderte das Lächeln, stand auf und ließ es zu, daß er ihren schmächtigen Körper in seine warme, schützende Umarmung zog. »Ist alles in Ordnung?«

»Ja, ja. Es ist alles so wie immer.« Sie trat einen Schritt zurück. »Laß dich ansehen, mein Sohn.« Sie betrachtete ihn von Kopf bis Fuß und musterte seine perfekt geschneiderten Kleider und seine polierten Stiefel, sein weißes Rüschenhemd aus Leinen. Ein zartes Lächeln verzog ihre Lippen, und ein Ausdruck, der sehnsüchtig hätte sein können, schlich sich in ihre Augen ein. »Siehst du es, ich habe recht gehabt. Du bist sein Sohn, wie es dir von Anfang an bestimmt war.«

Einen Moment lang wurde Dominic zornig, doch dann wich die Spannung aus ihm. »Es hat eine Zeit gegeben, in der diese Worte meine Wut geweckt hätten. Diese Zeit ist vorüber.«

Pearsa nickte. »Deshalb bin ich gekommen.«

»Du hast von meiner Heirat erfahren?« Er hatte die Nachricht durch die *Romane Gadjos* übermittelt, Freunde der Zigeuner, die Nachrichten für sie überbrachten.

»Ja, mein Sohn. Ich habe auch gehört, daß du dich geweigert hast, dein Gelübde zu brechen. Daß du nicht mit der Frau schläfst, mit der du verheiratet bist.«

Ein zartes Lächeln spielte um seine Lippen. Er wollte etwas sagen, doch Pearsa kam ihm zuvor. »Höre mich erst an, mein Sohn. Ich weiß von dem Eid, den du abgelegt hast. Ich weiß auch von der Rolle, die ich bei diesem Gelübde spiele.«

»Mutter, ich…«

»Es gibt Wahrheiten, die du erfahren mußt.«

Dominic zog die dichten schwarzen Augenbrauen abrupt hoch. »Wahrheiten? Was für Wahrheiten?«

»Ich bin gekommen, um dir etwas zu sagen, was ich dir schon vor langem hätte sagen sollen. Es geht um deinen Vater.«

Die Muskeln in seinen Schultern spannten sich an. »Um meinen Vater«, höhnte er. »Ich weiß alles über ihn, was ich je über ihn wissen wollte.«

»Du täuschst dich nicht in deinen Gefühlen, er war ein harter, kalter, selbstsüchtiger Mann. Er hatte wenig Liebenswertes an sich.«

»Und doch hast du ihn geliebt. Als ich noch ein kleiner Junge war, hast du mir erzählt, wie sehr.«

»Ich habe ihn geliebt.«

»Obwohl er dich verlassen hat, uns beide verlassen hat.«

Pearsa wandte den Blick ab, und ein ernster, besorgter Ausdruck trat auf ihr Gesicht. »Genau das habe ich dir erzählt. Jahrelang habe ich dich in dem Glauben gelassen, dein Vater hätte uns im Stich gelassen, und ich sei zu ihm gegangen, und er hätte mich verstoßen. So war es nicht. Mehr als einmal ist er zu mir gekommen, als du noch ein Baby warst, und er hat mir seinen Schutz angeboten. Er hätte uns ein Zuhause gegeben, einen Ort, an dem du hättest aufwachsen können. Ich wollte es nicht.

Ich war einsam ohne ihn, und er hat mir gefehlt... ich habe ihn geliebt, wie ich nie einen anderen geliebt habe... aber ich war glücklich bei dem Zigeunerstamm – das war mein Zuhause. Nach einer Weile hat er es verstanden und mich in Ruhe gelassen.«

»Warum hast du mir das nicht gesagt?« fragte Dominic. »Wie konntest du mich das Schlimmste über ihn denken lassen?«

»Ich kann nicht behaupten, es hätte mir leid getan. Wenn es hieße, dich bei mir zu haben, in all diesen Jahren deine Liebe zu besitzen, dann täte ich es wieder.«

»Aber...«

»Ich hatte Angst, dich gänzlich zu verlieren. Ich wußte, welche Lockung sein Angebot dargetellt hätte. Ich wußte, daß dein flinker Verstand das Wissen in sich aufgesogen hätte, das er dir hätte geben können... ich habe befürchtet, du würdest nie mehr zurückkehren – und das war mir unerträglich.«

Dominic stieß einen matten Seufzer aus, stand auf und trat vor den Kamin. »Warum hat *er* es mir nicht gesagt? Er hat gewußt, was ich gedacht habe.«

»Ich würde mir gern einbilden, daß es an der Liebe lag, die uns früher einmal verbunden hat.«

Er kehrte zum Sofa zurück, setzte sich und schlang die Arme um sie. »Es ist schon in Ordnung, Mutter. Es hat viele Gründe für meinen Haß gegeben – mehr, als ich zählen kann. Wie er dich behandelt hat, war nur einer der Gründe. Trotzdem bin ich froh darüber, daß du es mir gesagt hast.«

»Er war ein harter Mann. Domini. Dumm und unnachgiebig. Einer, der nicht wußte, wie man seine Liebe für einen anderen Menschen zeigt. Aber ich glaube, auf seine Art hat er dich geliebt.«

Ein Teil des alten, bitteren Schmerzes wogte in seiner Brust auf, dann wich er aus ihm. »Ich danke dir dafür, daß du mir das gesagt hast.«

Er nahm eine andere Haltung auf dem Sofa ein und begriff, wieviel ihr Geständnis sie gekostet hatte, wie große Sorgen sie sich gemacht hatte, er würde ihr nicht verzeihen. Da sie die unangenehme Aufgabe jetzt hinter sich gebracht hatte, straffte sie die mageren Schultern.

»Und jetzt zu der *Gadjo*-Frau…«

Dominic lächelte. »Du kannst beruhigt sein, Mutter. Catherine bekommt ein Baby von mir.«

Pearsa grinste. »Sie ist die Frau deines Herzens. Das habe ich jedesmal in deinen Augen gesehen, wenn du sie angeschaut hast.«

»Ja…«, sagte er liebevoll. »Sie ist all das und noch viel mehr.«

Pearsas krumme, alte Hand legte sich auf seine Wange, und ihre Augen waren wissend und sahen unausgesprochene Dinge, und so war es schon gewesen, als er noch ein kleiner Junge war.

»Wie lange kannst du bleiben?« fragte Dominic, doch sie schüttelte nur den Kopf.

»Mein Zuhause ist ein Wagen unter den Sternen, und so ist es schon immer gewesen. Ich werde zurückgehen, sowie ich kann.«

Dominic versuchte nicht, sie von ihrem Entschluß abzubringen. Sein Vater hatte es gesehen – der farbenprächtige Vogel wäre nicht glücklich geworden, noch nicht einmal in einem vergoldeten Käfig.

Sie saßen noch eine Zeitlang auf dem Sofa, und Pearsa erzählte ihm Geschichten von ihren Reisen, und beide lachten über eine neue Form von *Janjano*, mit der sie einen *Gadjo* ausgenommen hatten.

Sie tranken Kaffee, und Pearsa klagte, er sei viel zu dünn. Dominic erzählte von Rai und Sumadji und seinen Plänen mit den Pferden in Gravenwold, und dann schaute Pearsa auf die Tür, und Catherine trat ein.

»Guten Morgen, meine Liebe«, sagte Dominic, der auf sie zuging, ihren Arm nahm und zum Sofa zog.

Catherines Hand legte sich zögernd auf die sanfte Wölbung ihres Bauches. Dann lächelte sie mit bebenden Lippen Pearsa an. »Es ist schön, dich zu sehen… meine Mutter.« Die Unsicherheit auf ihrem Gesicht war mehr als deutlich zu erkennen.

Pearsas jettschwarze Augen hefteten sich auf ihren dicken Bauch.

»Es ist auch schön, dich zu sehen... meine Tochter.« Vor den Augen der alten Frau stand ein Tränenschleier, und auch der Schleier vor Catherines Augen verdichtete sich.

Dominic spürte, wie sich seine Kehle zuschnürte.

Einen Moment lang rührte sich keiner von der Stelle.

»Laß uns allein, mein Sohn«, sagte Pearsa schließlich und brach den Bann. »Es gibt Dinge, die meine Tochter wissen sollte. Schließlich ist das Kind ein Roma. Es gibt Zauberformeln, die sie kennen muß, Steine, die sie werfen muß.«

Dominic lachte leise in sich hinein, und Catherine grinste.

Sie begannen, miteinander zu reden, und er ging zur Tür, doch ein leises Klopfen ertönte, ehe er die Tür erreicht hatte. Janos stand in der Türöffnung.

»Komm rein, Janos«, sagte Dominic. »Hier ist eine Freundin von dir.« Ihm fiel auf, daß der Junge sein ältestes Hemd, eine schmutzige Hose und keine Schuhe trug, und seine kleinen nackten Füße gruben sich nervös in den Teppich. Schmale braune Arme preßten mehrere Bücher an seine schmächtige Brust.

»Percy ist in meinem Zimmer gewesen«, sagte er, als er näher kam. »Er hat mir gesagt, daß Pearsa gekommen ist.« Er wandte große dunkle Augen in ihre Richtung. »Wenn sie mich mitnimmt, möchte ich sie begleiten, wenn sie von hier fortgeht.«

»Janos...« Catherine sprang auf. »Du hast doch nicht etwa vor, uns zu verlassen? Was ist mit deiner Ausbildung? Ich weiß, daß es schwer für dich gewesen ist, aber mit der Zeit...«

»Wir haben darüber geredet, meine Liebe«, sagte Dominic und gebot ihren weiteren Worten mit sanfter Stimme Einhalt. »Ich habe dir von Anfang an gesagt, es kann sein, daß der Junge nicht hierbleibt. Er muß seinem Schicksal folgen, wie wir unserem Schicksal gefolgt sind.«

»Ich kann jetzt lesen, Catrina«, sagte Janos zu ihr und legte seine kleine Hand in ihre. »Ich werde es nicht vergessen, und ich werde immer daran denken, daß ich es dir und Domini verdanke.«

»Ich würde den Jungen zu mir nehmen«, sagte Pearsa. »Er würde mir viel Freude bereiten.«

»Janos?« fragte Dominic. »Bist du sicher, daß es das ist, was du willst?«

»Ich habe dich und Catrina sehr lieb. Aber ich bin nicht glücklich hier. Ich vermisse die *Kumpania*... ich würde gern mit Pearsa fortgehen.«

»Du wirst uns hier immer willkommen sein«, sagte Dominic, »ganz gleich, wie weit du hierher reisen mußt.« Sein Blick richtete sich auf Catherine, deren Gesichtsausdruck verzweifelt wirkte. Dominic nahm ihre Hand. »Du darfst nicht traurig sein, meine Liebe. Du wirst bald ein eigenes Kind haben.«

Catherine lächelte und legte sich die Hand auf den Bauch. »Ja.«

»Einen Sohn«, sagte Pearsa, »es wird ein Junge werden – hübsch und mit dunkler Haut und dunklen Augen – genauso wie diese beiden hier.«

Catherine erhob keine Einwände, und ebensowenig tat es Dominic. Etwas in den Augen der alten Frau sagte ihnen, daß es so kommen würde.

Dominic schickte Janos fort, damit er seine Sachen packte – und alles an Kleidern und Büchern, was er tragen konnte –, und dann ließ er die Frauen allein miteinander.

Er schlenderte in den Garten hinaus, pflückte eine welkende Blume von einem Strauch neben dem Brunnen und drehte sich dann zu den grasbewachsenen Hügeln um, die ihn umgaben. Auf einer kleinen Kuppe zwischen den Bäumen mit Ausblick auf die Felder in der Ferne war das Familiengrab der Gravenwolds. Dominic ertappte sich dabei, daß er in diese Richtung lief. Er war nur einmal dort gewesen, an dem Tag, an dem sie seinen Vater begraben hatten.

Jetzt stand er dort, innerhalb des niedrigen schmiedeeisernen Zauns, der neben dem Grab verlief, und schaute auf den kalten grauen Stein herunter. *Samuel Dominic Edgemont, V. Marquis von Gravenwold. Möge er in Frieden ruhen.*

Dominic stand einen Moment lang stumm da, grübelte an den Worten herum und warf dann die verwelkte Blume auf das Grab. Sie hatten nie die Freuden eines Vaters und eines Sohnes miteinander teilen können, aber zumindest waren sie jetzt keine Feinde mehr.

Ein Blatt schwebte von den Zweigen über ihm, und ein raschelndes Geräusch lenkte Dominics Aufmerksamkeit auf sich. Ein Geierfalke flog zum Himmel auf, und sein Flug war der Inbegriff von Anmut, als er sich immer weiter von der Erde entfernte. Dominics Gedanken wandten sich wieder seinem Vater zu, als er dem Vogel beim Aufstieg zusah, bis er zwischen den Wolkenstreifen am fernen Horizont verschwunden war.

Vielleicht hatte sein Vater endlich den Frieden gefunden, den er sich gewünscht hatte.

Dominic lächelte liebevoll. Mit Catherine und dem Kind, das sie beide bald haben würden, fand auch er endlich Frieden.

Anmerkung der Autorin

Im Verlauf meiner Nachforschungen über die Zigeuner wurde deutlich, daß das schwer Faßbare, was sie so faszinierend macht, sich auch in dem ausdrückt, was über sie geschrieben worden ist.

Da ihre Sprache nur gesprochen wird, variiert die Schreibweise von Text zu Text, von Land zu Land. Oft sind die Worte für das Männliche und das Weibliche identisch, und die Legenden weichen voneinander ab, je nachdem, wer die Geschichte erzählt. Dennoch ist ihre Kultur zumindest faszinierend, und die Geschichte von Catherine und Dominic und von Dominics Zigeunerfamilie zu entwickeln, hat mir endlose Stunden der Freude gebracht und mir Einblicke in ein Volk und eine Kultur gegeben, die ich vorher nie hatte. Ich hoffe, Sie werden Freiheiten dulden, die ich mir eventuell herausgenommen habe, und auch Sie werden Ihre Freude an der Geschichte der beiden haben.

Widmung

Für meine Freunde, diese liebgewonnenen Menschen, die mein Vertrauen besitzen und in schlechten Zeiten zu mir gestanden und sich in guten Zeiten für mich gefreut haben.

Für meine besten Freundinnen – Diana, Martha, Debbie, Ronetta – und natürlich für Larry, meinen Mann.

Für meine Autoren/Leser-Freunde Olga, Brenda, Sue, Wanda, Ruth, Debbie und eine ganze Reihe von anderen, deren Hilfe und Anregungen ich sehr zu würdigen weiß.

Für Freunde in Tulare, Kalifornien, wo ich geboren wurde und eingeschult worden bin.

Für Freunde in Santa Barbara – Silvio, Reno, Sally und Pam, die mir dabei geholfen haben, mich vom Mädchen zur Frau zu entwickeln.

Für Freunde in New Jersey – Donna, Jane, Bev, Marge und Doris, die mir beigebracht haben, die feineren Dinge im Leben zu schätzen.

Für Freunde in Bakersfield, die mir dabei geholfen haben, an mich selbst zu glauben, und die immer da waren, wenn ich sie gebraucht habe.

Für Russ, Mike und Ron. Für Gary, Richard, Kris, Larry, Tracy, Leslie, Jeff, Denny, John, Sherian, Tommy und Judy, Ed und Martha, Ron und Janythe, Sam und Kim, Lawton und Aloma, Mary und Carl, Kenny, Butch und Mariann und mindestens ein Dutzend weitere. Dieses Buch ist für euch. Ich liebe euch ausnahmslos alle.